DATE DUE

WITHDRAWN

Historia de un canalla

Julia Navarro es escritora y periodista. Después de escribir varios libros de actualidad política, publicó su primera novela, *La Hermandad de la Sábana Santa*. *La Biblia de barro* y *La sangre de los inocentes* afianzaron su prestigio entre la crítica y el público. Tras ellas llegaron *Dime quién soy* y *Dispara, yo ya estoy muerto*, que abordan de forma magistral la historia del siglo XX y supusieron un punto de inflexión en su trayectoria literaria. Navarro es una de las autoras españolas con mayor reconocimiento. Ha conseguido llegar a millones de lectores en todo el mundo, y sus libros cuentan con traducciones en más de treinta países.

CARSON CITY LIBRARY
900 North Roop Street
Carson City, NV 89701
775-887-2244

NOV 1 5 2016

HISTORIA
DE UN
CANALLA

JULIA NAVARRO

HISTORIA DE UN CANALLA

VINTAGE ESPAÑOL
Una división de Penguin Random House LLC
Nueva York

PRIMERA EDICIÓN VINTAGE ESPAÑOL, MARZO 2016

Copyright © 2016 por Julia Navarro

Todos los derechos reservados. Publicado en coedición con Penguin Random House Grupo Editorial, S. A., en los Estados Unidos de América por Vintage Español, una división de Penguin Random House LLC, Nueva York, y distribuido en Canadá por Random House of Canada, una división de Penguin Random House Canada Limited, Toronto. Originalmente publicado en España por Penguin Random House Grupo Editorial, S. A., Barcelona, en 2016. Copyright © 2016 por Penguin Random House Grupo Editorial, S. A.

Vintage es una marca registrada y Vintage Español y su colofón son marcas de Penguin Random House LLC.

Esta novela es una obra de ficción. Los nombres, personajes, lugares e incidentes o son producto de la imaginación de la autora o se usan de forma ficticia. Cualquier parecido con personas, vivas o muertas, eventos o escenarios es puramente casual.

Información de catalogación de publicaciones disponible en la Biblioteca del Congreso de los Estados Unidos.

Vintage Español ISBN en tapa blanda: 978-1-101-97300-4

Para venta exclusiva en EE.UU., Canadá, Puerto Rico y Filipinas.

www.vintageespanol.com

Impreso en los Estados Unidos de América
10 9 8 7 6 5 4 3 2

A mis amigas Margarita Robles, Victoria Lafora,
Asun Cascante, Lola Travesedo, Asun y Chus García,
Carmen Martínez Terrón, Irma Mejías, Lola Pedrosa,
Pilar Ferrer, Consuelo Sánchez Vicente y Rosa Conde,
que, aunque se encuentren lejos, siempre están cerca.

Y para Maia, que tiene ocho años
y pisa fuerte por la vida.

A Fermín y Álex, siempre.

Agradecimientos

A los doctores Isidre Vilacosta, por haber respondido a mis múltiples preguntas sobre las enfermedades del corazón, y Pedro Górgolas, por ayudarme a despejar otras dudas sobre cuestiones médicas. Si hay algún error, soy la única responsable. Gracias por su paciencia.

Y a todo el equipo de Penguin Random House que, como siempre, ha contribuido para que este libro llegue a los lectores.

Me estoy muriendo. No, no es que sufra una enfermedad terminal ni que los médicos me hayan desahuciado. La última vez que me vieron fue para decirme que me encontraban bien, y más después de haber sufrido un infarto y una operación para cambiarme las válvulas del corazón. Tengo, sí, un poco alto el azúcar y el colesterol, y la tensión en el límite, pero, dicen, nada que no pueda corregirse tomando unas cuantas pastillas todos los días, haciendo dieta y prescindiendo del tabaco y el alcohol.

—Camine, lo que le conviene es caminar. Es la mejor medicina. Ya les gustaría a muchos con su historial tener su aspecto —me dijo el doctor intentando animarme.

No le dije nada. ¿Para qué? Yo sé que me estoy muriendo más allá del resultado de los análisis de sangre o del cardiograma. ¿Que cómo lo sé? Lo sé porque me miro al espejo cada mañana y observo las manchas parduscas que me han aflorado en el cuerpo. Parecen lunares, pero en realidad son la señal de que la piel se muere. No hay centímetro de mi piel que no haya perdido elasticidad.

Miro mis manos y ¿qué veo? Unos hilos azules transparentándose a través de la piel. Los mismos hilos azules que cruzan mis piernas. Son las venas que adquieren la rigidez de la piedra.

«Estás más interesante ahora que a los veinte», escucho decir a algunos hipócritas. Mienten. Sobre todo las mujeres. Lo único que tengo de interesante es la cuenta corriente y estar en la lista de *Who' Who*.

Hace tiempo que descubrí que los otros no te ven por cómo eres, sino por lo que representas o tienes. Las mismas canas, la misma piel grisácea serían contempladas con indiferencia o incluso con asco si sólo fuera uno de esos seres anónimos que te encuentras en cualquier rincón de la ciudad.

¿Cuánto me queda de vida? Acaso un día, una semana, cinco, seis, diez años… o puede que mañana me despierte con un dolor agudo en el pecho, o que me descubra un bulto mientras me estoy duchando, o que pierda el conocimiento por un mareo, y entonces el mismo médico zalamero me dirá que tengo un cáncer en el pulmón, en el páncreas o en cualquier otro lugar. O quizá me diga que mi corazón cansado vuelve a fallar y necesita una nueva válvula. Lo que sea para justificar que de un día para otro la muerte acabó dando la cara.

Pero yo no necesito que me salga un bulto, o marearme, o que me lata deprisa el corazón. Yo sé que me estoy muriendo porque he llegado a esa edad en la que no cabe engañarse e intuyes que empiezas a vivir en tiempo de descuento.

Esta noche la muerte me ronda el pensamiento y me he puesto a elucubrar cómo será el último minuto de mi vida. Temo que sea en la cama de un hospital sin poder decidir sobre mi propia existencia. Me imagino incapaz de moverme y acaso ni de hablar, comunicándome sólo con gestos o con la mirada sin que nadie me entienda ni comparta mi sufrimiento.

No elegimos dónde ni cuándo nacemos, pero al menos deberíamos poder decidir cómo afrontar el último minuto de nuestra vida. Pero hasta eso lo tenemos negado.

Como sé que ha llegado la hora en que la muerte va a presentarse, intento hacerme a la idea de cómo recibirla, cómo sortearla durante un tiempo, pero sobre todo cómo iniciar el camino a la no existencia.

Por eso, a la espera de la visita traicionera, esta noche me asaltan los recuerdos de mi vida, y al hacerlo me están dejando un sabor tan amargo como la hiel.

Soy un canalla, sí, es lo que siempre he sido y no logro arrepentirme por serlo, por haberlo sido. Aunque si fuera verdad lo que dicen los físicos de que el tiempo no existe, deberíamos tener la posibilidad de dar marcha atrás para así lograr vivir esa vida que pudimos vivir pero que no hemos vivido.

¿Me equivoco si pienso y digo que todos cambiaríamos hechos de nuestro pasado? ¿Que haríamos las cosas de manera diferente a como las hicimos? Si pudiéramos volver sobre nuestros pasos... Quizá incluso yo las haría de distinto modo.

Hay individuos que dicen en alto: «No me arrepiento de nada». No los creo. La mayor parte de la gente tiene conciencia incluso a su pesar. Yo nací sin ella, o al menos nunca la he encontrado, aunque quizá esta noche llama a mi puerta. Pero me resisto a dejarla pasar, porque nada puede modificar lo que nos atormenta.

Esta noche, mientras miro de frente a la muerte, hago recuento de lo vivido. Sé lo que hice y también sé lo que debería haber hecho.

INFANCIA

1

Tendría siete u ocho años, y caminaba junto a la mujer que cuidaba de mí y de mi hermano. Debía de ser media tarde, hora en que salíamos del colegio. Estaba de malhumor porque la maestra me había regañado por haberme distraído mientras explicaba no sé qué.

Mi hermano iba agarrado de la mano de María, pero yo prefería caminar a mi ritmo. Además, a María le sudaban las palmas y me molestaba el contacto de su piel húmeda sobre la mía.

Yo corría de un lado a otro ignorando las quejas de María.

—Se lo voy a decir a tu madre. Todos los días me haces lo mismo, te sueltas de mi mano y lo peor es que ni siquiera dejas que te agarre cuando cruzamos de una calle a otra, y no miras nunca si viene un coche. Un día va a pasar algo.

María protestaba pero yo no le prestaba atención. Me sabía de memoria su retahíla de reproches. De repente llamó mi atención un pequeño bulto junto a la acera. Me aproximé a ver qué era. Lo moví con el pie y para mi sorpresa vi que se trataba de un pájaro, un gorrión de esos que pueblan los árboles de la ciudad. Me pareció que estaba muerto y le arreé un puntapié desplazándolo fuera de la acera. Me acerqué con curiosidad para ver dónde estaba y descubrí que se movía, el suyo era un movimiento lento, como el último estertor. Bajé de la acera y volví a darle una patada. El gorrión dobló la cabeza.

—Pero ¿qué haces bajándote de la acera? Hoy sí que se lo digo a tu madre, me tienes harta.

María me cogió de la mano y me obligó a caminar junto a ella. Me produjo una enorme irritación que tirara de mí y en cuanto se distrajo, le di una patada en la pantorrilla.

No me arrepiento de la patada que le di aquel día a María, pero no puedo olvidar el cuerpo inerte del gorrión. Fui yo quien le arrebató el último aliento.

—¡Qué bruto! —exclamó Jaime mirándome con reprobación, no sé si por la patada a María o por la que le había dado al gorrión.

—Tú cállate o te doy también a ti —respondí irritado.

Jaime no contestó. Sabía que, a poco que se descuidara, tendría que encajar otra de mis patadas o incluso un puñetazo en los riñones. Le sacaba dos años a mi hermano, de manera que siempre estaba en desventaja conmigo.

—Se lo voy a decir a tu madre. Es que no puedo contigo… Si sigues así no iré más a buscarte al colegio. Eres un niño muy malo.

Malo. Sí, ése era el reproche favorito de la maestra, de María e incluso de mi madre.

Mi padre me reprendía, pero nunca me calificó de «malo». Me conocía demasiado bien para despacharme con esa frase tonta de «eres un niño malo».

Si pudiera volver atrás… La escena sería parecida:

Yo caminaría junto a María y Jaime, sin que me importara poner mi mano en la palma sudorosa de mi cuidadora. Tendría que haberle comentado el motivo de mi malhumor a cuenta de la regañina de mi maestra, la señorita Adeline, y seguramente habría recibido alguna palabra de consuelo de María. Algo así como «no te preocupes, no es tan grave distraerse, ya verás que si mañana estás atento, a la señorita Adeline se le pasa el enfado».

Yo me fijaría en el bulto que se movía en la acera y le pediría a María que nos acercáramos. «Mira... ahí hay algo, ¿podemos mirar?»

María refunfuñaría: «¿Qué más da?; anda, que llevamos prisa...», pero habría terminado accediendo. Yo, al darme cuenta de que era un gorrión, lo cogería con cuidado. Jaime observaría con curiosidad y diría: «¡Pobrecito!». Y los dos, conmovidos, insistiríamos a María para que nos permitiera llevar el gorrión a casa. Mi madre era enfermera, de manera que algo podría haber hecho por salvar la vida del gorrión. Lo habríamos tenido dos o tres días y, una vez curado, lo habríamos devuelto a la libertad.

Pero no fue así y no me arrepiento.

Aquella tarde, cuando llegamos a casa, mi madre se estaba arreglando para irse al hospital. Esa semana tenía turno de noche y parecía cansada, quizá por eso prestó poca atención a las quejas de María. Apenas me regañó: «¿Cuándo vas a portarte bien? ¿Qué voy a hacer si María pierde la paciencia y se va? Tengo que trabajar y sin ella no podría hacerlo».

—Pues busca otra cuidadora —respondí desafiante.

—¡Como si fuera tan fácil! Además, María es una buena mujer. ¡Eres un niño muy malo! No sé qué vamos a hacer contigo... Vete a tu cuarto a hacer los deberes. Hablaré con tu padre y ya te dirá él el castigo. Ahora tengo que irme.

—Como siempre. Nunca estás aquí.

Sabía lo que decía. Quería hacer daño a mi madre, que se sintiera culpable por no dedicarnos más tiempo. En alguna ocasión la había escuchado hablar con mi padre culpándose por pasar más horas en el hospital que en casa, y aunque mi padre solía consolarla diciéndole que lo importante era el cariño que nos daba y no el tiempo que nos dedicaba, mi madre no dejaba de sentirse en falta. De manera que la golpeé donde más le dolía.

Ella se quedó mirándome y vi en su mirada un destello de tristeza y, a continuación, de ira.

—¡Vete a tu cuarto!

De camino a mi habitación aproveché para darle la patada prometida a mi hermano Jaime, que soltó un alarido que alertó a mi madre.

—Pero ¿qué pasa?

—¡Thomas me ha dado una patada! —se quejó mi hermano entre lágrimas.

—María, por favor, hágase cargo de los niños... me tengo que ir... Y tú, Thomas, castigado en tu cuarto sin salir, y este fin de semana no te llevaré a ninguna parte.

—¡Y a mí qué me importa! ¡Me da igual! Además, yo no quiero estar contigo. No me gustas como madre, no eres como las madres de mis amigos, nunca estás.

Mi madre ni siquiera me miró. Salió de casa dando un portazo. Supongo que era su manera de controlar la rabia y no soltarme un bofetón.

Sí, aquella tarde debería haber sido diferente:

—¡Mamá, mamá! Mira, hemos encontrado un gorrión y está herido, ¿nos ayudarás a curarlo? —le habría dicho yo mientras mi hermano Jaime se agarraba a su falda.

—Voy con prisa pero le echaré un vistazo. A ver... Tiene una patita rota, nada grave. Buscad un palo finito, quizá alguno de vuestros lápices... Ya veréis, le pondremos un vendaje y en unos días estará curado y listo para volar. Thomas, pídele a María una caja de zapatos y algodón, lo pondremos ahí para que esté calentito.

—¿Nos podemos quedar con el gorrión para siempre? —preguntaría Jaime.

—No, su mamá lo estará buscando y estará preocupada. Además, los pájaros deben ser libres. En cuanto esté curado os acompañaré a donde lo habéis encontrado y lo soltaremos para que regrese a su nido.

—Gracias, mamá —diría yo, y me acercaría a darle un beso.

Mi madre me acariciaría el cabello y nos diría: «Qué buenos sois. Así me gusta, que os compadezcáis del que sufre, aunque sea un pajarillo».

Debería haber sucedido así. Pero lo cierto es que yo pasé el resto de la tarde en mi cuarto sin molestarme en hacer los deberes, sacando de sus cajas todos los juguetes y esparciéndolos por la habitación sabiendo que María tendría que colocarlos, lo que la fastidiaría doblemente; no sólo por el trabajo añadido sino porque sufría de la espalda.

Cuando mi padre llegó poco antes de cenar, María estaba quejándose.

—¿Qué sucede, María? ¿Han hecho alguna trastada los niños? —quiso saber mi padre.

—Jaime es un santo, señor, no hace ruido, pero Thomas… es muy malo, señor, sólo se le ocurren cosas para fastidiar a los demás.

—Vamos, vamos, María. Hay niños que son más movidos que otros, pero eso no significa que sean malos. A ver, ¿qué es eso que ha hecho Thomas…?

María le contó los incidentes de la tarde y él me llamó a su despacho. Como yo sabía que María se quejaría de mí, ya había maquinado mi venganza. Mientras ella hablaba con mi padre fui a la cocina y volqué todo el salero en la sopa que estaba preparando. No tendría otro remedio que hacerla de nuevo.

Mi padre era abogado. Trabajaba mucho. Salía de casa por la mañana temprano y no regresaba hasta la noche. Era raro que almorzara en casa. Sin embargo nunca le reproché que no pasara más tiempo con nosotros. Me parecía que su trabajo era importante y me sentía orgulloso de él. Siempre vestía con elegancia, incluso los fines de semana cuando se quitaba la corbata. Mientras que mi madre, cuando se desmaquillaba y se ponía una bata, se me figuraba que encogía, que se volvía insignificante.

—¿No has sentido pena por ese gorrión? —me preguntó mi padre.

Dudé antes de responder. Sabía que tenía que encontrar las palabras adecuadas para ponerle de mi parte.

—Me pareció que ya estaba muerto y... bueno, es que no me di cuenta, ni lo pensé.

Pensar. Ésa era mi excusa. Mi padre siempre me disculpaba alegando que yo era un niño atolondrado que no me paraba a pensar y que por eso me metía en líos.

—Pero tienes que pensar, Thomas, ya te lo he dicho otras veces. Si te hubieras fijado bien podrías haber salvado al gorrión. Mamá te habría ayudado. En cuanto a dar una patada a María... eso no te lo puedo consentir. María es una persona mayor y a los mayores hay que tratarlos con más respeto. También le has dado otra patada a Jaime, ¿no te avergüenza pegar a alguien que es más pequeño que tú?

Bajé la cabeza. Conociendo a mi padre sabía que estaba sopesando qué castigo imponerme que no me resultara demasiado gravoso. Por fin lo encontró.

—Mira, vas a leer un cuento que te voy a dar, que trata sobre un chico que no deja de hacer trastadas, pero un día le ocurre algo que le hace cambiar. Cuando lo leas me lo comentas. Ya verás como aprendes algo.

—Mamá ha dicho que no me llevaréis a ninguna parte este fin de semana —susurré con mi voz más inocente.

—Bueno, hay que comprender que mamá se enfade. La pobrecita trabaja mucho, no sólo en el hospital sino también aquí, en casa, ocupándose de todos nosotros. Ya hablaré yo con ella.

En ese momento escuchamos el grito de María.

—Pero ¡será malo! ¡Lo que ha hecho, Dios mío! —llegó diciendo al despacho de mi padre.

—Pero ¿qué más has hecho? —preguntó él ya alarmado.

—¡Ay, señor! Ha volcado toda la sal en la sopa... ¡Yo no aguanto más! Llevo en pie desde las siete de la mañana... y ahora vuelta a empezar. Tendré que hacer otra sopa.

Cuando María salió del despacho mi padre me miró con severidad.

—No me gusta lo que has hecho. María no se merece que te portes así con ella. Tienes que pedirle perdón. Luego vete a tu cuarto y empieza a leer lo que te he dicho. Lo tienes que haber terminado de leer para la hora de cenar.

La mirada reprobadora de mi padre me producía un hormigueo molesto en la boca del estómago, pero aun así no estaba dispuesto a pedirle perdón a María.

Podría haberlo hecho. Me habría gustado que María le hubiera dicho a mi padre que me había portado bien, que había hecho mis deberes sin rechistar e incluso ayudado a Jaime a hacer los suyos.

Él se habría sentido satisfecho y me habría sentado en sus rodillas. Seguramente me habría propuesto que leyéramos un rato juntos alguno de esos libros que guardaba en la biblioteca y que cuidaba como si de tesoros se tratasen. Yo habría disfrutado de ese momento de intimidad con mi padre, porque después de haber dedicado un rato a la lectura, me habría preguntado por mis amigos, por la maestra, por las lecciones aprendidas. Es probable que, como premio a mi buen comportamiento, me hubiera dejado prepararle la pipa y habríamos hecho planes para el fin de semana. Quién sabe si habría encontrado tiempo para acompañarnos a Jaime y a mí a montar en bicicleta, o incluso para comer fuera de casa con mamá.

Nada de eso pasó. Fui a mi cuarto y le di una patada a un coche teledirigido, luego me senté en el suelo en medio del caos que yo mismo había creado. No pensaba leer el cuento. Tenía un truco para salir airoso de las preguntas de mi padre. Leía algunos párrafos por página y luego, cuando él me preguntaba, yo respondía sobre lo que apenas había leído fingiendo estar nervioso. No me molestaba engañarlo, a pesar de que era la única persona por la que sentía afecto. Así era yo. Así soy yo.

La señorita Adeline era una buena maestra aunque exigente. Nunca dijo una palabra más alta que otra, ni mucho menos se le escapó ninguna colleja. Mis compañeros de clase parecían apreciarla, pero yo la aborrecía tanto como a María. Todo en ella me molestaba. El rostro amarillento, los ojos que semejaban empequeñecerse cuando te miraba causando la impresión de que estaba leyendo dentro de tu mente. Su ropa monjil; siempre vestía faldas y jerséis en tonos oscuros, las medias gruesas, los zapatos bajos. Rondaría los cuarenta cuando llegué a su clase y, según decían, llevaba ya veinte años en el colegio donde de seguro se jubilaría.

Sin ser afectuosa, era amable y paciente con los alumnos, siempre dispuesta a repetir hasta la saciedad la lección del día hasta estar segura de que todos habíamos entendido sus explicaciones.

Yo solía quejarme a mi padre de la señorita Adeline. Le decía que me tenía manía, que me regañaba por cualquier cosa, que no explicaba bien las lecciones. Mi padre me creía y de cuando en cuando le pedía a mi madre que hablara con la maestra. La respuesta de ella siempre era la misma: «Lo haré, pero teniendo en cuenta cómo es Thomas, si le regaña es porque se lo merece. Para soportar a nuestro hijo hace falta ser un santo».

Preparé meticulosamente mi venganza.

Una mañana, a la hora del recreo, yo mismo me golpeé la cabeza contra la pared. Me hice daño y de inmediato me salió un chichón que me enrojeció la frente. Antes de que terminara la hora del recreo, subí al aula sabiendo que allí estaría la señorita Adeline corrigiendo nuestros cuadernos. Al verme entrar con la frente enrojecida se preocupó.

—Pero ¿qué te ha pasado? ¿Te has caído? Ven, enséñame ese golpe que tienes en la frente.

Me acerqué despacio, pendiente de que mis compañeros entraran de un momento a otro en clase. Cuando el primero estaba abriendo la puerta, la maestra me tenía sujeta la cabeza observando el chichón. En ese instante empecé a gritar con todas mis fuerzas.

—¡No me pegue, no me pegue!

Mis compañeros, que entraban en clase, no sabían qué estaba pasando. La señorita Adeline parecía sujetarme mientras yo gritaba, y tanto y tan fuerte grité que entró la señorita Ann, la profesora del aula contigua a la nuestra, para ver qué sucedía.

—Me está pegando… ¡Yo no he hecho nada! —grité llorando ante la mirada incrédula de la otra profesora.

—Por Dios, Adeline, ¿qué pasa aquí?

—Nada… Te aseguro que nada… Thomas ha entrado con ese golpe en la frente. Yo sólo le estaba mirando.

—Que no me pegue más, por favor —gimoteé como si estuviese asustado.

La señorita Adeline me miró desconcertada, y en cuanto me soltó el brazo yo hice un último truco: caí al suelo como si me hubiese empujado.

—¡Pero, Adeline! —exclamó la señorita Ann sin saber muy bien qué estaba ocurriendo—. Vamos, Thomas, levántate… Te llevaremos a la enfermería, allí te curarán. Y tú, Adeline, en fin, creo que debemos ir a Dirección a aclarar el incidente.

Por más que mi maestra juró al señor Anderson, el director, que no me había pegado, y aunque mis compañeros de clase no pudieron dar fe a ciencia cierta de quién decía la verdad, mi chichón se había convertido en la prueba de cargo.

El señor Anderson llamó a mi madre al hospital requiriendo su inmediata presencia en el colegio. Mientras tanto, yo opté por lloriquear quejándome de lo mucho que me dolía el chichón. Mis lágrimas resultaron tan sentidas como las de la señorita Adeline, que para entonces se había derrumbado viendo que el director parecía darme más crédito a mí que a ella.

—Pero ¿qué ha pasado? —preguntó alarmada mi madre apenas llegó al despacho del señor Anderson.

—Tranquilícese, doña Carmela, el niño está bien —respondió el director evidenciando su nerviosismo—, aunque en realidad no sabemos muy bien lo que ha sucedido.

—Pero ¿cómo puede poner en duda mi palabra? —se quejó mi maestra.

El director no respondió y en ese momento supe que tenía la batalla ganada.

Mi madre escuchó en silencio la explicación de lo inexplicable de labios de la señorita Adeline. Mi maestra juró lo que era verdad: que yo había entrado en la clase ya con el chichón y, cuando ella se dispuso a ver qué me pasaba, me puse a gritar acusándola de estar pegándome.

—Bueno… yo no sé qué decirle, doña Carmela. Siento este incidente, le aseguro que nunca había sucedido algo así en el colegio. La señorita Adeline es una maestra querida por los niños y nunca hemos tenido quejas sobre su comportamiento, pero… no sé, quizá Thomas la ha puesto más nerviosa de lo habitual, ya sabe que su hijo es muy inquieto. —El director se retorcía las manos mientras hablaba.

—¿Qué ha pasado, Thomas? —me preguntó mi madre con voz cansada.

Noté que dudaba de que la señorita Adeline me hubiera pegado, que intuía que había sucedido algo que se le escapaba.

Yo no respondí sino que lloré con más fuerza mientras me abrazaba a su cintura. Mi madre me apretó contra ella intentando consolarme. De reojo miré a la señorita Adeline y la supe vencida.

Pensé que era mejor no decir una palabra más y seguir llorando, no fuera a contradecirme. Para entonces mi cara estaba tan enrojecida como el chichón y los ojos se me habían empequeñecido a causa de las lágrimas. Fue una actuación extraordinaria, ni un actor profesional lo hubiera hecho mejor, porque a pesar de sus primeras reticencias mi madre acabó creyendo mi versión. Ella me conocía bien pero no lo suficiente como para creerme capaz de tamaña villanía.

—Espero que tome usted una decisión. Lo que le ha sucedido a mi hijo es imperdonable.

—Sí, sí... sin duda, claro que adoptaremos medidas... Reuniré al claustro de profesores.

—Tendrá que hacer algo más, señor Anderson. No creo que los padres de los alumnos de este colegio puedan estar tranquilos sabiendo lo que le ha ocurrido a mi hijo. Hoy ha sido Thomas el agredido, mañana puede ser cualquier otro.

Por primera vez veía a mi madre conmovida por mi llanto, acaso porque era difícil verme llorar. Fue eso lo que la convenció.

Al día siguiente no fui al colegio. Mi madre ni siquiera me despertó. Cuando abrí los ojos bien entrada la mañana, la encontré sentada en el borde de mi cama mirándome con atención. Me sobresaltó su mirada pero me tranquilicé al verla sonreír mientras me cogía una mano. Creo que se sentía culpable por dudar de mí.

—No irás al colegio hasta que el señor Anderson no resuelva qué va a hacer con la señorita Adeline. Y más vale que lo decida pronto.

—¿No has ido a trabajar?

—No, hoy me quedo contigo. Saldremos a dar un paseo y esta tarde iremos a buscar a papá al despacho, ¿te parece bien?

—¿Y Jaime? —Quise saber si tendría que compartir a mis padres con mi hermano.

—María se ocupará. Hoy estaremos juntos sólo los dos.

Cuando regresé al colegio la señorita Adeline ya no estaba. La habían despedido. No sólo eso; el colegio había puesto el caso en manos de las autoridades de Educación, lo que suponía que sufriría una sanción y que su carrera como maestra había terminado.

Me felicité por mi éxito. La muy estúpida había calculado mal sus fuerzas al medirse conmigo.

Escuché a algún profesor lamentarse de la suerte corrida por la señorita Adeline. Por sus murmuraciones supe que la que fuera mi maestra estaba viuda y mantenía a una hija imposibilitada. Si no volvía a trabajar, ambas mujeres tendrían que vivir de la caridad. No me conmovieron aquellos chismorreos.

¿Me arrepiento de lo sucedido? ¡Hace tanto tiempo! Nunca me he engañado sobre la crueldad de mi comportamiento. Si pudiera revivir aquellos momentos… Sé que tuve una oportunidad para evitar la desgracia de la señorita Adeline.

Cuando mi madre me preguntó: «¿Qué ha pasado, Thomas?», yo debí haber dicho la verdad:

—*Mamá, estoy enfadado con la señorita Adeline. Me pone muchos deberes y me exige mucho. He querido fastidiarla… En realidad el chichón me lo he hecho yo solo. Lo siento, mamá, siento haber mentido…*

Puedo imaginar el estupor en el rostro del señor Anderson, el alivio en el de la señorita Adeline y la ira en el de mi madre.

—*De manera que nos has engañado… Es imperdonable lo que has hecho, has estado a punto de causar un gran mal a la señorita Adeline. ¡No sé qué voy a hacer contigo, eres un diablo!* —*me habría dicho mi madre intentando controlarse para no darme un bofetón en presencia del director y de mi maestra.*

El señor Anderson, por su parte, se habría rascado la cabeza, que es lo que solía hacer mientras tomaba alguna decisión, y me habría mirado con severidad.

—*Jovencito, lo que has hecho está muy mal y naturalmente tendrá consecuencias. Doña Carmela, usted comprenderá que debemos aplicarle un buen correctivo… Y usted, Adeline… En fin, espero que nos disculpe por el mal rato que le hemos hecho pasar, pero entiéndalo… La acusación de Thomas era tan grave… y además con ese chichón… ¡Hay que ver de lo que ha sido capaz este niño, nada menos que de autolesionarse!*

—*Yo… lo siento, de veras que lo siento, señor Anderson. Espero que la señorita Adeline pueda perdonarnos. No hemos debido dudar de su versión conociendo a mi hijo… No sé cómo disculparme, ni qué puedo hacer para desagraviarla…*

La señorita Adeline se habría enjugado las lágrimas con uno de esos pañuelos impolutos que siempre llevaba en el bolso y, aliviada, habría aceptado las excusas de mi madre, aunque la imagino mirando con cierto reproche al director. En cuanto a mí, seguro que me miraría con espanto, como si estuviera en presencia del mismísimo demonio.

—Doña Carmela... bueno, creo que deberíamos hablar de este desgraciado incidente. Thomas, vete a clase, ya te llamaremos.

En ese momento yo habría llorado con más fuerza, con la misma fuerza con la que había envuelto mi mentira, suplicando el perdón de mi madre, de mi maestra y del director.

Sí, eso es lo que debería haber hecho. ¿Qué hubiera pasado? A buen seguro, mi madre me habría regañado y me habrían castigado en el colegio y en casa, pero a mí nunca me habían importado los castigos. No, si no dije la verdad no fue por cobardía, sino por maldad. Sé que fue así.

Mi madre siempre me comparaba con Jaime. Puede que fuera por eso por lo que odiaba a mi hermano con tanta intensidad.

«Fíjate en Jaime, tu hermano tiene seis años pero es más responsable que tú.» «Mira Jaime, ha recogido su cuarto sin que se lo haya tenido que decir.» «¡Menudas notas las de Jaime! Todo sobresalientes, y tú... eres un desastre, Thomas. No estudias, te portas mal, eres un desordenado; no sé qué vamos a hacer contigo.»

Sí, éstas eran algunas de las frases más frecuentes de mi madre. Y cuanto más me ponía a Jaime como ejemplo, más aumentaba mi animadversión hacia mi hermano.

Debía de tener doce años cuando decidí deshacerme de él y todo a causa de mi padre. Me había acostumbrado a los reproches de mi madre, a que no fuera capaz de ocultar lo mucho que yo la irritaba y lo complacida que se sentía con Jaime. A él le besaba recreándose en el abrazo, sonriendo, mientras que yo no le permitía esos gestos de cariño y, apenas pegaba los labios en mi mejilla, me apartaba como si me diera asco.

Pero no sólo mi madre dedicaba sus mejores sonrisas a mi

hermano. Los tíos, los primos, los amigos de mis padres siempre tenían una palabra de elogio para Jaime. Bien es verdad que yo no daba motivos para las alabanzas. Era arisco, no me dejaba besar por nadie y procuraba fastidiar a las visitas. Una tarde en que nos visitaba mi tía Emma, la hermana de mi padre, abrí su bolso y lo vacié tirando su contenido por la ventana. Fue el portero el que subió a avisar de que desde una de nuestras ventanas volaban distintos objetos: un paquete de pañuelos, un monedero, un billetero, unas llaves… Claro que eso no fue lo peor, ya que otro día me divertí cortando las mangas de su abrigo. Ella solía decir a mi padre que yo era un niño muy problemático y le recomendaba que me llevaran a algún psicólogo. Pero sus consejos caían en saco roto. Creo que mi padre pensaba que su hermana Emma no sabía demasiado de niños. Se había casado joven y enviudado pronto sin tener hijos. Su marido murió aquejado por una leucemia fulminante y ella no había vuelto a casarse.

Mi padre me regañaba pero sin mucha convicción, mientras que mi madre solía darme algún que otro bofetón.

«¡Este niño va a acabar conmigo!», solía gritar ante mis hazañas.

Ya digo que yo creía contar con el apoyo incondicional de mi padre. De hecho, estaba convencido de que era el único que me quería más que a Jaime. Una mañana de domingo descubrí que estaba equivocado.

El domingo era el día libre de María, así que mi madre madrugaba para preparar el desayuno mientras mi padre terminaba de arreglarse. A Jaime y a mí nos dejaban dormir un rato más mientras ellos desayunaban en la cocina.

Ese domingo me desperté antes de tiempo y, después de comprobar que mi hermano dormía, me dirigí a la cocina sabiendo que allí estarían mis padres. ¡Por fin podría estar con ellos a solas, sin la presencia de Jaime! Pero no llegué a entrar porque escuché a mi padre hablar de mí.

—El pobre es un desastre. No es guapo, no posee ninguna habilidad especial, no tiene cabeza para estudiar… Qué le vamos a hacer, Carmela, Thomas es así, pero es nuestro hijo, debemos aceptarle. Al menos tenemos el consuelo de Jaime. El pequeño, gracias a Dios, lo tiene todo.

Si mi padre me hubiera abofeteado no me habría dolido tanto como aquellas palabras que acababa de escuchar. En realidad nada hasta ese momento me había herido realmente. Ni los castigos en el colegio, ni los golpes que recibía cuando me peleaba con algún chico de mi clase, ni las regañinas de mi madre me habían provocado aquel dolor que se expandía desde el estómago hasta dificultarme la respiración.

No es que mi padre renegara de mí, eso lo habría podido soportar, es que me compadecía, y ésa era una humillación que no sabía cómo encajar.

Tardé unos segundos en poder moverme, en volver a sentirme vivo. Decidí continuar escuchando, pero me pareció que mi madre miraba hacia la puerta como intuyendo una presencia, de manera que retrocedí en silencio y regresé a mi habitación.

Jaime continuaba durmiendo y me planté frente a su cama para observarle. Mi padre tenía razón, no nos parecíamos. El rostro de Jaime reflejaba la bonhomía de su carácter, y sí, al contrario que yo, era guapo.

Sentí la necesidad de castigar a mis padres por su evidente desamor hacia mí. Ya no podía engañarme creyendo, como lo había hecho, que yo era el favorito de mi padre. Porque estaba convencido de que así era; los demás preferían a Jaime y no lo ocultaban, pero mi padre siempre era afable conmigo y me demostraba su cariño. Ahora sabía que lo hacía por resignación.

La idea cruzó rauda por mi cerebro. Mis padres no soportarían el dolor que les produciría la pérdida de Jaime. Tenía que deshacerme de él pero no disponía de mucho tiempo. La rutina del domingo era siempre la misma: en cualquier momento mi madre vendría a avisarnos para que fuéramos a la cocina a desayunar mientras ella se arreglaba.

Cogí la almohada de mi cama decidido a colocarla sobre el rostro de Jaime y apretar hasta que dejara de respirar, pero eso tendría consecuencias para mí y me pareció que sería injusto que además tuviera que sufrir un castigo por la muerte de mi hermano. Tenía que encontrar otro medio de deshacerme de él.

No sé por qué miré hacia la ventana y de inmediato sonreí. Había hallado la manera de deshacerme de mi hermano.

Abrí la ventana y miré a la calle. Nuestra casa estaba en el octavo piso. Si lograba que Jaime se asomara a la calle, no me costaría mucho empujarle. Caería al vacío, y a esa altura era imposible que pudiera sobrevivir.

Le desperté quitándole la cubierta del edredón y pellizcándole.

—¡Levántate! Hay un gato maullando en la cornisa, es muy pequeño y está a punto de caerse.

Sabía que mi hermano no se resistiría a mirar. Le gustaban los animales pero especialmente los gatos.

Jaime saltó de la cama y, descalzo, se acercó a la ventana. Se puso de puntillas para mirar.

—No lo veo… Se habrá caído. Pobrecillo…

Yo necesitaba que se aupara un poco más para que apenas notara el empujón que pensaba propinarle.

—Es que así no lo puedes ver, tienes que inclinarte más…

Seguramente Jaime tenía un ángel de la guarda. Sin duda lo precisaba teniéndome a mí como hermano. Cuando yo estaba ayudándole a auparse para a continuación empujarle, escuchamos el grito de mi madre.

—Pero ¿qué estáis haciendo? Jaime, ven aquí inmediatamente, y tú… tú… ¿cómo permites que tu hermano se asome de esa manera a la ventana? Podría haberse caído… No tienes cabeza…

Jaime se refugió en los brazos de mi madre, quien le apretaba con fuerza y temor. Me miró y pude ver la desconfianza reflejada en sus ojos.

—Es que Thomas ha oído maullar a un gatito… —se excusó Jaime.

Mi madre se acercó a la ventana y buscó con la mirada el gato; luego la cerró y me agarró con fuerza del brazo, sacudiéndome como si fuera un saco de patatas.

—¡No hay ningún gato! ¿Qué maldad se te habrá ocurrido? —Y me propinó un pescozón.

—No ha hecho nada… —protestó Jaime, que no entendía la reacción de mi madre.

Yo no me molesté en defenderme y la miré de arriba abajo intentando imprimir en la mirada todo el odio que sentía hacia ella. Debió de hacerle efecto porque salió de la habitación con Jaime diciéndole que se duchara de inmediato, que ella le llevaría la ropa al cuarto de baño. Cuando regresó al dormitorio se quedó plantada delante de mí. Parecía buscar las palabras.

—No sé qué se te había pasado por la cabeza, pero si vuelves a poner en peligro a tu hermano, te juro que… te irás interno, Thomas, te irás a un colegio interno, un colegio donde te encarrilen y te saquen los demonios que llevas dentro.

Yo me había instalado en el silencio. Sabía que a mi madre la desesperaba mi falta de respuesta.

Volvió a mirarme y salió del cuarto dando un portazo. Pensé qué pasaría si fuera yo quien se arrojara al vacío. ¿Lo lamentarían? Por un instante quise creer que quizá mi padre lo sentiría, pero ya no podía engañarme, había oído de sus propios labios lo que pensaba de mí. En cuanto a mi madre, estaba seguro de que, más allá de la conmoción, mi ausencia terminaría siendo un alivio.

No, no me tiraría por la ventana. No había mejor castigo que tuvieran que seguir soportándome.

Salí del cuarto y me acerqué a la cocina dispuesto a desayunar. Nerviosa, mi madre estaba contando a mi padre lo sucedido.

—Te digo que debemos tener cuidado con él… Thomas siente celos de Jaime.

—Carmela, no sé qué estás pensando, pero en este caso me parece que te equivocas. No creo que Thomas… En fin, no le eches a él la culpa de que Jaime estuviera asomándose a la ventana.

—Pero él estaba detrás. Le estaba ayudando a encaramarse… John, yo conozco a nuestro hijo, sé cómo es…

—Pero, mujer… ¿no estás exagerando?

—Debemos alejarle de Jaime. Podemos cambiarle de habitación… trasladarle al cuarto de invitados, que está alejado del cuarto de su hermano.

—¡Vamos, no exageres! Además, el cuarto de invitados es más pequeño, no sería justo para Thomas. Siempre habías dicho que cuando los chicos fueran más mayores convertirías el cuarto de juegos en la habitación de Thomas.

—Pero estaría demasiado cerca de Jaime. En el cuarto de invitados Thomas estará bien, no necesita mucho espacio.

—Bueno, es lo que tenemos. ¿Para qué quiere una mesa de estudio grande si no estudia? ¿Alguna vez le has visto con un libro en la mano?

Mi padre terminó accediendo a la decisión de mi madre. Me sentí derrotado.

¿Cómo debía haber transcurrido aquel suceso? Quizá de esta manera:

Cuando escuché a mi padre referirse a mí en esos términos de conmiseración debí entrar en la cocina. Al verme, me habría dicho incómodo:

—Thomas, ¿qué haces aquí? Es muy temprano. ¿Cómo es que te has despertado? —preguntaría temiendo que hubiera oído sus últimas palabras.

Mi madre me observaría con su habitual desconfianza, segura de que los habría escuchado detrás de la puerta, y yo habría contestado:

—Es que me he despertado hace un rato y tenía hambre… Además… Bueno, pensaba que si me levantaba pronto podría estar un ratito con vosotros.

Mi padre se habría sentido avergonzado, culpable por haber expresado una opinión tan desfavorable sobre mí. Como era un buen hombre, se habría acercado y me habría revuelto el cabello invitándome a sentarme.

—Bien hecho, a nosotros también nos gusta estar contigo. ¿Verdad, Carmela?

—Papá, te he oído... Has dicho que no soy guapo como Jaime y que no sé hacer nada. Tienes razón, debería esforzarme más... Pero yo te quiero, papá, os quiero muchísimo a los dos, a ti y a mamá, y también a Jaime. Intentaré hacer las cosas mejor, te lo prometo.

Estoy seguro de que mi padre me habría abrazado y de que incluso mi madre no habría podido más que rendirse ante esa confesión de humildad.

Yo habría disfrutado de ese abrazo, sintiéndome reconfortado por haber conseguido que mis padres pudieran ver en mí algo más que a ese pequeño monstruo que les amargaba sus días.

Después de desayunar le habría dicho a mi madre que no se preocupara por Jaime.

—Yo le despierto y le acompaño a desayunar mientras tú te arreglas tranquila. ¿Te parece bien, mamá?

Sé que ella habría asentido, reprochándose en silencio no ser capaz de quererme más.

Jaime seguiría dormido cuando yo regresara al cuarto. Me sentaría en el borde de su cama y le despertaría soplándole porque eso le divertiría. Le acompañaría a la cocina y yo mismo le serviría la leche en el tazón y le alcanzaría las galletas. Luego permanecería a su lado hasta que terminara de desayunar.

Sí. Así debería haber sucedido. Seguramente eso habría alentado algún sentimiento benévolo en mi madre hacia mí y mi padre; aun reconociendo mis defectos, se habría sentido conmovido por mi actitud.

Pero sucedió como sucedió, de manera que me encontré expulsado de mi cuarto, aunque he de admitir que no lo lamenté demasiado. A pesar de lo exigua que era la nueva habitación, tal y como había dicho mi madre, estaba distanciada de la de Jaime. Y era mía. Podía disfrutar de la soledad sin tener que soportar la presencia permanente de mi hermano.

Me preguntaba cómo era posible que mi madre me conociera tan bien. A mi pesar, la admiraba por eso. No me sorprendió que el lunes le pidiera a María que no perdiera de vista a Jaime.

—No se preocupe, señora, que yo sé cómo se las gasta Thomas y hay que ponerle cien ojos. Lo que no se le ocurra a ese chico…

Mi madre asintió. Temía por mi hermano, tal era su desconfianza en mí.

Jaime me dijo que echaba de menos no tenerme en el cuarto de al lado, lo que le costó que le propinara una patada en la espinilla.

—Pues yo no te echo de menos a ti. Al menos no tengo que estar viendo a cada rato tu cara tonta de no haber roto nunca un plato.

Ni siquiera se quejó. Encajó la patada lo mismo que había encajado las muchas collejas que le había ido propinando a lo largo de nuestra corta vida.

Todo en Jaime me molestaba. La inocencia que reflejaba su rostro, su disciplina para estudiar, el que le gustara a todo el mundo, no sólo porque era guapo, sino por su carácter alegre y abierto.

María solía decir que Jaime estaba lleno de buenas ideas y yo de malas ideas. Tenía razón. Así era, así ha seguido siendo.

No volví a intentar deshacerme de mi hermano. Opté por la indiferencia. Una indiferencia activa para hacerle daño porque el incauto, a pesar de mis desplantes, me quería.

Decidí no dirigirle la palabra. Tampoco respondía cuando me hablaba, lo que le entristecía mucho. Mi madre me reprochó mi actitud, pero también a ella había decidido ignorarla. No importaba lo que me dijera, cuando se dirigía a mí yo miraba hacia otro lado, incluso me ponía a tararear para dejar claro que nada de lo que pudiera decirme me importaba.

Mi padre intentó que le explicara el porqué de mi actitud, pero me encogí de hombros ante sus preguntas.

—Thomas, ya no eres tan pequeño, no puedes comportarte así. Mamá sufre y Jaime te quiere mucho y no comprende por qué le ignoras. ¿Puedes decirme a qué se debe tu comportamiento?

No, no podía decírselo. Debería haber comprendido que

aborrecía a mi madre y a mi hermano. Y la causa de mi odio no era otra que la de que Jaime se parecía físicamente a mi padre: delgado, con el cabello trigueño y los ojos entre grises y azulados, y la piel blanca como la leche. Mientras que yo... yo era clavado a mi madre, pero lo que en ella podía resultar atractivo, en mí era un desastre: bajo de estatura para mi edad, cabello negro y la piel con un tinte oscuro. Aún recuerdo el día en que una compañera de clase me dijo que parecía que me habían metido en una tostadora. Le di un empujón y una bofetada. Nos separó Joseph, quien le recriminó a ella que me hubiera comparado con una tostada y a mí que la hubiese golpeado.

Joseph era el líder de la clase. No hacía nada para serlo, simplemente lo era.

No se trataba del típico empollón odioso; todo lo contrario. Si alguien llegaba a clase con los deberes sin hacer, Joseph le pasaba su cuaderno para que los copiara, y en los exámenes hacía lo imposible por que el que estuviera a su lado pudiera echar una mirada a su hoja de examen.

Alto y fuerte, siempre sonriente, era amigo de todos y el favorito de los profesores. Pero no hacía nada especial para serlo, simplemente era como era y eso le granjeaba la simpatía de cuantos le trataban.

Si no hubiese sido por él, el resto de mis compañeros apenas se habrían relacionado conmigo. Era Joseph quien me invitaba a jugar al fútbol con el resto de la clase o quien me incorporaba a las conversaciones en el patio del colegio.

Yo era consciente de que, de no haber sido por él, los demás me habrían ignorado. No les caía bien y tenían razones para ello. Con algunos me había pegado, a otros les había destrozado los cuadernos o los libros sólo para demostrarles que yo era capaz de todo. Me habrían evitado como a la peste si Joseph no hubiera impuesto su liderazgo para que no me marginasen.

He de reconocer que tenía un sentimiento ambiguo respecto a él. Le admiraba, sí, no podía dejar de reconocer que era el mejor de todos nosotros, y me hubiera gustado que fuera mi amigo;

en realidad fantaseaba con ser su único amigo. Pero sabía que eso no era posible. Joseph me trataba como a un compañero de clase pero no era mi amigo. Nunca habíamos intercambiado ninguna confidencia ni tampoco nos veíamos fuera del ámbito escolar. Sabía que Joseph se veía con algunos compañeros de clase los fines de semana. Los oía hablar del partido de baloncesto al que habían ido con alguno de sus padres, o de la película que habían visto, o de algunas tardes de sábado jugando al béisbol. No ser parte de la vida de Joseph me dolía. Para él tan sólo era un compañero de colegio, uno más, aunque he de reconocer que nunca me dejó de lado cuando algún alumno murmuraba sobre mí quejándose por haberle destrozado el cuaderno de deberes o haberle pisoteado el bolígrafo o arrojado por la ventana algún libro de texto una tarde de lluvia.

Me hubiera gustado que Joseph me hubiera impuesto entre sus amigos, sus verdaderos amigos, aquellos a los que frecuentaba a la salida del colegio. Pero nunca lo hizo. Yo no existía para él más allá de la escuela; aun así, era mi único valedor ante mis profesores y compañeros.

Creo que teníamos dieciséis o diecisiete años, no recuerdo bien, cuando Claire llegó al colegio. Era francesa, y, según nos explicó, a su padre la empresa en que trabajaba le había destinado a Nueva York, de manera que ella tendría que terminar la secundaria con nosotros.

Si hasta entonces Joseph había sido el único líder de la clase, a partir de ese momento Claire le acompañó en su liderazgo. Las chicas la admiraban y envidiaban a partes iguales. Y nosotros, bueno, nosotros nos enamoramos todos de ella. No es que fuera una belleza, pero su manera de hablar, de moverse, de vestir, la hacían diferente. Las chicas empezaron a imitarla con poco éxito. Ella era diferente, era francesa.

Yo andaba encandilado por Claire hasta que descubrí que Joseph y ella se habían enamorado. No es que hicieran nada especial para demostrar su enamoramiento, simplemente era imposible no ver las miradas que se intercambiaban, o cómo procuraban rozarse el uno con el otro cuando pasaban cerca, o cómo Joseph de repente buscaba su aprobación a cuanto hacía, o cómo, si ella llevaba un pantalón nuevo o una camiseta ceñida, le miraba de reojo ansiosa por saber si a él le gustaba.

Los demás aceptaron que entre Joseph y Claire comenzaba a forjarse algo especial, pero yo no podía soportarlo. Me sentía doblemente traicionado. ¿Por qué aquella chica no se fijaba en mí? ¿Por qué para Joseph los demás habíamos dejado de existir?

Empezó a ser habitual que salieran juntos del colegio y que él la llevara en la moto hasta su casa, o que aquellas tardes de sábado en que solía reunirse con los amigos para jugar al béisbol ahora quedara con Claire para ir al cine, a pasear o a tomar una hamburguesa. Los demás habíamos dejado de contar. Yo me preguntaba si nos veían o éramos sólo parte del decorado.

No pude evitar sentir rencor hacia Claire. Había roto el *status quo* en el colegio aumentando mi soledad, y eso no podía perdonárselo.

Tenía que encontrar la manera de que Joseph rompiera con ella. No iba a ser fácil porque para todos era evidente que se habían enamorado, y ese primer amor no deja lugar a nada ni a nadie fuera de ese sentimiento absorbente.

Mi madre se dio cuenta de que algo pasaba. Lo dijo una noche durante la cena.

—No sé si estás tramando algo o es que estás madurando, pero llevas unos días sin crear problemas en casa.

—No seas así, Carmela, ¿es que no puedes valorar el buen comportamiento de Thomas? —le reprochó mi padre.

En otro momento me habría fastidiado el comentario de mi madre, pero casi ni le presté atención. Tampoco agradecí, ni siquiera en silencio, el comentario de mi padre. Me obsesionaba hallar el modo de lograr que Claire decepcionara a Joseph y que éste dejara de prestarle atención. Entonces todo volvería a ser como antes.

Jaime me miró con curiosidad. Para él era un alivio que yo tuviera otras preocupaciones porque eso había supuesto que llevaba días sin atormentarle. La última vez que me ocupé de mi hermano fue para derramar un tintero sobre los dibujos que debía entregar a la mañana siguiente en el colegio.

No fue sencillo encontrar el modo de interferir entre Claire y Joseph. Se me ocurrió que lo único que podría provocar el enfado de Joseph era que alguien viera a Claire besarse con otro, pero iba a ser difícil que eso sucediera. Sólo tenía una opción y era ser yo mismo quien la besara. El problema era que ella apenas se daba cuenta de mi existencia.

Preparé minuciosamente mi plan. No podía fallar nada o, de lo contrario, no sólo me pondría yo en evidencia, sino que ni Joseph ni el resto de la clase me lo perdonarían y quedaría proscrito para siempre.

Tenía que ser el miércoles. Era el único día que Joseph no iba a buscar a Claire para ir juntos a clase. Los miércoles a primera hora daba clase de violín y llegaba con el tiempo justo al colegio. Debía aprovechar la hora de entrada en clase para abordar a Claire, quien, como había observado, solía llegar la primera.

El miércoles elegido estaba nervioso. No las tenía todas conmigo de que el plan pudiera salir bien.

Salí de casa temprano y cuando llegué a clase aún no había llegado ninguno de mis compañeros, tampoco Claire. El drama tenía que desarrollarse en pocos minutos, no había tiempo para más.

Claire llegó, como siempre, diez minutos antes de que comenzara la clase y se sorprendió al verme en el aula enfrascado en la lectura del libro de física.

—¡Uy, qué pronto has venido!

—Sí, es que estoy repasando, no entiendo muy bien la física… No se me da demasiado bien y como en unos días tenemos examen, he venido un poco antes.

—Si quieres te echo una mano. ¿Qué es lo que no entiendes? —me dijo acercándose a mí.

—Esto —le dije señalando la página abierta mientras miraba el reloj de reojo. No podía precipitarme.

Se sentó a mi lado y empezó a explicarme uno de los problemas de física. Yo la miraba atento, como si realmente me interesara lo que me estaba contando. Cuando escuché unos pasos que se acercaban al aula, actué deprisa. La agarré con fuerza del cuello y la eché sobre la mesa, luego empecé a besarla. Ella intentaba zafarse pero yo no se lo permitía; forcejeamos y, como pude, le desabroché algunos botones de la blusa.

La puerta se abrió. Algunos de nuestros compañeros se disponían a entrar, pero se quedaron quietos en el umbral al verme encima de Claire.

Me aparté y ella logró incorporarse. Había al menos media docena de alumnos mirándonos.

—Ha sido él… Es un hijo de puta… Me ha obligado… —balbuceó Claire.

—Pero ¿qué dices? ¡Si has sido tú quien me ha besado! —respondí yo.

Ella comenzó a abrocharse la blusa y a estirarse la falda. Parecía confundida, además de avergonzada, por las miradas recriminatorias de nuestros compañeros.

—No he sido yo… Se ha echado sobre mí… Le estaba ayudando con la física… —intentó explicar Claire.

Para ese momento los murmullos se habían elevado y los que entraban escuchaban de labios de los primeros en llegar lo que habían visto.

—Se estaban morreando —contó una chica a otra recién llegada.

—¿Morreando? Si tardamos un minuto más no sé cómo los habríamos encontrado —intervino otra de las chicas.

—¡Pobre Joseph! —se lamentó Ian, que compartía pupitre con él.

—Habrá que decírselo… —añadió Simon, el empollón de la clase.

—¡Qué putada! Yo no pienso decir nada… Si Claire se ha cansado de Joseph, que se lo diga. Es lo menos —afirmó otra de las chicas.

—¡Yo no he hecho nada! —gritó Claire.

—¡Pero si os hemos visto! —exclamó Simon.

—¡No habéis visto nada! ¡Este cerdo me ha atacado! —se defendió Claire.

—Ya… Te ha atacado… Invéntate otra cosa —replicó la fea de la clase.

Yo no había dicho ni una palabra. Era mejor que fueran los demás los que hablasen. Hasta ese momento nadie me culpaba de lo sucedido. Aun entre nosotros, que éramos jóvenes, funcionaban los viejos prejuicios. A las chicas de la clase nunca les había caído bien del todo Claire porque era, si no la más guapa, sí la más atractiva, y todos los chicos de la clase la preferían sobre cualquiera de ellas. En cuanto a los chicos, funcionó el cliché de que las chicas demasiado resueltas, como lo era Claire, eran presas fáciles, que se ponían a tiro de cualquiera.

Para cuando llegara Joseph no habría nadie que no presumiera de habernos visto besándonos y, a poco que adornaran la versión de lo sucedido, sería Claire la que se había abalanzado sobre mí.

De repente se había desatado la envidia de ellas por ser Claire como era, diferente, y de ellos por no haber sido elegidos en vez de Joseph.

A primera hora teníamos física y Joseph llegó al mismo tiempo que el profesor.

—¡Uf, casi no llego, he perdido el autobús! —dijo Joseph sin dirigirse a nadie en especial.

Los murmullos se sucedían y el profesor terminó enfadándose.

—Pero ¿qué les sucede hoy? Si siguen hablando no continuaré dando la clase.

Yo miraba de reojo a Joseph que escuchaba con atención lo que le contaba Ian, quien no sólo era su compañero de pupitre sino también su mejor amigo. El rostro de Joseph parecía descomponerse por momentos y hubo un instante en que nuestras miradas se encontraron. Pude ver dolor, decepción y rabia en sus ojos. No fui capaz de sostener su mirada, de manera que bajé la cabeza para a continuación observar de reojo a Claire. Lo que pude leer en su rostro fue indignación y asco, pero en absoluto estaba rendida y la admiré por eso.

El profesor dio por finalizada la clase diez minutos antes de lo previsto en vista de que no le prestábamos atención y los murmullos iban en aumento.

Joseph se vino directamente hacia mi pupitre y se plantó delante de mí.

—Tenían razón los que decían que eres un cerdo y un miserable —me dijo conteniendo a duras penas su deseo de golpearme.

Me encogí de hombros, pero esta vez sí que le aguanté la mirada.

—No te enfades con él, enfádate con quien ha provocado todo esto —dijo una de las chicas.

—Jennifer tiene razón. A ver quién se resiste si una chica se te tira al cuello —añadió otro compañero.

—¡Hijos de puta!

La exclamación de Joseph nos sorprendió a todos. Nunca hasta ese momento le habíamos escuchado un taco.

—Pregúntale a Claire qué ha pasado —sugirió maliciosamente Jennifer.

Pero lo que hizo Joseph fue recoger sus libros y salir de la clase. Claire salió detrás de él. Desde el pasillo nos llegó la voz de Joseph:

—¡Déjame en paz! Vete a tomar el pelo a otro.

—Yo no he hecho nada, te juro que ha sido Thomas el que se ha abalanzado sobre mí... —gimoteó Claire.

Sus voces se fueron perdiendo por el pasillo pero yo me daba por satisfecho. Sabía que Joseph no podría perdonar a Claire, no porque no quisiera, sino porque se sentía ridículo. Si la hubiese perdonado los de la clase le habrían considerado un calzonazos.

A partir de ese día se produjo una situación nueva para mí. A muchas de las chicas de clase que antes me habían ignorado ahora parecía interesarles. Algunos compañeros también me trataban de manera diferente, con más respeto, como si hubiera protagonizado una hazaña.

No sé cómo Claire y Joseph lograron esquivarse habida cuenta de que todos los días coincidían en clase. Él sólo hablaba con su grupo de incondicionales; en cuanto a Claire, pasó a ser ignorada por toda la clase. Nadie le dirigía la palabra, la trataban como a una apestada. Cuando terminó el curso dejó el colegio y nunca más supimos de ella.

¿Qué gané con aquella acción tan despreciable? En realidad nada. Le quité a Claire pero perdí a Joseph para siempre. Porque Joseph no me perdonó. No volvió a cruzar una palabra conmigo y cuando me veía se alejaba como si yo fuera portador de la peste.

Tengo que admitir que disfruté de la situación durante un tiempo. Me reconfortaba saber que había sido capaz de poner en marcha un plan que, no por perverso, dejaba de ser difícil de ejecutar.

Hoy sé que aquella victoria no tenía el sabor del éxito. Tuve la oportunidad de volverme atrás pero no lo hice:

Cuando Claire ingenuamente se acercó a mí para ayudarme con los problemas de física debí dar marcha atrás con el plan. Podría haber escuchado sus explicaciones sobre cómo resolver los ejercicios y luego haberle dado las gracias.

—Menos mal que me has dicho cómo se hacen, anoche estuve intentándolo y no me salían. Y estoy seguro de que el profe me saca hoy a la pizarra, y ya sabes cómo le gusta pillarnos en falta.

—No me importa echarte una mano cuando no entiendas algo. A mí se me dan muy bien la física y las matemáticas, y además me gustan —comentaría ella.

Luego yo le habría dicho a Joseph algo así como: «Claire me ha ayudado con los problemas de física, ¡menudo cerebrito tiene!». Y él se habría sentido orgulloso de ella.

Sí, podría haber parado en aquel momento o incluso después enmendar el entuerto.

Por ejemplo, cuando Claire insistía en que yo me había abalanzado sobre ella, tendría que haberlo admitido.

—Tiene razón, lo siento... No sé qué me ha pasado. Yo... Bueno, de verdad que lo siento —podría haber dicho yo.

Seguramente las chicas me habrían tachado de «cerdo» y los chicos de «pobre desgraciado». Joseph se habría enfadado.

—Si te vuelves a acercar a Claire te parto la cara.

—Joseph, lo siento... Yo... no sé por qué lo he hecho. Por favor, perdóname. Te juro que no quería hacerle nada malo... No sé lo que me ha pasado.

—Ya te lo he advertido, ni se te ocurra acercarte a ella.

Sé que los de la clase se habrían reído de mí, y que me habrían criticado. Seguramente también me habrían hecho el vacío, pero puede que Joseph hubiera terminado perdonándome. Eso no lo sé. En cuanto a Claire... Bueno, no creo que ella me hubiese perdonado; me habría tachado de «salido» y, una vez superado el susto se habría reído de mí junto a las otras chicas.

Pero no lo hice, de manera que frustré el primer brote de amor que sintieron Joseph y Claire, y probablemente a pesar de los años transcurridos ninguno de los dos habrá olvidado lo sucedido y tampoco me habrán olvidado a mí. Su odio me habrá acompañado siempre aunque yo, con el devenir de la vida, dejara de pensar en ellos hasta hoy.

Aquel acontecimiento me enseñó que se me daba bien sembrar cizaña y recordé que tenía unas cuantas cuentas pendientes con mi madre.

Nunca comprendí por qué mi padre se había casado con ella. Eran tan distintos... Él era el perfecto WASP, blanco anglosajón y protestante. La familia de mi padre tenía una posición acomodada. Mi abuelo James era abogado y mi abuela Dorothy pertenecía a una familia de pequeños terratenientes, de modo que mi padre y su hermana, la tía Emma, pudieron estudiar en la vetusta Universidad de Harvard, ella literatura clásica, él leyes. Y la educación recibida había marcado su manera de ser y estar en el mundo.

Mi madre había nacido en Miami, era hija de un emigrante de origen hispano, casado con una norteamericana, tan pobre y poco agraciada como él. Cuando mi abuelo materno llegó a Estados Unidos llevaba la dirección de una organización católica dedicada a prestar ayuda a los emigrantes. Allí trabajaba mi abuela. Siempre he pensado que si mi abuelo se casó con ella fue para conseguir la nacionalidad porque realmente no debía de haber sido atractiva nunca. Pero habían trabajado duro para cumplir con el sueño americano y mi abuelo, que ejercía de contable, había logrado cierta posición, y aunque no sin sacrificios, envió a mi madre y al tío Oswaldo a un colegio privado. En el caso del tío Oswaldo fue una inversión inútil, no le gustaba estudiar, pero mi madre soñaba con ser enfermera y lo logró.

Mi madre pasó su infancia en Miami; luego, cuando ella era tan sólo una adolescente, la familia decidió trasladarse a Nueva York. Mi abuelo había conseguido un trabajo mejor. Aun así, no podían permitirse muchos lujos, de manera que mi madre nos solía explicar a Jaime y a mí que había hecho de todo: desde hacer de canguro a despachar hamburguesas o vender camisetas, cualquier cosa para ayudar a sus padres a pagar sus estudios de enfermería. Apenas salía y no gastaba más de lo imprescindible; su único objetivo había sido obtener el título de enfermera.

Mis padres se conocieron uno de esos días en que la lluvia empaña el final del verano en Nueva York, donde ella trabajaba en una hamburguesería cerca del Rockefeller Center. Ella caminaba por la calle sin paraguas y se cruzó con un joven que sí lo llevaba. Sin importarle que no le conociera le preguntó que adónde se dirigía y si podía refugiarse debajo de su paraguas. El desconocido, a pesar de su desconcierto, no sólo aceptó compartir su paraguas sino que la acompañó hasta el metro.

Cuando éramos pequeños mi padre nos contaba a mi hermano

Jaime y a mí que se había enamorado de mi madre nada más verla.

Yo no lo comprendía. Se me escapaba el atractivo que pudiera tener mi madre. Morena de piel y de cabello, con los ojos negros que delataban sus orígenes hispanos y siempre a régimen por su tendencia a engordar. Tenía demasiado culo y eso le restaba elegancia, por más que mi padre hubiera hecho de Pigmalión enseñándole a vestir y a comportarse en consonancia con la posición social de su familia.

Años más tarde, cuando estrenaron *Pocahontas*, me enfureció ver lo mucho que se parecía a mi madre.

Lo primero que no le perdoné era parecerme a ella. Mi cabello y los ojos negros formaban parte de su herencia, así como mi tendencia a engordar. Jaime sin embargo se parecía a mi padre. Compartía con él el color trigueño del cabello y los ojos grises azulados, aunque los de Jaime eran más oscuros. Como mi padre, mi hermano era alto y espigado; ambos tenían una elegancia natural de la que carecíamos mi madre y yo. No importaba que mi madre vistiera trajes de marca, ni que sus elegantes bolsos fueran la envidia de sus compañeras del hospital. Siempre conservó un toque de vulgaridad. Yo la comparaba con mi abuela paterna, la abuela Dorothy, que aun vestida con ropa campestre era elegante. Supongo que su altura y delgadez contribuían a ello.

Me avergonzaba de mis abuelos maternos. Tanto el abuelo Ramón como la abuela Stella eran vulgares si los comparaba con los abuelos Spencer, y eso que a la abuela Stella yo le perdonaba que, aunque fea y gorda, al menos fuera norteamericana de pura cepa. Pero mi madre no había sacado nada de ella, ni sus ojos de azul desvaído ni su cabello castaño. Los genes hispanos de mi abuelo Ramón habían dominado sobre los de mi abuela Stella.

La gran obra de mis abuelos era que su hija mayor se hubiera convertido en enfermera. Para mi alivio vivían en Queens, lejos de Manhattan, aunque he de reconocer que cuando iba al colegio yo era el único que conocía aquel barrio en el que entonces vivían mayoritariamente hispanos. Ninguno de mis compañeros había puesto nunca los pies fuera de Manhattan.

Cuando mis abuelos maternos nos visitaban se los veía desplazados. No importaba cuán amable fuera mi padre con ellos, o que mis abuelos paternos procuraran acogerlos con cordialidad. La realidad es que no teníamos nada en común con ellos, nada que decirnos, nada que nos uniera salvo mi madre, y a mí eso no me parecía suficiente.

Pero si mis abuelos me avergonzaban, aún me hacía sentir peor Oswaldo, el hermano menor de mi madre. Achaparrado, con cara de indio, parecía lo que era: un emigrante hijo de emigrante que, en su caso, por haber fracasado en los estudios, se ganaba la vida con una pequeña empresa de pintura que había montado. Se reía con estrépito y comía como si estuviera permanentemente hambriento, y sobre todo me irritaba que en sus uñas siempre hubiera restos de pintura.

Mi madre era consciente de que su familia no encajaba con la nuestra, pero aun así no tenía piedad para con mi padre y mis abuelos paternos y, de cuando en cuando, nos imponía la presencia de los suyos. Lo peor era la cena de Nochebuena. Como mis abuelos Spencer se iban a Florida tras el día de Acción de Gracias y no regresaban hasta primeros de año, la Navidad la pasábamos en Queens. Mi hermano Jaime no parecía notar el cambio que suponía trasladarse de un lado a otro de la ciudad. Para mí era tanto como cruzar una frontera que me situaba en otra realidad. De Manhattan a un barrio de emigrantes en el que el paisaje humano era diferente, tanto como lo eran las tiendas de la Quinta Avenida o de Madison Avenue respecto a los comercios pobretones de Queens.

Mi madre llevaba a gala su origen hispano, tanto que a nosotros nos había bautizado con nombres españoles. También había impuesto que Jaime y yo fuéramos católicos sin importarle que mi padre fuera episcopaliano. Pero yo me resistía a que me llamara Tomás en vez de Thomas, y terminó cediendo.

Tengo que reconocer que mi hermano Jaime parecía satisfecho con nuestros abuelos maternos. Siempre se mostraba cariñoso con ellos.

A mí me daba vergüenza que nos vieran en su compañía, de manera que casi prefería visitarlos en Queens a que fueran ellos los que acudieran a nuestra casa en Manhattan, donde temblaba al pensar que podía tropezarme con algún compañero de clase y tener que explicar que aquel hombre de piel cetrina y rasgos diferentes era mi abuelo.

Yo no me engañaba, y pese a todos esos discursos sobre la igualdad, sabía que en Estados Unidos los hispanos, en consideración social, apenas estaban por encima de los negros.

Sí, ya sé que años después Clinton fue presidente gracias al voto afroamericano mientras que Obama lo fue gracias a los hispanos, minorías importantes que están en el sector servicios de los blancos. Y yo no quería tener nada que ver con ellos.

Mi madre no dejaba de repetirme que yo había sido un niño difícil desde el día de mi nacimiento. Tardé catorce horas en llegar al mundo, provocándole un sufrimiento que decía que no olvidaría nunca. Al parecer los primeros meses de mi vida no dejaba de llorar y no pudo dormir una noche entera. De manera que no empezamos muy bien mi madre y yo, al revés de lo que sucedió con Jaime, que, según ella, lo trajo al mundo casi sin enterarse y nunca le dio una mala noche.

Yo fui un niño colérico y de cuando en cuando mi madre me daba algún que otro azote. Me defendía, claro está, y nada más recibir un azote yo le daba una patada, lo que provocaba que ella me respondiera con un pescozón. Aun así, he de reconocer que era yo quien la apartaba cuando intentaba darme un beso, abrazarme o cogerme en brazos. No soportaba su contacto físico. Recuerdo un día, tendría yo siete u ocho años, en que intentó darme un beso cuando estaba distraído y respondí con una patada diciéndole «déjame, que hueles mal». No me gustaba el olor de la piel de mi madre. Me resultaba un olor denso, profundo, demasiado parecido al que yo desprendía.

Cuando Jaime nació comprobé que mi madre se deshacía en mimos con él. Jaime no la rechazaba sino que se mostraba ansioso por recibir cualquier gesto de cariño. Y mi madre parecía disfrutar de que por fin le permitieran dejar aflorar toda la ternura que yo rechazaba. Sonreía feliz al verle, le cogía en brazos apretándole con mimo, se pasaba las horas mirándole y presumía orgullosa de lo guapo que era Jaime.

Mi padre solía indicarle con algún gesto que se contuviera, que allí estaba yo, que no debía hacer diferencias conmigo. Entonces ella alargaba la mano y me acariciaba la cabeza, pero yo me apartaba y me miraba con tristeza.

Mi desapego hacia ella lo torné en rencor. Nuestra relación se convirtió en una batalla permanente y, ensoberbecido por haber logrado la ruptura de Joseph y Claire, me pareció que había llegado el momento de ganar la guerra a mi madre.

Tenía que conseguir que mis padres se separaran, que ella se fuera de nuestra casa. Daba por sentado que yo me quedaría con mi padre, mientras que Jaime se iría con nuestra madre.

El reto que se me planteaba era cómo hacerlo. Por más que pensaba, no encontraba nada que se pudiera reprochar a mi madre. Vivía dedicada a su trabajo y a su familia, y contaba con el aprecio de cuantos la conocían. Incluso mi abuela paterna, siempre exigente, se mostraba afable con ella.

Empecé a dormir mal, obsesionado como estaba en hallar el modo de separar a mis padres, y en una de esas noches de insomnio se me ocurrió que la única manera de encontrar algo que pudiera perjudicar a mi madre pasaba por que la vigilara de cerca, no sólo en casa.

Pero salir sin una buena excusa no iba a resultar tan fácil. Mi padre era muy estricto respecto a los horarios y mi madre siempre quería saber dónde y con quién estábamos, así que tuve que decirles que necesitaba correr, que hacer footing me relajaba.

Se fueron acostumbrando a verme marchar a distintas horas enfundado en un chándal. Por la mañana antes de ir a clase, por las noches antes de cenar, y alguna tarde suelta.

—Pues sí que le ha cogido afición a correr —dijo mi madre, que no terminaba de comprender por qué me había dado por hacer deporte habida cuenta de que hasta entonces yo no había sido ningún entusiasta del ejercicio físico.

—Va creciendo, está madurando. No protestes, Carmela, es mejor que Thomas se aficione a correr y no ande por ahí perdiendo el tiempo —alegó mi padre.

Mi madre trabajaba como enfermera intensivista en el hospital Mount Sinai, que no estaba demasiado lejos de casa. Sólo tenía que cruzar Central Park para llegar al hospital, situado entre la Quinta Avenida y Madison Avenue. Cuando hacía buen tiempo, solía ir caminando a buen paso; no tardaba más de treinta minutos. Mi padre no parecía entender por qué ella insistía en trabajar tantas horas, considerando que disponíamos de recursos más que sobrados para que mantuviéramos un alto nivel de vida. En ocasiones los oí hablando de eso. Pero a mi madre le había costado mucho lograr ser enfermera.

Correr fue la excusa para seguir a mi madre. Al fin y al cabo vivíamos muy cerca de Central Park, en una calle que se hizo famosa, la Setenta y dos, en el Upper West Side, donde estaba el edificio Dakota en que vivió John Lennon hasta que un loco acabó con su vida.

Me conocía al dedillo los horarios de mi madre: a qué hora entraba y salía, dependiendo del turno en que le tocara trabajar.

Solía esconderme en la acera frente a la entrada del hospital. Desde allí yo veía entrar y salir a la gente, pero era difícil que me vieran a mí.

En ocasiones mi madre salía del hospital sola, otras con algunos de sus compañeros de trabajo. Normalmente la veía salir con otra enfermera, que era además su mejor amiga, Alta Gracia, también de origen hispano.

Aún hoy me resulta chocante el nombre de Alta Gracia. Al parecer corresponde a una Virgen de un santuario en República Dominicana, que es de donde procedía la amiga de mi madre.

Solían quedarse unos segundos hablando en la puerta antes de despedirse. Otras veces caminaban un rato juntas. Me sorprendía lo embebidas que estaban en sus conversaciones. Y las risas. Sí, esa manera abierta y descuidada de reír a carcajadas sin preocuparse de que las miraran.

Me fastidiaba comprobar que mi madre estaba sumida en una rutina de la que no se apartaba un milímetro. No importaba que fueran las dos de la tarde o las diez de la noche: cuando salía del hospital iba directa a casa.

Llegué a pensar en colarme en el hospital, pero allí me habría sido difícil espiarla. A buen seguro me habrían pillado.

Llevaba un mes espiando a mi madre y ya estaba a punto de convencerme de que no iba a averiguar nada con que perjudicarla, cuando una tarde sucedió algo inesperado.

La vi salir con Alta Gracia. Caminaban con paso rápido y parecían muy serias. Iban juntas cogidas del brazo. ¿Adónde se dirigían?

Anduvieron durante media hora por Madison Avenue hasta llegar a Harlem. Las seguí hasta un grupo de viviendas bajas en la calle Ciento treinta. Subieron los escalones sin mirar atrás y Alta Gracia sacó una llave y entraron en la casa.

¿De quién era esa casa? ¿Qué hacían allí? Pensé que podía ser el domicilio de Alta Gracia, al fin y al cabo yo no sabía dónde vivía, aunque sí le había escuchado a mi madre comentar que su amiga era soltera.

—No quiere compromisos, ni mucho menos tener hijos. Dice que prefiere disfrutar de la vida —le contó en una ocasión a mi padre.

—Ahora es joven, pero cuando sea mayor echará de menos compartir su vida con alguien —observó mi padre.

—Bueno, se puede compartir la vida sin necesidad de estar bajo el mismo techo o traer hijos al mundo —replicó mi madre.

No sé por qué recordé en ese momento aquella conversación. Sería porque intentaba encontrar un sentido a la estancia de mi madre en aquella casa. A lo mejor habían decidido tomar el té juntas, o habían ido a visitar a alguien. No se me ocurría ninguna otra razón.

Observé que alguien corría las cortinas de los ventanales exteriores. No me dio tiempo a ver quién era. Me fastidió, aunque realmente tampoco hubiese sido posible contemplar nada de lo que sucedía dentro teniendo en cuenta que yo estaba en la acera de enfrente, detrás de un coche para mantenerme a cubierto.

Mi madre tardó una hora en salir. Me sorprendió que pareciera sofocada ya que hacía frío. Alta Gracia se despidió de ella con un par de besos.

Me puse a correr en dirección a casa. La tarde ya había caído y llevaba más de dos horas ausente.

Llegué después de mi madre. Ella habría cogido el metro, de manera que se me adelantó. Mi padre llegó apenas diez minutos más tarde de que lo hiciera yo.

—¿Qué tal el día? —preguntó a mi madre.

—Una jornada dc locos. Estamos a tope de trabajo y al doctor Brown no se le ha ocurrido otra cosa que ponerse malo. Su esposa ha llamado para avisar que no vendría porque está con gripe. Por si fuera poco, dos enfermeras de mi turno también han fallado. Una porque su hijo se ha roto un tobillo jugando al básquet y la han llamado del colegio para que fuera a recogerle. La otra porque se ha muerto su padre repentinamente. En fin, que hoy no he parado. Estoy agotada, me voy a dar una ducha y a meterme en la cama.

—¿No vas a cenar con los niños y conmigo? —inquirió mi padre extrañado.

—Si no te importa… De verdad que estoy reventada.

A mi padre le importaba pero no dijo nada. María nos sirvió la cena como cada noche. Yo estaba distraído; me preguntaba por qué mi madre no le había dicho a mi padre que había ido a casa de Alta Gracia, si es que aquélla era su casa.

Jaime no paraba de hablar contándole a mi padre el partido de béisbol que había jugado aquella tarde. Mi padre parecía atento a lo que Jaime le explicaba, pero a mí me pareció que en su mirada había una sombra de preocupación.

Después de cenar se quedó en la biblioteca leyendo como hacía todas las noches, mientras se fumaba un cigarro. Jaime y yo nos fuimos al salón a ver un rato la televisión mientras María ponía en orden el comedor antes de irse a la cama.

Aquella noche tampoco dormí, pensando en si mi madre le diría o no a mi padre dónde había estado.

El resto de la semana mi madre continuó con la rutina de siempre. Incluso cuando salía del hospital con Alta Gracia no se entretenía y regresaba directa a casa.

Pensé en volver a aquella casa y vigilar para ver si era la de Alta Gracia. Y es lo que hice el sábado por la tarde. Mentí a mi padre diciéndole que había quedado con un amigo para ir a correr.

—Me parece bien, correr con alguien es más entretenido que hacerlo solo. Pero, además de correr, deberías pensar en hacer otras cosas. Ya tienes edad para ir al teatro, a conciertos; en fin, para interesarte por actividades culturales. A lo mejor el próximo fin de semana puedes ir a alguna parte, no sé, quizá con ese amigo o incluso con tu hermano Jaime.

No le respondí. Me encogí de hombros. Prefería no llevarle la contraria. En realidad no tenía amigos y por tanto nadie con quien salir. Pero eso no lo sabía mi padre. Lo que no estaba dispuesto era a ir a ningún sitio con Jaime. Seguía aborreciendo a mi hermano.

Pasé cuatro horas vigilando la casa que creía que era la de Alta Gracia. Pero no vi entrar ni salir a nadie. Estuve tentado de acercarme y llamar al timbre, pero si me hubiera abierto Alta Gracia no habría podido justificar qué hacía allí. Regresé a casa frustrado por mi fracaso.

Mis padres habían salido a cenar y Jaime pasaba el fin de semana en el campo, invitado en la mansión de un compañero del colegio.

María estaba en su cuarto y cuando me oyó llegar salió a decirme que me había dejado la cena preparada en la cocina. Ni le respondí. Fui a la cocina a por la bandeja y me senté en el salón delante de la tele a saborear aquella soledad de la que tanto disfrutaba.

No eran muchas las ocasiones en que podía tener la casa para mí solo.

Pero no podía concentrarme en la película que estaba viendo. La casa misteriosa estaba convirtiéndose en una obsesión. Tendría que encontrar otra excusa para volver al día siguiente a vigilar. No iba a ser fácil, porque a mi padre le gustaba pasar los fines de semana con nosotros. Los sábados o domingos por la mañana solíamos ir a ver alguna exposición, mi padre era un experto en arte moderno. Tenía buen ojo para descubrir nuevos talentos y se sentía especialmente orgulloso de su pinacoteca. Una treintena de cuadros distribuidos por toda la casa para desesperación de mi madre, que no lograba contagiarse del entusiasmo de mi padre por aquellos lienzos, en los que los pintores habían plasmado mundos que ella no alcanzaba a comprender.

Después de alguna de aquellas visitas a galerías perdidas por la ciudad, mi padre solía llevarnos a almorzar a algún restaurante italiano para a continuación regresar a casa. Jaime se iba a su habitación a estudiar, mi madre se sentaba ante la televisión y mi padre se encerraba en la biblioteca a fumar y a preparar algún asunto del despacho. Yo también me refugiaba en mi cuarto; abría un libro por si acaso mi padre aparecía y me preguntaba qué estaba haciendo, pero en realidad no hacía nada más que pensar en cómo lograr separar a mis padres. En mi cabeza sólo había sitio para vengarme de mi madre.

Aquel domingo no encontré excusa para poder irme. Mi madre estaba de malhumor y mi padre también parecía contrariado aunque, a diferencia de mi madre, él nunca lo evidenciaba.

No fue hasta el lunes que pude acercarme a la casa de Harlem. Pasé allí más de una hora, expectante, pero no vi a nadie entrar ni salir.

He de reconocer que ir a Harlem me producía cierta inquietud aunque, según había oído decir a mis padres, el barrio estaba cambiando y ya no era un lugar tan peligroso como antaño. Aún faltaban muchos años para que Bill Clinton, el que fuera presidente de Estados Unidos, montara su despacho en el corazón del barrio.

Los siguientes días mi madre continuó con su rutina habitual. Salía del hospital y se iba directa a casa, y ni un solo día la vi salir junto a Alta Gracia.

Tuve que esperar una semana hasta que de nuevo, juntas, se dirigieron a la casa misteriosa.

Andaban con paso rápido, cogidas del brazo y cuchicheando la una con la otra. Parecían preocupadas y hubo un momento en que pensé que mi madre sospechaba que las seguían, porque se paró en seco y miró hacia atrás. No me vio porque me agaché a tiempo, pero una vez más mi madre demostraba tener una intuición especial en lo que a mí se refería.

De nuevo entraron en la casa con paso apresurado y esta vez vi cómo Alta Gracia corría las cortinas. La maldije por ello.

Mi madre salió dos horas más tarde. Yo estaba nervioso porque seguramente María estaría preocupada al ver que yo no había regresado, y era muy capaz de telefonear a mi padre o a mi madre.

De hecho, mi madre salió del inmueble con gesto contrariado. No esperé más y eché a correr hacia la boca de metro más cercana para intentar llegar a casa antes que ella.

Lo conseguí aunque a duras penas. Mi madre debió de coger el tren siguiente al mío porque llegó a casa diez minutos después de que yo lo hiciera.

María se encaró conmigo.

—¿Se puede saber dónde has estado? Ni a mí ni a tu madre nos engañas con esa afición tuya a correr. Dios sabrá en qué estás metido…

—Tú siempre tan amable conmigo. Piensas que soy lo peor de lo peor… —le respondí airado.

Ella no respondió, pero estoy seguro de que en su fuero interno efectivamente pensaba que no conocía a nadie que fuese peor que yo.

Cuando llegó mi padre, mi madre ya estaba en el salón viendo la televisión.

Me sorprendió ver que cuando mi padre se acercó a saludar y darle un beso en la mejilla, ella le recibiera con indiferencia.

—¿Qué tal día has pasado? —quiso saber mi padre.

—No he parado, me voy a ir pronto a la cama.

Era la segunda ocasión en que después de haber estado en la casa misteriosa mi madre no cenaba con nosotros y se iba a la cama a una hora temprana. Mi padre no hizo ningún comentario y salió del salón en dirección a la biblioteca para dejar su cartera.

A la mañana siguiente, a la hora del desayuno, mi madre volvía a estar de mal humor, además de parecer ausente. Mi padre apenas nos prestó atención ni a Jaime ni a mí y se levantó de la mesa antes de que hubiéramos terminado de desayunar, alegando que tenía una cita con un cliente.

Por la noche todo volvió a la normalidad. Mi padre llegó temprano y mi madre parecía haber recuperado el buen humor.

Yo no sabía qué pensar. Estaba seguro de que en aquella casa a la que mi madre iba con Alta Gracia se escondía algún secreto, pero no alcanzaba a desentrañar qué podía ser. Lo que era evidente es que a mi madre le alteraban las visitas a ese lugar.

Si no hubiera sido por el deseo de hacerle daño y por la curiosidad, habría cejado en seguirla. Estaba harto de tanto correr. Incluso una mañana después del desayuno, María comentó a mi madre que me veía más delgado.

—Bueno, no le viene mal haber perdido algunos kilos. Thomas tiene la misma estructura que yo y para ser chico lo de tener tanto culo no queda bien —respondió mi madre mirándome, sin darse cuenta de lo mucho que me hería su comentario.

—Si te crees que a ti te favorece el culo estás muy equivocada, pareces una seta —le dije con insolencia.

—¿Cómo te atreves? —Mi madre no salía de su asombro al oír mi respuesta.

—Pues lo mismo que tú opinas de mi culo yo opino del tuyo. Ya ves, he heredado la peor parte de ti aunque no se me ocurre que tengas nada que me hubiese gustado heredar.

—¡Pero, niño, no contestes a tu madre! —terció María.

No les di ocasión a decirme nada más, porque salí de la cocina dando un portazo.

—Cómo te pasas —me reprochó Jaime, que había salido detrás de mí.

Le di un pescozón tan fuerte que se le saltaron las lágrimas. No le soportaba, pero me consolaba pensar que muy pronto me desharía de él y de mi madre.

Tuvo que pasar otra semana para que mi madre volviera a romper su rutina y fuera a aquella casa con Alta Gracia. Era la tercera vez y siempre coincidía el día, jueves. ¿Tendría algo que ver con que ése era el día en que mi padre llegaba más tarde a casa? Todos los jueves mi padre y sus socios del despacho celebraban una reunión para tratar sobre los temas de la semana, de manera que nunca llegaba a casa antes de las nueve.

Tampoco en esta ocasión pude ver lo que se escondía detrás de las cortinas.

Decidí dejar de espiar a mi madre el resto de los días y concentrarme en vigilar aquella casa, pero introduje una novedad: en vez de correr de un lado a otro, decidí ir en bicicleta. A mi padre le pareció bien que añadiera a mi reciente afición deportiva la bicicleta, mientras que de mi madre y de María obtuve una mirada de sospecha.

Por fin logré resultados: pude ver a Alta Gracia entrar y salir de la casa en tres o cuatro ocasiones. De manera que concluí que, o bien vivía allí, lo que no era descabellado, o iba a ver a alguien.

Me seguía preguntando por qué mi madre entraba siempre animosa en aquella casa y salía malhumorada y con el rostro demacrado.

Uno de esos jueves mi padre llegó contento a casa. Nos contó que había ganado un juicio importante en el que llevaba meses trabajando. «Para el despacho supone un éxito haber ganado un juicio tan delicado», explicó y no dio opción a mi madre a que se fuera a la habitación, tal y como acostumbraba a hacer jueves tras jueves. Ella apenas habló durante la cena y se la veía distraída y desganada ante el plato de pescado.

Jaime pidió a mi padre que nos contara con detalle en qué

había consistido ese juicio y por qué era tan importante, y él se explayó ignorando la palidez de mi madre y su evidente desgana.

Esa noche tomé una decisión. Llevaría en la mochila mi cámara de fotos para fotografiar la casa y las entradas y salidas de mi madre. Estaba seguro de que ella no le había contado a mi padre nada de sus visitas a esa vivienda misteriosa. Me vendría bien tener una evidencia de su secreto.

Empezó a ser habitual que mi madre acudiera a aquella casa sin Alta Gracia, y uno de esos jueves, después de esperar paciente a que saliera, la suerte se puso de mi parte. Cuando se abrió la puerta de la casa mi madre salió acompañada de un hombre. Empecé a disparar una foto tras otra mientras me preguntaba quién era aquel desconocido. Mi madre gesticulaba al hablar, parecía enfadada, y de pronto él la abrazó y la mantuvo entre sus brazos durante unos segundos, lo que me permitió sacar otra tanda de fotos. Ella lloraba y él le limpió las lágrimas con la mano en un gesto que me pareció que denotaba intimidad. Luego se despidieron con un beso en la mejilla.

Regresé a casa pedaleando con más fuerza que nunca, ansioso por llegar antes que ella. Lo conseguí. Procuré estar en el vestíbulo para verla entrar. Para ese momento en su rostro no había huellas de lágrimas. Me saludó irritada.

—¿No tendrías que estar en tu cuarto estudiando?

—Iba a la cocina a hacerme una taza de té —respondí.

—No es hora de tomar té, son casi las siete. Tu padre vendrá enseguida.

Estuve atento a que llegara mi padre. Mi madre se había ido a su habitación y allí se dirigió él después de saludarnos a Jaime y a mí. Aquella noche volvimos a cenar los tres solos, mi madre no se molestó en acompañarnos.

—Está cansada —la disculpó mi padre.

—Los jueves siempre está cansada —repliqué.

Mi padre me miró fijamente, sorprendido por lo que acababa de oír. Dudó un segundo, como si estuviera procesando mi comentario.

—El trabajo de tu madre no es fácil, y hay días que son más duros que otros.

—Pues, por lo que parece, todos los jueves son el día duro de la semana. Raro es el jueves que cena con nosotros —insistí inmisericorde ante el estupor de mi padre, que no me respondió.

Cenamos casi en silencio por más que mi hermano Jaime intentara mantener viva la conversación. Cuando terminamos de cenar mi padre se refugió en la biblioteca para fumar un cigarro, y además yo esperaba que empezara a germinar la cizaña que había sembrado con mi comentario.

Mi madre tampoco desayunó con nosotros. Otra vez mi padre excusó su ausencia.

—Tiene turno de noche, de manera que le vendrá bien dormir un rato más.

—Ya —dije yo mirándole con suficiencia.

—Pobre mamá, no sé cómo aguanta trabajar toda la noche —lamentó Jaime, incapaz de encontrar segundas intenciones en mis palabras.

Los siguientes días mi madre parecía distraída, como si no le importara nada ni nadie de lo que tenía a su alrededor. Yo me daba cuenta de que durante los almuerzos o las cenas hacía un esfuerzo por participar, pero en realidad no le interesaba nada de lo que decíamos ni Jaime ni yo, ni tampoco mi padre. Incluso cuando María le comentaba algo sobre la casa, le decía que tomara ella la decisión.

Yo estaba impaciente por que llegara el jueves. Me preguntaba si volvería a ver a aquel hombre. Quería tomarles más fotos juntos, hacerme con una buena colección antes de enviárselas a mi padre.

Porque eso es lo que pensaba hacer, enviarle a mi padre las fotos de mi madre entrando en aquella casa, sola, con Alta Gracia, y sobre todo las del abrazo del hombre desconocido. Añadiría una nota con un mensaje breve: «Su mujer le engaña». Sí, con eso sería suficiente para que mi padre le preguntara, y ella no tendría más remedio que confesar que tenía un amante. Porque para ese momento yo estaba firmemente convencido de que mi madre iba a aquella casa a encontrarse con aquel hombre y que Alta Gracia facilitaba esas citas secretas.

Quería fijarme con más detenimiento en el individuo. Las fotos las obtuve desde mi escondite a cierta distancia y no había alcanzado a ver bien sus rasgos.

El siguiente jueves mi madre acudió a la casa en compañía de Alta Gracia y salió al cabo de un par de horas sola, sin que nadie la acompañara a la puerta. Esta vez fui yo quien no pudo dominar su malhumor y esa noche me uní a mi madre en mi negativa de cenar con mi padre y mi hermano.

María, sin pretenderlo, me ayudó a echar más cizaña sobre el ánimo de mi padre, porque cuando dije que no tenía hambre, que algo me había sentado mal en el almuerzo y que prefería irme a dormir, ella murmuró malhumorada: «Como tu madre todos los jueves».

Mi padre la miró con reprobación, pero María ni siquiera se había dado cuenta de que la habíamos escuchado.

Pasaron otras dos semanas hasta que la suerte volvió a ponerse de mi parte. Mi madre se dirigió a la casa sin Alta Gracia. Andaba deprisa, parecía impaciente. Yo esperaba en mi escondrijo entre los árboles y sucedió lo que menos me esperaba. Antes de que mi madre llegara a la casa, un hombre la alcanzó llamándola por su nombre. Ella se volvió y entonces se besaron. Fue un beso inocente, como el de dos amigos cuando se encuentran. Luego él la cogió del brazo como si entre ellos hubiera gran confianza y subieron los peldaños hasta la puerta. El hombre sacó unas llaves de uno de los bolsillos de la chaqueta y abrió.

Yo no había dejado de hacer fotos de toda la escena. Me regocijaba pensando en la cara de estupor de mi padre cuando viera aquellas fotografías. Tendría que pedir explicaciones a mi madre y difícilmente ella podría inventar una excusa, habida cuenta de que con aquellas imágenes mi padre dispondría de la prueba de su infidelidad.

Esperé paciente a que abandonara la casa, pero para fastidio mío el hombre no salió a despedirla. Aunque podría haberme dado por satisfecho, preferí probar suerte algún que otro jueves más. Cuantas más fotos pudiera enviar a mi padre, más contundentes serían las pruebas contra mi madre.

La suerte no siempre me acompañaba, de manera que tuve que esperar casi otro mes antes de volver a fotografiarla con aquel hombre. En esa ocasión salieron juntos de la casa y caminaron un buen rato hablando; ella iba agarrada a su brazo y parecían ensimismados en la conversación. La acompañó un buen trecho. Mi madre, que era bajita, se puso de puntillas para darle el beso de despedida y él la mantuvo unos segundos de nuevo apretada entre sus brazos.

¿Cómo era aquel hombre? Vulgar. No había en él nada que destacara. No era alto ni bajo, ni grueso ni flaco, el cabello castaño oscuro, casi negro; sin embargo no parecía hispano. Vestía ropa barata, de esa que se compra en cualquier almacén popular. Aun así, aquel hombre desprendía cierta seguridad. No daba la impresión de ser un cualquiera.

Me di por satisfecho con las fotos que tenía. El siguiente paso era buscar un lugar donde las revelaran. No podía ser cerca de mi casa, tendría que irme a otro barrio. Afortunadamente, una ciudad como Nueva York te permite el anonimato.

Las revelé al día siguiente en Chinatown. Mi plan exigía vendarme la mano derecha. Entré en una tienda de fotografía, donde me atendió una china muy simpática a la que insistí en que necesitaba las fotos de inmediato. «Mañana», decía ella, pero al final cedió y me las entregó al cabo de tres horas. Llevaba un sobre en el que le pedí que me escribiera la dirección puesto que yo tenía la mano derecha vendada. No puso inconveniente y además me indicó la oficina postal más cercana.

Había desechado la idea de añadir una nota diciendo «Su mujer le engaña». Las fotos eran suficientemente explícitas. Eran la mejor prueba de la traición de mi madre.

Sólo me quedaba esperar a que al cabo de unos días llegara el sobre al despacho de mi padre, que era donde lo había enviado. Confieso que me sentía nervioso esperando el gran día. Cada tarde, cuando mi padre regresaba de trabajar, yo le observaba para ver si estaba contrariado o preocupado. Por fin el gran día llegó.

Aquel lunes mi padre llegó a casa antes de lo previsto. Mi madre había trabajado la noche anterior y se encontraba en casa. Jaime estudiaba en su habitación y yo me entretenía dibujando.

—Dígale a la señora que venga a la biblioteca —le pidió mi padre a María apenas entró por la puerta.

—Está en la cocina —respondió María, extrañada por el gesto adusto y el tono de voz de mi padre.

Pero él no le respondió y se fue directamente a la biblioteca. Mi madre acudió segundos después, sorprendida por el requerimiento. No cerró la puerta y yo me escondí en el pasillo, expectante ante lo que pudiera ocurrir.

Mi padre le tendió el sobre sin decir palabra. Ella lo miró sin comprender.

—¿Qué es esto?

—Dímelo tú.

Ella abrió el sobre y sacó las fotos. Las fue pasando una a una, había más de veinte. Luego volvió a meterlas en el sobre y se lo tendió a mi padre.

—Eres tú quien tiene que explicarme esto. ¿Acaso me espías?

—¿De manera que soy yo quien tiene que darte explicaciones? Hay que reconocer que no te falta aplomo.

—Juan, no alces la voz… —Mi madre, cuando estaba nerviosa, españolizaba el nombre de mi padre.

—No me llames Juan y no estoy alzando la voz. Estoy pidiéndote una explicación y tú tienes la desfachatez de decirme que soy yo quien debe justificarse.

—Sí, quiero saber quién ha hecho estas fotos, quién me ha seguido y por qué. Y puesto que tú tienes las fotos, te corresponde a ti darme una explicación.

Mi padre a duras penas era capaz de contener su indignación.

Vi sus puños crispados a lo largo del cuerpo y a mi madre frente a él manteniéndole la mirada, desafiante.

—Me han llegado en el correo de la mañana.

—¿Quién te las ha enviado? —insistió mi madre.

—El alma caritativa que te ha descubierto ha olvidado enviarme su tarjeta de visita —respondió mi padre.

—Ya... ¿Y qué es lo que ha descubierto esa alma caritativa, como tú la llamas?

—¿Quién es ese hombre, Carmela? ¿A qué vas a esa casa?

—¿Me estás pidiendo explicaciones?

—¿Te sorprende que lo haga?

—Nuestra relación se ha basado siempre en la confianza —replicó mi madre—. Yo nunca te he preguntado por tus almuerzos con clientes o por qué te has quedado hasta tarde en el despacho... Y no se me ocurriría sospechar de ti si mañana te encuentro por la calle con alguien a quien no conozco.

—¡Qué hábil eres, Carmela! Habrías sido una gran abogada. Conviertes al ofendido en ofensor. ¡El colmo!

—A ti nadie te ha ofendido, pero tú sí me estás ofendiendo a mí. Insisto en que me debes una explicación.

Nunca había visto a mi padre tan enfadado. Era un hombre contenido que no decía una palabra más alta que otra. Creo que ésa fue la primera vez que le oí gritar.

—¿Adónde vas los jueves, Carmela?

—¡Los jueves! Vaya, eres tan listo que incluso les pones día de la semana a las fotos.

—Me debes una explicación —insistió mi padre—, o de lo contrario...

—¿Me estás amenazando, Juan?

—Te exijo una explicación. Nada más.

Hasta ese momento habían permanecido de pie, el uno frente al otro. Mi madre se sentó en un sillón, pero antes se encendió un cigarrillo aun sabiendo lo mucho que le molestaba a mi padre que fumara.

Aspiró el humo con ansia mientras mi padre continuaba de pie.

—Supongo que sabes que en este país si no tienes un buen seguro puedes morirte sin que te atiendan como es debido en un hospital. Que hay tratamientos que si no puedes pagar no los recibes, no importa lo enfermo que estés.

»El hombre de la foto es… Es un amigo… Amigo de Alta Gracia y también mío. Durante un tiempo trabajó en la recepción del hospital. Luego le echaron, ya sabes cómo son las empresas. Pensaron que una mujer joven y atractiva era más conveniente en ese puesto que un hombre de mediana edad. Él… Él trabaja en lo que puede, ahora lleva la contabilidad de varias tiendas de su barrio. Es un buen hombre. Cuando le echaron del hospital su esposa le abandonó, se llevó a sus dos hijos pequeños, y no ha vuelto a saber de ella. Ahora vive con su hija mayor, Natalie, hija de su primera esposa. Tiene veinte años y un cáncer del que no va a recuperarse. Debería recibir cuidados paliativos, pero él no dispone de dinero para pagarlos. De manera que Alta Gracia le ayuda en lo que puede. Suele ir a ayudarle a lavarla y… bueno, también le pone inyecciones de morfina para aliviarle los dolores. Yo les echo una mano. Suelo ir los jueves, que es el día en que Alta Gracia va a clase de guitarra. Paso allí dos o tres horas; la lavo, cambio las sábanas, le pongo la morfina… Ella, Natalie, es consciente de que se muere, de que está en tiempo de descuento. Los médicos dijeron que no viviría más de seis meses y se acerca el momento. Y si quieres saber más, te lo diré. Aprecio sinceramente a George. Lo que hago no es sólo por su hija, sino también por él. Es un buen hombre, un hombre cabal, al que la vida le ha negado todo lo bueno que merece. A ti no te gustaría, ¿sabes por qué? Porque George es un perdedor y tú no sabes nada de perdedores. La vida ha sido buena contigo, no has tenido que esforzarte para conseguir lo que tienes; simplemente estaba ahí, sólo tenías que cogerlo. Otros nos hemos visto obligados a luchar para salir adelante. Yo he tenido suerte; George no, él se quedó en el camino.

Ambos guardaron silencio. ¿Qué más podían decirse? Yo no me atrevía casi ni a respirar temiendo que me descubrieran.

—¿Por qué no me has hablado nunca de él y de esa chica? —preguntó mi padre con la voz ronca.

—No lo sé... Supongo que porque es algo que no te concierne. ¿Qué puede importarte a ti lo que le suceda a un desconocido?

—George pertenece a una parte de tu vida que no compartes conmigo, ¿es eso lo que quieres decir?

—No sé... Bueno, puede ser que sí.

—Cuando alguien oculta algo...

—Sí, se hace sospechoso.

—¿Qué hay entre George y tú?

Mi madre guardó silencio. Parecía buscar la respuesta como si temiera sus propias palabras.

—Nada de lo que tenga que avergonzarme. Pero me siento muy cerca de él, de su dolor. Le admiro, ¿sabes? Sí, le admiro porque a pesar de todo no se ha rendido. Ha perdido a su esposa, a sus dos hijos pequeños, está a punto de perder a su hija para siempre y, sin embargo, continúa luchando. No sé de dónde saca fuerzas para seguir adelante.

—¿Qué quieres hacer? —preguntó mi padre, consciente de la profundidad del afecto que mi madre sentía por ese tal George.

—¿Qué quieres hacer tú, John? Eres tú quien me ha mandado espiar.

—Yo no te he mandado espiar. Desconozco quién me ha enviado estas fotos.

—El porqué está claro: alguien quiere hacerme daño; en realidad, quieren hacernos daño a los dos —afirmó mi madre.

—Pues lo han conseguido —fue la respuesta de mi padre.

—George no es mi amante —musitó mi madre.

—Ya, pero tú misma acabas de decir que ese hombre es importante para ti. Hablas de él de una manera en que dudo que hables así de mí. A veces el engaño es mayor cuando no media el sexo, mayor que unos simples encuentros de cama. Eres tú, Carmela, quien tiene que explicarse por qué no has querido compartir conmigo el problema de ese hombre, por qué me has dejado al margen. Creo que los dos sabemos la respuesta.

Mi madre pareció asustarse. La seguridad de la que había hecho gala empezó a desmoronarse. Mi padre continuaba de pie, frente a ella, mirándola como si fuera una desconocida. Le había herido profundamente. De repente todas las certezas de su vida estaban a punto de evaporarse.

Yo tenía ganas de gritar, tal era la alegría que sentía al ver a mi madre a punto de ser derrotada. ¡Sí, derrotada por mí! Estaba seguro de que mi padre no podría perdonarla y que terminarían separándose. No les quedaba otra opción.

—Tengo trabajo, dormiré aquí —dijo mi padre invitándola a salir de la biblioteca.

—Juan, no podemos dejar las cosas así… Yo… Creo que no he sido del todo consciente de la importancia que tenía lo que estaba haciendo…

—No te reprocho tu actitud de querer ayudar a alguien que ha trabajado contigo. Tú sabes que ése no es el problema, no soy ningún miserable. La pregunta a la que tienes que contestarte y contestarme a mí es por qué lo has ocultado, por qué no has podido compartirlo conmigo, por qué es tan importante para ti ese hombre.

—¡No ha habido nada entre nosotros, te doy mi palabra!

—¡Por favor, Carmela! No es eso de lo que estamos hablando y tú lo sabes.

Mi padre había dado la conversación por acabada y mi madre no parecía con fuerzas de insistir. Me fui deprisa por temor a que me encontrara. Aquella noche no pude dormir saboreando el triunfo obtenido.

Nuestra vida cambió, no de manera brusca pero cambió. Yo esperaba anhelante que mis padres nos comunicaran a Jaime y a mí que habían decidido separarse y me impacientaba que los días pasaran sin que ninguno de los dos dijera nada.

Ellos no se hablaban más allá de «Por favor, pásame el azucarero» o «¿Te importa acercarme esa taza?».

María notaba la tensión entre mis padres y parecía haberse quedado muda, incluso había dejado de fastidiarme con sus eternos reproches.

Jaime estaba preocupado. Sabía que ocurría algo pero desconocía qué.

—No sé qué les pasa a mamá y a papá, apenas se hablan. Parecen… no enfadados, sino distantes el uno con el otro. ¿No crees que es extraño? —me preguntó un día mi hermano.

Me encogí de hombros como si no me importara. En todo caso Jaime no habría esperado otra reacción de mí, de manera que continuó hablándome aunque en realidad hablaba consigo mismo en voz alta:

—Papá suele dormir en la biblioteca. Hace unos días los oí hablar. Mamá le pedía que volviera al cuarto que siempre han compartido y él le dijo que estaba ocupado preparando un juicio y que esa noche también dormiría en el sofá de la biblioteca. Espero que lo que les pasa no sea grave, lo que menos me gustaría es que nuestros padres se separaran. Yo los quiero a los dos igual.

—Métete en tus asuntos y déjalos a ellos con los suyos. ¿A ti qué te importa lo que les pase?

—Pues claro que me importa, y a ti también debería importarte, son nuestros padres…

—Ya son mayorcitos para saber lo que les conviene… Y tú no seas bobalicón, ya no eres un niño.

Una tarde, cuando regresé a casa, vi la puerta de la biblioteca cerrada. Iba a entrar pero María me lo impidió.

—Tus padres están hablando y me han dicho que nadie los moleste. Tendrás que esperar.

—¿Llevan mucho rato hablando? —le pregunté.

—Más de dos horas. Y no seas curioso. Vete a tu habitación, que algo tendrás para estudiar.

¡Por fin!, pensé. Por fin estaban hablando, decidiendo la separación. No podía ser de otra manera, creía yo. Pero me equivoqué. Mis padres salieron de la biblioteca con un acuerdo, el de intentar seguir viviendo juntos. Ese fin de semana se reanudó la costumbre de que almorzáramos fuera de casa para después ir a una exposición.

Repetimos la rutina, pero sin ganas. Yo, furioso por no haber conseguido mi objetivo, y mis padres, con resignación. El único que parecía feliz era Jaime.

No, no había logrado que se separaran, pero me consolé pensando que había quebrado la confianza de mi padre en mi madre y que ella nunca sería capaz de lograr que la recuperara. Me pareció que habían dejado de ser felices, aunque volvieron a compartir habitación.

Mi padre trataba a mi madre con una frialdad que no era ni mucho menos calculada, sino fruto de que algo se había roto dentro de él y no tenía reparación. Mi madre dejó de reír; incluso parecía importarle poco su aspecto físico porque engordó. La ansiedad la llevaba a comer más de lo debido.

Yo me preguntaba por qué habían decidido seguir juntos si era obvio que se sentían muy lejos el uno del otro. Pero no logré averiguar el porqué.

Ahora era mi padre el que a veces regresaba tarde, mientras que mi madre renunció a sus visitas de la tarde de los jueves.

Les rompí la vida y aunque entonces lo saboreé con fruición, ahora sé de la inutilidad de mi triunfo. No debí mandar aquellas fotos a mi padre. No, no debí hacerlo.

Si pudiera dar marcha atrás me iría a aquella tarde en que fui a revelar los carretes de fotos. Sí, en ese momento debí dar marcha atrás. Imagino cómo hubiera sido:

La dependienta china me preguntaría para cuándo necesitaba tener las fotos reveladas. Yo le habría insistido en que cuanto antes. Luego le habría pedido que escribiera con su letra la dirección del despacho de mi padre y me habría encaminado, como hice, a la oficina de correos. Imagínense la escena. Una vez pues-

tos los correspondientes sellos, el empleado de correos habría tendido la mano para coger el sobre, pero entonces yo habría dado un paso atrás.

—Deme el sobre —habría pedido el empleado, asombrado por mi reacción.

—Es que… bueno, creo que me falta algo por meter… me estaba acordando ahora… Mejor lo compruebo y vuelvo después…

Habría apretado el sobre contra mi pecho y al llegar a la calle seguro que habría respirado alterado preguntándome por qué no hacía lo que me había prometido que iba a hacer.

«Es una infamia lo que vas a hacer a tus padres», debí haberme dicho. «La verdad es que mamá no te ha hecho nada tan grave como para intentar destruirla», habría continuado el razonamiento. «A papá le vas a hacer mucho daño, no se recuperará de este golpe», añadiría a mi pensamiento.

Durante un buen rato habría luchado conmigo mismo. En realidad habría repasado la lista de agravios de mi madre y luego habría ponderado el daño que iba a provocar a mi padre. Él siempre me había demostrado un cariño infinito, aun a pesar de verme tal cual he sido siempre. No, él no merecía ese castigo. Puede que mi madre sí, pero no mi padre.

Podía seguir llevando a cabo pequeñas venganzas contra ella, siempre se me ocurría algo, pero no había necesidad de destruir a mi padre.

Vagando de un lado a otro mientras ordenaba mis pensamientos, habría tomado la decisión final. Acercándome a una alcantarilla, abriría el sobre y rompería las fotos en pedazos irreconocibles e iría arrojándolos a través de la reja de la alcantarilla.

Mientras rompía las fotos sentiría un ligero malestar conmigo mismo por ser tan blando, por haber sentido compasión por mi padre negándome así la venganza hacia mi madre.

Al llegar a casa habría encontrado a mi padre en la biblioteca absorto en sus papeles.

—Pasa, pasa, Thomas… ¿Qué tal te ha ido hoy en clase?

Hablaríamos un rato sobre temas intrascendentes: mis clases, mis compañeros, la última queja de María por el desorden de mi habitación... y habríamos oído girar la llave de mi madre, sofocada por llegar tarde. Se acercaría a mi padre para besarle ligeramente en la mejilla, pasaría por mi lado y me apretaría el brazo diciéndome «hola» antes de irse a la habitación de Jaime para darle un beso.

Sí, todo habría seguido igual que hasta ese momento. Estoy seguro de que mi madre nunca nos habría abandonado por el hombre de la casa misteriosa. Era sólo una ilusión, una forma de sentirse viva para sobreponerse a la rutina.

Casarse con mi padre había formado parte de su ascenso social y personal. Ella, hija de un emigrante, transformada en una burguesa de la costa Este. Sí, había llegado lejos, no sólo por su esfuerzo para conseguir aquel título de enfermera, sino porque su lugar en el mundo había cambiado al convertirse en la señora de John Spencer.

A ella le gustaba llamar Juan a mi padre, españolizando su nombre, pero no dejaba de ser un juego entre ellos. John Spencer era un prestigioso abogado, como lo había sido su padre y su abuelo y su tatarabuelo. Disponían de una cómoda casa en Manhattan, un potente seguro para cubrir enfermedades e imprevistos, y una docena de buenos amigos con los que pasar algunos fines de semana navegando en Newport, además de viajar cada cierto tiempo a la vieja Europa.

Tenían una buena vida en la que no faltaba nada, y mi madre apreciaba todas esas cosas de las que había carecido cuando era niña y vivía en un suburbio de Miami o cuando más adelante terminó de crecer en Queens.

No, no habría dado ningún paso que la llevara a perder todo aquello. De eso estaba convencido.

Aquella noche yo habría sentido en la boca del estómago una sensación agridulce. Agria por no haber asestado el golpe definitivo a mi madre, dulce por haber salvado a mi padre.

Durante la cena la habría observado diciéndole sin palabras:

71

«Me debes la vida, esta vida de la que disfrutas, y si quisiera podría arrebatártela». Miraría a mi padre y a Jaime y pensaría que, aun sin saberlo ellos, siempre estarían en deuda conmigo por permitir que vivieran ignorantes de la doblez de mi madre y, por tanto, dejando que la vida siguiera fluyendo sin grandes sobresaltos.

Seguramente me habría arrepentido en más de una ocasión de no haber mandado aquel sobre. Sí, cada vez que mi madre me contrariara, cada vez que nos enfrentáramos por algo, tomaría la decisión de regresar jueves tras jueves a aquella casa para volver a fotografiarla junto a aquel hombre. Ella no lo sabría, pero siempre la tendría en mis manos y eso me haría sentir bien. Aun así, lo importante es que no habría llevado la tristeza a mi casa.

Pero opté por la venganza y me regodeé en ella cobrándome una víctima, mi padre, que ya no volvió a ser feliz.

¿Estaba satisfecho de mí mismo? Sí, en aquel momento yo estaba satisfecho de lo que había hecho, ni por un segundo me arrepentí. Ahora ya es tarde para hacerlo. Sería hipócrita por mi parte lamentarme, y no lo haré, pero sé que el día en que envié aquel sobre cambié el destino de la vida de mis padres.

JUVENTUD

2

No tenía un buen expediente para estudiar en Harvard, de manera que conmigo se rompió la tradición de que el primogénito de la familia cursara leyes en aquella universidad que cobijaba a los mejores. Ese honor recaería en Jaime, mi perfecto hermano.

Mi madre no pareció compungida por el hecho de que yo no pudiera estudiar en Harvard.

—Jaime lo hará —le dijo a mi padre cuando éste se lamentó de que yo, su hijo mayor, no siguiera los pasos familiares.

—Sí, lo sé, pero me hubiera gustado que Thomas… —insistió mi padre.

—Nunca le ha gustado estudiar, a duras penas podrá ingresar en una universidad. Déjale que elija lo que quiere hacer.

—Me ha dicho que desea trabajar, pero no lo permitiré. No hay necesidad de que lo haga, aún tiene que formarse —respondió mi padre.

No hubo respuesta de mi madre. Ella nunca batallaba por mí, en realidad no creía que yo tuviera talento para nada. O eso creía yo.

A pesar de mi insistencia de que no quería continuar estudiando y mucho menos ir a ninguna universidad, mi padre se empeñó en que hiciera algo. «Lo que sea, habrá algo que te guste», me dijo.

—Hacer anuncios, eso me gustaría —respondí por decir

algo, aunque en realidad desde pequeño me quedaba como un autómata ante el televisor cuando daban anuncios.

—Vaya, no está mal… No se me había ocurrido que te podía gustar la publicidad. Bueno, pues buscaremos un buen sitio donde puedas estudiar publicidad —afirmó mi padre.

—No quiero ir a la universidad, estoy harto de estudiar. ¿No podrías enchufarme en la empresa de algún conocido que se dedique a la publicidad?

—Buscaremos el sitio apropiado para que estudies. Si quieres dedicarte a la publicidad tendrás que prepararte.

No hubo manera de convencerle. Se mostró inflexible. Yo podría haberme negado, ya tenía edad para enfrentarme a la vida. No creo que, salvo mi padre, el resto de la familia hubiera lamentado que me hubiese ido al otro extremo del país.

Mi abuelo paterno se había jubilado dejando el despacho en manos de mi padre y disfrutaba viajando con la abuela Dorothy. En cuanto a mis abuelos maternos, me resultaban indiferentes, nunca los traté con afecto y ellos siempre se sintieron retraídos conmigo. Eran un espejo en el que no me gustaba mirarme, sobre todo en mi tío Oswaldo, el hermano de mi madre.

Tampoco creo que Jaime hubiera sentido demasiado mi ausencia. Su único objetivo era parecerse a papá, de manera que todo su tiempo lo dedicaba a estudiar para poder entrar en Harvard. Supongo que soñaba con que algún día sucedería a mi padre al frente del bufete. Y mi madre… bueno, en realidad no lo sé, pero habida cuenta de que siempre se quejaba de mí, a lo mejor hubiera sentido alivio si yo me hubiera ido a Los Ángeles, que es con lo que los amenacé.

Pero al final fui práctico. Irme habría significado buscarme la vida, sobrevivir con cualquier trabajo, y eso suponía perder todos los privilegios de los que hasta ese momento había disfrutado.

—De acuerdo, papá, estudiaré, pero no en la universidad. Me han hablado de un centro de estudios; allí podría aprender publicidad.

—¿Qué clase de centro es ése?

—Pues no creas que es barato. Se llama Centro de Estudios Publicitarios Hard, no suena tan mal. Está en el SoHo.

—Un lugar peculiar… —murmuró mi madre.

—¿Por qué? Continúa siendo un barrio bohemio —respondí a la defensiva.

Mi padre terminó aceptando, consciente de que aquello era lo máximo que podía conseguir de mí. A mi madre pareció darle lo mismo; por más que lo disimulara, yo sabía que ella no creía en absoluto en mí.

El propietario del centro, Paul Hard, me pareció un tipo singular. Un perdedor que no se rendía aunque no ignoraba que su momento había pasado. Desde el primer día supe que era un vividor, un superviviente dispuesto a cualquier cosa con tal de vivir unos minutos más. Él también supo ver que, entre todos los alumnos del centro, yo era diferente; sólo le faltaba averiguar en qué y por qué.

Paul había sido un creativo exitoso y, según constaba en su currículo, había trabajado en dos de las más importantes agencias de publicidad. Por qué le despidieron es algo que nunca nos contó, pero con el tiempo llegamos a enterarnos de que cuando salió de la última agencia, pasó varios años sin encontrar trabajo, malviviendo como vendedor ambulante, o diseñando tarjetas comerciales para las tiendas de su barrio. La mala racha había coincidido con su tercer divorcio. Su mujer no estaba dispuesta a compartir su vida con un fracasado, de manera que le dejó plantado por otro creativo, un viejo amigo de Paul que tenía su propio negocio en San Francisco.

El Centro de Estudios Publicitarios Hard me supuso entrar en contacto con una realidad distinta a la que estaba acostumbrado.

Los alumnos formábamos una masa heterogénea. No todos eran los desheredados de la sociedad, también había algunas cuantas ovejas descarriadas como yo, chicos de familias acomodadas que habían terminado ahí porque no los aceptaban en ninguna universidad que mereciera la pena; otros sencillamente, como era mi caso, porque ni siquiera se planteaban realizar el más mínimo esfuerzo de estudiar pero sus padres no veían con buenos ojos que no hicieran nada.

Paul había alquilado una vieja casa de dos plantas y él mismo la había remodelado. El tipo tenía gusto e imaginación, de manera que el lugar daba el pego. Contaba como profesores con otras viejas glorias como el propio Paul.

—Los cuatro próximos años los pasarán con nosotros, así que es mejor que les deje las cosas claras desde hoy. Este centro no es la universidad, pero los que damos clase aquí sabemos más del negocio que todos esos señoritos de Harvard. Conocemos todos los trucos de la profesión y eso es algo que no les enseñarían en ninguna universidad. Van a aprender más de lo que imaginan, pero les aviso de que ahí fuera sólo sobrevivirán los que sean capaces de olvidarse de los buenos principios. No hay reglas a la hora de conseguir una cuenta publicitaria.

Me gustó el discurso de bienvenida de Paul. Nada de palabras alambicadas para engañarnos sobre lo que nos esperaba en el futuro. No sentía ningún aprecio por nosotros, éramos sólo un medio para pagar sus facturas y sobrevivir, pero aun así estaba dispuesto a enseñarnos cuanto sabía.

Paul siempre llevaba chaqueta. En invierno se las arreglaba con un par de gastadas chaquetas de cachemira, recuerdo de cuando era un ejecutivo de éxito. En verano, chaquetas de lino arrugadas que habían conocido tiempos mejores.

Las clases empezaban a las ocho y terminaban a las doce, y tengo que admitir que no me aburrí nunca. Ellos se dedicaban a explicar lo que sabían y cómo habían hecho su trabajo; nos ponían como ejemplo las campañas en las que habían participado y nos encargaban que inventáramos campañas para cualquier tipo de producto. No éramos muchos alumnos, no más de cincuenta, de manera que formábamos grupos de trabajo. Cada equipo simulaba ser una agencia de publicidad que competía por hacerse con la cuenta, ya fuera de un cliente que fabricaba salchichas, maquillaje o un limpiador para el baño.

En mi grupo había un par de chicas realmente listas, sobre una de ellas, Esther, recaía la parte dura del trabajo, y tres o cuatro chicos que, como yo, procuraban escaquearse en cuanto podían.

Me gustaba Esther. Era italiana. Su familia tenía un restaurante en el que trabajaban sus padres, su abuela, dos tíos y su hermano mayor. Pero ella no estaba dispuesta a pasarse la vida en los fogones o sirviendo mesas. Sabía lo que no quería y se matriculó en aquel centro de estudios, mucho más económico que la universidad, porque era lo único que sus padres podían permitirse pagar.

Pero con quien mejor congenié fue con Lisa. Vivía con sus padres en un lujoso dúplex, en la Quinta Avenida frente a Central Park. Había hecho lo indecible para que la expulsaran de varias escuelas femeninas. Al final se había buscado el Centro de Estudios Publicitarios Hard para fastidiar a sus padres, quienes habían previsto otro futuro para ella. Iba allí porque tenía que ir a alguna parte. En Nueva York hace demasiado frío en invierno para estar en la calle, y no podía acudir a los lugares que frecuentaba habitualmente porque podía encontrarse a algún conocido, de manera que iba al centro, se ponía los cascos y desconectaba de todos nosotros. Hasta que un buen día Esther se plantó.

—No estoy dispuesta a hacer todo el trabajo yo sola, bastante poco hacen éstos, pero tú es que no haces nada. Así que o te pones las pilas o te cambias de grupo.

Lisa fue a quejarse a Paul de la actitud de Esther, pero a él le resultó indiferente.

—A mí me da igual que vengas aquí y no hagas nada mientras pagues a fin de mes, pero no me vengas con lloriqueos a quejarte de tus compañeros. Arréglate con ellos.

Ella no estaba acostumbrada a que la trataran así, pero se dio cuenta de que con Paul no iban a valerle sus quejas de niña rica. Él la aceptaba sólo por una razón: porque pagaba su mensualidad, por lo demás tanto le daba que entrara en clase o se quedara en el hall. En realidad no le importaba lo que pudiéramos aprender. Nos decía que no era nuestro padre y que ya éramos mayorcitos para tomar nuestras propias decisiones. Creo que esa indiferencia que mostraba es lo que nos llevó a muchos de nosotros a interesarnos por lo que nos podía enseñar. A él le daba igual, no tenía intención de lidiar ninguna batalla para que nos gustara la publicidad. Formábamos un batallón de jóvenes más o menos inútiles, y ése no era su problema. Allá nosotros.

Si en mí hubiera habido una brizna de algo bueno, en aquel momento habría intentado hacerme amigo de Esther. Era inteligente, ambiciosa, tenaz y estaba decidida a aprovechar cualquier oportunidad con tal de no tener como horizonte la cocina del restaurante familiar.

Pero el mal atrae el mal, de manera que con quien intimé fue con Lisa, en la que reconocía la misma parte oscura que habitaba en mí.

Sabía que de Lisa nunca podría fiarme, que era capaz de cualquier maldad sólo para divertirse y que hacía pagar con creces a quien la contrariaba. No dudaba de que tarde o temprano haría pedazos a Esther. Parecía ignorarla, pero era su forma de despistar a los demás. Sí, podía engañar a cualquiera menos a Paul y a mí. Paul no se dejaba impresionar por Lisa y sabía ponerla en su sitio. En cuanto a mí, me parecía interesante tenerla cerca para observarla; además era guapa, vestía bien, y nos divertíamos juntos.

Mi padre y Jaime, incluso María, parecían contentos de mi amistad con Lisa. Había venido un par de veces a casa, mostrándose encantadora y educada. Además, mi padre había oído hablar del padre de Lisa, el señor Ferguson, propietario de un imperio cárnico. Al parecer poseían miles de cabezas de vaca criadas para el matadero. Yo me reía de ella diciéndole que era «la reina del solomillo».

A quien Lisa no logró engañar fue a mi madre. Sintieron un rechazo inmediato la una por la otra.

—No es una buena chica —se atrevió a decir mi madre el día en que la conoció.

—¿Y tú cómo lo sabes? Apenas la has saludado y ya opinas que no es una buena chica. ¿Sabes, mamá? Te crees superior a los demás, debes de pensar que no hay nadie mejor que tú.

—Thomas, no hables así a tu madre, sólo ha dado su opinión —intervino mi padre.

—Ya, pero resulta que a ti te ha parecido encantadora —respondí a mi padre.

—Sí, así es —admitió mi padre, confundido porque no quería una escena familiar a cuenta de Lisa.

—Bueno, a lo mejor cuando mamá la conozca un poco más cambia de opinión —terció Jaime, intentando buscar una posición intermedia.

—A mamá no le gusta nada de lo que a mí me gusta y además es capaz de hacer un juicio de valor durísimo sobre una persona a la que ha visto cinco minutos —insistí yo irritado porque mi madre hubiera calado a Lisa.

—Tienes razón, ha sido una opinión precipitada. Seguramente es una buena chica, pero esos ojos… esa manera de mirar… No me gusta, pero no sé por qué. Siento si te he molestado, Thomas —se disculpó mi madre, lo que me llenó de satisfacción.

—Bueno, lo importante es que le guste a Thomas, ya la iremos conociendo. Podría venir algún fin de semana a Newport a navegar con nosotros, ¿qué te parece, hijo? —propuso mi padre.

—Sí, estaría bien. Los Ferguson también tienen una casa en Newport. Ah, y me han invitado a una cena benéfica el sábado en el Plaza. La madre de Lisa preside una asociación que recauda fondos para los niños de África.

—¿En el Plaza? Estupendo, hijo, estupendo —dijo mi padre, que parecía satisfecho de que me hubieran invitado a un acto social importante fuera de nuestro círculo habitual de amigos.

—Diré a María que lleve tu esmoquin a la tintorería —comentó mi madre intentando parecer conciliadora.

Me divertí en la cena benéfica. Lisa inventó un juego en el que cada uno teníamos que buscar el parecido de los amigos de su familia con algún animal. Cada comparación nos provocaba una carcajada y he de reconocer que ambos teníamos ingenio.

Si Lisa no le gustaba a mi madre, yo tampoco le gustaba a la suya. Su madre veía lo evidente, que nos parecíamos demasiado para que pudiera salir nada bueno de la alianza entre ambos. Pero al igual que mi madre, la de Lisa no se atrevió a poner inconvenientes a nuestra amistad; conocía bien a su hija y sabía que si me criticaba en exceso eso la uniría más a mí. De manera que la señora Ferguson intentaba que no se le notara demasiado lo mucho que le irritaba mi presencia.

Aunque ya nos habíamos acostado unas cuantas veces, aquella noche Lisa quiso tener sexo en los lavabos de señoras del hotel.

—Será excitante —dijo mientras tiraba de mí.

Yo no encontraba excitante encerrarnos en un váter, todo lo contrario, pero en realidad su intención era que alguien nos pillara y todos los invitados de su madre se enteraran.

Le seguí el juego. Entramos en los lavabos de señoras en un momento en que una amiga de su madre se estaba retocando el maquillaje, mientras hablaba con otra mujer.

Lisa hizo como que no las veía y me empujó dentro del cubículo del váter. Empezó a susurrar obscenidades mientras se quitaba el vestido y me apretaba contra la pared. La verdad es que no fui capaz de llegar hasta el final. No sólo por los murmullos de las señoras que, atónitas, aún seguían en los lavabos, sino porque no me encontraba a gusto en aquella situación. Hice lo que pude, que no fue mucho.

—Eres un marica —me dijo Lisa al oído.

Luego empezó a gemir como si de verdad estuviéramos teniendo una sesión de sexo inolvidable. Bueno, inolvidable iba a ser, porque todos los amigos de sus padres y de los míos supieron de nuestra hazaña.

Lisa abrió la puerta con el vestido a medio poner y yo estaba en cuclillas buscando mi pajarita, que ella había tirado al suelo. Algunas de las señoras que se encontraban allí recriminaron mi presencia y se mostraron escandalizadas por la actitud de Lisa. Ella no se molestó en responder; terminó de subirse la cremallera del vestido, sacó el lápiz de labios del bolso, sonrió y me cogió de la mano para sacarme fuera de allí.

—Nos hemos pasado —me atreví a decirle.

—No seas estúpido. Hemos hecho algo que a ellas les gustaría pero no tienen valor de llevar a cabo.

Yo no estaba convencido de que tuviera razón, pero no repliqué. Aunque no quisiera admitirlo, ella era quien mandaba en nuestra relación.

Cuando regresamos a la mesa su madre nos miró con tanta ira que temí que nos fuera a abofetear o a echarnos. El señor Ferguson agarró del brazo a su esposa intentando contenerla y no se atrevió a mirar a los ojos de Lisa, que aguardaba desafiante. El resto de los invitados con los que compartíamos mesa estaban tan incómodos que evitaban mirarnos.

Pero Lisa aún no había terminado de avergonzar a sus padres. Apenas nos habíamos sentado en medio de un silencio que resultaba ominoso, ella se puso en pie mirándolos a todos con desprecio.

—Nos vamos, Thomas, me aburro con estos carcamales. No te quejes, mamá, ya he cumplido viniendo a tu insulsa fiesta. Espero que la próxima vez no insistas para que te acompañe a estos actos sociales.

La señora Ferguson se levantó de su asiento y durante un segundo permaneció inmóvil mirando a su hija; luego le dio una bofetada que sonó como si se hubiera roto un cristal. Todos los invitados observaban atónitos la escena. Yo no sabía qué hacer, pero Lisa decidió por mí: me agarró de la mano y me obligó a seguirla. Ni siquiera me atreví a despedirme de los Ferguson.

Sé que me puse colorado. Nunca hasta ese momento había

sido capaz de ponerme en evidencia en público. Sí, tenía en mi haber unas cuantas cosas de las que avergonzarme, pero éstas siempre se habían quedado en el ámbito privado o al menos nadie había sido testigo para, más allá de sospechar, poder acusarme. Pero la escena que acababa de protagonizar junto a Lisa nos dejaba en evidencia a ambos.

Lisa se colgó de mi brazo y salimos del Plaza envueltos por las miradas recriminatorias de cuantos nos cruzábamos. Ella sonreía desafiante, pero yo me sentía demasiado confundido para hacer algo más que mirar al frente y acelerar el paso deseando escapar.

Hacía frío en la calle, estaba nevando. Lisa se agarró con más fuerza a mi brazo temiendo perder el equilibrio. Los pies se le hundieron en la nieve. No era fácil andar con aquellos frágiles zapatos de tacón de varios centímetros de alto.

—Tendríamos que haber pedido un taxi —me recriminó.

—Ya… Pero hemos salido tan deprisa…

—Pues a ver qué hacemos. No puedo andar con estos zapatos, se me han calado los pies —protestó airada.

En aquel momento yo deseaba dejarla sola en la calle, huir de ella, pero no me atreví. Caminamos hasta dar con un café y le propuse entrar.

Ella estaba enfadada y no me contestó, pero intentó apretar el paso para llegar cuanto antes.

Cuando entramos en el café Lisa ya iba empapada. Del peinado no le quedaba nada y el agua le resbalaba por el rostro llevándose las capas de rímel y maquillaje. La estola de visón que le había prestado su madre estaba igualmente mojada y además no había servido para proteger su vestido de seda, que ahora se le pegaba al cuerpo; en cuanto a los zapatos, para entonces se hallaban inservibles.

—Siéntate —le dije acompañándola a una mesa situada en un rincón—. Pediré un café y llamaré a un taxi para que venga a recogernos.

—No quiero café, pide algo fuerte.

—¿Como qué? —le pregunté irritado.

—Una copa de ginebra, ¿te parece bien?

—No, no me parece bien. Ya has bebido bastante por esta noche y estás helada; necesitas algo caliente.

—Tráeme ginebra y no me des un sermón.

La camarera nos observaba a pocos pasos de distancia. No parecía impresionarle nada encontrarse a dos jóvenes vestidos de etiqueta completamente empapados. En realidad en su mirada había indiferencia y condescendencia a partes iguales.

—¿Ginebra para los dos? —me preguntó antes de que le pidiera nada.

—Para la señorita ginebra, para mí un café bien cargado.

—¿Algo de comer?

—No, venimos de una cena.

—Ya.

Telefoneé a varias estaciones de taxis sin ningún éxito. Lisa me miró enfadada, como si fuera mi obligación encontrar un taxi.

—Lo único que puedo hacer es llamar a mi hermano y pedirle que venga a buscarnos.

—¿El soso de tu hermano tiene coche?

—Bueno, puede coger las llaves del coche de mi madre…

—¿Cuántos años tiene?

—Diecisiete.

Me estaba poniendo nervioso con sus preguntas. ¿Qué podía importarle la edad de mi hermano? Además, yo no estaba seguro de que Jaime quisiera hacerme el favor de venir a buscarnos sin decírselo a mi madre.

—Llama a Esther.

—¿A Esther? Tú estás loca. ¿Cómo vamos a despertarla a esta hora?

—Es una buena chica, no le importará hacernos un favor. Las buenas chicas no dejan a la gente que conocen tirados en la calle en una noche de nieve. Tú y yo no iríamos a rescatarla, pero ella lo hará.

Acertó. Para mi sorpresa, Esther se comprometió a rescatarnos. Lisa le facilitó la dirección del café y le dio las gracias.

—Pues sí que es una buena chica —dije yo extrañado.

—Y además, le gustas. ¿No me dirás que no te habías dado cuenta? Vamos, Thomas, lo sabe todo el centro. ¿Por qué crees que nos deja que copiemos sus trabajos? Es una estúpida buena chica.

Media hora más tarde Esther apareció en el café. No nos hizo ningún reproche ni nos preguntó nada; simplemente nos llevó a cada uno a nuestra casa. Dejamos a Lisa primero en la suya, luego me llevó a mí.

—Gracias, Esther... nos has sacado de un apuro... Ya sabes que en Nueva York a veces es imposible encontrar un taxi. —Me sentía un tonto intentando disculparme.

—No te preocupes, tú lo habrías hecho por mí.

No; me dieron ganas de decirle que yo no lo habría hecho por ella ni por nadie. Que no habría salido de mi casa a las once de la noche bajo una tormenta de nieve para buscar a un par de compañeros de clase que ni siquiera se comportaban como tales. Pero me callé y asentí. Creo que en realidad ella también sabía que yo no habría salido a buscarla si me hubiera llamado pidiendo ayuda, ni en ésa ni en ninguna otra circunstancia.

La casa parecía en silencio cuando llegué pero me sobresaltó ver que había luz en el despacho de mi padre. Pasé de puntillas delante de la puerta, pero no había dado ni un paso cuando escuché la voz de mi padre.

—Thomas.

—Sí, papá...

—Tu madre y yo te estamos esperando. Entra.

La presencia de mi madre presagiaba la tormenta. Seguramente ya estaban al tanto del escándalo que habíamos protagonizado Lisa y yo. Mi padre conocía a muchos de los invitados de los Ferguson, de manera que alguno se habría apresurado para informarle de nuestro comportamiento.

Mi madre estaba envuelta en una bata y permaneció sentada

en un sillón cuando entré en la biblioteca. Me miró con amargura, lamentando una vez más en silencio la incomunicación entre nosotros.

—¿Qué ha pasado? ¿Cómo has podido tener un comportamiento tan... tan terrible? Estoy avergonzado por las cosas que he tenido que escuchar sobre ti y esa chica... —A mi padre le temblaba el labio superior, señal inequívoca de su disgusto.

Me quedé en silencio. No sabía qué decir y no tenía ánimo para mostrarme insolente, que es lo que mi madre esperaba de mí.

—Quiero una explicación, Thomas —insistió mi padre.

—No puedo dártela —respondí cansado.

—¿Que no puedes? Puedes y debes. —La voz de mi padre estaba cargada de indignación pero también de dolor.

—No tengo nada que explicar —insistí mientras me dirigía a la puerta.

—¡Serás desaprensivo! —gritó mi madre.

Furioso, me volví hacia ella. Seguía sentada, pero se notaba la tensión en su cuerpo y sobre todo en el rostro. Si se hubiera atrevido me habría pegado.

—¡Carmela, por favor! —Mi padre la miró enfadado.

—Tiene que darnos una explicación. Te ha dejado en ridículo. Sí, a ti, que eres el que conoce a toda esa gente importante... Tú mismo me has dicho que a era cena asistían clientes tuyos, e incluso algunos condiscípulos de Harvard, y para colmo también estaba la mujer de uno de tus clientes más relevantes, la insoportable señora Donovan, que a esta hora ya se ha encargado de que todo el mundo sepa qué clase de hijo tenemos.

Me puse nervioso al enterarme de la presencia de la señora Donovan en la cena. No la había visto, pero tampoco era raro, había más de trescientas personas. Mi madre no sentía ningún aprecio por aquella mujer, que representaba todo lo que ella no era. Martha Donovan era hija de uno de los «reyes del acero». Su familia pertenecía a la aristocracia de la costa Este y se había educado en el mejor colegio femenino de Boston. Casada con Robert Donovan, uno de los banqueros más influyentes de Wall Street,

Martha Donovan era un personaje al que no se podía tener en contra si uno quería ser recibido por la buena sociedad de Nueva York. Y yo, con mi comportamiento, había dejado en evidencia a mi padre.

—No voy a daros ninguna explicación, no tengo por qué hacerlo. Buenas noches.

—Thomas...

Pero no respondí a la llamada de mi padre. Me fui a mi habitación y cerré con pestillo, sabiendo que o mi padre o mi madre insistirían en que les explicara el porqué de mi comportamiento.

No tendría que haber sucedido lo que sucedió. Nunca me he sentido orgulloso de aquel episodio con Lisa, pero tampoco arrepentido.

Las cosas tendrían que haber ocurrido de otra manera, sí, pero no tuve el valor suficiente para imponerme a Lisa:

Cuando ella me ordenó que la siguiera al cuarto de baño debí negarme, aunque eso le hubiera provocado un berrinche e incluso me hubiera insultado. Lisa habría sido capaz de echarme de la cena, pero tendría que haber corrido ese riesgo. Si lo hubiera hecho sería ella quien habría quedado en evidencia, mientras que yo habría sido la parte ofendida. ¿Qué debí haber hecho cuando Lisa me instó a que la siguiera al cuarto de baño de señoras?

—No, eso sí que no. ¿Estás loca? Si quieres montar un número esta noche no va a ser a mi costa —debería haberle dicho yo.

Lisa me miraría sorprendida por mi negativa a seguirla en uno de sus juegos.

—Vamos, no seas cobarde. Me muero de ganas de echar un polvo ahora, ¿quieres que me busque a otro?

—Haz lo que quieras, pero yo no voy al lavabo contigo. Al menos ten un poco de buen gusto a la hora de buscar un sitio para el sexo.

—¡El señor se ha vuelto remilgado! Cualquiera de éstos se moriría por hacerlo conmigo donde fuera.

—Pues ya sabes... tienes mucho donde elegir. Empieza a proponerlo, veremos cuántos te siguen. Ya me contarás cómo te lo has pasado.

—¡Eres un cretino! ¿Para esto he insistido a mi madre en que te invitara? Si es sólo para cenar, me sobras aquí. ¿Por qué no te marchas, señorito remilgado? Aquí estás de más. Vete a esconderte en las faldas de mamá.

—¿Estás segura de que quieres que me vaya? —diría yo con un gesto firme y serio.

—¡Sí! ¡Márchate! Me tienes harta, me aburres.

Lisa se habría vuelto hacia el comensal de su izquierda ignorándome durante un buen rato y yo me preguntaría qué hacer.

De repente Lisa, en voz alta, se dirigiría a su madre:

—Mamá, tenías razón, Thomas no es para mí. ¿Podrías pedirle que se marche? Me está incomodando y... o se marcha él o me marcho yo.

Los invitados con los que compartíamos mesa habrían guardado silencio, expectantes, sin duda incómodos. El señor Ferguson habría carraspeado, mirando a su esposa en busca de una respuesta. La señora Ferguson se habría sonrojado, observándome a la espera de que yo tuviera un arranque de dignidad y me marchara, que sería precisamente lo que habría hecho.

—Si me disculpan... Señora Ferguson, gracias por su amable invitación. La cena ha sido un éxito, como no podía ser menos dada la buena causa de la convocatoria. Buenas noches.

Y mirando al frente, con paso decidido habría salido del salón ante la expresión atónita de los invitados pero también haciendo gala de dignidad. Sí, podría haberme sentido orgulloso de mí mismo. Además, Lisa habría sufrido un ataque de rabia ante mi rebelión y eso aumentaría su aprecio hacia mí. A ella sólo le interesaba lo que no dominaba.

Mi padre se extrañaría de verme llegar a casa temprano. Yo le diría parte de la verdad, que había tenido una discusión con Lisa por algo sin importancia. Por más que le hubiera gustado insistir, mi padre no me presionaría para que le contara la causa de la discusión. Mi madre ni siquiera daría muestras de interés, de manera que con ella también me ahorraría cualquier explicación.

O quizá yo no habría sido capaz de contradecir a Lisa y la habría seguido hasta el lavabo. Pero una vez encerrados en el váter, debí reaccionar negándome a bajarme los pantalones.

—Esto es absurdo, ¿crees que podemos hacer nada aquí? A mí no me apetece…

—Eres un marica.

—Me da lo mismo lo que digas. Salgamos de aquí.

Debí abrir la puerta y enfrentarme a las miradas recriminatorias de las señoras que nos observarían escandalizadas.

—Perdonen, ha sido una tontería. Una apuesta tonta, esperamos no haberlas molestado…

Sin duda se lo habrían contado al resto de los invitados, pero quizá con algún eximente a nuestro favor.

Puede que de todas formas Lisa, para herir a su madre, decidiera decir que se aburría rodeada de viejos carcamales invitándome a seguirla. Ahí yo tendría que haberme mantenido firme:

—Lisa, es una fiesta estupenda y no veo por qué tenemos que irnos. Le estoy muy agradecido, señora Ferguson, por invitarme a compartir con ustedes una noche tan especial. No podría haber deseado otros compañeros de mesa.

Puedo imaginar el enfado de Lisa. Me habría propinado una patada en la espinilla y dado un codazo en el hígado, insistiendo en que nos marcháramos e insultando a los invitados de su madre. Yo sólo habría tenido una opción:

—Creo, señora Ferguson, que será mejor que saque a Lisa de aquí. No sería justo que estropeara una noche tan magnífica como ésta. No sabe cómo lo siento, pero es mejor que la acompañe. No se preocupe, pediré un taxi y la llevaré a casa.

Para ese momento Lisa ya se habría levantado yendo hacia la salida. Yo la seguiría enfadado.

—¡Pero en qué lugar me dejas delante de tus padres! ¿Qué van a pensar de mí? ¡Además, en esa cena hay personas que conocen a mis padres! No tengo por qué hacer el ridículo por ti. De manera que se acabó. Estoy harto de tus caprichos y tus niñerías. Madura, hazte una mujer de una vez por todas.

Pero para haber hecho eso tendría que haber pensado que no estaba bien lo que estábamos haciendo y, sobre todo, no haber temido enfrentarme con Lisa.

Mi última oportunidad la tuve cuando llegué a casa. Sí, quizá en ese momento podría haber enmendado, al menos frente a mi padre, parte del mal.

Al ver luz en la biblioteca de mi padre debí haber sido yo quien entrara a dar la cara.

—Thomas, pasa... Ven aquí... ¿Qué ha pasado? Nos han llamado. ¿Cómo has podido tener un comportamiento tan terrible?

—Papá, lo siento, no sabes cuánto lo siento. No tengo excusa para lo que he hecho. Lisa... Bueno, Lisa es un poco especial... Es difícil llevarle la contraria y a veces... Se lleva mal con su madre y ha querido fastidiarla, avergonzarla delante de sus amistades, y yo he contribuido a ello. No sé cómo excusarme... No creas que me siento orgulloso de lo que he hecho. Si pudiera volver atrás, si pudiera remediarlo...

Mi madre me miraría incrédula. No estaría preparada para un acto de contrición, y menos delante de ella.

—Nos has dejado en ridículo, sobre todo a tu padre. La señora Donovan ha llamado... Puedes suponer lo que eso le va a costar a tu padre. ¡Eres un desagradecido!

—¡Por Dios, Carmela, no quiero oírte decir eso! Thomas, ¿eres consciente no sólo del daño que nos has hecho sino también del que tú mismo te has hecho? Tenemos una reputación, un buen nombre... Hay muchas puertas que se te abrirán en la vida por ser quien eres, pero también se te pueden cerrar para siempre por un comportamiento inapropiado. Yo... no puedo creer todo lo que nos ha dicho la señora Donovan.

—Desgraciadamente, no habrá exagerado. Te pido perdón por mi comportamiento de esta noche. No es una excusa, pero me he dejado llevar por Lisa... Yo... créeme que estoy avergonzado y dispuesto a hacer cualquier cosa para intentar remediar lo que he hecho aunque sé que es imposible.

—¡Claro que es imposible! —Mi madre no sería capaz de controlar la amargura que le había provocado mi comportamiento.

—Puedo disculparme... No sé, quizá escribir una carta a los invitados de los Ferguson o al menos a aquellos que te conocen... Por supuesto a los Donovan... Le enviaré flores a la señora Donovan.

—¿Flores? ¿Crees que a esa bruja la vas a aplacar con flores? Estará diciendo a todo Manhattan que eres un salvaje, que quién te ha educado... Ahora mismo te estará cerrando puertas que jamás podrás abrir. Espero que lo que has hecho no se lleve por delante el prestigio del despacho de tu padre y no comprometa el futuro de tu hermano.

—Te importan todos menos yo —respondería esperando conmoverla.

Seguramente mi madre se habría aplacado. Al fin y al cabo ella me quería.

—Quizá sea una solución. Puede que no arregle nada, pero al menos será un buen gesto que no tendrán más remedio que reconocer. Sí, mándale flores a la señora Donovan y una nota de disculpa. También deberás disculparte con todos los asistentes o al menos con todas las personas que recuerdes que te vieron... Escríbeles explicándoles que fue una chiquillada, que lo sientes, que te preguntas cómo reparar lo que has hecho. Mañana mismo te pondrás a redactar esas cartas de disculpa que enviaremos inmediatamente —asentiría mi padre.

—¿Crees que servirá? —preguntaría mi madre, esperanzada.

—Será mejor que nada. Si se disculpa habrá quien se muestre más benevolente y termine aceptando que fue una chiquillada. Es lo único que se puede hacer.

—Papá, créeme que lo siento... Yo... me siento avergonzado y te pido perdón si mi comportamiento de esta noche puede perjudicarte. No era mi intención...

—*No has actuado bien, hijo, pero me alegro de que te des cuenta de tu equivocación y que estés dispuesto a pedir disculpas. Lo importante es reconocer los errores para enmendarlos.*

¡Qué escena! Mi padre me habría perdonado. Lo sé. Y mi madre se sentiría derrotada ante mi actitud y habría intentado abrazarme.

Yo pasaría el resto de la noche escribiendo cartas de disculpa y sorprendería a mi padre a la hora del desayuno entregándoselas para que su secretaria las pusiera en el correo.

En cuanto a Lisa, lo mejor era romper con ella para siempre. Nada bueno podía salir de nuestra relación.

Sí, esto es lo que no sucedió. Aquella noche dormí profundamente, supongo que debido a la tensión de lo sucedido, y al día siguiente me alegré de ver a Lisa en el centro de estudios de Paul. Estaba radiante vestida con unos jeans ajustados, unas botas que le llegaban hasta los muslos como si se tratara de un mosquetero y un jersey rosa pálido que le ceñía las formas del cuerpo.

—¡Qué pasada lo de anoche! —me dijo a modo de saludo.

—Sí, nos pasamos de frenada. Mis padres están muy enfadados, esto no me lo van a pasar por alto —le respondí malhumorado.

—Haz como yo, mándales a la mierda. Mi madre ha intentado esta mañana echarme uno de sus estúpidos discursos, pero le he cerrado la puerta de mi habitación. Luego lo intentó mi padre e hice lo mismo. Me han amenazado con quitarme mi asignación mensual. «No vas a disponer ni de un dólar», me ha dicho mi madre. Y mi padre me ha exigido que me disculpe con los invitados. Pretende que les envíe una nota a todos los asistentes. ¡Están locos! Lo más gracioso es que mi madre me ha gritado a través de la puerta que estaba dispuesta a encerrarme en una clínica psiquiátrica porque dice que no estoy bien de la cabeza. ¡La muy puta! Bueno, y a ti ¿qué te han dicho?

—A mi padre le gustaría que me disculpara… Creo que con

eso se conformaría. En cuanto a mi madre... Ya te he dicho cómo es, para ella nada es suficiente. Por lo pronto, no me habla. Mi padre se ha marchado antes del desayuno, y mi madre ha hecho como si yo fuera transparente cuando he entrado en la cocina.

—Al menos no te marean con sus tonterías. ¿Sabes que hemos salido en los periódicos? Un par de periodistas cotillas, de esos que van a las fiestas para criticar a los que asisten, nos señalan como dos jóvenes extravagantes y maleducados, con un comportamiento indigno fruto de haber crecido con todos los caprichos. Mira, te he traído los recortes.

Lisa parecía orgullosa de que las crónicas periodísticas detallaran el incidente asegurando que habíamos hecho lo imposible por llamar la atención. Uno de los periodistas se preguntaba qué derecho teníamos de comportarnos como «jóvenes airados» cuando éramos dos privilegiados.

En las crónicas nos trataban mal; en realidad no sólo afeaban nuestra conducta sino que nos ridiculizaban y cuestionaban la educación que habíamos recibido en casa.

Al contrario que a Lisa, a mí aquellas crónicas me molestaron. No me gustaba que hablaran de mí y menos en los términos en que los periodistas lo hacían. En ese momento Esther pasó a nuestro lado. Teníamos que darle las gracias, pero Lisa no le hizo ni caso y me dejó plantado junto a Esther.

—¡Vaya, lo menos que podía es saludar! —se quejó ésta.

No respondí y me encogí de hombros. Me incomodaba que Esther hubiera sido testigo de parte de nuestra deleznable aventura.

—Es que nos han sacado en la prensa... —dije a modo de disculpa.

—Ya lo sé, sois la comidilla de todo el centro. Le he oído decir a Paul que a él no le engañáis, que sabe que sois dos grandísimos hijos de puta y que os vigila de cerca porque no se fía de vosotros.

Me molestó mucho que Paul hubiera dicho eso de Lisa y de mí. ¿Quién era él para juzgarnos?

—Él nos gana a hijo de puta, de manera que no tiene nada que reprocharnos. Además, ¿a él qué le importa lo que hagamos Lisa y yo en nuestro tiempo libre?

—Sólo ha sido un comentario... Realmente no creo que le importéis lo más mínimo.

Debería haberle dado las gracias por lo que había hecho la noche anterior, pero no encontré la forma de hacerlo. Me fastidiaba el aire de superioridad de Esther. Se había portado como una buena amiga pero me negaba a sentirme en deuda con ella.

Fuimos hacia la clase sin que yo le dijera nada. Lisa ya estaba sentada, mirándose las uñas como si nada más le importara. Me senté a su lado como hacía siempre.

—Todos nos miran, nos tienen envidia —susurró Lisa.

—No creo —repliqué yo.

—Ellos no se atreven a hacer lo que quieren, por eso nos envidian —insistió Lisa.

Paul entró en la clase y ni siquiera nos miró. Empezó a explicar cómo engatusar a quienes tienen que decidir si encargarte una campaña de publicidad.

En realidad las enseñanzas de Paul eran sobre todo prácticas, acerca de cómo conseguir una campaña y la manera de quitarles el trabajo a los competidores. Solía decir que la publicidad requiere talento y eso era algo que no podía enseñarnos. «Se tiene o no se tiene, y si ustedes tienen o no talento es algo que a mí no me importa.»

Era evidente que Paul sentía predilección por Esther. Admiraba su ingenio. Ella era capaz de encontrar la frase adecuada lo mismo para vender un jabón que verdura congelada. Después de Esther, yo era el más ingenioso y rápido a la hora de encontrar un eslogan. Para mi sorpresa, y supongo que del propio Paul, yo parecía tener algunas buenas cualidades para la publicidad. En cuanto a Lisa, jamás se le ocurría nada. Estaba allí porque tenía que estar en algún sitio, pero en realidad no le interesaba nada de lo que podía enseñarle Paul.

—Señorita Ferguson —le dijo un día—, ¿por qué no deja de venir a clase? Usted sabe que la voy a aprobar venga o no venga, que me es indiferente lo que haga. Mientras pague a fin de mes... Lo que no soporto son sus bostezos. A usted no le gusta madrugar y a mí tampoco, sólo que yo tengo que estar aquí para poder cobrarles.

—Señor Hard, nada me gustaría más que no tener que venir a su centro de estudios, pero por ahora seguiré viniendo. Procuraré hacer menos evidentes mis bostezos.

La relación con mis padres tardó en recomponerse. Papá había sentido una vergüenza inmensa al leer en los periódicos lo que Lisa y yo hicimos en la fiesta. Él, siempre tan educado y comedido, se veía obligado a disculparme delante de sus amigos cuando éstos hacían algún comentario compadeciéndole por tener que afrontar la vergüenza pública. En cuanto a Lisa, no volvió a ser bienvenida en nuestra casa ni yo tampoco en la suya. Ambos sabíamos que habíamos tensado demasiado la cuerda como para intentar imponernos el uno al otro en nuestras respectivas familias.

Mi madre estuvo varios días sin hablarme y mi padre apenas se dirigía a mí con monosílabos. No es que me importara demasiado, pero era incómodo. Después de aquel incidente se acabaron los almuerzos de fin de semana fuera de casa. Yo no tenía ganas de ir ni ellos de que fuera, de manera que papá y Jaime solían ir juntos a ver exposiciones pero luego regresaban a casa a almorzar. Mi madre a veces los acompañaba y otras aprovechaba para ir a la peluquería o al instituto de belleza. También dejé de ir con mi familia a pasar el fin de semana a Newport. Lo que más me irritaba es que aquel incidente parecía haber unido de nuevo a mis padres.

Lisa y yo pasábamos los fines de semana juntos. Solíamos instalarnos en algún hotel y disfrutábamos de no hacer nada. Llegábamos el viernes por la noche y permanecíamos hasta bien entrada la tarde del domingo. Nos dedicábamos a vagabundear por la ciudad, a dormir hasta el mediodía, a buscar locales alternativos donde mezclarnos con gente que nada tenía que ver con nosotros ni con nuestro entorno familiar. Fue en uno de esos locales donde Lisa se enganchó a la cocaína.

El camello era un tío guapo de espaldas anchas que parecía que se podía comer el mundo. Se llamaba Mike y trabajaba como relaciones públicas, si es que alguien podía creerse que un lugar como aquél necesitaba de un relaciones públicas. A Lisa le gustaba, era evidente. Insistía siempre en que fuéramos a ese local y en cuanto entrábamos le buscaba con la mirada. Cuando salíamos a bailar a la pista, él se colocaba junto a nosotros y era evidente que yo les sobraba. Se reían, se miraban y de vez en cuando él le hacía una seña y desaparecían para irse al lavabo a esnifar. Yo me mantenía al margen. No quería drogarme, al menos no junto a ese tío, por más que Lisa me insistiera.

Una noche en que tardaban en volver del lavabo fui a buscarla y me topé con la espalda de él. Su cuerpo apretaba el de Lisa, que estaba pegada contra la pared con las bragas bajadas.

Ni siquiera me enfadé. Descubrí que me daba lo mismo. Cuando Lisa regresó, me miró desafiante.

—No me sigas.

—No te he seguido.

—Hago lo que quiero.

—Naturalmente, lo mismo que yo.

—Mike es un tipo interesante.

—Es un camello, pero si a ti te gusta, adelante.

—¿No te importa?

—No.

Nunca he sido más sincero que en aquel momento. No había sentido nada al verla con las bragas bajadas apretándose contra el cuerpo de Mike. Incluso me sorprendió mi indiferencia.

—Mejor así. Esta noche no vuelvo contigo al hotel. Voy a casa de Mike, prepara una fiesta. Tampoco sé si iré mañana.

—No te preocupes.

Creo que a ella le sorprendió mi actitud tanto como a mí, incluso le molestó.

—Oye, no te hagas el chulito conmigo haciendo ver que no te importa nada.

—Es que no me importa, Lisa, te juro que no me importa lo que hagas. Anda, vete con Mike y pásalo bien; te está esperando en la barra.

Lo hizo. Se fue con él y por su forma de mirarme me di cuenta de que estaba enfadada. Le habría gustado hacerme sufrir e incluso que tratara de impedírselo y así Mike me hubiera dado un buen puñetazo. Pero si no protesté no fue por miedo a que Mike me pegara sino porque me daba cuenta de lo poco que Lisa significaba para mí. Llevábamos juntos un año, pero lo que nos unía era precisamente lo malo que habitaba en el uno y en el otro. Y esa unión era muy frágil.

Disfruté de la soledad del hotel durante el fin de semana. No esperaba que regresara, me habría fastidiado que lo hiciera; lo que quería era sentirme dueño del tiempo sin tener que compartirlo con nadie. Me sentí libre por primera vez y me gustó esa sensación.

El lunes nos encontramos en el centro de Paul. Lisa tenía mala cara. Me senté junto a ella, como hacía siempre.

—Estoy agotada, Mike es una fiera.

Asentí. Estaba seguro de ello. Mike era una fiera en todos los sentidos.

—Pero podemos seguir acostándonos cuando nos apetezca, a él no le importa.

A mí tampoco me importaba. Me venía bien tener una ración de sexo asegurado, por lo menos hasta que me organizara. La relación con Lisa había sido muy absorbente y por el momento no tenía a nadie con quien meterme en la cama. Estaba dispuesto a remediarlo cuanto antes, pero tampoco tenía por qué prescindir de Lisa para esos menesteres. Pensé en mi madre. Si supiera lo sucedido se alegraría sólo por poder decir: «Ya te decía yo que esa chica es una zorra, pero tú has sido el último en enterarte».

Lisa empezó a faltar a clase. Si yo hubiera sentido algo por ella, me habría preocupado al ver cómo se estaba enganchando a la cocaína y a otras sustancias. Mike tenía en ella a la cliente ideal. Los Ferguson eran ricos y Lisa disponía siempre de dinero. Podía pagar la droga en el momento.

—Me da pena Lisa —me dijo Esther el día en que la vimos llegar sudorosa, despeinada y con los ojos desorbitados.

—Ya es mayorcita.

—Sí, pero eso no significa que se dé cuenta de dónde se está metiendo.

—¿Y dónde se está metiendo? —le pregunté enfadado.

—¡Vamos, Thomas, es evidente que se droga! Mírala, ¿qué queda de ella?

—Es la misma, Esther, es la misma.

—Si fuera tan amiga mía como lo es tuya intentaría ayudarla. Pero nunca le he caído bien, de manera que no puedo hacer nada. Pero tú… tú deberías.

Me fastidió el comentario de Esther. ¿Por qué tenía que meterme yo en la vida de Lisa?

A Paul no le gustó el estado en que estaba ese día, así que la mandó a casa.

—Señorita Ferguson, ya le he dicho en otras ocasiones que me es indiferente lo que usted haga. Pero no quiero drogas en mi centro. No me queda demasiada reputación para que usted acabe con ella. Vuelva dentro de seis meses. El curso habrá terminado, usted habrá aprobado y sus padres se sentirán satisfechos de la mierda de diploma que yo le daré.

Lisa ni le prestó atención y se sentó a mi lado.

—No me gusta la mirada condescendiente de tu amiguita Esther.

—¿Desde cuándo te importa cómo te miren los demás? —le repliqué con indiferencia.

—Vaya, ya has encontrado una sustituta… Te gusta la mosquita muerta.

—Vamos, Lisa, déjame en paz. Yo no me meto en tu vida, así que pasa de la mía.

—O sea, que te acuestas con ella.

En vez de responderle, decidí escuchar lo que contaba Paul sobre cómo engatusar a los clientes. Sabía que Lisa estaba irritada pensando que yo podía tener algo con Esther. No le hubiera importado que me metiera en la cama de cualquier otra, pero a Esther la aborrecía porque era todo lo que ella no era. Esther se tomaba en serio la vida porque sabía que de lo contrario no tendría ninguna oportunidad de escaparse del destino que le aguardaba en el restaurante familiar. El centro de estudios era lo máximo que su familia podía permitirse pagar; por tanto, de todos los que estábamos allí, Esther era la que más se esforzaba por asimilar las peculiares lecciones de Paul y de los otros profesores.

Lisa me dio con el codo, amén de una patada en la espinilla, para llamar mi atención. Pero yo no tenía ganas de hablar con ella y mucho menos discutir teniendo en cuenta el estado en que estaba. Se había pasado con la cocaína o lo que fuera que hubiera tomado.

De repente se subió la manga ostensiblemente y pude ver las huellas de unos cuantos pinchazos en el brazo.

—Estás loca —le dije en voz baja.

—Y tú no sabes lo que te pierdes. Eres un miedica, Thomas, en el fondo tienes miedo a vivir. No dejas de ser un burgués de clase media que intenta engañar a los demás montándoselo de chico malo, pero en realidad lo peor que has hecho en tu vida ha sido contrariar a tus papaítos.

Lisa comenzó a pasar su mano por los moratones que delataban los pinchazos.

—¿Qué te estás metiendo? —quise saber.

—¿Y a ti qué te importa? ¿Acaso quieres probar?

—No, no quiero, y si te miraras al espejo te asustarías de ver en qué te has convertido. ¿Y sabes? No estás loca, simplemente eres una estúpida.

Lisa me miró desconcertada. No me creía capaz de plantarle cara. Iba a responder pero Paul se dirigió enfadado hacia nosotros:

—Señorita Ferguson y señor Spencer, ¿serían tan amables de permitirme dar la clase? ¿Quizá prefieren salir a dar un paseo? Ya saben que no hay inconveniente...

—Lo siento —alcancé a murmurar mientras desviaba la mirada del brazo de Lisa.

—Vámonos —dijo ella levantándose.

Permanecí sentado mirando al frente, ignorando que Lisa estaba de pie. Me miró sin comprender el porqué de mi actitud, pero no dijo nada y salió de clase dando un portazo.

Me quedé en el pupitre, pero dejé de prestar atención a Paul preguntándome a mí mismo por qué no había ido detrás de Lisa. No tardé en dar con la respuesta: no me importaba que los demás naufragaran, pero yo no estaba dispuesto a hacerlo, por tanto sabía que no podía unir mi suerte a la de Lisa. Además, me habían repugnado aquellos pinchazos en sus brazos, que no eran otra cosa que la muestra de su debilidad. ¿Qué quedaba de la chica divertida y transgresora que había conocido? Era evidente que se había perdido para siempre, pero yo no quería perderme con ella.

Al salir de clase, Esther se acercó para reprocharme que no hubiera corrido detrás de Lisa.

—Eres un mal amigo. ¿Es que no te importa lo que le pueda pasar?

—No, no me importa en absoluto y no sé por qué te tiene que importar a ti.

Lisa tardó un par de semanas en regresar al centro. Lo hizo el día en que teníamos que presentar el trabajo de fin de curso. Debo confesar que mi trabajo era mediocre, que no me había molestado en escribir nada decente sabiendo que en cualquier caso Paul me aprobaría. En cuanto a Lisa, llegó sin un bolígrafo en la mano siquiera, y aunque drogada, parecía más despejada que la última ocasión en que vino a clase.

—Vaya, cómo has cambiado, hasta has hecho el trabajo para Paul.

—Bueno, tampoco es que me haya esforzado demasiado,

pero sí, tengo unos cuantos folios para presentar —le respondí con indiferencia.

—¿Y la mosquita muerta?

—¿A quién te refieres? —pregunté sabiendo que hablaba de Esther.

—A tu amiguita italiana.

—Pues supongo que su trabajo será el mejor, como siempre.

Leí en su mirada que su mente empezaba a buscar la manera de fastidiar a Esther, pero me despistó ver que se sentaba a mi lado mientras me ponía al día de sus últimas locuras. Casi permaneció atenta en la clase de Tom, que era de economía. Cuando Tom salió del aula, la mayoría le siguió para fumar un cigarrillo en la calle. Esther también lo hizo aunque ella no fumaba, pero probablemente deseaba seguir hablando con otra de las chicas.

Lisa se levantó y se dirigió al lugar donde se sentaba Esther. La vi abrir su carpeta y examinar ávidamente el contenido hasta que encontró lo que buscaba. Allí estaba el trabajo de fin de curso de Esther. La sonrisa de Lisa era un presagio. Comenzó a rasgar los folios con rabia hasta convertirlos en minúsculos pedazos que iban cayendo al suelo; luego los pisoteó con saña.

Yo me la quedé mirando, indiferente a lo que hacía, aun sabiendo el disgusto que se iba a llevar Esther. Pero mentiría si dijera que me importaba lo que Esther pudiera sentir, de manera que dejé hacer a Lisa.

Cuando todos regresaron a clase seguidos por Paul, el trabajo de Esther estaba esparcido por el suelo. Vi cómo a Esther le sobresaltaba la mirada desafiante de Lisa y su estupor al ver su carpeta abierta, vacía.

—¡Pero…! —Esther no alcanzó a decir palabra mientras comenzaba a llorar al comprender lo sucedido.

—¿Qué ocurre? —quiso saber Paul, que se acercó hasta la mesa de Esther.

No hizo falta que le dijera nada. De inmediato adivinó que la causante de aquel destrozo había sido Lisa.

—¿Se siente mejor, señorita Ferguson? —preguntó a Lisa mirándola con ira.

—Sí, realmente me siento bien, señor Hard.

—Estupendo. Ahora hágame un favor: salga de aquí y no vuelva hasta dentro de diez días, cuando entregue los diplomas de fin de curso. Puede venir con sus padres a recoger el suyo. Es posible que se alegren porque creo que mi maldito diploma es lo único que va a conseguir usted en su vida.

Luego se dio media vuelta y se subió al estrado, mientras Lisa dudaba entre marcharse o quedarse y Esther lloraba con desconsuelo.

—La señorita Esther Sabatti ha sacado matrícula de honor y mención especial por su trabajo de fin de curso. Ahora, el resto denme los trabajos. Ya saben que en cualquier caso están aprobados.

Esther me miró buscando una explicación. Daba por hecho, lo mismo que el resto de la clase, que yo había sido testigo de la malvada acción de Lisa. Le sostuve la mirada mientras me encogía de hombros.

Lisa salió del aula con ese aire de superioridad que no había perdido a pesar de que en esos momentos habitaba en el fango. Pero ella seguía viéndose a sí misma como la joven rica a la que nada se le oponía.

Hasta para Paul resultaron excesivos los murmullos en clase. Todos los alumnos criticaban a Lisa y me observaban a mí de reojo, como si yo también fuera culpable del desastre. Decidí abstraerme fijando mi mirada en Paul como si lo que estaba contando realmente me interesara. Esther terminó desviando su mirada de mí, decepcionada por mi actitud.

En realidad Esther nunca ha llegado a comprender cómo permití que Lisa destrozara su trabajo. No es capaz de aceptar que el mal me produce indiferencia y que yo mismo me he deslizado demasiadas veces por el tobogán que conduce a esa antesala del infierno desde la que procurar el dolor a los demás.

A Esther le hubiera gustado que yo hubiese actuado de forma diferente.

Sí, las cosas podían haber sido de otra manera. Desde luego no tendría que haber permitido que Lisa cayera en manos de Mike:

La noche que me dijo que se iba a una fiesta a casa del camello debí haberla sacado de aquel local inmundo, por más que hubiese protestado. Supongo que habríamos tenido una gran discusión pero aun así sé que Lisa me habría escuchado. Yo era su mejor amigo, en realidad su único amigo, el único ante quien no tenía que fingir que era diferente a lo que era, en el que había confiado porque había reconocido en mí la misma parte oscura que la cegaba a ella.

—No vas a ir a casa de ese tío. Está de mierda hasta el cuello y lo único que quiere de ti es que le pagues la droga que te vende. Eres un filón, rica y caprichosa; su mejor cliente. ¿No creerás que le importas? Se acuesta contigo porque es parte de su oficio, y se nota que no eres su tipo. Aún no eres lo suficientemente vulgar para ponerle —tendría que haberle dicho a Lisa.

—¡Estás celoso! Vaya, el señorito Spencer está celoso… —habría contestado ella.

—No seas ridícula. No me importa con quién te lo montes, pero ese tipo es peor que un caimán. Te exprimirá y cuando ya no le quede nada por sacarte te dará una patada y te enviará a la calle. ¿Sabes que también es proxeneta, que tiene varias chicas enganchadas al crack a las que explota para poder costearse la droga?

—¿Crees que yo voy a acabar así? ¡Estás loco, Thomas Spencer!

—Sabes que tengo razón, Lisa, de manera que ahora mismo nos vamos de este antro y no volveremos. Aquí no se nos ha perdido nada. Si tienes ganas de aventuras te propongo que escalemos desnudos la estatua de la Libertad, puede que nos saquen en la portada del New York Times.

La cogería del brazo y, venciendo su resistencia, la arrastraría hasta fuera del club. Mike nos seguiría para ver por qué nos íbamos y yo me enfrentaría a él.

—Lisa no se quiere ir, así que suéltala —diría Mike poniéndose chulo.

—Quítate de en medio, nos vamos. Ve buscándote a otra idiota a la que sacar el dinero, a ésta ya le has sacado suficiente. Si no lo haces te encontrarás detrás a toda la policía de Nueva York, su padre es uno de los principales donantes de los huérfanos de la policía. Seguro que hay voluntarios para hacerle el favor de enchironar al camello que ronda a su hijita.

Mike dudaría pero se apartaría. Los tipos como él no quieren más problemas que los previstos, de manera que Lisa y yo saldríamos del local sin que nadie nos lo impidiera.

—Pero ¿quién te crees que eres para decirme lo que puedo hacer? ¡Suéltame! Iré a donde me dé la gana y no te atrevas a hablar con mis padres de Mike ni de nada.

—Lo haré, Lisa, lo haré, y los convenceré para que hablen con sus amigos de la poli y éstos visiten a Mike. Ya verás lo contento que se pone tu camello y qué bien te recibe si intentas establecer contacto con él.

Sí, podría haber sucedido así, aunque me pregunto si eso habría servido para que Lisa renunciara al musculoso Mike o si, por el contrario, habría pasado de mis amenazas. Tuve mi oportunidad de salvarla, de impedir que terminara siendo un guiñapo. Podría haber hablado con sus padres y correr el riesgo de que los amigos de Mike me visitaran y me dieran una buena paliza. Pero nada de eso sucedió, como tampoco hice nada para evitar que Lisa destrozara el trabajo de fin de curso de Esther.

Nunca he comprendido por qué Esther se empeñó en ser mi amiga, en perdonarme todas las maldades que he cometido también contra ella. Ese día fue el primero en que comenzó su travesía del perdón.

Lo que a Esther le hubiera gustado es que yo impidiera que Lisa destrozara su trabajo. Que la escena se hubiera desarrollado de otro modo:

Lisa habría abierto la carpeta de Esther y comenzaría a leer los primeros folios del trabajo de fin de curso. Una expresión de rabia y maldad se reflejaría en su rostro. La conocía bien y por tanto sabía que su mente maquinaba la peor acción. Debí haberme puesto junto a ella, quitarle aquellos folios de las manos. Ella intentaría forcejear para llevar a cabo su venganza contra Esther, pero no me habría sido difícil evitarlo. Lisa apenas conservaba fuerzas para aguantarse de pie, la droga la tenía extenuada, de manera que con un ligero empujón la habría alejado. Luego sólo tendría que haber colocado los folios en la carpeta, cerrarla y sacar a Lisa de la clase por más que protestara.

—¡Eres un capullo! ¿Qué pasa, que te la estás tirando? Ya sabía yo que la mosquita muerta terminaría domándote. ¡Es una zorra! ¿Es que no te das cuenta? Se lo ha querido montar contigo desde el primer día y ahora... Estoy... estoy unos días fuera y cuando regreso te has liado con ella, ¡serás cabrón!

Lisa me habría insultado elevando cada vez más la voz hasta hacerse oír por todos. Pero nadie le prestaría demasiada atención. La conocían pero ni siquiera la compadecían. Los que iban al centro de estudios de Paul lo hacían en un intento desesperado de escapar a lo que el destino les deparaba. Eran duros de corazón porque la vida no había tenido contemplaciones con ellos, de manera que poco les importaban las niñas ricas que, como Lisa, aparecían por el centro porque no podían ir a ninguna otra parte.

—No seas estúpida. ¿Qué te importa Esther? Déjala en paz. Si le destrozas el trabajo no te servirá de nada. Ella se lo ha trabajado pero sabemos que Paul nos va a dar a todos nuestro título, incluso a ti. Lo único que conseguirás es ponerte en evidencia y que todo el mundo piense que lo haces por celos, porque no

soportas que Esther sea todo lo que tú no eres, y sí, también porque crees que me acuesto con ella —le diría yo.

Lisa levantaría la mano y con sus escasas fuerzas me habría dado una bofetada. No habría soportado que la obligara a mirarse en el espejo de la realidad.

Habría encajado la bofetada mientras la apartaba de la carpeta de Esther y la obligaba a tomar asiento.

De vuelta a clase, el resto de nuestros compañeros observarían indiferentes las brasas de la discusión. Paul ni siquiera nos prestaría atención y acaso Esther nos miraría con curiosidad sin alcanzar a comprender el porqué de tanta agitación entre nosotros.

Sé que Lisa habría mirado con odio a Esther e incluso le habría dirigido alguna impertinencia, algo que le pudiera doler, pero no habría podido hacer más porque yo le estaría sujetando el brazo y, por tanto, impidiendo que pudiera moverse.

Sí, tendría que haber sido así pero no lo fue, por más que a pesar de los años transcurridos Esther lo continúe lamentando y me haya reprochado en alguna ocasión que dejara hacer a Lisa.

Lo que sucedió aquel día cuando terminó la clase de Paul fue que Esther se acercó a mí con los ojos enrojecidos por las lágrimas y yo intenté esquivarla porque no tenía ganas de hablar con ella.

—¿Qué le ha hecho el mundo para ser tan mala? —me preguntó refiriéndose a Lisa.

—¿Mala? No es mala, es sólo que tiene mucho carácter y no sabe controlarse.

—Ya… De manera que destrozarme el trabajo es fruto de su carácter. ¡Qué generoso eres a la hora de enjuiciarla!

—Es que yo no la juzgo, ¿por qué habría de hacerlo? Cada uno es como es, y Lisa tiene ataques de mal genio.

—¿Y si hubiese destrozado tu trabajo?

Me encogí de hombros. Realmente me habría dado lo mismo. Si había pasado cuatro años en el centro de estudios de Paul era por la seguridad de que me daría su «maldito» título, como él lo llamaba, aunque no me hubiese molestado ni siquiera en acudir. Las reglas estuvieron claras desde el primer momento. Si yo hacía alguno de los trabajos que nos encargaban era porque decidía hacerlos, no por el miedo a que nadie me lo reprochara.

—Ya tienes tu matrícula de honor, ¿qué más quieres?

—Era un buen trabajo, Thomas, me he esforzado mucho para hacerlo lo mejor que sé. Llevo semanas preparándolo y ahora… En realidad Paul me ha dado matrícula de honor por lo que ha sucedido, pero ¿la merezco? No quiero esa matrícula de honor que él no sabe si me he ganado; le diré que me ponga un aprobado.

—¡Tú eres tonta! Todos sabemos que eres la mejor alumna, la que de verdad se ha tomado en serio este centro para conseguir ese título, la que de verdad ha hecho lo imposible por absorber los conocimientos de estos profesores tan peculiares que hemos tenido, incluido Paul.

—No quiero regalos ni que nadie me compadezca, sólo lo que merezco. Por eso voy a rechazar esa matrícula de honor.

—Puedes repetir el trabajo.

—No, no puedo. En los próximos días tendré que echar una mano en el restaurante, tenemos unas cuantas reservas para celebrar comidas de bodas.

—Tus padres estarán contentos —respondí por decir algo.

—Sí, claro que lo están. El invierno no ha sido bueno, a duras penas hemos mantenido a nuestros clientes de siempre. No es que los hayamos perdido, es que ahora gastan menos… Todo el mundo quiere ahorrar y mis padres han ajustado tanto los precios que apenas nos queda margen.

—Al menos no habéis tenido que cerrar.

—Dime, Thomas, ¿por qué es así Lisa? No me lo puedo explicar… Lo tiene todo para ser feliz y sin embargo…

—No la juzgues, tú no la puedes comprender. No le des más

vueltas, olvídate de ella. No creo que os volváis a ver nunca una vez que finalice el curso, y para eso sólo faltan dos semanas.

—Sí, es difícil que nos veamos. Yo vivo en la Little Italy y ella en el corazón de Manhattan; no creo que desde el ático de sus padres se vea la calle donde vivo yo.

—Resentimiento social —comenté con ironía.

—Sólo describo la realidad. Los chicos como vosotros no tenéis ni idea de lo duro que es vivir.

—Suerte que hemos tenido.

—Sí, la suerte os ha favorecido, no se sabe por qué.

—¿Crees que no nos lo merecemos?

—Quién sabe…

En realidad me daba lo mismo lo que pensara Esther. No seguimos hablando porque Paul se nos acercó y yo aproveché para marcharme. No tenía ganas de más conversación.

No intenté saber de Lisa. Tanto me daba. Imaginaba que continuaría comprándole cocaína y otras mierdas a Mike y que éste se lo seguiría haciendo con ella para tenerla contenta. Era una buena clienta y para un tipo como él no era problema bajarle las bragas contra la pared del váter del antro donde trabajaba.

El día de la graduación mis padres se empeñaron en acompañarme. A mi hermano Jaime no hizo falta que nadie se lo pidiera, él daba por sentado que la familia tenía que estar unida en un acontecimiento como aquél.

—Es un día importante para Thomas, tiene que saber cuánto apreciamos que le den ese título en publicidad. El chico se ha esforzado… —dijo mi padre a mi madre.

—¿Crees que ese título vale para algo? Sabes mejor que yo que es un centro de estudios de mala muerte. No creo que ninguna compañía de publicidad vaya a contratarlo cuando les presente ese título fantasma —dudó mi madre.

—No seas negativa, deberías estar satisfecha de que Thomas haya hecho algo —insistió mi padre.

—No sé por qué tiene que venir Jaime… —replicó mi madre.

—Jaime quiere a su hermano y por nada del mundo renunciará a acompañarle en un día tan especial.

—No seas tonto, Juan. Para Thomas hoy no es un día especial, a él le da todo lo mismo.

Mi madre tenía razón, pero no me molesté en dársela. No quería regalarle esa satisfacción, de manera que acepté que me acompañaran.

El chófer de mi padre nos aguardaba en la puerta de casa.

Le tuve que dar un codazo a Jaime porque me fastidiaba su buenismo. No dejaba de felicitarme como si hubiera conseguido mi diploma en publicidad en Harvard en vez de en el Centro de Estudios Publicitarios Hard. Pero mi hermano siempre fue un simple.

—Déjalo ya, Jaime —le pidió mi madre, también fastidiada.

El chófer nos dejó en la puerta del centro. Mi madre respiró hondo, como si estuviera haciendo un esfuerzo para controlarse y no echar a correr para escapar de allí. Jaime miraba con curiosidad y le vi aflojarse el nudo de la corbata como si de pronto hubiese comprendido que allí su traje azul marino y la corbata a rayas estaban fuera de lugar. Mi padre parecía ignorar lo que le rodeaba y me sonrió afectuoso indicándome que los guiara hasta dentro del centro. No mostró sorpresa por su aspecto caduco.

Paul se acercó a saludarnos. Llevaba un buen traje aunque anticuado, supongo que de cuando le iba bien y trabajaba en las grandes empresas de publicidad.

Mi padre le estrechó la mano y le comentó lo orgullosa que se sentía la familia porque yo hubiera terminado con éxito mis estudios en publicidad. Paul frunció el entrecejo hasta que comprendió que mi padre era sincero. En cuanto a mi madre, Paul la caló con la primera mirada. Se dio cuenta de su incomodidad.

—Señora Spencer —Paul exageró al besar la mano de mi madre—, es un placer conocerla.

En ese momento llegó Esther acompañada por sus padres y

su hermano y no tuvimos más remedio que saludarnos. Les presenté a mis padres y durante unos segundos las dos familias intercambiaron banalidades. Mi padre se mostró encantador con los padres de Esther y yo me dije que era un hipócrita. ¿Qué tenía que ver un brillante y acomodado abogado de Manhattan con una familia que se dedicaba a cocinar comida italiana? Mi madre les dio la mano y se quedó rígida al lado de mi padre. En cuanto a Jaime, hizo tal alarde de amabilidad que me hizo sentir molesto. Parecía interesado en todo lo que decía el hermano de Esther y sonreía como un tonto a la madre, a la que alabó por el buen gusto de su sombrero.

Esther parecía tan incómoda como yo y dejamos a nuestros padres atrás mientras nos dirigíamos al aula que iba a servir como salón de actos.

—No he podido evitar que vinieran —le dije excusándome por la presencia de mi familia.

—¿Y por qué no habrían de venir? Es lógico que quieran compartir contigo este momento.

—¡Pero tú eres tonta! Sabes que el diploma que nos va a dar Paul es una mierda, que no sirve de nada. Si hemos pasado cuatro años aquí es porque no podíamos ir a otra parte —repliqué con rabia.

Ella no se arredró y se enfrentó a mi rabia.

—Yo no podía ir a otra parte pero tú sí, claro que sí podías. Tu familia tiene recursos para que hubieras podido estudiar en una buena universidad. Si estás aquí es porque así lo has decidido. Eres un estúpido, Thomas, un completo estúpido por no saber aprovechar lo mucho que te ha dado la vida. De manera que no minusvalores este lugar, que es lo único que yo me he podido permitir gracias al esfuerzo de mis padres, y a mi propio esfuerzo. ¿Crees que es divertido estar sirviendo mesas o ayudando a pelar patatas y zanahorias?

No me dio tiempo a contestarle porque en ese momento parecía estar produciéndose cierto alboroto ante la llegada de alguien. Entonces vi a Lisa entrar seguida de sus padres.

La señora Ferguson parecía tan incómoda como mi madre. Seguramente se estaría preguntando qué hacía ella en un lugar como ése. Si sus amistades la vieran… En cuanto al señor Ferguson, estaba claro que no habría llegado a ser el mayor productor de carne de no ser porque era capaz de afrontar cualquier cosa que se le pusiera por delante. Le vi saludar a Paul y al resto de los profesores como si fueran viejos amigos.

Lisa ni se molestó en mirarme. Estaba más delgada y unos círculos negros rodeaban sus ojos. No parecía estar colocada, o al menos no tanto como para no hacer frente a aquel acto ridículo en el que nos iban a entregar unos inútiles diplomas.

El señor Ferguson saludó a mi padre y la señora Ferguson hizo lo mismo con mi madre. Paul les indicó que se sentaran juntos. No fue una buena idea pero yo no podía hacer nada por evitarlo, de manera que, muy a mi pesar, me vi sentado al lado de Lisa.

—Eres un cabrón —me susurró, pero no lo suficientemente bajo para que no la oyeran quienes estaban alrededor.

—Qué amable eres. Me alegro de verte, sobre todo de que te tengas en pie. —No quería ser menos a la hora de ofender.

Paul nos miró enfadado y con su potente voz pidió silencio a todos los asistentes. Iba a comenzar el acto, y de pie en el estrado, flanqueado por los otros profesores, parecía tomarse en serio aquel paripé.

La primera mentira que dijo fue que habernos tenido como alumnos había sido un privilegio para su centro porque todos éramos jóvenes brillantes ansiosos por aprender. La segunda mentira, que habíamos superado con creces todas las expectativas y que a partir de ese día podríamos competir con los mejores del mundo de la publicidad. «Salen ustedes perfectamente preparados y con un título modesto, sí, pero reconocido entre quienes se dedican al negocio. De manera que, señoras y señores, su futuro será lo que ustedes quieran que sea», concluyó mientras los invitados se miraban entre sí. Luego, fue leyendo nuestros nombres, y de uno en uno subimos a la tarima a recoger el diploma. Estrechábamos la mano de Paul y de los profesores y regresábamos a nuestros asientos entre los aplausos de familiares y amigos.

Una hora después la farsa había terminado. Yo, lo mismo que mi madre, hubiese deseado irme y no perder más tiempo, pero Paul había juntado un par de mesas cubriéndolas con un mantel y había dispuesto unas cuantas bebidas y unos escuálidos canapés. Mi padre dijo que al menos debíamos quedarnos unos minutos para no desairarle.

No diré que me extrañó ver a Lisa dirigirse hacia Esther. Incluso me apoyé en la pared dispuesto a disfrutar del espectáculo que estaba seguro de que Lisa iba a ofrecernos.

—Así que has conseguido tu diploma pese a no haber podido presentar el trabajo de fin de curso. ¿Con quién te has tenido que acostar para que te lo dieran? ¿Con el caraculo de Paul? ¿Te lo has montado con él? Los pobres hacéis de todo con tal de medrar.

Una mano se cerró en torno al brazo de Lisa. Ella se volvió y se encontró con la mirada airada del hermano de Esther.

—¿Qué estás diciendo? —preguntó el joven Roberto.

—Lo que has oído —respondió ella sin amilanarse, a pesar de que Roberto le sacaba una cabeza y era fuerte como un toro.

—Pídele perdón a mi hermana por lo que acabas de decir —le exigió.

Los Ferguson se acercaron alarmados. El señor Ferguson intentó intervenir.

—Joven, suelte a mi hija… No creo que sean formas de arreglar las cosas.

—Tiene que pedir perdón a mi hermana y en voz alta, para que todo el mundo la oiga.

—Lisa, hija, discúlpate, ha sido una tontería lo que has dicho… Supongo que son rivalidades de jovencitas —dijo el señor Ferguson dirigiéndose a todos los que estábamos allí en un intento de quitar importancia a lo que estaba ocurriendo.

—Su hija es una mala persona, señor Ferguson, pero eso usted ya lo sabe. Lo que no voy a consentir es que insulte a mi hermana, que la llene de porquería simplemente porque le tiene envidia. De manera que o le pide perdón…

Los dedos de Roberto apretaban con fuerza el brazo de Lisa, tanto que ella no pudo evitar una mueca de dolor.

Paul se acercó alarmado por lo que estaba sucediendo mientras miraba a Lisa con animadversión.

—Señorita Ferguson, yo no necesito que me pida perdón, sé que le gusta llamar la atención, pero sí debe disculparse con la señorita Sabatti, a la que usted… En fin, ha hecho lo imposible por fastidiarla desde el primer día en que la conoció.

»Haga el favor de disculparse y asunto terminado. Sus compañeros merecen poder recordar con alegría este día.

Los padres de Esther parecían desolados, no comprendían lo que estaba sucediendo y miraban angustiados a su hijo mayor, temiendo que la cosa fuera a más.

Conociendo como conocía a Lisa, yo sabía que no iba a rectificar y mucho menos teniendo público, de manera que me preparé para disfrutar de la siguiente escena.

Mi padre se acercó a mí seguido de mi madre, que parecía inquieta.

—El comportamiento de Lisa es abyecto —me dijo mi padre en voz baja.

Me encogí de hombros. No tenía intención de defender a Lisa pero tampoco de darle la razón a mi padre.

Esther permanecía quieta, retorciéndose nerviosa las manos, con el rostro enrojecido por la humillación.

—Déjala, Roberto. No merece la pena… Ella es así. Todo el mundo sabe cómo es ella y cómo soy yo —acertó a decir Esther intentando que su hermano soltara el brazo de Lisa.

Pero sus palabras enfurecieron aún más a Lisa, que reaccionó como una víbora a la que hubieran pisado.

—La putita haciéndose la mosquita muerta. ¿A quién crees que vas a engañar? Todos sabemos que Paul babeaba detrás de ti y que tú le dejabas hacer para garantizarte su maldito diploma.

¡Qué engañada tienes a tu familia! ¿Saben que también te lo has querido montar con Thomas? Harías cualquier cosa con tal de subir en la escala social. La cocinerita convertida en la esposa de Thomas Spencer. Te oí decir que te lo llevarías a la cama para quedarte embarazada y luego obligarle a casarse contigo o a que te pasara una buena manutención. ¡Atrévete a negarlo!

Esther no se molestó en negar nada, lo que hizo fue darle una bofetada con tanta fuerza que sus dedos quedaron marcados como cicatrices en el rostro de Lisa.

Lisa ni siquiera gritó sino que me buscó con la mirada y exclamó dirigiéndose a todos:

—¡Pregúntenle a Thomas, él sabe que digo la verdad, le huía porque sabía que la mosquita muerta quería pescarlo y le hacía proposiciones indecentes!

Todas las miradas se dirigieron a mí pero yo no dije nada. Permanecí en silencio, impasible. Ni siquiera me conmovió que Esther me mirara esperando que yo dijera la verdad.

La señora Ferguson gritaba asustada y el señor Ferguson dio un paso adelante intentando rescatar a su hija, pero Paul se interpuso para impedírselo.

—Eres una mentirosa, una malvada, una drogadicta sin escrúpulos. Terminarás en un basurero. Sí, cualquier día de éstos te encontrarán muerta con una aguja en el brazo. Vete de aquí. Nos ensucias a todos con tu presencia.

Las palabras de Paul nos sorprendieron a todos. Lisa le miraba con odio.

—Suéltala, deja que se vaya —pidió Paul a Roberto.

—Tiene que pedir perdón —exigió Roberto mientras apretaba con más fuerza el brazo de Lisa y la zarandeaba.

—¡Basta ya! —gritó el señor Ferguson.

Mi padre se acercó hasta Roberto y Lisa y yo temí que dijera algo. Lo hizo.

—Señorita Ferguson, debería ahorrarse y ahorrarnos que continúe esta escena tan desagradable. Ha ofendido a la señorita Sabatti y tiene usted que disculparse. Hágalo.

—Jamás —respondió Lisa.

Esther volvió a abofetearla, esta vez con tanta rabia y desesperación que mi padre intentó detenerla mientras el señor Ferguson intentaba que Roberto soltara a Lisa.

—¿Te estás divirtiendo? —me preguntó mi madre mientras encendía un cigarrillo haciendo caso omiso a la prohibición de fumar dentro del centro.

—Sí, me parece divertido. Deberían pegarse esas dos y así la escena sería completa.

—Lisa no tiene vergüenza y al parecer tú tampoco —musitó.

—He heredado unas cuantas cosas malas de ti —declaré.

En ese momento Lisa gritó. Los golpes de Esther continuaban y pese a que su padre intentaba sujetarla, no había manera de detenerla.

—¡Esther, hija, déjala, déjala! —le suplicó su padre.

Pero Esther no oía a nadie, necesitaba golpear a Lisa para así limpiar la humillación y la vergüenza a las que la había sometido.

—¡La demandaré! —gritaba el señor Ferguson a Esther.

Mi padre intervino de nuevo y para mi sorpresa se enfrentó al señor Ferguson.

—Yo estaré muy honrado si la señorita Sabatti me permite ser su abogado. Será ella quien demande a su hija por calumnias y pediremos una indemnización. Lo que ha sucedido aquí es intolerable.

Mi madre también miró asombrada a mi padre. ¿Qué le importaba a él aquella chica?

Al final los Ferguson lograron llevarse a su hija. Los familiares de los alumnos se despidieron apresuradamente de Paul y de los profesores. Nadie quería quedarse ni un minuto más allí. El espectáculo había sido de primera pero desagradable. Durante un tiempo tendrían de qué hablar y a quiénes criticar.

—Deberías haber defendido a Esther diciendo la verdad.

El reproche de mi hermano Jaime me fastidió. Era la primera vez que me recriminaba algo. Pero era propio de mi hermano, lo mismo que de mi padre, ponerse del lado de los débiles. Precisamente en aquel momento mi padre intentaba consolar a los Sabatti, asegurándoles que nadie había creído ni una sola palabra de lo dicho por Lisa Ferguson. Mi padre era un ingenuo.

Esther pasó delante de mí sin siquiera mirarme. Dudé de si debía ser yo quien dijera algo pero desistí. No tenía ganas de reproches.

—Tu hermano tiene razón —me dijo mi madre.

—¿Razón? ¿En qué tiene razón? —inquirí malhumorado.

—La zorra de tu amiga Lisa ha dejado en evidencia a Esther. Algunos de vuestros amigos creerán a Lisa, la gente siempre prefiere creer lo peor.

—Y casi siempre se acierta pensando lo peor —aseguré.

Me di media vuelta pero Jaime me puso la mano en el hombro obligándome a girarme. Estuve a punto de darle un puñetazo pero en ese instante Paul se acercaba a nosotros.

—Su amiga terminará arrastrándole. Cuídese de ella —me dijo.

—No exagere, sólo estaba nerviosa y ya sabe que no le cae bien la señorita Sabatti —respondí sin mucha convicción.

—No es usted tan listo como cree, señor Spencer; debe de ser el único que no se ha enterado de que hasta ahora no ha sido otra cosa que una marioneta en manos de la señorita Ferguson.

Me fastidió la afirmación de Paul. De manera que aquel grupo variopinto con el que había compartido estudios pensaba que yo era poco menos que un muñeco en manos de Lisa.

—No sabe lo que está diciendo —le respondí airado, y sin darle tiempo a la réplica, me dirigí a la puerta de salida.

No soportaba estar en aquel lugar ni un minuto más. Además, he de reconocerlo, Paul había herido mi autoestima.

Jaime me siguió lo mismo que mi madre mientras mi padre se despedía de los Sabatti. No me sentí cómodo hasta estar dentro del coche. De pronto necesitaba poner distancia con el centro de estudios de Paul y con los cuatro años que había pasado allí.

—El comportamiento de Lisa Ferguson ha sido lamentable —afirmó mi padre sin dirigirse a nadie en concreto.

—Es una mala persona —aseguró mi hermano, lo cual me irritó.

—¡Tú qué sabes! No la conoces, no sabes nada de ella.

—No hace falta ser un lince para ver qué clase de persona es —me respondió Jaime.

—Esa pobre chica… Lisa ha pisoteado su honor —continuó diciendo mi padre.

—¡Qué melodramáticos sois! No comprendo cómo podéis estar dando tanta importancia a una pelea de chicas —insistí yo.

—No, no era una pelea de chicas. No sé qué idea tienes de las mujeres pero Lisa seguramente es lo peor que te vas a encontrar en tu vida. Creo que es la horma de tu zapato —sentenció mi madre.

Sentí deseos de abofetearla. Supongo que se me crispó la cara porque mi padre la reconvino.

—Carmela, no hagas a Thomas culpable de lo sucedido… Pero, hijo, tu madre tiene razón. Lisa no es buena persona, lo que le ha hecho a Esther es imperdonable.

—¿Por qué no has defendido a Esther? —preguntó mi hermano.

La insistencia de Jaime empezaba a fastidiarme. Él se habría comportado como un caballero andante, pero yo no era él.

—Déjame en paz, ¿quieres?

No volvimos a decir palabra. Llegamos a casa y yo me encerré en mi cuarto, mientras que Jaime se quedó hablando con mis padres en la biblioteca.

Sabía que se estaban lamentando de mi actitud, de lo que consideraban falta de gallardía.

Me senté en la cama repasando lo sucedido y llegué a la conclusión de que si no había defendido a Esther no era porque temiera enfrentarme a Lisa sino porque, me decía a mí mismo, no me importaban ninguna de las dos.

Lo que mis padres y mi hermano hubieran esperado de mí es lo que no hice:

Cuando Lisa se dirigió a Esther acusándola de acostarse con Paul para obtener su título en el centro yo debería haber intervenido. Sí, debería haber dicho que todo era una broma de mal gusto y sacarla de allí. Pero no lo hice. En lugar de eso, me quedé inmóvil mientras Roberto, el hermano de Esther, exigía a Lisa que rectificara y pidiera perdón.

Sé que yo podía manejar a Lisa, que ella hubiera protestado pero me habría seguido y así no se habría producido la lamentable escena.

Lisa no tenía nada que perder, disfrutaba con los escándalos, de manera que para ella no significaba nada lo que estaba desencadenando. Sin embargo sabía que la escena hundiría a Esther. Su afirmación sobre que se lo montaba con Paul y que además pretendía hacérselo conmigo para subir en la escala social era una calumnia que no ignoraba que se extendería como una mancha de aceite. Mi madre tenía razón sobre que la gente siempre prefiere pensar lo peor de los otros para sentirse así menos miserables.

—¡Cállate, Lisa! ¿Cómo te atreves a decir esas barbaridades? Sabes que Esther es la mejor alumna del centro, la mejor de todos nosotros, la única que se merece matrícula de honor, la que de verdad tiene talento. ¿Cómo te atreves a insinuar que tiene nada con Paul? Sabes que es mentira. Esther sería incapaz de hacer algo así.

Sí, ése debería haber sido mi parlamento. Mi padre y mi hermano me habrían mirado orgullosos y mi madre se habría sorprendido por mi valiente actitud. Naturalmente, Lisa se habría revuelto contra mí lanzando la segunda acusación: que Esther era una mosquita muerta capaz de meterse en la cama con cualquiera para subir en la escala social y que el tonto que tenía más a mano era yo.

Mi respuesta tendría que haber estado a la altura de la anterior. Podría haber dado un par de pasos hacia atrás, y mirar a Lisa escandalizado. Luego acercarme a Esther diciendo en voz alta:

—Esther es la amiga más sincera y desinteresada que tengo. Lo que acabas de decir es una infamia. Nadie que conozca a Esther puede creer semejante patraña. Te molesta que ella sea una persona limpia y buena, acaso porque no está a tu alcance serlo también. No permitiré que intentes ensuciar ni su nombre ni la amistad que me une a ella. No sé qué te pasa, Lisa, y siento verte en el estado que estás, pero tus palabras se vuelven contra ti misma. Estás quedando en ridículo, das pena.

Esto último sin duda habría encendido más a Lisa. Seguro que habría intentado darme una bofetada. Pero para ese instante yo habría pedido en voz alta a todos los presentes que disculparan la escena y, cogiendo del brazo a Esther, la habría invitado a salir de allí. Mis padres y los Sabatti nos habrían seguido y Paul habría dado por terminada la fallida fiesta de fin de curso.

Los Ferguson se habrían llevado a Lisa a rastras, avergonzados por su comportamiento. Y yo habría quedado casi como un caballero ante todos los presentes.

Pero no hice nada de esto. Ni se me ocurrió hacer algo así.

Aquello que aquel día no hice es parte de la vida que no he vivido y que ahora, en el umbral de la muerte, me pregunto si no debí haber vivido.

Con el paso del tiempo, creo que si hubiese actuado correctamente incluso podría haberme sentido satisfecho conmigo mismo, pero tampoco puedo asegurarlo. Entonces sentía que mi futuro era parte de la eternidad y no veía la necesidad de ser noble ni de hacer nada bueno. No me pedía nada a mí mismo, me aceptaba como era, sin más.

Aún puedo recordar la incomodidad durante la cena de aquella noche.

Mi madre estaba malhumorada y si mi mirada se cruzaba con la suya podía ver la decepción que sentía por mí. En cuanto a Jaime, parecía apesadumbrado, como si el recuerdo de las escenas vividas fuera parte de una pesadilla. Me observaba de reojo, intentando escudriñar en mi rostro los porqués de lo que no entendía. Fue mi padre quien rompió el silencio cuando llegamos al segundo plato.

—Thomas, me gustaría que reflexionaras sobre lo que ha sucedido. Convendrás conmigo que deberías haber intervenido.

—¿Y qué crees que tendría que haber hecho? —pregunté por provocarle.

—Decir a todos que Lisa mentía y defender el buen nombre de Esther Sabatti. Esa muchacha no merece que Lisa la haya tratado como a una cualquiera. En cuanto a Lisa... no te diré lo que debes hacer, pero esa joven sólo puede traerte problemas.

»Me dan pena sus padres. El señor Ferguson ha trabajado duro hasta convertirse en un gran empresario. En cuanto a la señora Ferguson, siempre ha demostrado su generosidad con todas las organizaciones que han requerido su ayuda.

—Sí, a la señora Ferguson le encantan los bailes de caridad. Son una buena ocasión para lucir sus joyas y que en los periódicos destaquen sus generosos donativos, que sirven para ennoblecer la fortuna del señor Ferguson. Un simple matarife de reses que hábilmente ha logrado que en los supermercados vendan su carne previamente envasada en Texas.

»Es un carnicero con suerte, poco aristocrático para el gusto hipócrita de las grandes familias de Nueva York. Pero éste es el país de las oportunidades, si uno se hace rico tiene una silla asegurada para formar parte de la buena sociedad. Si el señor Ferguson no fuera un carnicero rico se reirían de su acento, de sus ridículos sombreros, y de esa campechanía que le gusta cultivar. En cuanto a la señora Ferguson, no deja de ser lo que fue: una maestrilla del Medio Oeste venida a más. Los trajes de marca, las joyas y la manicura francesa no la han convertido en la gran dama a la que juega a ser. ¿No es verdad, madre? Tú sueles repetir un refrán: "Aunque la mona se vista de seda, mona se queda". Dijiste que te lo enseñó tu abuela...

Mi madre sabía que todo lo que yo acababa de decir de la señora Ferguson era lo mismo que pensaba sobre ella.

—¿De dónde sacas tanto odio? —me preguntó mi madre, que a duras penas contenía su deseo de abofetearme.

—Éste es el país de las oportunidades —intervino mi padre—, aquí no hay aristócratas, sino que a la gente se la juzga por su esfuerzo. El señor Ferguson es un ejemplo de hasta dónde se puede llegar si uno trabaja y se esfuerza. Aquí no se pregunta a nadie de dónde viene sino qué hace y qué está dispuesto a hacer. De manera que el señor Ferguson se ha ganado el respeto de cuantos le conocen. ¿Sabes a cuántas familias da trabajo? Respecto a la señora Ferguson, tus comentarios están fuera de lugar. Las joyas que luce son fruto del esfuerzo de su marido, puede sentirse orgullosa de ello. Podría permanecer indiferente cuando alguien requiere su apoyo para alguna buena causa, sin embargo todo el mundo sabe que siempre se puede contar con ella, y eso es muy loable por su parte.

—Si tú lo dices… —repuse con desgana.

—En cualquier caso, no eres quién para juzgar a los Ferguson, pero sí tienes discernimiento suficiente para saber que Lisa va a terminar mal. Esa chica ha decidido perderse —insistió mi padre.

—A lo mejor si su padre se hubiera ocupado más de ella en vez de dedicarse noche y día a vender sus malditas reses, y su madre hubiese pasado menos tiempo en el instituto de belleza para convertirse en quien no es, Lisa… —repliqué yo.

—¿Quieres decir que Lisa es como es por culpa de sus padres? —En la pregunta de Jaime había un reproche implícito.

—Todos somos lo que somos como consecuencia de algo —afirmé con rotundidad.

—Las malas personas siempre buscan excusas para justificar lo que son —sentenció mi madre.

—Si tú lo dices…

Sin decirme nada, Jaime llevó a enmarcar el ridículo título que me había dado Paul. Parecía que mi hermano necesitaba poner en valor aquel trozo de cartulina, donde rezaba que me había diplomado en Publicidad en el Centro de Estudios Publicitarios Hard.

El próximo curso mi hermano ingresaría en Harvard y no sabía cómo evitar la evidencia de las diferencias que habría a partir de ese momento entre los dos. Pero él me quería.

Tenía que empezar a pensar qué iba a hacer con el resto de mi vida. Sabía que me resultaría difícil encontrar un trabajo si mi única credencial era el título del centro de estudios de Paul Hard. O mi padre le pedía el favor a alguna de sus amistades o difícilmente lograría que en ninguna agencia de publicidad se molestaran ni en recibirme. Mi padre esperaba que se lo pidiera, era demasiado educado y respetuoso como para querer imponerme su ayuda. En cuanto a mi madre, parecía resultarle indiferente verme vagar por la casa sin nada que hacer. Bien es verdad que el verano nos acechaba y tal vez pensaran que no me vendrían mal unas vacaciones antes de intentar incorporarme al mundo laboral.

Mi tía Emma, la hermana de mi padre, fue la detonante de la decisión que iba a tomar.

Cuando hacía buen tiempo solíamos pasar parte de las vacaciones en su casa de Newport. Era una casa amplia y desde sus ventanales se divisaba el mar. A ella le gustaba tenernos allí. La casa era una herencia de su marido. Supongo que ambos pensaron que la llenarían con sus propios hijos. Pero la mala suerte había rondado a mi tía quedándose sin marido y sin hijos, de manera que tenía que conformarse con Jaime y conmigo.

Yo siempre procuraba escaquearme de los compromisos familiares, pero en aquella ocasión, ya fuera por aburrimiento o por ganas de salir de la ciudad, acepté acompañarlos.

Mi padre nos anunció que la tía Emma insistía en que pasáramos al menos un par de semanas de descanso en «la cabaña»; así llamaba mi tía a su casa de Newport. También vendrían los abuelos. La reunión familiar parecía entusiasmar tanto a mi padre como a Jaime, mientras que mi madre se resignaba a estar dos semanas seguidas en Newport. Pero al final, yo por aburrimiento y mi madre porque solía ceder a los deseos de mi padre, nos instalamos en la casa de tía Emma en Ocean Avenue, y bien que hicimos porque en aquellos días el calor húmedo resultaba insoportable en Nueva York.

A la tía Emma le gustaba organizar nuestra estancia como si se tratara de una batalla militar. Por la mañana se reunía con la cocinera y pasaban un buen rato discutiendo sobre lo que íbamos a almorzar y a cenar. Luego revisaba que en toda la casa hubiera flores frescas y que mi abuelo y mi padre tuvieran sus periódicos favoritos.

Mi abuelo y mi padre salían temprano a jugar al golf. Mi abuela Dorothy también madrugaba y le gustaba pasear con su ridículo yorkshire; luego solía encontrarse con alguna amiga con la que pasar el resto de la mañana. En cuanto a mi madre, se levantaba tarde y solía quedarse en el porche leyendo, procurando que no le diera ni un rayo de sol que pudiera oscurecer aún más el color de su piel.

Jaime tenía amigos con los que solía jugar al tenis, hacer surf y tontear con las chicas. Yo era el único que nunca tenía nada que hacer; en realidad no quería hacer nada.

Por lo general me iba a nadar en cuanto me despertaba. Cuando era pequeño mi madre procuraba evitar que me diera el sol para que mi piel no se oscureciera, lo mismo que le sucedía a ella. Pero yo ya me había hecho a la idea de que por su culpa, por su herencia genética, nunca tendría la piel blanca, de manera que ya no me molestaba en huir del sol.

El resto del día intentaba escabullirme de los múltiples planes que se le ocurrían a tía Emma y que solían consistir en ir a tomar un cóctel, el té o lo que fuera a casa de algún vecino, o que vinieran a la suya. Le gustaba ver la casa llena de gente.

No recuerdo si fue el tercer o cuarto día de haber llegado a Newport cuando en una de las pocas cenas en las que no teníamos invitados, mi abuelo James me preguntó qué haría.

—Tiene todo el verano para pensarlo —respondió mi padre por mí.

—Bueno, no hay mucho que pensar; Thomas querrá trabajar, y si necesita un empujón, sabe que cuenta conmigo. Tengo un par de amigos con buenas relaciones con las agencias de publicidad. Podría hablar con ellos, ¿qué te parece?

Me fastidiaba que mi abuelo se empeñara en hablar de mi futuro y sobre todo que quisiera organizármelo.

—Deja al chico, James. Cuando vuelva a Nueva York ya tendrá tiempo de pensar qué va a hacer. Ahora tiene que disfrutar de estas cortas vacaciones —terció mi abuela Dorothy.

—James tiene razón. Thomas tiene que decidir cómo va a encarar su futuro —dijo mi madre secundando a mi abuelo.

De repente todas las miradas confluyeron en mí. Mi abuelo me estaba fastidiando la cena. Incluso el inocente de Jaime se dio cuenta de que me estaba enfadando e intentó cambiar de conversación:

—Abuelo, ¿por qué no salimos mañana a navegar? He estado echando un vistazo al pequeño velero de la tía Emma y está en buen estado. Podríamos…

—Claro que está en buen estado, no es que yo salga a navegar a menudo pero de cuando en cuando me gusta disfrutar de la soledad en el mar —dijo tía Emma para recordarnos que sabía llevar aquel velero sin ayuda de nadie.

Pero mi abuelo no se rindió y no hizo caso ni a Jaime ni a tía Emma.

—Tienes que trabajar, Thomas. Ahí fuera hay mucha competencia. Chicos bien preparados dispuestos a comerse el mundo. No puedes esperar —insistió.

—La verdad es que no tengo ganas de trabajar —respondí para provocarlos.

—¡Vaya! ¿Y qué quieres hacer? —preguntó mi abuelo con tono enfadado.

—Nada. Realmente no quiero hacer nada.

—Pues algo tendrás que hacer. —La voz de mi madre denotaba ese matiz de histeria que siempre le afloraba cuando se refería a mí.

—¿Y tiene que decidirlo esta noche? Vamos, James, deja al chico. Está de vacaciones. Cuando regrese a Nueva York no tendrá más remedio que decidir qué va a hacer, pero ahora tiene derecho al descanso como todos nosotros. —Mi abuela Dorothy se había alineado conmigo para evitar una discusión en la mesa. Le horrorizaban las escenas.

Inesperadamente intervino la tía Emma. Me miraba como si se le estuviera ocurriendo una idea, y así era.

—¿Y por qué tiene que ponerse a trabajar ya? En Inglaterra es costumbre que cuando los jóvenes salen de la universidad se tomen un año sabático. Viajan, ven mundo, ordenan su cabeza y luego, cuando regresan, se incorporan a la normalidad, que consiste en buscar un trabajo y una buena chica con la que casarse.

—Supongo que ese año sabático no está al alcance de todos los chicos ingleses —replicó mi abuelo, un poco malhumorado.

—Bueno, pero en el caso de Thomas… Si él decidiera hacerlo no creo que tuviera problema, ¿no es verdad, John?

Mi padre no supo qué responder, pero mi abuelo sí dijo que la idea de Emma le parecía una solemne tontería. Vi que mi madre iba a decir algo pero me adelanté:

—¿Sabes, tía?, me has dado una idea genial. Me tomaré un año sabático. Me gustaría viajar un tiempo por Europa. Tengo ganas de conocer Londres y Berlín…

—Pero… —Mi madre mostró su sorpresa.

—Bueno, tendríamos que hablarlo. —Mi padre parecía incómodo.

—Pues a mí me parece una buena idea. —Ese día mi abuela Dorothy se había convertido en mi mejor aliada.

Mi abuelo la miró con disgusto. No le gustaba que mi abuela le llevara la contraria y mucho menos en público. Pero ella hizo como que no se enteraba de la contrariedad de mi abuelo.

—En todo caso será Thomas quien decida qué quiere hacer. Nosotros podemos aconsejarle pero no podemos hacer nada más —afirmó mi padre, que parecía desear cambiar de conversación lo mismo que la abuela Dorothy.

—De manera que si Thomas decide no hacer nada tú te abstendrás de intervenir —le reprochó mi abuelo a mi padre.

—Vamos, papá, no es eso, pero sí creo que todos debemos buscar nuestro propio camino y que por mucho que nos cueste debemos permitir que los hijos elijan el suyo. Thomas decidirá lo que crea que es mejor para él y naturalmente sabe que tiene que hacer algo, que no puede quedarse cruzado de brazos. Bien, ¿qué te parece, papá, si después de cenar jugamos un rato al ajedrez? Ayer me ganaste y me debes la revancha. —Mi padre no estaba dispuesto a continuar discutiendo con el suyo.

Aquella noche apenas pegué ojo pensando en la descabellada idea de la tía Emma. Sí, ¿por qué no marcharme? No sentía ningún apego especial por mi familia, salvo por mi padre. Y las agencias de publicidad de Nueva York no se iban a pelear por contratarme. El problema era saber si mi padre estaba dispuesto a ayudarme económicamente para que emprendiera un viaje sin finalidad práctica. ¿Lo haría? ¿Se lo permitiría mi madre?

Decidí hablar con él en cuanto regresáramos a Nueva York y pudiéramos estar a solas. No quería interferencias de nadie.

Como no podía dormir bajé a desayunar apenas estaba amaneciendo. Tía Emma era la única que había madrugado tanto como yo.

—¿Dónde vas tan temprano…? —me preguntó.

—Si me prestas el barco podría salir un rato a navegar.

—Tu hermano Jaime dijo anoche que le gustaría salir hoy con el barco. ¿Por qué no le esperas y vais juntos?

—Pues porque me gusta estar solo y Jaime no para de hablar.

—Pobrecillo, él siempre busca cómo complacerte pero tú te muestras impermeable a sus intentos. Tienes suerte de tener un hermano como él.

—Aunque fuera tonto me habría terminado enterando de que tengo suerte de que Jaime sea mi hermano. No dejáis de repetírmelo —protesté malhumorado.

—Bueno, ¿has pensado en serio en la posibilidad de irte? —Mi tía cambió de conversación para evitar el choque conmigo.

—Sí, me diste una buena idea. Además, no tengo nada mejor que hacer.

—Te vendría bien para madurar y para apreciar lo que tienes.

—¡Vaya, de manera que crees que soy inmaduro!

—Pues sí, lo eres, como cualquier chico de tu edad. Aún te desconcierta la vida.

—Eso es psicología de manual.

—No hace falta leer ningún manual, eso es lo que les sucede a muchos jóvenes. Tú no eres especial.

—Me gustaría ir a Londres, ¿qué te parece?

—Londres te gustará, pero si quieres hacer algo nuevo, si quieres sorprenderte, vete a Francia o incluso más al sur, a Italia, Grecia, España... Ése sí que sería un cambio en tu vida. Aunque Londres también está bien y te resultaría más fácil por el idioma.

—¿Tú conoces bien Europa?

—No, no muy bien. Pero cuando me casé fuimos allí... Estuvimos todo un verano yendo de un lugar a otro y me enamoré de Italia. Puede que algún día regrese. ¡Ah!, por cierto, los Ferguson llegaron ayer. Su hija, esa amiga tuya, Lisa, parece un espectro.

De manera que Lisa estaba en Newport. No me sorprendió demasiado porque yo mismo había pasado más de un fin de semana en la casa que los Ferguson tenían no muy lejos de la de la tía Emma. Claro que la casa de los Ferguson era una mansión de tres plantas, con un salón de baile con el suelo de mármol de Carrara y unos jardines versallescos que terminaban al borde del mar.

—Es una pena que una chica que lo tiene todo se haya perdido por la droga. Cualquier día aparecerá muerta —afirmó mi tía.

—¿Y tú cómo sabes que se droga? No hay que hacer caso de las habladurías de la gente —repliqué malhumorado.

—No son habladurías, Thomas, todo el mundo lo sabe. Su pobre madre está desesperada, ya no sabe qué hacer con ella.

—Bueno, si ella quiere drogarse que lo haga, ¿por qué no?

—Eres demasiado joven para dártelas de cínico. No me puedo creer que te resulte indiferente lo que le pase a Lisa. Esa chica te gustaba y tú le gustabas a ella. Habéis sido inseparables, aunque no me extraña que ya no la frecuentes.

Mi tía Emma no dejaba de sorprenderme. No era propio de ella hacerse eco de habladurías. Y también me fastidió. Sí, me fastidió que sus palabras insinuaran que Lisa me había plantado. Yo debía de ser la comidilla de aquellas señoras desocupadas de Newport.

—Nunca tuvimos nada serio, sólo éramos amigos, sin compromisos, de manera que ni me dejó ni la dejé. Y aunque no te lo creas, me da lo mismo lo que Lisa haga con su vida. Si quiere destruirse no seré yo quien se lo impida.

—Si tú lo dices… Bueno, se me hace tarde. Voy a acompañar a la cocinera a comprar todo lo que necesitamos para la reunión de esta noche.

—No sabía que ibas a dar una fiesta.

—Bueno, no es una fiesta exactamente. Vendrán amigos a tomar una copa y a comer algo, pero será una reunión informal, sólo para pasar un rato agradable. Eso sí, no quiero excusas, a las seis tienes que estar listo.

—¿Vendrán los Ferguson?

—No los he invitado. Tus padres no se sentirían cómodos después de lo que sucedió el día de tu graduación… Y supongo que tú tampoco. Además, no son amigos míos, sólo conocidos.

—A mí me da igual. Es más, dentro de un rato iré a ver a Lisa.

En realidad no tenía ganas de encontrarme con Lisa, pero era la manera de desconcertar a todos aquellos estirados que formaban parte de la buena sociedad de Newport. Si nos veían juntos tendrían materia de conversación.

Esperé hasta las diez para ir a casa de los Ferguson. Para ese momento mi padre y mi abuelo ya se habían ido a jugar al golf y Jaime había convencido a tía Emma para que le prestara el velero para salir con un par de amigos a navegar. En cuanto a mi madre, había dicho que se iba a la peluquería, habida cuenta de que desconfiaba de que la reunión de aquella noche fuera tan informal como decía tía Emma.

La doncella que me abrió la puerta me dijo que Lisa estaba durmiendo. Iba a marcharme cuando me vio la señora Ferguson.

—Thomas, ¿qué haces aquí? Pasa... pasa... Lisa está durmiendo. No se encuentra bien.

Me invitó a tomar una taza de café mientras me explicaba que intentaban convencer a Lisa para que aceptara ingresar en un centro de desintoxicación. Ella se negaba pero quizá yo podría ayudarlos a convencerla.

—El médico dice que Lisa está muy enferma. Tiene... tiene... Bueno, tiene el sida. Ya sabes, las agujas... No ha sido demasiado cuidadosa y ese hombre horrible, ese tal Mike, ni siquiera ha intentado protegerla... Podría haber evitado que se pinchara con cualquier aguja.

»¿Por qué, Thomas? Dime por qué Lisa necesitaba drogarse... ¿Qué hemos hecho mal? ¿Qué es lo que no le hemos sabido dar?

Estuve tentado de decirle la verdad, que su hija era una mala persona, lo mismo que yo, que por eso habíamos sido amigos, porque reconocíamos la maldad del otro, y que no debía buscar culpables. No los había, el problema no eran los demás. Si no hubiera sido Mike, Lisa habría encontrado otra manera de destruirse. En realidad lo único que nos diferenciaba a Lisa y a mí era que a mí no me importaba destruir a los demás siempre que pudiera preservarme yo, pero a ella no le importaba formar parte del lote de la destrucción de los otros.

Pero no se lo dije, me limité a escuchar y asentir. Creo que en realidad lo que la señora Ferguson necesitaba era poder dar rienda suelta a su angustia hablando libremente con alguien que no juzgara a Lisa. Y yo no lo hacía.

—Está tomando metadona... El médico dice que con eso no sufre el síndrome de abstinencia. Sobre todo nos ha recomendado que la saquemos de... bueno... del ambiente en que se movía en Nueva York... Ya sabes... Pero... está tan nerviosa... Dice cosas horribles. Espero que aquí se recupere un poco. La señorita Harris parece muy eficiente y ha cuidado a enfermos en circunstancias parecidas.

—¿La señorita Harris? —pregunté curioso.

—Es enfermera. Nos la recomendó el médico que atiende a Lisa. Ella controla la dosis de metadona que toma a diario, además de los medicamentos para el sida. ¡Dios mío, no sé qué podemos hacer!

—Se pondrá bien —respondí por decir algo y me dispuse a marcharme.

—No, no te vayas... Seguro que Lisa querrá verte. Preguntaré a la señorita Harris si Lisa se ha despertado. Espera aquí.

Ya no sentía interés por ver a Lisa. No tenía ganas de sentarme a darle conversación a una enferma. Y eso es lo que Lisa era, si me atenía a lo dicho por su madre.

La señora Ferguson apareció acompañada por una mujer alta y voluminosa con el cabello corto que sonreía con suficiencia.

—Así que éste es el joven Spencer... —Y me tendió la mano—. Lisa me ha hablado de usted. Le vendrá bien verle. Si es tan amable de esperar un poco, en veinte minutos estará lista para bajar al jardín. Es el mejor sitio para que se sienten a charlar. Así le dará un poco el aire. Pero debo advertirle de que intentará convencerle para que le ayude a conseguir droga. Esta clase de enfermos siempre lo hacen. No importa lo que le diga; usted, señor Spencer, debe mantenerse firme y ayudarnos a hacerle comprender que está en juego su preciosa vida. Sí, usted puede sernos de gran ayuda. Ella confía en usted.

La señora Ferguson se agarró de mi brazo guiándome hacia el jardín, donde en ese momento el señor Ferguson se encontraba ensimismado en la lectura de los periódicos.

—Benjamin... Thomas ha venido a ver a Lisa. La señorita Harris bajará con ella en unos minutos. Le vendrá bien estar con Thomas...

Por su mirada comprendí que mi presencia incomodaba a Benjamin Ferguson. Se levantó para estrecharme la mano. La última vez que nos habíamos visto había sido el día de la graduación en el centro de estudios de Paul. La escena montada por Lisa avergonzaba a su padre, por más que supiera que su hija y yo éramos amigos de otras fechorías.

Hablamos de vaguedades. La señora Ferguson intentaba centrar la conversación en el estado de Lisa, pero su marido tenía demasiado pudor para hablar de la situación de su hija.

La señorita Harris apareció junto a Lisa. La llevaba sujeta del brazo, parecía sostenerla.

El rostro de Lisa tenía las huellas de la enfermedad. Del sida, y también de la droga. Me miró enfadada, como si le molestara mi presencia.

—¿Y tú qué haces aquí? Vete —fueron sus palabras.

Ni siquiera respondí. Me dispuse a marcharme. Hice una leve inclinación de cabeza a los padres de Lisa.

—¡Vaya modales! —exclamó la señorita Harris—. De ninguna manera se puede despedir a un invitado. El joven Spencer se quedará un rato, seguro que se divierten hablando de sus cosas… ¿Hace tiempo que no se ven? Sí, lo pasarán bien —sentenció la enfermera.

Los Ferguson y la señorita Harris abandonaron el jardín dejándome con Lisa, a la que habían sentado en un sillón debajo de una sombrilla.

Lisa me miró desafiante. Esperaba que la obedeciera, que me marchara sin protestar, que es lo que yo pensaba hacer. Pero un segundo después cambió de opinión.

—Bueno, a lo mejor aún sirves para algo… —dijo como si hablara consigo misma.

—No creas, no he cambiado, de manera que sigo sin servir para nada —le dije con indiferencia.

—¿Puedes conseguirme cocaína, anfetaminas, heroína…? Cualquier cosa… Quieren que deje las drogas. Pero yo no quiero dejarlas. Ahora… bueno, no me siento bien… pero me recuperaré y me iré. Estoy harta de la condescendencia con la que me tratan. Y esa señorita Harris es horrible. No me pierde de vista. Presume de que ninguno de los enfermos a los que ha atendido logró esquivarla para comprar droga. Me da la metadona como se da los caramelos a los niños, si se portan bien... Es una zorra.

Yo seguía de pie mirándola. Me costaba reconocer a Lisa en aquel rostro ajado y amarillento, y aquel cuerpo ridículamente delgado. Sólo conservaba la mirada desafiante de antaño, pero sus ojos parecían los de alguien que ya ha vivido varias vidas y está más cerca de la muerte que de la vida.

—Te veo mal, francamente mal. ¿Te han dicho cuánto puedes durar?

—¡Eres un hijo de puta! ¿Crees que me voy a morir? Bueno, ¿y qué? Si a mí no me importa no tiene por qué importarles a los demás.

—¿No te importa morirte?

—No lo sé... no lo pienso... ¿Por qué tengo que morirme? Son todos unos estúpidos. Si controlas lo que te metes, si no te pasas, no tienes por qué morirte.

—Parece que tú no has sabido controlarlo demasiado.

—Estoy hecha una mierda.

—Sí, realmente sí.

—Consígueme droga. Pude hablar con Mike antes de que me trajeran aquí. Tiene un amigo que trabaja en un bar... No está lejos de Newport... Podrías ir y traerme algo. Y ya de paso, compra jeringuillas.

—¿Y la señorita Harris? No creo que se le pase por alto que vuelvas a drogarte.

—Al baño voy sola.

—Ya.

—¿Lo harás?

—No. No quiero mezclarme con los amigos de Mike. Él y sus colegas son escoria.

—¿Y tú te crees mejor?

—No soy esa clase de escoria. Además, no voy a jugármela por ti, Lisa. No quiero tener nada que ver con las drogas. Ya lo sabes.

—Eres un cobarde.

—Puede ser, pero si de algo estoy seguro es de que no quiero depender de nada que no sea capaz de controlar.

Nos quedamos en silencio. Lisa me miraba con rabia mientras pensaba cómo vencer mi resistencia. Yo alcé la vista hacia la casa y vi asomada a los ventanales del salón a la señora Ferguson acompañada de la señorita Harris.

—Me voy, Lisa. Que te vaya bien.

—Al menos puedes llevarme a ese bar… Yo entraré a comprar la droga. Sólo tienes que llevarme y traerme. Eso no te compromete a nada.

—Depende.

—¿Depende? ¿De qué depende?

—De si te pasas con el chute y te mueres. Entonces me acusarán de haberte llevado a ese bar. No, no quiero mezclarme con las drogas. Arréglatelas como puedas.

—Eres un hijo de puta.

—Ya me lo has dicho antes. Adiós, Lisa, suerte.

No intentó retenerme. Se encogió en el sillón y miró hacia otro lado como si yo no estuviera allí.

La señora Ferguson y la señorita Harris querían saber qué había pasado, por qué me iba tan pronto, sin haberme sentado siquiera al lado de Lisa.

—No está de buen humor y no desea tener visitas —les expliqué.

—Pero ¿volverás? ¿Verdad que vendrás a verla? Ella te aprecia tanto… —La señora Ferguson parecía un náufrago aferrándose a un espejismo.

Me fui sin decir si volvería, acompañado de la mirada severa de la señorita Harris.

Dejé de pensar en Lisa. En realidad dejé de pensar en ella durante los siguientes cuatro días porque, inesperadamente, me la encontré un atardecer en la carretera haciendo autostop.

Tenía un aspecto lamentable. Vestía unos vaqueros y una camiseta pero estaba tan delgada que daba la sensación de que se le iban a caer del cuerpo. Incluso las deportivas que calzaba parecían estarle grandes. Paré el coche al verla.

—¿Dónde vas?

—¿A ti qué te parece? He saltado por la ventana aprovechando que la señorita Harris se ha quedado traspuesta gracias al valium que he disuelto en su vaso de leche. Bueno, ¿me llevas?

—Depende.

—Sólo tienes que llevarme a dos kilómetros de aquí. Me dejas en la carretera y ya volveré por mi cuenta.

—Pues no parece que tengas mucha suerte haciendo autostop.

—La gente de Newport es estúpida, no se fía de nadie.

—Supongo que es por tu aspecto. Pareces una drogadicta, lo que eres.

—¿Me llevas o no?

—Vas al bar del amigo de Mike…

—¿Y a ti qué te importa dónde voy? No tengo por qué decírtelo. Nos conocemos, me has encontrado en la carretera haciendo autostop… Voy a casa de una amiga que vive cerca. ¿Te parece bien la explicación?

—Si tú lo dices…

—Sí, yo lo digo. Voy a casa de una amiga, ¿no te parece lo suficientemente inocente?

Dudé unos segundos pero terminé diciéndole que subiera al coche. Allá ella. La dejaría en la carretera dos kilómetros más adelante. Después me iría. Que volviera como pudiera.

Tía Emma me dio la noticia a la mañana siguiente. Lisa Ferguson había aparecido muerta en el cuarto de baño con una jeringuilla en el brazo. Se la habían llevado para hacerle la autopsia y la policía estaba analizando los restos de lo que quedaba en la jeringuilla.

Decidí que, para despejar cualquier sospecha, lo mejor era decir que nos habíamos encontrado casualmente la tarde anterior.

—Ayer por la tarde la vi y me pareció que estaba mejor —le conté a tía Emma.

—¿La viste? ¿Dónde? Creí que habías ido a buscar a tu padre al club de golf.

—Y es lo que hice, pero me la encontré en la carretera haciendo autostop. Iba a casa de una amiga y la acerqué un par de kilómetros.

—¡Tienes que decírselo a los Ferguson! —exclamó tía Emma, preocupada por que Lisa y yo nos hubiéramos visto horas antes de que la hallaran muerta.

—Bueno, lo haré… Pero cuando me la encontré parecía estar bien. Si no, no le habrían permitido salir.

—Al parecer se escapó por una ventana.

—Pero la señorita Harris no la dejaba ni a sol ni a sombra…

—¿Sabes lo que hizo Lisa? Le echó un valium en la taza de té. La pobre enfermera se quedó dormida.

—Iré inmediatamente a su casa. Estarán destrozados —dije sin la menor emoción.

—Iremos todos. Tu padre y tu madre también quieren ir. Arréglate un poco y… bueno, puede que la policía quiera preguntarte algo. Dónde encontraste a Lisa… Cosas así.

—Claro, deberían hacerlo.

Fui con toda mi familia a casa de los Ferguson. Mis abuelos también quisieron acompañarnos. Me fastidió que mi hermano Jaime pareciera afectado.

—Pero ¿a ti qué te importa Lisa? —le pregunté malhumorado al verle contener el llanto.

El señor Ferguson nos informó de que el entierro se celebraría en un par de días.

—Tenemos que esperar el resultado de la autopsia. No comprendemos cómo… en fin… cómo pudo escaparse.

—Yo me la encontré y parecía estar tan bien… —dije como si encontrarme a Lisa hubiera sido lo más normal del mundo.

—¿Te la encontraste? ¿Dónde? ¿A qué hora? ¿Cómo no nos avisaste? —El señor Ferguson se había puesto en alerta y me miraba con desconfianza.

—Bueno, yo iba a buscar a mi padre al club de golf y vi a Lisa en la carretera haciendo autostop. Me dijo que se sentía estupendamente y que iba a casa de una amiga un par de kilómetros adelante. La llevé ese par de kilómetros y se quedó en la carretera. No me lo dijo pero supongo que iría a casa de Mary Taylor, que vive por allí…

—Tienes que contárselo a la policía —afirmó el señor Ferguson—. Puede que seas una de las últimas personas que la vieron ayer.

—Bueno, no tengo inconveniente… Pero sólo estuve con ella unos minutos, y me pareció que estaba bien.

—¿No…? ¿No…? En fin. ¿No estaba drogada? —quiso saber el señor Ferguson.

—Me pareció que estaba normal.

—¿A qué hora fue? —insistió el señor Ferguson.

—A eso de las cinco… ¿A qué hora llegué a por ti al club de golf? —pregunté a mi padre.

—Sí, serían pasadas las cinco… Después de jugar al golf me quedé un rato tomando una copa con Donna y Tom Willis… —recordó mi padre.

El señor Ferguson llamó al comisario de la policía que llevaba la investigación, que acudió de inmediato.

El comisario me preguntó una y otra vez por mi breve encuentro con Lisa. Supongo que con tanta insistencia lo que pretendía es que yo añadiera algún detalle más. Pero me atuve a lo sucedido, eso sí, sin revelar el trasfondo de la breve conversación entre Lisa y yo.

—Nos falta por saber adónde iba y quién le dio la droga. Al parecer usted ha sido la última persona que la vio.

Maldije a Lisa para mis adentros. No debí permitirle subir al coche. Sabía que terminaría implicándome, fuera lo que fuese lo que ella hiciera.

No sólo mi familia, sino el servicio de la casa de tía Emma dieron cuenta minuciosa de todo lo que yo había hecho ese día. Y pudieron comprobar que por la mañana había salido con Jaime y sus amigos a navegar y a mediodía estaba en casa holgazaneando hasta que mi padre telefoneó pidiéndome que fuera a buscarle.

Lo que el comisario quería averiguar es dónde y a través de quién Lisa había conseguido la droga. Después de indagar, no sólo en Newport sino a través de la policía de Nueva York, tuvo que aceptar que no había nadie ni ningún episodio de mi vida que me relacionara con la droga.

Una semana después, y ya con Lisa enterrada, el comisario insistió en volver a hablar conmigo.

—¿Conoce usted a Mike el Músculos?

—Ya le expliqué que sí, que era el relaciones públicas de un club que en alguna ocasión frecuenté con Lisa y que el tipo nunca me gustó.

—Al parecer Lisa le plantó a usted por ese Mike…

—Lisa y yo éramos buenos amigos, nunca hubo ningún compromiso serio entre nosotros. Ciertamente, cuando conocimos a Mike yo dejé de ver a Lisa, no me gustaba aquel tipo.

—¿Usted sabía que era un camello?

—No hacía falta ser un lince para darse cuenta. Además, a partir de que Lisa comenzara a salir con Mike… En fin, fue evidente que ella no estaba bien.

—Ese Mike, ¿fue a verla a Newport?

—No lo sé, sólo vi a Lisa en dos ocasiones. Una en su casa y la otra el día en que la encontré en la carretera, y no hablamos de Mike.

—¿Conocía Lisa a alguien en Newport que pudiera tener relación con Mike el Músculos?

—No lo sé, ella no me dijo nada al respecto.

—¿Sabe? No le veo afectado por la muerte de su amiga.

—¿Qué espera, que me ponga a llorar? La muerte de Lisa me

ha impactado como a todos, pero no soy una persona que exhiba sus sentimientos. Lo que siento es asunto mío.

—Tiene usted demasiado aplomo. Demasiado, dada su edad.

Me encogí de hombros. No me sentía culpable por la muerte de Lisa y por tanto no dejaba ni un resquicio para contar a aquel policía más de lo que quería contar. Era perro viejo, así que intuía que yo sabía algo más de lo que decía, pero también sabía que no había tenido nada que ver con la muerte de Lisa.

—Si usted recordara algo que pudiera relacionar la droga que Lisa consumió aquella noche con Mike o con alguien de su entorno...

—Lo siento, no puedo ayudarle. Ya le he dicho lo que sucedió en los escasos minutos en que la vi aquella tarde.

—Se metió auténtica mierda en las venas. Quien le vendió la droga es un canalla que sabía lo que podía pasarle.

Asentí. Estaba de acuerdo en que el amigo de Mike y el propio Mike eran escoria.

¿Qué debí hacer? Casi treinta años después me pregunto por aquella tarde en que encontré a Lisa en la carretera.

¿Podría haber evitado su muerte? Aquella tarde sí, pero Lisa estaba condenada. Si no hubiese sido aquel día habría sido al siguiente, o al cabo de un mes. Sólo era cuestión de que ella pudiera escaparse del control de la señorita Harris. Es lo que hizo. De manera que no puedo sentirme culpable de su final. Aun así las cosas debieron suceder de otra manera:

Al ver caminar a Lisa por el borde de la carretera y parar, debí invitarla a subir imaginando adónde iba.

—*Vamos, te llevaré a casa.*

—*¡Ni lo sueñes!* —*habría contestado ella.*

—*Sube, Lisa, no seas cabezota.*

—*Subiré si me prometes dejarme un poco más adelante. Voy... Bueno, ya sabes dónde voy. Podrías acompañarme.*

—*No, no voy a ir a ningún antro donde vendan droga.*

—Si te pones tan exquisito no podrás salir de casa. En todas partes venden droga. También en esos clubes elegantes que hemos frecuentado en el pasado.

—Si tú lo dices...

—No te hagas el buenecito conmigo, sabes como yo que la droga está en todas partes. Sólo hay que chasquear los dedos y te la traen a casa.

—Y tú quieres seguir chasqueando los dedos, ¿no? Te vas a matar o, lo que es peor, te estás degradando de tal manera que ya sólo eres una piltrafa.

—Tan agradable como siempre. Ahórrate tu sinceridad, no la necesito. Además, no te va el papel de chico sensato. No seas impostor.

Mientras tanto yo estaría dando la vuelta para llevarla de regreso a casa. Ella protestaría:

—Pero ¿qué haces? Da la vuelta inmediatamente o me tiro del coche.

—No pienso hacerlo. Y no te molestes en intentar abrir la puerta porque he bloqueado el seguro.

Lisa se habría lanzado sobre mí sin importarle que pudiéramos estrellarnos.

—¡Serás cabrón! No tienes derecho a meterte en mi vida. ¡Para ahora mismo!

—No, no voy a parar. Te llevaré a casa. Estás loca si piensas que voy a contribuir a que te mates. Hazlo cuando no esté yo.

—¡Para, cabrón! —Lisa, histérica, intentaría golpearme o arrebatarme el volante.

—¡Estate quieta! Sabes que no voy a llevarte al bar de ese camello amigo de Mike. Ve otro día, y procura no encontrarte conmigo.

La señora Ferguson se asustaría cuando al abrir la puerta nos encontrara a Lisa y a mí forcejeando.

—¡Dios mío! Pero... Lisa...

—Tranquila, señora Ferguson. Lisa está bien. Salió a pasear y la he traído a casa.

—¿A pasear? ¿A estas horas? No tardará en hacerse de noche. La señorita Harris no nos ha dicho que Lisa hubiera salido... ¡Señorita Harris, señorita Harris! —La madre de Lisa llamaría inútilmente a la enfermera de su hija.

—¡Suéltame! ¿Quién te crees que eres? ¡Estoy harta de todos vosotros! Y a ti no te va el papel de caballero andante. ¡No te metas en mi vida! ¡Vete!

—¡Oh, Dios mío! Lisa, hija, tranquilízate. Thomas sólo quiere ayudarte... ¡Señorita Harris! —La voz de la señora Ferguson estaría llena de notas histéricas, sobre todo por la ausencia de la señorita Harris.

—¿Qué sucede? —El señor Ferguson aparecería en el hall y en un primer momento no comprendería lo que estaba sucediendo.

—Buenas noches, señor. He traído a Lisa a casa.

—¿A Lisa? Pero ¿no estaba descansando en su habitación? No sabía que fuera a salir. La señorita Harris... —El señor Ferguson nos miraría a Lisa y a mí confundido.

—Me temo que la señorita Harris está indispuesta —respondería yo.

—¿Indispuesta? ¿Y por qué nadie nos lo ha dicho...? Ninguna de las doncellas nos ha avisado. ¡Oh, Dios mío! —volvería a quejarse la señora Ferguson.

—¡Cállate ya! ¡Dejadme en paz! Y tú suéltame o te vas a enterar —gritaría Lisa.

Pero por más que intentara que yo aflojase mi mano sobre su brazo, no lo conseguiría. Estaba demasiado débil, demasiado escuálida, demasiado enferma.

Una doncella acudiría al hall para informar a los Ferguson de que la señorita Harris estaba tan dormida que parecía estar muerta. La señora Ferguson dejaría escapar un grito superada por la situación.

Y se dirigiría corriendo a la habitación de la señorita Harris seguida por la doncella. Mientras tanto, el señor Ferguson dudaría si hacerse cargo de Lisa. Nos miraría a ambos como si fuéramos dos extraños, pero además yo tendría la sensación de que temía cualquier reacción que pudiera tener Lisa. Por fin se decidiría a indicarme que le ayudara a llevar a su hija hasta su habitación.

Lisa lograría morderme en el brazo. Lo haría con más rabia que fuerza. Pero yo me habría mantenido firme y la habría llevado hasta su cuarto seguido por el señor Ferguson. Para ese momento la señora Ferguson entraría en el cuarto de Lisa llorando y pidiendo un médico.

—¡Está muerta! No habla, no se mueve... ¡Dios mío!, ¿qué vamos a hacer?

—Señora Ferguson, no creo que la señorita Harris esté muerta, creo que... En fin, parece que ha tomado unos calmantes, unas cuantas pastillas de las que el médico ha mandado a Lisa para que esté tranquila —diría yo en un intento de que la señora Ferguson dejara de creer que la señorita Harris estaba muerta.

—¡Pero no se mueve! ¡No respira! —insistiría la buena mujer.

—Llamaré a un médico... Por favor, Thomas, no se marche. Ya ve que le necesitamos aquí. Si fuera usted tan amable...

—Puede contar conmigo, señor Ferguson, pero permítame telefonear a mi padre. Debe de estar preocupado, quedé en recogerle en el club de golf y llevo casi una hora de retraso.

El señor Ferguson se acercaría con aprensión a Lisa y la cogería del brazo obligándola a sentarse en la cama. Lisa se revolvería contra él y yo tendría que intervenir para que no derribara a su padre.

La doncella se haría cargo de la situación y diría que ella misma llamaría al médico.

Al llegar el doctor Jones, la señorita Harris continuaría sin dar señales de vida y Lisa sufriría convulsiones a causa del mono provocado por la falta de droga.

El doctor comprobaría que la señorita Harris seguía viva pero que tardaría en despertar del sueño inducido por la alta dosis de valium que le había suministrado Lisa. En cuanto a ella, recomendaría lo más sensato: que la internaran en una institución especializada en desintoxicación.

—Me temo que una enfermera, aunque sea de la valía de la señorita Harris, no es suficiente para controlar a Lisa. Hay clínicas muy discretas y muy buenas. Yo les recomiendo que la ingresen cuanto antes, será lo mejor para ella y... también para ustedes.

Los Ferguson consentirían. Era la única opción y ni siquiera así tenían la total garantía de que Lisa se curase. Ella no quería pero debían intentarlo.

Me convertiría en el héroe de Newport. Los Ferguson contarían a sus amigos más íntimos mi hazaña. Había encontrado a Lisa en la carretera haciendo autostop y la había devuelto a casa a pesar de sus protestas. Dios sabe de qué desgracia la había librado. Allí sola en la carretera... Podía haberla atropellado un coche, o quizá sucederle algo peor... Pero yo había aparecido oportunamente y me había hecho cargo de ella. Era de agradecer que fuera tan buen amigo de su hija, siempre atento y paciente. Quizá algún día... si Lisa se recuperaba... Quién sabe... Hacíamos tan buena pareja y éramos tan amigos...

Mi padre me repetiría hasta la saciedad lo orgulloso que se sentía de mí y mi madre no habría podido más que reconocer que gracias a mi intervención Lisa tenía una prórroga con la vida. Y mi abuelo... Bueno, mi abuelo habría contado a quien le quisiera oír que su nieto era un auténtico caballero que no había dudado en hacerse cargo de esa pobre chica.

Sí, podía haber sido así. Pero en realidad ni por un momento se me ocurrió o tuve intención de ayudar a Lisa. No quería verme mezclado en su sordidez, de manera que la abandoné en aquella carretera aun sabiendo lo que podía suceder.

El comisario, muy a su pesar, tuvo que rendirse a la evidencia de que no podía culparme de nada. Su olfato de sabueso viejo le decía que yo sabía más de lo que decía aunque no tuviera nada que ver en el desenlace de lo sucedido a Lisa, así que me volvió a citar en comisaría.

—¿Sabe? Creo que usted tiene miedo.

—¿Miedo? ¿A quién debería tener miedo? —le pregunté.

—A los que le vendían la droga a Lisa. A Mike el Músculos, el relaciones públicas del club al que antes iba con su amiga. A los camellos que trabajan con él. No debería temerles. Nosotros podemos protegerle. Lo único que necesito es que me diga la verdad, con quién iba a reunirse Lisa aquella tarde —insistió.

—No lo sé, ella no me lo dijo.

—¿Está seguro?

—No tengo otra respuesta.

Nos miramos a los ojos. Él sabía que yo sabía, pero no me podía obligar a decir ni una palabra de más. Supongo que desistió porque nunca más volví a verle después de aquella ocasión.

Regresamos a Nueva York y mientras mis padres se incorporaban a su rutina yo me dediqué a haraganear, hasta que un día mi padre me sorprendió invitándome a almorzar en un restaurante cercano a su despacho.

Imaginaba que me iba a soltar un buen sermón recordándome que había llegado la hora de que hiciera algo «útil», que es lo que me decía siempre.

—Hacía tiempo que tenía ganas de que habláramos tranquilamente —me dijo sonriente mientras miraba distraído la carta que le había entregado el *maître*.

No le respondí. ¿Para qué? Sabía lo que podía esperar de él.

—Si te parece, pediré un par de buenos filetes con ensalada César. ¡Ah!, y vino, pediremos un buen vino.

Me divertía ver cómo retrasaba el momento de decirme lo que seguro se había preparado. No comenzó hasta que nos trajeron los filetes.

—Bueno, Thomas, me gustaría saber si has tomado una decisión sobre lo que quieres hacer. Tanto tu abuelo como yo estamos dispuestos a hablar con algunos amigos para que te den un trabajo. Se trata de abrirte la puerta, nada más; luego dependerá de ti el que conserves o no el trabajo. Tu abuelo es amigo de Martin Snowdon, ya está retirado, pero su nieto mayor dirige la empresa de publicidad Snowdon. Martin le debe unos cuantos favores a tu abuelo. Nuestro despacho se ha ocupado siempre de los asuntos de su familia. En fin, no nos negará un favor. ¿Qué te parece?

Tardé unos segundos en responder. No porque la propuesta me hubiera sorprendido. Sabía que tanto mi padre como mi abuelo estaban bien relacionados, de manera que para ellos no era problema llamar a algún conocido y pedir que me dieran trabajo.

Eso pasaba a diario en el mundo en el que vivía la gente de nuestra clase.

—No quiero quedarme en Nueva York. Mi intención es marcharme.

Ahora fue mi padre quien se quedó en silencio. En realidad no había tomado en consideración la posibilidad de que yo pudiera irme a Europa o a quién sabe dónde.

—Ya. Bueno, no es que me parezca mal, pero… ¿no crees que sería una pérdida de tiempo? Aquí puedes tener trabajo, pero en Europa… no sé, es posible que te resulte difícil encontrar algo que merezca la pena.

—Sí, puede que tengas razón, pero de lo único que estoy seguro es que quiero salir de lo que ha sido mi vida hasta el momento.

—No te ha ido tan mal —me reprochó mi padre. Se le notaba herido.

Me encogí de hombros. No podía reprocharle nada, en eso tenía razón, pero creo que nunca entendió que yo no fuera feliz, habida cuenta de que contaba con lo principal: una familia con medios económicos para no tener que preocuparme de nada.

—A tu madre le dolerá que te vayas.

No puede evitar reírme. Me sorprendía que mi padre se negara a ver la tensión permanente entre mi madre y yo. Era un buen hombre, demasiado, y por tanto no concebía que una madre y su hijo pudieran ser enemigos irreconciliables.

—¿Crees que no le importará? Te equivocas. Para ella eres

muy importante, mucho más importante de lo que somos el resto de la familia.

—¡Vamos, papá! Sabes que mamá y yo no congeniamos. Si me voy se sentirá liberada, ya lo verás.

—No conoces a tu madre. Lo que sucede es que los dos tenéis mucho carácter. Tú has querido salirte siempre con la tuya y tu madre no te lo ha permitido, como es natural.

Hablamos durante un buen rato, pero no me convenció para que pensara en la posibilidad de quedarme y entrar a trabajar en la agencia de Martin Snowdon.

Ya no había vuelta atrás. Me hubiera gustado holgazanear un poco más pero eso mi padre no lo hubiera permitido, de manera que un mes después me encontraba en un avión con destino a Londres.

Jaime, siempre tan sentimental, no me ahorró una escena de lágrimas en el aeropuerto. Mis abuelos paternos fueron a despedirme. En cuanto a los padres de mi madre, fui yo quien les insistió encarecidamente para que no aparecieran por el aeropuerto. Se empeñaron en ir por lo menos a casa a decirme adiós pero me mantuve firme, aunque no pude librarme del tío Oswaldo. El hermano de mi madre se presentó en casa en representación de toda la familia con un paquete en el que, según me dijo, había un pastel que había hecho la abuela Stella para que comiera durante el viaje. Le miré con tal desprecio que no insistió en acompañarnos al aeropuerto.

3

Londres me sorprendió mucho. Me resultó tan imponente como Nueva York aunque diferente en varios aspectos.

Un taxista me llevó al hotel Kensington que mi padre me había recomendado. No podría estar demasiados días en el hotel porque era demasiado caro, aunque mi padre me había dado dinero más que suficiente para que subsistiera durante un par de meses sin agobios. Pero no quería tener que llamarle para pedirle que aumentara la cantidad. De manera que, además de dar con un sitio más económico donde vivir, tenía que ponerme a buscar trabajo.

Había buscado por la entonces incipiente internet una relación de empresas de publicidad y de comunicación, y decidí empezar por presentarme en todas ellas. Entregaría mi ridículo currículo de tan sólo diez líneas, en el que figuraba que había obtenido un diploma en publicidad en el Centro de Estudios Publicitarios Hard de Nueva York, lo que sin duda no era ninguna carta de presentación.

El primer día visité siete agencias. En ninguna me permitieron pasar de la recepción, donde incluso se mostraban reticentes a que les dejara mi currículo.

—Envíelo por correo postal —me repetían.

Pero yo no tenía nada que hacer, de manera que ir de un lado a otro me entretenía y me permitía conocer la ciudad.

Al cabo de una semana empecé a preocuparme. Y no parecía que me fuera a resultar fácil encontrar un trabajo.

Pasé la mañana visitando el Museo Británico y por la tarde decidí pasear por Hyde Park, pero la lluvia me lo impidió. Me metí en un cine, pero no era capaz de concentrarme en la película, de manera que regresé al hotel, y me instalé en el bar.

El barman era un emigrante polaco que siempre me ponía una dosis mayor de whisky de lo que seguramente le permitían sus superiores. Cuando le pedí el segundo me miró y pareció dudar antes de atreverse a preguntarme.

—Se le ve preocupado —afirmó mientras me servía la copa.

—Bueno, aún me estoy adaptando a la ciudad.

—¿Se quedará mucho tiempo?

—¿En Londres? Depende de si encuentro trabajo. En el hotel, tres o cuatro días más. Estoy buscando un apartamento.

—Ya. O sea, que está usted aquí como todos, en busca de trabajo.

Estuve a punto de enfadarme por su desparpajo, porque me mirara como a un igual, pero en vez de eso pensé que a lo mejor podía sacar provecho de la situación.

—Sí, efectivamente; busco trabajo y un sitio donde vivir.

—¿A qué se dedica usted?

—Soy publicitario.

—Bueno, pues empiece a pensar en que no lo es y dedíquese a buscar cualquier trabajo. En Londres siempre hay demanda de camareros, conserjes, cocineros… Un amigo, que es matemático, acaba de encontrar un puesto de mozo de comedor en el Dorchester. Creo que necesitaban otro. Si quiere le llamo y que me diga si aún está la plaza vacante. El sueldo no está mal, y luego están las propinas.

Mozo de comedor. ¿Cómo podía pensar aquel hombre que yo iba a aceptar convertirme en mozo de comedor?

—¿Y usted siempre ha sido barman? —le pregunté.

—Soy licenciado en Literatura Eslava, pero aquí me gano la vida así. Es lo que hay.

—Pero ¿no ha encontrado nada relacionado con sus estudios?

—Pues no, de lo contrario no estaría aquí sirviendo cócteles. Puede que me salgan unas clases como profesor en un colegio en las afueras de Londres. Es un barrio de emigrantes, y allí no les importa que los profesores no sean británicos. Ojalá tenga suerte, pero tampoco confío en tenerla. Llevo en Londres cinco años y éste es el mejor trabajo que he tenido desde que llegué.

—¿Dónde estudió?

—En la Universidad de Varsovia. Mi expediente académico no es nada del otro mundo y aquí no necesitan especialistas en literatura eslava. Si fuera médico, físico, electricista o farmacéutico quizá tendría una oportunidad. Tampoco creo que usted tenga mejor suerte siendo publicitario… pero quién sabe. ¿Quiere que le ponga en contacto con mi amigo para ese puesto en el Dorchester?

—No, muchas gracias, no creo que sea necesario… Ya me las arreglaré.

—Le aconsejo que alquile una habitación en alguna casa familiar. Le saldrá más barato que cualquier hotel, y desde luego que un apartamento, a no ser que lo comparta con alguien. Yo tengo una habitación alquilada en la casa de una pareja de ancianos, que complementan la pensión alquilando los dos cuartos que dejaron vacíos sus hijos cuando se independizaron. Son buena gente. Él trabajó toda su vida en el metro y ella en una empresa de limpieza. No me cobran demasiado.

El barman me había dado una lección de realismo en poco menos de un cuarto de hora. De repente había comprendido que las reglas del juego habían cambiado, que subsistir por mis propios medios implicaba dejar de vivir como lo había hecho hasta el momento. Lo más probable es que no se me abrieran las puertas de ninguna agencia de publicidad y, por tanto, tuviera que conformarme con cualquier trabajo, incluido el de mozo del hotel Dorchester.

—Gracias por el consejo.

—De nada, los consejos son gratis, aunque no deberían de

serlo —respondió mirando la exigua propina que le dejé sobre la barra.

No tenía ganas de seguir hablando con él, de manera que salí del bar y me dirigí de nuevo a la calle. No tenía dónde ir, estaba cansado y además llovía, así que volví a entrar en el hotel y me fui a mi habitación, donde me empezaba a sentir como un animal enjaulado.

Me quedaban unas cuantas agencias de publicidad por visitar, pero ya sabía que era inútil que me presentara llamando a la puerta, de manera que hice un envío postal masivo de mi currículo aun sabiendo que era una pérdida de tiempo.

Me puse a hojear las páginas de ofertas de empleo en el *Times*. El barman tenía razón: había demanda de cocineros, camareros, conserjes, vendedores… Me llamó la atención un anuncio en el que solicitaban un ayudante de relaciones públicas para un centro comercial. No sabía en qué podía consistir eso de ser ayudante de relaciones públicas pero no sonaba tan mal como lo de convertirme en camarero, de modo que a pesar de la lluvia opté por presentarme en la dirección que señalaba el anuncio.

El centro comercial estaba situado en Canning Town, un barrio modesto, de obreros y emigrantes, y como si fuera un pegote, el centro comercial dominaba una de las manzanas. Parecía fuera de lugar en aquel barrio.

El guardia de seguridad de las oficinas del centro comercial me dijo que ya era tarde y que seguramente en el departamento de relaciones públicas ya no habría nadie, pero insistí en que le llamaran. Estaba de buena suerte: aún no se había marchado. Me recibió una secretaria malhumorada porque estaba a punto de irse y por mi culpa tendría que retrasar su hora de salida.

La sorpresa fue que el relaciones públicas era «ella» y no «él» y además no estaba mal del todo. Rubia, con ojos azules. Vestía un traje de chaqueta y pantalón de color gris, sin duda de marca, y una camisa de seda blanca. Estaba subida a unos altísimos zapatos de tacón.

—Soy Cathy Major —se presentó, tendiéndome la mano y mirando su reloj impaciente.

—Thomas Spencer. He venido por lo de la oferta de trabajo…

—Así que busca empleo. ¿Tiene experiencia?

—No. Ninguna. Acabo de terminar mis estudios de publicidad en el Centro de Estudios Publicitarios Hard de Nueva York, de manera que aún no he tenido tiempo de trabajar.

—Deje su currículo y ya le llamaremos.

—No, no me llamará —respondí enfadado.

—Seguramente no. Y ahora… es tarde, me marchaba ya.

—No me extraña que necesiten otro relaciones públicas. Este centro comercial está muerto, apenas he visto una docena de personas. ¿Es que no se le ocurre nada para hacer que venga la gente? Quizá debería empezar por cambiar el nombre. Green. ¿A quién se le ha ocurrido llamar a un centro comercial Green?

Cathy encajó el golpe y me miró de arriba abajo. Observé cómo dudaba en si despedirme o darme una explicación. Optó por lo segundo.

—Éste es mi cuarto día de trabajo. Está todo por hacer. Necesito un ayudante que tenga experiencia, con ideas nuevas. Los propietarios del centro comercial están al borde de la quiebra. Apenas hay locales alquilados.

—A mí se me ocurren unas cuantas cosas para hacer que venga la gente —dije desafiante.

—¿No me diga? De manera que estoy ante un genio de la publicidad y la comunicación y yo sin darme cuenta… —Su tono irónico me molestó.

—No pierde nada por contratarme. Si no le gustan mis ideas, me despide. Deme un par de meses y ya verá.

—No sé si me van a dar a mí ese par de meses, de manera que difícilmente se los puedo dar a usted.

—Cuénteme de qué va esto.

—Un par de constructores logran que el ayuntamiento les dé los permisos pertinentes para demoler unas cuantas casas en estado ruinoso, construyen un centro comercial con el fin de alquilar y vender los locales con el éxito que usted ha podido ver. Lo que no es de extrañar, teniendo en cuenta el barrio en que estamos.

—¿En qué barrio estamos? —pregunté preocupado.

—¿De dónde sale usted?

—De Nueva York.

—Ya. Pues para que se entere, este barrio se muere. Sólo viven viejos, jubilados con escaso poder adquisitivo, que además prefieren seguir comprando en las tiendas tradicionales del barrio. Pero sobre todo hay emigrantes. Los alquileres aquí son baratos. Bueno, en realidad muchos de estos viejos jubilados suelen alquilar habitaciones. Éste no es el sitio para abrir un centro comercial.

—No la veo muy entusiasmada con el trabajo.

—No tengo otra cosa, si pudiera no estaría aquí.

—¿Qué les ha prometido a los dueños del centro comercial?

—Que haré lo que pueda, nada más.

—¿Cuántas personas forman parte de su equipo?

—¿Está de broma? El equipo soy yo y la secretaria, Mary.

—Contráteme. Vengo de Nueva York, y tengo unas cuantas ideas que le pueden servir. ¿A cuántos candidatos ha entrevistado?

—Sólo a uno, además de usted.

—Bueno, al parecer no tiene mucho donde elegir.

—Se equivoca. Tengo un montón de currículos que me han enviado y mañana recibiré a siete candidatos más.

—No pierda el tiempo. Contráteme. No se arrepentirá.

Lo hizo. Me contrató. No tenía ningún interés por aquel centro comercial, en el que no pensaba trabajar más tiempo del imprescindible.

Cuando regresé al hotel me fui directo al bar. Tenía ganas de presumir ante el barman polaco de mi buena suerte.

Dos días más tarde no sólo estaba trabajando sino que también me había trasladado a una habitación que me alquiló una viuda cuya casa estaba a cien metros del centro comercial. La señora Payne era cuñada del guardia de seguridad del centro comercial, de manera que para ella no podía haber mejor recomendación.

—No me gusta meter en mi casa a cualquiera, pero mi cuñado Tom dice que usted es de fiar, así que eso me tranquiliza. Tengo suerte de contar con Tom y con su esposa, Lucy. Los dos son muy buenos conmigo. En realidad Tom le debe su trabajo a mi querido Ray, mi difunto esposo. Fue Ray quien colocó a su hermano menor en la empresa de seguridad. Mi Ray era supervisor y todos le apreciaban. Pero ya ve, Dios ha querido llevárselo y dejarme sola.

Los Payne no habían tenido hijos y la pensión que el tal Ray había dejado a su esposa resultaba modesta incluso para un barrio como aquél.

La habitación aunque era pequeña tenía algunos muebles. Una cama, un armario empotrado, una mesa y una silla, además de una cómoda.

Los muebles eran baratos, aunque debo reconocer que brillaban. La señora Payne parecía entretenerse dando cera a todo lo que encontraba a su paso.

El único inconveniente residía en que teníamos que compartir el cuarto de baño y que se mostraba muy estricta con el consumo del agua.

—Nada de bañarse, una ducha rápida basta —me indicó el primer día en que me instalé en su casa.

Por la señora Payne supe que Cathy Major había trabajado en una de las mejores empresas de relaciones públicas de Londres.

—Pero cometió el error de meterse en la cama de su jefe y esas cosas siempre salen mal. Al parecer la esposa de él se enteró y exigió a su marido que la despidiera. Y es lo que hizo. Pero lo peor es que la señorita Major montó un escándalo y eso causó muy mala impresión en las agencias de la City.

La señora Payne había obtenido la información de su cuñado, que por lo visto estaba al tanto de la vida y milagros de cuantos trabajábamos en Green.

Tengo que reconocer que Cathy me era simpática, y no porque fuera especialmente amable sino porque con ella no cabían las sorpresas. Era directa y no tenía pelos en la lengua. Además, no ocultaba la frustración que le producía trabajar en aquel centro comercial de un barrio periférico donde no había ni un gramo de glamour. Aun así, ella acudía a trabajar vestida como una ejecutiva agresiva de las que tanto abundan en la City. Debía de tener un ropero bien provisto porque entre su ropa nunca faltaban trajes, bolsos y zapatos de marca que en aquel barrio estaban tan fuera de lugar.

—Bueno, chico listo, ha llegado la hora de la verdad. Dime qué ideas tienes para que Green no termine cerrando y tú y yo nos quedemos sin trabajo.

—Lo primero es conseguir clientes. Sólo hay diez tiendas abiertas y, por lo que he visto, hay espacio para ciento cincuenta.

—Tú y yo no tenemos que buscar clientes sino hacer publicidad de este lugar.

—Una publicidad encaminada a que los comerciantes crean que les interesa abrir un negocio en Green. Lo primero que tenemos que hacer es convencer a los jefes de que alquilen los locales a bajo precio, al menos durante un par de años.

—Pero ¿qué dices? Parece que no quieres enterarte de que nuestro trabajo consiste en traer clientes al centro comercial, que la gente lo conozca, no dedicarnos a alquilar locales.

—Di a los jefes que queremos hablar con ellos. No se puede hacer publicidad de lo que no existe, y tal como está este centro, está muerto.

—No querrán, y puede que nos despidan.

—Somos su mejor opción, ahora no tienen más que un edificio que si sigue así terminará en ruinas. Llámales, Cathy.

—¿Sabes lo que me ha costado encontrar este trabajo? Aún estoy a prueba y tú también.

—Lo sé, pero vamos a jugar fuerte. No tenemos otra opción.

—Desde luego, si me despiden yo no tengo otra opción, y me parece que tú tampoco.

—Confía en mí.

—Eso jamás. Tú no eres de fiar. Conozco lo suficiente a los hombres para intuir que eres un mal bicho.

—Entonces ¿por qué me has contratado?

—Porque me daba lo mismo que fueras tú o cualquier otro y porque pareces listo. El problema es que te pases de listo.

—Llama, Cathy. Puede que nos despidan hoy, pero si no hacemos nada nos despedirán la semana próxima.

Hizo la llamada. A la mañana siguiente dos tipos malencarados nos recibieron en una oficina situada a unas cuantas manzanas de Green.

Eran dos listillos. Mister Bennet y mister Hamilton habían comenzado desde abajo. Primero haciendo chapuzas, luego trabajando para una empresa de construcción; más tarde decidieron independizarse y montaron una pequeña empresa dedicada a la reforma de viviendas. No eran más que dos albañiles con suerte que jugaban a empresarios y estaban a punto de arruinarse porque habían invertido todas las ganancias en levantar aquel centro comercial en su propio barrio, convencidos de que eso les supondría un salto social y podrían codearse con constructores auténticos de los que tenían sus oficinas en la City.

Cathy sabía cómo impresionar a esos tipos y apareció vestida con un traje de chaqueta de Armani y unos tacones kilométricos con los que nos hacía parecer a los tres insignificantes.

—Quería que conocieran a Thomas Spencer. Le he contratado como ayudante. Tiene las mejores credenciales, se ha graduado en publicidad en el Centro de Estudios Publicitarios Hard de Nueva York.

Paul Hard se habría reído si hubiese podido ver a Cathy presentar su centro de estudios como si fuera un centro de élite. Pero para el señor Bennet y el señor Hamilton tener un título era tanto como poseer un tesoro inalcanzable para ellos.

Me estrecharon la mano y me sentí observado con tanta curiosidad como desconfianza.

—Hemos estado trabajando sobre unas cuantas ideas que

creemos serán útiles para Green. Bien, Thomas, te cedo la palabra para exponer el plan que hemos diseñado.

No diré que me sorprendió el aplomo con que Cathy aseguró que habíamos estado trabajando en unas cuantas ideas. Acababa de apuntarse por adelantado «mis ideas» sin conocerlas siquiera. Pero era su manera de dejar claro que ella era mi jefa y que no estaba dispuesta a permitir que me apuntara solo ningún tanto.

Yo no había pensado ninguna línea de acción concreta, pero se me daba bien improvisar. En realidad las cosas se me ocurrían mientras hablaba.

—Les hablaré claro. No se puede hacer ninguna campaña de publicidad sobre un lugar en el que sólo hay diez tiendas abiertas. Lo primero que hay que lograr es que aumente el número de alquileres y eso no lo podemos hacer nosotros solos, depende de ustedes.

—¿Es que cree que no hacemos nada? ¿Que hemos abierto Green para mirarlo? —dijo el señor Bennet con un tono de burla.

—Está claro que no saben vender lo que tienen. Señores, quizá hace unos años los comerciantes se habrían peleado por alquilarles un local en Green; ahora son ustedes los que tienen que convencerlos de que lo hagan.

—¿Y cómo quiere que lo consigamos? —preguntó con desconfianza el señor Hamilton.

—Con una campaña de publicidad en la que aseguremos que el que no abra una tienda en Green es tonto, y lo es por desaprovechar la oportunidad de alquilar un magnífico local a un precio irrisorio. Ustedes alquilan los locales de cincuenta metros a mil quinientas al mes. Bajen el precio a trescientas libras. Y los de cien metros alquílenlos a seiscientas libras. Y…

No pude continuar porque el señor Bennet me interrumpió exclamando «¡está usted loco!».

—No, señor Bennet, le estoy dando una solución.

—Para que nos arruinemos definitivamente —exclamó enfadado.

—Todo lo contrario. Se trata de que recuperen el capital invertido y a largo plazo ganen dinero. No, no será de un día para otro, pero al menos el centro comercial no terminará siendo pasto de los okupas, que es lo que pasará si ustedes siguen sin alquilar los locales —insistí yo, pero Cathy no me dejó proseguir y fue ella quien habló a continuación, apuntándose las ideas que yo acababa de esbozar. Me daba cuenta de que Cathy era capaz de robarte la cartera sin pestañear.

—Lo que Thomas y yo les estamos proponiendo es una opción que deberían considerar. Imagínense Green con todos los locales funcionando… Tiendas de ropa, de música, de electrónica, de comida… Gente; se trata de que la gente acuda, de que se acostumbre a que cuando necesita algo tiene que ir a Green, pero no sólo a comprar, también a mirar, a pasar el rato. Porque, naturalmente, en Green debería haber minicines, un parque de recreo para los niños… En definitiva, hay que convertirlo en el centro de ocio de este barrio y de los barrios cercanos. Tienen que hacer una política agresiva de precios. Nosotros prepararemos esa campaña.

—Ya… ¿Saben ustedes lo que ha costado levantar Green? No tienen ni idea del dinero que hemos invertido aquí. Tenemos que pagar un montón de créditos a los bancos… Y ustedes proponen que regalemos nuestros locales. ¿Eso es todo lo que se les ha ocurrido? —El tono de voz del señor Bennet no dejaba dudas acerca de su enfado.

—Podemos visitar a los comerciantes del barrio, explicarles uno por uno las ventajas de alquilar un local a bajo precio en el centro comercial. Tienen que invertir, sí, pero la inversión es pequeña si el coste del local lo es —afirmé yo con rotundidad.

—¿Y quién pagará las letras de los créditos? —insistió el señor Bennet.

—¿Cómo las pagan ahora? Me temo que, o no las pagan, o lo hacen con tantas dificultades que en cualquier momento se declararán en quiebra. Perderán Green y a lo mejor terminan ante los tribunales por impago. Ustedes verán. Nosotros podríamos gastarnos su dinero durante unos cuantos meses haciendo una campaña de publicidad que no llevaría a ninguna parte. Si eso es lo que quieren, adelante. Les haremos una campaña de publicidad que ampliará el agujero que ya tienen en los bancos —argumenté.

El señor Bennet iba a hablar pero el señor Hamilton se lo impidió.

—No es lo que esperábamos de usted, señorita Major… En realidad usted no nos habló de nada de esto cuando la contratamos… —afirmó el señor Hamilton mirando fijamente a Cathy.

—Señor Hamilton, desde que me contrataron me he dedicado a estudiar exhaustivamente la situación de Green. Le aseguro que le he dado vueltas a todo tipo de soluciones. Pero al final Thomas y yo hemos llegado a la misma conclusión. Somos profesionales, profesionales honrados. Además, nuestro prestigio está en juego. No podemos aceptar un trabajo para fracasar. —Cathy habló con tal convicción que tuve ganas de reírme de ella.

—Bien, lo pensaremos. Todo esto que nos plantean… tenemos que pensarlo. Mi socio y yo hablaremos y les daremos una respuesta. O bien los despedimos, puesto que ustedes aseguran que si no se lleva adelante su plan, Green será un fracaso. ¿Quedamos así, les parece? —El señor Hamilton nos miraba a ambos sabiendo que nos había sorprendido con su respuesta.

—Bien, muy bien. Es justo que así sea. Somos profesionales honrados. Piénsenlo y cuando lo tengan decidido hablamos —respondió Cathy muy seria.

Cuando salimos de la oficina, Cathy se revolvió furiosa contra mí.

—¡Eres un estúpido! Nos van a despedir. ¿Cómo se te ha ocurrido decirles que si no hacen lo que les has propuesto no podemos hacer nada y nuestro trabajo sería inútil? No sé tú, pero yo necesito el dinero que me pagan esos dos cretinos. No estoy en un buen momento… No creo que pueda encontrar fácilmente otro trabajo.

—No grites y cálmate. No vamos a perder el trabajo. Aceptarán. No tienen otra opción —le aseguré para tranquilizarla.

—¿Ah, sí? ¿Es que junto a ese ridículo título que tienes de ese Centro de Estudios Publicitarios Hard también le has unido el de un curso financiero por correspondencia? ¡Eres un caradura!

—Sí. Un caradura que te está salvando el puesto de trabajo. ¿Cuánto tiempo más crees que esos dos te iban a pagar por estar cruzada de brazos? Son dos paletos, pero no tan tontos como para malgastar un dinero que no tienen.

—¿Y ahora qué hacemos?

—Pues preparar un listado de posibles clientes y diseñar un catálogo sobre Green que repartiremos por todos los comercios, y que enviaremos a las empresas de ocio, cines, restaurantes, parques infantiles, además de preparar el diseño de un buen anuncio en el *Times* a través del cual ofrecer los alquileres en Green a bajo precio. Tengámoslo todo listo para cuando esos dos nos llamen.

—Para despedirnos —se quejó Cathy.

—Para que nos encarguemos de todo. Ellos no sabrían cómo hacerlo.

—Me equivoqué al contratarte.

—Espero que me invites a una buena cena cuando Bennet y Hamilton llamen para decirnos que aceptan mi idea.

—Nuestras ideas —recalcó ella.

—Sí, ya he visto que te has apuntado todo lo que he propuesto. ¡Menuda desfachatez!

—Oye, viniste a pedirme trabajo y soy responsable de todo lo que salga de mi departamento, incluidas todas tus ideas. Si trabajas para mí, no te pertenecen. Tenlo claro.

—Salvo que nos despidan.

No respondió y supe por qué. Si los jefes decidían rechazar mi propuesta, ella haría lo imposible por engañarlos una temporada. Naturalmente, ofreciendo antes mi cabeza. No podía fiarme de ella, claro que tampoco ella podía confiar en mí.

Empezamos a trabajar. Cathy tenía talento. En un par de horas había hecho un boceto del catálogo sobre Green. Yo me encargué de lo fácil: escribir el texto del anuncio que saldría en el *Times* y en otros periódicos en caso de que nuestros jefes dieran el visto bueno.

A la secretaria le encargamos que buscara los nombres y direcciones de los principales empresarios de compañías de ocio, además de los comerciantes más destacados del barrio. Mary protestó por lo que consideró un «exceso» de trabajo, pero Cathy la puso en su sitio recordándole que podía despedirla si volvía a protestar.

—Verá, Mary, a mí me da lo mismo quién sea mi secretaria. No tengo ningún compromiso con usted. De manera que si no está dispuesta a hacer el trabajo, lárguese. Si las cosas salen bien, tendrá que hacer esto y mucho más, y sin horarios. Decida, ¿se va o se queda? Pero si se queda, olvídese de atreverse a protestar porque la pondré en la calle sin pensármelo dos veces —le dijo Cathy sin pestañear.

Mary miró a Cathy de arriba abajo. La había contratado hacía una semana y hasta ese día no había hecho más que leer el periódico y responder la llamada de algún despistado. El trabajo le había parecido un chollo con una jefa llevadera, pero de repente parecía que las cosas iban a cambiar. Se lo pensó antes de responder:

—Necesito el dinero.

—Bien, entonces calladita y a obedecer. ¡Ah!, y no quiero caras largas. Me gusta que la gente sonría. Quiero un buen ambiente de trabajo —advirtió Cathy.

—¿Me va a pagar por sonreír? —preguntó Mary con sarcasmo.

—Le entra en el sueldo que acordamos —respondió Cathy con un tono de voz helado.

Mary se dio cuenta de que si quería conservar el trabajo tenía que recular.

—¿Cuándo quiere tener esa lista que me ha pedido?

—Ya.

Trabajamos diez horas cada día durante el resto de la semana y llegamos al viernes sin que Bennet y Hamilton nos hubieran llamado.

A Cathy se la veía nerviosa. Yo también estaba preocupado, aunque no tanto para que afectara a mi humor. Además, me había impuesto hacer el papel de hombre seguro de sí mismo capaz de encajar cualquier contratiempo.

Pasamos el día pendientes del teléfono, pero ninguna de las llamadas recibidas fue de los dueños de Green. A eso de las tres Mary le pidió a Cathy permiso para marcharse.

—No creo que a estas horas vaya a llamarles nadie —dijo con ironía.

—Nos iremos todos a las cinco. Y, que yo sepa, aún tiene unas cuantas cosas por hacer —respondió Cathy, dispuesta a fastidiar a Mary.

No dije nada. Tanto me daba quedarme en la oficina hasta las cinco. No tenía nada que hacer y empezaba a aburrirme de ver la televisión todas las noches mano a mano con mi casera, la señora Payne.

Naturalmente, no pasó nada. En realidad el teléfono había dejado de sonar a mediodía. Los viernes por la tarde era difícil que nadie estuviera en sus oficinas.

A las cinco en punto Mary cogió su abrigo y se marchó con un escueto «hasta el lunes».

—No la soporto —me dijo Cathy.

—Pues despídela.

—¿Te da lo mismo?

—Mary me es indiferente, lo mismo que tú —respondí con sinceridad.

—No te privas de decir lo que piensas.

—¿Y por qué había de hacerlo? No te debo nada.

—Me debes este trabajo.

—No, no te lo debo. Me lo diste porque sabías que difícilmente podías encontrar a nadie que merezca la pena para trabajar aquí. Ninguno de tus amigos de la City vendría siquiera a visitarte a este lugar.

—¿Qué vas a hacer esta noche? —me preguntó con curiosidad.

—Nada.

—Vamos a cenar, invito yo; después las copas corren de tu cuenta.

Acepté. No tenía un plan mejor y estaba seguro de que cenaríamos bien. Cathy no era una mujer que perdiera el tiempo en hamburgueserías.

Me llevó a Gastronhome, un restaurante francés en el que no había ni una sola mesa libre, pero el *maître*, al ver a Cathy, le aseguró que nos sentaría en unos minutos. Mientras esperábamos un camarero nos trajo un par de copas de champán.

La cena mereció la pena. Un pastel de verdura y un par de lenguados a la *meunière* acompañados de un chablis y, para terminar, tarta de manzana con una copa de calvados.

Para ese momento el alcohol nos había ablandado y reíamos por cualquier cosa. Empezamos por criticar a nuestros jefes, los nada distinguidos señores Bennet y Hamilton, después continuamos con Mary, incluso no nos olvidamos de Tom, el guarda de seguridad, y tampoco de su cuñada, mi casera, la señora Payne. También nos enzarzamos en una discusión sobre si la publicidad era más eficaz siendo explícita o subliminal, y acabamos evaluándonos el uno al otro decidiendo si merecía la pena darnos un revolcón. Cathy decidió que sí y me invitó a su casa.

—Iremos a casa a tomar la última copa.

Yo acepté encantado. Aquélla era mi noche de suerte. Había cenado gratis y además Cathy me invitó a su cama. Lo pasamos bien, pero ella dejó claro que lo sucedido no cambiaba la relación entre nosotros. No me invitó a quedarme a dormir con ella sino que me pidió que me marchara apenas acabamos la sesión de sexo.

—No te hagas ilusiones. Te he invitado porque esta noche no tenía nada mejor que hacer —me dijo a modo de advertencia.

—A mí me sucede lo mismo —respondí con la misma sinceridad.

—No estás mal, pero no eres mi tipo; además, no tienes futuro.

—En esto último te equivocas, y ¿sabes por qué?, pues porque no me juego nada, en realidad todo me da lo mismo.

—¡Vaya cínico estás hecho!

Aún pude coger el metro para llegar a casa de la señora Payne, que, para mi sorpresa, me esperaba levantada.

—Pero ¿cómo no me ha avisado de que vendría tarde? He
estado preocupada por usted.

—Señora Payne, le agradezco su preocupación pero en el
contrato no figura que yo deba darle cuenta de a qué hora voy a
venir a dormir. A veces surgen imprevistos.

—Ya… Ya… Pero en cualquier caso sería conveniente que
tuviera la amabilidad de avisarme. No me gustan los inquilinos
que hacen horarios raros.

—Si no está contenta conmigo… En fin, puedo buscarme
otro lugar.

La señora Payne se alarmó pensando que iba a dejarle la habitación libre, de manera que intentó apaciguar la situación.

—Espero que no le moleste que me preocupe por usted. Ya
sabe que en las ciudades pasan tantas cosas… Por supuesto, puede usted venir a la hora que crea conveniente.

—En ese caso, me quedaré. Buenas noches, señora Payne,
siento haberla despertado.

A las ocho de la mañana del lunes, Mary respondió la primera
llamada de teléfono. Mister Hamilton preguntaba por mí. Quería saber si podía pasarme por su oficina para tener una reunión
con él y su socio, mister Bennet. Ni siquiera le pregunté si debía
ir acompañado de Cathy, que además aún no había llegado a la
oficina.

—¿Le digo a la señorita Major que vaya a…? —intentó preguntarme Mary.

—No —la interrumpí—, la señorita Major no está incluida en la cita. Ya la llamaré.

El señor Bennet parecía nervioso y dejó que fuera su socio, el señor Hamilton, quien iniciara la conversación.

—Bien, hemos estado estudiando su propuesta y no nos gusta, pero parece que tiene usted razón: es nuestra única opción. Hemos conseguido una moratoria con los bancos que nos concedieron los créditos. Están dispuestos a darnos ciertas facilidades, siempre y cuando empecemos a devolverles su dinero. Eso nos supondrá un aumento de intereses y, lo que es peor, que no sacaremos ni un penique de Green, pero al menos devolveremos parte del dinero que debemos y por el momento evitaremos un problema con los bancos.

—Ese maldito centro comercial nos ha arruinado —apostilló Bennet.

—Peor sería que termináramos en los tribunales —le recordó Hamilton—. Ahora de lo que se trata es de ganar tiempo.

—Eres demasiado optimista —le interrumpió Bennet.

—Bien, centrémonos en el asunto. No podemos alquilar los locales por trescientas libras, tendrá que ser por un poco más. Los de cincuenta metros por quinientas libras, los de cien metros por novecientas y los de ciento cincuenta por mil doscientas libras. También estamos dispuestos a rebajar el precio si nos alquilan más superficie, ya sea para un supermercado o para minicines. Alquilar en Green resultará una ganga. Y será usted, señor Spencer, quien se encargue de buscar clientes. Nosotros somos constructores y hasta ahora no hemos tenido que buscar compradores, simplemente construíamos y vendíamos. Era fácil.

Le entregué un listado con los nombres, direcciones y teléfonos de unos cuantos comerciantes, además de los principales empresarios de la industria del ocio.

—He traído los deberes hechos —dije mirándolos a los dos.

—Pues póngase manos a la obra —me instó el señor Bennet.

—Lo haré, pero siempre de acuerdo con ustedes. Repasen la lista...

El señor Hamilton le echó un breve vistazo y me la devolvió.

—No conocemos a ninguna de estas personas, tanto nos da a quién llame. Lo que queremos es que alquile nuestros locales —afirmó Hamilton.

—Haga lo que tenga que hacer —apostilló el señor Bennet.

—Consultaré con ustedes los pasos que tengo que dar, pero no quiero interferencias.

—¿Qué quiere decir?

—Que lo haré a mi manera, que mandaré yo. Cuando llame a los hombres de esta lista debo decirles qué cargo ocupo en la organización. Quiero ser el director del proyecto.

—Pero Cathy... Bueno, la señorita Major... Ella es... —El señor Bennet empezó a balbucear sin atreverse a imponerme a Cathy como mi jefa.

—Vamos, Bennet, esa chica ha estado cruzada de brazos hasta ahora gastándose nuestro dinero. Los dos tenemos claro que si nos la jugamos tenemos que dejar que sea el señor Spencer quien dirija la partida.

—No me parece leal... Ella... En fin, tiene buena fama entre los publicitarios —insistió el señor Bennet.

—Mandará Spencer por más que la chica te ponga a cien. Tendrá que acomodarse a la nueva situación —le replicó Hamilton.

En ese instante comprendí que Cathy había conseguido el trabajo jugando a la *femme fatale* con el señor Bennet. Claro que le «ponía» una mujer como ella. El señor Bennet jamás habría soñado en estar ni a diez metros de una mujer como Cathy. Estaba fuera de sus posibilidades, pero el destino había colocado a mi, hasta ese momento, jefa en situación de tener que sonreír a un paleto como Bennet. ¿Se lo habría llevado a la cama? No, era demasiado lista para eso, pero seguro que le estaba dando carrete. Tomé una decisión. Si quería ser el jefe de esa estúpida aventura tenía que librarme de Cathy. Ella no se conformaría con que cambiáramos los papeles: yo el jefe y ella mi ayudante. Hamilton estaba a mi favor mientras que Bennet babeaba por Cathy, así que decidí jugar sucio para quitarla de en medio.

—Señor Bennet, la señorita Major es sin duda una mujer con talento aunque con una pésima reputación. Su salida de la City fue demasiado sonada. Su *affaire* con el dueño de la empresa de publicidad en la que trabajaba… En fin, hay temas personales que terminan siendo demasiado públicos. Al parecer la señorita Major se vengó de su jefe haciendo pública la relación que mantenían. En la City dicen de ella que es capaz de cualquier cosa con tal de conseguir sus objetivos y que los hombres son entre sus manos como figuras de barro. Si quieren que me haga cargo deberán dejarme elegir a mi propio ayudante. No creo que la señorita Major se vaya a resignar a serlo ella y no quiero perder el tiempo en batallas domésticas.

—Sí, es de las que si no haces lo que te piden, llaman a tu mujer para decirle que se han acostado contigo. Ya te lo dije, Bennet. —Y en las palabras del señor Hamilton había un deje de reproche a su socio.

—No creo que… En fin… no me parece bien despedir a la señorita Major —se quejó Bennet.

—Te tiene cogido por las pelotas, pero ya has oído lo que ha contado el señor Spencer: esta clase de mujeres son las que arruinan la vida de un hombre. Has querido picar muy alto, Bennet, y lo único que nos falta es un escándalo. Te recuerdo que nuestras esposas han tenido que firmar los avales de los créditos como copropietarias de nuestras casas. Sólo faltaría que tu mujer se pusiera celosa por culpa de la señorita Major.

—Ustedes deciden. —Y me levanté dispuesto a marcharme.

—¡Siéntese! Despídala, haga lo que quiera, pero le cortaré los huevos si dentro de un mes no ha alquilado todos los locales de Green. —El tono de Hamilton no dejaba lugar a dudas de que estaba dispuesto a cumplir su amenaza.

—Yo me comprometo a hacer un trabajo pero no milagros. Si dentro de un mes no he conseguido alquilar al menos la mitad de los locales, despídanme.

—Es lo que haremos, además de cortarle los huevos —insistió Hamilton.

En ese momento la secretaria de Hamilton y Bennet abrió la puerta del despacho seguida por Cathy.

—Vaya, no sabía que habíamos quedado esta mañana. Supongo que es porque tienen una respuesta para mi propuesta sobre Green…

—Sí. Los señores Bennet y Hamilton han tomado una decisión y yo también he tomado las mías —dije yo mirándola con frialdad.

—¿Sí? Estoy deseando conocer las novedades —aseguró ella mirando a Bennet con una sonrisa llena de promesas.

—La primera novedad es que los señores aceptan mi plan, la segunda novedad es que a partir de ahora mando yo en el proyecto, y la tercera es que tengo manos libres para elegir con quién quiero trabajar, y he decidido prescindir de ti. Lo siento, Cathy, pero no creo que seas la persona adecuada para este proyecto. Te queda grande. No se trata sólo de publicidad, sino de salvar una empresa, y para eso hay que salir a la calle y remangarse. Tú no sabrías cómo hacerlo.

—¡Estás loco! ¿Crees que puedes despedirme? Señor Bennet, dígale… dígale que se marche. ¡Pero qué te has creído! —Cathy parecía a punto de pegarme y miraba a Bennet segura de que él la defendería.

—Señorita Major, hemos aceptado las condiciones del señor Spencer. Le daremos un cheque con sus honorarios hasta el día de hoy. —El señor Hamilton se dirigió a Cathy sin darle lugar a réplica.

—Lo siento… —acertó a decir el señor Bennet.

—¡No puede ser! —La voz de Cathy sonó histérica.

—Pues lo es, querida, lo es —intervine yo.

Me miró fijamente y después a Bennet, que no pudo sostenerle la mirada. Cathy era demasiado inteligente y se dio cuenta de que había perdido. Tardó un segundo en recomponerse por dentro. Ni siquiera me miró mientras se dirigía al señor Bennet:

—No me iré hasta que no me paguen hasta el último penique.

—Pero ahora… —se quejó él.

—Ahora, señor Bennet, ahora. —La voz de Cathy sonó amenazadora.

Bennet miró a Hamilton y éste intervino sabiendo que Cathy no se marcharía sin su dinero.

—Le daremos un cheque —le propuso Hamilton.

—No, nada de cheques, no me fío de ustedes. Ya me han demostrado qué clase de hombres son. Me pagarán en efectivo. No me iré hasta que no me hayan pagado.

Había llegado el momento de marcharme. En esa escena yo no tenía papel.

—Señores, les mantendré informados. —Salí del despacho sin darles tiempo siquiera a despedirse.

Cuando llegué a las oficinas de Green, le pedí a Mary que sacara del despacho de Cathy todas sus pertenencias.

—La señorita Major ya no trabaja aquí. Ponga todo en una caja. ¡Ah!, y ahora yo soy el jefe; si quiere trabajar aquí, le diré las condiciones: no hay horario, usted estará hasta que yo me marche. No me gustan las quejas ni las reivindicaciones. Y le advierto que carezco de paciencia. Si quiere, se queda; si no, ya sabe dónde está la puerta.

Mary me miró sin replicar y se dispuso a vaciar el despacho de Cathy, que en realidad era poco más que un cubículo al resguardo de una mampara de cristal.

Cathy llegó una hora después y Mary le entregó la caja. Vi que dudaba en si dirigirme algún insulto, pero se lo pensó mejor, o quizá tenía demasiada clase para montar un espectáculo a un don nadie como ella sabía que era yo.

Salió con un breve «adiós» dirigido a Mary; a mí ni siquiera me miró. Pensé que la echaría de menos. Yo carecía de sus conocimientos y de su experiencia, y ambas cualidades me iban a hacer falta para salir airoso del farol que había puesto sobre la mesa de Bennet y Hamilton. ¿Por qué había prescindido de Cathy? Pues por el deseo de probar suerte, de ser yo quien, por primera vez en la vida, llevara las riendas de algo, aunque fuese de un proyecto fallido como Green. Quería mandar, hacer y deshacer a mi antojo sin que nadie me rechistara, y me sobraba Cathy.

Disfruté de ese instante. Mary me observaba de reojo. Para ese momento ya sabía que yo era como un escorpión del que no se podía fiar, que aunque se convirtiera en la secretaria perfecta en cualquier momento podía despedirla por razones que ella no comprendería ni yo me molestaría en explicar.

No, no me arrepiento de lo que hice, pero tampoco lo recuerdo con satisfacción. Le debía a Cathy haberme ayudado cuando yo ni siquiera sabía cómo encauzar mi vida. Podríamos haber llevado a cabo juntos aquel plan para salvar a aquellos dos albañiles venidos a más, que es lo que en realidad eran Hamilton y Bennet. A mí no me importaban ni ellos ni Green, de manera que más allá de la vanidad de ser el jefe, bien podría haber seguido trabajando con Cathy.

Seguramente, debería haber actuado de un modo muy diferente a como lo hice:

Cuando Mary me pasó la llamada del señor Hamilton, debería haberle dicho que aún no había llegado Cathy y que en cuanto estuviera en la oficina nos dirigiríamos a verlos. O quizá podría haberme adelantado yo, pero insistiendo a Mary en que Cathy tenía que presentarse de inmediato en el despacho de Hamilton y Bennet.

—Mary, intente localizar a la señorita Major y dígale que se dirija de inmediato al despacho de los jefes. Yo voy de camino, pero que no tarde.

Al llegar, debí decirle al señor Hamilton que Cathy y yo nos encargaríamos del asunto, que estábamos capacitados para llevarlo adelante. Incluso podría haber sugerido que gracias a los contactos de Cathy en la City se nos abrirían puertas que de otro modo nos resultaría imposible que se abrieran.

Cuando Cathy entró apurada por llegar tarde a esa cita ines-
perada, yo debí ponerla en antecedentes y dejar que fuera ella
quien asumiera la dirección del proyecto.

—Cathy, los señores Bennet y Hamilton aceptan nuestra
propuesta con algunos matices, tú dirás qué te parece. Sugieren
que aumentemos el precio de los alquileres, no es una subida
excesiva...

Ella habría aceptado, claro está; tanto le daba que cobraran
el alquiler de los locales a quinientas libras que a mil. Lo único
que le importaba era mantener el trabajo el mayor tiempo posi-
ble, lo mismo que a mí.

—No es que la subida sea importante, pero, dadas las circuns-
tancias, nos costará más trabajo alquilar los locales de Green.
Haremos lo imposible por conseguirlo. Nos pondremos a trabajar
de inmediato, ¿verdad, Spencer? Bien, señores; tendrán noticias
nuestras, espero que buenas noticias —habría dicho Cathy.

Luego habríamos salido de aquel despacho pretencioso y hor-
tera y parado un taxi que nos llevara a Green. Puede que más
tarde incluso me hubiera invitado a comer. Era generosa. Pero
me habría hecho sudar la camiseta realizando llamadas, reser-
vándose para ella las importantes. Tenía muy claro que manda-
ba ella.

Pero nada de eso ocurrió. Esa escena no tuvo lugar. Allí estaba
yo, convertido en dueño y señor de un proyecto fallido, sin conocer a nadie en Londres, echando mano de la lista elaborada
por Cathy Major. Aprovechándome de su trabajo. No me tembló la conciencia. En realidad, nunca me ha temblado.

Lo que hice fue ponerme de inmediato a trabajar. No podía
perder ni un minuto. Hamilton era muy capaz de cortarme los
huevos, tal y como había amenazado.

—Mary, coja la lista de posibles clientes y póngame con el
señor Bradley.

—¿El de los multicines?

Dos minutos más tarde, un asistente del señor Bradley me insistía en que le dijera el motivo de mi llamada. Se lo expliqué brevemente. La empresa propietaria de Green le ofrecía cuantos metros cuadrados necesitara para un multicine a un precio irrisorio. El asistente preguntó a cuánto alcanzaba esa cifra supuestamente irrisoria. Se lo dije y la línea se quedó en silencio.

—Bien… muy interesante, pero ¿no debería usted mandarnos el proyecto de lo que es Green, cuántos locales hay abiertos, número de habitantes de la zona, líneas de comunicación con otros barrios de Londres…? En fin, un memorando como es debido.

—Verá, si les he llamado personalmente es porque sé de la solvencia de la empresa del señor Bradley. Ha sido una cortesía por nuestra parte antes de que ese memorando que me está pidiendo llegue a manos de otras empresas igualmente dedicadas al ocio. En cualquier caso, el memorando les llegará en los próximos días. Naturalmente, insisto en mantener un encuentro con el señor Bradley, a no ser que usted me diga que no está interesado; si es así, no voy a insistir.

El asistente pareció dudar qué decirme y optó por pedirme el teléfono donde podría localizarme.

—Le llamaremos en cuanto recibamos el memorando —me dijo antes de colgar.

Ya había aprendido mi primera lección. Nadie me recibiría sin una tarjeta de visita previa y esa tarjeta de visita tenía que ser un buen catálogo con fotos de Green y con explicaciones sobre sus posibilidades de negocio. Mary y yo tendríamos trabajo el resto del día. En cuanto termináramos el folleto, lo mandaríamos a la imprenta; después, buscaría una empresa de mensajería para que repartiera los catálogos entre los posibles clientes. Me di cuatro días para llevar a cabo esa operación.

Mary no conocía ninguna imprenta que fuera capaz de imprimir nuestros catálogos en un par de días, así que recurrí al guardia de seguridad que al parecer sabía cómo encontrar cualquier cosa. Me dio la dirección de la imprenta de un amigo de su cuñado.

—Ahora están flojos de trabajo, ya sabe, muchos negocios cierran —me explicó mientras me escribía la dirección.

Yo bendije la situación porque eso suponía que podría presionar a los de la imprenta para que trabajaran rápido. Es lo que hice. Aun así, yo no era el dueño del tiempo y las cosas fueron más lentas de lo que preveía. Para empezar, tuve que repetir el diseño del folleto cuatro o cinco veces hasta lograr un modelo que me convenció. Tenía que ser moderno, llevar la suficiente información pero no tanta como para abrumar a los posibles clientes, y sobre todo tenía que ser capaz de transmitir que la oferta era irresistible. El problema es que en realidad yo no sabía nada de diseño ni de publicidad, aun así me esmeré todo lo que pude y dos días después ya tenía diseñado el catálogo.

—¿Qué le parece? —pregunté a Mary.

—No está mal —me respondió lacónica.

—O sea, que no le gusta.

Esbozó una sonrisa y me preguntó si quería café, de manera que no me cupo ninguna duda de que no le gustaba nada. Aun así, era lo mejor que yo era capaz de hacer y lo mandamos a la imprenta.

El catálogo no quedó tan mal gracias a alguna de las sugerencias que me hicieron en la imprenta y que yo acepté.

Mister Hamilton me llamó para preguntarme cómo iban las cosas y le prometí que muy pronto tendría resultados.

—Los bancos no esperan —me advirtió.

Mientras aguardaba a que los posibles clientes importantes tuvieran tiempo de ver el catálogo, me dediqué a visitar uno por uno a los comerciantes del barrio que me parecieron más solventes. Convencí a tres de ellos para que probaran suerte en Green: una tienda de ropa deportiva, unos chinos que vendían de todo y una pastelería. No era mucho, pero por algo había que empezar, aunque necesitaba más contratos de manera urgente. Pedí a los chinos que me dieran la dirección de algunos de sus compatriotas que pudieran estar interesados en tener un negocio en Green pero no tuve éxito, de modo que tuve que recurrir a Mary para que me buscara información sobre los capos del negocio de importación de China. Si conseguía arrendarles unos cuantos locales, estaríamos salvados.

Al final di con el señor Li, que tenía varios supermercados en Londres además de algunas tiendas de juguetes baratos. Le convencí para que visitara Green y a él pareció gustarle porque me alquiló cinco locales. Eso sí, le exigí en el contrato que las tiendas las decorara de acuerdo con los gustos occidentales, con cierta sobriedad; nada de farolillos ni de cualquier elemento decorativo que recordara que eran tiendas de chinos, o si no ahuyentarían a la clientela.

En quince días había logrado alquilar ocho locales. No era mucho, pero yo lo consideraba una hazaña.

Fue Mary la que me sugirió que pusiera un anuncio en el *Times* ofertando el alquiler de locales en Green y, sobre todo, los bajísimos precios que pedíamos por ellos.

—Buena idea, Mary; así todo el mundo se enterará de que Green existe y que es un chollo abrir un comercio aquí.

—En realidad no es idea mía. La señorita Major me dijo que eso es lo que había que hacer en caso de que los señores Bennet y Hamilton aceptaran su plan.

—Vaya con Cathy… Bueno, la idea de los alquileres baratos realmente es mía.

Yo decía la verdad, pero Mary me miró con escepticismo. Tenía la peor de las opiniones sobre mí. Si había sido capaz de deshacerme de Cathy, también podía haberle robado sus ideas.

Mandé a Mary poner varios anuncios, además de en el *Times*, en *The Guardian*, en *The Sunday Times* y en otros periódicos populistas de esos que lee todo el mundo camino de su trabajo.

Dos días después, el señor Li me sorprendió presentándose en el despacho con una propuesta.

—¿Cuántos locales me puede alquilar? —me preguntó sin demasiados preámbulos.

—¿Cuántos necesita y para qué?

—Tengo amigos interesados en abrir tiendas.

—Ya. ¿Chinos?

—Pues sí, chinos.

—¿Qué clase de negocios quieren abrir?

—¡Ah, de todo! Restaurantes, supermercados, ropa... Todo chino, sólo chino, un gran centro comercial chino —respondió el señor Li.

—Ya, pero eso cambiaría el espíritu de Green, pasaría a ser un gran almacén chino...

—Sí, y la gente de todo Londres vendría aquí a comprar más barato.

—Pero tengo unos cuantos locales alquilados. Tendríamos que indemnizar a quienes los han alquilado... Han invertido y no se les puede echar.

—No se preocupe, no indemnizar, ellos se irán; no podrán competir con negocios chinos.

—Si usted quiere todo el edificio tendrá que pagar más. No mucho más, pero sí más... Comprenda que es distinto alquilar local por local que todo un edificio. Además, tendrá que correr con todos los gastos generales: luz, seguridad, limpieza... Todas esas cosas...

—No hay problema, usted dígame precio total por Green y yo le respondo si puedo pagarlo o no.

—Tengo que echar cuentas. ¿Puede venir mañana? Tendré la respuesta.

—¡Oh!, sí, mañana. Piénselo, señor Spencer, es un buen negocio para ambos.

Le dije a Mary que localizara a Bennet y a Hamilton y les comuniqué mi interés en verlos de inmediato. No se hicieron rogar. Aquella misma tarde me recibieron en sus oficinas, en las que ya no había más empleados que la triste secretaria, que además se encargaba de abrir la puerta.

Cuando se lo conté a Bennet y a Hamilton, no salían de su asombro.

—Pero ese señor Li, ¿es de fiar? —preguntó Hamilton.

—No lo sé, habrá que pedir informes al banco y al menos

una fianza de un año por adelantado. Al alquilar el edificio entero habrá que pensar en una cantidad razonable —dije yo.

—Tendrá que pagar lo que le pidamos —me cortó Hamilton.

—El señor Li es chino pero no es tonto. Si está dispuesto a alquilar locales es porque los precios son baratos —repliqué.

—Pero no le vamos a regalar el centro comercial —intervino Bennet.

—Sería el colmo que ese Li se beneficiara de nuestro sacrificio y no pudiéramos sacar ni un *pound* del alquiler de Green —insistió Hamilton.

—Señores, hasta ayer ustedes tenían un centro comercial prácticamente vacío y estaban a punto de declararse en quiebra. Ahora tienen la oportunidad de obtener rentabilidad de Green y poder responder ante los bancos. Puede que no obtengan grandes ganancias, pero al menos saldrán del apuro y con el tiempo el centro comercial empezará a rentarles. Si Li invierte en Green y le va bien el negocio, les seguirá alquilando los locales o incluso puede que quiera comprárselos. No lo sé, pero si se lo alquilan, tendrán algo en la mano.

Dudaban. La avaricia les hacía pensar que yo los empujaba a malbaratar Green. He de reconocer que yo ansiaba que aceptaran hacer negocios con Li. Era difícil que yo pudiera lograr alquilar aquellos cincuenta locales comerciales y aunque me había librado de Cathy, pronto comprobarían que yo no era mucho mejor que ella.

—¿Qué es lo que propone usted, señor Spencer? —me preguntó mister Bennet.

—Cerrar un precio por el edificio y el compromiso firmado por parte del señor Li de que correrá con todos los gastos de mantenimiento del centro comercial. Todos los gastos son todos los gastos. Además, ustedes pueden rentabilizar el aparcamiento. Pueden alquilarle todo el centro menos el aparcamiento. Los clientes que vayan a Green necesitarán un lugar donde aparcar. Ustedes se quedan con la gestión. Si a Li le va bien el negocio, ustedes pueden sacar tajada con el aparcamiento.

Se me había ocurrido sobre la marcha y al parecer acerté, porque el señor Hamilton esbozó una mueca parecida a una sonrisa.

Discutimos un buen rato sobre el precio del alquiler de Green y al final me dieron poderes para negociar con Li. Aproveché el momento para pedirles una comisión sobre el monto de la cantidad que iban a cobrar.

—¡Pero si usted es nuestro empleado! Nada de comisiones, ¿por qué habríamos de pagarle un chelín de más? —protestó Bennet.

—Por la sencilla razón de que me han contratado como publicitario. Nada más. No entra en mi sueldo gestionar ni el alquiler ni la venta de su centro comercial. Estoy haciendo un trabajo por el que tienen que remunerarme. Cincuenta mil libras de comisión es una cantidad ridícula.

—Podemos negociar directamente con Li —me respondió Hamilton.

—Sí, pueden hacerlo —respondí desafiante, como si me estuviera guardando alguna carta en la manga.

—Es usted muy ambicioso, señor Spencer —afirmó mister Bennet.

—¿Lo cree así? Yo diría que les estoy saliendo muy barato. Hace un par de semanas ustedes estaban a punto de ser embargados por los bancos, con los que tienen una deuda difícil de pagar. Yo les estoy ofreciendo una solución a sus problemas y eso, como ustedes deberían saber, tiene un precio. El mío es barato en consideración a que ustedes están pasando por graves dificultades financieras.

Se miraron entre ellos y esa mirada les bastó para comunicarme su decisión.

—De acuerdo —admitió Hamilton—, pero serán cuarenta mil libras. Veinte mil a la firma del acuerdo con el señor Li y las otras veinte mil dentro de seis meses, una vez que hayamos comprobado que ese chino es de fiar.

—No, señor Hamilton. Me pagarán las cincuenta mil libras

al día siguiente de la firma del contrato. Después, yo dejaré de trabajar para ustedes puesto que mis servicios ya no les serán necesarios. Los tres nos podremos dar por satisfechos.

Discutimos un buen rato, pero yo sabía que esa batalla la iba a ganar.

Pensé en dejar pasar un par de días antes de llamar a Li, para que no creyera que era nuestra única opción, pero desistí; cuanto antes le llamara, menos posibilidades tendría de echarse atrás.

Esta vez fui yo quien fue a su despacho, situado en un edificio destartalado cerca del Támesis. En aquel edificio tenía su oficina pero también le servía de almacén. Me fascinó ver a tantos chinos entrando y saliendo del edificio.

La secretaria del señor Li resultó ser su hija. Me sorprendió su aspecto anodino, no era atractiva pero tampoco era fea. De baja estatura y muy delgada, con los dientes separados y el cabello negro cortado sin ningún estilo. Vestía con corrección ropa de cierta calidad, y hablaba inglés con un nada desdeñable acento británico.

El señor Li me ofreció una taza de té, que rechacé, y por su expresión me di cuenta de que había sido una equivocación por mi parte. Hizo una seña a su hija y ella salió del despacho para regresar de inmediato con una bandeja con un servicio de té de porcelana inglesa y varias pastas de las que venden en esos enormes paquetes en Harrods. Como los chinos lo falsifican todo, me pregunté si aquellas pastas serían reales o habrían sido fabricadas en alguna aldea china. Corregí mi error afirmando que era muy goloso y que difícilmente podría permanecer indiferente a las exquisitas pastas de Harrods, lo que pareció gustar al señor Li.

Mientras tomábamos el té, el señor Li se dedicó a ensalzar a su hija, a la que llamaba Tany. Por lo visto, ella había nacido en Inglaterra y él había puesto todo su empeño en que recibiera la mejor educación. Tany se había graduado en Filología Inglesa en la Universidad de Oxford.

Yo me estaba impacientando, pero decidí que no tenía otra opción que dejar que fuera él quien marcara el ritmo de la conversación.

Pasó un buen rato antes de que me preguntara por el precio del alquiler de Green. Cuando se lo dije, su rostro permaneció impasible pero tardó unos segundos en responder.

—Es más de lo que me costaría alquilar local por local —me dijo sonriendo.

—Así es, pero convendrá conmigo en que si alquila Green será como si fuera su centro comercial. Hará y deshará a su antojo sin tener que dar explicaciones a nadie. Los señores Bennet y Hamilton lo único que le exigirán es que cumpla con la fecha que acordemos para los pagos.

—Aun así, la cantidad es superior a lo previsto… —insistió Li.

—Usted sabe que no llega ni a un diez por ciento más sobre unos precios que ya eran de por sí muy bajos.

—Si eran bajos es porque de otra manera ustedes no los habrían podido alquilar.

—No se equivoque, se trataba de una estrategia comercial para dar a conocer Green.

—Dice que el aparcamiento no entraría en el acuerdo, ¿puedo saber por qué?

—Los señores Hamilton y Bennet quieren reservárselo para hacer un aparcamiento público. A usted tanto le da, sus clientes podrán aparcar en él.

—Pagando.

—Sí, claro, pagando.

—Preferiría alquilar todo Green.

—Usted no me habló de su interés por el aparcamiento. Tendría que hablar con mister Hamilton y mister Bennet. Además, eso aumentaría el precio, quizá no le convenga.

—Quizá debería reunirme con sus jefes y tratar con ellos directamente. Siempre es mejor que negociar a través de intermediarios, ¿no lo cree mejor, señor Spencer?

—No, en absoluto. Los señores Bennet y Hamilton esperan

que cerremos el acuerdo, será entonces cuando se reúna con ellos y sus abogados. Mientras tanto, tendrá que conformarse con tratar conmigo.

—¿Y usted tiene capacidad para decidir que el alquiler de Green incluya el aparcamiento?

—Tendré que consultarlo.

—Entonces convendrá conmigo en que sería mejor que yo tratara directamente con sus jefes. Ahorraríamos tiempo.

—Señor Li, en caso de no incluir el aparcamiento, ¿seguiría interesado en alquilar Green? Eso es todo lo que necesito saber.

—Tendría que pensarlo.

—Bien, pues piénselo, y cuando haya tomado una decisión, me llama.

Me levanté, ante el estupor del señor Li. Yo no estaba preparado para perder el tiempo, ni él para mi falta de sutileza.

Tany me acompañó a la puerta sin mirarme siquiera y me despidió con un murmullo y una ligera inclinación de cabeza.

Estaba irritado. Tendría que llamar a Bennet y a Hamilton para convencerlos de que mi genial idea de que fueran ellos quienes gestionaran el aparcamiento podía ser un escollo para cerrar el acuerdo con Li.

Cuando llegué a la oficina le conté a Mary lo sucedido y ella pareció disfrutar de mi fracaso, como si no fuera consciente de que si me despedían a mí, ella también se quedaría en la calle.

—Los chinos son muy ceremoniosos, hay que darles carrete —me dijo como si fuera una experta en orientales.

—Ya, ¿y cómo les daría su carrete? —pregunté enfadado.

—No demostrando impaciencia, ni que para usted es importante cerrar el acuerdo. Espere cuatro o cinco días antes de volver a llamarle, o incluso más —me aconsejó Mary.

—¿Y Bennet y Hamilton? Tendré que decirles que no hemos cerrado el acuerdo.

—Si han esperado hasta ahora, podrán esperar unos días más.

—¿Y si no quieren alquilar el aparcamiento?

—Entonces todo dependerá del señor Li. No se preocupe,

ni usted ni yo estaremos peor de lo que estábamos antes de trabajar aquí.

Para mi sorpresa, mister Bennet y mister Hamilton me dijeron que no pensaban alquilar el aparcamiento. Ya habían hecho cálculos sobre las ganancias que podrían obtener si Li convertía Green en un gran centro comercial chino. Imaginaban grandes colas de coches de consumidores ávidos por encontrar alguna ganga en las tiendas chinas.

No me fue posible convencerlos de que cedieran ante la pretensión del señor Li.

—Pero ¿qué se ha creído ese chino? No podemos dejarnos avasallar por él. No, de ninguna manera le alquilaremos el aparcamiento. Dígaselo bien claro, nuestra respuesta es «no» —afirmó enfadado el señor Hamilton.

Seguí el consejo de Mary y tardé una semana en llamar a Li. Su hija me citó para que fuera aquella misma mañana porque su padre se disponía a emprender un viaje y estaría un par de semanas fuera de Londres.

Acudí intentando demostrar que no estaba ansioso por llegar a un acuerdo. Esta vez acepté el té que me ofreció el señor Li y que Tany nos trajo sin las pastas de Harrods. Pensé que un té sin pastas era el preludio del fracaso.

—Señor Li, siento comunicarle que mis jefes no desean alquilar el aparcamiento. Comprenden su interés, pero en estos momentos no entra en sus planes alquilarlo.

Me quedé callado observándole. Intentaba escudriñar en su rostro alguna reacción, pero Li no movía ni un solo músculo. Tardó unos segundos en responderme, lo hizo después de apurar el té:

—Es una pena que no podamos cerrar un buen negocio para las dos partes. Bien, ellos tendrán sus razones.

Nos envolvió el silencio. Yo no sabía si ponerme en pie y despedirme, puesto que el señor Li ya no parecía interesado en

Green, o si hacer un último intento. Pensé que Mary me habría aconsejado que me fuera y dudé.

—Con o sin aparcamiento, para usted sería un buen negocio alquilar Green. No encontrará otro lugar de esas características a este precio. Pero como dicen en mi país, cada uno sabe lo que pasa en su casa.

El señor Li pareció mirarme con curiosidad. Yo continuaba sentado, sin mover un músculo, igual de impasible que se mostraba él. Volvimos a guardar silencio.

—Tendrían que rebajar el precio —dijo de pronto.

—No, no rebajaremos ni un penique. No vamos a regalar Green.

—¿Usted trabaja a comisión? —preguntó sin más.

—Ése es un asunto personal que a nadie concierne —respondí envarado.

—El aparcamiento tiene tres pisos, ¿no es así? Bien, consiga que me alquilen el primero. Lo necesito para mis empleados y como zona de almacén. Si lo consigue, le daré una buena comisión. ¿Le parecería bien veinte mil libras?

Si hubiese sido una persona decente, me habría sentido ofendido por la oferta. Tendría que haberle dicho algo así como: «Usted se confunde, señor Li. Para mí la lealtad es el principio que rige mi vida. Mi obligación es defender los intereses de mis jefes y no trabajar por detrás para obtener para usted un beneficio».

Pero no lo dije. Yo no era ni honrado ni decente, no lo era entonces y sigo sin serlo, de manera que acepté. Estaba a punto de añadir otras veinte mil libras a las que había pedido como comisión a Bennet y a Hamilton.

No sé cómo lo logré, pero conseguí que mis jefes accedieran a la petición de Li. En realidad los amenacé. Les dije que no tenían otra opción, que Li había pedido informes sobre ellos y que sabía que estaban en la ruina y podía reclamar un precio aún más bajo para el alquiler. También les advertí de que yo estaba harto de luchar contra molinos de viento e incluso sugerí que, puesto que Li había indagado sobre ellos y sabía de su precaria situación económica, podría correr la voz de que estaban a punto de ser embargados. Por tanto, quienes alquilaran un local podían encontrarse con la desagradable sorpresa de verse en la calle después de haber hecho una inversión para acondicionar el local alquilado.

Me miraron espantados y Bennet me insultó, pero al final concluyeron que yo podía tener razón, de manera que dieron su consentimiento para que cerrara el acuerdo con Li. Le alquilarían la primera planta del aparcamiento pero a un precio superior al que Li ofrecía. El empresario chino aceptó y tres semanas después, acompañados de sus respectivos abogados, firmaron el acuerdo.

Les exigí, tanto a Li como a Hamilton y a Bennet, que me pagaran con un cheque bancario conformado. Había ganado setenta mil libras y me sentía satisfecho.

No les di ocasión a Bennet y a Hamilton para que me despidieran. Les dije que ya no me necesitaban. Sé que debí preocuparme por la suerte de Mary, pero no lo hice. No tenía intención de volver a verla el resto de mi vida, así que tanto me daba qué fuera de ella.

—Los chinos ocuparán el edificio mañana —le anuncié a modo de despedida.

—¿Y yo?

—Tendrá que buscarse la vida.

—Haga lo que haga, necesitará una secretaria…

—Sí, pero no una como usted.

Creo que a Mary no le sorprendió mi respuesta. Me tenía calado y sabía que no podía esperar nada de mí. Aun así, podría haberme mostrado amable con ella. Quizá podría haberle dicho algo así como: «No se preocupe, la recomendaré al señor Li. Aunque su hija Tany es su secretaria personal, necesitará a alguien que conozca a fondo Green».

Sí, no sólo debería habérselo dicho, sino que tendría que haberlo hecho. Mary no era ninguna maravilla, pero podía ser eficaz a poco que se la presionara. Además, conocía bien el edificio y podría haber resuelto unos cuantos problemas a Li.

Incluso podría haberle dicho: «Si encuentro otro trabajo, veré si puedo reclamarla como secretaria; cuente con que haré todo lo posible. En todo caso, si se pone a buscar otro trabajo y necesita informes, no dude en pedírmelos; es más, le dejaré escrita una carta de recomendación diciendo que es usted una excelente y eficaz secretaria».

Mary era lista y habría comprendido que no pensaba contar con ella en el futuro, pero al menos nos habríamos despedido bien. Pero ya lo he dicho, soy como los escorpiones, sólo un estúpido se fiaría de mí.

Hamilton y Bennet se empeñaron en invitarme a cenar. Acepté. No tenía amigos en Londres.

El Big Easy estaba situado en Chelsea y servían unas costillas en barbacoa más que aceptables.

—Nos ha salvado de la quiebra —admitió Bennet.

—Por eso esta noche debemos celebrarlo y… bueno, tenemos cita en un lugar especial. Un amigo nos lo ha recomendado. Allí no puede ir todo el mundo, sólo personas distinguidas, y con dinero, claro.

No podía imaginar que me iban a llevar a una casa de putas. Porque eso era la elegante residencia de madame Agnès, situada cerca de South Kensington, en el barrio francés.

Hamilton y Bennet parecían ansiosos mirando a las chicas, pero madame Agnès dejó claro que cualquier comportamiento inconveniente significaría la expulsión de su casa.

Yo no había ido nunca a un lugar así. Me parecía que acostarse con una puta era cosa de viejos o de hombres que no tenían otra posibilidad. No era mi caso. Pero me divertí, y me aficioné. Sí, a partir de aquella noche hubo otras muchas noches en las que llamé discretamente a la puerta de madame Agnès.

Con setenta mil libras en la cuenta corriente decidí que bien podía alquilar un apartamento y tomarme con calma la búsqueda de un nuevo trabajo. No estaba mal la cifra para ser el primer trabajo que había hecho en mi vida. Pero no me dejé emborrachar por mi buena suerte y decidí ser comedido a la hora de gastar mi dinero.

Busqué un pequeño estudio en un edificio elegante y discreto cerca de Kensington. Nunca he sido dado a la nostalgia, de manera que no me permití añorar las dimensiones de la casa de mis padres en Nueva York; además, me había acostumbrado a vivir en pocos metros en la casa de la señora Payne. Mi casera me despidió con lágrimas asegurando que le iba a ser difícil dar con un inquilino como yo.

Encontrar trabajo me resultó más fácil de lo que pensaba. No hay nada más atractivo que el éxito y, sin yo saberlo, en la City había a quienes no les había pasado inadvertida la peculiar campaña de publicidad para intentar alquilar un centro comercial situado en un barrio deprimido, y haber sido capaz de conseguirlo en pocas semanas. Muchos pensaban que había engañado a Li, sin darse cuenta de que para Li el alquiler de Green era un buen negocio.

Mark Scott me telefoneó a los pocos meses en mi nuevo «habitáculo», que así es como calificaba yo al estudio que había alquilado.

Dio por hecho que sabía quién era él y que estaría encantado de verle, y me citó para el día siguiente en su despacho a las ocho en punto.

Tuve que buscar información sobre quién era el tal Scott y me sorprendió saber que se trataba del director creativo de una de las grandes empresas de marketing y publicidad de la City. Decían de él que era un genio de la publicidad capaz de vender lo imposible y que su socio, Denis Roth, era un genio de las finanzas.

También leí que la Agencia Scott & Roth estaba considerada una de las mejores del mundo y que trabajaban en los cinco continentes. No había nada a lo que no se atrevieran, la única premisa era que los clientes pudieran pagar sus elevados honorarios.

La agencia estaba situada en un modernísimo edificio de acero y cristal, y Scott, desde los ventanales de su despacho, alcanzaba a contemplar lo mejor de Londres.

Su ayudante me esperaba impaciente porque yo me había retrasado tres minutos.

Scott me recibió en mangas de camisa. Me sorprendió que vistiera unos jeans, una camisa azul y que no llevara corbata. Tendría unos cuarenta años aunque parecía más joven, acaso por el atuendo y su manera de ser. Pensé que era el tipo de hombre que gustaba a las mujeres: alto, cabello rubio, ojos azul oscuro, fuerte y con el rostro ligeramente bronceado, seguramente por hacer ejercicio al aire libre. El apretón de manos fue firme.

—Thomas, me alegra conocerle. Le diré a Denis que está aquí; él también tiene interés en conocerle.

Denis resultó tener más o menos la edad de Scott, aunque su aspecto era diferente. Vestía un traje de Savile Row a medida, corbata de seda italiana, y estaba pálido a la manera de los ingleses. El azul de sus ojos era menos brillante que el de Scott, y se estaba quedando calvo; además, llevaba abrochada la chaqueta para ocultar una barriga incipiente, aunque pensé que las mujeres igualmente le encontrarían atractivo porque de él emanaba un aire de poder.

Me ofrecieron un té, pero yo les pedí un café. Estaba harto de beber té y por la mañana siempre había necesitado una buena dosis de cafeína para empezar el día.

Scott me sometió a un sutil interrogatorio mientras Denis Roth me escudriñaba atento, como si pudiera ver más allá de mis palabras. Querían saber quién era y dónde había trabajado en Nueva York, porque, me dijeron, no habían encontrado información sobre mi actividad profesional. Eran demasiado listos para intentar engañarlos, de manera que puse casi todas mis cartas sobre la mesa.

Preguntaron por la operación Green y por mis relaciones con Cathy Major. Les dije que Cathy era buena publicitaria pero que lo de Green le había quedado grande, puesto que se trataba de hacer algo más que una campaña de publicidad.

Me presionaron para que les diera detalles de la operación, de la situación financiera de Bennet y Hamilton y de cómo había convencido a Li para que alquilara todo Green, pero torcí el gesto y les dije que no comentaba asuntos internos ni de las personas ni de las operaciones en las que pudiera participar. Sabía que eso les gustaría. La discreción cotiza en la City, donde todos tienen cadáveres en el armario.

—Bien, Thomas, quizá te gustaría trabajar con nosotros. No tienes experiencia, pero son evidentes tus aptitudes para el negocio —dijo Scott.

—Tus anuncios sobre Green no eran buenos, más bien antiguos, diría yo, pero evidentemente eficaces a la vista de los resultados. Sí, aún estás un poco verde en el trabajo creativo, pero hay algo que seguramente podrías hacer… —añadió Denis.

Yo los miraba sin decir palabra. Si me habían llamado era porque les interesaba, pero tampoco querían que yo me creyera que tenía demasiado valor para ellos.

—Se trata de ampliar el negocio. Necesitamos crecer, nuevos clientes. Una vez que hayas conseguido un cliente, nos encargamos nosotros. Tendrías que trabajar en coordinación con el departamento de ventas y el creativo. Responderías directamente ante mí. —Mientras decía esto, Scott me miraba a los ojos intentando sopesar qué efecto me producía su propuesta.

—¿Y ese puesto no terminará siendo un tercero en discordia entre los dos departamentos? —pregunté.

—Sí, un poco. A los clientes les gusta tratar conmigo o con Denis; en cuanto a los creativos, no dan un paso sin consultarme, y lo continuarán haciendo. Yo decido si una campaña es buena o no y siempre doy un último toque a sus propuestas. En cuanto al departamento comercial, a veces van demasiado por libre. Queremos hacer lo que tú has hecho con Green: algo más que ofrecer una campaña de publicidad —respondió de nuevo Scott.

—¿Te ves capaz de repetir la hazaña? —quiso saber Denis.

—¿Cuál es el sueldo? —Mi pregunta los tranquilizó. En la City se desconfía de cualquiera que no tenga un precio.

—Un contrato por tres mil libras al mes; si funcionas, al cabo de seis meses te subiríamos a cinco mil —respondió Denis.

—Deberíamos empezar por los cinco mil y luego subir a diez —me tiré el farol.

—No vayas tan deprisa. Pagamos bien a nuestra gente, pero una vez que comprobamos que valen lo que ellos creen y lo que nosotros necesitamos. —La voz de Scott había perdido el matiz amable.

—De acuerdo. Probaremos.

Nos dimos la mano y Denis salió del despacho diciendo que en quince minutos tendría el contrato preparado para firmar. Era evidente que estaban seguros de que no iba a rechazar su oferta.

Scott me dedicó una hora para explicarme los pormenores de mi trabajo. Luego me acompañó al que sería mi despacho e hizo llamar a un joven llamado Richard, a quien me presentó como mi asistente.

—Richard te servirá de guía. Conoce bien la empresa, ya lleva un par de años con nosotros. ¡Ah!, y que te acompañe a administración a firmar el contrato.

—¿Cuándo empiezo? —pregunté por decir algo.

—Ahora mismo. —Y salió del despacho dejándome con Richard.

Mi asistente me miraba con suspicacia. Lo cierto es que yo no sabía por dónde empezar y decidí que lo mejor era que me diseccionara las tripas de la empresa, de manera que me senté tras la que iba a ser mi mesa y le invité a sentarse enfrente.

Richard no era excesivamente locuaz o, mejor dicho, no estaba dispuesto a confesarse ante un desconocido. No me contó nada que mereciera la pena, sólo generalidades sobre la rutina del trabajo en la empresa. Tampoco parecía con muchas ganas de ayudarme más allá de lo estrictamente necesario, de manera que decidí jugar fuerte con él.

—Verás, Richard, aprecio tu discreción. Tú no me conoces ni yo te conozco a ti, pero te diré una cosa: no te voy a dar mucho tiempo para que decidas si juegas o no en mi equipo. Quiero una persona de absoluta confianza, de mi confianza; si no eres tú, la buscaré yo.

Lo entendió a la primera, y aunque aún estuvo varios días tomándome la medida, al final decidió arriesgarse y trabajar sin reservas para mí.

Teníamos más o menos la misma edad. Richard no pasaba de los veinticinco, y había hecho un máster en publicidad en la mejor escuela de negocios de Londres después de haberse licenciado en Historia en Oxford. Y tenía el inconfundible aspecto de los chicos ricos, por más que llevara trajes desestructurados y calzara deportivas.

El equipo lo completé con una secretaria sugerida por el propio Richard. «Maggie es bastante eficaz», me dijo. Acepté la propuesta sin rechistar.

Maggie tenía edad para ser nuestra madre y se las sabía todas. Había visto pasar por la agencia a unos cuantos jóvenes como nosotros y no la impresionábamos lo más mínimo. Yo estaba allí porque Scott creía que podía aportar ideas de refresco, pero si no obtenía algún éxito inmediato, me despediría sin contemplaciones. En cuanto a Richard, tenía más posibilidades que yo, habida cuenta de que su padre era miembro del consejo de administración de uno de los bancos más importantes de la City, y su madre, lady Veronica, era hija de un conde.

Scott y Roth parecieron desentenderse de mí. Me convocaron a un par de reuniones con el resto del equipo, pero era evidente que esperaban que fuera yo quien le diera contenido al puesto para el que me habían contratado y, desde luego, que cerrara alguna operación beneficiosa para la agencia. Maggie me había advertido de que Scott & Roth también estaba sufriendo a causa de la crisis y que habían disminuido los ingresos. Lo sabía de primera mano, ya que los últimos dos años los había pasado en contabilidad.

No sabía por dónde empezar. Nadie me iba a encargar que diseñara una campaña para uno de sus clientes; en realidad,

Scott me había fichado esperando que yo fuera capaz de repetir el milagro de Green.

Fue Richard quien me sugirió que la agencia quizá podría abrir un departamento que se dedicara a enseñar a los políticos el arte de la comunicación.

—¿A qué te refieres? —pregunté interesado.

—Hasta ahora la agencia ha diseñado campañas institucionales, ya sabes: hay que mantener limpias las ciudades, utilizar correctamente la sanidad pública, pagar impuestos, cosas así. Pero nunca ha trabajado directamente para los partidos políticos. Personalmente, pienso que estamos perdiendo oportunidades.

—Es evidente. Pero ¿por qué?

—Bueno, parece que Denis Roth prefiere tener amigos en todas partes, nadie sabe si vota a los laboristas o a los conservadores.

—¿Y Mark Scott?

—Vota a los laboristas, en realidad fue miembro de este partido en sus años de universidad. Dejó de ser militante cuando se asoció con Denis, pero por pura formalidad.

—¿Y qué podríamos ofrecer que fuera diferente? —inquirí con curiosidad.

—No sé, pero quizá hay políticos que necesitan alguien que les enseñe desde cómo relacionarse con los medios hasta cómo estar tranquilos en un plató de televisión. Se me ha ocurrido este fin de semana escuchando a lord Elliot, un miembro de la Cámara de los Lores amigo de mi padre. Se quejaba de que lo habían entrevistado en televisión y se había hecho un lío porque no sabía a qué cámara mirar y que no había sabido salir de algunas preguntas comprometidas que le había hecho el presentador.

—Pero eso ya está inventado, en todos los partidos tienen expertos en comunicación —repliqué malhumorado.

—Sí, pero para los jefes, no para la tropa. Quizá podríamos convencer al Partido Conservador de que sus diputados necesitan un curso de formación en cuanto a las técnicas de comunicación, porque así se evitarían muchos problemas por falta de experiencia ante los periodistas. Ten en cuenta que dentro de seis meses habrá elecciones de alcaldes y concejales. Y los políticos con cierta edad no terminan de entender cómo funcionan los entresijos de la comunicación.

Pensé que la idea no era extraordinaria, pero al fin y al cabo a mí no se me había ocurrido nada.

—¿Y por qué quieres que ofrezcamos nuestros servicios a los tories? Yo prefiero a los laboristas.

—A mí me da lo mismo, pero los conservadores pagarán más. Aunque tampoco tenemos por qué circunscribirnos a un solo partido.

—¿Y qué es exactamente lo que les vamos a ofrecer?

—Un pack. Técnicas de comunicación audiovisuales, o cómo esquivar preguntas incómodas, contar con un preparador para los debates importantes, enseñarles qué corbata da mejor en televisión… ¡Qué sé yo!

—No sé… Eso ya lo hacen los departamentos de comunicación de los partidos. Y, que yo sepa, los miembros del Partido Conservador saben qué ropa ponerse a cada hora del día. Tendríamos que ofrecer algo más. Desarrolla la propuesta. Yo también me pondré a trabajar. Mañana por la tarde quiero un informe encima de mi mesa.

—Dame un par de días…

—Te doy veinticuatro horas, ni una hora más.

—O sea, mañana por la tarde.

—Eso.

No era una gran idea, pero Richard tenía razón: los líderes tienen a su disposición un equipo de comunicación pero se olvidan del resto de los miembros de su partido. Además, en el sistema electoral inglés los candidatos para ocupar cualquier puesto se embarcan en campañas personales a veces sin que su organización les arbitre los medios necesarios para afrontar una política de comunicación.

Al día siguiente, Richard me entregó una docena de folios

desarrollando la idea. Ya sólo quedaba preparar nuestra carta de presentación: un dossier donde se los convenciera de que en la era de la comunicación no se puede improvisar. No se trataría de ofrecerles un servicio permanente, sino de cursos que les enseñaran a manejarse ante una cámara de televisión o cómo ganar un debate. Sería como un juego.

Nada que no les proporcionaran otras agencias de publicidad. Richard aguardaba a que le felicitara por su trabajo, pero me limité a decirle que había que continuar desarrollando su propuesta. El chico tenía la cabeza bien organizada.

—Bien, nuestro primer paso será reunirnos de manera discreta con el jefe de filas de los conservadores. ¿Puedes encargarte de eso?

—No es tan fácil. Además, antes de hacer nada debería aprobarlo Scott.

—Te equivocas, antes de hablar con Scott tenemos que saber si hay agua en la piscina.

—Ya, pero no podemos irnos a Westminster a hablar en nombre de la agencia.

—Quieres cubrirte las espaldas.

—En este caso eres tú quien debe cubrirse las espaldas. Scott y Roth no tardarán ni un minuto en enterarse de la propuesta. Tienen amigos en Westminster.

—¿Me estás dando un consejo?

Richard se encogió de hombros. Trabajaba para mí, pero su lealtad estaba tasada y, en caso de problemas, quería poder recurrir al «ya lo dije yo».

Aun así, decidí que no consultaría con Scott. La idea de Richard tampoco era brillante. En realidad íbamos a ofrecer lo mismo que hacían otras agencias, sólo que pretendíamos vender el humo en papel de celofán. Si a Scott y a Roth no les gustaba mi iniciativa, lo más que podían hacer era despedirme, y eso no era algo que me preocupara demasiado. Supongo que mi osadía se debía a que jugaba con red. Siempre podía regresar a casa y pedir a mi padre y a mi abuelo que recurrieran a alguno de sus influyentes amigos para que me diera trabajo. Yo no era de los que temían enfrentarse al orgullo herido, siempre he sido práctico.

Uno de los jóvenes creativos nos diseñó un dossier que hasta a mí me convenció. El papel gris satinado, el cuerpo de letra adecuado, unos textos sugerentes… Sí, el humo bien envuelto parece algo.

Richard se resistía a abrirme la extensa agenda de los amigos políticos de su familia, pero al final terminó arreglando un encuentro con un compañero de la universidad que en ese momento estaba trabajando en el departamento del coordinador de las elecciones locales del Partido Conservador.

Puesto a presionar a mi asistente, logré también que la cita fuera en su club. Empezaba a comprender las reglas de la hermética sociedad londinense, donde el pertenecer a un club o a otro marca la diferencia, y el de Richard era inmejorable.

Charles Graham se parecía a Richard aunque vestía de manera más formal. Mientras que a Richard le gustaba aparentar cierta informalidad, Graham no se salía del guión previsto para alguien que trabajaba en el Partido Conservador.

Había decidido que fuera Richard quien le vendiera nuestros servicios, persuadido de que a él le resultaría más fácil convencer a un amigo de la universidad, pero su falta de entusiasmo me obligó a tomar las riendas de la conversación.

No lo debí hacer muy mal porque Graham pareció creer que nosotros ofrecíamos algo más que el resto de las agencias de publicidad. Prometió hablar con su jefe y conseguirnos una cita.

Cumplió. Dos días más tarde, Richard y yo estábamos sentados delante de uno de esos políticos grises que habitan en todos los aparatos de los partidos. Fue directo al grano. Las elecciones locales serían en seis meses y había un buen número de nuevos candidatos a los que les vendría bien una «puesta a punto». Si nuestra oferta económica era mejor que la de otras agencias, el trabajo era nuestro.

No le habíamos engañado respecto a que nosotros podíamos

aportar un plus diferente al del resto de las agencias de publicidad. Aquel hombre era práctico. Sabía que Richard era hijo de Philip Craig, uno de los banqueros más renombrados de la City, y que su madre, lady Veronica, era famosa por organizar las mejores cacerías del zorro, a las que en numerosas ocasiones asistían incluso los miembros de la familia real.

Richard me había advertido de que no era de caballeros hablar de dinero durante el almuerzo, pero aquella misma tarde envié al despacho de su amigo una propuesta detallada de todo lo que podíamos hacer por sus candidatos y el coste total. Me llamó al día siguiente para decirme que el trabajo era nuestro.

—Lo hemos conseguido —le dije entusiasmado a Richard.

—Bueno, ahora viene lo difícil, porque realmente el presupuesto que has dado es demasiado bajo. No creo que a Scott le guste.

—Deja de preocuparte por Scott —respondí malhumorado.

Pero había logrado preocuparme. De manera que me presenté en el despacho de Scott con la confirmación de la aceptación del presupuesto y la cita para el día siguiente en que firmaríamos los términos acordados.

Scott me recibió de inmediato y me invitó a sentarme ofreciéndome una taza de té. La sonrisa se le fue agriando según me escuchaba y hojeaba el dossier.

¿Cómo te atreves a tomar decisiones sin consultarme? Nuestra agencia no trabaja para los partidos políticos. Denis y yo siempre lo hemos tenido claro: no queremos enfangarnos con las peleas de gallos, que es exactamente lo que son las elecciones. Tenemos amigos en todos los partidos, entre los conservadores, los laboristas, los liberales… Llama a Graham y dile que ha sido un error, que te has equivocado, que eres nuevo y no tenías idea de los pormenores de la actividad de nuestra agencia y, por tanto, desconocías que no trabajamos para partidos políticos. Arregla esta mierda y luego… hablaré con Denis. Chico, nos has fallado.

—Le diré a Richard que llame a Graham. Ha sido un placer conoceros.

Me levanté dispuesto a salir del despacho. No había más que hablar. No les iba a dar la oportunidad de despedirme porque eso era exactamente lo que iban a hacer.

—¡Quédate ahí! —gritó Scott.

Sopesé durante unos segundos si quedarme o irme, al final opté por permanecer de pie mirándole con indiferencia.

—¿Me quieres explicar por qué nos has metido en este lío?

—La cuenta de resultados de la agencia lleva estancada los tres últimos años. No habéis crecido y os está costando mantener a todos vuestros clientes. De hecho, incluso habéis aceptado alguna campaña menor. Los políticos son un filón que cualquiera intentaría explotar. Su mayor preocupación es convencer a los ciudadanos para que los voten. Son vanidosos y no saben nada de técnicas de comunicación, de manera que están dispuestos a comprar humo con tal de que se lo envuelvan bien.

»He estado estudiando en qué sectores podría crecer la agencia, y el de los políticos es el más fácil y rápido.

»Yo no hago milagros, Scott; me has contratado para que haga algo que saque a la agencia de su estancamiento. Pues bien, ya lo he hecho. No estás de acuerdo, de acuerdo, por mí no hay problema. Me marcho.

—¡Siéntate!

—La conversación se ha terminado. —Mi aplomo me divertía.

Scott estaba telefoneando a Denis pidiéndole que acudiera a su despacho. Mientras esperábamos nos mirábamos en silencio. Me di cuenta de que detrás de la apariencia de hombre resuelto que a Scott le gustaba dar en realidad se escondía alguien frágil.

Denis Roth entró con aire despreocupado. Me sonrió como alguien que está dispuesto a escuchar una buena noticia.

Scott le puso al tanto y mientras me fijé cómo, de manera imperceptible, a Denis se le movía un músculo facial. Un tic que cuando estaba nervioso se le disparaba muy a su pesar.

—Nos has metido en un buen lío —dijo Denis.

—Yo no lo veo así, pero no es mi agencia, de manera que las cosas están claras. Me marcho.

—¿Qué ventajas tiene trabajar para los políticos? —preguntó Denis malhumorado.

—El dinero. Pagan bien. Y es el único sector donde en este momento podéis crecer. Si ésta fuera mi agencia, probaría no sólo en el Reino Unido sino en todos los países de la Commonwealth. Creo que en un par de años podríais aumentar un treinta por ciento las ganancias.

—Has sobrepasado tus competencias —me interrumpió Roth.

—O trabajo con las manos libres o no trabajo. Hace tiempo que dejé la escuela. Me pedisteis resultados y os he puesto sobre la mesa un contrato —repliqué con chulería.

—Una mierda de contrato —apostilló Scott.

—Sí, el presupuesto es bajo. Pero era la única manera de convencer a vuestros amigos conservadores de que cambien de caballo, ¿por qué, si no, habrían de hacerlo? Confían en esta agencia por su prestigio, sí, pero saben que no tenéis experiencia en marketing político. Ofrecer unos costes razonables es una manera de empezar. Les hemos ofrecido un pack básico, pero podemos ofrecerles mucho más, y cada extra supondrá dinero.

»Señores, está claro que todos nos hemos equivocado. Ahora, si me lo permitís, voy a recoger mis cosas…

Salí del despacho sin darles tiempo a responderme. Richard me estaba esperando en el pasillo.

—¿Te han despedido? —preguntó.

—Me he despedido yo.

—Eres el jefe más breve que he tenido.

—Bueno, no desesperes, siempre hay alguien dispuesto a conseguir otro récord.

No tenía demasiadas cosas en el despacho que me habían asignado. En realidad nada personal, salvo una cartera de motorista que había visto en una tienda cerca de mi nuevo apartamento y que compré sin mirar el precio gracias al dinero ganado en Green. Iba a despedirme de Maggie, pero ella no me dejó ni hablar.

—Ve al despacho de Scott. Parece impaciente por hablar contigo.

Dudé. No me gustaban las escenas y yo daba por concluida mi experiencia en Scott & Roth, pero al final la curiosidad ganó la partida.

Scott parecía igual de nervioso que Denis. De hecho, iba de un lado a otro del despacho como si tuviera ganas de escapar de allí.

—No nos gusta lo que has hecho, pero hecho está. Hay que tratar de minimizar los daños. Tendrás que presentar la misma oferta al resto de los partidos y, sobre todo, garantizar una exquisita neutralidad. Nosotros enseñaremos técnicas de comunicación, pero no nos meteremos en los contenidos. No inventaremos ningún eslogan, ni nos implicaremos con los candidatos. Sólo les enseñaremos a comunicar. —Denis soltó la parrafada sin darse tiempo para respirar.

—¿Y bien? —preguntó Scott.

—No sé… No creo que después de esto pueda sentirme a gusto en la agencia. Ni tampoco creo que vosotros confiéis en mí. Se ha quebrado algo y…

Scott dio un puñetazo sobre la mesa y por cómo me miraba pensé que estaba dispuesto a propinarme otro a mí.

—¡Corta el rollo, Thomas! No eres más que un aficionado que te crees alguien porque te ha salido bien por casualidad la operación de Green, de manera que no nos sueltes un discurso de caballero ofendido, no te va el papel. —Scott me miraba con ira mientras hablaba.

—Lo hecho, hecho está, Scott, y no es nuestro estilo lamentarnos. Veremos si podemos sacar algo de todo este lío. ¿Tienes claros cuáles son los límites, Spencer? Scott & Roth no se encargarán de campañas electorales, sólo de enseñar técnicas de comunicación. Y ahora no perdamos más el tiempo. Tienes mucho trabajo por delante —sentenció Denis.

Me encogí de hombros. No estaba muy convencido de renunciar a mi papel de chico listo que no necesita a nadie, pero pensé que era mejor no quedarme sin trabajo.

Richard aguardaba ante la puerta del despacho y me hizo un gesto para indicarme que a él también le habían llamado.

—¿Te han despedido? —me preguntó Maggie cuando me vio.

—Hace un rato estaba fuera, ahora parece que estoy dentro; no lo sé, pero tampoco me importa mucho.

—Dichoso tú que no necesitas un sueldo a fin de mes.

—Es lo que tiene tener padres ricos —le respondí con evidentes ganas de fastidiarla.

—Sí, así es —asintió ella.

Richard no me lo dijo pero no hacía falta ser muy listo para saber que Scott y Denis le habían encargado que me vigilara y los informara de cualquier cosa que se me ocurriera. Él aceptó. Sabía que de mí no podía esperar nada.

Pasamos un par de semanas reuniéndonos con políticos de todos los partidos para venderles nuestro dossier. No ofrecíamos nada nuevo excepto un buen precio por nuestros servicios y la promesa de que sus candidatos aprenderían en tiempo récord cómo relacionarse con los medios de comunicación. Para mi sorpresa, nos compraron la mercancía y conseguimos que nos pusieran en contacto con sus candidatos para que el que quisiera recurriera a nuestros servicios. El partido pagaría una parte, el candidato otra.

—Tenemos una treintena de candidatos conservadores, más o menos los mismos laboristas, pero los liberales se nos están resistiendo un poco más. ¡Ah! Y esta mañana ha llamado un tal Roy Parker, dice que quiere hablar con nosotros, que representa a un buen número de vecinos de distintas localidades del condado de Derbyshire. Asegura que están hartos de los partidos tradicionales y quieren probar suerte en las urnas ellos mismos. Al parecer se van a presentar en diez o doce distritos —me informó Richard.

—¿Y dónde está ese condado?

—Más o menos en el centro de Inglaterra, cerca de Manchester, en la zona de las Midlands. Viven de la leche y de las ovejas.

—Ya. Bueno, no creo que nos interese —respondí displicente.

—Si tú lo dices… —Richard no se inmutaba por nada.

—No está mal lo que hemos conseguido hasta ahora, ¿no crees?

—Bueno, tampoco es que estemos teniendo mucho éxito —respondió desdeñoso.

—Tu amigo Graham podría implicarse más y conseguirnos más candidatos a alcaldes, ¿no te parece? —Era mi manera de fastidiarle.

—Mi amigo Graham no es el jefe del Partido Conservador, deberías agradecerle que tengamos más de treinta de sus candidatos.

La siguiente fase tampoco era fácil. Necesitábamos que alguien de la televisión hiciera de «profesor» de aquellos aspirantes a alcaldes. Alguien que supiera enseñarles a mirar a la cámara y qué gestos podían o no hacer. Maggie sugirió que buscáramos en la universidad.

—Los profesores no cobran mucho, alguno habrá que quiera colaborar.

Tenía razón y encontramos media docena de supuestos expertos en televisión. En realidad ninguno de ellos se había puesto jamás delante de una cámara, pero habían sido chicos aplicados que, una vez terminados los estudios, se habían quedado haciendo carrera en la propia universidad, de manera que se sabían la teoría y nada más. Pero como no teníamos nada mejor, los contratamos.

—Tú y yo les enseñaremos cómo vestir, cuál es la corbata adecuada y cosas así —le propuse a Richard.

—¿Y por qué nosotros? Además, tú mismo dijiste que los candidatos conservadores nacen con la corbata puesta.

—Pero no todos, también tenéis unos cuantos candidatos de esos que tanto gustan a la prensa porque dicen de ellos que son hombres hechos a sí mismos. Además, tenemos unos cuantos laboristas como clientes, y ésos no han estudiado en Oxford como tú. Y ¿sabes por qué les enseñaremos nosotros? Porque, como dice Maggie, somos chicos ricos a los que desde pequeños les han enseñado a no meterse el dedo en la nariz. Sabemos qué hay que ponerse para ir a cenar o cómo resultar elegantes aun vestidos de manera informal —respondí como un fatuo malhumorado. Richard siempre ponía «peros» a mis propuestas.

—¿De verdad crees que los candidatos no saben qué corbata tienen que elegir? —contestó a su vez, equiparando su malhumor al mío.

—Hasta ahora nos hemos reunido con unos cuantos paletos que quieren ser alcaldes de unos pueblos que están fuera del mapa. Pero tienen ambición, de manera que están deseando que alguien les diga que no deben ponerse una corbata a cuadros para ir a cenar.

—¿Y qué pasa con Roy Parker? Ha llamado media docena de veces. Quiere contratarnos —me recordó Richard.

—El paleto… Olvídale, es un pez demasiado pequeño.

La primera profesora que contraté fue Janet McCarthy. No sé por qué lo hice, supongo que por el apremio de Richard.

Ni alta ni baja, ni gorda ni delgada, ni rubia ni morena, por lo único que destacaba era por la vivacidad de sus ojos castaños.

Daba clases de teoría de la comunicación y jamás había pisado un plató de televisión ni sabía cómo era un estudio de radio. Pero estaba dispuesta a hacer horas extras, ya que su sueldo como profesora era exiguo y soñaba con unas vacaciones en el Caribe.

El segundo candidato era un conocido de Richard, Philip Sullivan. Había sido profesor de comunicación en la Universidad de Londres, de la que le habían invitado a marcharse discretamente puesto que le gustaba meter las narices donde no debía. Vamos, que era un buen conocido de los hackers aunque su aspecto era el contrario al de éstos. Sullivan iba repeinado, con gafas de pasta, alto y delgado, y siempre llevaba una ridícula pajarita en vez de corbata. La informática parecía no tener secretos para él.

—Vaya con tu amigo, así que estuvieron a punto de condenarle por meterse donde no debía: nada menos que en el correo privado del príncipe de Gales —comenté con Richard mientras dudaba en si contratar a Sullivan o no.

—En realidad el culpable no fue Philip y así quedó demostrado en el juicio.

—Cuéntame ese cuento…

—Como te habrás dado cuenta, Philip… bueno… te habrás fijado en que…

—Que es homosexual. ¿Es eso lo que quieres decir? —Me exasperaba lo políticamente correcto que era Richard.

—Hace dos años vivía con un periodista, el chico ejercía como *freelance* sin demasiado éxito. No se le ocurrió otra cosa que intentar hackear el sistema informático del Banco de Inglaterra para poder vender algún secretillo a alguno de los tabloides de Londres. Pero le pillaron. El problema es que utilizaba el ordenador de Philip y éste tuvo que ir a declarar, pero su amigo le exoneró de toda responsabilidad.

—Supongo que después de ese acto honorable, Philip se casaría con él para compensarle y, una vez casados, serán felices y comerán perdices. —No me resistí a la ironía.

—Pues no. Philip se enfadó muchísimo y aunque le ayudó pagándole un buen abogado, le echó de su casa y terminaron la relación. Aquel asunto le perjudicó y en la universidad prefirieron no renovarle el contrato; ahora está sin trabajo.

Le contraté. Yo no tenía ningún talento para las nuevas tecnologías, pero sabía que en la era de la comunicación era imprescindible contar con alguien para el que la informática no tuviera secretos. A los políticos les encantaría.

A pesar de la insistencia de Richard, me negué a contratar a más personal. Me rondaba una idea en la cabeza. Cathy Major. Sin duda no me habría perdonado lo de Green y tenía razón en pensar que yo era un miserable del que no se podía fiar. Pero quizá aceptaría mi oferta, puesto que seguía sin encontrar un empleo en la City y sobrevivía haciendo trabajos esporádicos.

Cathy tenía talento, era una auténtica experta en publicidad, y encandilaría a esa ristra de políticos que nos habían contratado. Era atractiva, elegante y sabía moverse entre la alta sociedad. Sí, necesitaba a Cathy.

Richard no estuvo de acuerdo con mi idea de que trajera a Cathy, y Maggie torció el gesto cuando se enteró.

—Si tuviste problemas con ella una vez, volverás a tenerlos —sentenció mi experimentada secretaria.

—En realidad fue ella quien tuvo problemas conmigo. Le birlé el trabajo y la comisión.

—No te lo perdonará nunca e intentará devolverte la jugada —me advirtió Maggie.

—Sí, claro que lo intentará, pero cuando llegue el momento volveré a dejarla fuera de juego.

—Si es que puedes —murmuró Richard.

Me divirtió llamar a Cathy y me sorprendió que no me colgara el teléfono.

—Tengo una propuesta que hacerte, ¿te parece que cenemos esta noche? Elige el lugar, yo sigo sin conocer los sitios que merecen la pena en Londres.

—A las siete en Le Gavroche, está en Mayfair. Cualquier taxista te llevará. —Y colgó sin preguntarme nada.

No sé si Cathy decidió impresionarme aquella noche, pero el caso es que las miradas de los hombres se concentraron en ella mientras se dirigía a la mesa en la que yo la esperaba.

Un vestido negro recto, unos zapatos de Jimmy Choo de tacones kilométricos, unos pendientes de piedras multicolores… No sé qué era, pero resultaba espectacular.

Fui a darle un beso, pero me esquivó y se sentó sin darme tiempo a retirarle la silla.

¿Qué quieres proponerme? Porque supongo que si me has llamado es porque me necesitas para algo.

El tono duro de su voz me indicó que continuaba profundamente resentida pero que estaba dispuesta a hacer negocios conmigo, si eso la sacaba del pozo al que yo la había enviado.

No perdí el tiempo y le expliqué lo que quería de ella. Me escuchó en silencio sin interrumpirme hasta que terminé mi perorata. Cathy me observaba como si no estuviera interesada en mi propuesta, pero yo sabía que no era así.

—Antes de responderme, ¿por qué has accedido a cenar conmigo?

—Porque trabajas para Scott & Roth, que es una de las agencias más respetadas del sector.

—¿Eso te hará aceptar mi propuesta?

—Ya veremos, puedo aceptar con condiciones.

Estuve tentado de responder que sus circunstancias no le permitían ponerme condiciones y que la prueba es que estaba allí cenando conmigo. Pero me callé. Una vez más, era yo el que la necesitaba y Cathy, a pesar de su situación precaria, era muy capaz de levantarse sin aceptar mi oferta.

Su principal condición era un contrato blindado con una buena indemnización en caso de despido. También que fuera Scott el que dirimiera entre ambos si surgían conflictos.

—Así que pretendes jugar con árbitro. Pensaba que tenías más confianza en ti misma.

—Y la tengo, Thomas, y la tengo. En quien no confío es en ti. A Mark Scott hace años que le conozco y es un tipo decente, de manera que prefiero que él tenga la última palabra.

—Es el dueño de la agencia, así que siempre tendrá la última palabra —respondí con fastidio.

—Esta conversación prefiero tenerla con él delante.

—No estás en condiciones de… —No pude continuar porque Cathy me interrumpió.

—Sí, sí que estoy en condiciones. Eres un hijo de puta, Thomas, y no me la volveré a jugar contigo. Si me has llamado es porque crees que puedo hacer el trabajo, de lo contrario no te habrías arriesgado a que te dijera que no.

—Soy el responsable del departamento y no quiero que quienes trabajan para mí tengan su lealtad dividida.

—Yo no te seré leal, Thomas; sólo trabajaré en tu departamento. En realidad mi jefe será Mark Scott y es él quien quiero que sepa en todo momento qué tarea estoy desarrollando.

—Estás en el paro, Cathy, y, que yo sepa, nadie te ha ofrecido náda que merezca la pena. Soy yo quien te brinda un empleo y pretendes que dé el visto bueno a que me puentees con Scott.

—Eres tú quien me ha llamado.

—Y si estás aquí es porque necesitas un buen trabajo.

—Thomas, no he venido a discutir contigo. Piénsalo. Ya sabes mi número. ¡Ah!, y gracias por la cena.

Cathy se levantó sin darme tiempo a replicar. Salió del restaurante con paso firme ignorando las miradas, que de nuevo se concentraban en su trasero y en sus larguísimas piernas.

Decidí pasar el resto de la noche en casa de madame Agnès. Era un lugar como cualquier otro para tomar una copa en compañía de una mujer hermosa. Tan hermosa como Cathy o más. Las chicas de madame Agnès se distinguían por su belleza.

Llamé a Cathy a la mañana siguiente después de hablar con Scott, que para ese momento parecía haber perdido el entusiasmo que mostró al contratarme.

—Claro que sé quién es Cathy Major y había oído hablar de que tuvisteis ciertas desavenencias y que ella se quedó fuera del asunto de Green. Así que no se fía de ti… Chica lista.

—Quiere que tú sepas en cada momento en qué está trabajando. Quizá podrías ponerla en su sitio dejándole claro que el jefe del departamento soy yo y que tú eres el superjefe y no se te puede estar molestando con tonterías.

—Estaré encantado de aceptar sus condiciones y reunirme de vez en cuando con la señorita Major, de manera que si quieres contratarla, hazlo —consintió Mark para fastidiarme.

Lo hice aun sabiendo que Cathy y Mark terminarían siendo aliados y laminándome a poco que pudieran. Si yo continuaba en la agencia era por Denis Roth, a quien seguramente le importaba más que los números le cuadraran que los escrúpulos de Mark Scott.

Janet McCarthy, Philip Sullivan y Cathy se incorporaron a mi equipo, que hasta ese momento lo integraban mi ayudante Richard Craig y Maggie.

Cathy simpatizó de inmediato con Janet, a la que convirtió a su vez en su ayudante. En cuanto a Philip Sullivan, decidí que nos serviría para ofrecer a los candidatos un departamento de nuevas tecnologías para contactar con sus electores. Eso sí, ese servicio no entraba en el pack y lo pagarían aparte.

Las cosas no eran tan fáciles como yo me las prometía. Teníamos que viajar a lo largo y ancho del Reino Unido para trabajar con todos y cada uno de los candidatos que habían contratado nuestros servicios. Ninguno estaba dispuesto a desplazarse a Londres, puesto que el tiempo corría y dedicaban cada minuto en recorrerse su circunscripción saludando a sus vecinos y prometiéndoles convertir sus pueblos y ciudades en paraísos si resultaban elegidos como alcaldes.

La presencia de Cathy era determinante. En cuanto el candidato la veía, parecía aceptar de buena gana todas sus recomendaciones. Una mujer atractiva, bien vestida y con tanta personalidad seguro que sabía lo que se traía entre manos.

Habíamos contratado a un equipo de televisión y otro de radio, que nos acompañaban y montaban estudios improvisados donde podían para que los candidatos recibieran sus lecciones particulares de cómo mirar a una cámara o si debían o no mover las manos.

Janet les daba una charla exponiéndoles todas las teorías académicas al respecto. En realidad me di cuenta de que los candidatos disfrutaban de aquellas sesiones. Durante tres o cuatro días, que era lo que duraba el cursillo, jugaban a ser actores. Se dejaban manejar sin rechistar aceptando de buen grado todas nuestras sugerencias. «Su lado bueno es el izquierdo», «Tiene unas manos bonitas, muévalas, enfatice su mensaje a través de las manos», «Busque siempre la luz roja que está situada encima de alguna de las cámaras; es la que le está enfocando», «No se enfade nunca, le pregunten lo que le pregunten», «Sea elegante con el adversario, no se le ocurra mostrar su superioridad». Éstos eran algunos de los lugares comunes que les repetíamos, además de que Cathy les aconsejara cómo concentrar los mensajes de su campaña haciéndolos atractivos para sus potenciales electores. «Hablen de lo que la gente quiere escuchar, no de lo que ustedes consideran importante», «Son elecciones locales; sus vecinos necesitan que usted les garantice que va a desaparecer el bache que está delante de la puerta de su casa, no que les explique cómo resolver el problema de Oriente Próximo».

Richard cumplía con el papel que le había asignado aconsejando a algunos de aquellos hombres cómo vestir, incluso acompañándolos a comprar la ropa adecuada para sus apariciones públicas.

«Huyan del marrón, es un color que no favorece; opten por los azules y los grises.» «Si usted quiere ser alcalde de este pueblo, no se ponga corbata. Están en medio de la campiña y aquí la corbata está de más. Vista como siempre.»

Me divertía que nos pagaran por aquellos consejos sacados de unos cuantos manuales.

Los candidatos, tanto los conservadores como los laboristas, corrieron la voz entre los suyos de lo que hacíamos y firmamos unos cuantos contratos más, lo que me impedía tener tiempo siquiera para responder a las innumerables llamadas de aquel Roy Parker que no pertenecía a ningún partido y que se empeñaba en que nos hiciéramos cargo de su campaña. Sus llamadas a la oficina eran constantes y Maggie estaba tan harta que me pidió que al menos hablara con él y le dijera personalmente que no podíamos ocuparnos de sus candidatos.

—Entonces ¿para qué te necesito a ti si tengo que perder el tiempo con un paleto? —respondí malhumorado.

Los viernes regresábamos a Londres y por la tarde solíamos reunirnos para planificar la semana siguiente y hacer balance de lo hecho hasta el momento.

En la agencia no solía quedar mucha gente puesto que el fin de semana es sagrado para los británicos, aunque tanto Mark Scott como Denis Roth a veces nos sorprendían presentándose en nuestra sala de reuniones para que los informáramos de nuestros avances. No querían que se les fuera de las manos la aventura en que los había embarcado, por más que sus amigos del Partido Laborista y del Conservador los felicitaban por nuestros eficientes servicios.

Denis nos repetía que anduviéramos con pies de plomo, ya que trabajar para los dos partidos era harto comprometido.

Una de esas tardes, cuando estábamos terminando nuestra reunión habitual, Maggie nos interrumpió.

—El señor Parker quiere verte —me anunció conteniendo las ganas de reír.

—No está citado —repliqué.

—No, no lo está, pero resulta que ha venido hasta Londres y dice que no se marchará sin verte. Tú dirás qué le digo.

—Que se marche. No recibo a nadie sin cita previa.

La puerta se abrió y en el umbral se dibujó la figura de un hombre alto y corpulento, de cabello rojizo y unos ojos de un azul tan intenso que asustaba. Parecía no saber qué hacer con sus manos grandes de campesino. Primero nos miró con rabia, luego respiró hondo y habló:

—Siento interrumpirles, pero hace dos meses que intento hablar con usted, señor Spencer, pero al parecer usted no ha encontrado el momento ni de ponerse al teléfono. Bien, aquí estoy, de modo que hablaremos. ¿Ésta es su gente? Encantado, soy Roy Parker.

Fue dando la mano uno por uno ante el estupor de todos nosotros. Su mano grande envolvía las nuestras apretándolas de tal manera que no había forma de retirarla hasta que él no decidía soltarla.

—Señor Parker, siento no haber podido responder a sus llamadas pero estamos muy ocupados y, como mi secretaria ya le ha dicho, no tenemos tiempo de ocuparnos de su campaña. —Logré decirlo de un tirón con la esperanza de que saliera de la sala y desapareciera para siempre. Pero era una estupidez por mi parte esperar algo así. Roy Parker se había presentado en Londres porque era de ese tipo de hombres que no admiten un no.

—Hablaremos, señor Spencer, y después de que hablemos ya veremos qué decide hacer. ¿Tiene secretos con su gente? Si no los tiene, le expondré lo que quiero delante de ellos —dijo con tal firmeza que me descolocó.

—Ya hemos terminado la reunión. Bien, chicos, nos vemos el lunes en la estación —dije a mi equipo, y luego añadí—: Puedo disponer de unos minutos, pero tengo compromisos y he de marcharme —le dije a Parker.

Maggie me miró esperando que la liberara de tener que quedarse en el despacho. Era viernes y estaba deseando regresar a su casa. Le indiqué que se marchara, aunque me arrepentí. Aquel hombre me producía cierta inquietud y de repente me pareció que no era buena idea quedarme a solas con él en el despacho.

—¿Y bien, señor Parker...?

—¿Por qué no quería hablar conmigo? Lleva dos meses esquivándome.

—Verá, tenemos mucho trabajo, más del que podemos absorber, y respetamos demasiado a nuestros clientes como para asumir encargos que no podemos realizar con la profesionalidad y el tiempo que requieren.

—¿Y cuál es el método de selección? Por lo que sé, tiene un buen número de clientes laboristas y conservadores ansiosos por convertirse en alcaldes. Precisamente ha sido nuestro alcalde el que me habló de su agencia. Es laborista y el hombre ha decidido retirarse; ha cumplido los setenta y quiere descansar.

—Así que usted es laborista...

—No, yo no soy nada. Estoy harto de los laboristas y de los conservadores. Yo y muchos otros. Vivo en una región donde a los grandes políticos sólo los vemos en la televisión. A nadie le importamos y nadie nos importa. Hemos formado un grupo y vamos a presentarnos a las elecciones.

—Ya. ¿Y quiénes han formado ese grupo?

—Hombres como yo y de otros pueblos pequeños como el mío. Somos independientes. Queremos gobernar nuestros pueblos de acuerdo con lo que necesita la gente. No prometemos nada que no podamos hacer y nadie nos va a exigir más de lo que saben que se puede hacer. Nuestros votantes son nuestros vecinos.

Escuchando a Parker me imaginé pueblos perdidos donde todos se conocen y sus únicas aspiraciones son que les asfalten los caminos vecinales o les construyan un asilo. Tenía que decirle que no nos íbamos a hacer cargo de la campaña de rudos campesinos.

—Me parece muy loable su empeño, pero me temo que los servicios que nosotros prestamos no son los que a ustedes les pueden interesar.

—Sí, sí que nos interesan. Esos lechuguinos de los partidos se las saben todas. Aunque no sean tan rudos como nosotros, el haber formado parte de los grandes les ha enseñado unas cuantas cosas.

—No creo que ustedes vayan a participar en ningún debate en televisión…

—Pues sí, lo haremos. Si ellos van a la televisión, nosotros también. Haremos lo que haya que hacer, sólo necesitamos que nos enseñen cómo defendernos de ellos.

—Hay otras agencias más acordes con lo que usted me está planteando… Si lo desea, le recomendaré alguna agencia de las que operan por su región. Mi secretaria le telefoneará el lunes, ¿le parece bien?

—No, señor Spencer; queremos contratar a Scott & Roth. Podemos pagarles.

—Lo siento, señor Parker, pero ya le he dicho que no disponemos de tiempo; somos una empresa responsable, no asumimos lo que no podemos hacer. Yo podría enviarle a alguno de mis chicos un par de días, le enseñaría unas cuantas generalidades y luego le pasaría una factura que le produciría escalofríos. Puede que otras agencias lo hagan, pero nosotros no.

—No acepto su negativa.

—Ni yo comprendo su empeño en que sea Scott & Roth quien se encargue de su campaña y de la de sus amigos. Hay otras muchas agencias en la City, busque la que más le convenga. —Me estaba enfadando. No comprendía la tozudez de ese hombre.

—Sí, así es, hay muchas agencias, pero nosotros queremos contratar la suya. Nuestro dinero vale tanto como el de los conservadores y los laboristas. No le pagaremos más pero tampoco menos.

—Señor Parker, me doy cuenta de que es usted uno de esos hombres que no están dispuestos a que nadie les lleve la contraria. Aun así, le reitero que no podemos hacernos cargo de su campaña ni de la de sus amigos. Por favor, no insista.

Roy Parker ni se inmutó. Continuó sentado ante mí mirándome de arriba abajo como si estuviera evaluando qué hacer conmigo. La tozudez de aquel hombre me resultaba insoportable y pensé en llamar a seguridad para que se lo llevaran por las buenas o por las malas de mi despacho.

—Claro que se hará cargo de mi campaña, de ésta y de todas las demás. Voy a dar mi primer paso en política, ser alcalde es una manera de empezar. No estaré mucho tiempo. Lo que quiero es llegar aquí, a Londres, sentarme en el Parlamento. Pero eso no será suficiente; seré ministro, es lo menos a lo que aspiro.

—Me alegra saberlo, señor Parker, y puesto que la reina ya tiene heredero, es mejor que no aspire a más

—Guárdese sus ironías de señorito de ciudad. Sé lo que quiero y usted me ayudará a conseguirlo.

—¿Por qué yo, señor Parker?

—Porque usted es un hombre sin principios pero inteligente y cobarde. Llega al límite pero sin sobrepasarlo. Su instinto de supervivencia le hace frenar cuando llega al borde del abismo.

Durante unos segundos no supe qué decir. Me sorprendió la descripción precisa que había hecho de mi personalidad. Ni yo mismo habría sido capaz de definirla con tanto acierto. Pero me molestó que se hubiera atrevido a hacerlo. Además, ¿cómo sabía que yo era así?

—Usted no me conoce, pero sobre todo no es quién para

hacer juicios de valor sobre mí. La conversación ha terminado, señor Parker. Llamaré a seguridad para que le acompañen a la puerta.

—He estudiado detenidamente todo lo que se dice sobre usted: su pelotazo con Green, cómo se quitó de en medio a una tal señorita Major y logró que dos aprendices de constructores arruinados firmaran un contrato con un tal señor Li, al que también persuadió de que Green era un gran negocio. A todos los convenció de que no tenían otra opción. Los periódicos hablaron de usted, señor Spencer... Le presentaron como un prometedor ejecutivo del negocio publicitario. He estudiado pormenorizadamente los pasos que dio, cómo actuó, y es lo que me convenció. Sí, le he estudiado a fondo. Incluso sé cosas de usted que ni imagina.

—Se acabó, señor Parker. Ha sobrepasado todos los límites.

Levanté el teléfono para llamar a seguridad, pero no me dio tiempo: la mano de Parker se cerró sobre la mía obligándome a colgar.

—Firmemos un contrato, señor Spencer. Estoy seguro de que nos entenderemos. Puede que incluso lleguemos a ser amigos.

—No.

—Claro que sí, no tiene ningún motivo para negarse.

—Trabajo para quien quiero.

—No, usted trabaja para la agencia Scott & Roth, y son sus jefes los que tienen la última palabra sobre a quiénes aceptar como clientes. Evíteme tener que usar ciertas influencias, señor Spencer. Es mejor que acepte mi propuesta y que no le obliguen a hacerlo.

Roy Parker me irritaba pero, a pesar de su osadía, no lograba que me cayera mal. Desprendía tal fuerza y confianza en sí mismo que me sentía desarmado ante él.

—Nadie puede obligarme a lo que no quiero hacer. Soy un hombre libre, señor Parker. Y ya que parece saber tanto de mí, debería saber que puedo prescindir de este empleo, no lo necesito para vivir.

—Lo sé. Es usted un chico rico de Nueva York. Su padre es un abogado prestigioso con los contactos necesarios para encontrarle un trabajo de inmediato. Pero haremos grandes cosas juntos, señor Spencer; ya verá, se terminará divirtiendo. Y cuanto antes empecemos a trabajar, mejor será para ambos. Ya le he dicho adónde quiero llegar y no me sobra el tiempo. Tengo cuarenta años.

—Hasta ahora todo lo que ha dicho me ha confirmado que no debo trabajar para usted —insistí, cansado de aquel duelo.

—Le invito a cenar, señor Spencer; hablaremos delante de un buen vino. Los hombres se conocen mejor cuando beben juntos una buena botella. Mi fuerte no es la diplomacia, y digo más de lo que debiera, pero no soy un mal tipo. No perderá nada por cenar conmigo.

—Tengo otro compromiso.

—No lo creo. Si fuera así me habría echado hace un buen rato. Creo que le caigo bien, muy a su pesar, pero le caigo bien. No sabe cómo clasificarme y se pregunta por qué me ha aguantado todo lo que le he dicho. He sido un poco torpe, lo reconozco. Bien, para eso le necesito a usted.

—Hay otros que pueden ayudarle. Yo no soy el mejor de este negocio, señor Parker.

—Pero yo siempre me rodeo de hombres que no sean como los demás, por eso me he empeñado en contratarle. Usted es de Nueva York, no tiene los prejuicios clasistas de los británicos y no se siente concernido por las cosas de aquí. Tanto le dan los conservadores, los liberales o los laboristas, o cómo le vaya a este puñetero país.

—¿Quién dijo que le recomendó que me contratara?

—Alguien a quien usted no conoce, pero que ha oído que algunos aspirantes a alcaldes habían optado por los servicios de Scott & Roth y que al frente del departamento de comunicación política habían puesto a un norteamericano. A partir de ahí me puse a indagar para saber si usted era el hombre adecuado. Lo es, no tengo la menor duda.

Eran más de las siete. Hacía un buen rato que no quedaba nadie en el edificio salvo los de seguridad. Yo no tenía ningún compromiso aquella noche más que el de llegar a mi apartamento, servirme un whisky, pedir una pizza o comida china por teléfono, poner un CD y escuchar a Sting o quizá ver alguna vieja película en la televisión.

Tenía hambre, quizá cenar con Roy Parker no fuera una mala idea. El hombre me interesaba y me irritaba a partes iguales. Una buena cena no me comprometía a nada.

—Cenaremos en el Aubergine y tienen una buena carta —le dije mientras me levantaba y me ponía la chaqueta.

—Supongo que tendrán una buena bodega. No soporto los malos vinos.

—Desde luego, señor Parker; sólo es cuestión de llevar dinero en la cartera. Pero, por lo que dice, ése no es su problema. Llamaré mientras vamos hacia allí.

Fue un acierto cenar con Roy Parker. Nunca me he arrepentido de haber cedido a su insistencia. Durante muchos años fuimos casi inseparables. Nos respetábamos sin ser amigos; nunca lo fuimos ni buscamos serlo. Lo que nos ha unido ha sido más fuerte que la amistad y mucho más profundo.

Roy Parker se había casado con una de las mujeres más ricas del condado de Derbyshire, una región que no daba más que lana de oveja. Los padres de su esposa eran los propietarios de la cabaña más grande de la zona; además, poseían una fábrica en la que transformaban la lana que luego vendían al por mayor.

Su esposa era hija única y heredera de aquel imperio rural que ahora dirigía Roy, puesto que su suegro había ido delegando en él las empresas.

—Suzi es una mujer increíble —me dijo de su esposa—, es lista y trabajadora. Es ella quien me ha animado a no conformarme con lo que tenemos. Ya la conocerá; le gustará, verá que es difícil engañarla. Tiene instinto y además es guapa, la chica más linda del condado. Quizá usted la encuentre un poco rústica, pero aprende rápido.

Me enseñó una foto en la que aparecía junto a una pelirroja con aspecto descarado y dos críos igualmente pelirrojos.

—Es Suzi con mis dos hijos, Ernest y Jim. Son dos diablos pero con buen fondo.

Aquella noche nos bebimos durante la cena un par de botellas de Château Margaux, además de dos o tres bourbons a los que le invité yo. Roy me expuso sin tapujos lo que quería y lo que estaba dispuesto a pagar para obtenerlo. Incluso me propuso que dejara Scott & Roth y me dedicara a trabajar en exclusiva para él.

—No sería buena idea, al menos al principio. Soy un recién llegado, no conozco a nadie relevante en Londres. Necesito la agencia durante un tiempo. Las puertas se abren si llamas en nombre de Scott & Roth y usted va a precisar que se abran muchas puertas.

Roy quería poder, simplemente poder. Gestionar las empresas de sus suegros le había enseñado que si tienes buenos contactos con el poder las cosas son más fáciles. Dijo que estaba harto de ver cómo un competidor de su condado obtenía ventajas en sus negocios gracias a sus contactos con los alcaldes y diputados locales. Además, quería hacerse rico. No se contentaba con el dinero de su mujer.

—Podría conformarme con ser alcalde, pero ya no me resigno con tan poco. En cuanto lo consiga daré el siguiente paso: un escaño en el Parlamento. Quiero ser yo quien tenga las riendas de mi destino y de las de unos cuantos más. No diré que quiero poder porque soy un alma caritativa que aspiro a hacer el bien. Lo quiero para beneficiarme y beneficiar a quienes crea que se lo merecen como yo.

»En el Parlamento hay mucho sinvergüenza, ¿por qué no voy a estar yo? Ellos engañan a la gente prometiéndoles una vida mejor. Yo no pienso engañar a nadie. Lo que me comprometa a hacer es lo que haré, pero, eso sí, siempre buscando un beneficio para mí y para mis amigos. Suzi dice que podría llegar a primer ministro. Yo también lo creo, y usted me ayudará a conseguirlo. Pero le advierto que no estoy dispuesto a cambiar. A mí no me convertirá en un lechuguino, nada de intentar que me compre la ropa en Savile Row ni de que mi Suzi se ponga alguno de esos horribles sombreros como los que lleva la reina. Somos lo que somos, tendrá que conformarse con eso y con nuestro dinero.

Terminamos la noche en casa de madame Agnès. Cuando se lo propuse aceptó sin rechistar. No le pregunté si conocía el lugar, pero he de reconocer que se comportó como si fuera un habitual.

No recuerdo si fui yo quien acompañó a Roy a su hotel o fue él quien me acompañó hasta mi apartamento. El sábado amanecí sobre el sofá del salón, vestido, con un vaso de bourbon en la mano y apestando a alcohol.

¿Por qué me he comprometido con este hombre?, me preguntaba a mí mismo mientras intentaba despejarme con una ducha fría que me estaba provocando temblores. En aquel momento no encontraba la respuesta, salvo que me había sido imposible decirle que no. Era tal la fuerza que emanaba de Roy que se llevaba por delante cualquier resistencia. Más tarde comprendí que Roy Parker representaba un desafío. Con él partía de cero. Tenía que inventarle. No pertenecía a una buena familia, tampoco era miembro de ningún partido y, en realidad, no parecía conocer a nadie importante pese a las ínfulas que gastaba. Y aun así, pretendía nada menos que llegar a ser primer ministro. Me dije que podíamos intentarlo e incluso conseguirlo. Se trataba de ser capaces de engañar, no a unos pocos, sino a muchos. Pero el nuestro no sería un engaño burdo de apariencias sino algo más sutil, porque Roy había dejado claro que no estaba dispuesto a parecer lo que no era.

Pensé que Cathy se reiría de mí. Cada vez que cruzábamos la mirada podía ver en sus ojos el profundo desprecio que me tenía. Pero era demasiado inteligente para manifestarlo más allá de permitirse alguna ironía y, por supuesto, por su empeño de visitar de vez en cuando a Mark Scott. Pero ése había sido el trato.

Para Cathy yo sólo era un accidente en su camino, de la misma manera que lo era para Richard Craig, mi eficaz asistente. Ambos se preguntaban cuándo me aburriría de estar allí o en qué momento Mark Scott o Denis Roth decidirían prescindir de mí. Era cuestión de tiempo, pensaban ellos, y tenían razón. Sólo que Roy se había cruzado en mi camino y lo que me proponía me divertía y estimulaba más que ninguna otra cosa que pudiera sucederme.

Había quedado para desayunar con Roy en el hotel Dorchester antes de que regresara a su condado. Le había prometido llevarle un contrato que firmaríamos ambos. El único inconveniente es que necesitaba también la firma del responsable del departamento financiero. No dudé en telefonear a Maggie y pedirle que buscara a quien pudiera rubricar el contrato.

Maggie protestó.

—Es sábado —me recordó—. ¿A qué viene ahora tanto interés por el señor Parker? No querías ni ponerte al teléfono…

Insistí y ella accedió a intentarlo. Media hora más tarde me llamaba para decirme que era imposible. Nadie estaba dispuesto a ir a la oficina en sábado. No había nada que no pudiera esperar al lunes. Tuve que aceptarlo.

Roy me aguardaba impaciente en el hall del Dorchester. Tenía la misma mala cara que yo fruto del mucho alcohol que habíamos bebido, pero su humor era peor que el mío.

—Thomas —habíamos quedado en llamarnos por nuestro nombre de pila—, no me vuelva a citar en un lugar como éste. Sólo hay jeques, y británicos dispuestos a hacerles reverencias para sacar tajada en algún negocio. ¿No podríamos ir a cualquier otro sitio donde nos den unas buenas salchichas? Conozco un lugar donde dan el mejor desayuno de Londres, un *full english*: huevos con beicon, salchichas, tomates, pan frito, champiñones, patatas fritas, alubias. El local lo regenta una familia, los Pellicci, y le aseguro que su desayuno no lo olvidará nunca.

No cedí. Prefería un desayuno más moderado. Los gustos culinarios de Roy no coincidían con los míos. Yo no estaba acostumbrado a desayunos copiosos. El origen hispano de mi madre, además de su lucha contra los kilos, había sido determinante en algunas costumbres en nuestra casa. Nada de huevos ni salchichas en el desayuno, para desesperación de mi padre, que al final tuvo que acostumbrarse a beber una taza de café con un par de tostadas con mantequilla y mermelada.

Mi madre decía que comer huevos a las siete de la mañana le provocaba vómitos. De manera que tanto mi hermano Jaime como yo éramos los únicos chicos de nuestro colegio que sólo desayunábamos leche con cereales y cuando fuimos más mayores, una taza de café con las consabidas tostadas

A Roy le contrarió que no le llevara el contrato y tuvo que aceptar mi palabra de que se lo enviaría firmado el mismo lunes.

—Tiene que fiarse de mí —le dije.

—¡Pues claro que me fío! Sólo que no me gusta perder el tiempo. Nunca he comprendido que las cosas no funcionen en fin de semana.

—Bueno, la gente tiene derecho a descansar.

Se encogió de hombros. Roy era de los que pensaban que si él era capaz de algo no había razón para que no lo hicieran los demás.

Le acompañé a la estación y luego regresé a mi apartamento. Tenía que pensar en una estrategia para la campaña de Roy Parker y sus amigos. No iba a ser fácil y además tendría que explicarle a Mark Scott que había aceptado un nuevo cliente. Pero estaba decidido a cumplir mi compromiso con Parker.

El lunes a las siete llegué al despacho. Había entregado un dossier a todos los miembros de mi equipo con las ideas básicas para la campaña de Parker y los había citado a una reunión antes de que cada uno se dispusiera a hacer el trabajo asignado.

Maggie parecía de mal humor y el de Cathy no era mucho mejor.

—Nos haremos cargo de la campaña de Parker. Supongo que

habréis tenido tiempo de leer el texto que os mandé ayer. Son unas cuantas ideas para empezar a trabajar. Partimos de cero, hay que inventarlo todo para ellos. Philip, quiero que hagas un mapa electoral de la región: qué partido es el que suele ganar, qué problemas económicos padecen en la zona, qué dicen los periódicos locales de este grupo del que forma parte Parker. Quiero saberlo todo sobre ellos y, sobre todo, quiénes son los candidatos laboristas y conservadores a los que tienen que enfrentarse.

»Cathy, hay que diseñar un plan de publicidad. Incidamos en el valor principal de estos hombres: son personas apegadas a la tierra, han nacido allí lo mismo que sus padres y sus abuelos, e invierten cuanto tienen, incluidas sus vidas, en sacar adelante su región. Son como son, un poco rudos, de manera que nada de transformarlos para que se parezcan a los candidatos de los partidos tradicionales. Los votantes tienen que creer que Roy Parker y sus amigos son transparentes.

»Janet, ve buscando un equipo que pueda viajar con nosotros. Esta campaña tiene prioridad.

—¿Van a pagar más que los clientes que ya tenemos? —preguntó con cierta ironía mi asistente, Richard Craig.

—Ni una libra más. Pero convendréis conmigo en que es un desafío, y a mí me gustan los desafíos —respondí yo con más seguridad de la que sentía.

—¿Ya has hablado con Mark Scott? —quiso saber Richard.

—No. Pero lo haré en cuanto terminemos esta reunión.

—¿Y qué pasa con el trabajo que tenemos comprometido? Mi avión a Birmingham sale dentro de un par de horas… y Janet tendría que venir conmigo —recordó Cathy.

—Y es lo que haréis. No vamos a descuidar a ninguno de nuestros clientes. Cumpliremos con los contratos firmados. Se trata de que tenemos que asumir más trabajo. Seré yo quien me eche sobre los hombros la parte más ingrata, pero necesito vuestra colaboración. ¡Ah!, Maggie, que el departamento financiero prepare un contrato tipo, lo necesito ya. Se lo llevaré yo mismo a Mark para que lo firme.

—Ese tal Roy Parker debe de ser un hombre muy persuasivo —dijo la secretaria.

—Lo es, Maggie, pero más que lo persuasivo que sea Parker, lo que hay de por medio es un buen negocio para la agencia, y ante eso yo no me resisto.

Mark Scott no había oído hablar de Roy Parker en su vida, de manera que llamó a Denis Roth para preguntarle si sabía algo de ese grupo de señores rurales que querían gobernar las alcaldías de su condado. Denis había escuchado algo pero tampoco tenía mucha información, y tanto él como Mark me conminaron a no firmar ningún contrato hasta no disponer de datos precisos sobre quién era Parker. Procuré contener mi impaciencia ante ellos, no quería que pensaran que tenía un interés especial. En realidad yo mismo estaba sorprendido de cuánto me había comprometido con Roy Parker.

Tuve que llamarle para decirle que no podía ir a su condado ese mismo día, que tenía que esperar el visto bueno de Scott y Roth.

—Mándelos a la mierda, le digo que no los necesitamos —me dijo enfadado.

—No pienso lo mismo, Roy. Sería un error prescindir de la agencia. Tenga paciencia.

—¡Paciencia! Creí que se había dado cuenta de que ésa es una de las muchas virtudes de las que carezco —replicó.

—Le llamaré en cuanto me den el contrato firmado. Incluso podría ser que le pidiera que regresara a Londres para firmarlo aquí. Puede que Mark Scott quiera conocerle.

—No me haga perder el tiempo, Thomas. Nuestros contrincantes nos llevan demasiada ventaja.

—Ya los cogeremos.

Denis tardó un par de días en dar el visto bueno. Sus amigos de Westminster le habían dicho que Parker y sus amigos eran un grupo rural con ansias de intervenir en la política local del condado. Gente inofensiva, sin ninguna preparación política; iban a necesitar mucha suerte para obtener alguna alcaldía. Tanto les daba si la agencia les proporcionaba algún servicio, en ningún caso podrían competir con la maquinaria conservadora o laborista.

Todo esto me lo dijo Mark al entregarme el contrato, al que sólo le faltaba la firma de Roy Parker.

—No pierdas el tiempo yendo tú, hazle venir a Londres. Así le echo un vistazo a ese tipo. Me gusta conocer a la gente para la que trabajamos.

Roy Parker protestó cuando le pedí que regresara a Londres. Lo único que pude hacer para intentar disipar su malhumor fue ir a buscarle a la estación.

Para mi sorpresa, Mark y él simpatizaron, pero Denis no pudo evitar mirarle con cierto disgusto. Roy se había presentado en la agencia vestido de una manera que más bien parecía que fuera a ordeñar vacas. Pero él se sentía cómodo con su vestimenta, por más que su camisa a cuadros y su jersey gastado, o los zapatos de suela gruesa de goma, contrastaran con la chaqueta de Armani de Mark o el traje de Denis hecho a medida en Savile Row.

—Bien, ya hemos firmado. Ahora espero que Spencer se ponga a trabajar de inmediato. Creo que podemos obtener por lo menos una docena de alcaldías —afirmó Roy.

Los meses siguientes pasé muchas horas en el viejo tren que llegaba al condado de Roy. Había mucho trabajo por hacer, y Mark y Denis habían dejado claro que la prioridad de la agencia no era aquel «grupo de rústicos», como los calificó Denis. Yo me multipliqué. No quería que mi asistente, Richard Craig, o Cathy le fueran con el cuento a Mark de que dedicaba más tiempo al «grupo de rústicos» que a sus amigos del Partido Conservador o del Laborista.

Philip Sullivan era un hallazgo. Me había presentado un minucioso dossier, no sólo con la vida pormenorizada de nuestros candidatos, sino de a quiénes se enfrentaban. No me dijo cómo lo había conseguido ni yo se lo pregunté, pero había averiguado cuánto dinero tenían en sus cuentas corrientes no sólo Parker y sus amigos, sino también sus oponentes, e incluso si eran infieles a sus mujeres. No quise que me diera detalles, pero sospeché que Sullivan, que al fin y al cabo era un hacker, era capaz de obtener información confidencial, Dios sabe cómo, de todos ellos. Hasta que no pude controlar mi curiosidad y le pregunté:

—¿Cómo demonios has podido averiguar tantas cosas de los oponentes de Roy?

—Bueno, quizá no te gustará saberlo. Yo... puede que me haya extralimitado... —Philip temblaba mientras hablaba.

—¿Qué has hecho? —inquirí preocupado. No podía olvidar que Philip Sullivan había tenido problemas con la ley aunque al final hubiera sido declarado inocente.

—Yo... Verás, Thomas, sólo quiero hacer un buen trabajo... No es fácil averiguar ciertas cosas... —respondió balbuceando.

—Vamos, Philip. Quiero saber cómo has conseguido toda esa mierda sobre los candidatos del Partido Conservador y del Laborista que se enfrentan a Parker. Espero que no hayas cometido ningún error.

Philip se vino abajo. Me pareció que estaba a punto de llorar, lo que me provocó una reacción inmediata de aversión. Nunca he soportado a los débiles aunque los he utilizado. Y en el caso de Philip su debilidad le había convertido en mi perro fiel. Hubiese hecho lo que hubiese hecho, estaba claro que era para hacerse con mi favor, para que le lanzara un hueso como premio.

—Tengo un amigo periodista...

—¿Aquel que intentó hackear el sistema informático del Banco de Inglaterra con tu ordenador? —pregunté preocupado.

—No, éste es otro amigo. Tiene problemas y está sin trabajo, pero es un buen investigador y me pareció que nos podía ser útil colaborando en la campaña de Roy.

—¡Así que tienes tus propias ideas! ¿En qué lío te has metido? Te advierto que yo no me voy a comer tu mierda.

—¡Por favor, Thomas! Te presentaré a Neil Collins, es un buen tipo, no tienes que preocuparte.

—Así que tienes un amiguito que se llama Neil y, por lo que

deduzco, es a quien le has ido dando el dinero que me pedías para la investigación sobre los candidatos.

—Tú no me preguntaste...

—¡Yo no te autoricé a contratar a nadie!

—No he contratado a Neil, sólo le he ido pagando por su trabajo.

—¿Y cuál ha sido ese trabajo?

—Todo lo que está en el dossier que te he dado sobre los oponentes de Roy Parker. Y, como bien sabes, hay material como para acabar con sus campañas.

Tuve que tomar una decisión: o despedía a Philip Sullivan o conocía a ese tal Neil. Decidí jugármela y opté por lo segundo.

Neil era un periodista en paro. Inteligente, brillante, culto, además de borracho y drogadicto. Costaba creer que hubiera podido elaborar esos dossiers, teniendo en cuenta que cuando no estaba bajo los efectos del alcohol, lo estaba de la cocaína.

Había trabajado en el *Times* y en el *Sunday*; también en el *International Herald Tribune* en París. Era un buen investigador, capaz de encontrar mierda en cualquier parte y de cualquier persona, no importaba quién fuera. Si alguien había cometido un error en su vida, Neil lo averiguaría.

Le habían despedido de todos los trabajos y no por culpa del alcohol y la cocaína, eso vino después, sino porque había metido las narices en las altas esferas y le habían cortado las alas. Cuando Philip le llamó estaba en las últimas, de manera que aceptó investigar las vidas de Frank Wilson y Jimmy Doyle, los dos políticos a los que Roy Parker quería batir en las urnas.

Tendría unos cuarenta años y un aspecto desastrado. Olía siempre a alcohol y no era precisamente amable ni simpático. Pero me cayó bien. Me pareció un tipo de fiar. Y por lo que me contó Philip, para Neil la red tampoco tenía secretos.

Le dije a Philip que al resto del equipo no había que decirles nada sobre la existencia de Neil y mucho menos sobre su biografía. Cathy y Richard Craig habrían ido con el cuento a Mark Scott y a Denis Roth, y esos dos serían muy capaces no sólo de despedirme sino de denunciarme por malas prácticas. Philip me juró que no diría ni una palabra. Le encomendé que fuera él quien continuara tratando con Neil pero que se abstuviera de decirme o darme detalles comprometidos.

—Yo te encargo el trabajo y tú decides cómo lo haces. Si algo sale mal…

—Sí, quieres poder decir que toda la responsabilidad es mía, que confiaste en mí y yo he traicionado tu confianza.

—Chico listo. ¡Ah!, y no quiero volver a ver a tu amigo Neil Collins.

A Richard Craig no pareció preocuparle que estuviera convirtiendo a Philip Sullivan en mi mano derecha. Él parecía disfrutar dirigiendo las campañas convencionales. Yo le dejaba hacer. Necesitaba que realizara esa parte del trabajo para así poder centrarme en Parker, pero procuraba que no dispusiera de Cathy todo el tiempo. Formaban un buen equipo y sabía que, a poco que me distrajera, lograrían que Mark Scott y Denis Roth prescindieran de mí. De manera que, a pesar de que Cathy se resistía, la hacía viajar conmigo frecuentemente a Derbyshire, el condado de Parker.

Le pusimos nombre al grupo de «rústicos», Partido Rural, y fijamos las bases de su programa: defender los intereses del condado a través de hombres implicados en el bienestar de la comunidad.

Me costó convencer a Roy de que el grupo necesitaba alguna candidata.

—Un partido donde no hay mujeres no es presentable —le insistí yo.

—Las mujeres del condado son nuestras mujeres. Mandan en nosotros pero dentro de casa. No encontrarás a ninguna que quiera dejar su hogar para dedicarse a ser alcaldesa.

—Pues alguna tendrá que hacerlo —repliqué yo.

Fue Cathy la que encontró un par de posibles candidatas.

Una era amiga de Suzi, la mujer de Roy. Se llamaba Victoria y era maestra en uno de los pueblos del condado. Tenía unos cuarenta años y parecía aburrida de los niños, de su marido y de la vida rural. Cathy convenció a Suzi para que a su vez convenciera a su amiga Victoria, y todos se llevaron una sorpresa cuando ésta aceptó a la primera.

La segunda candidata se llamaba Alberta y era la hija del pastor de una aldea perdida. La buena mujer aceptó sabiendo que ésa iba a ser la única aventura de su vida. Su madre no tenía muy buena salud, padecía del corazón, y en cuanto muriera sería ella quien tendría que encargarse de ayudar a su padre, lo que implicaría recluirse para siempre en aquella tierra inhóspita.

Cathy diseñó un logotipo muy bucólico: un prado verde, repleto de siluetas de hombres y mujeres. El eslogan era simple y eficaz: SABEMOS DE LO NUESTRO.

A Roy le entusiasmó y a Suzi mucho más. En realidad, Suzi sentía auténtica admiración por Cathy. No podían ser más distintas. Suzi era sencilla, directa y luchaba para domeñar su abundante melena rojiza que nunca llevaba bien peinada. Tenía algún kilo de más pero aun así resultaba atractiva. Cathy lucía su elegante delgadez enfundada en trajes de marca. Cuando Suzi aparecía con su mejor traje siempre se la veía desaliñada frente a Cathy, aunque ésta vistiera unos vaqueros y un suéter.

—Bien, Thomas, dígame cómo derrotaremos a mis oponentes. El del Partido Liberal no me preocupa, los liberales nunca han conseguido aquí ni un alcalde. Pero Frank Wilson es un hombre muy conocido, y en Londres gobiernan los suyos, los conservadores. En cuanto a Jimmy Doyle… Bueno, no es mal candidato, pero no tiene el carisma del que ha sido alcalde por los laboristas en los últimos diez años.

Sí, Jimmy Doyle y Frank Wilson se habían convertido en mi pesadilla, pero Philip Sullivan, a través de Neil, había llegado a saber de ellos todo lo que se puede saber de alguien. Frank iba a un discreto prostíbulo dos veces al mes. Se había cuidado de hacerlo en otro pueblo, pero era metódico en sus visitas el 1 y el

15 de cada mes. El prostíbulo estaba dirigido por una viuda para la que trabajaban tres mujeres. Buenas chicas, nos explicó Philip, casadas y con hijos, con los maridos sin trabajo.

Por lo demás, Frank Wilson era un buen padre de familia, que iba al servicio religioso todos los domingos. Tenía una tienda en la que vendía un poco de todo, desde medias para las señoras, hasta sales para el baño o sombreros.

De Jimmy Doyle lo que Philip había encontrado es que tenía unas cuantas deudas. Le gustaba vivir por encima de sus posibilidades. Aunque había heredado de sus padres una ferretería, no había sabido llevarla debidamente, incapaz de adaptarla a los nuevos tiempos. Había hipotecado su casa y la propia tienda para preservarla, y pese a que el banco le apremiaba, aun así él continuaba gastando lo que no tenía. Además, había utilizado el dinero de una cuenta del partido para pagar alguna de las letras de la hipoteca. En cuanto a su tarjeta de crédito, echaba humo; en las ocasiones en que salía del condado le gustaba frecuentar buenos restaurantes y sorprender a su esposa con viajes y regalos.

Philip Sullivan y yo nos reunimos con Roy Parker para contarle cuáles eran los puntos flacos de sus rivales.

—¿Cómo demonios sabe que Frank va a un prostíbulo? ¿Acaso han contratado detectives? —preguntó Roy directamente a Sullivan.

—No hace falta contratar a ningún detective si se sabe dónde buscar —respondió Philip Sullivan, orgulloso de sus hallazgos.

—Porquería… Todo lo que ha encontrado es porquería… —Roy parecía sorprendido.

—Le recuerdo —intervine yo— que nos dijo que quería saberlo todo de sus oponentes para aplastarlos. Pero estoy de acuerdo con usted: Wilson y Doyle son dos buenos hombres.

—No me gusta ahogar a un hombre que no sabe nadar —comentó con su mal humor habitual—, pero si se trata de sobrevivir yo… lo haré —dijo esquivando nuestra mirada.

—Aquí tiene las encuestas: al día de hoy no cuenta con suficientes apoyos para ser alcalde. Parece que esta vez pueden ganar los conservadores. Frank Wilson va a ganar la partida —le advertí.

—Y lo que propone es que todo el mundo se entere de que Frank echa una cana al aire.

—No, yo no propongo nada. Usted me pidió que averiguáramos todo sobre ellos, y es lo que hemos hecho.

—Los votantes no pueden confiar en un hombre que engaña a su familia. En cuanto a Jimmy Doyle, será más fácil; no se puede poner la alcaldía en manos de un hombre que no sabe llevar siquiera las cuentas de su negocio. Quizá quiera ser alcalde para salvarse y que el banco no le ejecute la hipoteca... —afirmó sonriente Sullivan.

—Bueno, nadie ha dicho que deba utilizar en campaña estas debilidades de sus oponentes —añadí yo.

—Eres un cerdo, Thomas.

Por la mirada de Roy supe que efectivamente eso era lo que pensaba de mí. No me molestaba el insulto pero sí que de vez en cuando me tuteara.

—Ya. Por eso me ha contratado, Roy. Ni usted ni sus amigos tienen ninguna posibilidad de ganar una sola alcaldía.

—Acabaremos con ellos, Thomas, por más que no me guste destruir a un hombre porque tiene problemas con un banco o porque se acuesta con otra.

—Yo no le he propuesto que lo haga, aunque ciertamente no dispone de otras armas para vencerlos.

Me desconcertaba la actitud de Roy. De repente parecía tener escrúpulos e incluso conciencia. Con el tiempo llegué a acostumbrarme a sus cambios de opinión. Era ciclotímico y tan pronto estaba dispuesto a asesinar a sus oponentes como a ayudarlos a resolver sus problemas.

—Le he contratado para ganar —me recordó.

—Me ha contratado para intentar ganar. No hacemos milagros —respondí con tono agrio.

—Y lo que propone es que aplaste a Frank y a Jimmy... Son

vecinos, nuestras familias son amigas desde antes de que naciéramos. No me gusta pero lo haremos. Es lo que usted me aconseja…

Me puse en pie. No estaba dispuesto a combatir contra su mala conciencia. No era mi problema.

—Soy yo el que no tiene ningún interés en hundir a sus amigos. Tanto me da quién sea alcalde de este lugar. Usted nos pidió saber cuáles eran sus puntos flacos. No esconden nada más que lo que le hemos expuesto. Estoy de acuerdo en que son dos buenos hombres. Dígame qué quiere que hagamos, usted paga, y eso haremos.

—No se enfade, Thomas, no le estaba criticando; sólo que me preguntaba si mandar merece la pena…

Suzi apareció a tiempo de escuchar las últimas palabras de su marido. Le miró con dureza, en sus ojos había algo semejante al desprecio.

—¿Es que no tienes redaños, Roy? Si no los tienes es mejor que lo dejes ahora. La política es un gran charco de mierda. O estás dispuesto a bañarte en ella o te quedas en casa llevando los negocios de la familia. Pero luego no te lamentes, porque me negaré a escucharte. Llevas años diciéndome que quieres sentarte en Westminster. ¿Crees que te van a dejar entrar sólo porque es lo que deseas? Tendrás que ganártelo, y para eso no puedes compadecerte de tus oponentes. O ellos o tú. Hace falta instinto asesino para dedicarse a la política. Si no lo tienes déjalo ahora, no malgastes el dinero de la familia. —Suzi había soltado la parrafada sin alzar la voz, con un tono tan helado como su mirada.

Pensé que debería ser ella quien probara suerte en política. Era una mujer práctica que no perdía el tiempo en sentimentalismos. Su lealtad se reducía a los suyos. Fuera de su familia estaba el mundo y no había nada en él capaz de conmoverla.

—Cariño, no deberías ser tan impetuosa —le reprochó Roy.

—Eres tú el impetuoso —replicó Suzi—. Un día quieres comerte el mundo y al siguiente no te atreves a dar el paso. Decídete, Roy, y no nos hagas perder más tiempo ni a ellos —añadió señalándonos a mí y a Sullivan—, ni a mí ni a mi familia.

Roy era demasiado machista para soportar en público la reprimenda de Suzi.

—Déjanos, Suzi, estamos trabajando. Hablaremos después.

Me sorprendió que ella saliera sin rechistar. Era evidente que sabía que no podía tirar más de la cuerda. Formaban una extraña pareja.

—Las mujeres se meten en todo, pero no saben de nada —dijo Roy sin ocultar su disgusto.

—Y bien, ¿qué quiere hacer? —insistí.

—Ser primer ministro.

—Entonces tendrá que empezar dejando fuera de juego a sus dos queridos amigos de la infancia —sentencié yo.

—Pues hagámoslo. Díganme cómo.

—Sullivan le dará los detalles. Evidentemente, no vamos a convocar una rueda de prensa sino que filtraremos la información. Primero en la red. De ahí saltará a los periódicos. En el condado hay una radio que se halla en apuros, Radio Este; están bajo mínimos. No estaba previsto que metiéramos en esta emisora cuñas publicitarias del Partido Rural, es demasiado pequeña e irrelevante, pero lo haremos. Tenemos que ganarnos su confianza. El dueño de la emisora necesita desesperadamente publicidad. Le pediremos que siga la campaña de nuestros candidatos y orientaremos a alguno de sus periodistas para que se hagan eco de esas informaciones que sobre sus amigos Wilson y Doyle van a aparecer en la red… No hay nada mejor que un empresario en apuros. Será nuestro mejor colaborador.

—¿Va a comprar a periodistas? —preguntó asombrado.

—En absoluto, eso sería un error. Pero usted y sus amigos confraternizarán con los periodistas de Radio Este, mientras que nosotros trabajaremos con su propietario, que se encontrará con un buen pellizco de libras en publicidad. Sabrá por quién hay que apostar y qué información deben dar sus chicos.

—¿Y a quién le importa lo que diga una pequeña emisora local? —preguntó Roy.

—Procuraremos que todo lo que se diga en la emisora acabe

teniendo eco en los periódicos de Londres. El *Times* terminará publicando que Frank Wilson tiene una relación con una prostituta. Ya verá. Se trata de crear un estado de opinión y nosotros sabemos cómo hacerlo. Voy a contratar varias cuñas de publicidad y dentro de unos días cenaremos con el dueño de la emisora. Usted va a ser su salvación, Roy. Ya verá.

—No me había equivocado con usted, Thomas; realmente es un canalla.

Me encogí de hombros. No me ofendían los insultos de Roy. En realidad pensaba que me describía con bastante precisión.

¿Por qué acepté hundir a aquellos dos hombres? En realidad, la decisión no la tomé yo sino Roy, aunque fui yo quien le llevó a ello.

¿Podría haber hecho otra cosa? Sí, claro que sí. Cuando Philip Sullivan me vino con la mierda que habían encontrado él y Neil, quizá podría haberle metido una buena bronca, decirle algo así como: «Olvídate de lo que has encontrado, Philip, no lo vamos a utilizar, eso sería juego sucio. Se trata de ayudar a Roy Parker a ganar unas elecciones, no de airear las debilidades de dos padres de familia. Eso no lo haremos. Busca otra cosa, no sé, quizá contradicciones políticas, incumplimientos electorales, lo normal en estos casos».

Sí, podría haber sido así, y Roy jamás se hubiese enterado de que el candidato conservador de vez en cuando echaba una cana al aire o de que el laborista tenía problemas con los bancos, como casi todo el mundo.

Incluso podría haber cedido a la tentación de presumir ante Roy de la hazaña de haber encontrado mierda debajo de las alfombras de sus oponentes, pero a la más mínima insinuación de airear esa mierda yo podría haber dicho que no: «No cuentes conmigo para destruir a esos dos hombres. Hay límites que uno no debe traspasar».

Pero no dije nada de esto porque me entusiasmaba tanto como a Roy la destrucción de los candidatos Wilson y Doyle. No tenía nada contra ellos, ni siquiera me caían mal; simplemente, nosotros jugábamos con cartas marcadas para ganar la partida. Además, para qué engañarnos, no hay político que se resista a no dar una puñalada mortal a sus oponentes, sobre todo si eso le hace aparecer ante los demás como el paladín de la superioridad moral.

Philip Sullivan me preguntó si de verdad íbamos a destruir a los oponentes de Roy. Sullivan tenía alma de hacker pero parecía conservar unos cuantos escrúpulos.

—Es parte del juego —respondí—. Ellos harán lo mismo si encuentran algún cadáver en el armario de Roy. En el juego del poder no hay inocentes.

En aquel entonces la frase fue eso: sólo una frase que me pareció rotunda para disipar las dudas de Sullivan, pero con el tiempo aprendí que además estaba en lo cierto. En cuanto a Philip Sullivan, aceptó que el juego implicaba que nosotros también nos bañáramos en la misma mierda que nuestros clientes. Le pedí que no les dijera nada a Cathy ni a Richard Craig. Los había llegado a conocer lo suficiente para saber que se negarían a participar en algo que oliera mal.

—Pero será difícil que no se enteren —protestó Philip.

—Ellos tienen su parte del trabajo y nosotros la nuestra. Decide si cruzas al lado malo, Philip, porque después no habrá vuelta atrás.

El propietario de Radio Este, Christopher Blake, era el típico empresario con problemas. Tenía demasiadas deudas y ninguna alternativa que le garantizara la supervivencia de la emisora.

Blake había heredado el negocio de su padre, que cuarenta años atrás tuvo la perspicacia de montar un pequeño emporio periodístico. El viejo Blake comenzó con un periódico local dedicado a las noticias de la comunidad y luego se hizo con la concesión de una licencia para una radio local. La empresa era modesta aunque saneada, pero su hijo había dilapidado la herencia y estaba a punto de quebrar. Lo que al joven Christopher

Blake le quitaba el sueño era decirle a su padre, ya retirado, que el periódico y la radio habían dejado de ser de la familia porque se hallaban hipotecados con el banco y éste estaba dispuesto a ejecutar la deuda, harto de esperar pagos que no llegaban.

Christopher Blake me recibió en su despacho impaciente y curioso por la llamada apremiante que le hice para mantener ese encuentro.

Fui todo lo sincero que se puede ser en una primera entrevista. Le sorprendí al decirle que Roy Parker había insistido en anunciar su campaña y la del Partido Rural en su emisora. Queríamos cuñas publicitarias a todas horas y también, dejé caer, estábamos considerando comprar unas cuantas páginas de publicidad de su periódico. No, no pedíamos que nos hiciera un precio especial, le dije, comprendíamos que teníamos que pagar los precios del mercado, aunque quedaríamos muy agradecidos si sus programas informativos se hacían eco de nuestra campaña.

—Ya imagina lo que le está costando al Partido Rural hacerse un hueco entre el Partido Conservador y el Laborista. Los grandes medios apenas nos prestan atención…

Le invité a cenar, unos días más tarde, con Roy Parker y su esposa Suzi.

—Le caerán bien, ya verá. El señor Parker sueña con hacer oír la voz de esta región en Londres. Es un hombre de convicciones firmes.

Roy protestó por tener que engatusar a Blake.

—Le pago para que no me haga perder el tiempo —me respondió cuando le dije que había reservado el lugar para la cena y que Suzi debía acompañarle. Cathy se encargaría de acompañarla a comprar algo adecuado. Una cosa era no convertir a Suzi en lo que no era y otra que se presentara a cenar con zapatos con suela de goma.

La noche de la cena Suzi apareció espléndida. Cathy había elegido para ella un sencillo pantalón negro y una camisa de seda blanca. Me sorprendió que no le hubiese aconsejado calzar zapatos de tacón y llevara en cambio unos de modelo salón que apenas la elevaban tres centímetros.

Cathy me explicó que Suzi parecía un pato cuando andaba con zapatos de tacón y que era mejor que nunca superara los cinco centímetros y que el tacón no fuera fino.

Tengo que reconocer que Suzi lucía bien, incluso su indómito cabello estaba firmemente recogido.

La cena fue un éxito. Un sinvergüenza y un superviviente, eso es lo que eran Parker y Blake. En cuanto a mí, me conformaba con dirigir la conversación e impedir que Roy se sincerara más de la cuenta con Christopher Blake.

Dos días más tarde me llamó una reportera de Radio Este.

—¿Señor Spencer, Thomas Spencer? Me llamo Evelyn Robinson. El señor Blake me ha encargado que siga la campaña del Partido Rural, especialmente del candidato Roy Parker. ¿Cree que podría gestionarme una entrevista con él? También me gustaría que me enviara todo el programa de la campaña, qué lugares va a visitar, en cuántos actos públicos participará… Cubriré la campaña no sólo para la radio, el señor Blake quiere que lo haga también para el periódico.

Me reuní con ella de inmediato acompañado de Philip Sullivan. Al fin y al cabo, era él quien tendría que guiarla para que lanzara toda la mierda que habíamos preparado.

Evelyn no tenía más de veinticuatro años. De mediana estatura, cabello castaño liso y ojos saltones igualmente castaños, ofrecía una imagen anodina si no hubiese sido por unas piernas interminables. Era difícil reparar en ella porque no había nada en su persona que llamara la atención. Pero no tardamos en darnos cuenta de que era ambiciosa y no estaba dispuesta a pasar el resto de su vida en aquella remota región. Haría lo que fuera por escapar de aquel trabajo mediocre.

Entrevistó a Roy y se transformó en su sombra. Eran las órdenes de Blake: tenía que informar exhaustivamente de la campaña del Partido Rural. No sé si Blake le había ordenado que cuanto dijera o escribiera fuera a favor, o si no hizo falta advertírselo. El caso es que se convirtió en una propagandista incluso empalagosa. Suzi estaba encantada con ella. Me sorprendía que una mujer tan lista como lo era Suzi terminara creyéndose lo que decía Evelyn sobre Roy, al que describía como una especie de caballero andante dispuesto a sacrificarse para hacer oír la voz de la región en los salones de Londres. Pero el tiempo me ha enseñado que todos estamos predispuestos a creernos nuestras propias mentiras, siempre y cuando nos favorezcan.

Philip Sullivan había establecido buenas relaciones con los periodistas locales a los que intentaba intoxicar lanzando un buen surtido de sospechas sobre el candidato conservador y el laborista. Palabras sueltas, insinuaciones que ya estaban dando sus primeros frutos. Fue él quien preguntó a Evelyn qué opinaba respecto a ciertas insinuaciones sobre el candidato conservador Frank Wilson.

—No suelo perder el tiempo en rumores —fue la respuesta de Evelyn—, pero si hay algo que te ha llamado la atención…

—No sé… Juzga tú. Me ha sorprendido escuchar a alguien decir que Frank Wilson, el candidato conservador, no es tan amante padre de familia como hace creer a sus votantes. Puede que se trate de algún infundio… tú sabrás… Yo no soy de la región y desconozco si Wilson se echa o no de vez en cuando alguna cana al aire. En todo caso, si fuera así… No sé, pero a mí me revienta la gente con doble moral, que hace creer a la gente que es lo que no es.

—¿Y piensas que yo debo hacerme eco de toda la mierda que corre por ahí? Eso no es periodismo —respondió Evelyn con desconfianza.

—Yo no he dicho eso. Sólo te he preguntado si opinas que lo que se insinúa de Wilson puede ser verdad.

Tuvimos que recurrir a Blake para que despejara las dudas de su reportera ordenándole que no dejara pasar lo que se decía sobre Frank Wilson.

—Quiero que demostremos que no somos un medio del tres al cuarto. Debemos informar de todo. Necesitamos hacer ruido, que se hable de nosotros. De manera que averigua qué hay de cierto sobre que Wilson tiene una amante... Si es así, no merece ser elegido alcalde. Investiga. ¿Acaso no decías que te hubiera gustado dedicarte al periodismo de investigación?

El alegato de Christopher Blake fue recibido por Evelyn como lo que era: una orden para difundir toda la mierda que hubiera a mano contra Frank Wilson.

Aquella noche, al llegar a su casa Evelyn se encontró misteriosamente en el buzón un papel en el que había una dirección y un día de la semana. Jueves.

Jueves era el día siguiente. Era evidente que alguien estaba interesado en que ella acudiera a merodear a aquella dirección, situada en un pueblo no muy lejos de allí. Le pidió a Blake que la acompañara un fotógrafo. Éste accedió de inmediato a pesar de que el periódico contaba con sólo un fotógrafo para todo.

—Podremos prescindir de él por unas horas. Quién sabe lo que puedes encontrar, lo mismo es la noticia del año.

Para ese momento Evelyn había comprendido que, fuera lo que fuese lo que descubriera, sería noticia de primera página y que abriría todos los informativos de la radio.

Christopher Blake parecía haber recuperado el buen humor desde que empezara la campaña electoral, y por lo que se decía en la redacción, por lo visto había encontrado una fuente de financiación que permitiría la continuidad del periódico y de Radio Este.

Evelyn no lo sabía, pero algunos amigos de Roy Parker habían comprado acciones de la empresa periodística inyectando una buena suma de dinero que iba a garantizar su supervivencia. Roy le había dicho a Blake que no era ético que él tuviera acciones en los medios, pero que pensaba que la región no podía permitirse la muerte de los medios locales y que un grupo de empresarios amigos suyos querían comprar acciones de la empresa.

—Tenemos que hacer oír nuestra voz. A esta maldita región nadie le hará caso si no obligamos a los de Londres a que nos escuchen. Para eso te necesitamos, Christopher. No te estoy pidiendo que hables sólo bien de mí, sino que tengas en cuenta los intereses de la región. Eso es más importante que cualquier otra cosa, incluido yo mismo.

El dinero ya no suponía un problema para Radio Este ni para el periódico. Blake incluso hablaba de contratar a unos cuantos periodistas jóvenes.

Evelyn y el fotógrafo llegaron con las primeras luces del día a la dirección escrita en la nota anónima sin saber qué se iban a encontrar ni cuánto tiempo deberían permanecer allí. La casa formaba parte de una hilera de edificios exactamente iguales, de dos plantas, con un pequeño jardín en la entrada.

Bob, el fotógrafo, llevaba un bocadillo, una botella de agua y un par de cajetillas de tabaco.

—Pues sí que vienes preparado.

—Estas cosas son así, podemos pasarnos el día esperando.

—Bueno, a media mañana llamamos a Blake y que él nos diga qué hacemos.

—Mira, cuando yo trabajaba en el *Sunday Times* y hacía seguimientos de famosos podía pasarme días enteros haciendo guardia sin que ocurriera nada. Hay que tener paciencia. Quien te ha mandado el anónimo quiere que encuentres algo… y Blake también.

A Evelyn le caía bien Bob. Le faltaba poco para jubilarse. Hacía cinco años que había vuelto a la región, de donde salió cuando era joven y soñaba con ser un fotógrafo reconocido.

Trabajó durante unos cuantos años en el fotoperiodismo viajando a aquellos lugares donde había un conflicto para luego vender sus fotos y reportajes a precio de ganga. Oriente Próximo, el Cuerno de África, el sudeste asiático… Todos aquellos lugares le habían dejado unas cuantas cicatrices en el alma, pero apenas había logrado malvivir con lo que ganaba. A los periódicos poco les importaba que se hubiera jugado la vida para informar sobre una guerra, un golpe de Estado, una hambruna. Así que un día regresó a Londres en busca de un trabajo estable. No imaginaba que lo máximo a lo que llegaría sería a trabajar en un tabloide fotografiando a famosos en momentos comprometidos, con novias secretas, y cosas así. Le habían salido callos en el alma mientras perdía la esperanza de ser lo que había soñado ser. «Un huelebraguetas, es en lo que te has convertido», le había dicho su mujer unos cuantos años atrás, antes de dejarle. Sí, es lo que era, pero se sabía el oficio, y cuando alguien dejaba un anónimo era para que descubrieras algo sucio que podía ser la portada del día siguiente. Si algo había aprendido es que había dos clases de jefes: los que creían que la misión del periodista era contar la verdad fuera esta la que fuera, aunque perjudicara los intereses de quienes les pagaban la nómina a fin de mes, y los que hacían ascos a difundir la mierda mientras no fuera la de sus amigos o la de sus accionistas. De manera que para Bob era obvio que a Blake le interesaba que encontraran una buena porción de mierda en aquella dirección. La encontrarían. A él tanto le daba de quién fuera. Si trabajaba para Blake era porque se había cansado de husmear las braguetas de Londres y con los ahorros de toda la vida se había comprado una casa en su pueblo, donde pensaba retirarse tres años después en cuanto le dieran la jubilación. Lo único que lamentaba era no tener con quién vivir sus últimos años. Su esposa no había querido tener hijos porque, según le dijo, le avergonzaría tener que decirles a qué se dedicaba su padre. Desde que ella le dejó a los pocos años de casarse, no durmió dos noches seguidas con ninguna mujer. Si Evelyn no fuera tan joven… Pero no, ella no querría compartir la vida con un hombre a punto de jubilarse que lo máximo que podía ofrecerle eran largos paseos por el campo e ir al cine un par de veces al mes.

No fue hasta pasadas las tres de la tarde cuando Bob le dio un codazo a Evelyn señalándole el taxi que acababa de parar delante de la casa que desde hacía horas vigilaban. Ella estaba absorta en su bloc de notas y refunfuñó.

—Ya sabemos por qué estamos aquí. Mira quién se ha bajado del taxi —le dijo Bob.

Frank Wilson, el candidato conservador, miró a ambos lados

de la calle antes de llamar al timbre. Alcanzaron a ver a una mujer de aspecto corriente abrir la puerta invitándole a entrar.

—¿Y ésa quién es? —preguntó Evelyn más para sí misma que para que Bob le respondiera.

—Eso es lo que tendrás que averiguar. Yo he podido disparar un par de fotos. No son muy buenas, pero se le ve entrando en la casa y saludar a la mujer que ha abierto la puerta.

—No sé por dónde empezar...

—Vamos, Evelyn, esto es el abecé del periodismo. Pregunta quién vive en esa casa.

—¿Ahora?

—Ahora o cuando Frank Wilson salga. Pero si empiezas ahora, tendrás el trabajo hecho. Yo me quedo aquí. Si sale, le vuelvo a fotografiar.

—Ya.

—Yo empezaría por preguntar allí —le dijo Bob señalando un quiosco de prensa situado en la esquina de la calle.

—Es lo que pensaba hacer —afirmó Evelyn con una seguridad de la que carecía.

Con paso decidido, cruzó la calle y se dirigió al quiosco, donde se entretuvo ojeando las portadas de los periódicos expuestos mientras el quiosquero cobraba una revista a una señora que llevaba un perro en brazos y le contaba al hombre las gracias de su mascota. Cuando por fin se marchó, Evelyn carraspeó antes de decidirse a preguntar.

—Perdone, pero ¿podría decirme quién vive en aquella casa? La número cinco contando desde esta esquina.

El quiosquero la miró con antipatía y pareció dudar en responder.

—¿Y por qué le interesa saber quién vive en esa casa? ¿Por qué cree que yo tengo que decírselo?

—Yo... Perdone, pero... soy periodista. Estoy haciendo una investigación importante y sé que en esa casa... Bueno, no es una casa cualquiera. Si le he preguntado es porque imagino que usted conoce a sus propietarios.

—Ya, pero yo no sé nada y no tengo por qué decirle nada.

—Disculpe si le he molestado. No era mi intención. Tampoco creo que sea tan grave que me diga quién vive en esa casa.

—La señora Hamilton. Sí, ésa es la casa de la señora Hamilton.

Evelyn se volvió al escuchar estas palabras y se encontró con una mujer ya entrada en años, con el cabello blanco y una amable sonrisa.

—Debería ser más discreta, señora Prince.

—¿Y qué tiene de malo decirle a esta joven que ésa es la casa de la señora Hamilton? Bueno, yo he venido a por el periódico de mi Williams. Hoy se ha tenido que quedar en casa porque está muy resfriado, incluso tiene fiebre.

—¿Y la señora Hamilton vive sola? —preguntó Evelyn interrumpiendo la conversación entre la anciana y el quiosquero.

—Sí, se puede decir que vive sola. Claro que… Bueno, tiene dos o tres amigas que la visitan a diario. Y luego están los caballeros. Algunos son muy distinguidos. Entran deprisa y se van igualmente deprisa. Muy discretos —dijo con malicia la señora Prince.

—¿Familiares de la señora Hamilton? —volvió a preguntar Evelyn.

—Amigos, buenos y viejos amigos. Yo vivo en la casa número tres y hace años que veo a los mismos caballeros —afirmó la anciana con una sonrisa meliflua.

—¡Señora Prince, no debería usted…! Señorita, ¿por qué no se marcha? Si quiere saber algo de la señora Hamilton, pregúntele a ella directamente. Todos los periodistas son unos entrometidos y sólo traen problemas.

—¿Es usted periodista, querida? ¿Trabaja para la televisión? A lo mejor es usted famosa… Ya no veo muy bien y por eso no la he reconocido.

—No, no soy famosa, señora… Pero sí soy periodista y… bueno, estamos investigando algunas cosas que tienen que ver con esa casa.

—¡Ah! No se me ocurre qué puede usted investigar de la señora Hamilton. Es una buena mujer. Se quedó viuda hace tiempo y… bueno… hace lo que puede por sobrevivir. Es muy discreta, como lo son sus amigas y esos caballeros. Desde luego los caballeros no son de por aquí, los conoceríamos, pero no… Son forasteros. En el barrio se dicen cosas…

—¿Qué cosas? —insistió Evelyn.

—¡Siempre hay quien habla por hablar! —interrumpió el quiosquero—. Y haga el favor de irse si no va a comprar ningún periódico.

—Compraré todos los periódicos que haga falta. Dígame, señora Prince, ¿qué es lo que se dice de la señora Hamilton?

—Yo no quiero ser indiscreta, es una buena mujer, una buena vecina, amable… No, no seré yo quien quiera perjudicarla. Váyase… He hablado demasiado… Siempre lo hago, mi Williams dice que no dejo de meter la pata. —Y la mujer se dio la vuelta con un gesto de satisfacción.

Evelyn vio cómo la anciana cogía el periódico y aligeraba el paso en dirección a su casa. Estuvo a punto de seguirla pero decidió no hacerlo. La mujer podía ponerse nerviosa y provocar un incidente. Volvió junto a Bob.

—Nada. Wilson no ha salido. Ni él ni nadie. ¿Y a ti cómo te ha ido con el quiosquero?

Le contó lo que había dicho la anciana y Bob comenzó a reírse.

—¿Qué es lo que te hace tanta gracia? Ahórrate si me vas a decir que soy una novata por no conseguir que esa mujer dijera algo más.

—¡Pero si te lo ha dicho todo! ¡Por Dios, Evelyn, no puedes ser tan idiota!

—No me ha dicho nada relevante… y me fastidia que te rías de mí.

—Estás muy verde, no sé por qué Blake te ha encargado este trabajo.

—Supongo que porque sabe que soy capaz de…

—Sí, de hacer cualquier cosa por destacar. No tienes demasiados escrúpulos pero te falta experiencia.

—Y, según tú, ¿qué es lo que me ha dicho esa mujer que al parecer tú has entendido y yo no?

—Pues que la tal señora Hamilton tiene una casa de citas. Un lugar donde ella y sus tres amigas reciben a ciertos caballeros, con la debida discreción. O sea, que seguramente Frank Wilson viene aquí a desahogarse. Está a hora y media de tren de su localidad, de manera que no corre el riesgo de encontrarse a su esposa por la calle. Hace las cosas a la vieja usanza.

Evelyn le miró desconcertada. Primero pensó que Bob era muy retorcido o muy listo para sacar esa conclusión de las palabras de la tal señora Prince, pero no tardó un segundo en aceptar que tenía razón.

—¡Dios mío, Blake no se lo va a creer!

—Sí, sí se lo va a creer. Nos ha mandado aquí para esto, para pillar a Frank Wilson. Trata de favorecer la campaña de ese Roy Parker. ¿O no te habías dado cuenta de que ahora el verdadero amo es Parker? Se dice que él y sus amigos han comprado acciones de la radio y del periódico. Somos un pez pequeño pero servimos a sus intereses. Mañana publicaremos que Wilson es un adúltero y pasado mañana el *Times* se hará eco. La carrera política de Frank Wilson terminará aquí.

—Eres un cínico —dijo Evelyn, que para ese instante se sentía incómoda con la situación.

—Vamos, Evelyn. Una cosa es que no tengas mucha experiencia y otra que te hagas la tonta. Todos sabemos que eres ambiciosa y que harías cualquier cosa, incluso acostarte con Blake, si eso te ayudara a subir. Sólo que él no te lo ha propuesto. Pero yo sí te lo propongo. ¿Qué te parece si pasamos el fin de semana juntos? Puedo darte unas cuantas lecciones de periodismo.

—¡Eres un cerdo!

Bob se encogió de hombros. Evelyn le gustaba. Era ambiciosa, sí, pero aún no había perdido del todo la inocencia.

—¿Y ahora qué hacemos? —preguntó ella intentando recuperar la normalidad en la conversación.

—Yo, esperar a que salga y hacerle otro par de fotos. Tú, procurar buscarte otra fuente que te confirme lo que te ha dicho esa anciana. Pregunta por las tiendas de los alrededores.

—Podríamos hacer algo mejor —adujo Evelyn.

—¿Como qué?

—Buscaremos el teléfono de la señora Hamilton. Mira, ahí hay una cabina. Puede que lo encontremos en el listín telefónico. Tenemos su dirección. Y tú llamarás diciendo que un amigo te ha recomendado su casa… Que te gustaría visitarla y reunirte con alguna de sus amigas. Dile que estás de paso y que te vendría bien esta misma tarde.

—¡Vaya con la señorita! Blake ha elegido bien. Pero no, no voy a hacer tu trabajo. Arréglatelas como puedas. Si aún trabajara en el *Sunday Times* lo haría, allí el sueldo merecía la pena, pero no lo haré por lo que me paga Blake. Ni siquiera lo haré por ti, aunque me prometieras compartir conmigo el fin de semana.

Evelyn se apresuró hacia la cabina. Efectivamente, al lado del teléfono colgaba una guía telefónica de aquella localidad. No tardó mucho en encontrar el número de teléfono de la señora Hamilton, echó una moneda y llamó desde allí.

—¿La señora Hamilton? Buenas tardes. Siento molestarla pero una persona que ambas conocemos me ha dicho que quizá usted podría ayudarme. Es un caballero que en algunas ocasiones ha visitado su casa y… Bueno, yo necesito trabajo. Quizá usted podría recibirme y…

Evelyn aguardó expectante una respuesta porque el silencio se había hecho al otro lado de la línea. Luego escuchó que le preguntaban de qué caballero hablaba.

—No, no puedo decirle el nombre del caballero, al menos no por teléfono. Ya sabe cómo son estas cosas, lo importante que es la discreción. ¿Que no necesita a nadie? Le aseguro que soy tan discreta como cumplidora y necesito el trabajo. Soy de un pueblo cercano y… bueno, allí no me es posible trabajar, todo el mundo me conoce, pero aquí sí podría, y dado que usted regenta una casa tan seria, si me diera una oportunidad…

La conversación duró apenas unos minutos más, Evelyn colgó y volvió al coche. Parecía contrariada

—¿Qué ha pasado? —quiso saber Bob.

—Es muy lista. Me ha dicho que ella no tiene ningún trabajo que ofrecer, que debe haber un error porque es viuda y apenas sale de casa. Que no conoce más caballeros que los de su familia, y si no le podía dar ningún nombre entonces es que yo estaba equivocándome de número. Tendrías que haber llamado tú.

—No lo has hecho tan mal. Mira. —Bob señaló hacia una de las ventanas de la casa, y al tiempo comenzó a disparar la cámara.

En la ventana se vislumbraba la silueta de un hombre y, junto a él, una mujer parecía estar peinándose. No se veía muy bien.

—¿Es él?

Bob intentó imaginar las fotos que acababa de hacer y puso cara de fastidio.

—No, no es él; es otro capullo que está pasando la tarde en casa de la señora Hamilton.

No tardó mucho en abrirse la puerta y esta vez sí era Frank Wilson quien salía precipitadamente de la casa sin apenas despedirse de la mujer que cerraba la puerta con prisa.

Le siguieron hasta la estación, donde Wilson cogió un tren.

—¿Y ahora qué? —preguntó Evelyn a Bob.

—Podemos volver a la casa y esperar a ver quién sale. Si esas amigas de la señora Hamilton no viven con ella tendrán que marcharse en algún momento.

—Estoy agotada y tengo hambre. Tú al menos te has comido el sándwich que traías.

—Ya aprenderás que cuando uno tiene que hacer un seguimiento debe ir preparado.

A las cuatro otro hombre visitó la casa de la señora Hamilton. Y uno más lo hizo a las cinco. Al igual que Frank Wilson, subieron con paso rápido los escalones, llamaron al timbre y apenas unos segundos después se abrió la puerta y la que suponían era la señora Hamilton los invitó a pasar y cerró la puerta con celeridad.

Los dos hombres se marcharon, uno a las seis y el otro a las siete, y no fue hasta las ocho de la noche cuando Evelyn estaba agotada y hambrienta que salieron tres mujeres de la casa. Charlaban en voz baja y a Evelyn le pareció notar cierta inquietud en ellas. Sin duda su llamada había alertado a la señora Hamilton, y si Bob tenía razón y esas mujeres se dedicaban a ejercer una prostitución discreta, estarían preocupadas.

—¿Y ahora qué hacemos? —preguntó a Bob, que no dejaba de disparar la cámara.

—Tú sigue a una y yo seguiré a otra; veremos adónde van.

—¿Hablo con ella?

—Improvisa, Evelyn. El periodismo no es una ciencia exacta, no hay un protocolo que uno debe seguir. Las circunstancias mandan. Ya sabes dónde he aparcado el coche, nos encontramos allí. El que llegue primero espera.

Bob la dejó plantada y, con paso rápido, cruzó la calle para no perder a una de las mujeres, que había comenzado a caminar como si llevara prisa.

De las dos que aún hablaban ante la puerta de la señora Hamilton, Evelyn decidió seguir a la más bajita. Una mujer de unos cincuenta años, con el pelo teñido de rubio y un inofensivo aspecto de ama de casa. Llevaba una falda gris, una chaqueta de lana negra y unos zapatos de medio tacón.

La mujer caminaba con tranquilidad, como si no tuviera prisa a pesar de la hora. Estuvo andando un buen rato hasta llegar a un bloque de casas baratas, de esas construidas para los obreros en los años setenta. Abrió el bolso y sacó una llave. De repente se volvió y miró a Evelyn, que apenas estaba a unos pasos de ella.

—¿Por qué me está siguiendo? —La voz de la mujer reflejaba preocupación.

—Yo… bueno… No la estoy siguiendo. Es que… Perdone, pero ¿trabaja usted para la señora Hamilton?

—¿Quién es usted? ¿Qué es lo que quiere?

—Verá… Soy periodista. Mi periódico me ha encargado una investigación y… Bueno, se trata de Frank Wilson. Esta tarde ha estado en casa de la señora Hamilton.

—De manera que va detrás del señor Wilson. Pica muy alto para ser tan joven. ¿Qué es lo que busca?

—Es muy extraño que el señor Wilson acuda a la casa de la señora Hamilton. ¿Qué sucede en esa casa? ¿Qué hacen ustedes?

—¡Vaya, cuánto descaro! ¿Cree que tiene derecho a preguntarme?

—Usted puede no responderme.

—Efectivamente, puedo no responderle. También puedo denunciarla por seguirme y acosarme.

—Pero no lo hará porque… Bueno, es evidente qué es lo que sucede en casa de la señora Hamilton.

—Así que es evidente… Pero por si acaso pregunta. ¿Y qué es tan evidente?

Evelyn tenía la impresión de que la mujer estaba burlándose de ella, a pesar del tono serio de su voz y de que los músculos de su cara traslucían cierta tensión.

—Puede que la señora Hamilton y… bueno, y algunas amigas reciban allí a caballeros que van en busca de un rato de entretenimiento. —Evelyn dijo la frase de corrido, con cierta vergüenza. Hiciera lo que hiciese aquella mujer, tenía una dignidad que la desarmaba.

La mujer la miró y sus ojos reflejaban cansancio. Parecía dudar si debía responder o no.

—Señorita, no sé de dónde saca esas ideas. Pero debería usted mirar a su alrededor. ¿Qué ve? En este pueblo antes había trabajo, ahora los hombres se pasan el día en la taberna y los afortunados consiguen algún trabajo esporádico. Pero la vida sigue. Hay que pagar el alquiler, mandar a los hijos al colegio, la comida está cara… Sí, hay que seguir viviendo como se pueda. No hay trabajo para los hombres y menos para las mujeres. Aquí la gente intenta arreglárselas con lo que llega de los subsidios, pero no es suficiente. La mayoría de las familias no viven precisamente en armonía. Ya sabe, cuando el dinero falta los problemas afloran. Los hombres se desesperan y los hijos… los hijos no respetan a los padres, a los que ven malgastar su vida bebiendo cerveza y quejándose de la falta de trabajo. Y nosotras… Bueno, las mujeres, además de lamentarnos, tenemos que poner todos los días algo que comer en el plato de nuestros hijos. De manera que hacemos lo que podemos. Pero no robamos ni estafamos a nadie. En realidad, el único daño es el que sufrimos nosotras por… La vida es como es, y no hemos podido elegir.

—Y usted consigue dinero yendo a casa de la señora Hamilton donde… bueno… donde acuden algunos hombres.

—Eso es lo que dice usted. Veo que no comprende nada de lo que le he dicho. En realidad no le importa. ¿Para qué periódico trabaja?

—Para Radio Este y el *Diario Este*, hago doblete.

—Un papelucho y una emisora que nadie escucha. Pero usted es joven y quiere salir del agujero y no le importa lo que tenga que hacer, así que es inútil lo que yo le pueda decir. Usted tiene un objetivo, que es salir de aquí. No la culpo, y supongo que cree que Frank Wilson es su pasaporte para que todo el mundo la reconozca como una gran periodista. Lo siento, no la puedo ayudar.

—¿Conoce a Frank Wilson? Esta tarde ha estado en casa de la señora Hamilton y usted también. Tiene que conocerle.

—Buenas noches.

La mujer se metió en el portal y cerró la puerta con suavidad. Evelyn no sabía qué hacer. En realidad ni siquiera sabía dónde estaba. Volvió sobre sus pasos hasta llegar a una calle, donde preguntó a un transeúnte cómo ir hasta la dirección donde había aparcado el coche. Tardó veinte minutos en llegar.

Bob estaba apoyado en el coche fumando. Se le notaba cansado. Pero a Evelyn no le importaba cómo pudiera sentirse Bob. «Al menos él ha comido un sándwich», pensó.

—¿Has conseguido algo? —preguntó a Bob mientras éste se metía en el coche.

—Poco. He seguido a la morena hasta las afueras, a una casa de mala muerte. En la calle había unos cuantos adolescentes de esos que juegan a ser malos, estaban fumándose un porro. Ella se ha dirigido a uno de ellos diciéndole que subiera a casa. Él ni siquiera la ha mirado y ella ha bajado la cabeza y se ha metido en un portal. Fin de la historia. Es evidente que estas mujeres van a casa de la señora Hamilton para obtener dinero con el que mantener a sus familias. Éste no es un pueblo próspero. El índice de paro es del setenta por ciento. Seguramente, estas mujeres hacen lo que pueden por dar de comer a los suyos, y lo único que pueden hacer en un lugar como éste es ir a casa de la señora Hamilton para entretener a los Frank Wilson de este mundo. Un asco.

—Bueno, está claro que hay que denunciar todo esto.

—¿Sabes lo que pasará? —le preguntó Bob sin mirarla mientras aceleraba buscando la carretera general.

—Que a Frank Wilson se le acaba la carrera política. ¡Él muy hipócrita! El reportaje también servirá para hacer una llamada de atención sobre la situación de esta comarca: el paro, la desesperación de la gente que lleva a las mujeres a prostituirse para dar de comer a sus hijos. Será un buen reportaje.

—Ten cuidado al escribirlo. No puedes acusar a la señora Hamilton sin pruebas.

—Tú mismo dijiste que era evidente lo que sucede en su casa…

—Y lo es. Pero hacen falta pruebas o esa mujer presentará una demanda que dejará a Blake temblando por mucho dinero que le esté dando ese Roy Parker.

—Pero…

—Eres más tonta de lo que pareces. Tendrás que escribir la historia sin afirmaciones, sólo con preguntas. Por ejemplo: «¿Qué hacía el candidato Wilson en la casa de la señora Hamilton?», o quizá: «¿Quién es la misteriosa señora Hamilton a la que una vez al mes visita Frank Wilson?».

—¡Fantástico!

—Sí, tendrás que plantearlo así.

—¡Eres un genio! —exclamó entusiasmada Evelyn, mirando a Bob con agradecimiento. Pensó que a lo mejor no era tan mala idea meterse en la cama de Bob y aprender unas cuantas cosas de periodismo. No se lo pondría fácil, pero empezaba a encontrarle atractivo. El tipo sabía de verdad lo que era el oficio.

—¿No te importa el daño que vas a hacer? —preguntó Bob, aunque la pregunta más parecía una afirmación.

—¿Daño?

—A esas mujeres sus maridos les darán una buena paliza. Puede que ellos sospechen que si hay algo en el plato para comer es porque ellas hacen algo... Pero prefieren no saber qué.

—Yo no sé sus nombres, sólo el de la señora Hamilton.

—Una vez que tires la piedra no habrá marcha atrás, saldrán sus nombres junto al de la señora Hamilton. No sólo recibirán una buena tunda de sus maridos, sino que sus hijos... En fin... Esos desgraciados tendrán que soportar que les digan que son unos auténticos hijos de puta.

—¿Por qué intentas crearme mala conciencia? Yo no tengo la culpa de lo que sucede. Es sólo un reportaje.

—Saldrás adelante, nena. No tienes corazón.

—¡Vamos, Bob, no me fastidies!

Evelyn llamó a Christopher Blake desde una cabina. Era tarde pero estaba segura de que él querría saber qué habían averiguado.

Blake la felicitó conminándola a que fuera de inmediato a la redacción y se pusiera a escribir. A primera hora de la mañana también tendría que participar en el informativo de la radio explicando cuanto sabía del «caso Wilson».

—Bueno, el jefe nos felicita y le han parecido buena idea tus titulares.

—Sí, son buenos. Tiramos la piedra y escondemos la mano.

—Dime, Bob, ¿por qué dejaste Londres para venir a este condado y trabajar en un periódico de mala muerte?

—Porque he dejado de sentir pasión. Sí, mi gran pasión era el periodismo, conseguir la foto que nadie podía, llegar al límite. Yo también he contribuido a cargarme unas cuantas reputaciones. Y no me arrepiento, los tipos se lo merecían. No soporto a esos señoritos que se gastan el dinero público dando lecciones de moral a los demás y que se creen que tienen derecho a todo.

—Sin embargo no pareces muy contento de que vayamos a contar que Frank Wilson de vez en cuando echa una cana al aire.

—Bueno, nunca me ha interesado meterme en la cama de los demás. Nuestra sociedad es muy hipócrita al respecto. Además, a Frank Wilson lo máximo que le va a suceder es tener que pasar por el bochorno de pedir perdón a su esposa y a sus electores. No me preocupa él, lo siento por esas mujeres que tienen que soportar a los tipos como él para sacar adelante a su familia. Son ellas las que se van a llevar la peor parte. Las van a señalar como putas y su vida se convertirá en un infierno.

—Lo siento, pero escribiré el reportaje.

Bob se encogió de hombros y se concentró en conducir. No le apetecía seguir pensando en aquellas pobres mujeres.

Yo estaba cenando en Londres con una joven publicista cuando me avisaron de que tenía una llamada. Estuve tentado de no responder, pero la campaña de las elecciones municipales estaba en marcha y teníamos demasiados clientes que podían llamar para una estupidez o para algo importante. Así que sonreí a la exuberante colega y respondí.

Era Christopher Blake y estaba eufórico. Atropelladamente, me contó que las investigaciones de sus chicos sobre Frank Wilson habían deparado una sorpresa que sería una auténtica bomba y me detalló todo lo que le había dicho Evelyn.

Me había fastidiado la cena. Tenía que llamar inmediatamente a Roy Parker para contarle que la primera página del *Diario Este* y el informativo de primera hora de la mañana en que Evelyn en persona iba a relatar la «extraña» relación de Frank Wilson con una tal señora Hamilton.

Philip Sullivan estaba en su casa y no puso inconveniente en venir a la mía en veinte minutos. Tampoco protestó por tener que irse aquella misma noche hasta el condado para estar al día siguiente junto a Roy Parker y evitar que dijera ni una palabra de más.

A las diez de la mañana, en el condado no se hablaba de otra cosa que de las aventurillas amorosas del señor Wilson. Las agencias y otras emisoras de radio y televisión no habían tenido más remedio que hacerse eco de la exclusiva de Evelyn, que además había llamado al candidato conservador instándole a que explicara sus visitas mensuales a casa de la señora Hamilton.

A media tarde, Frank Wilson compareció en una rueda de prensa acompañado de su esposa. Dijo sentirse avergonzado por el daño hecho a su familia y a sus votantes, y anunció que se retiraba de la carrera electoral para dedicarse a partir de ese momento a enmendar su error y ocuparse de su esposa y sus hijos.

Roy me telefoneó por la noche entusiasmado.

—¡Uno menos! Los conservadores ahora tendrán que improvisar un candidato. Es un genio, Thomas, sabía que podía confiar en usted. Su chico, Philip, me hizo memorizar lo que tenía que decir a los periodistas, ya sabe, cosas como que para mí ha sido una sorpresa porque hasta hoy creía que Frank Wilson era uno de los pilares de nuestro condado. Luego he dicho que los políticos debemos ser hombres de vida transparente o, de lo contrario, dedicarnos a otros menesteres. Philip me ha hecho decir que sentía el mal momento que debe de estar pasando la familia de Wilson.

—Bien, Roy, eso está bien. No se salga del guión. No improvise.

—Mañana Suzi me va a acompañar a visitar el mercado y los pequeños comercios de la zona. Philip dice que los votantes deben ver que somos una familia feliz. También le ha dado a Suzi un par de folios con lo que debe decir si le preguntan los periodistas. Lo haremos bien, no se preocupe.

No, no me preocupaba. Estaba seguro de que Roy y Suzi eran muy capaces de aparecer compungidos por el caso Wilson, además de meterse en el bolsillo a los votantes del condado. En cuanto a Evelyn Robinson, la chica valía y podía servirnos en el futuro.

Un par de días después viajé hasta el condado para reunirme con Christopher Blake primero y con Roy y Suzi después.

Blake derrochaba entusiasmo. Le había llamado uno de los jefes del Partido Conservador; quería saber cómo habían conseguido la exclusiva. También le preguntó por qué su periódico y su emisora parecían estar apoyando a esos «novatos» del Partido Rural. Por lo que me contó, él también interpretó bien su papel de empresario periodístico cuyo único objetivo era el prestigio de sus medios y un escándalo así no podía obviarlo. El del Partido Conservador se mostró conciliador: «Seguro que podemos entendernos. Nosotros apreciamos su empresa, señor Blake, sabemos de las dificultades por las que ha atravesado, y debe saber que cuenta con nuestro apoyo para cualquier cosa que necesite». Blake parecía haberse aprendido de memoria las palabras porque me las recitó de corrido.

—¡Ahora se dan cuenta de que existimos! Jamás han invertido en una página de publicidad en el periódico ni en una sola cuña en la radio. Sí, no van a tener más remedio que tenernos en cuenta.

»Supongo que el señor Parker estará satisfecho de… de cómo va su campaña.

—Sí, lo está. Y le agradezco en su nombre el apoyo de sus medios. El Partido Rural es un partido decente que sabrá representar los intereses de los ciudadanos. El señor Parker es un hombre de una pieza. Y le felicito; sé que un grupo inversor ha comprado acciones de su empresa. Apuestan por el futuro.

Dije esto último para recordarle que si ahora flotaba era porque le habíamos lanzado un cabo para que se agarrara. Blake era muy capaz de llegarse a creer que Evelyn realmente había descubierto ella solita las visitas de Frank Wilson a casa de la señora Hamilton.

Por la noche cené con Roy y Suzi. Nos acompañó Philip. Me

sorprendió que Suzi hubiera perdido unos cuantos kilos y que llevara el cabello perfectamente peinado. Ambas cosas le quitaban encanto. Además, llevaba unos zapatos de Jimmy Choo sobre los que le costaba mantenerse erguida.

—¿Quién le ha dicho que vaya a la peluquería y que adelgace? —le pregunté malhumorado.

—Bueno, creo que es lo que corresponde a la esposa de un candidato. No puedo ir por ahí con el pelo encrespado. Y, la verdad, envidio el tipo de Cathy. Todo le sienta como si fuera una maniquí.

—Señora Parker, usted no puede ni debe parecerse a Cathy; ella no conseguiría en este condado ni un solo voto. Se supone que el Partido Rural está integrado por la gente de aquí, por personas ajenas a los políticos tradicionales, gente que es capaz de ordeñar una vaca o asistir al parto de una oveja.

Roy se revolvió incómodo y me miró con tanta furia que pensé que iba a pegarme.

—No se pase, Thomas. Usted no es quién para decirle a Suzi cómo debe peinarse. Una cosa es que aceptemos algunos de sus consejos y otra que no tengamos nuestro propio criterio.

—Verá, Roy, las cosas son así: o usted sigue al pie de la letra nuestras indicaciones, incluido cómo se debe peinar su esposa, o hacemos las maletas y nos vamos. Decida.

No iba de farol. Sabía que o dejaba claro quién mandaba o lo mejor era irme a Londres esa misma noche. Roy era muy capaz de echar por la borda todo lo que habíamos hecho a cuenta de sus ideas peregrinas, como lo de permitir que Suzi pareciera una caricatura de las esposas de los candidatos de los partidos tradicionales.

—O sea, que nada de peluquería ni de zapatos de tacón —intervino ella, consciente de que la carrera política de su marido podía terminar allí mismo.

—Usted es como es, una matrona entrada en carnes, con un cabello rebelde que a duras penas logra domeñar con esas horquillas que llevaba antes. Y no, no le van los zapatos de Jimmy

Choo. Póngase los que le aconsejó Cathy: zapatos bajos, de salón, y sólo cuando tenga algún acto algo solemne; el resto del tiempo continúe con sus zapatos de suelo de goma. Sea quien ha sido hasta ahora, ése es su mayor encanto.

—De acuerdo. Lo haré. Creía que estaba mejor así…

—Pues no lo está. Le aseguro que así resulta vulgar, mientras que de la otra manera resultaba atractiva.

Roy no había dicho ni una palabra mientras Suzi y yo hablábamos. Parecía estar sopesando qué hacer, si despedirme o dar por zanjado el asunto. Eligió la última opción.

—Bien, ¿cuándo pasamos a la segunda parte del plan? Nos queda el laborista, Jimmy Doyle. Le he dicho a su chico —y señaló a Philip— que nos vendría bien que se filtrara ya lo de los problemas económicos de Doyle. En cuanto nos lo quitemos de encima sólo quedaré yo.

—Y Philip le habrá explicado que no haremos nada hasta los últimos cuatro días de campaña. No habrá más escándalos hasta ese momento. Usted continuará visitando ancianitas, yendo a ver a otros propietarios de ganado, reuniéndose con los trabajadores en paro… Seguirá el programa que ha diseñado Philip. No se saldrá del guión ni un milímetro. Lo demás corre de nuestra cuenta.

—¡Pero eso supone dar ventaja al laborista! Jimmy Doyle tiene buen cartel en el condado.

—Sí, ya lo sé, y lo tendrá hasta el día en que le he dicho. Roy, hay que saber golpear en el momento oportuno. Usted debía ser uno de esos chicos que no se lo pensaban dos veces y embestía a los demás. Esto no va así en la política. Además, el caso de Frank Wilson aún ocupará portadas en los medios. No se impaciente. No se puede matar a todos los oponentes el mismo día o llamará la atención. Los periodistas de los otros medios de comunicación se preguntan cómo es posible que una joven reportera desconocida, Evelyn Robinson, haya sido capaz de descubrir los líos amorosos de Frank Wilson. Pensarán, especularán y alguno podría tirar del hilo e intentar llegar hasta usted. Le recomiendo que lea *El arte de la guerra*, le vendrá bien.

—¿Lo escribió Churchill?

—No, lo escribió alguien que vivió unos cuantos siglos antes, creo que en el siglo IV antes de Cristo. Se llamaba Sun Tzu y su libro se estudia en todas las academias militares.

—Un chino, ¿no?

—Sí, un chino.

Roy no parecía impresionado por mi recomendación, pero Suzi apuntó el título del libro. Estaba seguro de que ella lo leería para después resumírselo a su marido.

Decidí que lo mejor era que Philip se quedara junto a Roy hasta que terminara la campaña. Habíamos contratado a un par de publicitarios que organizaban el día a día, pero que eran incapaces de imponer a Roy nada que éste no quisiera hacer o impedir que llevara sus propias ideas adelante.

—Mañana tengo que regresar a Londres. Tengo otro montón de candidatos y debo coordinar varias campañas a la vez. Philip se quedará con usted y no crea que me gusta la idea, pero será la única manera de tratar de impedir que usted meta la pata y quede fuera de juego. Pero quiero hacerle una advertencia, Roy: no seguiremos adelante con usted si no sigue al pie de la letra las indicaciones de Philip o de cualquiera de las personas de mi equipo.

—¿Incluida la insulsa señorita McCarthy? —preguntó Roy con una sonrisa.

—No está previsto que la señorita McCarthy vuelva al condado. En este momento está dedicada a la campaña de otros candidatos. Y, que yo sepa, sus lecciones sobre cómo estar delante de una cámara o salir airoso de un debate le han venido muy bien hasta el momento.

—Es como una maestra de escuela —replicó Roy.

—Es una profesora de la Universidad de Londres, y usted ha tenido el privilegio de que ella accediera a enseñarle algunas de las cosas que necesita saber para conseguir ser alcalde.

—Le veo tenso, Thomas —intervino Suzi intentando que no nos enzarzáramos en una discusión.

—Estoy cansado. Ya les he dicho que llevamos la campaña

de más de cuarenta candidatos. Hombres y mujeres que aspiran a ser alcaldes de sus localidades.

—No se enfade, obedeceré en todo lo que pueda —aseguró Roy.

Resultaba agotador. Era un ciclotímico de manual. Tan pronto se ponía sentimental como estaba dispuesto a actuar como un *killer*.

El caso de Frank Wilson no terminó de la noche a la mañana. A una de las mujeres que trabajaban para la señora Hamilton su marido le dio tal paliza que la ingresaron en coma. Al hombre lo detuvieron y no tuvo reparo en reconocer que quería matarla.

Las otras dos mujeres tampoco salieron bien libradas. Sus maridos las echaron a la calle, después de unos cuantos golpes y los gritos de «puta» de rigor. En cuanto a la señora Hamilton, puso la casa en venta y desapareció. Los vecinos aseguraban que no se había despedido de nadie.

—¿No te remuerde la conciencia? —le preguntó Bob a Evelyn mientras fumaban un cigarrillo. Estaban en la cama leyendo los periódicos del domingo, y en el *Diario Este* aparecía la crónica firmada por Evelyn.

—Yo no soy culpable de lo que ha pasado —respondió ella de mal humor.

Le gustaba Bob, acostarse con él resultaba divertido, pero le fastidiaban esos rescoldos de moral que de cuando en cuando dejaba que afloraran.

Evelyn se negaba a aceptar que ella tuviera nada que ver con la desgracia que habían corrido aquellas mujeres, aunque de vez en cuando no podía evitar recordar la dignidad que desprendía aquella mujer en el portal negándose a decir ni una sola palabra de Frank Wilson o de la señora Hamilton. Simplemente explicándole que algunas cosas pasan porque uno no encuentra otra salida en la vida. Si Bob insistía mucho entonces se enfadaba, porque no quería recordar al hijo de aquella mujer negándose a volver a tener nada que ver con ella mientras veía a su padre quitarse el cinturón para hacerle pagar la vergüenza pública a la que se había visto sometido.

Acordé con Philip que los documentos que teníamos sobre las deudas e impagos de Jimmy Doyle no podíamos filtrárselos a Evelyn. Sus colegas de otros medios dirían que no se puede tener tanta suerte en un solo mes. Incluso sopesamos si no era conveniente hacerlos llegar a otro medio para alejar sospechas.

—¿Cómo ha conseguido tu amigo Neil estas fotocopias de los extractos bancarios de Doyle? —le pregunté a Philip.

—No lo sé, él nunca me cuenta cómo consigue la información. La trae y ya está.

—Ya, pero ¿estás seguro de que los extractos son auténticos?

—Confío en él. Es el mejor.

—Sí, parece que tiene un talento especial para encontrar mierda. Bueno, ¿qué se te ocurre?

—Enviárselos a varios medios, incluido el *Diario Este* y Radio Este. Sin destinatarios, sólo a las redacciones. Blake lo publicará y el resto, si no lo hace, no podrá decir que no era por no tener los papeles, sino porque no han querido tirarse al agua.

—A Blake no le gustará que le birlemos una exclusiva —reflexioné en voz alta.

—Pero sería muy arriesgado que su periódico y su radio fueran otra vez los que acaben con la carrera del otro candidato. La gente no es tonta. Los conservadores y los laboristas se aliarán para rastrear quién va a por ellos y la pregunta que se harán es a quién benefician estos escándalos. Roy es un recién llegado, no es nadie, no pertenece al *establishment*. Encontrarán el rastro que llegue hasta él, hasta nosotros, y nos crujirán.

—Entonces hagamos algo más. Primero filtremos en la red que Doyle tiene problemas financieros, que a lo mejor espera ser alcalde para arreglar estos problemas. Así se organiza un poco de barullo. Luego enviaremos los papeles a los medios.

Íbamos a destruir a otro hombre. Reconozco que no me importaba, que ni por un minuto dudé. Era mi trabajo; no sólo me pagaban por ello sino que me divertía andar por el borde del abismo, saber que era más listo que los demás.

Podría haber hecho las cosas de otra manera. Por ejemplo, haberle dicho a Philip que mi estómago no daba para tanto, que después de lo de Frank Wilson me sentía incapaz de repetir la misma infamia con Doyle. Pero no lo dije porque no pensaba así, porque ni por un segundo me asaltó el remordimiento.

Cuando los papeles con los impagos de Jimmy Doyle llegaron a Radio Este, Blake le encargó a Evelyn que siguiera la pista a pesar de que sutilmente yo le había dicho que en la tesitura de que estallara otro caso, Evelyn no debería encargarse de ello. Pero Blake confiaba en ella y estaba seguro de que si esos papeles eran ciertos, su periódico y la radio se apuntarían otro tanto.

Hacía varios días que los papeles se habían filtrado pero no habían tenido la repercusión que esperábamos. Philip decía que no importaba, que enviar la información nos servía de cortafuegos. Había que evitar que alguien hiciera la ecuación correcta: todo lo que estaba pasando favorecía a Roy Parker.

—Blake quiere que publique lo de las deudas de Doyle, —Evelyn le enseñó los papeles a Bob, con el que para ese momento se acostaba todos los días.

—¡Vaya, qué casualidad! —exclamó Bob.

—¿Qué quieres decir?

—Que ya es casualidad que ahora salga otro escándalo del candidato con más posibilidades de ganar una vez que Frank Wilson ha quedado fuera de juego.

—No te entiendo…

—Sí me entiendes, Evelyn, por supuesto que me entiendes. Está claro como el agua. Esto es como la novela *Diez negritos* de Agatha Christie. Ya han dejado fuera de juego al candidato del Partido Conservador, ahora le toca al del Laborista. Quedan otros dos, el del Partido Liberal, el bueno del señor Brown, y ese Roy Parker del Partido Rural. El señor Brown no es rival de nadie. Los liberales jamás han conseguido votos en este pueblo, su presentación es casi testimonial. Nos queda Roy Parker. Él será el próximo alcalde.

—No puedes saberlo…

—Dalo por hecho, Evelyn. Supongo que te habrás preguntado por este período de prosperidad en los negocios de nuestro jefe. Tenemos publicidad, hay un grupo de inversores que han comprado acciones… ¡Qué casualidad! Además, Blake te encargó que siguieras la campaña de Parker con la sugerencia de que le trataras bien. ¿Quieres más evidencias?

Evelyn se levantó de la cama, incómoda por la perorata de Bob. Sabía que tenía razón, ella había llegado a las mismas conclusiones, sólo que no se atrevía ni quería verbalizarlas, ni siquiera con Bob.

—Te recuerdo que la competencia nos ha pisado lo de Doyle. Lo que el jefe quiere es que no nos quedemos atrás y me ha mandado que busque si hay algo más. Siempre tienes una teoría conspirativa para todo lo que sucede.

—Tú sabes que tengo razón. Deberías estar más atenta a lo que te estoy enseñando sobre el periodismo de investigación: muchos de los casos llegan a las redacciones porque alguien quiere vengarse de alguien o porque tiene un interés determinado.

—Es decir, que los periodistas no investigamos…

—¡Pero qué tontería dices! Escucha, guapa, el periodismo de investigación es una cosa muy seria y algunos de nuestros colegas se juegan hasta la vida. Pero hay ocasiones en que alguien da una pista y hay que preguntarse si sus motivos tienen que ver con el interés general. Puede ser por venganza, dinero, cálculo político para destruir al adversario… La cuestión es saber discernir. Tú te encontraste con un anónimo en tu buzón en el que te daban la dirección de la señora Hamilton. Nos pusieron el pez en la caña y lo pescamos.

—O sea, que a los periodistas a veces nos utilizan. ¿Es eso lo que quieres decir?

Bob se encogió de hombros y encendió otro cigarrillo mientras contemplaba a Evelyn ir de un lado a otro de la habitación. La notaba incómoda con ella misma. Se fijó en sus piernas, era lo mejor que tenía.

—Puede que en tu caso sí.

—¡Eres un cretino! ¿Cómo te atreves a decirme que soy una tonta útil?

—Porque lo eres, Evelyn, y lo sabes. La ambición te puede. Estás dispuesta a todo por salir del condado.

—Hago periodismo de investigación —respondió Evelyn a la defensiva.

—¿Tú? De eso nada, querida. Tenemos colegas que buscan sin que nadie se lo mande, sin que les hayan dado una pista previa. Cuando es así suelen encontrarse con un muro, el de los intereses del propio periódico. Aun así se la juegan, insisten y a veces logran poner contra las cuerdas al sistema; otras, la obsesión puede terminar convirtiéndolos en los parias. Hace años coincidí con uno de los mejores de nuestro oficio. Habrás oído hablar de él. Se llama Neil Collins. Era *freelance*.

—Claro que sé quién es Neil Collins. Durante un tiempo publicó en varios periódicos reportajes de investigación. Se hizo famoso.

—Sí, famoso por su integridad, porque nunca hizo concesiones al poder, porque no se amilanaba ante las amenazas, porque todo lo que publicaba lo había comprobado minuciosamente y nadie podía desmentir que lo que escribía era verdad.

—Ya no publica en ningún sitio.

—Acabaron con él por pasarse de listo. Bebía demasiado. Una noche conoció en un garito a un tipo al que la cocaína y el alcohol le soltaron la lengua. El tipo trabajaba para el Ministerio de Defensa y dejó caer que nuestro amado país estaba vendiendo armas a quien no debía. Ya sabes, esos países que están en la lista negra de Naciones Unidas. Neil se empeñó en investigar y consiguió la historia, pero ningún periódico se la compró. Paparruchas de borracho, decían los redactores jefes de los periódicos a los que fue a vender la historia. ¿Quién se puede fiar de un tipo como Neil, que siempre huele a alcohol y debajo de la nariz tiene un rastro de polvos blancos?, decían. Pero en aquel momento Neil no se rindió y terminó publicando la historia en una revista marginal, pero la publicó. A partir de entonces ningún periódico volvió a comprarle ningún reportaje.

—¿Qué ha sido de Neil?

—Ahora vive en el infierno. Se ha convertido en un amargado, en un paria. No se soporta ni él mismo. Así se las gastan los que mandan, enviando al ostracismo a los que se acercan demasiado a sus secretos.

—¿Como en el caso Watergate?

—Aquello fue periodismo puro, dos periodistas del *Washington Post* encontraron la historia, tiraron del hilo y fueron capaces de llegar hasta el final. Bob Woodward y Carl Bernstein son dos de los grandes, el ejemplo de que en nuestro oficio hay gente decente. Pero cuando el Watergate, el mundo era distinto y los propietarios de los medios querían ganar dinero, sí, pero también tenían lo que tú calificarías de una idea romántica del periodismo; es decir, la obligación de ser leales a los lectores. Hoy algunos medios están en manos de fondos de inversión para los que la verdad sólo es un inconveniente, si eso les puede hacer perder dinero.

—Estás demasiado obsesionado con los que mandan. Crees que todos los que están arriba huelen a mierda.

—Más de lo que supones. Estas cosas funcionan así. No me cabe la menor duda de que ese Roy Parker tiene algo que ver con lo que le ha pasado a Frank Wilson y lo que está pasando ahora con Doyle.

—Si fuera como dices, ¿por qué no me enviaron otro anónimo? Yo…

—Sí, tú te habrías apuntado el tanto de la historia. Demasiado riesgo. Una joven reportera que tiene suerte una vez es creíble, pero dos y en un plazo tan breve de tiempo... Han sido listos filtrando lo de Doyle a la competencia.

—Pues ahora Blake está empeñado en que yo aporte mi granito de arena.

—Lo tienes fácil. Hasta el momento se han publicado unos papeles supuestamente filtrados por algún empleado del banco. Ya sabemos que Doyle gasta lo que no tiene y que se ha apropiado de dinero de su partido. Al parecer le gustaba hacer regalos costosos a su esposa. Habla con las amigas de la esposa de Doyle, con los comerciantes de la zona... Puedes escribir un reportaje con fondo humano. Seguro que alguna de sus amigas te cuenta con pelos y señales la vida de los Doyle y te dice que entre sus amistades se extrañaban de su nivel de vida. Indaga cómo viven los hijos, qué coche tienen, si dependen de su padre...

—¡Eres estupendo! —Evelyn había vuelto a la cama entusiasmada por las sugerencias de Bob.

—Estás muy verde, Evelyn.

—¡Pero aprendo tanto contigo! Aunque tienes una idea muy romántica del periodismo —le reprochó Evelyn a Bob sin ocultar su malhumor.

—¿Romántica? ¿Sabes, Evelyn?, el periodismo no tiene nada que ver con el reportaje que has hecho sobre esas pobres mujeres.

—¡Cómo que no! Hemos cumplido con el deber de informar, el público tiene derecho a saber.

—Yo entiendo el periodismo como un compromiso. Nos debemos a los lectores, a todas esas personas que cada mañana compran el periódico y confían en que les contemos la verdad de lo que sucede. Pero para eso los periodistas tenemos que alejarnos del poder, de los que mandan, negarnos a que nos manejen, a defender sus intereses. Si les vendes tu alma entonces ya no eres periodista. Sí, puede que tenga una idea romántica del periodismo, pero ¿sabes?, sigo creyendo que esa idea merece la pena. He conocido a los mejores, a periodistas que se han jugado la vida en busca de la verdad, que no han claudicado, que nunca han traicionado a los lectores. Sin periodismo no hay democracia, Evelyn, y el mundo sería mucho peor. Tenemos colegas que lo arriesgan todo por estos principios, porque su único compromiso es contar la verdad a la gente. Muchos mueren en el empeño. Sí, hemos perdido a muchos de los nuestros intentando sacar a la luz toda la mierda que hay por el mundo: guerras, armas, drogas, políticos corruptos...

—Deja de darme lecciones de moral.

—Tranquila, nena, tú llegarás lejos.

Bob no se lo dijo, pero pensaba que ella tenía más ambición que cerebro y que en realidad le faltaba talento para ser una buena periodista. Pero siempre habría un Blake para explotar su ambición. Lo que no podía imaginar Bob es que su admirado Neil Collins era quien había ayudado a suministrar parte de la información que había resultado imprescindible para acabar con los candidatos.

Evelyn consiguió que acudieran a la radio algunas de las amigas de la señora Doyle, que afirmaron estar desoladas ante el escándalo al tiempo que opinaron sobre el alto nivel de vida de los Doyle, sobre todo «tratándose de laboristas».

Jimmy Doyle compareció solo ante los medios de comunicación para anunciar que se retiraba de la carrera electoral y que comprendía el enfado de los electores. Admitió tener problemas financieros pero juró no haber estafado a nadie.

La señora Doyle no le acompañó en la rueda de prensa. Sus amigas dijeron a quienes quisieron oírlas que estaba siendo tratada por depresión.

Yo estaba con mi equipo viendo la rueda de prensa que daban en directo por televisión. Philip apenas ocultaba su satisfacción mientras que Cathy, Janet y Richard Craig permanecían en silencio.

—Todo esto huele a juego sucio —afirmó Cathy.

—¿Juego sucio? ¿A qué te refieres? —pregunté yo.

—Vamos, Thomas. No me vas a decir que es casualidad que los dos candidatos más importantes del condado hayan tenido que retirarse de la campaña.

—Bueno, uno se dedicaba a ir de putas y el otro a gastar lo que no debía —adujo Philip.

—¿Y a quién le importa que un candidato de un pueblo remoto se vaya de putas? —preguntó molesto Richard Craig, mi estirado asistente.

—Siendo conservador… —respondió Philip.

—No te imaginaba tan… tan… puntilloso con la moral ajena. —El tono y las palabras de Richard eran un claro reproche a Philip, habida cuenta de que éste era homosexual.

—Yo no me presento a las elecciones, ni les digo a los demás cómo deben vivir, ni lo que es correcto o no. De manera que puedo ser puntilloso a la hora de exigir a los políticos que sean como dicen ser —replicó Philip airado.

—No vamos a pelearnos por esto, ¿verdad? —intervino Janet.

Janet McCarthy sentía aversión por las peleas. En realidad se ponía nerviosa si alguno de nosotros alzaba el tono de voz.

—Lo que tenemos que hacer es continuar trabajando en nuestros candidatos. Roy y su gente tienen una oportunidad y hay que aprovecharla. No digo que la suerte se les haya puesto de frente, pero casi casi —afirmé.

—Pues yo diría que ha habido una mano no precisamente inocente que ha tenido que ver con estos escándalos. —Cathy me miró de reojo mientras decía esto.

—Ése no es nuestro problema. Roy Parker nos ha contratado para llevar su campaña a buen puerto y si las circunstancias le favorecen, mejor que mejor. Cathy, quiero que vuelvas a dar un repaso a Suzi; habla demasiado y puede meter la pata con los periodistas. Tú, Janet, deberías preparar el debate en televisión de Roy con ese Brown del Partido Liberal. Es un hombre con experiencia. Está en la edad de jubilación pero parece que le pone el convertirse en alcalde del condado. Y Roy continúa sin saber estar tranquilo ante una cámara.

—Pero tenemos unos cuantos clientes más importantes que nos necesitan en estos últimos días de campaña —me interrumpió Cathy.

—Realmente lo del Partido Rural es… Bueno, eso no va a ninguna parte —afirmó Richard Craig, siempre puntilloso.

—¿Ah, no? ¿Cómo estás tan seguro? —pregunté yo intentando parecer despreocupado.

—Verás, Thomas, son *outsiders*, gente de fuera de la política; no están en el gran juego. No digo que Roy no vaya a ser alcalde en vista de las circunstancias… y que incluso alguno de sus amigos también lo consiga. Pero a estas horas tanto los conservadores como los laboristas se están preguntando por lo que ha sucedido en el condado y te aseguro que ambos partidos harán lo imposible por cortar las alas a Roy y a sus amigos. Son una extravagancia dentro del sistema. Y Roy… Bueno, es demasiado rústico. No encaja —afirmó muy serio mi asistente.

—¿No encaja? ¿Con qué no encaja? —pregunté conteniendo mi enfado.

—Con el sistema. Ya verás como el sistema le engulle. Es cuestión de tiempo —declaró Richard.

Richard me exasperaba. A pesar de sus jeans, de sus chaquetas desestructuradas y de las deportivas, eso sí, de Prada, no dejaba de ser un chico del Partido Conservador pasado por Oxford, donde había obtenido una licenciatura en Historia, pero que al final había optado por la publicidad porque le divertía hacer «algo diferente».

Hacía unos días le había visto fotografiado en una revista, en una fiesta donde también estaban algunos miembros de la familia real.

Decidí no discutir con él. No me veía en el papel de defender a Roy. Era innecesario.

—Bien, pero hasta que le engulla el sistema nosotros tenemos un contrato firmado con Parker. Tienes razón, Cathy, no podemos concentrar más esfuerzos en la campaña del Partido Rural. Además, la gente que les hemos puesto hace las cosas bien. Sólo te pido el esfuerzo de que hables con Suzi aunque sea por teléfono; ya sabes lo mucho que te admira. En realidad sólo te hace caso a ti. Respecto al debate de la tele, necesito que vayas tú, Janet; busca un tren a primera hora y regresa en el de la noche. Con unas cuantas indicaciones a Roy será suficiente.

Cathy me miró sorprendida. La verdad es que no me conocía. A mí no me importa retirarme sin presentar batalla. Hubiera sido una estupidez avivar aún más los recelos de mi equipo. Janet era un alma bendita incapaz de pensar mal de nadie, ni siquiera de mí, pero era evidente que Cathy y Richard Craig creían que yo podía estar detrás de los escándalos que habían obligado a retirarse a los oponentes de Roy.

En cuanto a Philip Sullivan, guardaba un incómodo silencio. Parecía asustado ante las sospechas de Cathy y de Richard.

Roy resultó elegido alcalde. En realidad tuvimos un éxito considerable. De todos los candidatos a los que llevamos la campaña, sólo diez no lo lograron.

Seguimos los resultados electorales en la agencia. Le pedí a Maggie que comprara bocadillos y algo más fuerte que el té

Incluso Mark Scott y Denis Roth se pasaron por nuestro cuartel general, la sala de juntas donde teníamos varias pantallas de televisión conectadas y a cuatro o cinco becarios escuchando las emisoras de radio además de estar pendientes de la red.

—Bueno, las cosas no han salido mal —admitió Mark.

—Pero nos la hemos jugado. Ahora que ya ha pasado tenemos que pensar en montar un departamento de publicidad política y electoral un poco más profesional —anunció Denis.

Sorprendí a Mark mirando a Cathy y me pregunté si ya me habían hecho la cama y me iban a anunciar que Cathy sería la nueva responsable de ese departamento. Por si acaso no dije nada, pero me dejé felicitar por los miembros de mi equipo. Para ese momento éramos más de una veintena, habida cuenta de que tuvimos que contratar colaboradores externos.

Philip Sullivan era el más entusiasta. Supongo que le preocupaba su futuro. Era amigo de Richard, pero en los últimos tiempos parecían distanciados y seguramente Philip se estaba preguntando si yo ya tenía más pasado que futuro en la Agencia Scott & Roth.

—¡Tienes que venir! Suzi quiere agradecerte personalmente lo que has hecho por nosotros. —La voz de Roy se escapaba a través de la línea telefónica.

—En cuanto pueda iré. Pero no ahora, tengo mucho trabajo.

—Pues déjalo y trabaja sólo para mí. Ahora viene la segunda parte, recuerda que me quiero sentar en el Parlamento. Tenemos que empezar a prepararlo ya.

—Vamos, Roy, aún no has tomado posesión como alcalde. No vayas tan deprisa. La única manera que tienes de lograr venir a Londres es hacer las cosas bien en el condado y, tal como está la situación por allí, no te va a ser fácil. Veremos si tu paso por la alcaldía no hace bueno el principio de Peter...

—¿Peter? ¿Quién es Peter? Oye, no me mandes leer más cosas raras como el libro *El arte de la guerra* del chino ese... Olvídate de ese Peter y ven. Tenemos que celebrarlo y hablar del futuro.

—No puedo, Roy, ahora no puedo ir al condado. Te llamaré en cuanto me sea posible.

Dejé pasar unos cuantos días sin responder a las llamadas de Roy. No quería hablar con él delante de Mark y de Denis, ni siquiera de los miembros de mi equipo. Así que a pesar de que el teléfono no dejaba de sonar y de que Maggie también insistía en que Roy llamaba para hablar conmigo, me dediqué a atender a otros clientes, a los del «sistema», como decía Richard. Roy podía esperar.

4

Los dos años siguientes me instalé en la monotonía. El departamento fue creciendo, siempre bajo la mirada desconfiada de Scott.

Creo que fue un jueves alrededor de las dos de la madrugada. Llevaba un buen rato dando vueltas por mi apartamento e iba por mi segundo whisky cuando el teléfono me sobresaltó. Si era Roy le mandaría a la mierda, pensé, pero no era él; el número de mi padre se reflejó en la pantalla. En Nueva York eran las ocho de la tarde, ¿qué podía querer? Hacía dos o tres meses que no hablaba con él. Le imaginé sentado en su despacho con una copa de coñac en la mano pensando en cómo me iría y decidiéndose a llamarme. No era habitual que lo hiciera. Yo tampoco solía llamar a casa. No tenía nada que decirles y las conversaciones, aunque breves, se me antojaban absurdas. Dudé antes de descolgar.

—Thomas… —El tono de voz de mi padre me inquietó.

—Sí…

—Perdona la hora, sé que en Londres son las dos de la madrugada. Te habré despertado, pero… tienes que venir. Tu madre se está muriendo.

Me quedé en silencio. ¿Había dicho que mi madre se estaba muriendo?

—Lo siento… Siento darte esta mala noticia.

—¿Qué ha pasado? —pregunté. Me sentía extraño, como si las palabras de mi padre no tuvieran ningún sentido para mí.

—Cáncer. Hace un año le diagnosticaron un cáncer de pulmón. La han operado dos veces, ha pasado por la quimio, le han radiado… Pero todo ha sido inútil. Se muere.

Nos quedamos en silencio. Yo tenía que procesar las palabras de mi padre y él me daba tiempo para que lo hiciera.

—De manera que se puso enferma hace un año… —murmuré.

—Sí. Ella misma se dio cuenta de que algo no marchaba. Le pidió a uno de los médicos del hospital que le hiciera un escáner y el resultado fue… sí, cáncer en el pulmón izquierdo. Tu madre ha fumado mucho, ya lo sabes.

Sí, lo sabía, pero lo que tenía que asumir es que se estaba muriendo. No tenía muy claro lo que sentía en ese momento, pero me di cuenta de que nada que me produjera dolor, o al menos esa clase de dolor que uno cree que los demás sienten cuando están a punto de perder a su madre.

—Ella no quería que te lo dijéramos. Decía que tenías que vivir tu vida, que no era justo cortarte las alas y hacerte regresar. Pero ahora… Ha estado hospitalizada el último mes, pero ella le ha pedido a su médico que la dejara venir a casa. Si hubieras escuchado la conversación… Tu madre le dijo: «Doctor Cameron, usted ha hecho todo lo posible, pero mi cáncer no tiene remedio. Déjeme morir tranquila en casa. Se ocuparán de mí; sólo le pido que me evite el dolor. La morfina sólo acelerará unos días mi muerte». Tu madre es una buena enfermera. Ha visto mucho, nadie la puede engañar sobre lo que sucede con el cáncer.

—¿Qué quieres que haga? —le pregunté.

—A ella le gustaría despedirse de ti. Las cosas nunca han sido fáciles entre vosotros dos, pero… bueno, es tu madre. Te quiere y tú la quieres a ella.

—No. No la quiero, en realidad no la quiero. —El whisky me hacía ser más sincero de lo habitual.

—¡Hijo, no puedes decir eso! Los dos tenéis un carácter fuerte que os ha hecho chocar, pero ¡claro que la quieres! Y ella a ti, de eso no hay duda.

—No tendrás dudas tú, pero yo sí. En realidad, tampoco me importa. No sé si alguna vez me importó; ahora, desde luego, no.

—¡Thomas! Lo que dices no es digno de ti. Es tu madre, estás hablando de tu madre.

—Sí, hablo de ella y, ¿sabes, papá?, no tengo ganas de fingir que estoy desolado. No lo estoy. He tenido unos días agotadores, aquí son las dos de la mañana, y lo único que necesito es terminar mi copa antes de irme a la cama.

—Tienes que venir. —La voz de mi padre era una súplica.

—¿Por qué? Se va a morir igual esté o no esté yo. No me necesita para morirse.

—No sabes lo que dices… Prefiero olvidar lo que estoy oyendo. Ya eres un hombre, no reacciones con la rabia con que solías hacerlo de niño. Tienes una responsabilidad para con ella, con nosotros. No puedes dejarla ir sin haber hablado contigo.

—No te prometo nada. Ya te llamaré.

Le colgué el teléfono. No soportaba el tono de súplica de mi padre. Me serví otra buena cantidad de whisky y me lo bebí de un trago.

Fui sincero con mi padre, pero ¿debí serlo? Aunque sólo hubiese sido por él tendría que haberme mostrado afectado, decirle algo así como: «No te preocupes, padre, hago la maleta y me voy al aeropuerto. Cogeré el primer avión que salga para Nueva York. Debiste llamarme antes, si hubiera sabido que tenía cáncer habría ido mucho antes». Pero no dije ni una de esas palabras, ni siquiera se me ocurrió que debía decirlas aunque sólo hubiese sido para mitigar la angustia que sin duda en aquel momento sentiría mi padre.

No habían pasado ni diez minutos cuando mi teléfono volvió a sonar. El número de mi abuelo James se reflejó en la pantalla. No respondí a la llamada y opté por continuar bebiendo.

¿Cuánto bebí aquella noche? No lo sé, pero más de lo que podía soportar porque ni siquiera fui capaz de meterme en la cama. Caí sobre el sofá y allí me quedé. No fue hasta las diez de la mañana cuando, ante la insistencia del timbre del teléfono, logré despertarme.

—¿Te has muerto? No, ya sabía yo que no. Deberías darte una ducha y venir cuanto antes. Hace dos horas que Mark Scott te espera en su despacho y me parece que no está encajando bien que le estés dando plantón. ¡Ah!, y tu padre y tu abuelo han llamado por lo menos diez o doce veces. Al parecer… Bueno, han dicho algo de que tu madre no se encuentra bien. ¿Thomas? ¿Me estás escuchando?

La voz de Maggie se abría paso a través de la espesura que había dejado el alcohol en mi cerebro. Pero aún estaba borracho y las palabras parecían resistirse a salir de mi boca.

—¡Thomas! Oye, déjate de chorradas y ponte en marcha. Te he reservado una plaza en el avión que sale para Nueva York a las seis. Tienes el tiempo justo para venir a hablar con Scott y marcharte al aeropuerto, así que más vale que traigas la maleta contigo.

Miré alrededor y me vi tumbado en el suelo del salón junto a una botella de whisky vacía y un vaso roto. La cubitera también estaba en el suelo y había restos de agua y de licor por doquier. Sentí la mano derecha pegajosa y como ya estaba recuperando los sentidos, fui consciente de que olía a sudor, a vómito y alcohol rancio. Tenía que ponerme en pie pero la cabeza me dolía demasiado y mis piernas y brazos se resistían a obedecerme. Tardé un buen rato en incorporarme. En realidad me arrastré hasta el cuarto de baño y aún no sé cómo logré meterme bajo la ducha.

El teléfono no dejaba de sonar, ahora sí que lo escuchaba con más claridad, y eso me ayudó a recordar que Maggie me había llamado y me había dicho algo que parecía importante, pero ¿el qué?

Cuando salí de la ducha aún no estaba despejado del todo, ni siquiera me sentía mejor, pero parecía poder caminar sin que se me doblaran las piernas. Me tumbé encima de la cama envuelto en una toalla intentando que mis neuronas se volvieran a conectar.

Logré hacer un esfuerzo y busqué un par de aspirinas que me tomé con un trago de agua. No sé cómo lo conseguí, pero fui capaz de hacerme un café cargado y colocar una rebanada de pan en la tostadora. Era la una y media cuando salí de casa con la peor resaca de mi vida.

Mark Scott aún no había regresado de almorzar. Maggie me advirtió de que estaba enfadado y que sólo pareció aplacarse cuando ella le dijo que mi madre estaba enferma y debía volar a Nueva York.

—Di al equipo que quiero verlos —pedí a Maggie.

Richard Craig, mi estirado asistente, y Cathy llegaron los primeros. Me sorprendió ver a Cathy fresca como si acabara de salir de la ducha. En cuanto a Richard, él tampoco mostraba ningún signo de cansancio. Sólo Janet McCarthy y Philip Sullivan, que llegaron a continuación, parecían tener alguna huella de sueño reflejada en el rostro.

—Bien, decidme cómo están las cosas. Supongo que esta mañana habréis hablado con más tranquilidad con algunos jefes. Ayer no recuerdo si fue Mark o Denis quien me llamó para decirme que hay que reestructurar el departamento electoral y hablaríamos hoy. Eso es señal de que en el pasado no lo hicimos nada mal.

Me escuchaban sin mucho interés, como si estuvieran ausentes. A pesar de la resaca me di cuenta de que era yo quien estaba fuera de juego.

—¿Hay algo que debería saber? Os noto más callados que de costumbre.

—¿Aún no has hablado con Mark? —preguntó Cathy mientras esbozaba una sonrisa que me sobresaltó.

—Acabo de llegar… Anoche… Bueno, me pasé bebiendo.

—Ya… Bueno, es mejor que hables cuanto antes con Mark —dijo Richard.

—¿Por qué no me decís qué pasa? Te veo muy contenta, Cathy, ¿es porque has logrado engatusar a Mark para hacerte cargo del departamento electoral? Siempre he dicho que no hay nada que no consigan un buen par de piernas y unas buenas tetas.

Pensé que Cathy me iba a dar una bofetada porque se levantó y se plantó delante de mí, pero no lo hizo. Se limitó a sonreír antes de hablar:

—Das asco, Thomas. Tienes un aspecto terrible y tu aliento… ¡puaf!, apesta. Pero no sólo das asco por esto sino porque estás hecho de mierda, no hay un solo centímetro de ti que no sea mierda de la peor calidad. Eres un aprovechado, no tienes talento ni nada que ofrecer a los demás. Lo bueno es que eso es algo que se descubre pronto. Sólo hay que hablar contigo un par de veces para saber que eres un pobre diablo. ¿Es que no te querían de pequeño en casa, Thomas, y por eso eres un hijo de puta?

—Vamos, Cathy, déjalo. —Richard la cogió del brazo tirando de ella para que volviera a sentarse.

Janet estaba pálida. En cuanto a Philip Sullivan, me miraba asustado.

—Vaya, rebelión a bordo. —No me dio tiempo de decir más porque Maggie entró para avisarme de que Mark había vuelto del almuerzo y me estaba esperando.

—Y tengo un taxi pedido para las cuatro. Te dará tiempo de llegar al aeropuerto y coger ese avión a Nueva York. Se lo he prometido a tu abuelo, un caballero encantador.

Mark Scott tenía el gesto avinagrado cuando entré en su despacho. Estaba incómodo.

—No es muy profesional no presentarse a trabajar y… bueno, hacerlo así… Tienes muy mal aspecto.

—Sí, me emborraché. Bebí hasta caerme al suelo sin sentido —respondí retador.

—Denis y yo hemos pensado en hacer algunos cambios… Creemos que Cathy es la persona adecuada para dirigir el departamento electoral. Tiene clase, mano izquierda, y nunca sería capaz de saltarse las reglas de juego. ¿Comprendes?

—No sé de qué hablas, Mark, sólo comprendo que me estás dando una patada en el trasero. ¿Es eso?

—Denis ha hablado con un par de amigos de Westminster. No diré que no nos había llegado el rumor hace dos años, pero… En fin, no estuvimos diligentes, debimos apartarte del departamento electoral y no permitir que…

—¿Qué, Mark? ¿Qué es lo que permitisteis?

—Utilizaste métodos poco ortodoxos para conseguir que tu amigo Roy ganase en su circunscripción.

—¿Ah, sí? ¿Y quién dice eso?

—Nadie puede demostrar nada pero… es difícil creer que los oponentes de Roy fueran salpicados por escándalos apenas unas semanas antes de las elecciones.

—¡Ya! Y me lo dices dos años después. Al parecer yo tengo la culpa de que Frank Wilson sea un hipócrita, uno de esos hombres que predican una cosa y hacen otra. Era él quien visitaba una casa de putas, no yo. Y Jimmy Doyle, el honorable laborista al que le gustaba cargar a los contribuyentes los regalos que hacía a su mujer y gastar el dinero que no tenía en caprichos extravagantes. ¿También fue mi culpa? Roy Parker ganó porque no tenía muertos en el armario. Así de simple. Pero vuestros amigos del Partido Conservador y los del Partido Laborista no pueden soportar que gente de fuera del sistema les haya movido las sillas. De manera que han hurgado en el pasado y han decidido pediros mi cabeza, y vosotros se la vais a entregar. ¡Qué valientes!

Mark parecía dudar. Yo había estado brillante defendiéndome y él era un hombre decente, de manera que se preguntaba si no estarían cometiendo una injusticia conmigo.

—No te vamos a despedir, Thomas, sólo vamos a darte otro cometido. Cathy conoce mejor que tú los entresijos de la política británica; al fin y al cabo, tú eres norteamericano. Pero queremos seguir contando contigo. Maggie me ha dicho que tienes que ir a Nueva York, que tu madre… Bueno, me ha dicho que se está muriendo. Ve a verla y no te preocupes de nada que no sea ella. El trabajo puede esperar, tómate el tiempo que necesites.

—Eso haré, Mark, eso haré.

No quería ir a Nueva York, pero en ese momento no se me ocurrió mejor opción. Era preferible que me ausentara unos días. Mientras, ya se me ocurriría algo. o bien para acabar con Cathy, o bien para buscarme otro trabajo si lo que me ofrecían Mark y Denis no me convencía.

—Has venido sin maleta —me regañó Maggie cuando regresé del despacho de Mark.

—Sí, lo sé, pero no importa, en Nueva York tengo ropa. No me hace falta llevar nada —dije sin mucha convicción.

—Chico rico. El taxi te está esperando. ¿Volverás?

—¿Por qué no iba a hacerlo? No me des por acabado —respondí malhumorado.

—Bien. Dales recuerdos a tu padre y a tu abuelo. Realmente me han parecido dos caballeros encantadores.

—Nada que ver conmigo.

—Sí, eso he creído.

Salí de la agencia como un autómata. Aún notaba los efectos del alcohol. Me dolía la cabeza y no era capaz de pensar con claridad. «No pienso ir a Nueva York», me dije a mí mismo, pero el portero me abrió la puerta del taxi y me encontré camino del aeropuerto.

—¿Dónde vamos? —pregunté por preguntar.

—Me han dicho que tiene que coger un avión a las seis. Haré lo posible por llegar a tiempo —respondió el taxista.

Iba a protestar, a decirle que me llevara a mi apartamento, que no tenía intención de subirme a ningún avión. Pero no lo hice porque en ese momento me sentía tan cansado que me daba lo mismo todo.

Me quedé dormido y el taxista me despertó cuando llegamos a Heathrow.

—Si se da prisa cogerá ese avión.

De repente fui consciente de que estaba en el aeropuerto y que, si entraba, terminaría volando a Nueva York. No tenía ganas de discutir conmigo mismo, ni de pensar. En realidad tenía sueño, el estómago revuelto y lo único que deseaba era sentarme y dormir.

Me acerqué al mostrador de business de la BA y me entregaron la tarjeta de embarque instándome a que me diera prisa. «Ya están todos los pasajeros en el avión, sólo falta usted. Avisaremos de que va usted a embarcar», me dijo una azafata con toda la amabilidad que le fue posible habida cuenta de que era evidente que le fastidiaba mi retraso. Pero no me molesté en correr. Me daba lo mismo coger el avión.

Me quedé dormido apenas me senté y durante siete horas no di muestras de estar vivo. La azafata me zarandeó suavemente para decirme que acabábamos de aterrizar.

No llevaba ni un dólar encima, sólo libras esterlinas y mis tarjetas de crédito. Tuve que cambiar para poder pagar el taxi hasta la casa de mis padres. Fue en ese momento cuando me enfadé por estar allí, por haberme dejado llevar por una extraña inercia provocada por el alcohol subiendo a un avión que no quería coger.

Eran las nueve de la noche. Me sentía agotado y lo que menos deseaba era ver a mi madre. Pero se suponía que estaba allí para eso.

María, la vieja niñera, abrió la puerta y soltó una exclamación que no era precisamente de alegría.

—¡Has venido! Vaya por Dios… avisaré a tu padre. El médico está con tu madre, le están poniendo oxígeno.

Me dejó solo en el hall y pensé en marcharme. Me sentía extraño en aquella casa que había sido la mía. Si mi hermano Jaime no hubiera aparecido en aquel momento creo que me habría ido.

—¡Thomas! ¡Gracias a Dios que estás aquí! Ven, ven, lo mejor es que veas a mamá cuanto antes. No deja de preguntar por ti. Papá está con ella. Hemos tenido que avisar al médico porque parecía ahogarse a pesar del oxígeno. Papá te habrá dicho que no hay nada que hacer… —De repente Jaime me abrazó buscando consuelo.

—Quizá debería ducharme antes de… Bueno, no estoy muy presentable.

—No, no, tienes que verla inmediatamente. Le angustia pensar que va a morir sin despedirse de ti. Se sentirá mejor cuando sepa que estás aquí. Papá dijo que tal vez no pudieras desplazarte por el trabajo... Pero yo le dije que no te perdonarías dejar morir a mamá sin darle un abrazo.

Mi hermano Jaime era así. Creía que sus buenos sentimientos eran comunes a los del resto de la humanidad. Parecía empeñado en ignorar la clase de canalla que era yo.

—¿Y tu maleta? —María había vuelto a aparecer.

—No he traído maleta.

—Ya. ¿Y entonces...?

—Supongo que aún habrá algo de ropa en mi armario. ¿O ya no tengo habitación ni armario?

—Tu madre nunca ha consentido que desmontáramos tu habitación. Está como la dejaste —respondió María malhumorada.

Cuando Jaime abrió la puerta del cuarto de mis padres sentí el olor de la muerte. Aquel día fui consciente de que la llegada de la muerte viene precedida por un olor especial.

Mi padre estaba hablando en voz baja con el médico junto a la ventana. Mi madre tenía los ojos cerrados y a través de la mascarilla vi cuánto le costaba respirar. Una enfermera permanecía de pie a su lado.

Jaime me empujó hasta la cabecera sin darme tiempo a saludar a mi padre. Mi hermano no estaba dispuesto a permitir perder un minuto en complacer los deseos de nuestra madre. Y ella venía insistiendo en que quería verme.

No sabía qué hacer. No reconocía a mi madre en aquel cuerpo delgado con el cabello salpicado por innumerables canas y el color de la piel como cuero viejo y cuarteado. Me pareció que en aquella masa magra de carne no habitaba mi madre.

Ella abrió los ojos y en ese momento me pareció ver en su mirada un destello de lo que fue. No sonrió, simplemente hizo un ligero gesto de reconocimiento.

—Cógele la mano —me indicó Jaime en voz tan baja que me costó entenderle.

Pero no lo hice. No quería tener entre mis manos las suyas, que en ese momento se me antojaban desconocidas. Parecía que le habían afilado los dedos y las uñas las llevaba tan cortas que me resultaba difícil creer que aquellas manos fueran las de mi madre, siempre tan cuidadas.

Sentía sus ojos escrutándome. Le mantuve la mirada. Mi hermano Jaime volvió a empujarme y prácticamente caí sobre la cama. Sentí una de sus manos en mi brazo.

—¿Cómo estás? —le pregunté por decir algo.

Ella hizo ademán de arrancarse la máscara de oxígeno, pero la enfermera se lo impidió.

—¡Por favor, señora Spencer! Aguarde un poco, yo misma le quitaré la mascarilla en cuanto haya recuperado el pulso respiratorio.

Para entonces el doctor había dejado la habitación y mi padre estaba detrás de mí.

—Es un alivio tenerte aquí. Gracias, Thomas. A tu madre le hará bien verte y a nosotros saber que estás aquí.

Nos quedamos un buen rato junto a su cama, mirándola, sin decir nada, lo que me puso nervioso. Estaba cansado, necesitaba una ducha, y no me gustaba el papel del hijo pródigo.

Mi madre pareció quedarse dormida y la enfermera nos invitó a dejarla descansar.

—Le está haciendo efecto la última inyección de morfina. Seguro que dormirá tranquila sabiendo que su hijo mayor está aquí.

Mi padre nos indicó que fuéramos a su despacho. Hasta ese momento no había hecho ademán de abrazarme; ni siquiera me había hablado.

—Al parecer te queda algún resto de conciencia y has venido —fueron sus primeras palabras.

Mi padre nunca me había hablado tan enfadado, aunque quizá en su voz había más decepción que otra cosa. Por fin parecía darse cuenta y aceptar qué clase de mal tipo era yo.

Me encogí de hombros con indiferencia. Mi hermano Jaime intervino dispuesto a evitar cualquier enfrentamiento:

—Papá, lo importante es que Thomas está aquí y eso ayudará a mamá. No es momento de reproches.

—Tu abuelo y yo hemos tenido que suplicar a tu secretaria para que te convenciera de que debías venir —se lamentó mi padre, sin hacer caso a la recomendación de Jaime.

—Sí, habéis debido de ser muy convincentes porque prácticamente me ha metido en el avión. Y, la verdad, no comprendo esa ansia de mi madre por verme. Nunca nos hemos llevado bien y… ni siquiera sé si nos hemos querido.

—¿Cómo te atreves a decir eso? —Mi padre se había puesto en pie. Temblaba y parecía a punto de abofetearme.

—¡Por favor, papá! ¡Thomas! Mamá se está muriendo. Lo único importante es que se muera en paz, eso es lo único que podemos hacer por ella. De manera que sobran los reproches. Si nos enzarzamos en peleas entre nosotros se dará cuenta, ella siempre se ha dado cuenta de todo. ¿Es que no vamos a ser capaces de hacerla feliz en sus últimas horas? —suplicó mi hermano.

—Pareces un cura —le dije con desprecio.

—Me da lo mismo lo que pienses de mí, Thomas. Di lo que quieras, no voy a responderte, pero sí a pedirte que no hagas sufrir a mamá. El doctor dice que es cuestión de días, puede que de horas.

—Yo haré el primer turno esta noche. Te despierto a las cuatro —le dijo mi padre a Jaime, y salió del despacho.

—Nos dividimos el tiempo para estar siempre uno de nosotros con ella. A primera hora vienen los abuelos Stella y Ramón. Pasan aquí todo el día, pero son mayores y papá insiste en que se vayan a su casa a dormir. El tío Oswaldo viene en cuanto sale de trabajar, está muy afectado. Imagino que querrás hacer algún turno para estar con mamá.

—Por lo pronto, me voy a dormir. Estoy cansado. Ya hablaremos mañana. Supongo que María habrá preparado mi habitación.

—Conociéndola, es lo más probable —respondió Jaime con resignación.

Si esperaban verme compungido se equivocaban. Aún no sabía por qué estaba allí y no era seguro que no decidiera regresar a Londres al día siguiente en cuanto hubiera puesto la cabeza en orden después de dormir.

Me desperté pronto, a eso de las seis. No había dormido bien por el asalto de unas cuantas pesadillas. Después de darme un baño fui a la cocina, donde María estaba haciendo el desayuno.

—Hay café y tostadas —me dijo sin entusiasmo.

—¿Y esa bandeja para quién es? —pregunté al ver que María colocaba encima de ella una cafetera, una jarra de leche y unas cuantas tostadas.

—Para Jaime. Lleva desde las cuatro junto a tu madre. Tiene que desayunar.

Me serví el café y comí dos tostadas con mantequilla y mermelada de naranja amarga mientras pensaba en si ir a la habitación de mis padres o entretenerme con cualquier otra cosa. No tenía demasiadas ganas de hacer de enfermero.

—¿Y la enfermera? —le pregunté a María.

—La del turno de noche acaba de irse, pero ya ha llegado la de día.

—¿Y mi padre dónde duerme?

—En el cuarto de invitados. Te habrás dado cuenta de que el dormitorio de tus padres es como una habitación de hospital. La han preparado para que tu madre pueda recibir las mismas atenciones que si estuviera ingresada.

El timbre de la puerta sonó y decidí abrir. Para mi disgusto me encontré con mi abuela Stella y mi abuelo Ramón, que intentaron besarme mientras daban gracias a Dios porque yo estuviera allí.

—Ya sabía yo que vendrías, un hijo nunca deja a una madre. No me he cansado de decírselo a mi niña, «Tu Thomas te quiere, ya verás como viene», y aquí estás. ¿Ves, Ramón, como yo tenía razón? —dijo mi abuela Stella con aspavientos.

Me escabullí como pude. No soportaba a aquellos dos ancianos, y menos en aquel momento en que me parecía que los rasgos indígenas de mi abuelo Ramón se le habían acentuado, lo que me recordaba que desgraciadamente el destino me había jugado una mala pasada haciendo que su carga genética dominara en mi ADN, mientras que en la de mi hermano Jaime primaba la de los Spencer: blancos, rubios, delgados, elegantes.

De regreso a mi habitación empecé a considerar el marcharme. Mi madre quería verme y ya me había visto. No podía pedirme más. Ella mejor que nadie sabía que yo no haría el papel del buen samaritano colocándome junto a su cabecera para ayudarle a beber o coger su mano. Estaba marcando el número de la BA cuando mi hermano Jaime entró sin haber llamado.

—No te he invitado a entrar.

—Me da lo mismo. Ven a ver a mamá. Está peor. Acabo de despertar a papá y de llamar al doctor Cameron. También he llamado a los abuelos Spencer y al tío Oswaldo.

—¿Y la tía Emma? ¿A ella no la has llamado? —pregunté con ironía.

—Ya viene para aquí. Pero mamá con quien quiere estar es contigo. Nada más abrir los ojos ha preguntado por ti.

Vi que Jaime era algo más que aquel niño rubio con aspecto angelical que concitaba afectos y elogios. Había en él una determinación que me sorprendía. Le seguí hasta la habitación de mi madre, donde la enfermera a duras penas conseguía que la abuela Stella se quedara quieta.

—Por favor, no la agobie. Ella ya sabe que están aquí, no hace falta que abra los ojos para saberlo.

Pero mi madre parecía haber sentido mi presencia, porque en ese momento abrió los párpados y con la mano me hizo un gesto para que me acercara. Lo hice con desgana. Me sobresalté al oír su voz.

—Me estoy muriendo —dijo en un susurro.

—Sí —respondí yo.

Mi hermano Jaime me dio un codazo y en sus ojos se reflejó un profundo enfado. Pero yo no estaba dispuesto a participar en ese juego macabro de decir a un moribundo que le queda vida por delante. Y menos a mi madre. No sentía compasión por ella.

La enfermera nos pidió que saliéramos de la habitación mientras la aseaba y me miró con aversión.

—Usted puede quedarse si quiere ayudarme a moverla —le dijo a la abuela Stella.

—Le diré a María que venga —ofreció Jaime.

—No hace falta, déjame que ayude yo —le pidió mi abuela.

Salimos al pasillo. Mi padre se acercaba con los ojos enrojecidos. Se le notaba agotado. No le había dado tiempo a dormir más que tres horas. Si hubiese albergado algún buen sentimiento me habría dado pena verle rendido ante la inminente muerte de mi madre.

Mis abuelos Spencer y la tía Emma llegaron al mismo tiempo que el médico. Éste parecía igualmente cansado. Entró a examinarla y cuando salió le dijo a mi padre que sólo había una solución: aumentar la dosis de morfina, pero eso, añadió, «supone acelerarle el final, aunque... Bueno, ustedes deciden. Si le aumento la dosis se quedará dormida y sólo quedará esperar al desenlace... Piénselo».

Jaime mandó a María que nos sirviera café a todos en el salón mientras él y yo hablábamos con nuestro padre.

—Es una decisión que debemos meditar y en cualquier caso tomar nosotros —dijo a los demás.

—Es mi hija, yo también tengo algo que decir —protestó airado el abuelo Ramón.

—Tiene razón. Venga usted también y que María avise a la abuela Stella.

Fuimos a la biblioteca. Mi padre parecía noqueado. Se sentó en su viejo sillón de cuero sin mirarnos.

—Bien, tenemos que pensar en mamá, sólo en ella, no en nosotros —nos dijo Jaime.

—¿Y eso quiere decir que debemos permitir que le pongan

la inyección y acaben con ella? —El abuelo Ramón había alzado la voz y se le notaba enfadado.

—¡No permitiré que maten a mi hija! —gritó la abuela Stella.

—¡Por favor, no digan esas cosas! ¿Cómo se les puede ocurrir que ninguno de nosotros queremos que mamá muera? Se trata de que… se está muriendo, se ahoga. No quiero verla ahogarse… La morfina le acortará la vida unas horas. Todos sabemos que no tiene solución, que no hay nada que se pueda hacer para que viva. Se trata sólo de que muera de la mejor manera posible, sin la angustia de no poder respirar. —Jaime habló mientras intentaba contener las lágrimas.

—¡No, no y no! Yo no consentiré que matéis a mi hija. Sólo Dios es dueño de nuestras vidas y Él decidirá el momento en que se la quiera llevar. —Ahora fue el abuelo Ramón el que gritó.

Mi padre continuaba mirando a ninguna parte, ajeno a la discusión. Yo me sentía como un espectador distante aunque me molestaban las expresiones histriónicas de mis abuelos maternos.

La puerta de la biblioteca se abrió y María anunció que allí estaba el tío Oswaldo.

El hermano de mi madre nunca terminaba de sentirse cómodo en nuestra casa, a pesar de la amabilidad de mi padre y de mi hermano Jaime.

—¿Puedo pasar? —pidió con voz quejosa el tío Oswaldo.

—Pasa, tío, pasa. Ojalá me ayudes a convencer a los abuelos de que hay que evitar que mamá siga sufriendo —dijo Jaime.

—Sí… Sí… Hola, Thomas, me alegro de verte… —balbuceó.

Yo no me moví del sillón. Le hice un gesto con la cabeza y continué sentado dispuesto a ver cómo terminaba aquel pulso entre mi hermano y los abuelos.

Jaime le explicó al tío Oswaldo lo que había dicho el médico y cómo mamá estaba sufriendo ahogándose en medio de los espasmos.

—No sé qué decir… Pensar que si se le pone la inyección ya no se despertará… No, no podemos tomar nosotros esa decisión.

No me parece justo. El médico debe decidir lo que es mejor para mi hermana Carmela. Yo no podría vivir sabiendo que he decidido acortar su vida aunque sea para hacerle un bien —terminó diciendo el tío Oswaldo.

—¿Y tú, Thomas, qué crees que debemos hacer? —preguntó mi padre con apenas un hilo de voz.

—Estáis hablando de eutanasia. Decididlo vosotros. Nunca me he llevado bien con mamá, de manera que no sería objetivo decidiendo por ella.

Mi respuesta los escandalizó. Mi padre pareció empequeñecerse hundido en su viejo sillón de cuero negro. En la mirada de Jaime se reflejaba estupor. En cuanto a mis abuelos, se quedaron noqueados por mis palabras. Sólo el tío Oswaldo se encaró conmigo:

—Es tu madre, Thomas. No creo que haya sido una mala madre, siempre se ha preocupado por ti. No puedes lavarte las manos como si esto no fuera contigo. Tenemos que tomar una decisión… Yo no me siento capaz de tomarla porque quiero a mi hermana Carmela tanto que… Pero tú… tú no puedes mantenerte ajeno a todo esto sólo porque has tenido diferencias con ella.

—Sí, sí puedo. No contéis conmigo para que haga el papel del hijo compungido, pero sobre todo para que decida sobre algo por lo que no me siento concernido: si vive unas horas más o cómo muere.

No me di cuenta de que mi padre se había levantado hasta que sentí su mano estrellarse contra mi mejilla. Era la primera vez que me pegaba. Nunca antes, hiciera lo que hiciera, mi padre me había puesto la mano encima. No era tanto el dolor como la sorpresa lo que me dejó inmóvil. Cuando reaccioné, me levanté e iba a salir de la biblioteca cuando Jaime se plantó ante mí sujetándome por el brazo.

—Deja ya de hacer el papel de canalla. Sabemos que te sale muy bien, pero ahora no te voy a permitir que nos montes ninguna de tus escenas. Nuestra madre está sufriendo y, te guste o no, tendrás que participar de la decisión que tomemos aquí. Yo creo que debemos permitir que el doctor le ponga una dosis mayor de morfina y que se duerma… que se duerma hasta que el corazón le deje de latir. Y tú también tendrás que decidir.

La mano de Jaime me presionaba el antebrazo. No imaginaba que mi hermano pudiera tener tanta fuerza. Pensé que bien podía darme un puñetazo.

—Eres un cobarde —le dije con desprecio—. No quieres asumir la responsabilidad. Pretendes lavarte la conciencia a cuenta de nosotros. Haz lo que creas, a mí tanto me da. Pero no te escondas detrás de los pantalones de los demás como cuando eras pequeño. Y ahora, ¿harías el favor de soltarme?

—Te quedarás aquí hasta que decidamos —dijo Jaime, empujándome hacia el sillón.

—Muy bien, me quedaré aquí viendo cómo os peleáis.

De repente María entró sin llamar a la puerta; estaba muy nerviosa.

—Dice el doctor que la señora quiere hablar con ustedes, que vayan cuanto antes.

Mi padre se levantó con tal rapidez que para cuando quisimos seguirle él ya había entrado en la habitación de mi madre.

—Carmela, ¿estás bien?

—Juan, cariño… me estoy muriendo… —le dijo en español.

—No… No… No lo permitiré…

—Recuerda que soy enfermera. He visto a mucha gente como ahora estoy yo. Le he pedido al doctor que… No quiero sufrir, Juan. Sé que ya no tengo más recorrido. Reconozco las señales del final. Déjame decidir a mí… Me ahogo…

Se derrumbó. Mi padre se derrumbó y cayó de rodillas junto a la cama agarrando con desesperación las manos de mi madre mientras se las besaba.

—No. No voy a permitirlo, no te voy a dejar ir. Aguanta. Tienes que aguantar. Eres fuerte, siempre has sido la más fuerte de esta familia. Iremos al hospital… Sí, sí, ahora mismo. Doctor, pida una ambulancia. Allí la atenderán, podrán hacer algo…

—Juan… Juan… No me muevas de aquí, no me hagas morir en una habitación de hospital… Prefiero que mi última mirada sea en esta habitación, en la nuestra, Juan… por favor…

El médico se acercó y ayudó a mi padre a ponerse en pie. Miró a la enfermera y ésta salió para preparar la inyección de morfina.

—Ella está capacitada para decidir. Es enfermera. Sabe cómo está y… No se lo hagan más difícil —nos dijo el médico bajando la voz.

—Juan, querido, diles a mis padres que se acerquen… Quiero despedirme de todos. ¿Thomas está aquí? Sabes que necesito hablar con él, que no me puedo ir sin decírselo…

—¡No! Déjalo, Carmela.

—¡Por favor! —suplicó mi madre.

Mis abuelos paternos fueron los primeros en acercarse. El abuelo James y la abuela Dorothy sonrieron a mi madre como si en vez de estar a punto de cerrar los ojos para siempre estuvieran despidiéndose para verse al día siguiente.

—Querida Carmela… te queremos… Lo sabes, ¿verdad? Has sido una alegría para nosotros —dijo mi abuelo mientras le apretaba la mano. La abuela Dorothy le dio un beso en la mejilla y le acarició el cabello.

—Gracias… Cuidad de Juan, de vuestro John… aunque suena mejor en español, ¿no crees, Dorothy? Al principio fruncías el ceño cuando me oías llamarle Juan…

—Claro, querida, suena mejor Juan… Siempre le llamaremos así…

—Gracias… Gracias por… Siempre fuisteis buenos conmigo y con Thomas… Gracias.

Para ese momento era evidente que pasaba algo que tenía relación conmigo, pero no alcanzaba a comprender el qué… ¿Por qué era extraordinario que mis abuelos Spencer se hubieran portado bien conmigo? Pensaba deprisa, pero no me sentía capaz de encontrar las respuestas.

Mis abuelos paternos se retiraron de la cama dando paso a la tía Emma. Ésta, tan decidida y serena siempre, parecía incapaz de controlar el llanto.

—Carmela… Carmela…

—Emma, ¿cuidarás de Juan y de mis hijos? Si alguien puede eres tú. Eres tan fuerte… Ellos te van a necesitar. Sobre todo Juan, a él le costará más hacerse a la idea… ¿Lo harás?

Mi tía agarró las manos de mi madre y se las besó compulsivamente como si se tratara de una santa.

—No digas nada, Carmela. Claro que sí… Haré lo que tú quieras. No te preocupes por Juan, ni por Jaime ni por Thomas; ellos saldrán adelante… ya lo verás…

Mi madre cerró los ojos mientras intentaba contener un ataque de tos. El médico se acercó para colocarle la máscara de oxígeno.

—Hay que dejarla unos minutos. Se ahoga. Necesita el oxígeno.

—¿Salimos fuera? —preguntó Jaime.

—Apártense de la cama. Así tendrá más aire —indicó el doctor.

Yo no quería que mi madre muriera, no en ese momento. Le había dicho a mi padre que tenía algo que decirme y él le había suplicado que no lo hiciera. Pero, fuera lo que fuese, yo quería saberlo, de manera que me acerqué junto a la cama.

—¿Puedo hablar con mi madre? —pregunté al médico.

—Ahora no, ya lo he dicho. Hay que dejarla descansar al menos unos minutos.

—¿Le han puesto ya la inyección? —Mi pregunta resultó un mazazo para los oídos de todos los que estaban en la habitación. Jaime se acercó y tiró de mí hasta sacarme del cuarto.

—¡Eres malvado! ¿Cómo te atreves a decir algo así delante de ella?

—¡Déjame en paz! Además, ella sabe que se está muriendo; se está despidiendo, ¿o no te has dado cuenta?

—El que no se da cuenta de lo que está pasando eres tú… Si vuelves a decir algo como lo que has dicho te parto la cabeza, ¡te lo juro!

Regresé a la habitación pensando que en cualquier momento Jaime era muy capaz de cumplir su amenaza.

Cuando entramos mi madre estaba muy agitada. Pareció tranquilizarse al vernos de nuevo a Jaime y a mí. Sonrió a mi hermano y a mí me dirigió una de esas miradas severas a las que me había acostumbrado durante mi infancia.

Mi abuelo James me agarró del brazo obligándome a quedarme junto a la puerta.

—No te muevas de aquí hasta que el médico te diga que te acerques —me ordenó—. Y por una vez en la vida procura estar a la altura de las circunstancias. Puede que a ti no te importe, pero todos los que estamos aquí la queremos y haremos lo necesario para que ella se vaya en paz. Merece irse en paz —sentenció.

De repente me pareció que mi abuelo paterno me hablaba como si yo fuera un desconocido. No había ni un gramo de afecto en su voz. Me quedé quieto. No me iban a permitir saltarme el turno que mi madre parecía haber establecido.

Mi tío Oswaldo se acercó llorando. Mi madre volvió a hablar en español:

—Oswaldo, hermano, ¿a qué esas lágrimas? Oye, no me vengas con lloros que me lo haces más difícil.

—Juan tiene razón, debemos llevarte al hospital… —balbuceó mi tío.

—¿Por qué no quieres que me muera en mi casa?

—¡No tienes por qué morirte! —gritó en él con un sollozo.

—Ya estoy más al otro lado que aquí. No se puede hacer nada contra el cáncer de pulmón. Algún día quizá, pero todavía no. No me he engañado desde el día en que me lo diagnosticaron. Ya ves, hermanito, lo que pasa por fumar… Deberías aprovechar y dejarlo. Podrías hacer eso por mí… ¿Sabes cuánto te quiero?

—¡Carmela! ¡Carmela! No nos hagas esto… —Oswaldo lloraba como un niño, encogido junto a la cama mientras ella le acariciaba el cabello.

—Pórtate bien, ¿eh? Nada de dar disgustos a nuestros padres… A ver si este trabajo te dura un poco más y te casas.

Mi tío lloraba sorbiendo las lágrimas. El médico se acercó y tiró de él para que se apartara de la cama. Mi madre volvía a tener dificultades para respirar.

—No se lo hagamos más difícil —susurró el doctor.

Había llegado el turno de sus padres y me temí lo peor. Mi abuela Stella llevaba un buen rato llorando con tanto estrépito que a todos nos costaba escuchar lo que mi madre iba diciendo a los demás.

—¡Hija! ¡Hija mía! ¡Hijita del alma! ¡Tú no te vas! ¡No te vamos a dejar marchar!

—Mamá… mamá… por favor, no llores… Mamá querida, no me rompas el corazón… Por favor, no llores… Díselo tú, papá, dile que no llore…

Mi abuelo Ramón lloraba en silencio. Apenas se le veían los ojos nublados por las lágrimas. Intentaba sujetar a mi abuela para que no se echara sobre mi madre y con su abrazo la aplastara. Pero mi abuela Stella no atendía a nada que no fuera su desolación.

Yo pensaba que la escena tenía algo de macabro. Mi madre despidiéndose de todos nosotros, uno por uno. Parecía una obra de teatro en la que ella era la protagonista absoluta y nosotros, meros comparsas.

Al médico le costó apartar a mis abuelos de la cabecera de la cama. Apenas daban un paso atrás, mi abuela Stella regresaba para abrazar a mi madre. Durante varios minutos duró aquella escena, que a mí me parecía a tono con el histrionismo de los hispanos.

Mi madre tuvo fuerzas para levantar la mano dirigiéndose a Jaime. No cabía duda de que era a él a quien esperaba porque sonreía como si estuviese viendo a un arcángel.

Jaime se acercó sonriéndole también y la besó varias veces, acariciándole con delicadeza el rostro y el cabello.

—Te quiero, mamá. Eres la mejor madre del mundo.

—Y tú el mejor hijo que se pueda soñar. ¡Me has hecho tan feliz! —susurró ella.

Sentí que los viejos celos volvían a anidar en mi estómago. Allí estaban los dos manifestándose un amor que estaba por encima del que ambos pudieran sentir por los demás. Jaime era el niño adorado de mi madre y para él ella era la madre perfecta, en la que siempre había encontrado cobijo. Estaban unidos como nunca lo estarían con nadie.

Ella tiró de él y estuvo un buen rato murmurándole algo al oído. Jaime le apretaba las manos mientras escuchaba con el rostro transfigurado. Ni siquiera el doctor se atrevió a interrumpir, a pesar de que en algún momento ella necesitaba la máscara de oxígeno. Pero apenas se recuperaba, volvía a abrazarlo y seguía murmurándole quién sabe qué.

Al cabo de un rato, Jaime, conteniendo las lágrimas, se separó de la cama indicándome que me acercara. Mi hermano pidió a todos que salieran de la habitación.

—Luego volveremos a entrar. Ahora mamá quiere hablar con Thomas a solas.

Por un momento me sentí incapaz de acercarme a la cama. Empecé a notar que el sudor me recorría la espalda. Dudaba. Jaime me cogió del brazo y tiró de mí hasta situarme frente a mi madre. Luego salió junto al resto de la familia. También lo hicieron el médico y la enfermera.

—Si ve que se ahoga, póngale la máscara y dele unos minutos hasta que se recupere. Está haciendo un esfuerzo muy grande… Avise si nos necesita —me ordenó el doctor.

Asentí mientras intentaba no dejarme doblegar por la intensidad de la mirada de mi madre. Me escocían los ojos.

—Thomas… —Le costó hablar. Estaba agotada.

—Sí.

—Te agradezco que hayas venido desde Londres. Tenía que hablar contigo antes de… de marcharme. No podría morir tranquila sin decirte algo.

Me dieron ganas de salir de la habitación. En ese momento no estaba seguro de querer escuchar, fuera lo que fuese lo que iba a decir. Pero no dije nada y aguardé. No le cogí la mano ni ella hizo ademán de dármela como había hecho con los demás, temiendo que la rechazara.

—Has sido mi pesadilla… Supongo que yo también he sido la tuya.

Su afirmación me dejó anonadado. Mi madre acababa de verbalizar lo que habíamos sido el uno para el otro.

—Has pagado un error… Mi error… Sí, tú lo has pagado. Sin culpa alguna. Por eso comprendo que no me perdones… —Cerró los ojos unos segundos.

—No sé de qué me estás hablando —respondí con sequedad.

—Fue durante mi primer año en la universidad. Había una fiesta de los estudiantes hispanos. Ya sabes cómo son esas fiestas de universitarios… Alcohol y drogas. Yo bebí demasiado. No te daré detalles, sólo… Bueno, aquella noche perdí la virginidad. Yo estaba borracha y… hubo un momento en que el alcohol me impedía saber lo que estaba haciendo o lo que estaban haciendo conmigo… varios chicos… Bueno, me violaron… Yo me opuse pero no pude hacer nada… estaba tan borracha… Cuando volví en mí me encontré en el hospital. Alguien me había llevado en vista de mi estado… coma etílico… Al mes siguiente no me vino la regla. Me asusté, pero mis amigas me decían que nadie se queda embarazada la primera vez. Aunque ellas y yo sabíamos que eso no era cierto, que podía pasar… A mí me pasó. No sabía de quién era. No sabía cuántos chicos me habían… No lo sabía. Mis amigas tampoco lo sabían, ellas habían bebido tanto como yo. No podía señalar a nadie. Sí, podían ser algunos chicos que se reían al verme, pero no tenía pruebas… De manera que dudé en si abortar o no. Mi madre se dio cuenta de lo que pasaba. Siempre ha sido una buena católica, así que me dejó claro que no permitiría que abortara. Mi padre… Bueno, aún me escuece el bofetón que me dio cuando se enteró. Pero seguí adelante con el embarazo y no creas que no me costó. Dudaba, no había elegido ser madre y, además, no sabía quién podía ser tu padre. Pero todo eso cambió el día en que naciste y la enfermera te puso en mis brazos. Mis padres te quisieron desde el primer momento y yo, que no había elegido ser madre, estaba orgullosa de ti, me parecías el niño más guapo del mundo. Tú y yo ya estábamos irremediablemente unidos y ya no te sentía como una carga que se me hiciera insoportable.

»Mi madre me dijo que debía continuar los estudios y convertirme en enfermera tal y como yo quería; ella cuidaría de ti. Así fue durante tu primer año de vida. Yo estudiaba, trabajaba en lo que podía e incluso disfrutaba de las salidas con mis amigas puesto que mis padres se habían hecho cargo de ti.

Volvió a cerrar los ojos. Cada palabra que decía le acortaba la vida. Apenas le quedaba voz.

—A veces me pasaba mucho tiempo mirándote, intentando saber quién de los chicos del campus podía ser tu padre. Pero no lograba encontrar nada en ti que resultara especial. Podías ser hijo de cualquiera.

»Luego conocí a John… Nos enamoramos. Creo que él siempre me ha querido más a mí. No le dije que tenía un hijo hasta que me pidió que nos casáramos. Entonces le dije que no, que no podía, que tenía un hijo. Le conté toda la verdad. Creí que cuando supiera lo que había pasado me dejaría, que no le podía interesar una chica que bebe hasta perder el conocimiento y pasa de mano en mano… Pero John, mi Juan, no es como los otros, es un hombre especial. Insistió en casarse conmigo y me propuso adoptarte. "Thomas también será hijo mío. De ahora en adelante no quiero que nadie pueda creer lo contrario. Es nuestro hijo, Carmela, de los dos", me dijo.

Empezó a toser. Creí que no podría continuar. Le coloqué la máscara de oxígeno como me había dicho el doctor mientras me debatía en si llamarle o esperar. Quería saber, necesitaba saber. Al cabo de unos segundos mi madre me indicó con la mano que le quitara el oxígeno y continuó hablando, aunque cada vez con la voz más apagada.

—John siempre te ha tratado como a un hijo. Jamás ha hecho una diferencia respecto a Jaime, que es su hijo de verdad, o quizá sí, pero a tu favor. Además te quiere, Thomas; tu padre, el único padre que has tenido, te quiere de verdad. Cuando empezaste a crecer no sé por qué yo parecía irritarte... No dejabas que me acercara a ti... Tuve una depresión, no comprendía tu rechazo. John insistió en mandarme a un psiquiatra especializado en estos temas; decía que era la única manera de que entendiéramos lo que estaba pasando. Durante dos años estuve yendo a terapia, pero fue un fracaso. Me culpaba por no ser capaz de lograr que me quisieras, por soñar que cuando volvía a casa tú me estarías esperando para jugar, para hacer las tareas del colegio, pero nada de eso sucedía.

»Ya ves, yo te quería a ti pero tú no me querías a mí. Aún me sorprende el inmenso amor de tu padre intentando comprender, ayudarme. Otro hombre no habría soportado mis altibajos emocionales. Tengo que reconocer que mejoré cuando nació Jaime. Entonces sí sentí que explotaba dentro de mí el instinto maternal que tú no me habías permitido que te mostrara. No podía dejar de sonreír a mi pequeño, de desear tenerle en mis brazos noche y día. Nada ni nadie me importaban más que él.

»Supongo que tú percibiste desde el primer día mi alegría por tener a Jaime... Yo no sabía qué hacer para que me permitieras quererte y tú te empeñabas en llamar la atención. Necesitabas que te hiciera caso, pero cuando yo lo intentaba, me rechazabas.

»Sí. Me puedes reprochar que hubo un momento en que tiré la toalla, porque casi no me atrevía a darte un beso ni a intentar abrazarte mientras que pasaba horas con Jaime. Nunca he logrado saber el porqué de tu rechazo; llevo el desamor que me has mostrado como una carga insoportable sobre la conciencia, porque me siento culpable. Es como si tú presintieras que... en fin, que no fuiste un hijo deseado. No quiero tu perdón porque sé que no me puedes perdonar. Pero te debía una explicación y te hago una súplica: necesito saber la causa del abismo entre nosotros. No sé si te hago ningún bien contándote todo esto... Tu padre... Juan cree que no debía decírtelo, pero tienes derecho a saberlo. Al menos no quiero morir con la cobardía de no haber sido capaz de decirte la verdad.

Mi madre cerró los ojos, no sé si porque el esfuerzo que había hecho había agotado sus últimas fuerzas o porque no soportaba mi mirada. Yo estaba tan quieto que podía oír mi respiración. Intentaba procesar todo lo que me había dicho mi madre. Había entrado en aquella habitación con una vida y una identidad e iba a salir con otra.

No era capaz de moverme, sólo contemplaba la agonía de mi madre. Me pregunté qué esperaba ella de mí en aquel momento. ¿Que me acercara y le cogiera la mano? ¿Que le dijera que la perdonaba? No me sentía capaz de hacerlo, de manera que permanecí inmóvil un buen rato. Luego ella abrió los ojos y me pareció ver que le corría una lágrima por su mejilla.

—Lo siento. Tú no eras el culpable pero te hice pagar por aquella noche maldita. Si Dios existe me condenará por aquella noche.

Le costaba respirar y hablaba alterada. Yo seguía en estado de shock, sin hablar, sin moverme, y la miraba intentando buscar dentro de mí una respuesta.

No sé cuánto tiempo estuvimos en silencio. Sé que no hice lo que debía. Tendría que haberme acercado a ella, darle un beso, coger su mano y decirle:

—*No te preocupes, mamá, soy yo quien tiene que pedirte perdón por todo lo que te he hecho sufrir. Me he comportado contigo como un miserable. Tú has sido la mejor madre que se pueda soñar; no habría querido tener otra que no fueras tú. ¿Podrás perdonarme? Sé lo difícil que te he hecho la vida, pero tú no tienes nada que reprocharte. Es que yo soy así... Me gustaría ser mejor persona, pero... Lo único que lamento es haberte hecho infeliz. Tengo que agradecerte que me hayas dado a John como padre. No podría haber tenido otro mejor. Ni puedo ni quiero pensar en otro padre que no sea él.*

»*Me has dado una buena vida, mamá; me has dado una fa-*

*milia. ¡Me pesa tanto no haber sabido demostrar lo mucho que te
quiero! No debes preocuparte; cuidaré de papá y de Jaime, pero
dentro de mucho tiempo, porque tienes que ponerte buena, tienes
que luchar para salir de ésta. Yo estaré aquí, me quedaré contigo,
te ayudaré a pelear... Pronto te podrás levantar... Ya verás.*

*Luego la habría abrazado llenándole la cara de besos. Inten-
tando transmitirle el amor del hijo recuperado.*

Pero no hice ni dije nada de todo esto. No diré que no estuve
tentado de hacerlo. Dudé. Pero parecía que me habían clavado
en el suelo, allí, a los pies de su cama. Me compadecía de ella y
de mí, pero al mismo tiempo no quería, no podía, no sabía dar
marcha atrás. De manera que permanecí en silencio escuchando
su respiración agitada y observando su sufrimiento. Si ella esperaba una palabra de aliento, no la escuchó de mí.

Lo que sucedió es que al cabo de unos minutos ella abrió los
ojos y en su mirada se reflejaba la desolación. Una vez más había
fracasado en el intento de acercarse a mí. Ni siquiera en su lecho
de muerte lo había logrado.

—Llama al doctor... no puedo más... Gracias, Thomas. Gracias por haber venido, por haberme escuchado. Espero que lo
que te he dicho te sirva para encontrarte a ti mismo, para tener
la paz que yo nunca he tenido.

Salí de la habitación y casi choqué con mi padre, que estaba
pegado a la puerta. Ni siquiera me miró sino que me apartó y
entró colocándose a la cabecera de mi madre. Los demás le siguieron.

—Carmela, querida, mírame —le suplicó mi padre.

—No puedo más, Juan... no puedo más. Necesito dormir.
Dile al doctor que me ponga la morfina...

—¡No, no y no! Tienes que aguantar. ¡Carmela, por Dios, no
me hagas esto!

Mi hermano Jaime le echó un brazo por los hombros a mi
padre intentando apartarle de la cama.

—Papá, deja que le pongan morfina, mamá dormirá... No pasará nada. Dentro de un rato se despertará. No la hagamos sufrir, por favor.

Mi abuelo Ramón lloraba como un niño abrazado al tío Oswaldo, y la abuela Stella besaba la cara de mi madre empapándola con sus lágrimas al tiempo que colocaba en la almohada una estampa con la imagen de san Patricio. Mientras, mis abuelos paternos y la tía Emma aguardaban en silencio en el umbral de la puerta.

Fue Jaime quien se hizo cargo de todo.

—Por favor, salid un momento... El doctor le va a poner a mamá una inyección para que no tenga dolor. Papá, da un beso a mamá y sal, espera fuera. Vamos, abuela, déjala respirar... Tío Oswaldo, ¿te importa sacar a los abuelos? En cuanto le pongan la inyección a mamá y la máscara de oxígeno podréis volver a entrar. Thomas, ¿puedes quedarte conmigo?

Mi madre miraba a Jaime con agradecimiento. Su hijo querido estaba allí a su lado, disponiendo sus últimos minutos de vida con la misma delicadeza que si le estuviera dando un ramo de flores. Se sonrieron. Había tanto amor y complicidad entre ellos que volví a sentir una envidia tan violenta que ganas me daban de acercarme a la cama y zarandear a mi madre. No me moví. Mis abuelos paternos fueron los primeros en salir mientras el tío Oswaldo agarraba a su madre y tiraba de ella y la tía Emma se hacía cargo del abuelo Ramón.

Mi padre estaba abrazando a mi madre y ella le acariciaba el cabello. No alcancé a escuchar lo que le murmuraba en el oído, pero, fuera lo que fuese, hacía llorar a mi padre.

El doctor miró impaciente a Jaime y mi hermano se acercó a mi padre obligándole con suavidad a que se desprendiera del abrazo de mi madre.

—Juan... quédate... Dame la mano... —pidió mi madre.

—No te preocupes, Carmela —la tranquilizó el doctor, que era un viejo amigo—, se te pasarán los dolores, dentro de un rato estarás mejor —añadió sonriéndole.

—Bueno, espero que sea verdad, nadie ha venido a contar si en el otro mundo se está mejor que en éste...

—No te vas a ninguna parte, mamá... Sólo descansa... No tienes por qué aguantar estos dolores... —cortó Jaime.

—Es lo mejor, lo sé... Pero... cuesta, ¿sabes? Cuesta saber que... Dame tú también la mano, Jaime.

El médico inyectó la ampolla de morfina en el gotero y el líquido empezó a fluir por el tubo transparente hasta llegar a la vena que daba entrada al cuerpo de mi madre.

Mi hermano le acariciaba la cara y mi padre el cabello, ambos apretándole las manos. Yo estaba allí pero era como un fantasma ajeno a ellos. No me veían, parecían no notar mi presencia. Aun así, la última mirada de mi madre fue para mí. Se le cerraban los ojos cuando, de repente, volvió a abrirlos y con la mirada nublada me buscó. Después cerró los ojos para siempre.

Mi padre y Jaime se quedaron a su lado al menos durante un par de horas. No hablaban, sólo la acariciaban y le apretaban la mano. El resto de la familia fue entrando pero Jaime les indicó que guardaran silencio. Cuando por fin lo decidió mi hermano, salimos todos al pasillo.

—El doctor ha dicho que mamá tiene el corazón fuerte. Está dormida y... puede durar unas horas, un día, dos... No sabemos. Pero al menos no está sufriendo. Podéis estar en la habitación pero en silencio, como hasta ahora. Nada de llorar, abuela —le dijo a la abuela Stella—; seguramente no oye nada, pero por si acaso. Hay que dejar que se vaya en paz. Tú, papá, estás agotado, deberías descansar un rato.

—No, no me voy a mover de su lado.

—De acuerdo, yo tampoco, pero al menos tenemos que comer algo. Vamos a la cocina, que María nos prepare un café. Tía Emma, encárgate de que nadie diga una palabra ahí dentro hasta que yo regrese.

El abuelo James y la abuela Dorothy se unieron a mi padre y a mi hermano mientras que la tía Emma vigilaba a mis abuelos maternos y al tío Oswaldo. Yo continuaba a los pies de la cama de mi madre, pero nadie parecía preocuparse de mí. Parecía que me había vuelto transparente.

Pasó un buen rato hasta que la tía Emma se acercó a decirme:

—Deberías ir con tu padre y con tu hermano. Tienes mala cara, te vendrá bien un café.

Salí de la habitación no por la indicación de mi tía sino porque necesitaba ir al baño. Sentía la vejiga llena. Fui a mi habitación y me tumbé un rato en la cama. Al poco María dio un golpe seco en la puerta.

—¿Qué quieres? —pregunté de malhumor.

—Tu hermano dice que vayas a la cocina.

—Que me deje en paz.

Escuché los pasos de María alejarse murmurando que yo no había cambiado y era que igual de insoportable que antes de marcharme.

Necesitaba poner en orden mi cabeza. No quería aceptarlo, pero estaba aturdido por la confesión de mi madre.

De repente tenía que asumir que no tenía padre, que aquel hombre que se había comportado como tal no tenía ninguna relación conmigo. Los abuelos Spencer no lo eran y la tía Emma tampoco era mi tía. Jaime era mi medio hermano.

Tendría que haberme dado cuenta mucho antes de que yo no era un Spencer, que mi padre no podía ser más que algún hispano de piel aceitunada y bajito. Yo era hijo de una mala leche, pensé, intentando bromear conmigo mismo.

Ahora que mi madre estaba a punto de morir ya no tenía cabida en aquella casa. Allí no había nada mío. No es que hubiera pensado en quedarme, pero de repente todas las certezas de mi vida habían desaparecido. A pesar de lo mal que me llevaba con mi madre siempre pensaba que podría contar con mi padre, que él me echaría una mano, que me sacaría de cualquier apuro, y que el abuelo Spencer siempre podría mover los hilos para que me dieran un buen trabajo.

Pero había vivido en un engaño. Todos me habían engañado. Mi madre, mis abuelos maternos, mi padre, mis abuelos paternos… No, tenía que dejar de pensar en los Spencer como mis abuelos y en John como mi padre. No lo eran. Habían condescendido conmigo. Estuve a punto de sentir pena por mí, pero reaccioné en el acto. No iba a arrastrar la culpa de mi madre ni mucho menos pedir perdón por existir. Tampoco pensaba arrastrarme agradecido ante esa familia de abogados blancos y rubios, liberales y bien situados. Allá ellos. No habían hecho nada por mí, sino por mi madre. Me pregunté si Jaime sabría que sólo éramos medio hermanos. Ya daba lo mismo, pero no iba a aguantarle ningún gesto de conmiseración.

No sé cuánto tiempo estuve en mi cuarto. Puede que tres o cuatro horas. Había caído la tarde cuando mi tía Emma abrió la puerta y entró sin preocuparle mi gesto de fastidio.

—Tu madre duerme tranquila, aunque sigue con el oxígeno. El doctor acaba de venir para ver cómo está. Dice que no sabe cuánto aguantará, que en estos casos nunca se sabe… Se ha ofrecido a llevarla al hospital, pero tu padre ha dicho que no. Ella quería morir aquí.

—¿Mi padre? Ya sabes que no tengo padre. Ni siquiera mi madre sabía quién era.

—De manera que te lo ha dicho… y ahora te estás lamiendo las heridas. Para ti lo importante es saber que… No tienes razón para lamentarte, Thomas. Tu padre, sí, tu padre, el único que has conocido y tenido, te quiere, como todos te queremos. Y bien sabe Dios que has sido un niño difícil, pero aun así todos te hemos querido.

—¡Qué buenos! ¡Qué hipócritas! ¡Menudo sacrificio habéis tenido que hacer con el bastardo hispano! ¿Tuviste que dar muchas explicaciones a tus amistades de por qué tenías un sobrino con la piel olivácea? Claro que bastaba ver a mi madre… Supongo que la gente murmuraría que qué mala suerte tener un hijo que en vez de parecerse al padre había sacado los genes de la madre. Mirarían a Jaime pensando que menos mal que al menos él había salido a los Spencer.

—No sé lo que te ha contado tu madre, Thomas, ni quiero

saberlo. Lo importante ahora es que estés con tu padre, que le ayudes para cuando llegue el momento. Jaime no me preocupa tanto, es fuerte y equilibrado, pero John… Ha querido con locura a tu madre, no sabrá qué hacer sin ella.

—Tiene a Jaime, os tiene a vosotros. Es un abogado de prestigio… conoce a todo el mundo. No te preocupes, podrá vivir sin ella —respondí con más amargura de la que me hubiera gustado traslucir.

—No he venido a discutir contigo. Comprendo que hoy has sufrido un shock. Tu madre ha sido valiente al revelarte la verdad a pesar de que tu padre se oponía.

—Deja de decir «tu padre»… Ni siquiera mi madre sabía quién era mi padre. Está claro que John Spencer no lo es y tú tampoco tienes nada que ver conmigo.

—¿Cómo puedes decir eso? Claro que tengo que ver contigo… Te he cambiado los pañales, te he enseñado a navegar, te he tapado todas las travesuras que hacías cuando venías a Newport… He pasado tardes leyéndote cuentos, llevándote al cine… Ya sabes, las cosas típicas de las tías solteronas o viudas, como en mi caso. ¡Vamos, deja de compadecerte! Siempre creí que tenías más cuajo.

—Y lo tengo, Emma, lo tengo. Sólo que no todos los días tu madre te dice que no sabe quién es tu padre, que cualquier morenito del campus de su universidad puede ser tu padre… ¡Nimiedades! En realidad nada que no supiera, excepto lo de que no tenía un padre conocido.

—Carmela siempre ha sido sincera. No era capaz de ocultar el tremendo sufrimiento que para ella supuso quedarse embarazada después de aquella violación masiva.

—¿Violación? Qué generosas sois las mujeres con vosotras mismas. Mi madre estaba borracha hasta perder el sentido y tanto le daba abrir las piernas para uno que para veintisiete. No lo lamentó hasta que no supo que estaba embarazada. Ella misma me lo dijo: «Ya sabes, Thomas, cómo son esas fiestas de universitarios… Alcohol y drogas…». Sí, eso es lo que me dijo.

—Si no la perdonas te perderás para ti mismo.

—¿Que la perdone yo? ¿Alguna vez le pediste que se perdonara ella? ¿Por qué tengo que pagar yo aquella borrachera? No, no la perdono, Emma.

—Vaya, ahora me vas a llamar Emma en vez de tía Emma…

—¿No te parece que debemos dejar las imposturas? Mi madre ya no está.

—Aún no está muerta.

—¿Qué tardará, una hora, dos días? Su hijo querido ha decidido que lo mejor es que muera para evitarle dolor. Sí, él solo ha dispuesto una muerte apacible para nuestra madre. Tiene razón mi abuela Stella, aquí alguien se ha comportado como si fuera Dios decidiendo el momento de la muerte de mi madre.

—Tu madre estaba desahuciada. Los médicos lo han dejado claro, era cuestión de días. La única opción era dejarla morir ahogada y con dolor o procurar que las últimas horas fueran apacibles. Fue Carmela quien lo eligió. Es enfermera, nadie podía engañarla respecto a lo que le sucedía. Ella ha visto a mucha gente morir ahogada, sufriendo porque sus familiares se negaban a que les pusieran morfina. Y no ha querido pasar por eso.

»No eches la culpa a Jaime, fue ella quien le pidió al doctor que la trajeran a casa, que le permitieran despedirse de todos nosotros y que luego le pusieran la morfina para encontrar dormida a la muerte que, en cualquier caso, ya había llamado a la puerta de su vida. De manera que no culpes a tu hermano de cumplir con los deseos de tu madre. Eso sí, ella insistió en que no le pusieran la morfina hasta poder hablar contigo.

—Necesitaba confesarse, que yo la absolviera.

—Conociéndote, dudo mucho que esperara tu absolución. Supongo que creía que te debía la verdad —replicó mi tía, enfadada.

—Podía habérmela dicho hace años.

—Tu padre, John, nunca se lo permitió. Y he de decirte que yo siempre le aconsejé que no lo hiciera. Tienes demasiada ira dentro de ti.

—Dime, Emma, ¿crees que tengo algún motivo para la ira?

Me miró fijamente sopesando la respuesta:

—No, no tienes motivo para la ira. Comprendo que ese abismo que había entre tu madre y tú te ha hecho mucho daño, pero lo provocaste tú. Ella nunca ha podido comprender tu rechazo. Pero ahora se trata de evitar más sufrimientos. Debes ayudar a tu padre a enfrentarse a la pérdida de tu madre. Es lo menos que puedes hacer.

—¿Se lo debo? ¿Ya estáis cobrando la deuda?

La tía Emma salió dando un portazo. Yo dudaba en marcharme en aquel momento. Podía pedir un taxi e ir al aeropuerto, encontraría cualquier vuelo a Londres. La otra opción era quedarme y participar de toda aquella obra macabra en la que al parecer cada uno de nosotros tenía un papel que representar. Si no hubiera estado tan cansado me habría marchado, o ¿acaso había alguna razón para quedarme que ni yo mismo alcanzaba a comprender? Mi padre solía repetir una frase de Pascal, un filósofo francés: «El corazón tiene razones que la razón no entiende». Puede que me estuviera sucediendo precisamente eso.

Me lavé la cara con agua fría antes de regresar a la habitación, donde la familia esperaba a que a mi madre se le parara el corazón.

Emma ni siquiera me miró cuando entré. Mi padre y Jaime continuaban sentados cada uno a un lado de la cama, mientras que mis abuelos maternos estaban a los pies llorando en silencio.

El abuelo Spencer se acercó para darme una palmada en la espalda. Me molestó el gesto. Hasta ese día él había sido, junto con mi padre, a quien yo más quería de la familia, pero ahora tenía que asumir que aquel hombre no era nada mío.

—¿Vamos a la cocina a tomar un café?

Le seguí. No soportaba el ritual de la espera en la habitación de mi madre.

María estaba preparando unos sándwiches y apenas nos prestó atención.

—¿Y estos sándwiches para quién son? ¿Es que vamos a dar una fiesta? —pregunté irritado.

—No se puede estar todo el día sin comer. Tu hermano me ha mandado que tenga sándwiches y café listos para todos.

—Mi hermano siempre está en todo —repliqué con sarcasmo.

—Pues sí, tienes razón —respondió María con la sequedad que siempre utilizaba conmigo.

El abuelo Spencer se sentó a la mesa y María le sirvió una taza de café.

—Thomas, todos estamos pasándolo mal. Carmela… Tu madre era… bueno, es… Nos es muy querida…

—Ya.

—Tu padre está destrozado. Va a necesitar que Jaime y tú estéis cerca. No quiero pensar lo que supondrá para él que Carmela no esté… Se le caerá la casa encima.

—Mi madre me ha dicho que John no es mi padre.

Yo hablaba sin importarme la presencia de María, y a ella, al escuchar mis últimas palabras, se le cayó una de las bandejas que iba a colocar sobre la mesa. Me miró como si yo me hubiese vuelto loco. Parecía a punto de regañarme por afirmar que yo no era hijo del hombre que me había hecho de padre.

—María, si pudiera dejarme a solas con mi nieto… Ya ve que está muy afectado —me disculpó el abuelo Spencer.

—Sí… voy al cuarto de la plancha. Tengo cosas que hacer, pero antes… lo siento, siento que se me haya escurrido la bandeja…

Tuvimos que esperar unos minutos a que recogiera del suelo los sándwiches. Cuando se marchó, mi abuelo me miró con resentimiento.

—No quiero volver a oírte decir que John no es tu padre. Lo ha sido desde el día que te conoció y de eso hace ya muchos años. Nunca podrás acusarle de no haberte tratado con el mismo afecto que a Jaime. Jamás hizo diferencias entre vosotros.

—Tienes razón, ni mi madre ni John hicieron nunca diferencias, el problema es que yo era diferente. ¿Sabes?, me costaba aceptar no parecerme a John o a ti.

—¿No puedes comprenderla? Ella ha intentado hacer siempre lo mejor para ti. Y las cosas no le resultaron fáciles. Tienes que hacerte cargo del impacto que supuso para ella quedarse embarazada sin saber quién era el padre. Sin quererlo, tú has sido el recordatorio de un hecho que… Bueno, que a ella la avergonzaba, pero aun así, siempre te ha querido y ha intentado demostrártelo. Era muy joven cuando pasó aquel desgraciado incidente. Nunca se repuso. Tienes que entenderla.

—¿Y yo? ¿A alguien le preocupa lo que he sufrido yo?

—Ya te he dicho que en alguna ocasión le dije a tu padre que debíamos hacer algo más para intentar que no te comportaras con ese… con ese desapego hacia tu madre. Ella fue a terapia.

—Sin éxito.

—El problema estaba en ti, no en ella. Thomas, no tiene por qué cambiar nada. Somos tu familia, te queremos. No te hagas daño a ti mismo.

—Lo siento, pero las cosas han cambiado. Ya no te veo como mi abuelo sino como el padre de John, y a él no puedo verlo como mi padre.

—Eso es una tontería. No se puede borrar el cariño, ni el que nosotros te tenemos ni el que nos tienes.

—Tú lo has dicho, «nosotros».

—No comprendo…

—Sí, en ese «nosotros» está contenida la diferencia. Me habéis aceptado pero no formo parte del «nosotros».

—Si alguien dice que no eres mi nieto se llevará un buen puñetazo.

—¡Vamos! Mira, es mejor que lo dejemos estar. Las cosas son como son. En realidad siempre me he preguntado por qué no me parecía a ti o a John. Ya ves, no mido más que uno setenta, tengo la piel oscura, los ojos negros y mis rasgos reflejan lo que soy. Es evidente, siempre lo ha sido: no formo parte de ese «nosotros».

—Comprendo que ahora estés dolido, pero no te castigues mucho tiempo. Sería una estupidez. Nada cambiará salvo que tú quieras que cambie.

El abuelo Spencer se puso en pie y salió de la cocina sin mirarme. Me serví otra taza de café y me comí cuatro sándwiches. Estaban muy buenos y yo tenía hambre.

El doctor regresó hacia las nueve y, después de examinar a mi madre, nos recomendó que descansáramos.

—Pueden pasar tres horas o tres días. Nunca se sabe… No gasten las fuerzas el primer día. Hagan turnos. Pero descansen.

Todos protestaron. Al parecer nadie estaba dispuesto a marcharse, no hasta que a mi madre le fallara el corazón.

Jaime de nuevo tomó una decisión. Para ese momento yo no era más que un invitado en aquella obra en la que se estaba interpretando la muerte de mi madre. De manera que nadie me consultaba nada, ni siquiera mi hermano.

—Papá, tienes que descansar un rato. Ya sé que te costará dormir, pero al menos te tumbas en la cama y estiras las piernas. El abuelo Ramón y la abuela Stella pueden descansar en mi habitación. El tío Oswaldo puede hacerlo en el sofá del salón. Y vosotros —dijo dirigiéndose a los abuelos Spencer y a tía Emma—, creo que lo mejor es que os vayáis a casa. Si pasa cualquier cosa os llamamos.

Se mostraron renuentes. Nadie quería salir de aquella habitación y a mí se me antojó que eran buitres ansiosos por ver cómo el cuerpo de mi madre se convertía en cadáver. Pero Jaime se mostró inflexible y prácticamente los echó del cuarto a todos excepto a mí y a la enfermera del turno de noche, que estaba allí para controlar las constantes vitales de mi madre.

—Gracias por quedarte conmigo —me dijo Jaime.

—¿Contigo? Qué curioso que me des las gracias por quedarme con ella, te recuerdo que es mi madre. De manera que gracias por quedarte aquí.

—Lo siento, no me has interpretado bien —susurró Jaime, alarmado al ver cómo la ira comenzaba a aflorar en mi rostro.

—Te he comprendido perfectamente. Aquí soy poco más que un invitado a este espectáculo que has organizado en torno a la muerte de mamá. Nunca te habría imaginado pidiendo que le aceleraran la muerte. Creía que eras uno de esos que piden luchar hasta el final.

—Como sabes, ha sido ella quien ha pedido que la durmieran. Yo no he hecho más que cumplir sus deseos.

—¿No eras un buen católico? Que yo sepa, los católicos están en contra de la eutanasia.

—¿Y qué tiene que ver esto con la eutanasia? Nadie le ha puesto a mamá ninguna inyección para que se muera.

—Le han puesto una inyección para dormirla, supuestamente para que no sufra, y cuyo resultado final es que ya no va a volver a despertar y es cuestión de horas que se le pare el corazón. ¿Puedes decirme cuál es la diferencia?

—Thomas, comprendo por lo que estás pasando. Yo... yo no sabía nada. No tenía ni idea de lo que te quería decir mamá.

—¿Y ahora cómo lo sabes?

—Me lo ha dicho papá. Él lamenta que mamá te haya... Bueno, que te haya desvelado algunas cosas. Le pidió que no lo hiciera, pero ella necesitaba explicarse contigo.

—Necesitaba lavar su conciencia.

—¡No seas miserable! Eres un hombre, por tanto puedes encajar lo que te ha contado mamá.

—¿Así de fácil?

—No, no digo que sea fácil para ti. Para mí no lo sería. Pero ya no eres un niño, de manera que hay cosas que puedes comprender.

—Pues, mira por dónde, lo único que comprendo es que cuando era una universitaria se cogió una borrachera, se dejó hacer por todo el que pasó por delante y se quedó preñada. Debería sentir asco por ella misma por haberse puesto en disposición de que abusaran de ella unos cuantos de sus compañeros de universidad. Debería haberse pegado un tiro si no lo podía soportar, pero no traer al mundo a un inocente, porque yo era inocente.

—Lo siento, Thomas, de verdad que siento todo esto. Aun así, ella siempre te ha querido, es tu madre.

—Puede.

—Siempre ha intentado demostrártelo, pero tú se lo has impedido.

—No soporto las frases hechas y mucho menos que me den palmaditas en la espalda. Te llevaste todo lo bueno que ha podido haber en ella.

Mi madre se movió agitada a pesar de estar sumida en un profundo sueño. Parecía no poder respirar incluso con la mascarilla del oxígeno puesta.

La enfermera le tomó el pulso y revisó el monitor donde quedaban reflejados los latidos del corazón.

—Se debilita —murmuró.

—¿Está sufriendo? —preguntó Jaime alarmado.

—No… No… La morfina impide que sufra ningún dolor. Por eso no debe preocuparse. Pero está agitada… No sé por qué. Llamaré al doctor.

Escuchamos la breve conversación con el médico, que aconsejó que le pusiera una nueva inyección.

—Así terminará de matarla —dije yo.

—¡No digas eso! —me reprochó Jaime.

—Tendría que enfrentarse a la muerte con los ojos abiertos —le repliqué con rabia.

—Todos merecemos morir de la mejor manera posible. Nunca he aceptado que un ser humano tenga que morir sufriendo. Ahogándose… Con un gran dolor…

—Pregúntale a tu Dios por qué le gusta tanto vernos sufrir.

—Eso es algo que se lo he preguntado muchas veces.

—¿Y te ha respondido?

—No, nunca he encontrado la respuesta. —Jaime me miró desolado.

Mi madre murió al amanecer. A las cinco de la mañana se le paró el corazón. Mi padre tenía una de sus manos entre las suyas mientras Jaime le acariciaba la otra. Yo estaba a los pies de la cama. Me sentía un extraño. Pero allí estábamos los cuatro, además de la enfermera.

Media hora antes había vuelto a moverse agitada. La enfermera dijo que creía que el final estaba cerca. Jaime no quiso avisar a los abuelos ni al tío Oswaldo, que continuaban descansando. Prefirió que mi madre se fuera sólo estando nosotros.

Cuando mi madre expiró, Jaime continuó acariciándole la mano durante un buen rato. Hizo un gesto a mi padre que casi era una orden: no debía llorar, al menos no allí y en aquel momento.

No sé cómo John pudo controlarse, pero lo hizo. No soltó un gemido, pero las lágrimas le iban cayendo en silencio.

Yo me preguntaba qué sentía; buscaba dentro de mí alguna emoción, pero no encontraba nada y por un momento pensé que el muerto era yo. Me sorprendía no ser capaz de sentir mientras que el dolor era patente en los ojos de mi hermano y de John.

Ni siquiera me sentí capaz de decir nada, tampoco de moverme. Me cuestioné si estaba realmente allí. Pero debía de estar, porque al cabo de una hora mi hermano soltó suavemente la mano de mi madre. La besó y la abrazó y algo le dijo al oído. Me pregunté qué se le podía decir a una muerta.

Mi padre la besó varias veces. ¿Qué sentiría al poner los labios en aquel rostro pálido y rígido por la falta de vida?

Jaime me miró como invitándome a hacer lo mismo. Pero no me moví de donde estaba. Tan sólo puse mi mano sobre la colcha y sentí sus piernas frías.

—Vamos, tienen que prepararla —indicó Jaime para que John y yo saliéramos de la habitación.

—Id vosotros —dijo John—. Disponlo todo, yo me quedaré con ella. Necesito estar a solas con ella, por favor... —En su voz se mezcló la súplica y una orden.

Mi hermano asintió y, poniendo su mano en mi brazo, me empujó suavemente para que saliéramos de la habitación. La enfermera también lo hizo.

—Dentro de una hora llamaré para que vengan los de la funeraria. Mamá quería que prepararan su cuerpo aquí. Le horrorizaba que pudieran llevarla a ninguna parte. De manera que el velatorio se organizará en casa.

—¿No lloras? —le pregunté, sorprendido de verle mantener la calma sabiendo lo unido que había estado a nuestra madre.

—Ahora no. Mamá necesita que haga todas esas cosas que te he dicho. Y hay que hacerlo bien. Tendrá el mejor funeral. Una misa en San Patricio. Si quieres puedes ayudarme, hay mucho que hacer.

—¿No vas a despertar a los abuelos?

—Aún no. Papá necesita estar a solas con mamá. Si los despertamos ya sabes lo que pasará. Voy a tomarme otro café, ¿me acompañas?

María se acababa de levantar. Apenas había dormido unas horas. Estaba cansada y se movía torpemente.

—Llama a Fanny —le pidió Jaime después de decirle que nuestra madre había muerto.

María se puso a llorar, pero mi hermano volvió a insistirle en que telefoneara a Fanny.

—¿Por qué? Puedo arreglármelas sola.

—Hazme caso. Vendrá mucha gente y hay mucho que hacer —insistió Jaime.

—Mi hermano tiene razón —tercié yo ante el gesto desolado de María.

Fanny solía venir dos o tres veces a la semana para ayudar a María con las tareas más duras de la casa. Era una joven de origen chino que apenas hablaba.

Bebimos el café en silencio. Me sentía extraño sentado junto a mi hermano, cada uno navegando en sus pensamientos sin mirarnos siquiera. Le observé de reojo y noté la tensión en su rostro. Estaba haciendo un esfuerzo para no derrumbarse. Sabía que le tocaba a él asumir la responsabilidad de organizar el funeral de nuestra madre. John estaba noqueado y no podía ayudar en nada. En cuanto a mí… Jaime sabía exactamente lo que podía esperar: nada.

Luego todo sucedió con rapidez. Vinieron los de la funeraria y durante un par de horas estuvieron preparando el cuerpo de mi madre ayudados por María.

Mi padre se encerró en su cuarto mientras mis abuelos maternos lloraban en la biblioteca junto al tío Oswaldo. Los abuelos Spencer y la tía Emma no tardaron en venir. Tenían mejor aspecto que nosotros, se les notaba que al menos habían descansado algo.

A media mañana comenzaron a llegar los amigos de la familia y los compañeros de trabajo de mi madre. Sus amigas enfermeras decían que había sido un milagro que hubiese durado tanto, habida cuenta de la agresividad del cáncer en el pulmón.

Jaime había dispuesto que colocaran el féretro en la biblioteca, y allí estaba mi padre, recibiendo las condolencias de cuantos llegaban.

Durante horas recibí el pésame de gente que no me importaba nada y que al tiempo que me daban una palmada en la espalda, con la otra mano sostenían un canapé o una taza de té. El hombre es un ser social hasta cuando está delante de la muerte.

Eran ya las cuatro cuando María me avisó de que una «señorita» que no había querido pasar de la puerta preguntaba por mí.

Me llevé una sorpresa al ver a Esther. Sí, aquella chica italiana que estudiaba en el centro de Paul Hard y a la que Lisa odiaba tanto.

—Yo… No quiero molestar, pero quería decirte que siento la pérdida de tu madre.

—Pasa… Por favor, pasa. —De repente me alegré de ver a alguien que estaba allí sólo por mí.

—No, no… Si he venido es porque no me contestabas al teléfono. He tenido que pedir tu dirección a Paul Hard, ¿recuerdas? El director del centro. En realidad ha sido él quien me ha dicho lo de tu madre, ha escuchado la noticia en los ecos de sociedad de un programa de radio.

—Así que continúas en contacto con Paul…

—Doy clases en su centro un par de días a la semana.

—Vaya, así que has encontrado algo que hacer fuera del restaurante de tu familia.

—También colaboro con una empresa de publicidad. Ya he trabajado en varias campañas. Pero no podía decir que no a Paul… Se le ha ido un profesor y necesitaba llenar el hueco sin tener que pagar demasiado, así que me llamó.

—Buena chica, como siempre. Te noto…

Sí, Esther parecía distinta. El patito feo no se había convertido en un cisne pero había mejorado. Llevaba el cabello con un corte que le daba cierto estilo. Vestía un traje de chaqueta que no estaba mal aunque fuera barato, e incluso iba maquillada. Sí, había mejorado ostensiblemente.

—Pasa y toma algo.

—No, no quiero molestar…

—Ya estás aquí, de manera que quédate un rato.

La acompañé a la cocina, donde María y Fanny se afanaban en colocar canapés en las bandejas.

—¿Necesitan que les eche una mano? —se ofreció Esther.

—Nos vendría bien algo de ayuda… Hay más gente de la que esperábamos —murmuró María.

Esther me sonrió y se puso a ayudar a Fanny a hacer los canapés.

—Tengo mucha práctica, tantos años ayudando en el restaurante de mis padres…

—Ya, pero has venido a darme el pésame, no a ponerte a hacer sándwiches —protesté.

—Ya sabes que no puedo estar sin hacer nada.

María y Fanny agradecieron la ayuda inesperada de Esther. Mientras ella y Fanny se encargaban de llenar las bandejas, María entraba y salía pasándolas entre los asistentes al velatorio. La tía Emma también ayudaba en esa tarea y aunque se extrañó de la presencia de una desconocida en la cocina, no dijo nada.

Jaime vino a buscarme. Parecía enfadado, pero si pensaba hacerme algún reproche se contuvo al ver a Esther.

—Thomas… Te estoy buscando. Hay mucha gente y preguntan por ti. Todos quieren darte el pésame. Y… bueno, acaban de llegar los padres de Lisa. El señor y la señora Ferguson. Naturalmente, a quien quieren ver es a ti.

—¿Los Ferguson? Bueno, pues me da lo mismo. No estoy de humor para seguir escuchando estupideces. Todos dicen lo mismo: «Qué buena era tu madre», «Qué gran pérdida», y a continuación pretenden que les cuente lo que hago y a qué me dedico y por qué no vivo en Nueva York.

—Nuestra obligación es atender a todas esas personas que amablemente han venido a acompañarnos —insistió Jaime mirando incómodo a Esther, a la que no reconocía.

—Tu hermano tiene razón —dijo ella mientras colocaba en una bandeja otra cafetera y unas cuantas tazas.

—Usted es…

—Esther Sabatti. No se acordará de mí, en realidad casi me alegro de que así sea. Nos vimos en la graduación de su hermano.

—¡Ah, ya recuerdo! Perdone, señorita Sabatti, pero ha venido tanta gente que ya no sé a quién conozco y a quién no —se disculpó mi hermano, aunque yo estaba seguro de que no se acordaba de ella.

—Esther está ayudando a María y a Fanny; lleva una hora haciendo bocadillos y canapés —añadí yo, como si estuviera orgulloso de que alguien a quien yo conocía fuera capaz de hacer algo útil.

—Ah, pues… ¡Se lo agradecemos!, María y Fanny están desbordadas aunque… bueno, no me parece buena idea que tu amiga esté aquí en la cocina.

—No se preocupe. Estoy bien y prefiero estar aquí. No conozco a todas esas personas y no me importa echar una mano. Pero Thomas, deberías ir con vuestros amigos.

—No voy a dejarte aquí —repliqué incómodo.

—Me quedaré un rato más para ayudar y luego me marcharé. No te preocupes.

—Sí, es lo mejor —dijo mi hermano.

—Ve con los Ferguson, ahora voy yo —le pedí a Jaime, que

salió de la cocina malhumorado. Y luego dirigiéndome a Esther—: Dame tu teléfono y tu dirección. Podríamos cenar mañana. ¿Te parece bien?

—Mañana es el funeral y el entierro de tu madre —respondió escandalizada.

—Pero a media tarde todo habrá terminado. O eso espero. Nunca he comprendido por qué después de un entierro la gente tiene que volver a casa del muerto a seguir comiendo y bebiendo.

—Vamos, Thomas, no es momento de decir esas cosas. ¡Ah! Y vivo donde siempre, y mi número es el mismo que cuando estudiábamos en el centro de Paul.

—Ya, pero yo ya no tengo tu número. Apúntalo en algún sitio antes de irte, ¿vale?

No me gustó ver a los Ferguson. En realidad no quería acordarme de Lisa. La había sacado de mis pensamientos. Era agua pasada. Apenas les presté atención. Me desembaracé de ellos con rapidez.

Hasta las ocho la casa estuvo llena de gente. Recuerdo que me dolía intensamente la cabeza. Apenas había comido, llevaba demasiadas tazas de café para mantenerme despierto y las conversaciones repetitivas me estaban poniendo nervioso. Suspiré aliviado cuando María cerró la puerta tras los últimos rezagados.

Jaime volvió a tomar las riendas y casi ordenó a nuestros abuelos maternos que se fueran a su casa.

—Tío Oswaldo, lo mejor es que vayáis a descansar. Mañana será un día aún más duro que éste. La misa del funeral es a las nueve. A las once el entierro, y a continuación vendremos aquí a tomar un refrigerio.

Los abuelos protestaron. Querían quedarse a velar a su hija, pero Jaime se mostró inflexible, de manera que se marcharon al mismo tiempo que los abuelos Spencer y tía Emma.

Mi hermano mandó a María que se acostara y a Fanny le pidió que regresara al día siguiente temprano.

De repente nos encontramos solos Jaime, John y yo en la biblioteca; los tres sentados frente al féretro de mi madre. A John no parecía importarle nada, ni siquiera nuestra presencia. Tenía los ojos clavados en el rostro inerte de mi madre.

—Papá —susurró Jaime—, tú también tienes que descansar. Duerme un rato, ya me quedo yo con ella; luego que me releve Thomas. Te prometo que te despertaré pronto.

—¿Thomas? ¿Thomas se va a quedar con tu madre? —John le preguntaba a Jaime, pero me miraba como si no pudiera concebir que yo pudiera velar a mi madre.

—Sí, claro, lo mismo que tú y que yo. No se quedará sola esta noche. Siempre estaremos uno de los tres —afirmó Jaime.

—No, no. Yo me quedo con ella, tú puedes hacer lo que quieras.

—No seas cabezota, estás agotado. Te pondrás enfermo si no duermes un rato. —Jaime derrochó paciencia con él.

—Déjame, ya te he dicho que no me voy a mover de aquí.

Nos quedamos un buen rato en silencio. Creo que fue a medianoche cuando me levanté y los dejé a solas. Estaba demasiado cansado para continuar sentado inmóvil mirando un cadáver, aunque fuera el de mi madre.

Por la mañana mi padre y mi hermano estaban exhaustos. Jaime no había querido dejar a mi padre solo y habían velado a mi madre durante toda la noche. Mentiría si dijera que en aquel momento temí por la salud de John. Pensé que era un estúpido por haberse quedado sin dormir y mi hermano, más estúpido aún por secundarle.

¿Hoy habría hecho lo mismo? Debería decir que no. Sé que tendría que haberme quedado con ellos e incluso ofrecer consuelo a John. Imagino que las cosas podrían haber sido de esta manera:

—Papá, a mamá no le gustaría verte así. Tienes que hacer caso a Jaime e irte a dormir. Nos iremos turnando.

Y cuando él protestara, podría haberle cogido suavemente del brazo obligándole a levantarse. Pero primero le habría abrazado y Jaime se habría unido a ese abrazo.

—*No importa el pasado, lo que ahora importa es que despidamos bien a mamá. Yo la quería aunque no supe demostrárselo, y os quiero a vosotros. Sois mi única familia.*

Pero no sucedió nada de esto y aquella noche yo dormí de un tirón aunque me desperté apenas empezaba a amanecer. Tenía frío.

El día transcurrió más rápido que el anterior. Supongo que tener que ir a San Patricio y después al cementerio y vuelta a casa hizo que las horas pasaran más deprisa.

Me sorprendió ver a Esther sentada en un banco del fondo de la catedral. Estaba siguiendo la misa como si para ella fuera lo más natural.

Se marchó sin darme tiempo a decirle nada y eso me fastidió. No sabía por qué, pero de repente parecía tener necesidad de estar con ella.

Aquella tarde, cuando de nuevo nos quedamos solos, Jaime quiso que cenáramos juntos los tres, John, él y yo. Pero le dije que no.

—Pienso volver a Londres en dos o tres días.

—Me parece bien, pero eso no tiene nada que ver para que hoy cenes con nosotros.

—Ya hemos celebrado el funeral, la hemos enterrado. No tiene sentido seguir lamentándose. No está. Se ha ido para siempre. Punto final.

Mi hermano me miró con ira. Pensé que dudaba si darme un puñetazo, pero al final se encogió de hombros.

—Haz lo que quieras. Creo que lo menos que le debes a papá es cenar esta noche con él. Está destrozado y necesita nuestro apoyo.

—Vaya, otro que habla de deber. Tu tía Emma también me dijo que tengo una deuda con John.

—Sí, tienes una deuda con tu padre, lo mismo que la tengo yo; porque es nuestro padre, el único que hemos tenido, y bien sabes lo que nos ha querido y lo que nos quiere.

—Habla por ti.

—Hablo por mí y por ti. Serías un malnacido si dijeras que papá no te ha querido.

—Efectivamente, soy un malnacido, pero tú ya lo sabes, el único que no lo sabía era yo.

—Lo que eres es un estúpido. ¿Sabes cuál es tu problema? Tu problema no son los demás, tu problema eres tú, cómo eres. Deberías hacértelo mirar.

—Que os siente bien la cena.

Salí de casa dando un portazo. Sabía que estaba actuando mal, que Jaime tenía razón y que lo menos que le debía a John era darle consuelo. Pero hui de una escena que se me hubiera antojado pesada. John, Jaime y yo sentados a la mesa mientras María nos serviría un consomé y después un trozo de asado. Mi hermano recordaría anécdotas sobre mi madre en las que hubiésemos participado los tres, e incluso habría hecho lo imposible por arrancar una sonrisa a mi padre con algún recuerdo que a él le resultase especialmente grato.

Yo bien podría haber entonado un *mea culpa* diciendo que había sido un niño demasiado inquieto y que eso había tenido en vilo a mi madre, y luego reconocer que la había querido mucho y que era una suerte haber podido decírselo antes de que muriera. Incluso podría haber añadido que era una suerte tenerlos a ellos.

Pero en lugar de eso lo que hice fue coger un taxi e irme a buscar a Esther. La llamé mientras le daba al taxista la dirección.

Por teléfono me dijo que no era el día indicado para que fuéramos a cenar, pero le insistí.

—Mira, necesito estar con alguien que no sea de la familia o terminaré volviéndome loco. Si no quieres cenar conmigo, cenaré solo.

Al final accedió. La llevé a cenar al que era mi restaurante chino favorito en Chinatown, el Joe's Shangai.

Descubrí que me sentía muy bien con ella, mejor que con ninguna otra persona que hubiera conocido. Y aquella misma noche después de la cena, mientras paseábamos de regreso a su casa, le pedí que se casara conmigo. Yo mismo me sorprendí de la propuesta.

—¿Me lo estás pidiendo en serio?

—Sí. ¿Te casarás conmigo?

—No, no nos conocemos lo suficiente. Además, me acabas de decir que piensas regresar a Londres. Me parece que no sabes muy bien lo que quieres. Y… bueno, nadie decide casarse así de repente.

—¿Por qué?

—Porque casarse es algo serio. Se trata de un proyecto de vida en común, pero sobre todo hace falta algo muy importante: amor.

No supe qué responder. No podía engañarla diciendo que estaba enamorado de ella porque no me habría creído. En realidad no tenía ninguna explicación lógica salvo que me parecía buena idea estar con ella. Y así se lo dije.

—Bien, es una razón pero no basta.

—¿Y cuál es tu razón para decirme que no?

—No estoy enamorada de ti, me has gustado siempre pero nada más.

—Ya es algo. No sabía que yo te gustaba.

—Era evidente.

—Entonces…

—Entonces me has pedido que me case contigo y a mí no me parece una buena idea. ¿No crees que es suficiente?

—No. Pero creo que debemos intentarlo.

—Intentar ¿qué? Verás, Thomas, yo no me puedo permitir no tomarme la vida en serio.

—Yo estoy hablando en serio, quiero estar contigo.

—Ya veremos.

La serenidad de Esther me desconcertaba. Ella parecía saber quién era y sobre todo qué esperaba de la vida. Decidí que fueran cuales fuesen sus reticencias no me iba a rendir.

Pero tenía que tomar una decisión. Si quería salir con ella tenía que quedarme en Nueva York y no estaba seguro de querer renunciar a lo que a mí me parecía una prometedora carrera en Londres. Roy no dejaba de llamarme pidiéndome que regresara. Tenía grandes planes para los que, según me decía, me necesitaba.

En realidad no tuve que tomar yo la decisión porque Mark Scott y Denis Roth la tomaron por mí.

Cuando telefoneé a Maggie para preguntarle cómo iban las cosas, mi eficiente secretaria me dijo que muy bien y que Cathy era una jefa muy llevadera. Hice como que no la había escuchado y le pedí que me pusiera con Philip Sullivan en vez de con Richard Craig, mi ayudante. Sabía que Sullivan me diría lo que estaba ocurriendo.

—Thomas, te he enviado unos cuantos e-mails y te he llamado, pero no has respondido ninguna de mis llamadas —se quejó al escuchar mi voz.

—Mi madre se ha muerto. Ahora dime qué está pasando.

—Estás fuera. Mark y Denis han decidido contratar a Cathy para que se haga cargo de todo, además del departamento electoral. Mark nos ha explicado que tus métodos no son muy ortodoxos, hay una sospecha sobre… Bueno, ya sabes, sobre lo que les sucedió a los oponentes de Roy. Y Denis dice que la moralidad y la ética de la agencia no pueden quedar en entredicho. Al principio se rumoreaba que te estaban buscando otro cometido, pero parece que han decidido que no te necesitan. Te van a despedir. En realidad, Maggie ya ha metido todas tus cosas en una caja. ¿Piensas venir?

—No lo sé… La verdad es que no me sorprende que Cathy se haya salido con la suya. Estaba deseando vengarse de mí. Pero sí, tendré que volver. Tengo un apartamento, un coche, una cuenta en el banco y a Roy Parker, que no deja de llamarme.

—Thomas… No sé qué piensas hacer, pero, sea lo que sea, cuenta conmigo.

Me sorprendió la fidelidad de Sullivan. El chico de los ordenadores, el genio de la informática, tenía su corazoncito. Menos mal que sabía que yo no era su tipo. Le gustaban altos, rubios y musculosos, y yo no era ninguna de las tres cosas.

De manera que tenía que ponerme a pensar qué hacer con mi vida, pero me alegré de que eso me permitiera poder estar con Esther. Ya no tenía prisa por ir a ninguna parte.

No se lo dije a mi hermano ni a John hasta unos días después.

—Me han despedido y quiero casarme con Esther Sabatti, esa chica italiana que estaba el otro día en la cocina —anuncié a la hora del desayuno.

John levantó la vista de la taza de café y me miró como si estuviera contemplando a un loco. En cuanto a Jaime, mi hermano directamente me dijo lo que pensaba:

—Pobre chica, parece una buena persona. ¿Por qué quiere casarse contigo?

—Aún no quiere, pero supongo que la convenceré.

—¿No tiene una buena posición? —preguntó John, intentando buscar una explicación a que una mujer pudiera aceptarme como marido.

—Sus padres tienen un restaurante de cocina italiana. Ella trabaja en una agencia de publicidad y además da un par de clases a la semana en el centro de estudios de Paul Hard, donde estudiamos los dos.

—Esa chica… ¿Esa chica no es…?

—Sí, a la que Lisa intentó pegar el día de nuestra graduación. Siempre fue una buena amiga.

—Vaya, no sabía que habías mantenido el contacto. —Jaime pareció sorprendido.

—Sí, y siempre nos llevamos bien. No sé, pero es la única persona con la que me siento en paz y a la que no tengo ganas de fastidiar —admití.

—Viniendo de ti, eso es como si dijeras que estás locamente enamorado —afirmó Jaime.

—Sí, eso pienso yo.

—Pero lo que no comprendo es por qué ella… Bueno, por qué quiere casarse contigo —insistió John.

—A lo mejor no le caigo mal del todo —respondí con ironía.

—Supongo que esperarás un tiempo prudencial antes de casarte. Acabamos de enterrar a mamá y la familia no está para celebraciones —me advirtió mi hermano.

—Ya os he dicho que aún tengo que convencerla. Además, tengo que decidir si regreso a Londres o me quedo a trabajar en Nueva York. Me han despedido de la agencia Scott & Roth, aunque no parece que eso os haya sorprendido.

—O sea, que tienes que decidir qué vas a hacer con el resto de tu vida —resumió John.

—Algo así.

—Bueno, pues cuando tengas todas las cosas claras, avísanos. Pero hay que guardar un tiempo de luto a mamá, al menos seis meses —insistió Jaime.

—No he dicho que vaya a hacer ninguna celebración, sólo que quiero casarme. Pero antes tengo que buscar un trabajo.

—Supongo que papá te podrá ayudar a encontrarlo o el abuelo Philip —dijo Jaime mirando a John.

—En cuanto tengas decidido si te quedas en Nueva York haré unas cuantas llamadas de teléfono —dijo John.

—Sí, ya os diré algo.

No parecían muy impresionados por el hecho de que hubiera perdido el trabajo.

Los observé y volví a sentir la misma rabia que sentía de pequeño. Jaime y John eran como dos gotas de agua: el mismo color de cabello, la misma complexión física, la misma manera de coger la taza de café y de colocar el índice sobre la nariz cuando estaban ensimismados en sus pensamientos.

Le pedí a Esther que me acompañara a Londres. La idea era estar allí una semana y dejar mis cosas resueltas, y luego regresar a Nueva York. Como las Navidades estaban cerca, ella aceptó, puesto que tanto en la agencia de publicidad como en el centro de Paul podía disponer de unos días de fiesta.

Tengo que reconocer que ni yo mismo comprendía mi empeño en casarme con Esther. La miraba y no la encontraba guapa. No lo era, nunca lo ha sido, pero lo cierto es que no podía ni quería despegarme de ella.

Cuando llegué a la agencia me encontré con la primera sorpresa. Mi tarjeta de acceso había sido anulada, de manera que aunque el guardia de seguridad me conocía, no me permitió subir en el ascensor hasta que Maggie no dio el visto bueno. En la antesala del que había sido mi despacho, la que fuera mi secretaria me estaba esperando con una caja en la mano.

—Aquí están tus cosas, Thomas. Sube al despacho de Mark. Él y Denis te están esperando.

—Vaya, sí que eres expeditiva.

—No es nada personal, lo sabes. Son las normas. Hago lo que me dicen.

—Por eso siempre te irá bien, Maggie, aunque tu vida será aburrida.

—Cada uno encuentra lo que busca.

Mark y Denis me recibieron sin ningún entusiasmo. Tenían que pasar por el trago de despedirme y parecían temer mi reacción.

Denis hizo un discurso sobre la ética como un valor añadido al trabajo de la agencia, y Mark señaló que realmente yo no tenía encaje profesional entre ellos.

—Por supuesto, te hemos ingresado el dinero que te corresponde.

No les di el gusto de mostrarme ni ofendido ni preocupado. Me encogí de hombros, les tendí la mano y salí de allí para siempre.

Esa misma noche Esther y yo íbamos a cenar con Roy y

Suzi. Roy se había empeñado en viajar a Londres para convencerme de que mi sitio estaba junto a él.

Esther y Suzi parecían simpatizar, lo que entusiasmó a Roy, que me guiñó un ojo mientras me decía:

—Si las chicas se entienden, las cosas irán mejor entre nosotros.

Fue al grano en el segundo plato. Reconozco que me sorprendió.

—Bien, ya soy alcalde. Pero el objetivo es venir a Londres, al Parlamento.

—Y después intentarás ser primer ministro —bromeé.

—Todo a su tiempo. Ahora quiero que trabajes en exclusiva para mí. Tengo unos amigos interesados en ayudarme. Ellos tienen muchos contactos.

—¿Y también quieren ser diputados? ¡Cuánta ambición! —continué bromeando.

—Deja de decir tonterías, Thomas; esto va en serio. Necesito a alguien de total confianza y… bueno, que no tenga ninguna relación con ningún grupo de poder determinado y que sea capaz de hacer lo que hay que hacer. Te pagaremos bien. Muy bien.

—Hablas en plural… ¿Os habéis propuesto hacer abdicar a la reina? —continué yo con el mismo tono de chanza.

—Me he propuesto tener un escaño en Westminster y para eso se necesita publicidad y el manejo de la prensa. Tú me demostraste que eres muy capaz de las dos cosas, pero sobre todo que no tienes estúpidos escrúpulos como tus antiguos jefes Mark Scott y Denis Roth, que andan pidiendo perdón a los laboristas y a los conservadores porque yo resulté elegido en vez de sus candidatos. Son una mierda.

No le contradije. Poco me importaba lo que pudiera pensar de Scott y Roth. Esther le miraba sorprendida. Roy no parecía el tipo de persona capaz de caerle bien.

—¿Quiénes son tus amigos? —pregunté.

—Empresarios, banqueros, gente desconocida. No salen en los periódicos.

—¿Y qué quieren de ti?

—En ocasiones la defensa de sus intereses requiere que la opinión pública no esté en contra. Para eso hace falta utilizar los medios de comunicación, hacer ciertas cosas. Tú puedes hacerlas.

—Pero, exactamente, ¿cuáles son esos intereses que tienes que defender? —insistí.

—Eso lo hablaremos mañana desayunando en el Dorchester. ¿Te parece bien?

—Pensaba que no te gustaba el Dorchester.

—Y no me gusta, pero a ti sí.

—¿Estará alguno de esos amigos tuyos?

—No, primero hablaremos tú y yo. Ya tendrás tiempo de conocerlos. Pero dejémonos de cosas serias. ¿Iremos a tomar una copa después de cenar? Me han recomendado un lugar que creo que os gustará.

Cuando regresamos a mi apartamento pregunté a Esther qué le había parecido Roy.

—Peligroso.

—¡Vaya definición!

—Puedo añadir algo más: no tiene escrúpulos. Si tiene que sacrificarte, te sacrificará. Es de los que nunca pierden.

—O sea, que no te parece un rústico.

—Es mucho más. Esa apariencia de hombre rural es sólo eso. No habrá estudiado en colegios de élite ni habrá ido a Oxford, pero es inteligente, tiene una mente calculadora y rápida, sabe lo que quiere y está dispuesto a hacer lo que sea por conseguirlo. Tú le caes bien, pero si tiene que sacrificarte, lo hará.

—Creía que eras un as de la publicidad, no que te dedicaras al psicoanálisis —respondí riendo.

—Sabes que tengo razón. Roy te gusta porque representa un desafío. Es un peligro y a ti te gusta andar por el borde del abismo. Estáis hechos el uno para el otro. Hasta que llegue el momento de que por instinto de supervivencia uno decida tirar al otro al vacío. Si vas a hacer negocios con él necesitarás que alguien te cubra las espaldas.

—¿Me estás diciendo que contrate a un guardaespaldas? —No pude dejar de reír.

—No te vendría mal, pero no es eso a lo que me refiero. Deberás contar en tu equipo con gente de tu confianza, insobornable, que no te traicione. No te va a resultar fácil.

—Das por hecho que voy a aceptar su oferta.

—Sí, claro que lo harás. No tienes otra cosa que hacer y, sea lo que sea lo que te plantee, será un desafío para tu inteligencia.

—Te propongo que seas tú quien me cubra las espaldas. —Se lo dije en serio.

—De mí te puedes fiar, pero no estoy segura de que quiera tener nada que ver con ese Roy Parker y su esposa.

—Creí que Suzi te había caído bien.

—Ni bien ni mal, sencillamente no me interesa. Pero ella también es de cuidado. Esos dos no podrán separarse nunca porque van a ir acumulando cadáveres en el armario.

—¡Qué perspicaz! Suzi es incondicional de Roy.

—Sí, me ha parecido que es la horma de su zapato.

—Cásate conmigo, Esther. Tú misma lo has dicho, te necesito.

—Ésa no es una razón para que me case contigo.

—¿Sigues sin estar enamorada de mí?

—¿Lo estás tú de mí?

—No voy a engañarte. En realidad no sé lo que siento por ti, salvo que eres la única mujer con la que quiero estar. No me canso de verte, de estar contigo. Me tranquilizas, me haces ver las cosas desde otras perspectivas. Estoy deseando contarte cualquier cosa que pienso o que me pasa.

—Pero no sientes una pasión desbordante por mí. —Ahora fue ella la que se echó a reír.

—¡Qué cosas dices!

—Esas cosas se notan. Hay aspectos en los que ni yo te entusiasmo a ti ni tú a mí.

—Pero eso no tendría que ser un inconveniente. Tú sabes que las calenturas pasan.

—Ya, pero mientras duran son estupendas.

—¿Y luego qué? Creo que nuestra relación es más sólida que si ahora estuviésemos ansiosos por irnos a la cama.

—Pero eso también es importante.

—Para que una relación dure tiene que haber algo más, y me refiero a algo más que no sea resignación o los hijos o la situación económica. Ese algo más es lo que nosotros tenemos, lo que hay entre los dos, y dura para siempre.

Esther se quedó pensativa. Se resistía a renunciar a ese amor romántico y apasionado que la gente suele sentir al menos una vez en la vida. Ella podía haberlo sentido por mí pero no había sido así.

Nos fuimos a la cama e hicimos el amor. Fue agradable pero no apasionante. Pero para mí Esther era más importante que una buena sesión de sexo.

Llegué al Dorchester antes que Roy y pedí un café y tostadas. No tenía hambre pero sabía que a Roy le ponía de malhumor comer solo. Él llegó tarde, echando la culpa a Suzi por la tardanza.

—Y ¿dónde está?

—Se ha empeñado en que el taxi la dejara antes en Harrods. Además, hay cosas que no es necesario que ella sepa.

Después no se anduvo con circunloquios y me dijo lo que deseaba de mí:

—Ya sabes lo que quiero: trabaja sólo para mí. Mis amigos, en realidad son dos abogados, te pueden dar trabajo. Puedes elegir a tu propia gente, como ese informático, Sullivan, con el que hiciste mi campaña. También deberías contratar a ese periodista amargado… ¿Neil? El tipo demostró ser un buen sabueso. Busca gente así. Ganarás mucho dinero, más del que puedas imaginar.

—Sigues hablando en plural. Déjate de rodeos y dime qué es lo que quieres o qué queréis tú y esos misteriosos amigos tuyos —exigí con desconfianza.

—Lo que queremos es muy simple, te pondré un ejemplo: imagina que una empresa pretende hacerse con unos terrenos para obtener gas por medio del fracking. Los ecologistas de la zona, los vecinos del pueblo más cercano, algunos periodistas bienintencionados e incluso los políticos locales pueden negarse diciendo que eso tendrá consecuencias para el medio ambiente, que provocará un desastre natural, que habrá emisiones de gas que pueden ser letales para la salud; ya sabes, las mierdas de siempre. Lo que tú tendrías que hacer es conseguir que haya un cambio en la opinión pública. Nosotros nos encargaremos de los políticos, aunque si se da el caso, tú también tendrías que intervenir para buscarles las vueltas a los reticentes.

»¿Entiendes de qué va?

De repente me di cuenta de que era Roy quien me había manejado y que su empeño por hacerse con una de las alcaldías del condado nada tenía que ver con que tuviera una ambición política. Se trataba de negocios.

—¿Es eso lo que hay bajo los pastos donde tus suegros tienen las ovejas? ¿Gas? ¿Por eso necesitabas ser alcalde y ahora aspiras a obtener un asiento en Westminster? ¿Para que se recalifiquen esos terrenos y quién sabe qué otras cosas?

—Pensaba que ya lo sabías —me respondió con asombro y un deje de decepción.

—Continúa —dije para no reconocer que, efectivamente, había jugado conmigo.

—Hay gente con la que me he comprometido… Suzi no sabe nada de esto.

—O sea, que incluso la has engañado a ella.

—Mis suegros nunca consentirían que agujerearan sus tierras y Suzi tampoco. Pero no serán un problema. Quiero que te prepares para ayudarme. Mis amigos van a contratarte en alguna de las agencias que manejan. Habrá que comprar medios, sobornarlos; buscar lo que guardan en el patio trasero nuestros opositores... Pero todo eso hay que hacerlo con discreción, bajo una apariencia de respetabilidad. No voy a decirte cómo hacer el trabajo; sabes hacerlo y tienes cojones. De manera que cuanto antes te pongas a ello, mejor para todos.

O Roy había cambiado y estaba mostrando su verdadera naturaleza, esa que al parecer yo no había sido capaz de captar del todo y Esther sí, o ése no era su día y por eso resultaba tan desagradable.

—¿Sabes, Roy? No me gusta que me manden. No te confundas, yo no necesito ser tu empleado ni el de nadie. Además, no estoy buscando trabajo. Si quiero tener una agencia, la tendré, no necesito tu dinero. Cambia el tono para hablar conmigo o terminarás de desayunar solo.

—¡Vaya! Al parecer tienes pundonor.

—No me subestimes, Roy, te equivocarás.

—Lo siento si te he molestado —reculó, consciente de que podía dejarle allí plantado.

—Puede que me interese lo que me propones, pero si llego a aceptar será para divertirme. No necesito tu dinero ni el de tus amigos. Me gustan los desafíos. He disfrutado mucho manipulando a la gente para que salieras elegido. Y si acepto, Roy, seré yo quien ponga las condiciones, no tú. ¡Ah!, y antes de decir que sí, quiero conocer a tus amigos. Quiero saber con quién me asocio.

Roy me miró fríamente, sopesando si me había subestimado.

—De acuerdo. Nos reuniremos con algunas personas.

—Que sea pronto, Roy. Nos marchamos a Nueva York dentro de cuatro días.

—Esa chica... Esther... parece lista, ¿es tu novia?

—Le he pedido que se case conmigo y aún no me ha dado una respuesta.

—¿Puedes fiarte de ella?

—Es la única persona, fuera de mi familia, de la que me fío.

—¿Trabajaría contigo? Dijo que se dedica a la publicidad…

—No puedo responder por ella. Además, yo tampoco he dicho que vaya a asociarme contigo y tus amigos.

—Espero que lo hagas.

—Lo que pretendes que haga hay muchos otros que lo harían. Manipular a la gente para que tengan una determinada opinión es un buen negocio. Es algo que se hace desde hace décadas. Ya está inventado.

—Pero yo me fío de ti y… Soy un recién llegado, Thomas, y necesito tener mis propias cartas. Cartas marcadas. Tú eres parte de la baraja. Verás, hay otra cosa que debes saber. Mis amigos quieren que trabajes con alguien, un tipo de primera. Ya ha trabajado para ellos en otras ocasiones en otros asuntos igualmente… delicados.

—Vaya, otra sorpresa. Pero no necesito socios.

—En realidad soy yo quien te quiere tener dentro y que trabajes para nosotros de manera permanente. Alguien que sea como un socio más, que se lleve una tajada de las ganancias, que comparta los mismos intereses. Mis amigos no lo ven así, pero me han dado luz verde. Aunque me han puesto una condición: que Bernard Schmidt forme parte del negocio.

—¿Y quién es ese Bernard Schmidt?

—El tipo del que te acabo de hablar, un alemán que sabe de propaganda y de intoxicar a los medios más que nadie en el mundo.

—Si ya tenéis al hombre, ¿para qué me necesitas a mí?

—Porque es su hombre. Yo quiero el mío: tú.

—¿Sabes, Roy? Me parece que vas a tener que contarme unas cuantas cosas antes de que yo me reúna con tus amigos y decida si quiero o no tener algo con vosotros.

—Tienes razón. Pregunta y te diré lo que quieras saber.

—Por lo pronto, empieza a contarme de qué va todo esto.

—Ya te lo he dicho.

—No, me has hablado de unos amigos, de que queréis influir

en la opinión pública de tu condado para que una empresa de fracking busque gas. Y que hay un tal Bernard Schmidt que tiene que trabajar conmigo. Eso es todo lo que me has contado, o sea, casi nada.

Roy parecía dudar. Estaba contrariado, casi furioso. Creía que yo comía en su mano, que bastaba con que me dijera algo para que yo lo hiciera sin pensar. El criado le estaba saliendo respondón. En realidad, aunque me fastidiaba reconocerlo, había jugado conmigo, me había subestimado.

—De acuerdo, te diré de qué va esto. Estoy asociado con un grupo de hombres de negocios. Representan a empresas que buscan nuevos recursos energéticos; también están metidos en el negocio de las armas. Y sí, donde pacen las ovejas de mi suegro hay gas. Mis suegros no quieren ni oír hablar de la posibilidad de que nadie cuartee sus tierras. No tienen ambiciones; disponen de dinero suficiente para vivir gracias a la lana de las ovejas. Poseen muchas tierras, y algunas no sirven para nada, las alquilan para cazar durante la temporada.

»Hace años los socios de estos amigos quisieron montar una empresa de investigación de armamento tecnológico y microbiológico en la región. Una de las fincas de mis suegros tenía las características que ellos precisaban. Hablaron conmigo. No necesitaron gastar mucha saliva para convencerme, pero mis suegros se negaron. Decían que se acabaría con la tranquilidad de la región, que destruirían el medio ambiente, que los pájaros huirían por el ruido, que las armas biológicas son un peligro para la humanidad… En fin, un montón de sandeces. No había manera de persuadirlos, pero yo no estaba dispuesto a que esos hombres se fueran a otra parte. Presioné hasta el punto de que amenacé con dejar de administrar sus tierras. Mis suegros temieron que fuera capaz de abandonar a Suzi y los niños, pero no cedieron. Suzi y yo discutimos y fue ella quien me amenazó con dejarme.

»No me detuve. Ya sabes que, además de los negocios familiares, también llevaba la administración de las tierras de algunos otros propietarios del condado. Ya que no podía ser una de las tierras de mis suegros, sería otra. No me fue difícil decidir qué finca le convenía a esta gente. La finca pertenecía a una familia que hacía años que apenas pisaba sus tierras excepto durante la temporada de caza. Aun así, no querían vender y mucho menos para que nadie levantara una empresa donde se experimentara con armas.

»Estos amigos me dijeron que si lográbamos destrozar esas tierras, los propietarios se verían obligados a vender. Me ofrecí a ayudarlos. Al cabo de unos días llegaron unos hombres con unos botes. Les facilité el acceso a la finca. No sé lo que hicieron, y no me preguntes por el contenido de los botes porque tampoco lo sé, pero dos días después una plaga acabó con la flora del lugar y muchos animales murieron. Aquellas tierras de repente ya no valían nada y se convirtieron en una carga para sus dueños. Las vendieron al precio que les quisieron pagar. Me asocié con ellos para comprar terrenos aparentemente baldíos pero en los que parece que hay bolsas de gas. Nadie lo sabe, tampoco Suzi. Naturalmente, los ecologistas del condado pondrán el grito en el cielo el día en que comencemos con el fracking. También he hecho otras operaciones para ellos. Te necesito para cuando comiencen las prospecciones. La gente se pondrá en contra, habrá manifestaciones, no querrán que se haga fracking en las tierras lindantes a las suyas. Yo, como alcalde, tendré que aparentar que estoy en medio, que me debato entre la ecología y el progreso. Necesito que te ocupes de todo.

—¿Y crees que esos hombres son tus amigos? ¡Vamos, Roy, eres un tonto útil, nada más!

—Tienes mala opinión de mí, Thomas, me ves como un rústico. No me he educado en buenos colegios, pero no soy ningún estúpido. Ellos necesitan a personas como yo y yo necesito a personas como ellos. Mientras seamos útiles las cosas marcharán. Por ahora he logrado que algunas cosas cambien en la región.

—Y ahora quieren el gas de las tierras de tus suegros. ¿Y Suzi? Tu mujer no es tonta. Me extraña que no se haya dado cuenta de lo que te traes entre manos.

—No lo sabe. Cree que me gusta la política y que quiero llegar a ser primer ministro. Ella se ve tomando el té con la reina.

—De manera que no está al tanto de tus manejos…

—No, nunca movería un dedo contra sus padres. Ni haría nada que pudiera alterar la campiña inglesa. Caza desde que era una niña; le gustan los animales y no comprende que el progreso pasa por hacer algunas renuncias. El mundo no se puede parar por las ovejas.

—Te pillará.

—Hasta ahora no lo ha hecho.

—Ya veremos…

—No le miento, sólo que no comparto algunas cosas con ella.

—¿Para qué necesitas tener un escaño en Westminster? Seguro que tus socios tienen ya un montón de buenos amigos entre los parlamentarios y los miembros del gobierno.

—Así es. Pero yo no quiero depender sólo de ellos. Tengo que cubrirme las espaldas. Ser alguien, no sólo un peón al que puedan utilizar según las circunstancias. Por eso el siguiente paso es conseguir ese maldito escaño en el Parlamento. Ser alcalde me está reportando mucha popularidad.

—Eres un sinvergüenza.

—Por eso supe que debía aliarme contigo. Cuando leí en la prensa lo que habías hecho con Green, ese centro comercial que nadie quería, cómo se lo vendiste a los chinos y te quitaste de encima a Cathy Major, no tuve dudas de que podríamos aliarnos. Careces de escrúpulos, lo mismo que yo. También tú eres un sinvergüenza, no somos tan diferentes.

—Esa gente… No sé quiénes son, pero dudo que te consideren más que un peón. Cuando no les sirvas te apartarán —insistí.

—Por eso quiero mirarlos de igual a igual. Por lo pronto, soy alcalde y lo próximo será tener un escaño en Londres. Ya no soy un insignificante hombre de las praderas.

—Me necesitas más de lo que supones.

—Entonces ¿aceptas?

—No, ya te he dicho que antes quiero conocer a tus socios. En cuanto a lo de ese tal Bernard Schmidt, ya hablaremos. Me gusta trabajar solo.

—De acuerdo, ya hablaremos del alemán cuando conozcas a mis socios.

Le conté a Esther la conversación con Roy sin omitir nada. Si de algo estaba seguro era de que podía confiar en ella.

—Ha demostrado ser más listo que tú. Te hizo creer que era sólo un campesino con aires de grandeza y resulta que es un tiburón. Te ha manipulado a su gusto —sentenció Esther.

Tenía razón. Durante su campaña electoral estuve bailando al son de la flauta que tocaba Roy y me fastidiaba profundamente no haberme dado cuenta. Yo me las daba de hombre de mundo, de sinvergüenza, pero en realidad tenía mucho que aprender.

—Eras y sigues siendo muy joven —me recordó Esther—, de manera que es normal que Roy te dé mil vueltas.

—Me engañó —me quejé.

—Te pasaste de listo. Vas muy sobrado por la vida en tu papel de chico malo. Además, cuando Roy te buscó estabas ensoberbecido por la operación de Green. Te creías el rey del mundo. Habías sacado el dinero a dos constructores arruinados y a un chino que pasaba por allí; encima, te acababa de contratar nada menos que una agencia de publicidad tan importante como Scott & Roth. Estabas levitando.

—A Mark Scott no le gustaba Roy... Tampoco a Cathy... No sé por qué dejé que me convenciera para que trabajara en su campaña.

—Porque él sabía lo que quería y jugó fuerte. Ganó. Te tuvo a ti. Puede que otra agencia no hubiese querido hacerse cargo de su campaña. Tenía todas las papeletas para perder, de manera que necesitaba hacer trampas para ganar, debía encontrar a alguien como tú para que hiciera el trabajo sucio. Era imprescindible que su elección tuviera la respetabilidad necesaria.

—Pero sus socios podrían haberle ayudado.

—¿Para qué? Ellos preferirían que Roy continuara siendo sólo el chico de los recados en aquella región. No le necesitan en Westminster. En realidad tampoco te necesitan a ti, pero como Roy empieza a ser incontrolable han decidido que es mejor colocar a alguien que le sujete.

—¿Y tú qué harías?

—No estoy en tu lugar. No soy como tú, no tengo las mismas ambiciones; por tanto, mi respuesta no te sirve.

—Pero puedes darme tu opinión.

—Puedo, pero no la necesitas.

—¿No quieres ayudarme?

—Claro que sí, pero eres tú quien tiene que tomar la decisión. Creo que te mueres de curiosidad por conocer a los socios de Roy. Y… vas a aceptar.

—¡Aún no lo he decidido!

—Estoy segura que sí. Sólo que te sientes inseguro; te preocupa que Roy vuelva a manejarte como un muñeco. Eso te asusta. Creíste que tú eras el listo y, mira por dónde, fue Roy quien movió tus hilos.

—¿Te casarás conmigo? —pregunté preocupado.

—No lo sé… aún no lo sé. Estoy bien contigo, pero ¿es suficiente? Creo que no. Aspiro al amor, Thomas, y contigo nunca tendré amor. Podemos compartir otras cosas, y no digo que no podamos ser felices, pero lo que yo sueño no es sólo eso. Ya lo hablamos anoche.

—Para mí eres muy importante, no querría vivir con otra mujer que no fueras tú. Nuestra unión sería más sólida que si estuviéramos babeando el uno por el otro; eso se acaba, Esther.

—Ya, pero una vez que se acaba, queda algo. Queda otra cosa… Quedan los rescoldos del amor y esos rescoldos mantienen la unión para siempre. Yo veo a mis padres sonreírse cuando creen que no los estamos mirando. Mi padre suele coger la mano de mi madre entre las suyas y cuando lo hace nos damos cuenta de lo importante que ella es para él, de cómo la ha amado. Y porque la ha amado, la sigue amando. No sé si comprendes lo que digo.

—Cásate conmigo, Esther, no te arrepentirás. Siempre estaremos juntos.

—Tengo que pensarlo. Tengo que estar segura de que te quiero lo suficiente para renunciar a la clase de amor que esperaba tener. Además, ahora que te vas a quedar en Londres puede que encuentres a alguien, o que yo lo encuentre en Nueva York. No hagamos planes, Thomas, aún no.

—No voy a quedarme en Londres. Regreso contigo a Nueva York.

Esther se rió.

5

Tenía razón: me quedé en Londres. Cuando la dejé en el aeropuerto le prometí que en un par de días nos encontraríamos en Nueva York. No cumplí mi promesa. Ella tampoco esperaba que lo hiciera. Además, echaba de menos mis visitas a casa de madame Agnès. No quería preocuparme, pero la realidad es que prefería pasar la noche con cualquiera de las chicas de madame Agnès antes que con chicas que te sonríen y te miran embelesadas como si les importaras algo. Asimismo, me irritaba tener que dar conversación a desconocidas como paso previo para terminar en mi apartamento.

Roy se mostraba muy misterioso sobre el lugar y con quién nos íbamos a encontrar. Se empeñó en ir a buscarme a mi apartamento.

El sitio era de lo más anodino, si es que es anodino un edificio de cristal y acero con no sé cuántas plantas, donde para entrar tienes que pasar diversos controles de seguridad. El edificio estaba ocupado por varias compañías y empresas. A nosotros nos esperaban en la planta veinte, donde una secretaria aguardaba ante la puerta del ascensor.

—Buenos días, señor Parker, señor Spencer... Los están esperando.

La seguimos hasta una puerta que ella misma abrió sin llamar. Parecía una sala de juntas, no era grande. Una mesa redonda con seis sillas alrededor, un sofá de cuero y un par de sillones, una biblioteca de madera lacada, dos o tres cuadros. Nada que no fuera igual a como son las salas de reunión de las empresas.

Allí nos esperaban dos hombres cuyo aspecto era igual de anodino que el del edificio y el de aquellas oficinas. Ambos estaban en la cincuentena. Traje azul oscuro uno, gris el otro, corbatas de seda discretas, buenos zapatos. Parecían los ejecutivos clásicos que lo mismo podían dedicarse a vender detergente que misiles.

—¿Qué tal, Roy? Señor Spencer, soy Brian Jones y éste es el señor Edward Brown. Por favor, siéntense.

Brian Jones me tendió la mano y me gustó que el apretón fuera firme. Edward Brown pareció dudar, pero finalmente también me tendió la mano.

—Le dejaré las cosas claras, Spencer. Nosotros representamos a un conglomerado de empresas con diferentes intereses. Nuestros clientes exigen discreción y eficacia y eso es lo que les damos. Las indiscreciones se pagan caras en determinados ambientes —afirmó Brian Jones mirándome fijamente.

Yo no me molesté en responder. Continué mirándole a la espera de que dijera algo más, como si esa leve amenaza que había deslizado en sus palabras no me afectara.

—El señor Parker está muy satisfecho con la campaña electoral que le llevó usted. Insiste en que trabaje para nosotros. Nosotros contamos con excelentes agencias de publicidad y gabinetes de comunicación, de cuyos resultados estamos satisfechos y que hemos puesto a su disposición. Pero el señor Parker desea que sea usted quien se encargue de sus asuntos. Dado que mantenemos intereses con el señor Parker, nos preocupa que esa discreción que es nuestra enseña se pueda ver perturbada. De manera que no estamos dispuestos a trabajar con ningún experto en comunicación si no tenemos el control. Nuestros representados son personas cuyas empresas tienen una gran consideración y prestigio social y no quieren que nada pueda empañar esa reputación —continuó diciendo Brian Jones.

Mientras hablaba intentaba escudriñar en mi rostro cualquier gesto que desvelara lo que yo estaba pensando. Pero yo seguía empecinado en el silencio.

—Nuestro querido amigo Roy quiere volar alto —le interrumpió el otro hombre, al que me habían presentado como Brown—. Está bien que lo haga, hay que ser ambicioso, pero siempre y cuando no ponga en peligro nuestros propios negocios.

—Sí, Roy tiene sus propias ideas sobre cómo llevar las cosas, pero es tan fácil cometer un desliz… —apostilló el tal Brian Jones.

—Al parecer usted ha insistido en conocernos. Bien, nuestra preocupación es hacer las cosas como es debido. Creemos que lo más conveniente es que se una usted a alguna de las agencias que trabajan bajo nuestra supervisión. Aun así, tendrá que firmar un documento de confidencialidad absoluta. Nuestros clientes nos pagan para que les garanticemos la seguridad de que pueden operar tranquilos —añadió Brown.

Miré enfadado a Roy.

—Les he asegurado que pueden confiar en ti —dijo Roy, a la espera de que yo se lo confirmara a esos dos hombres y haciendo caso omiso de mi enfado.

—Caballeros, les agradezco esta reunión. Le insistí al señor Parker en mi deseo de conocerlos porque es importante saber si compartimos intereses pues, de lo contrario, no tenemos nada más que hablar. Aun así, no he tomado la decisión de si quiero unir mi suerte a la de ustedes o a la de las personas a quienes representan. No sé quiénes son, ni a qué se dedican, y en principio no suelo fiarme de nadie, sean cuales sean sus credenciales.

»Como supongo que antes de esta reunión ustedes me habrán investigado, no hará falta que les diga que no necesito su dinero ni su permiso para montar mi propio negocio si ésa fuera mi ambición. En cualquier caso, si decido trabajar con el señor Parker, yo marcaré mi territorio y decidiré qué haré y qué no haré, con quién trabajaré y cómo. Les debe quedar claro que no busco empleo. No lo necesito.

Me miraban sin que sus caras reflejaran nada, ni sorpresa, ni enfado, ni interés, nada. Estábamos jugando al póquer descubierto.

—Si está usted aquí es porque el señor Parker ha insistido. En estos tiempos nuevos se necesita otra manera de hacer las cosas… Ideas de refresco. Usted es muy joven. Pero debe quedarle claro que las condiciones las marcamos nosotros —dijo uno de los abogados.

—No, señor Brown, ésa no es la ecuación correcta. Si decidido aceptarlos como clientes, sería más exacto.

En la mirada de Brown pude notar un destello de indignación. Sabía que estaba pensando que yo sólo era un joven engreído y que en cuanto saliera de allí le dirían a Roy que no iban a secundarlo en su empeño de contratarme.

—Si decidimos trabajar juntos, ¿le parece mejor? Naturalmente, usted tendría que ajustarse a nuestra manera de hacer las cosas. Tenemos unas pautas, normas, que no son negociables. Si decide trabajar para… con nosotros, hemos pensado que podría incorporarse a GCP, Gestión de Comunicación y Publicidad; es una buena agencia, habrá oído sobre ella. El señor Lerman, Leopold Lerman, su director, es un profesional prestigioso. GCP, como otras agencias que trabajan para nosotros, está bajo la supervisión de un caballero de nuestra total confianza, Bernard Schmidt. No hay otro mejor que él en… en el negocio de la comunicación. En caso de que usted decida unirse a GCP, pediríamos al señor Lerman que le permita llevar un pequeño equipo, quizá su secretaria y un par de ayudantes —terminó de decir Brown.

—Puede que decida ayudar a Parker, para que no se lo coman las ovejas a cuenta del fracking que ustedes y él quieren llevar a cabo en el condado de Derbyshire, pero no estoy seguro de querer implicarme en nada más. Ustedes no se fían de mí pero yo tampoco de ustedes. Parecen no querer comprender que no estoy buscando trabajo —respondí desafiante.

—Pues tendrá que decidirse, señor Spencer. Las prospecciones para el fracking deberían comenzar dentro de un par de meses. A nosotros nos da lo mismo si decide quedarse en tierra o subir a bordo… —dijo Brian Jones con indiferencia.

—Vamos, Thomas, no te hagas el remilgado, no te va el papel. ¿Qué problema hay en que pases a trabajar en GCP? —intervino un Roy enfadado.

—Una agencia en la que sólo seré un empleado más —respondí más airado de lo que me convenía.

—También eras un empleado en Scott & Roth —me recordó Roy—. ¿Por qué no pruebas? Si no te convence, te vas. Les he dicho a los abogados que quiero que te dediques a mí como hiciste cuando trabajabas en Scott & Roth. Y ya ves que lo aceptan.

—No sé si quiero volver a trabajar para otros, que me marquen unas líneas de actuación, tener que estar reportando sobre lo que hago y cómo lo hago, y si hay líneas rojas que no se pueden traspasar.

—Señor Spencer, es usted el que debe marcarse sus líneas rojas. Si hace algo que no deba será su problema, nunca el nuestro, porque jamás, téngalo presente, le pediremos que haga nada que no se deba hacer.

—Ya. Esto suena a las películas de espías. El jefe manda al empleado que se juegue la vida y se cargue a unos cuantos por el bien del país, pero si le pillan el jefe dirá que no le conoce, que jamás le ha visto. Es lo que me están diciendo, ¿no?

Tanto Brown como Jones torcieron el gesto. No les gustó que les hablara en aquel tono, que dijera en palabras algo que estaba sobrentendido. Ellos necesitaban que otros se ensuciaran las manos, pero se guardaban las espaldas para poder decir, si algo salía mal, que jamás habían dado instrucciones para que se cometiera ninguna ilegalidad.

No me gustaban los hombres así, prefería a Roy, aunque éste me había manipulado. Era un mentiroso capaz de vender a su madre si eso le reportaba algún beneficio.

—Señor Spencer, es usted muy joven e impulsivo. Creo que va a ser difícil que trabaje con nosotros. Lo que usted dice está muy alejado de lo que queremos y, por supuesto, de lo que quieren nuestros representados. —Brian Jones habló pausadamente, pero se le notaba que estaba deseando despedirme.

A Roy se le veía contrariado. Me miró de tal manera que pensé que si pudiera me daría un puñetazo. Tuve que decidir en un segundo qué hacer. Aquellos hombres no me gustaban y me habían dejado claro que en caso de problemas me dejarían solo.

—¿Cuándo puedo conocer a su hombre? —pregunté, y mi pregunta los desconcertó.

—¿Cómo dice? —Brown no parecía comprender a qué me refería.

—Ustedes quieren que trabaje con alguien de su confianza. Quiero conocerle y hablar con él antes de tomar una decisión.

—Al señor Lerman le puede conocer mañana mismo. Le llamaremos para que le reciba. En cuanto a nuestro supervisor general, el señor Schmidt, no está en Londres, pero llegará en un par de días. Quizá entonces podríamos concertar una reunión —planteó Brian Jones.

—Preferiría verme a solas con el señor Schmidt, sin ninguno de ustedes presentes. Si el señor Schmidt no tiene inconveniente podría invitarle a almorzar. Pregúntenle.

—Bueno… No sé si eso es lo mejor. Se trataría de que se conocieran, nada más. Lo correcto es que se reúna usted cuanto antes con el señor Lerman. —A Brown no le gustó mi propuesta.

—Pregúntenle a él. Insisto en invitar a almorzar al señor Schmidt, puesto que es su hombre. Roy me dirá si Schmidt acepta, ¿les parece bien?

No, no les parecía bien, pero Roy dio por hecho que se haría como yo había pedido. No estaba dispuesto a perder la partida de antemano y si había una posibilidad de que yo continuara trabajando para él, al menos quería intentarlo.

Salí de aquel edificio con un sabor amargo en la boca.

Aquellos dos hombres me habían terminado estomagando. Había sido un ingenuo pensando que iba a sentarme con los que de verdad movían los hilos. Brown y Jones eran sus representantes. Jamás me reuniría con otros que no fueran aquellos abogados. Los que de verdad mandaban estarían fueran de mi alcance.

Me daba cuenta de que me faltaba mucho por aprender, que era un monigote frente a hombres como aquéllos, incluso frente al propio Roy. Tenía que pensar en si debía seguir adelante o bajarme cuanto antes de un tren que no controlaba y cuyo destino final desconocía. Pero algo tenía claro: yo no era nadie para aquellos dos hombres y si tenían que deshacerse de mí lo harían por las buenas o por las malas; naturalmente, ellos jamás se mancharían las manos. Eran otros los que interpretaban sus deseos y los llevaban a cabo. Ellos querían poder decir siempre: yo no he sido, no sé de qué me habla, puedo jurar que jamás ordené tal o cual cosa, esa persona actuó por su cuenta, o se extralimitó.

Necesitaba a Esther para que me cubriera las espaldas, para que me ayudara a pensar, para que me mantuviera con los pies en la realidad. Me reí de mí mismo. Me había creído el más listo, pero me faltaba mucho que aprender para medirme con hombres como aquéllos.

Telefoneé a Esther y le conté la reunión. Me escuchó sin interrumpirme.

—Bueno, ¿qué te parece? —le pregunté.

—Roy es un tipo peligroso. Te engañó, en realidad juega contigo desde el día en que se presentó en tu despacho de Scott & Roth. Lo que no sé es si es tan listo como se cree o sólo es un arribista ambicioso. Tampoco sabemos si esos hombres con los que te has reunido tienen intención de asociarse con Roy más allá de lograr que esas empresas de fracking agujereen el condado. Puede que una vez que tengan lo que quieren se deshagan de él.

—Eso debe pensar Roy, por eso quiere tener sus propias cartas.

—Ya, pero como esos hombres no se fían de Roy le han dicho que si quiere hacer negocios con ellos tendrán que controlar lo que hace. Por tanto, no le permiten contar contigo si no es bajo su supervisión.

—¿Aceptarías?

—¿Yo? No, claro que no. Me gusta la publicidad, me divierte diseñar una campaña para vender pañales o una colonia, pero un gabinete de comunicación es otra cosa. Se trata de convencer a la opinión pública de… Bueno, de cosas más sutiles. Esos hombres me darían miedo.

—O sea, ¿que no aceptarías trabajar conmigo?

—No me lo propongas, Thomas.

—¿Tengo alguna posibilidad de que me digas que sí?

—No lo creo. Prefiero continuar viviendo en Nueva York. Y, por si quieres saberlo, estoy en contra del fracking, me parece un atentado al medio ambiente. En realidad no me necesitas a mí. Llama a ese Philip Sullivan que me presentaste. El chico hará lo que le pidas. Te admira.

—Ya. ¿Y qué piensas de Janet McCarthy?

—¿La profesora de comunicación en televisión? Parece buena chica, de manera que no sé si no saldría corriendo en cuanto le propongas algo que ella considere que no está bien. Corres un riesgo.

—Esther, te necesito.

—Sí, parece que sí.

—Si no quieres trabajar conmigo, al menos acepta mi primera proposición. Casémonos.

—Quieres tener a alguien en casa a quien contarle todo lo que sucede y que te aconseje bien. Pero eso no es amor.

—¡Por Dios, no insistas con eso! Yo no sé lo que es el amor, al menos como tú lo entiendes, pero sí sé que no querría estar con nadie el resto de mi vida que no fueras tú. ¿No es suficiente para ti?

—Me temo que no. Llámame siempre que quieras. Te escucharé y te daré mi opinión sincera.

—Aún no le he dicho que sí a Roy ni tampoco sé si quiero seguir viviendo en Londres.

—Claro que sí, por eso te has quedado en Londres. Dirás que sí.

—Quiero que te cases conmigo.

—De eso hablaremos más adelante. Tenemos tiempo para tomar esa decisión.

Tuve que aceptar su propuesta. En ese momento era lo único que podía obtener de ella. Pero me daba cuenta de que Esther se estaba convirtiendo en una obsesión. Pensaba que sólo ella me sería leal y me ayudaría pasara lo que pasase. En cualquier caso sería difícil convencerla de que trabajara conmigo, pero al menos si nos casábamos la tendría a mi lado. Me sorprendía su vena romántica, pero si quería lograr que aceptara mi propuesta matrimonial tendría que comportarme como un estúpido enamorado. Aquel mismo día acudí a una floristería con sucursales en Nueva York para que todos los días le hicieran llegar una docena de rosas rojas. Era una manera de empezar. Ya se me ocurriría algo más.

Roy me invitó a cenar para decirme que estaba enfadado conmigo.

—Eres un niñato. Casi lo estropeas todo —me reprochó.

—¿Sabes, Roy? Ya estoy harto de tus juegos. O me dices toda la verdad o me largo. No me gusta que me tomen por tonto.

—Ya te he dicho todo lo que querías saber y te he presentado a mis socios, ¿qué más quieres? —respondió enfadado.

—No son tus socios, Roy. Esos hombres representan a un conglomerado de intereses diversos. Tú eres un peón. Nada más. No te equivoques. Sólo quieren el gas que está en las tierras de tus suegros. Seguramente obtendrás beneficios, pero si crees que te consideran de los suyos entonces es que el tonto eres tú.

—Hasta ahora no me ha ido mal. Soy mucho más rico que cuando los conocí y soy alcalde.

—Te cortarán las alas cuando no te necesiten. Tú no eres uno de los suyos —insistí.

—No, yo no he estudiado en Oxford. Ni esquío en Suiza. Ni me invitan a cenas donde entre copa de champán y copa de champán los hombres hacen negocios e intercambian información. No, hasta ahora no me he codeado con los grandes, pero no tardaré. Dame tiempo y verás.

—¿Qué es lo que buscas, dinero o poder?

—¿Las dos cosas no son lo mismo?

—No exactamente. Hay hombres que han luchado por obtener poder sin importarles el dinero.

—No lo creo, al final dinero y poder terminan confluyendo.

No insistí. Podría haberle dado unos cuantos ejemplos de hombres que ansiaron el poder para cambiar las cosas, pero a los que nunca les importó el dinero o que simplemente disfrutaban de la borrachera de imponer su voluntad a otros hombres. Pero no le convencería. De manera que no merecía la pena siquiera intentarlo.

—¿Vas trabajar en GCP con ese Lerman?

—Roy, tengo un problema contigo: ya no me fío de ti.

—Vamos, Thomas, no siempre puedo enseñarte todas mis cartas. Tenía que saber si yo me podía fiar de ti, si realmente valías lo que tú crees que vales. Nadie en su sano juicio le hubiera contado a un desconocido todo lo que ahora sabes.

—¿Y no te preocupa lo que sé?

—¿Te preocupó a ti haber destrozado a Frank Wilson y a Jimmy Doyle? A uno lo presentaste como a un adúltero, al otro casi como a un ladrón. No sólo conseguiste quitarlos de en medio en la carrera electoral, sino que les destrozaste la vida. Ahora sabemos los dos de qué mierda estamos hechos.

—*Touché* —respondí con resentimiento.

—Tú no tienes escrúpulos, Thomas. Es sorprendente que con lo joven que eres seas tan mala persona. Yo tampoco soy ningún santo. Eso no significa que no queramos a los nuestros. Yo quiero a Suzi y a los niños y tú a tu familia, pero eso no nos hace buenas personas.

No se lo dije, pero estuve a punto de replicarle que dudaba de que él quisiera a Suzi, que no parecía acordarse de ella cuando visitábamos juntos a madame Agnès. Y que no imaginaba lo poco que yo quería a mi familia en esos momentos.

—Consigue esa cita con su hombre, ese tal Bernard Schmidt, y ya veré lo que decido. Pero te aconsejo que no quieras volar demasiado alto, o te cortarán...

—Las alas. Ya me lo has dicho —me interrumpió riendo.

—Sólo necesitan las tierras de tu suegro, tú no les sirves de nada —le dije sin miramientos.

—¿Crees que no lo sé? Por eso quiero jugar con mi propia baraja. Me he subido a su carro y no voy a dejar que me empujen cuando no me necesiten. No te preocupes, sé cuidar de mis intereses y también sabré cuidar de los tuyos.

—No te equivoques, Roy; nuestros intereses son distintos. Puede que trabaje en GCP una temporada y que, además de hacerlo para ti, acepte algunos encargos de esos hombres, pero no voy a ser tu muñeco ni el de ellos.

Esther tenía razón. Me había quedado en Londres porque pensaba aceptar la oferta de Roy. No sabía por qué pero pensaba aceptarla, aunque todo dependería de la entrevista con Schmidt.

Había comenzado a pensar a quién podía contratar de los que ya habían trabajado conmigo. Tenía claro que Philip Sullivan sería el primero a quien recurriría.

Philip no dejaba de llamarme para preguntarme qué planes tenía y si pensaba quedarme en Londres. Pero ni Janet ni el que fuera mi ayudante, Richard Craig, volvieron a telefonearme. Yo había sido alguien sin importancia que había pasado por sus vidas. Nunca entrevieron la posibilidad de tenerme como amigo. Janet porque era una mojigata que vivía preocupada por su gato y las pequeñas mezquindades del mundo universitario. En cuanto a Richard, no me consideraba un igual. Era un aristócrata que pensaba que yo no era más que un chico rico norteamericano, pero sin ninguna clase. Tenía razón. A Richard le horrorizaba mi ropa, en la que siempre se veían los logos de las marcas. Él lo consideraba de mal gusto aunque nunca me lo dijo, pero no hacía falta que lo hiciera, su mirada era suficientemente explícita.

Además de a Philip Sullivan, pensaba en hacer una oferta a Maggie. Era una buena secretaria. Escéptica y eficaz. Y necesitaba dinero. Si le ofrecía un buen sueldo quizá podía considerar dejar Scott & Roth. Y, por supuesto, Neil sería clave. El periodista había demostrado ser un excepcional investigador al que no le importaba meter las narices en la mierda. No me preocupaba que fuera un borracho ni sus descensos al infierno de la droga. Allá él mientras hiciera el trabajo encomendado.

Durante un par de días no tuve nada que hacer. Esperaba que Roy me llamara para confirmarme la cita con Leopold Lerman primero y con Bernard Schmidt después. La inactividad empezó a ponerme nervioso, tanto que decidí irme a Nueva York para ver a Esther. Si Roy llamaba, tanto Lerman como Schmidt tendrían que esperar a mi regreso.

Nevaba en Nueva York. Pero eso no era una novedad. Cuando llegué a casa sólo estaba María. Mi padre se encontraba en el despacho y mi hermano Jaime había regresado a Harvard, donde estaba en su último año de doctorado, compaginando sus estudios con la colaboración en un prestigioso bufete de abogados de Boston.

María no se alegró de verme. Yo tampoco de verla a ella. Me dijo que mi cuarto estaba preparado. «Tu padre ha ordenado que siempre tenga lista tu habitación por si te daba por venir», me dijo, sin ocultar que por su parte yo no sería bienvenido. Ni siquiera le contesté. Deshice la maleta, me di una ducha y telefoneé a Esther, quien no pareció sorprenderse de que estuviera en la ciudad. Estaba en la agencia y por la tarde tenía que ir a dar clase al centro de estudios de Paul, de manera que pasaría por allí a recogerla e iríamos a cenar.

Tenía unas cuantas horas por delante así que me tumbé en la cama y me quedé dormido. Eran cerca de las cuatro cuando María entró en mi habitación. Me molestó que lo hiciera sin llamar.

—Tu padre acaba de llegar. Dice que te espera en la biblioteca y que te prepare algo de comer.

—No hace falta, voy a cenar fuera.

—Ya, pero tendrás que tomar algo, no has probado bocado en todo el día.

—He estado durmiendo —le recordé.

—Por eso. —Y salió dando un portazo.

John estaba sentado en su viejo sillón revisando unos papeles y con un whisky en la mano. Al verme se levantó e intentó darme un abrazo que yo esquivé tendiéndole la mano.

—Me alegro de verte —dijo con tristeza.

—Sólo me quedaré un par de días —repuse.

—Ésta es tu casa, puedes quedarte el tiempo que quieras.

—Sólo dos días, después vuelvo a Londres.

—Creí que habías decidido instalarte en Nueva York, trabajar aquí.

—Me han hecho una oferta de trabajo. Si llegamos a un acuerdo me quedaré allí.

—¿Y esa chica, Esther? Dijiste que querías casarte con ella.

—Sí. Pero aún no lo hemos decidido. Ya sabes, casarse es cosa de dos. Bien, voy a vestirme, precisamente ceno con ella.

—Aún falta un buen rato para la hora de la cena y María me ha dicho que no has tomado ni siquiera un café.

—No tengo hambre.

En ese momento María entró con una bandeja. Estuve tentado de decir que no quería nada, pero no me pude resistir al sándwich caliente de jamón y queso.

—Me gustaría hablar contigo, que comentáramos algunas cosas —dijo John.

—No hay mucho de lo que hablar, ¿no te parece?

—¿Con quién estás enfadado, Thomas? ¿Conmigo? ¿Con tu hermano? ¿Qué te hemos hecho?

—Me habéis hecho vivir en un engaño.

—Jaime no sabía nada.

—Puede que no.

—En cuanto a Carmela... Tu madre y yo acordamos que lo mejor para ti era que vivieras con normalidad. Yo te acepté como a un hijo, te he querido y te quiero como a tal. No había motivo para decirte que... que yo no era tu padre biológico. ¿De verdad crees que eso tiene importancia? Yo no lo creo, Thomas, yo no lo creo.

—Pues la tiene. Tanto que mi madre no quiso morir sin decírmelo.

—Tu madre sufrió mucho, sí; nunca se perdonó lo que le sucedió siendo una cría, pero nunca se arrepintió de haberte traído al mundo. No entendía el porqué de tu actitud. Cuanto más intentaba acercarse a ti, más la rechazabas. Eso la llevó a creer que tenía que lavar una culpa y que sólo si lo sabías la podrías perdonar e incluso querer.

—Pues no lo consiguió.

—¿Por qué eres tan cruel con los demás y contigo mismo? No tienes derecho. Todos te hemos querido: tu madre, tus abuelos, tu hermano, yo. Jamás podrás decir que no has recibido cariño.

—Todo era una gran mentira.

—No, no lo era. En eso es en lo que te equivocas. No había un ápice de mentira en el amor que todos sentimos por ti. Aunque tú no lo quieras, para mí eres mi hijo; te siento como tal, te quiero así. Lo mismo les sucede a mis padres, a la tía Emma. Eres su nieto, su sobrino. No pueden pensar de otra manera en ti. La abuela Dorothy está destrozada por tu actitud. Ni siquiera le permitiste que te diera un beso. Y Emma... Siempre fuiste su sobrino preferido, y lo sabes.

—¿Quieres que os dé las gracias por vuestra conmiseración?

Noté que John estaba luchando consigo mismo para no dejar escapar una lágrima. Había envejecido y su rostro reflejaba desolación. Si yo hubiese sido otra clase de persona me habría conmovido.

Sí, debería haberme acercado y haberle abrazado, hacerle sentir que le quería. La escena podría haber sido ésta:

—*Perdona, papá, no es mi intención hacerte sufrir... Sólo que la confesión de mamá me hizo tanto daño... Pero te quiero, y a ella también la quería... Os quiero a todos, a ti, a mi hermano, a los abuelos, a la tía Emma. Sois mi familia y siempre lo seréis. No podría querer a otro padre que no fueras tú. Eres el mejor del mundo. Gracias por haberme aceptado como hijo.*

Podría haberle dicho esto. Podría haberle hecho sentir lo importante que había sido y era para mí. Pero no lo hice; no dije ninguna de esas palabras porque el resentimiento que albergaba era una bruma espesa que impedía que se abriera camino ningún sentimiento. Ni siquiera podía sentir piedad por aquel hombre que me quería sinceramente.

De manera que terminé de comer el sándwich haciendo caso omiso de su dolor. Estuve tentado de decir que pensaba sacar todas mis cosas de aquella casa y que no me verían nunca más. Pero pensé que era mejor ser práctico. No sabía lo que me podía deparar el futuro y quizá era mejor mantener el ancla en aquella casa pero, eso sí, haciéndoles sentir a él y al resto de la familia que estaban en deuda conmigo por su engaño.

—¿Qué quieres que haga, Thomas? Dímelo. Si tengo que pedirte perdón lo haré. —La voz de John sonó quebrada.

—¿Por qué no lo dejamos? No hay remedio. Las cosas son como son.

Y salí de la biblioteca dejándole solo con su desolación. Me pareció escuchar un sollozo y apreté el paso para llegar cuanto antes a mi habitación. Volví a darme una ducha y salí de casa sin rumbo. Tenía que hacer tiempo hasta la hora de ir a recoger a Esther. No sé por qué terminé delante de Tiffany. Miré el escaparate acordándome de la película *Desayuno con diamantes* y pensé que Esther tampoco podría permanecer impasible ante una de aquellas sortijas de Tiffany.

Había ganado el suficiente dinero para poder gastar una buena cantidad en el regalo. Pero tenía que ser un anillo discreto,

Esther lo era, y nunca se pondría un pedrusco que llamara la atención. Pasé una hora con una amable vendedora a la que le hice probar un sinfín de anillos para ver el efecto que hacían puestos. Al final me decidí por el más sencillo, una alianza con minúsculos brillantes. Esther podría llevarlo sin temer llamar la atención.

Le pregunté a la vendedora qué cosas podían gustarle a una chica el día en que le piden matrimonio. Me dio unas cuantas ideas. Menos mal que con un teléfono móvil y una tarjeta de crédito casi se pueden hacer milagros. Me metí en un café y estuve realizando unas cuantas llamadas. Luego me fui al centro de Paul. Llegué antes de tiempo. Esther aún no había terminado la clase, pero Paul me recibió encantado.

—Vaya, me alegro de verte. Me han dicho que has triunfado en Europa. Nunca dudé en que saldrías adelante. Tienes instinto para sobrevivir. Cuéntame tus hazañas.

Le conté la operación de Green y Paul rió con ganas.

—Así que engañaste a unos paletos y a un chino. Bien hecho.

—Bueno, no los engañé. Todos salieron ganando.

—Sobre todo tú.

No le dije nada, pero pensé que si algún día tenía mi propio negocio contrataría a Paul. Era un fracasado pero con talento. Claro que no sabía si carecía de los escrúpulos de los que había que carecer para hacer determinadas cosas. Podría ser que sí. Paul siempre iba corto de dinero y el centro apenas le daba para sobrevivir. Los profesores se le iban porque solía pagarles con demasiado retraso. A Esther le debía los dos últimos meses.

—Las marcas se anuncian menos y negocian precios más baratos. Incluso las grandes agencias de vez en cuando despiden gente. No sabes la cantidad de viejos colegas que han llamado a estas puertas para pedirme que les dejara dar un par de clases para al menos poder seguir pagando el seguro médico —me contó Paul.

Esther salió de clase. Sonrió al ver que Paul y yo estábamos charlando como si fuéramos viejos amigos. Apenas me rozó la mejilla al darme un beso.

Paul insistió en que tomáramos una copa los tres, pero me negué.

—Otro día. Hoy tengo que hablar de algo importante con Esther.

—¿Vas a pedirle matrimonio? —me preguntó curioso.

—Si fuera así, no puedo decírtelo a ti antes que a ella.

Tuvimos suerte de encontrar un taxi a dos manzanas del centro de estudios. Había reservado mesa en uno de los restaurantes de moda del SoHo, que pensaba que le gustaría a Esther. Estaba ansioso por entregarle el anillo.

Cenamos y reímos hablando de todo. Me empeñé en pedir suflé de postre.

—Pero si no sueles comer dulce… —recordó ella.

—Pero ésta es una noche especial. Los dos necesitamos una buena ración de dulce.

Me miró intrigada y se sorprendió cuando saqué del bolsillo de la chaqueta la caja envuelta con papel de Tiffany. Le había pedido a la vendedora que no me diera ninguna bolsa para guardar el paquete porque no habría podido dar la sorpresa a Esther.

—¿Y esto qué es? —me preguntó sin atreverse a abrir el pequeño paquete.

—Ábrelo.

—Pero… no sé,,,

—¡Por favor!

Rasgó el papel y miró la caja antes de abrirla. Sus ojos reflejaron el estupor que le producía ver aquella sinfonía de pequeños brillantes. No se atrevía a coger la sortija ni mucho menos a ponérsela. Fui yo quien sacó el anillo y se lo coloqué en el dedo.

—Me gustaría que éste fuera el anillo de compromiso, pero si insistes en no querer casarte conmigo, al menos espero que nunca te lo quites del dedo y te acuerdes de mí siempre.

Esther miraba el anillo y me miraba a mí sin saber qué hacer, pero me di cuenta de que la había conmovido; no tanto los brillantes como lo que le había dicho.

—No creo que pueda olvidarte nunca —susurró.

—Entonces no pierdo la esperanza de que no me puedas olvidar porque sencillamente estaremos juntos. Siento… Bueno, me gustaría ser capaz de ser romántico, pero soy como soy y a ti no te puedo engañar. Si te sirve de algo te diré que estos días he pensado tanto en ti que me dolía la cabeza y, ¿sabes?, creo que eres la mujer más adorable del mundo.

Ella comenzó a reírse con alegría. Sabía lo que me estaba costando decir toda esa parrafada.

—No sé qué decirte… No sé si puedo aceptar este anillo.

—Sí, puedes y debes aceptarlo. Ya te he dicho que aunque me des calabazas me gustaría que lo conservaras para siempre. No quiero que te olvides de mí.

Me tendió la mano y yo la cogí entre las mías sin saber qué más debía hacer. Luego hice una señal al camarero y éste apareció con una rosa. Yo habría querido que le entregaran un ramo entero, pero cuando había llamado al restaurante me dijeron que a esa hora de la tarde harían lo que pudieran. Al parecer sólo habían sido capaces de hacerse con una.

Por un momento pensé que Esther se iba a poner a llorar. No esperaba esos gestos de mi parte. Y faltaba el último. Un acordeonista que nos dedicó unas cuantas melodías románticas: «Tema de Lara», «Extraños en la noche», «Only You»…

Cuando de nuevo nos quedamos a solas fue ella la que agarró mi mano con fuerza.

—Gracias, Thomas, es la noche más bonita que he vivido nunca. Sé que todo esto… Bueno, no es tu estilo.

—¿Comprendes ahora que te quiero?

—Sí, creo que sí.

—¿Te casarás conmigo?

Apenas le oí decir «sí», pero por la expresión de su rostro no me cabía ninguna duda.

Cuando salimos del restaurante una limusina nos esperaba en la puerta. Esther empezó a reírse. Estaba feliz.

—¡La noche de las sorpresas!

—La noche en la que por fin has decidido casarte conmigo.

—¿Y si te hubiera dicho que no?

—Pues la verdad es que no tenía plan B.

El chófer sabía lo que tenía que hacer, de manera que nos llevó durante un par de horas por Nueva York mientras bebíamos champán y nos besábamos. Si yo hubiese intentado algo más Esther me habría dejado plantado. Quería romanticismo y yo estaba dispuesto a dárselo en grandes dosis, al menos durante aquella noche.

A los padres de Esther no les gustó que su hija hubiera decidido casarse conmigo, pero sabían que intentar oponerse sería una batalla inútil. En cuanto a John y a mi hermano Jaime, recibieron la noticia con aparente satisfacción.

John llamó a Jaime a Harvard para decírselo y mi hermano se presentó en Nueva York para felicitarme.

—Bueno, me alegro de que te cases con esa chica. Parece una persona seria y con sentido común.

—Creía que querías que esperara para casarme.

—Sí, es lo que te pedí, que aguardaras al menos seis meses. Pero papá y yo hemos hablado… Bueno, es inútil pedirte que te adaptes a las convenciones sociales. Eres como eres. De manera que si has decidido casarte, lo harás, y más vale que te apoyemos y te echemos una mano.

Me irritó la actitud condescendiente de Jaime. Mi hermano me trataba como si yo fuera un adolescente caprichoso ante el que hay que transigir para evitar un mal mayor.

—No necesito vuestro apoyo. Sólo os he comunicado que voy a casarme —respondí airado.

—Sí, sí que lo necesitas aunque te fastidie. —Jaime mostró su enfado.

—No voy a convertir mi boda en un acto social —le advertí.

—¿Acaso Esther se quiere casar sin contar con su familia? Lo dudo. Dudo mucho que se conforme con ir a una oficina, comprar una licencia matrimonial y darse por casada. Querrá una boda como es debido.

Jaime regresó a Harvard aquel mismo día y yo me quedé con

John, que seguía intentando hablar conmigo. Pero yo le rehuía. Procuraba no levantarme de la cama hasta que él se había ido al despacho, y regresaba tarde, cuando él ya se había acostado. Lo hacía para fastidiarle. Necesitaba hacerle daño.

Jaime tenía razón. Esther quería una boda a la que invitar a su familia y amigos y daba por sentado que yo querría lo mismo.

—Me gustaría una boda íntima, si fuera posible que no hubiese nadie que no fuéramos tú y yo… —casi supliqué.

—¿Qué pensaría tu padre? ¿Y tus abuelos y tu hermano? No, Thomas, no vamos a casarnos a escondidas. Tendremos una boda en la que compartiremos nuestra alegría con todos aquellos que queremos.

Me di cuenta de que aún no le había explicado mis problemas familiares y que en realidad yo no era hijo de John.

Mientras se lo contaba, Esther me miraba sin mover ni un músculo. Llegué a pensar que en vista de mis circunstancias familiares podía decidir suspender la boda.

—Me sorprende que me digas que no soportas a tu padre y que hables con ese desprecio de tu hermano —comentó inquieta.

—Te acabo de contar que no es mi padre.

—Sí que lo es. Y lo menos que le debes es tratarle con afecto y consideración. John Spencer ha demostrado ser una gran persona.

—O sea, que se lo debo.

—Todos debemos algo a alguien. Sí, la vida es una deuda permanente con otros, con los que nos dan generosamente su amor, ya sean nuestros padres, nuestros amigos o nuestros hijos. Debemos hacer las cosas porque están bien, pero íntimamente siempre esperamos una recompensa; en el caso de los afectos, que al menos nos devuelvan el mismo que hemos recibido.

Empecé a preguntarme si no me había equivocado empeñándome en casarme con Esther. No podíamos ser más diferentes. Ella tenía unos principios de los que yo carecía.

Decidí no volverme atrás. Sabía que necesitaba una mujer como ella para que me ayudara, para que pensara por mí aunque yo decidiera luego tirarme al abismo.

Además, ya era una cuestión de cabezonería el casarme con Esther, de manera que la dejé organizar la boda a su aire.

Tía Emma, aún no había logrado dejar de pensar en ella como mi tía, me telefoneó para ofrecerse a ayudar en los preparativos, incluso me sugirió que podíamos casarnos en su casa de Newport.

—La primavera es la época más bonita del año. Esther es católica. Seguro que querrá casarse por la iglesia y la de Newport es muy especial, allí se casó Jacqueline con John Kennedy. Luego podríamos organizar una cena en el jardín de casa. ¿Por qué no se lo dices a Esther?

Estuve tentado de decirle que no, pero preferí comentarlo con Esther. Llevaba un par de semanas quejándose de lo caro que era organizar un banquete como es debido, sobre todo porque había que tener en cuenta a sus numerosos parientes. Cuando le insistía en que el dinero no era un problema, ella se enfadaba.

—No hay que derrochar sin necesidad. Tú has nacido en una familia rica, pero hasta los ricos se arruinan si no saben cuidar de su dinero.

En principio dudó de si debíamos casarnos en Newport.

—Ni siquiera lo conozco. Sólo sé que es el lugar donde tienen sus casas de vacaciones la gente rica de Nueva York y Boston, y precisamente por eso no sé si es el lugar en el que quiero casarme —comentó preocupada.

—Te llevaré a conocerlo y si no te gusta, no hay más que hablar —dije sin intentar convencerla.

Esther y tía Emma parecieron congeniar, al menos por teléfono. Para Esther era un alivio poder contar con alguien que la ayudara a preparar la boda. Ella trabajaba de la mañana a la noche y su madre se pasaba la jornada en el restaurante familiar. Tía Emma también parecía entusiasmada. No tenía nada especial que hacer y organizar una boda la tendría entretenida una buena temporada. John y Jaime aceptaron de inmediato cuando tía Emma los invitó a lo que ella calificó como una improvisada reunión familiar.

De manera que el siguiente fin de semana fuimos a Newport. Antes de llegar a casa de tía Emma la llevé a dar una vuelta por el lugar. Esther miraba todo con los ojos abiertos, como si fuera una niña.

—¡Dios mío, qué mansiones! ¡Todo esto es precioso! Y la gente… parece tan feliz y despreocupada… Se nota que los que tienen casa aquí no son como los demás.

—No digas tonterías. Éste es un lugar como otro cualquiera —repliqué yo, divertido.

—¡Qué lo va a ser! Ni mi familia ni yo podemos permitirnos venir a un sitio como éste. Tú estás acostumbrado porque los Spencer tenéis dinero.

Me encogí de hombros. Sí, los Spencer siempre habían dispuesto de dinero suficiente para vivir cómodamente, pero eso no significaba que fueran ricos, al menos no a la manera que lo entendía Esther.

Paseamos un buen rato por el puerto. Nos sentamos a tomar una taza de café mientras contemplábamos el ir y venir de los barcos. El olor a mar impregnaba el ambiente y eso siempre me producía una sensación de bienestar. Pasamos por delante de la iglesia católica.

—Parece tan sencilla por fuera… Y pensar que aquí se casó Jackie con el presidente… —dijo mirando con asombro la iglesia.

—Cuando se casaron él no era presidente —recordé.

—Ya, pero sí lo suficientemente rico para que su familia tuviera una casa de vacaciones aquí.

Esther estaba nerviosa por conocer a los Spencer.

Sólo los había visto en un par de ocasiones: el día de nuestra graduación, cuando Lisa la insultó e intentó pegarle, y después brevemente durante el sepelio de mi madre.

Miraba asombrada a través de la ventanilla del coche y no paró de hablar comentando lo que le parecía todo cuanto desfilaba ante nuestros ojos.

—Se nota que los que vienen aquí son ricos. Van aparentemente desarreglados, pero míralos, todo lo que llevan encima es de marca —dijo.

—¿Tú crees?

—Sí, son exactamente como tú. Lleváis camisetas pero las vuestras no son como las que llevamos los demás, por eso os sientan tan bien —sentenció.

—Te regalaré unas cuantas —respondí riéndome.

Cuando llegamos a casa de Emma, Esther no pudo contenerse y exclamó:

—¡Dios mío, qué mansión!

—¿Te gusta? No sabes cómo me alegra, pero no es una mansión. Espera a que Thomas te enseñe las mansiones de Bellevue Avenue. Cuando visites el palacio de los Vanderbilt, Marble House o The Elms, entonces verás que mi casa no es precisamente una mansión. Lo importante es que todos hemos sido muy felices en esta casa. A Thomas le gustaba pasar los veranos aquí. Salíamos a navegar, jugábamos al tenis, organizábamos meriendas con los hijos de los amigos… Espero que tengáis hijos y que vengáis aquí —le explicó tía Emma a Esther mientras le enseñaba el jardín.

Yo no hice ningún comentario, pero de repente me sentía bien en aquella casa llena de ventanales desde los que se podía ver dibujarse la línea del mar. Aquel olor a sal y a las flores del jardín me llevaba de nuevo a mi infancia. No iba a reconocerlo, pero allí había sido lo más parecido a un niño feliz.

Tardaron en regresar al salón y cuando lo hicieron parecían las mejores amigas del mundo. Hablaban de cómo decorarían el jardín, si era necesario o no montar una carpa, a quién encargar el menú…

—Decidido, nos casamos aquí. Tu tía tiene razón, lo haremos en primavera. Imagínate lo hermoso que estará todo esto… Y por supuesto que quiero casarme en la misma iglesia en que se casaron Jacqueline y John Kennedy. ¡Dios mío, mi madre no se lo va a creer! ¡Es un sueño!

El almuerzo transcurrió mejor de lo que era de prever. John no habló mucho, pero Jaime y tía Emma no paraban. Esther no les iba a la zaga. Yo me dediqué a observarlos, como si todo aquello no fuera conmigo. Aun así se me hacía cuesta arriba tener que pasar todo el fin de semana allí con John, Jaime y tía Emma… Si hubiesen desaparecido dejándonos solos a Esther y a mí, habría sido feliz.

John me propuso jugar un partido de tenis por la tarde. Iba a decirle que no, pero Esther se adelantó aceptando por mí.

—¡Qué buena idea! Podemos jugar al tenis, usted contra Thomas y yo contra Emma o contra Jaime.

—Bueno, yo hoy preferiría no jugar al tenis, hace frío aunque no llueva. Os esperaré delante de la chimenea —dijo la tía Emma.

Me salvó el teléfono. Mi móvil comenzó a sonar con insistencia y el número de Roy apareció en la pantalla. Me disculpé y, levantándome de la mesa, me fui a mi habitación.

—Todo arreglado. Almorzarás con Bernard Schmidt el lunes en el Savoy. Luego conocerás a Lerman.

—Estoy en Nueva York.

—Estupendo, tienes tiempo de sobra para regresar a Londres. Fuiste tú quien insistió en ese almuerzo, de manera que no me vengas con pamplinas de que estás en Nueva York.

—No he dicho que no vaya a ir. Dile a Schmidt que estaré a las doce en el Savoy. Y recuerda que quiero almorzar a solas con él. Por cierto, debe de ser un hombre muy ocupado, hace un par de semanas que estaba esperando que me llamaras.

—No me toques las narices, ¿vale? Las cosas no son tan fáciles como crees. Schmidt es un tipo muy importante. No podía venir antes a Londres. Supongo que habrás estado pensando a quién vas a contratar como ayudantes. ¿Has decidido ya algún nombre?

—Te seré sincero, Roy. No he pensado nada. Llevo quince días vagueando en Nueva York. Voy a casarme.

No sé por qué había creído que le alegraría la noticia, pero se quedó callado unos segundos antes de felicitarme.

—Espero que eso no retrase nuestros planes.

—Tus planes, Roy. Yo aún no he decidido si vamos a compartirlos.

—¡No me vengas con ésas! Madura, Thomas, y deja de hacerte el interesante. No sé por qué me fío de ti... Sólo eres un chiquillo.

No me gustó lo que me dijo y le colgué el teléfono. Es más, empezaba a pensar que cada vez me gustaba menos Roy. Volvió a sonar el móvil. Descolgué.

—Chico, estás muy susceptible. Eso de casarte te está atontando. Suzi se pondrá muy contenta cuando le diga que te casas con Esther, porque supongo que te casas con ella. A Suzi le gustó Esther. Se harán amigas, ya verás.

—Déjalo. Ya hablaremos. —Y volví a colgar.

La llamada de Roy me había salvado de jugar un partido de tenis con John, pero sobre todo de pasar el resto del fin de semana con una familia que ya no sentía como mía. Me resultaba absurdo que Esther se refiriera a John como mi padre y a Emma como mi tía.

Regresé al comedor y les anuncié que tenía que viajar a Londres de inmediato.

El lunes tengo una reunión de trabajo importante; de esa reunión dependen muchas cosas.

A Esther le contrarió que yo diera por terminado el fin de semana. Se sentía feliz en aquella casa y parecía estar a gusto con la que había sido mi familia.

—No tenemos por qué volver ahora a Nueva York. Puedes coger un avión mañana —me pidió.

Pero no accedí. Ya había conocido la casa de la tía Emma, había almorzado con mi padre y mi hermano. Era suficiente para que se hiciera una idea de quiénes eran y cómo eran aquellos con los que yo había vivido y tenido como familia.

—Lo siento, pero he de irme ya. Espero encontrar un avión

esta noche. Debo preparar esa reunión y los papeles que necesito están en Londres.

—No hace falta que tú te vayas, Esther. Quédate con nosotros. Puedes regresar mañana a Nueva York con John —le propuso tía Emma.

—No, no, se lo agradezco, pero será mejor que yo también me marche.

—¿Así que no te atreves a jugar conmigo al tenis? —bromeó Jaime.

—Espero ganarte. Pero ese partido tendrá que esperar. —Esther respondió con una sonrisa, pero yo notaba su contrariedad.

John parecía desolado por mi marcha e insistió en regresar él también a Nueva York. Pero tía Emma se lo impidió diciéndole que esa noche había invitado a unos cuantos amigos a cenar para que conocieran a Esther y que ya que nos íbamos no podían desairarlos anulando la cena.

Durante el regreso a Nueva York Esther iba muy callada.

—Siento que se haya fastidiado el fin de semana, pero ya sabes que estaba a la espera de que Roy me llamara.

—Sí, ya lo sé. Pero no intentes hacerme creer que sientes que te haya llamado precisamente hoy. Estabas deseando marcharte. Eres un estúpido, Thomas, un gran estúpido. Sólo un estúpido no apreciaría todo lo que tienes. Tu familia te adora, harían cualquier cosa con tal de que fueras feliz.

—No puedes entenderlo. —Me fastidió que se entrometiera en un asunto en el que yo no le quería dar cabida.

—No se puede comprender lo que no tiene explicación. Estás herido, profundamente herido porque tu madre te parió. Te habría gustado ser como Jaime porque él se parece a John y tú, como todos los niños, querías a tu padre y querías parecerte a él. Pero resulta que eres moreno y mides poco más de uno setenta, y eso te acompleja. En realidad siempre debiste saber que pasaba algo… Por eso tenías esa relación tan tensa con tu madre. No has sabido disfrutar del amor de ella ni tampoco del de tu padre, ni el del resto de tu familia. Resulta ridículo que alguien como tú crea que lo importante en la vida son los lazos de la sangre. Si es así, te equivocas; lo importante son los lazos del afecto que se van entretejiendo cada día. Tú querías a John no porque fuera tu padre sino porque recibías amor de él, tanto que no podías permanecer indiferente. Lo mismo te sucedía con tu tía Emma. En cuanto a Jaime, es evidente que tienes celos. Aun así, él te quiere.

—Deberías haberte dedicado a la psiquiatría, ya te lo dije en otra ocasión —respondí con acritud.

—Haz algo por ti y por los demás: deja de hacerte daño. Tienes una familia estupenda, disfrútala.

Estuve a punto de decirle que se bajara del coche, que no la soportaba, y que ni mucho menos iba a casarme con ella. Casi lo hice. No quería a mi lado una mujer que intentara desmenuzar mi alma.

—Lo que vamos a hacer es no volver a hablar de todo esto. No voy a soportar que me acuses de tener celos de mi hermano ni de todas esas cosas que has dicho. Si piensas eso de mí, quizá no deberías casarte conmigo.

Esther no esperaba mi respuesta. Se quedó callada durante un buen rato, como si estuviera tomando una decisión.

—Tienes razón. No debemos casarnos. No al menos hasta que tú no te reconcilies contigo mismo y con los demás. Mientras no lo hagas no serás feliz y por tanto no podrás hacer feliz a nadie.

No supe qué responder. Esther me había dado de mi propia medicina. Permanecimos callados hasta llegar a Nueva York. La dejé en su casa. Se despidió de mí con un beso tan ligero que no lo sentí.

La escena podría haber sido diferente. Debería haberlo sido:

Tenía que haberle dicho a Esther que al menos lo intentaría, sí, que intentaría reconciliarme con John y con Jaime, y que le mandaría un ramo de flores a tía Emma para agradecerle que se hubiera ofrecido a ayudarnos con la boda. Incluso tendría que ha-

berle prometido presentarla cuanto antes a los abuelos Spencer. Le gustarían. La abuela Dorothy primero observaría, pero una vez que decidiera que Esther era la chica adecuada para mí, se volcaría con ella.

Sí, debería haberle prometido que lo iba a intentar, que no regresaría a Londres antes de darle un abrazo. Pero no lo hice. Me quedé en silencio viéndola entrar en el portal. Ella ni se volvió a mirarme.

Durante el vuelo a Londres intenté visualizar cómo debería haberme comportado. Cómo habría reaccionado Esther, la alegría de John si le hubiera dado un abrazo, pero ya no había vuelta atrás. Ya estaba metido en un avión y no me arrepentía de no haber hecho lo que debería haber hecho. Simplemente yo era así y Esther estaba abocada al fracaso si se empeñaba en cambiarme.

Llegué al Savoy unos minutos antes de la hora prevista. Bernard Schmidt ya estaba esperando en la mesa y eso me fastidió, pero el fastidio dejó paso a la sorpresa. No era como yo esperaba que fuera. No sé por qué me había hecho a la idea de que Schmidt guardaría un parecido físico con Mark Scott, y me encontré a un hombre ya entrado en la sesentena, con el cabello cano, apenas más alto que yo, con un traje azul marino anodino. Lo único que destacaba en él era la mirada de color gris fría como un témpano.

Me estrechó la mano con fuerza, tanta que la aparté de inmediato.

—Bien, me alegro de que por fin hayamos podido conocernos —dije mientras me sentaba.

Me miró y sólo hizo un gesto de asentimiento. Parecía estar esperando que fuera yo quien empezara a hablar.

—Como sabe, Roy Parker tiene un especial interés en que vuelva a ocuparme de sus asuntos. Fui el responsable de su campaña electoral y los resultados fueron satisfactorios.

Schmidt continuaba mirándome atentamente sin que se le

moviera un solo músculo del rostro. Empezaba a ponerme nervioso.

—Los socios del señor Parker han sugerido la posibilidad de que me una a la agencia del señor Lerman, Gestión de Comunicación y Publicidad, que, al parecer, supervisa usted. Comprenderá que antes de dar ningún paso me parecía imprescindible conocernos y ver si podemos trabajar juntos.

Me quedé callado. Era su turno. No pensaba decir palabra hasta que no lo hiciera él, de manera que me entretuve dando un sorbo al Campari que me acababa de traer el camarero.

No tuvo prisa en hablar. Dejó que el silencio se instalara entre nosotros mientras él también se llevaba a los labios una copa de vino blanco.

—Es un Chardonnay estupendo —dijo dejando la copa—. Bien, es mejor que dejemos claros algunos conceptos. Usted ha trabajado para el señor Parker y yo llevo años colaborando con el despacho de los señores Jones y Brown, a los que usted conoció recientemente. Es tal la insistencia del señor Parker en contar con usted que hemos pasado a considerar la opción de que se incorpore a GCP, desde donde podría llevar principalmente los asuntos de Parker.

—Hacen bien en considerarla. Roy quiere contar conmigo —respondí con una sonrisa de suficiencia.

Los señores Jones y Brown representan a varios consorcios y no pueden permitirse dejar sin control los intereses de sus clientes.

—Ya me lo dijeron. Pero Roy es imprescindible, al menos por ahora, para los intereses de alguno de esos consorcios, de manera que ustedes van a transigir en permitirle que yo continúe trabajando para él. Hasta aquí los hechos, señor Schmidt. Ahora pasemos a lo sustancial —dije impaciente.

—Brian Jones me ha encargado que le explique cómo funcionamos. Las agencias que colaboran con nosotros cuentan con mi asesoramiento para los asuntos que conciernen a nuestros clientes. Yo tengo el control, y no se mueve un papel sin que yo lo sepa. Cualquier acción que se emprenda, sea la que sea, debe recibir mi visto bueno. Si se incorpora a GCP, usted se encargará de cuanto concierne al señor Parker. Podrá diseñar estrategias, elegir a su equipo, tendrá cierta autonomía, pero la penúltima palabra la dirá el señor Lerman y la última palabra la diré yo. Si esto queda claro, entre los dos no habrá problemas. Hay mucho dinero de por medio y los señores Jones y Brown no quieren correr riesgos. Yo soy la garantía de que GCP haga lo que tiene que hacer y la manera de hacerlo.

—Verá, señor Schmidt, si decido incorporarme a GCP no estaré subordinado a nadie excepto a mi propio criterio. Nadie estará por encima de mí en lo que concierne al señor Parker. Le insisto en que yo no trabajo para nadie.

—Sí que lo hace, señor Spencer. En realidad no ha dejado de hacerlo desde que salió del centro de Paul Hard. Por cierto, un buen publicitario aunque con mala suerte.

Tenía razón. Primero había trabajado para Cathy, luego para mister Bennet y mister Hamilton, los dos aprendices de constructores. Más tarde para Scott & Roth. En realidad nunca había sido independiente, pero había actuado como si lo fuera. Sin embargo estaba seguro de que si me incorporaba a GCP, Bernard Schmidt no me permitiría que olvidara que la última palabra era la suya.

—Es usted muy joven, señor Spencer. Aún le falta mucho por aprender. Los representados de los abogados Jones & Brown no admiten errores de aficionados. No arriesgan una libra sin estar seguros de que van a ganar. No consideran la posibilidad de perder. Mi papel es el de consultor, aunque ya le he dicho que en determinados asuntos la última palabra la tengo yo. Lo coge o lo deja.

—De manera que usted no es un socio más de GCP. ¿Lo es de los abogados?

—Escuche, señor Spencer: yo soy invisible. No estoy aquí, no estoy hablando con usted, no existo.

—No comprendo...

—No tiene nada que comprender. Si decide aceptar el encargo de Roy Parker, dígamelo. Le diré qué hacer y cómo hacerlo. Usted sólo tiene que seguir mis instrucciones. Si las cumple, todo irá bien. Eso sí, podrá poner un letrero en la puerta de su despacho que ponga «director asociado» si eso le alivia el ego.

Bernard Schmidt hablaba con un tono de voz monocorde. Sus palabras podían ser ofensivas, pero la manera de decirlas parecía restar ese cariz. Aun así, era evidente que estaba acostumbrado a mandar y a que nadie discutiera sus órdenes. Si yo había sido tan ingenuo de pensar que podía llevar las riendas al conocerle me daba cuenta de que estaba equivocado. En realidad iba a meterme en algo que no terminaba de comprender. La palabra «consorcio» empezaba a sonarme de manera diferente.

—Me está diciendo que sólo sería un hombre de paja —repliqué ofendido.

—Le estoy diciendo que hay unas reglas para este juego en el que usted es un recién llegado. La verdad es que usted sólo puede jugar el papel de peón. Lo coge o lo deja. Tanto da. El señor Parker le quiere a usted, pero usted no es imprescindible ni siquiera para él.

Apenas habíamos comido y eso que yo tenía buen apetito, pero intentaba que nada me distrajera de aquella conversación que Schmidt dominaba. Él apenas había probado el lenguado a la *meunière* que tanto nos había ponderado el *maître*, aunque para mi gusto sabía demasiado a mantequilla.

—Tengo que pensarlo.

—Hágalo. En realidad no creo que sepa en lo que se está metiendo.

—Tengo una idea —repuse a la defensiva.

—No, creo que no. Hará bien en pensarlo. Le diré algo: una vez que se meta en esto no podrá salir salvo que quieran echarle, y eso sería porque ha hecho mal su trabajo o porque no se fían de usted, lo que tendría unas consecuencias que no le gustarían.

—Ya veo que me subestima —insistí en mostrarme ofendido.

—No lo crea. Simplemente le conozco mejor de lo que usted se conoce a sí mismo. Y no tiene escrúpulos. Le gusta el papel de chico malo y balancearse sobre el abismo, porque sabe que debajo hay una red que es su familia. Además, cree que vale más de lo que realmente vale porque hasta ahora ha soslayado el traspié.

La frialdad de su tono monocorde no evitó la sorpresa ni la irritación que me produjeron sus palabras. Me parecían impúdicas las referencias a mi familia.

No sabía cómo responderle. Me hubiera gustado poder decir algo que le hiriera, pero no encontraba el qué.

—No tengo nada personal contra usted, Spencer. Me es indiferente. Me limito a hacer mi trabajo y si tengo que supervisar su trabajo en GCP, lo haré. Es eso, sólo trabajo. Pero cuando uno trabaja para determinados consorcios tiene que saber cuáles son las normas y si lo que pisa es tierra firme o un pantano.

—Me ha dejado las cosas muy claras, señor Schmidt. Ya le diré al señor Parker si acepto la oferta o no y con qué condiciones. Si no le importa, no me quedaré a tomar café.

No le di la mano para despedirme. Le dejé allí en la mesa. Y tampoco me molesté en pagar la factura, aunque había sido yo quien había dicho que invitaba al almuerzo. Que pagara el consorcio, o sus representantes, los oscuros abogados Jones & Brown.

De camino a mi apartamento tuve que vencer la tentación de telefonear a Esther. Ella habría analizado la situación con esa distancia y frialdad que ponía en todo lo que tenía que ver con el trabajo y la vida cotidiana. Necesitaba su consejo. Me sentía más solo de lo que me había sentido nunca. Era consciente de que no tenía en quién confiar ni a quién acudir. Aunque mi relación con John hubiera sido buena, tampoco a él podría contarle una conversación como la que acababa de mantener con Bernard Schmidt. John era un hombre demasiado recto para aceptar que había un mundo de sombras desde donde se movían los hilos de la historia.

Llamé al teléfono móvil de Roy, pero me respondió Suzi.

—Está encerrado en el despacho con una reunión del partido.

Me dieron ganas de reír. Suzi hablaba del partido como si fuera algo importante y no algo inventado por Roy para ser alcalde, como paso previo a conseguir un escaño e ir a Londres. No para defender a los agricultores ni a los mineros de la zona, sino en su propio beneficio y en el de sus pretendidos socios Jones y Brown.

—¿Y se reúnen ahí en tu casa?

—Bueno, es que están sólo los más importantes. Le diré que te llame.

—Sí, díselo, es urgente.

—¿Cuándo vendrás por aquí?

—Tengo mucho trabajo, pero ya encontraré el momento.

—Siempre podemos ir nosotros a Londres. ¿Qué tal tu novia? Parece una buena chica.

—Dile a Roy que me llame. —Y colgué. Lo que menos necesitaba es que Suzi pretendiera que habláramos de Esther.

Si no podía hablar con Roy sólo me quedaba otra persona con la que podía hacerlo con cierta confianza: Philip Sullivan. Él me había ayudado a montar toda la campaña infamante contra los adversarios políticos de Roy. Tenía las manos tan manchadas como yo, de manera que no se pondría melindroso aun en el caso de que le escandalizara lo que iba a contarle.

Philip se mostró entusiasmado cuando le propuse que fuera a mi apartamento para tomar una copa y charlar sobre nuestro futuro profesional. Al menos había alguien que me podía escuchar.

No le di grandes detalles, pero sí le conté lo suficiente para que se hiciera una idea de que en esta ocasión la propuesta de Roy era aún menos inocente que la anterior.

—Así que Roy quiere que trabajes sólo para él. Vaya con

Roy, y yo que pensaba que sólo era un campesino bruto —dijo Sullivan preocupado.

—Pues ya ves que no. El problema es que sus socios no se lo permiten y han dejado claro que si Roy me quiere con él será con condiciones. Tengo que incorporarme a GCP, la agencia de ese tal Leopold Lerman. Esos abogados representan intereses de distintos consorcios, armas, energía, cemento… Ya sabes, todo lo que mueve dinero. Creo que Roy no significa mucho para ellos y que en cuanto obtengan lo que pretenden en el condado se desharán de él.

—Y eso es lo que Roy trata de evitar.

—Exactamente. Se ha creído que puede codearse con los grandes.

—Tiene una ambición desmedida.

—Sí, y eso le puede perder.

—¿Has decidido ya lo que vas a hacer?

Philip Sullivan me miraba expectante. Decidí ser sincero con él:

—No sé qué hacer, por eso quería hablar contigo. No te oculto que me tienta la posibilidad de volver a trabajar con Roy, pero por otra parte sé los riesgos que eso comporta. Si la campaña electoral de hace dos años fue sucia, imagínate lo que puede ser llevar sus asuntos de ahora en adelante.

—Además, sus socios te han dejado claro que se lavan las manos. Que si haces algo que no debes… —recordó Philip.

—Sí, exactamente. ¿Qué harías tú?

Se quedó callado un buen rato y a mí me puso nervioso su silencio.

—Bueno, decídete y di algo —le conminé.

—¡Uf, es difícil tomar una decisión! Ir a trabajar para una agencia en la que sólo eres un empleado tiene riesgos. Otra cosa es que montaras tu propia agencia de publicidad o un gabinete de comunicación y entre tus clientes tuvieras a Roy. La batuta sería tuya y no tendrías que hacer nada que no quisieras.

Me quedé pensando unos segundos. Philip Sullivan me acababa de dar una idea: montar mi propia agencia de comunicación.

—Pero eso no es lo que quieren esos tipos, Jones & Brown. Ellos pretenden tener el control absoluto. Hay otros gabinetes que trabajan para ellos y no necesitan otro, y mucho menos para encargarle cosas delicadas —argumenté.

—Bueno, pues olvídate de Roy y de sus socios y monta tu propio negocio. Lograste hacerte un nombre entre los publicitarios de Londres gracias a la venta de Green y a la campaña electoral del Partido Rural, y ese nombre no lo has perdido.

—No seas ingenuo, aquí nadie me encargaría nada importante. No dejo de ser un extranjero.

—O sea, que crees que no tienes más opción que aceptar la propuesta de Roy o volver a Nueva York… Yo no lo veo así, pero eres tú quien tiene que decidir.

Me molestaba que Philip Sullivan no se mojara, que no me animara a decantarme por la propuesta de Roy. De repente me parecía otro de esos ingleses remilgados que se ponen exquisitos a la primera de cambio.

—Tienes razón, tengo que decidir. ¿Trabajarías conmigo?

Philip volvió a instalarse en el silencio. Noté que le costaba darme un no por respuesta.

—Depende —dijo por fin—. Tendría que saber algo más de esos socios de Roy, y sobre todo saber qué papel tendría que jugar yo. Lo que hicimos en la campaña de Roy… Bueno, tú sabes que no estuvo bien. No sé si quiero seguir participando en… bueno… en cosas así.

—¿Y tu amigo Neil?

—Él supongo que sí, no tiene nada que perder. Siempre necesita dinero. El alcohol es muy caro en el Reino Unido.

—Me gustaría contar contigo —insistí.

—Te lo agradezco, ya sabes que… Bueno, siempre he trabajado muy bien a tu lado, confío en ti. Pero no sé si esto es demasiado grande para mí. ¿Por qué no le pides a Neil que husmee un poco para saber quiénes son los abogados Brian Jones y Edward Brown?

—Y Schmidt. Bernard Schmidt, ése sería nuestro controlador. Sí, tienes razón. ¿Podrías pedirle a Neil que los investigue?

—Ya sabes que te costará dinero.

—Estoy dispuesto a pagarlo.

Le entregué a Philip un sobre con dos mil libras diciéndole que era para que «Neil fuera trabajando».

Me quedé solo y de un humor pésimo. Había esperado que Philip Sullivan se ofreciera a seguirme de manera incondicional, pero de repente le habían aflorado escrúpulos. Supongo que temía volver a caminar por el borde del abismo. La primera vez que lo hizo fue por liarse con un tipo que utilizó su ordenador para hackear al Banco de Inglaterra. La segunda había sido en la campaña de Roy. Temía que a la tercera la suerte le abandonara.

Me serví un whisky con una sola piedra de hielo y me lo bebí de un trago. No tenía nada mejor que hacer que beber. En realidad no tenía amigos en Londres. No conocía a nadie salvo a unas cuantas aspirantes a modelos dispuestas a cenar con un tipo como yo que las llevara a un restaurante de moda donde dejarse ver, además de pasar por mi cama y obtener algún regalo extra. También estaban las chicas de madame Agnès y las personas con las que había trabajado. Pero ni siquiera Philip Sullivan era mi amigo.

Marqué el teléfono de Esther pero colgué antes de que ella pudiera responder. No podía decirle que iba a cambiar y a reconciliarme con John y el resto de la familia, y ella había dejado bien claro que, de no ser así, no quería saber nada de mí.

Me preguntaba si podría encontrar a alguien como ella. Una mujer con la que no tuviera que fingir que era como no era. Alguien con quien sentirme cómodo hiciera lo que hiciera. Sí, tenía que haber en el mundo otra Esther. Se trataba de encontrarla.

Pensé en Cathy. A lo mejor se avenía a cenar conmigo. La llamé.

—¿Qué quieres? —preguntó con sequedad al reconocer mi voz.

—Firmar un armisticio. ¿Qué te parece si cenamos esta noche?

—Una pésima idea. La última persona con la que cenaría sería contigo. ¿Algo más?

—¿Cuántos polvos te has echado con Mark hasta hacerte con mi puesto? —repliqué rabioso.

Me colgó el teléfono sin contestar. No puedo decir que me extrañara que lo hiciera. Le di una patada a un sillón y estaba lamentándome del golpe que me había dado en el pie cuando sonó el móvil. Era Roy. Me alegró oír su voz.

—Esto de los partidos es una pérdida de tiempo —fue lo primero que me dijo—. Me he pasado la tarde escuchando tonterías. ¿Has almorzado con Schmidt?

Le conté detalladamente el encuentro con Schmidt y no pareció gustarle.

—Oye, Thomas, no me hagas perder el tiempo. Yo te quiero en el barco, pero si no quieres subir, dímelo. Los abogados, Jones & Brown, lo dejaron claro: tienes que trabajar en GCP y además Schmidt es parte del paquete. A ti no te conocen y no se fían de ti. Se están jugando mucho dinero, de manera que no quieren que nada quede fuera de su control. Es razonable, ¿no te parece?

—Creía que eras tú quien decide quién lleva tus asuntos —respondí enfadado.

—Y es lo que quiero, pero ellos tienen la sartén por el mango, y lo cojo o lo dejo. Y yo lo cojo. Los necesito; cuando sea más fuerte podré prescindir de ellos.

—O ellos de ti —le dije riéndome.

—Es lo que intentarán, ¿crees que soy tonto? Por eso quiero meter a hombres míos dentro de la organización.

—Nunca estarás en su organización. No te dejarán pasar de la puerta de servicio.

—Sí, supongo que tratarán de que las cosas sean así. Ellos juegan sus cartas y yo las mías. Te toca decidir a ti si te sientas en la mesa a jugar o si pasas.

—Aún no lo he decidido, Roy, por ahora sólo veo inconvenientes. Esos amigos tuyos abogados me parecen peligrosos.

—Lo son, Thomas. Nadie representa a las compañías eléctricas, a las de gas, de cemento, a la industria del armamento, sin serlo. Si fueran monjas estarían en un convento.

—En eso estamos de acuerdo.

—Insisto, Thomas, dime sí o no.

—Necesito pensarlo, Roy, no estoy seguro.

—Bien, te doy dos días. Si en dos días no me llamas, daré por hecho que has decidido quedarte fuera. ¡Ah! Pero si decides entrar en el juego, no me vengas con tonterías. Tendrás que trabajar en GCP, llevarte bien con Leopold Lerman, su director, y contarle a Schmidt cada paso que das.

—Necesito una semana.

—¿Una semana? ¿Necesitas una semana para pensar si quieres trabajar conmigo? ¿Qué te traes entre manos? —Roy estaba cada vez más irritado.

—Es la decisión más difícil que voy a tomar en mi vida. Tengo que analizar detenidamente los pros y los contras.

—No te creo.

—Pues no lo hagas, pero dame una semana.

Roy se quedó en silencio. Escuchaba su respiración a través del teléfono. Conociéndole imaginé que estaba pensando en si dar por terminada nuestra relación e incluso colgarme el teléfono.

—No me fío de ti, Thomas. No sé qué te traes entre manos… —dijo preocupado.

—Yo tampoco me fío de ti, Roy, por eso necesito una semana. Si no quieres aceptar no pasa nada, cada uno a lo suyo. Te desearé suerte.

—Una semana, ni un día más.

Después de hablar con Roy decidí emborracharme. No tenía otra cosa mejor que hacer. Podía haber ido a casa de madame Agnès, pero esa noche necesitaba el alcohol en soledad. Creo que me bebí una botella entera de whisky. Amanecí en el suelo del salón. Hacía frío, pero estaba tan borracho que no me sentía capaz de ponerme en pie, de manera que me quedé allí tirado.

Así me encontró la asistenta cuando llegó por la mañana. Se me había olvidado que tenía que venir.

—¡Señor Spencer! ¿Se encuentra mal? ¡Oh, Dios mío!

Me agarré al borde de la mesa y me puse de pie como pude.

—Estoy perfectamente, haga lo que tenga que hacer. Hágalo rápido y márchese —acerté a decir con voz gangosa de borracho. Luego me metí en la ducha un buen rato. Me dolía la cabeza y tenía ganas de vomitar.

Cuando salí de mi habitación, ya vestido y afeitado, la asistenta se había ido. Tan sólo había recogido el salón. Hizo bien. Los borrachos siempre son imprevisibles.

Telefoneé a Philip Sullivan para saber si Neil había aceptado el encargo. Lo había hecho, pero no sabía cuánto tiempo necesitaría para darme un informe preciso sobre los socios de Roy. Le insistí a Philip que necesitaba saber algo antes de una semana.

—Lo que quieres averiguar no es fácil. Neil conseguirá la información, pero eso requiere tiempo.

—Roy me ha dado una semana para decidirme.

—Más vale que sepas quiénes son esos tipos antes de decirle que sí. En realidad, tú no tienes nada que ganar. Podrías montarte tu propia agencia. No tienes por qué trabajar para nadie —insistió.

—También puedo volver a Nueva York.

—Sí, o volver a Nueva York. Tampoco sería mala idea. ¡Ah! Y Cathy le ha contado a todo el mundo que la llamaste anoche y la invitaste a cenar. Se han reído un buen rato de ti.

—Sólo quería tirármela.

—Pues no era buena idea teniendo en cuenta que ella jamás te va a perdonar lo de Green.

—Gracias a mí, ahora trabaja en Scott & Roth —le recordé.

—Es una chica práctica —comentó Sullivan con un deje de ironía en la voz.

De repente me sentía solo. Era la primera vez en la vida en que no tenía nada que hacer. Visitar museos no era lo que más me apetecía. Decidí marcharme. Era martes. Tenía una semana antes de responder a Roy, de manera que saqué un billete para Madrid. No sé por qué elegí esa ciudad. Supongo que porque pensé que no estaría de más echar un vistazo al país de donde un día salieron los antepasados de mi madre. Eso si es que en ella quedaba una gota de sangre española, porque dado el color de su piel, y de la mía, estaba claro que sus antepasados se habían mezclado con negros e indios.

Madrid me sorprendió. No sé por qué, pensaba que sería una ciudad pequeña y atrasada y me encontré con una gran ciudad que fagocitaba al viajero.

Mientras me llevaba al hotel, el taxista me dio un sinfín de recomendaciones, desde restaurantes donde comer bien hasta bares de copas de moda, e incluso me dio un par de direcciones de locales, donde, me dijo, había unas chicas estupendas.

El hotel estaba en el centro, cerca de un barrio un tanto bohemio conocido como el Barrio de las Letras. Pensé que sería parecido al Barrio Latino de París.

El conserje añadió unas cuantas direcciones a las del taxista. Le pregunté a qué hora cerraban los bares y sonrió.

—Madrid no duerme nunca.

—Es que ya son las nueve —repliqué desconfiado.

—Para aquí es una hora temprana, demasiado incluso. Es pronto para cenar y la gente joven sale más tarde, a partir de medianoche.

Salí del hotel dispuesto a descubrir una ciudad que aún no sabía si me iba a gustar.

Me enamoré. Sí. Me enamoré de Madrid. He nacido en Nueva York, he vivido en Londres y he recorrido el mundo, sí. Berlín, París, Venecia… Sin duda todas ellas son más hermosas, pero Madrid tiene algo de lo que carecen: es una ciudad abierta, donde a nadie le importa de dónde vienes, quién eres, lo que quieres, ni adónde vas, donde la gente te habla sin conocerte y te incorpora a sus vidas sin desconfiar.

Entré en un local donde había suficiente bullicio para pasar inadvertido. Busqué un hueco en la barra y pedí un whisky. El barman me miró extrañado pero me lo sirvió de inmediato.

—Le has sorprendido —escuché decir.

Me volví y encontré a una joven que me miraba sonriente. Estaba con un grupo y a nadie pareció asombrarle que ella me hablara.

—¿Sorprendido? Sólo he pedido un whisky.

—Ya, por eso. Casi nadie bebe whisky; bueno, la gente más mayor.

—¿Y aquí qué beben?

—Pues ginebra, cócteles, cerveza, y vino. ¿De dónde sales?

—Acabo de llegar de Londres —respondí.

—Pero no eres londinense…

—Soy de Nueva York.

Me miró de arriba abajo hasta que pareció aceptar que efectivamente podía ser de Nueva York.

—¿Estás solo?

—Sí.

—¿Conoces Madrid?

—No, es la primera vez que vengo.

—Me llamo Ivonne, ¿y tú?

—Thomas.

Me presentó a sus amigos. Un grupo heterogéneo. Ivonne me explicó que era parisina y que vivía en Madrid dando clases de francés en un centro, lo mismo que otros dos de sus amigos. El resto se dedicaban a otras cosas. Estaban celebrando que una de sus amigas acababa de encontrar trabajo.

—José trabaja en una empresa de compra y venta de coches, Pedro da clases de español a extranjeros, Matthew da clases de inglés, Ana acaba de encontrar trabajo como secretaria en una multinacional, Blanca es profesora de piano.

El grupo era numeroso y perdí interés por enterarme de a qué se dedicaba cada uno. No sé cómo sucedió, pero no había pasado ni un minuto cuando ya estaba integrado, sumado a la conversación.

Recuerdo que discutían sobre las ventajas y desventajas de la globalización. Empecé a divertirme. Aquella situación era nueva para mí. Y mucho más me sorprendió cuando me dijeron que se iban a otro local a seguir tomando copas. Ivonne me invitó a acompañarlos. Acepté de inmediato.

No sé cuánto bebí aquella noche, sólo sé que resultó la más divertida que podía recordar. Decidí imitarlos y pedir vino en unos lugares y cerveza en otros. En el tercer local, Pedro, el que se dedicaba a la compra y venta de coches, me dijo en voz baja:

—Oye, come algo o te vas a emborrachar. La clave para beber es tener el estómago lleno.

Seguí su recomendación aunque debo reconocer que al final de la noche el alcohol me había afectado. Ivonne se ofreció junto con Pedro a acompañarme al hotel.

A la mañana siguiente me despertó el pitido insistente del móvil. Era Ivonne. Yo no recordaba haberle dado mi número de teléfono, pero era evidente que lo había hecho.

—¿Te duele la cabeza? —dijo a modo de saludo.

—Un poco —respondí.

—¡Qué manera de beber! Te pasaste mucho y eso que nosotros tenemos aguante. Bueno, ¿qué vas a hacer hoy? Si quieres, Blanca y yo podemos ir a buscarte y dar una vuelta por Madrid. Ella termina las clases a la una y yo hoy no tengo alumnos hasta las cinco. ¿Qué te parece?

Blanca conducía un Mini y me dieron una vuelta por Madrid antes de llevarme a almorzar a una taberna. Se empeñaron en que comiera lo mismo que ellas, paella, acompañada de una botella de tinto que nos bebimos entre los tres.

—Bueno, yo me tengo que ir a clase, ya nos veremos mañana —se despidió Ivonne al terminar el almuerzo.

Antes había pedido la factura y por más que yo insistí en invitarlas se negaron, de manera que cada uno pagó su parte.

Yo necesitaba otro café para despejar las brumas del vino y Blanca también pidió uno.

—¿Qué te gustaría hacer ahora? —me preguntó.

—No sé… En realidad no sé nada de esta ciudad, ni siquiera de España.

—¿Y a qué has venido?

Le conté que tenía una semana libre antes de dar respuesta a una oferta de trabajo y que había decidido, sin saber por qué, conocer Madrid.

—Bueno, al fin y al cabo eres un neoyorquino de origen hispano, ¿no? ¿De dónde son tus padres?

La pregunta me resultó incómoda, pero no podía enfadarme porque Blanca la había hecho con naturalidad. Dudé unos segundos. No la conocía de nada, de manera que me atuve a la que era mi vida oficial.

—Mi madre es de origen hispano y mi padre es norteamericano, el típico WASP. Soy una mezcla.

—Pues está claro que los genes de tu madre son más fuertes que los de tu padre.

—Sí, eso parece —respondí reprimiendo mi enfado.

—Yo nací en París. Pero soy española. Mis padres eran emigrantes. Fueron a trabajar a Francia y no les fue mal, se quedaron hasta que ahorraron lo suficiente para regresar. Ahora tienen un pequeño supermercado en Salamanca. Somos de allí.

—¿Salamanca?

—¿No sabes dónde está Salamanca? ¡Es una ciudad maravillosa! Está a menos de dos horas de Madrid. Su universidad ha sido una de las más importantes de Europa.

—Lo siento, no sé nada de España.

—Siempre me ha llamado la atención que el sistema educativo norteamericano sea tan… No sé… Salvo las élites, la gente normal no parece saber mucho. Aquí nos quejamos de nuestro sistema educativo, pero cualquier niño sabe dónde está Nueva York.

—¿Y cómo es que te has dedicado a la música? —pregunté molesto por su opinión sobre, al parecer, la escasa cultura de los norteamericanos.

—Es mi gran pasión. A mi madre le gusta cantar y se empeñó en que yo estudiara piano. También estudié violín. Hice mis estudios musicales en París. Ivonne y yo nos conocimos en el conservatorio. Ella también estudiaba piano pero lo dejó. Lo hacía por empeño de sus padres, pero no le gustaba lo suficiente. Ya ves, somos amigas desde los diez años.

—¿Ivonne prefiere vivir en Madrid a vivir en París? —pregunté extrañado. Para mí Madrid era como el fin del mundo, un lugar perdido en el mapa de Europa.

—¡Pues claro! París es maravilloso, una ciudad única, pero le falta el sol. Cuando éramos pequeñas a veces Ivonne venía con nosotros a España a pasar algunos días durante las vacaciones de verano. Y ahora que ha acabado la carrera de Traducción e Interpretación, se ha venido a Madrid. Ha tenido suerte porque ha encontrado trabajo en una escuela de idiomas, pero lo mejor es que tiene posibilidades de trabajar en el consulado francés. Ojalá le salga el empleo.

—¿Y tú vives sola aquí?

—Ahora sí. Antes compartía el apartamento con Ivonne, pero ella ahora está con José. Él sábado organizamos una cena, ¿vendrás? Contamos contigo. Así conocerás al resto del grupo.

—¿Desde cuándo das clases de piano?

—No sólo doy clases de piano, también compongo. Mi horario en el conservatorio es muy cómodo: de nueve a una. Luego el resto del día es para mí. Tengo amigos que se dedican al teatro; he compuesto la música de algunas de las obras que han llevado a escena. Es teatro experimental. Precisamente esta tarde hay un ensayo. Si te apetece te llevo. El teatro es pequeño, está en un local del viejo Madrid. Te gustará.

Me gustó. En realidad todo me gustaba, todo me sorprendía. Blanca me presentó a sus amigos, que me recibieron como si me conocieran de toda la vida. A nadie parecía importarle quién era ni a qué me dedicaba. Simplemente había ido con ella y me aceptaban como uno más. Eso en Londres o en Nueva York habría sido impensable. En realidad, si estaba en Madrid era porque no había sido capaz de encontrar a nadie con quien tomarme una copa en Londres, a pesar de ser una ciudad en la que había trabajado varios años. Sin embargo, apenas llevaba dos días en Madrid y ya conocía a más gente de la que había conocido en Londres. De la visita al teatro salimos con el compromiso de asistir el viernes al estreno de la función.

Me parecía que todo lo que me estaba sucediendo era irreal. O yo había caído en un grupo de excéntricos que hablaban y se codeaban con cualquiera, o los españoles eran sin duda gente singular.

Pasé el resto de la semana introduciéndome en el alma de aquella ciudad de la mano de Blanca e Ivonne, que, para mi suerte, no me dejaban ni a sol ni a sombra. Casi ni me acordaba de Roy ni de por qué estaba allí. Pero una llamada de Philip Sullivan me devolvió a la realidad.

—Nuestro amigo ha encontrado unas cuantas cosas. No es mucho, pero te servirá.

No hubo manera de que me contara nada por adelantado. Parecía temer algo y hablaba sin dar nombres ni decir nada que le comprometiera demasiado. Quedamos en vernos el lunes por la tarde en mi casa. Él iría, dijo, «con nuestro amigo», refiriéndose a Neil.

Me fastidió la llamada. No tenía ganas de volver a la realidad. Cada día que pasaba me gustaba más Madrid. O mejor dicho, me gustaba la gente que vivía allí. No he visto nunca a gente menos chovinista que los madrileños.

—¿Volverás? —me preguntó Blanca cuando me despedí de ella después de la cena en su apartamento.

—Me gustaría, pero no lo sé. Ya te he contado que tengo un trabajo en perspectiva.

—Siempre puedes escaparte. Londres está a dos horas de Madrid.

—Y Madrid a dos horas de Londres —comenté riendo.

—Vale, te iremos a ver. ¿Tienes sitio en tu apartamento?

—Tengo una habitación de invitados. No es grande, pero no está mal.

—Estupendo, hace un par de años que no voy a Londres.

Sabía que vendría. Los españoles son así. Les falta ese pudor que tenemos los anglosajones. Sí, y me digo a mí mismo anglosajón. Porque a pesar de los genes de mi madre, yo me había educado en Nueva York, donde nadie te invita a su casa porque sí. Y mucho menos en Londres.

La cena en casa de Blanca fue la más divertida a la que había asistido en mi vida, por lo menos hasta ese día. Sin formalismos. Nadie se sentía invitado, sino como si aquella casa fuera la suya propia.

En aquel viaje a Madrid estuve a punto de reconciliarme con mi origen hispano, pero no lo hice porque sentí que había una diferencia sutil entre ser español y ser de un país sudamericano. Lo mismo que en Nueva York, los hispanos que vi en Madrid trabajaban de camareros, taxistas, limpiando casas o cuidando niños y ancianos. La camarera que me hacía la habitación, el botones que me ayudó con la maleta, unos cuantos barrenderos que vi cuando llegué al hotel al regresar de casa de Blanca… Todos ellos eran latinoamericanos.

Me pregunté si Ivonne y sus amigos me habrían acogido de la misma manera si hubiera sido un emigrante cualquiera. Me dije que sí, que cuando Ivonne me habló no sabía quién era yo. Pero tampoco quise engañarme. Hay diferencias que saltan a la vista. Yo no tengo aspecto de ganarme la vida con las manos. La propia Blanca me había dicho: «Se nota que eres un pijo. Cuando Ivonne empezó a hablar contigo le dije que tenías aspecto de ser un chico rico mexicano o colombiano». De manera que las apariencias, a pesar de lo que dicen los españoles, no siempre engañan.

Me gustaba Blanca. Estuve pensando en ella en el avión de regreso a Londres. La pregunta que me hice entonces es si podía llegar a sustituir a Esther. No me engañé. A Blanca nunca podría confiarle las cosas que le había confiado a Esther. Se habría escandalizado y habría alertado a Ivonne y al resto del grupo sobre mí. De manera que sólo me quedaba una posibilidad: divertirme con ella. Sí, podríamos compartir cama juntos y noches de copas, ir al teatro o a un concierto, pero no podía desvelarle realmente mi verdadero yo.

Londres me pareció más gris que nunca. El cielo estaba cubierto de nubes y llovía con ganas. Apenas eran las tres de la tarde y parecía que el día estaba a punto de terminar. Blanca tenía razón, la luz es lo que hacía especial a España. Había dejado Madrid con un cielo azul rotundo.

La asistenta había vuelto a mi apartamento porque todo estaba en orden. Menos mal.

Philip Sullivan y Neil Collins llegaron a las cinco. Para variar había decidido ofrecerles café o té en vez de una copa.

—Si no te importa, a mí sírveme una copa. —Neil, más que pedírmelo, me lo exigió.

Lo hice. A Philip, sin preguntarle, le puse una taza de café, lo mismo que me serví yo.

—Brian Jones y Edward Brown son dos abogados que hacen de pantalla de varias empresas —empezó a contar Neil.

—Eso ya lo sé —repliqué impaciente.

—Los contratan cuando tienen algún problema, algún asunto que resolver fuera de los circuitos legales u oficiales. Ellos se encargan de buscar las personas adecuadas aunque, eso sí, nunca dan la cara.

»Si una empresa de residuos decide abrir una fábrica en un lugar donde hay bosques, ellos se ocupan de estudiar la situación económica, política y de medios de comunicación de la zona. Es el primer paso que dan. Luego actúan a través de dos o tres gabinetes de comunicación de los que habitualmente trabajan para ellos. Estos gabinetes hacen lo mismo que tú hiciste para Roy. Y una vez que el terreno está abonado, sus empleadores tienen luz verde para hacer lo que les venga en gana. Eso sí, sus métodos son sutiles. Nada de violencia innecesaria.

—¿A qué te refieres? —pregunté sorprendido.

—Por ejemplo, en el caso de esa fábrica de residuos, lo que hicieron fue una inteligente campaña sobre los puestos de trabajo que se iban a crear. En ocasiones intentan comprar voluntades en los medios de comunicación. Si hay que defender una incineradora de residuos nucleares aunque contamine toda una zona, lo defienden alegando que son más importantes los puestos de trabajo, además de publicar un montón de opiniones de expertos seleccionados que dirán que no hay ningún peligro para los ríos o los bosques con la fábrica en cuestión, porque hoy en día la tecnología es una garantía.

—En realidad lo que hacen es lo que hicimos nosotros en la campaña de Roy. Nada nuevo —añadió Philip.

—Hay algo más. No sólo se trata de empresas que destrozan el medio ambiente. Su trabajo principal es para las empresas de armas y las farmacéuticas. Allí donde hay un conflicto, allí te encontrarás a Brian Jones y a Edward Brown —continuó diciendo Neil, sin prestar atención a Philip.

—¿No has dicho que actúan en la sombra?

—Sí, pero yo los he encontrado. Ahora mismo están manejando los hilos para convencer a la opinión pública de que es absolutamente necesaria una guerra de pequeña intensidad en el Cuerno de África. Hace unas semanas hubo una matanza de una etnia contra otra etnia, lo de siempre. El gobierno norteamericano se lavó las manos, le queda muy lejos ese lugar del mundo. Pero las fábricas de armamento tienen una ocasión de llenar de armas los almacenes de los gobiernos de allí. De manera que si lees los periódicos verás editoriales de biempensantes escandalizados por la inoperancia de Occidente ante lo que sucede en el Cuerno de África. Habrá guerra.

—No me vas a hacer creer que Estados Unidos va a mandar a sus marines —respondí riendo.

—No, eso no lo va a hacer. Estados Unidos aprendió de Vietnam. No manda soldados, pero manda armas y subcontrata ejércitos, de esas empresas contratistas de soldados de fortuna a los que a nadie le importa que los maten. Pero el dinero para esas guerras, que los marines ya no libran, sale del bolsillo de los norteamericanos. En Washington saben que su opinión pública no soportaría otra vez ver llegar bolsas negras con los cadáveres de sus soldados y que se alzarían voces cuestionando qué se le ha perdido a Estados Unidos en el Cuerno de África. Pero un par de reportajes en la CNN logra que las imágenes de la barbarie de lo que allí sucede den la vuelta al mundo, de manera que siempre hay alguien que dice que algo hay que hacer...

—Saben muy bien cómo movilizar a la opinión pública para justificar cualquier guerra —volvió a interrumpir Philip.

—Exactamente —añadió Neil.

—O sea, que esos gabinetes obtienen rédito de los conflictos —insistí yo.

—Sí, siempre logran un objetivo: confundir y dividir a la opinión pública. En realidad estos gabinetes siempre ganan. Consiguen defender sus intereses aunque sea a través de la polémica. Dividir es vencer, ¿te suena?

—Me suena.

—Si uno de sus clientes, pongamos por caso, quiere meter sus manos en cualquier rincón del mundo donde haya petróleo, gas, coltán, lo que sea que les interese, y los gobernantes locales no muestran una buena disposición, crearán un conflicto. Harán una campaña sobre lo evidente: que tal o cual país es una dictadura o que la gente malvive porque sus gobernantes son corruptos. Todo verdad, sólo que hasta ese momento les era indiferente que la gente muriera de hambre. Si tienen que provocar una guerra, la provocan. Es fácil contar con la opinión pública cuando se trata de echar a un dictador.

—Dictadores que eran sus amigos y aliados hasta que dejan de servir a sus intereses —intervino de nuevo Philip.

—Todo esto es la teoría, pero ¿qué más? —quise saber.

—Hay gobiernos occidentales que los contratan para que les hagan los trabajos sucios.

—Se te ha ido la cabeza —declaré, convencido de que lo que estaba diciendo era una exageración.

—Te aseguro que llevo varios días en los que bebo lo imprescindible —respondió Neil sin inmutarse.

—¿Cómo puedes saber algo así?

Neil se encogió de hombros antes de responder:

—Tampoco es tan difícil. Si lees con detenimiento los periódicos sacas conclusiones como éstas.

—¿Y Schmidt?

—Nació en Berlín. Estudió Sociología y Lenguas Modernas en la universidad. Es políglota. Habla inglés, francés y español como un nativo; también domina el ruso. Como profesor universitario en Berlín tenía un gran predicamento entre sus alumnos. Parecía el flautista de Hamelín, le seguían en todas sus propuestas. También dio clases en la Sorbona, donde terminó de cimentar su fama de experto en sociología de masas. Incluso dio clases en Oxford.

—¿Y por qué un hombre con tanto prestigio iba a trabajar para unos abogados sin escrúpulos?

—Por dinero. Su madre murió al darle a luz. Su padre era un obrero de la construcción. Estudió con becas y tuvo que trabajar duro para poder pagarse la universidad. Alguien se dio cuenta de que tenía una inteligencia excepcional y le propuso poner su talento al servicio del «lado oscuro», que es donde siempre pagan más. Al parecer le afectó mucho la enfermedad de su padre. Sufrió un ictus que le impidió seguir trabajando. No tenían dinero para contratar a nadie que le cuidara. Y un día, cuando Schmidt volvió a su casa, se lo encontró muerto tras sufrir un nuevo infarto cerebral. El viejo murió solo.

—Un hombre amargado —concluyó Philip.

—No, te equivocas, Philip. No creo que Schmidt esté amargado. Es un hombre frío, al que no le han regalado nada, y está preparado para dar respuestas a cualquier circunstancia. También a sus propias circunstancias. Es lo que ha hecho.

—Parece que le admiras —repuse irritado.

—Si vas a trabajar con él, para él o cerca de él, más vale que no se la intentes jugar o terminarás flotando en el Támesis —sentenció Neil.

—De manera que Schmidt es un genio —masculló.

—Ya te lo he dicho, es un experto en movimientos sociales. Su misión es pensar, influir, manipular, diseñar estrategias… Ha trabajado para gobiernos, para agencias de seguridad, para grandes multinacionales… Es un protegido de los hombres más ricos de Occidente. Intocable.

—Tienes que tener cuidado, Thomas —afirmó Philip, que parecía sinceramente preocupado.

—¿Y Roy? ¿Qué te parece la pretensión de Roy de que trabaje para él a través de la agencia de comunicación de esos abogados? —le pregunté a Neil.

—Roy pica alto. Quiere estar entre los grandes, ganarse su respeto. Jones y Brown le dan cuerda. Cuando no lo necesiten lo ahogarán con ella.

Neil parecía cansado y miraba la botella de whisky. Me levanté y le llené el vaso a pesar de la mirada recriminatoria de Philip.

—¿Tú qué harías en mi lugar? ¿Aceptarías trabajar para GCP? —volví a preguntar a Neil.

—Si no te crees más listo que Schmidt y no te desvías un milímetro de lo que él te mande, entonces puedes arriesgarte. Pero teniendo claro que el jefe no es Roy sino Schmidt; es decir, Jones y Brown, o sea, las fábricas de armamento, las petroleras, los bancos, las farmacéuticas… No vas a trabajar para un paleto listo, como cuando Green, si eso es lo que creías.

—No me lo pintas muy bien. —La frialdad del periodista me puso de malhumor.

—Agradéceme que te haya dado un consejo gratis —dijo Neil mientras saboreaba el whisky.

—Piénsalo bien, Thomas. Si aceptas, puedes meterte en un lío. —Philip dejó bien clara su inquietud.

—¿Trabajaríais conmigo? —les pregunté a los dos.

—Tú me haces un encargo, yo te digo si quiero hacerlo o no

y su precio. Hasta ahí puede llegar mi colaboración. Ni un paso más —fue la respuesta de Neil.

—Yo… Lo siento, Thomas, pero no lo veo claro. Son demasiados riesgos. Me gustaría ayudarte, pero…

—Tienes miedo, Philip. —Se lo dije con rabia, intentando ofenderle.

—Sí, tengo miedo. Ya te lo ha dicho Neil: esa gente no es como los demás. Se juegan millones de dólares, de libras, de euros, de manera que los tipos como nosotros no somos nada para ellos. Un poco de emoción está bien, pero no demasiada. —Philip me respondió sin rencor, sinceramente apenado de no seguirme si al final yo decidía aceptar el empleo.

—Entonces continuarás trabajando para Scott & Roth —afirmé más que preguntarle.

—Sí, me han renovado el contrato —reveló Philip avergonzado.

Cuando se marcharon aparté la taza de café y me serví un whisky. Tenía que llamar a Roy para decirle si aceptaba trabajar para GCP. Me inquietaba decir que sí, pero al mismo tiempo pensaba que si no lo hacía me estaría perdiendo algo. Llamé a Esther.

—Estoy en el trabajo, luego te llamo. —Y colgó el teléfono.

Me sentí solo. En realidad hacía una semana que me había dado cuenta de lo que significaba la soledad. Hasta entonces nunca me había pesado no contar con nadie. Me bastaba yo solo. Pero nunca había tenido que enfrentarme a situaciones como aquélla y sentía la necesidad de compartir mis dudas con alguien, de escuchar un consejo aunque fuera para no seguirlo. De sentir que había personas a mi lado, compartiendo, preocupándose conmigo.

No podía llamar a Blanca. Apenas nos conocíamos, pero aunque hubiéramos sido amigos desde hacía años ella no podría comprender nada de todo aquello. Estaba fuera de su realidad.

Estuve tentado de llamar a John. Ya no podía (en realidad no quería) pensar en él como mi padre, pero sabía que me escucharía y me daría un buen consejo.

Dudé. Sí, durante un buen rato dudé. Sé qué es lo que debería haber hecho, pero no lo hice.

Si hubiera marcado el número de John sé que le habría dado una alegría. La conversación podría haber sido ésta:

—*¿Papá?* —*habría dicho yo.*

—*¿Thomas? ¿Eres tú, hijo? ¿Cómo te van las cosas?*

—*No me van mal, pero tengo que tomar una decisión y la verdad es que estoy confuso.*

—*Si te puedo ayudar... Ya sabes que cuentas conmigo para lo que sea. ¿Qué te preocupa?*

Entonces, yo le habría detallado la situación. John me habría escuchado sin interrumpirme, meditando al tiempo la respuesta a cuanto le contaba.

—*¿Qué te parece? ¿Qué crees que debo hacer?* —*le preguntaría al terminar mi exposición.*

—*Thomas, en mi opinión no deberías embarcarte en esa historia. Esa gente... bueno, no son trigo limpio y tú lo sabes. Antes o después te verás en un lío. No tienes ningún compromiso con ese Roy Parker, bastante hiciste ya por él. Si quieres tener tu propia agencia de publicidad y comunicación, ven a Nueva York. Sabes que te ayudaré a montarla. Aquí tenemos amigos, tendrías buenos clientes, y podrías contar con Esther. ¿Qué pasa con ella? Parece una buena chica. No quiero entrometerme en tu vida sentimental, pero se te veía muy entusiasmado con ella, y si te quedas en Londres... bueno, supongo que será difícil que continuéis adelante con vuestra relación. Lo sensato, hijo, es que dejes el apartamento de Londres y regreses a Nueva York. No me gusta lo que me has contado de esa gente.*

—*De acuerdo, papá, pensaré en lo que me has dicho...*

Sí, estaba seguro de que John me habría aconsejado que diera un «no» rotundo a Roy y que regresara a casa. Era lo más razonable.

Pero esa conversación nunca existió. Yo no le llamé, de manera que nunca tuvo la oportunidad de aconsejarme bien ni yo de no sentirme solo.

Me serví otro whisky. Bebía demasiado, pero por aquel entonces eso no me preocupaba.

Ya había anochecido cuando el sonido del móvil me despertó. Me había quedado dormido sin darme cuenta. Supongo que por el sopor de la bebida. Vi el número de Roy reflejado en la pantalla. Miré la hora. Eran más de las nueve.

—¿Es que no pensabas llamarme? —Estaba enfadado.

—Sí, te iba a llamar ahora.

—Te huelo el aliento desde aquí. Tienes la voz pastosa —replicó Roy.

—Oye, déjate de tonterías.

—Me estoy hartando de ti —dijo en voz baja, como si hablara consigo mismo.

—Yo también estoy harto de ti —le solté enfadado.

—Entonces ya has tomado una decisión.

—Sí, ya la he tomado.

—¡Pues dime qué has decidido, pedazo de cabrón!

—Acepto. Trabajaré en GCP, pero lo haré a mi manera.

—No te olvides de que tu misión es ocuparte de mí. Tendrás a Schmidt encima, ten cuidado.

—Sí, ya sé que eso entra en el trato, pero seré yo quien lleve las riendas en el día a día.

—Schmidt manda. En todo, incluso en el tipo de papel de baño que vais a utilizar —afirmó riendo.

—Probaré.

—De acuerdo. Ponte en marcha.

—¡Ah! Y me reservo irme cuando me dé la gana. Si no me gusta cómo van las cosas o me resulta insoportable ese Lerman o el propio Schmidt, me largo.

—No tan deprisa. Los abogados tienen preparado un documento. Tienes que firmarlo. Ya sabes, compromiso de confidencialidad y cosas así. El sueldo es bueno.

—¿Quieres que firme ese documento de confidencialidad? —pregunté molesto.

—Y con unas cuantas cosas más. Lo han decidido ellos. Tienen la sartén por el mango, hay que seguirles la corriente.

—Oye, Roy, no entiendo de qué va esto. No me gustan tantas condiciones. O trabajamos como lo hemos hecho hasta ahora o no hay trato. —Hice un último esfuerzo por llevarle a mi terreno.

—Pues no hay trato. Lo siento, Thomas, pero las reglas no las he hecho yo.

—No te reconozco. ¿Te has vuelto un empleado más de Jones y Brown? —le pregunté para molestarle.

—No me toques las narices, ¿vale? Yo tengo mis intereses y ellos los suyos, y por ahora confluyen. Si quieres seguir conmigo estaré encantado; de lo contrario, encontraré a otro.

—Si es lo que quieres… —repuse airado.

—No, no es lo que quiero. Lo que quiero es que firmes ese maldito contrato y que te pongas a trabajar. Confío en ti, ¡maldita sea!

—Lo haré, Roy —le dije bajando la voz.

—De acuerdo. Mañana estaré en Londres, a las once nos vemos en el despacho de los abogados.

¿Por qué acepté? Aún no lo sé, pero aquella decisión determinó el resto de mi vida. No, no me volvería atrás; quiero decir que no me arrepiento. Carezco de escrúpulos para hacerlo.

Brian Jones y Edward Brown se mostraron indiferentes ante mi decisión de incorporarme a GCP. Me presentaron a Leopold Lerman, el director ejecutivo de la agencia, que se comportó con fría amabilidad. Le dije que quería contar con dos o tres personas de mi confianza y no puso ninguna objeción. «Siempre que no se salga del presupuesto que tiene asignado, señor Spencer», me dijo en tono de advertencia.

Cuando salimos de las oficinas de Jones & Brown invité a Leopold Lerman a tomar una copa, pero la rechazó.

—Si le parece puede venir mañana a la agencia. Espero que le resulte confortable el despacho que le he asignado.

No me gustó Lerman. Ni entonces ni después. Demasiado germánico. Su padre era alemán, su madre británica, y él se había educado en un internado suizo. Supongo que sus padres eligieron un terreno neutral ya que, como supe más tarde, se habían separado al poco de nacer Leopold. Esto lo supe por Maggie, que se enteraba de todo.

Sí, conseguí que Maggie trabajara para mí. No pudo rechazar la oferta económica que le hice. Sabía que sólo podía quitarle la secretaria a Cathy poniendo una cantidad desorbitada encima de la mesa, una cantidad que en Scott & Roth no pudieran igualar. Leopold Lerman protestó, pero respecto a Maggie me mostré inflexible.

Quería a Maggie a mi lado no sólo porque era una secretaria eficaz, sino porque no le importaba decir la verdad molestara a quien molestase. Hice otro fichaje que me dejó muy satisfecho, Evelyn Robinson, la periodista de la que nos habíamos servido para acabar con los rivales de Roy. Sabía que no resistiría la tentación de dejar Radio Este y darle un portazo a Christopher Blake, su jefe, con tal de vivir en Londres. Evelyn era consciente de que aunque la empresa de Blake hubiera reflotado gracias al dinero de Roy y sus amigos, no dejaba de trabajar para una radio y un periódico locales, y ella anhelaba mucho más. Además, yo quería a mi lado a alguien que tuviera una ambición desmedida y fuera capaz de hacer cualquier cosa para colmarla.

Le di a Evelyn un sobre con unos cuantos cientos de libras para que se comprara ropa adecuada.

—Te quiero vestida a la última, elegante pero moderna. Y ve a la peluquería a ver si pueden hacer algo con ese pelo. Pareces una maestra de escuela de provincias.

Fue Philip Sullivan quien se encargó de la transformación de Evelyn. Aunque se negaba a trabajar para mí, no excluía hacerme algunos favores que naturalmente cobraba. Sullivan no dejaba de ser un chico de una familia acomodada cuyo padre pertenecía al *establishment* y, por tanto, sabía cuáles eran las reglas para hacerse un hueco en la City. Además, tenía buen gusto a la hora de aconsejar a una mujer cómo debía vestir.

En veinticuatro horas transformó a Evelyn. Un corte de pelo acompañado de ligerísimas mechas rubias que daban brillo a su cabello castaño, zapatos de Jimmy Choo, trajes de Stella MacCartney, chaquetas de Armani… No parecía la misma. Philip había transformado a la reportera paleta de Radio Este en una de esas mujeres que pisan fuerte en las moquetas de la City.

Evelyn se llevó una sorpresa cuando supo que colaboraría con nosotros Neil Collins. Le había admirado cuando era sólo una joven reportera y ahora trabajaría con un viejo mito roto.

GCP estaba situada en uno de los edificios de acero y cristal a orillas del Támesis donde se ubican empresas de medio mundo. Allí no llamábamos la atención.

En GCP había dos grupos de trabajo, uno de ellos integrado por publicitarios y licenciados en Comunicación que se dedicaban a lo que yo llamaba «trabajo blanco», ya fuera hacer una campaña para vender detergente o llevar la imagen de alguna empresa. Para el «trabajo negro» había otro grupo, del que yo mismo formaba parte. Además de Maggie y Evelyn, necesitaba ampliar el equipo, pero no era fácil. Yo no conocía a suficiente gente a la que poder ofrecer un trabajo tan sucio como el que sabía que íbamos a hacer. De nuevo Sullivan me ayudó recomendándome a un amigo suyo, Jim Cooper, un pirata informático. Me sorprendía la tendencia de Sullivan a tratar con hackers.

El mismo día en que me incorporé a GCP recibí la visita inesperada de Bernard Schmidt. Me fastidió que se presentara sin avisar pero mucho más me molestó que entrara en mi despacho y se sentara en mi sillón detrás de mi mesa de trabajo.

—Es urgente que comience a preparar la campaña en el condado para lograr que Roy haga posible que la gente cambie de opinión sobre el fracking. En un mes deberíamos tener todo resuelto. —Schmidt no sugería, simplemente mandaba.

—Eso lleva tiempo. Mañana me pondré con Evelyn a diseñar la campaña; al fin y al cabo, ella es de allí y conoce a sus vecinos.

—Mañana es tarde. Póngase con ello ahora mismo. No tendremos los permisos hasta que la opinión pública no esté ablandada. Hay unos cuantos chicos que militan en organizaciones ecologistas que van a hacer mucho ruido. Tendrá que contrarrestarlos. Tenga, léase esto. Así sabrá por dónde empezar —me dijo tendiéndome una carpeta donde había una treintena de folios sin ningún anagrama ni firma.

—¿Y esto qué es? —pregunté después de hojearlos.

—Los pasos que tiene que dar. Cómo neutralizar a esos jóvenes. Ahí encontrará unos cuantos argumentos.

—Creía que ése era mi trabajo, buscar argumentos.

—Tiene suerte de que alguien lo haya hecho por usted. Sólo tiene que seguir la pauta marcada en esos folios. Es fácil.

—Yo no le caigo bien —le dije, y me arrepentí al momento.

Bernard me miró con indiferencia, pero supongo que le había sorprendido mi afirmación.

—Verá, señor Spencer, esto es trabajo. Nada más. No se comporte como un chico inmaduro preocupándose de si cae bien o mal. Usted sólo tiene que hacer lo que se espera que haga. Si busca el aplauso o las palmaditas en la espalda, se ha confundido de lugar.

—Pero usted no me habría elegido para este trabajo.

Vi que sopesaba si responderme, pero optó por no hacerlo. Se encogió de hombros y se levantó.

—Nos veremos dentro de una semana. Para entonces espero haber leído en los periódicos informaciones acordes con los intereses que defendemos.

Salió de mi despacho sin despedirse, pero sí le dijo adiós a Maggie.

—Uf, ése te ha calado y no le gustas un pelo —afirmó Maggie riéndose.

—Yo también le he calado a él —repliqué de mal humor—.

Dile a Evelyn que venga a mi despacho, tenemos trabajo. Y vamos a necesitarte, tendrás que quedarte después de las cinco.

—Pondré el contador. Ya sabes que en mi contrato está especificado el cobro de las horas extras. Mientras pagues no hay problema.

Leí con atención los papeles que me había dado Schmidt. Venía paso por paso lo que tenía que hacer, y lo primero era llamar a Christopher Blake, que para ese momento ya había convertido su radio y su periódico en una referencia en la región. Le invité a cenar en Londres y aceptó encantado. Ni siquiera objetó que la invitación fuera para el día siguiente.

En los papeles de Schmidt había una detallada investigación sobre la vida de los cabecillas defensores del medio ambiente. La mayoría eran jóvenes entusiastas, sólo dos tenían el techo de cristal. Había que desprestigiar a los que tenían alguna cuenta pendiente con el pasado. No es que tuvieran mucha mierda, pero si se presentaban las cosas adecuadamente se los podía neutralizar.

Le expliqué el plan a Evelyn y me miró divertida.

—Así que fuiste tú quien me hizo llegar toda esa información sobre los oponentes de Roy Parker, y yo te seguí el juego como una pardilla.

—No publicaste nada que no fuera verdad —aduje.

—Y ahora quieres que a dos de esos chicos los hundamos en la mierda. Uno porque tuvo problemas con las drogas cuando era un adolescente, otro porque trabajó para una empresa de fracking y le despidieron y ahora trabaja para una empresa de energías renovables. No es mucho para acabar con ellos.

—Esto, puesto sobre el papel, impresiona. Se trata de que en el periódico de Blake alguien escriba un artículo sobre quién es quién en el grupo opositor a la instalación de la empresa de fracking. Una vez que la mierda se revuelve, el olor lo impregna todo. Desviaremos la atención del asunto principal. El propósito es que los medios no hablen del fracking sino de la mierda que llevan en la mochila quienes se oponen a esta empresa, que va a dar beneficios seguros al condado creando puestos de trabajo donde más se necesitan. ¿A cuál de tus antiguos colegas se le puede filtrar esta información? ¡Ah! Y necesito que la metamos en internet.

—Es una pena que Philip Sullivan no trabaje con nosotros, es un genio de la red.

—Jim Cooper también lo es. Además, nos lo ha recomendado el propio Sullivan —alegué.

Cooper, como le gustaba que lo llamaran, era un hacker de los buenos. Había sido amigo de Philip en el pasado cuando éste compartía piso y ordenador, además de amores, con el tipo que le había engañado. Cooper declaró a favor de Philip en el juicio presentándole como un pardillo. Pero él no lo era, y por otra parte, siempre andaba escaso de dinero. Mantenía a sus padres. La madre nunca había trabajado y al padre lo habían despedido de la fábrica de colchones donde trabajaba. Además, tenía dos hermanas menores que él. Toda la familia dependía de Cooper. Las facturas se le acumulaban, así que por un buen sueldo estaba más que dispuesto a ser nuestro caballo de Troya en la red.

El objetivo estaba claro: desprestigiar a dos de los jóvenes del movimiento ecologista con objeto de que los medios se ocuparan más de sus miserias que de lo realmente importante: que las tierras del condado iban a ser violentadas por el fracking.

A Evelyn se le ocurrió que pusiéramos motes a los dos chicos que íbamos a destrozar. A uno lo llamaríamos Donald, por el Pato Donald, y al otro Mouse, por Mickey Mouse.

—Así nadie sabrá de quién hablamos cuando nos refiramos a ellos —argumentó, satisfecha de su propuesta.

Le pedí que me acompañara a la cena con el que había sido su jefe. A Christopher Blake casi le cuesta reconocerla. La chica de ojos saltones y cabello lacio, vestida con unos jeans desgastados, ahora llevaba un traje negro de Armani y unos zapatos con quince centímetros de tacón que llamaban la atención de cualquiera que se cruzase con ella.

—Vaya, vaya, mi periodista favorita convertida en toda una ejecutiva —dijo Blake con admiración mientras se levantaba para mover la silla de Evelyn.

Le explicamos lo que esperábamos de él. Afortunadamente, Blake no era un remilgado.

—Esos jóvenes no son conscientes de la importancia que tiene el gas para el condado; será una fuente de ingresos y de trabajo. En fin, siempre hay alguien que tiene ideas contrarias al progreso —explicó Evelyn.

—Lo que queremos es que publiques artículos de opinión a favor y en contra del fracking —intervine yo—. Que hagas reportajes preguntando a la gente, sobre todo a los parados de la zona. El chico que tuvo problemas con las drogas… No sé… quizá es un joven un tanto inestable. En cuanto al otro, ¿no crees que es inmoral que trabajando para una empresa de energías renovables encabece una rebelión contra otra empresa? Hay un conflicto de intereses —añadí.

—Ya sé por dónde vas… No te preocupes. Pero debes saber que la técnica del fracking tiene muchas resistencias en el condado —planteó Blake—. Somos una región ovejera. La lana de nuestras ovejas es famosa. Comenzar a fragmentar la tierra con esos métodos… Bueno, la gente tiene miedo a lo que pueda pasar y sobre todo a quedarse sin su medio de vida tradicional. ¿Qué dice Roy Parker? Al fin y al cabo, su suegro posee grandes extensiones de terreno y el fracking las va a afectar.

—Parker se debe a los intereses del condado —respondí.

—¿Y eso qué quiere decir? —Blake pareció preocupado.

—Pues que si se demuestra que el fracking no perjudica al medio ambiente y que, además, va a crear puestos de trabajo, él lo apoyará por más que eso pueda causarle un conflicto familiar —afirmó Evelyn.

—No quiero ni pensar en lo que dirá Suzi… La esposa de Parker tiene mucha personalidad y está muy apegada a la tierra. —Blake hizo esta observación como si fuera una advertencia.

—Suzi sabe que su marido se ha comprometido con el progreso del condado y que por mucho que le duela tiene que anteponer los intereses generales a los particulares —sentencié.

Era una conversación entre cínicos donde los sobrentendidos eran suficientes para saber cuál era el juego del contrario. Cuando nos despedimos contábamos con su colaboración entusiasta para la campaña que íbamos a poner en marcha. Una campaña en la que la clave estaba en que no se viera nuestra mano.

Evelyn hizo un buen trabajo. Conocía bien el condado y sobre todo sabía quién era quién en su antiguo oficio, de manera que preparó minuciosamente la forma y el momento de hacer llegar la información que nos interesaba a algunos de sus colegas. En menos de una semana organizamos una gran polémica en la que partidarios y detractores de la empresa de fracking se tiraban los trastos a la cabeza. Una de nuestras acciones estelares fue la rueda de prensa de Roy Parker. Preparamos con el máximo detalle su intervención y he de reconocer que tuvo una actuación digna de un Oscar.

Parker compareció muy serio, con gesto severo, e hizo una declaración en la que aseguró que haría lo imposible para impedir que se instalara ninguna empresa de fracking en el condado y que sólo reconsideraría su oposición si se presentaban al menos tres informes positivos elaborados por técnicos independientes sobre las consecuencias de ese método para explotar el gas. Y terminó recordando el conflicto que para él supondría tener que apoyar un proyecto de esa envergadura, habida cuenta de que su familia disponía de buena parte de los terrenos colindantes donde se quería llevar a cabo el fracking, con lo que eso significaría de pérdidas. Pero, añadió, el interés de los ciudadanos estaba por encima de cualquier consideración. Por tanto, si los estudios técnicos demostraban que no se corría ningún peligro, entonces él estaba dispuesto a reconsiderar su oposición inicial.

Había obligado a Suzi a acompañarle. Eso reforzaba su credibilidad porque en el condado todos sabían que la familia de su mujer se oponía al fracking y a cualquier cosa que alterara el equilibrio de la fauna y la flora de aquellas tierras.

Su actuación fue irreprochable y los periodistas salieron de la rueda de prensa convencidos de que Roy Parker era un hombre honrado.

Le felicité sinceramente. Roy me lo agradeció. Una vez que nos quedamos solos, Suzi y él no ocultaron lo enfadados que estaban el uno con el otro.

—¿Por qué metes a mi marido en esta mierda? —me preguntó Suzi.

—No sé a qué te refieres... Si he venido es porque estaba preocupado. El asunto no es fácil y precisamente no creo conveniente que Roy se comprometa con nada si no es con las garantías suficientes.

—¿Crees que soy tonta? No me subestimes, Thomas. Extraer gas a través del fracking es un negocio y habrá gente que se embolse mucho dinero. Otros lo perderán. ¿Qué pasará con las ovejas de mis padres? ¿Y con nuestra fábrica de lana?

—No te precipites, aún no es seguro que se vaya a instalar aquí esa empresa. Ya has escuchado a tu marido. Si no hay garantías de que no se perjudicará al medio ambiente, él se opondrá —dije intentando ser convincente.

—¡Y una mierda! Conozco a mi marido y sé cuándo miente —replicó Suzi ajena a la mirada airada de su marido—. Si Roy apoya ese maldito proyecto es porque espera sacar algo de ello. Lo peor de todo es que lo va a hacer en nombre del progreso. ¿De qué progreso? Se van a destruir puestos de trabajo, muchos. La gente va a perder sus campos, sus ovejas. Será una tragedia para el condado.

—Mira, a mí me da lo mismo que la gente se gane la vida con las ovejas que con una fábrica de gas. Pero no es verdad que se vayan a destruir puestos de trabajo; al revés, se crearán. Una fábrica de gas necesita mucho personal —insistí.

—Ya, y van a contratar a ovejeros. No sigas subestimándome, Thomas, no lo hagas o te vas a enterar de quién soy yo.

—¡Basta, Suzi! Estás loca —intervino Roy haciendo evidente su exasperación—. Te he explicado que no puedo oponerme a que se instale esa empresa simplemente porque tus padres tienen ovejas. A mí tampoco me gusta lo del fracking, pero si hay informes técnicos que demuestren que no supone un daño para la tierra, para los animales, difícilmente me puedo oponer. Me acusarían de estar defendiendo intereses familiares.

—Yo quería que fueras político, me hacía ilusión... Pero ahora me doy cuenta de que lo que realmente quieres es poder y dinero —se lamento Suzi—. No te basta con mi dinero, quieres el tuyo. Por eso has propiciado las ventas de esos terrenos donde al parecer hay gas. Convenciste a los propietarios de que sus tierras no tenían valor. Y en algunos casos... Bueno, pasaron cosas extrañas que llevaron a alguna gente a vender. Y tú has estado detrás de todo eso. Ahora lo veo claro. He sido una tonta. —La mujer parecía a punto de llorar.

La rueda de prensa de Roy fue recogida hasta por los medios nacionales. Algunos comentaristas elogiaron su rectitud. Aquel mismo día en los periódicos comenzaron a publicarse artículos a favor y en contra del fracking. Habíamos encontrado unos cuantos expertos dispuestos a avalar tamaño disparate. Cuando lee, el público no distingue quién está detrás de los expertos. Si añades al nombre un título universitario y un currículo que suene bien, creen que realmente el que opina es una persona decente. A veces no es así. Siempre se puede encontrar a quien defienda tus intereses, sobre todo cuando hay tanto dinero de por medio.

Christopher Blake publicó en la primera página del *Diario Este* un reportaje sobre los líderes del movimiento ecologista del condado. La mayoría de las biografías carecían de interés, pero las de nuestro Pato Donald y nuestro Mickey Mouse dieron para un sinfín de artículos más en otros periódicos y comentarios en la radio y la televisión.

Donald había estado en un centro de desintoxicación donde se había aficionado a trabajar en la tierra. Cuando salió, comenzó a colaborar con una asociación de defensa del medio ambiente hasta radicalizarse y participar en algunas acciones, como encadenarse a las vallas de las centrales nucleares para pedir su cierre, o hacer campaña en contra del consumo de carne animal. Nada grave, pero logramos presentarle como un paranoico además de un radical que odiaba a la sociedad, a la que culpaba de haber caído en las drogas. No era una persona de fiar. En cuanto a Mickey Mouse, destruirle fue mucho más fácil. El joven, ingeniero de una empresa de energía renovable, estaba defendiendo intereses empresariales. Se negaba a la instalación de la empresa de gas porque su propia compañía quería expandirse por el condado. Era juez y parte. De nada sirvió que la empresa de Mickey Mouse negara tener intención de instalarse en la región. Para entonces la cizaña estaba sembrada, de manera que muchos ni siquiera leyeron el comunicado en que negaban tener nada que ver con el conflicto que se libraba en el condado.

Organizamos un buen lío. Hasta los periódicos de Londres se hicieron eco de la controversia en el condado, lo que ayudó a agitar aún más a la opinión pública, que ya se había polarizado.

Los laboristas de la zona tomaron partido en contra del fracking, pero no fue difícil contrarrestarlos, habida cuenta de que a lo largo de los años habían permitido en otras regiones algunas barbaridades contra el medio ambiente.

Ganamos. Roy tuvo tres informes técnicos firmados por expertos aparentemente independientes. Uno de ellos, de un profesor que solía aparecer en los medios de comunicación con cierta frecuencia.

Había llegado el momento. Salí de Londres apenas había amanecido. Jim Cooper me acompañaba camino del condado para organizar una nueva rueda de prensa en la que Roy anunciaría que no se iba a oponer a que la empresa de fracking encontrara el gas que guardaban aquellas tierras, en las que pastaban tranquilamente miles de ovejas.

Eran poco menos de las diez cuando llamé a Roy para decirle que ya había llegado. Me pidió que fuera a su casa y yo envié a Jim Cooper a trabajar con la gente de Roy para preparar la rueda de prensa. Cuando llegué le encontré discutiendo con Suzi. Les dije que regresaría más tarde pero Suzi me lo impidió.

—Has llegado a tiempo. Así serás el primero en enterarte de que voy a pedir el divorcio. Me habéis engañado. Sí, tú también —dijo mirándome con odio.

—Perdona, pero no comprendo qué sucede. En cualquier caso no es asunto mío —alegué decidido a marcharme.

—Siéntate. —La voz de Roy retumbó en el salón.

Me quedé quieto, expectante. No quería tener nada que ver con aquella batalla.

—Voy a pedir el divorcio y me llevaré a nuestros hijos. Y no intentes impedírmelo o le contaré a todo el mundo que tienes las manos llenas de mierda —le amenazó Suzi.

—Si yo tengo mierda, tú te has aprovechado de ella —le respondió Roy con el tono de voz cargado de ira.

Suzi se mordió el labio inferior mientras pensaba la respuesta. Yo hice un nuevo intento de marcharme, pero la mano de Roy se cerró sobre mi brazo.

—¿Cuándo quieres que hagamos esa maldita rueda de prensa? —preguntó.

—Mañana por la mañana. A las nueve. Así saldrá en todos los informativos de radio y televisión. Te he traído un guión de lo que debes decir. Saldrá bien. Tú has cumplido tu compromiso. No pueden reprocharte nada —afirmé con tanta convicción como pude.

—Yo también anunciaré algo mañana. Pienso ir con mi abogado a presentar la demanda de divorcio —dijo Suzi con una sonrisa amarga.

Roy se dirigió hacia ella con el rostro desencajado. Durante un instante temí que pudiera abofetearla. Suzi le sostuvo la mirada retándole. Me acerqué y tiré del brazo de Roy.

—Sois mayorcitos para resolver vuestras desavenencias de manera civilizada. Tenéis dos hijos, deberíais pensar en ellos. —A mí mismo me resultaba incómodo mi papel de conciliador, pero no me dejaban otra opción.

—Tienes razón —admitió Roy—, ya resolveré este asunto más tarde. Ahora dime cómo hacemos lo de mañana.

Suzi salió del salón y Roy pareció aliviado. Tenía el gesto contraído. Se le notaba bloqueado.

—Llama a tu jefe de prensa, que convoque a los medios para mañana. Harás una declaración. Aquí la tienes. Sólo debes leerla. Admitirás cinco o seis preguntas. Hemos elegido a los periodistas a los que daremos la palabra. De manera que podrás atenerte a lo que debes decir sin miedo a equivocarte. No habrá repreguntas. Lo importante es que repitas una misma idea: tienes intención de asumir el compromiso que anunciaste días atrás sobre este asunto. En vista de los informes, y aunque eso afecte a tus intereses familiares, no encuentras justificación para oponerte al fracking. No te gusta, pero no puedes oponerte. Al mismo tiempo, tienes que recalcar que te tranquiliza la valiosa opinión de los expertos, quienes aseguran que los efectos del fracking sobre la fauna y la flora serán mínimos y, por consiguiente, los pequeños propietarios de rebaños de ovejas no se verán afectados. Las ovejas podrán seguir pastando sin peligro alguno. Dirás que quieres saludar las ventajas que para el empleo tendrá la instalación de la empresa de gas. Insistirás en que comprendes las reticencias de quienes no quieren que nada cambie, pero recordarás que sin cambios no hay progreso y que para progresar hay que arriesgar. —Le di unos cuantos folios donde, en esencia, estaba escrito lo que le acababa de decir.

—De acuerdo, me aprenderé este discurso —asintió Roy.

—Lo importante es que lo interiorices para que resulte creíble. Dime, ¿te afecta mucho lo de Suzi?

Roy suspiró. Casi no hacía falta que me respondiera. Era obvio que la pelea con su mujer lo tenía fuera de sí.

—Puede que te resulte ridículo oírme decir que la quiero. Llevamos toda la vida juntos. Nos conocimos cuando yo era un crío. Ella siempre creyó en mí. Se enfrentó a sus padres porque yo no era nadie —admitió Roy, cada vez más apesadumbrado.

—¿Qué es exactamente lo que ha pasado?

—Suzi no es tonta. Durante un tiempo prefirió mirar hacia otro lado dejándome hacer. Pero las tierras de sus padres se verán afectadas por el fracking. Su padre no quiere ni oír hablar de que vayan a hacer ese tipo de perforaciones al lado de donde pastan sus ovejas. También se niega a vender. Les llegó la oferta de compra tal y como acordamos, pero él ni siquiera se molestó en leerla. Tiró los papeles al suelo y los pisoteó. Me acusó de ser el instigador de toda la operación. Me defendí diciendo que no era así porque yo velaba por sus intereses, y que en cualquier caso la empresa de gas se iba a instalar aquí. Mejor vender las tierras antes de que no sirvieran para nada. Se puso tan furioso que le ha dado un ataque al corazón. Suzi me culpa del infarto de su padre. Lo peor es que si tiene que elegir entre sus padres y yo, lo tiene claro, se queda con sus padres.

—¿Y el viejo ha salido del infarto o no tiene remedio?

—Los médicos son reticentes a hacer un pronóstico a largo plazo, pero parece que se está recuperando.

—Bueno, yo creo que es una rabieta pasajera, que a Suzi se le pasará en cuanto su padre salga del hospital —dije para animarle.

—Aprovechó que hace unos días yo estuve visitando algunos pueblos del condado para encerrarse en mi despacho. Leyó todos los papeles que guardo sobre todo esto. Los correos con la empresa de gas, contigo… Me acusa de haberla engañado, de manipularla. Creo que ha empezado a odiarme. Mis hijos están perplejos. No comprenden la violencia que se ha desatado entre nosotros, pero no tienen dudas: si tienen que elegir, se pondrán de parte de su madre.

—Roy, lo que está en juego es demasiado importante. Tienes que centrarte en la rueda de prensa de mañana, en dar luz verde a que puedan iniciarse las prospecciones. Tus amigos, los abogados Jones y Brown, no admitirían un fracaso. Lo sabes mejor que yo. No puedes arrugarte en el último momento. Mucha gente te cree y hará lo que tú digas. Hay un montón de paletos dispuestos a vender sus tierras sin saber que sus ovejas pastan sobre un mar de gas por el que les van a pagar la décima parte de lo que valen. Si flaqueas todo se desvanecerá.

—Lo sé, pero no puedo abstraerme. Suzi está dispuesta a presentar mañana la demanda de divorcio.

—Pídele que espere unos días.

—No lo hará. Me lo ha dejado bien claro: quiere hundirme, que todo el mundo sepa que soy un sinvergüenza.

—Llamaré a Evelyn para que venga cuanto antes. Quizá ella pueda convencerla.

—No lo creo. No se fía de ti, tampoco de Evelyn. Incluso ahora dice que se arrepiente de haber permitido que hundiéramos a Wilson y a Doyle para conseguir que yo fuera alcalde.

Le obligué a aprenderse de memoria la declaración. Y ensayamos las preguntas y respuestas que podían hacerle en la rueda de prensa. A mediodía me despedí. No quise aceptar su invitación para almorzar. Roy buscaba una excusa para salir de su casa, pero yo no tenía ganas de compartir mesa con un hombre tan deprimido como él. Además, no me importaban sus problemas familiares.

Decidí ir caminando hacia el hotel cuando me sobresaltó el pitido del móvil. No reconocí el número pero sí la voz grave de Bernard Schmidt.

—¿Qué está pasando por ahí? —preguntó sin saludarme siquiera.

Todo va bien. Roy ha memorizado la declaración. No habrá problemas.

—Le estoy preguntando por lo que está pasando, no por la rueda de prensa de mañana.

—¿A qué se refiere? Ya le he dicho que todo va bien.

—No, no va bien. Roy acaba de hablar con el abogado, Brian Jones, y éste me ha telefoneado alarmado. Roy le ha contado que su esposa quiere presentar una demanda de divorcio y está dispuesta a armar un buen escándalo oponiéndose a las prospecciones de gas.

—Son peleas de matrimonio. Eso no afecta al plan general —respondí indiferente.

—¿Qué dice? ¿Le estoy oyendo bien? O es usted un estúpido o sencillamente no está a la altura de trabajar en una agencia como GCP. Si la señora Parker se opone a las prospecciones, si hace la más leve insinuación de sus sospechas sobre este negocio, si todo eso significa que la desavenencia con su marido es tan grande como para pedir el divorcio, ¿qué cree que sucederá? Volveríamos a la casilla de salida, pero en peor situación de lo que estamos ahora. ¿Es que no se da cuenta? —La voz de Schmidt no reflejaba ninguna emoción. Hablaba en un tono bajo. Sin embargo, su contundencia me produjo un escalofrío.

—Intentaremos contrarrestar lo que diga la señora Parker —respondí por decir algo.

—¿Y cómo piensa hacerlo?

—No lo sé. Quizá pueda hablar con ella y convencerla. Evelyn Robinson viene para aquí. Se llevaban bien, puede que atienda a sus argumentos. No creo que Suzi desee realmente hacer daño a su marido.

—No me interesan sus opiniones, quiero certezas.

—No puedo asegurarle nada.

—Entonces dígame qué va a hacer para impedir que la noticia de mañana sea la declaración de la señora Parker en vez de la rueda de prensa de su marido.

Me quedé en silencio. No sabía adónde me quería llevar, pero en cualquier caso yo no tenía manera de evitar que Suzi presentara una demanda de divorcio. Podía intentar disuadirla, pero nada más.

—Ya le he dicho que hablaré con ella.

—Supongamos que continúa decidida a organizar un escándalo.

—Yo no puedo garantizarle nada —repliqué enfadado.

—Se equivoca. Le pagamos para que garantice que nuestros clientes no se enfrentarán a ninguna sorpresa ni tendrán que vérselas con contratiempos de última hora. O lo resuelve usted o lo resolvemos nosotros. Pero si he de resolverlo yo, vaya pidiendo el finiquito. Le doy una hora. Llámeme y dígame si va a arreglar este desastre o si es incapaz de hacerlo.

Bernard Schmidt colgó el teléfono sin darme tiempo a responder. Caminé con paso rápido hacia el hotel esperando encontrar allí a Cooper, nuestro hacker. Sentí alivio al tener alguien con quien hablar.

—Evelyn me ha llamado. Viene en coche con Neil. Me ha dicho que parecías muy preocupado. Me ha contado que Suzi Parker está peleada con su marido y que va a pedir el divorcio y que...

—Ya me sé la historia. Se la he contado yo a Evelyn. No la repitas. Tenemos un problema. Hay que impedir que Suzi presente mañana esa demanda de divorcio. Si no lo hacemos nos quedaremos sin empleo.

Cooper empezó a mover compulsivamente la ceja derecha. Era un tic que le asaltaba cuando estaba nervioso.

—¿Nos van a echar si la señora Parker pide el divorcio? ¡Pero nosotros no podemos hacer nada!

—Pues alguien espera que hagamos algo que lo impida. Si Suzi explica por qué quiere divorciarse y hace alusión al infarto de su padre, podemos dar por enterrado el proyecto del fracking, y a los amigos de Roy eso no les va a gustar nada.

—Como no la secuestremos o le pongamos un narcótico en la bebida o, mejor aún, un laxante que no le permita salir del cuarto de baño...

—Deja de decir tonterías, ¿quieres?

—Es que no hay manera de impedirle que mañana presente esa demanda de divorcio... Es Roy quien tiene que convencerla, no nosotros.

—Pero Roy no puede hacerlo. Ella no quiere ni verle.

Los bistecs que nos sirvieron en el restaurante del hotel estaban duros. Apenas probamos bocado. Cuando terminamos telefoneé a Suzi temiendo que no quisiera hablar conmigo. Me dijo que Evelyn la había llamado rogándole que no hiciera nada hasta que hablaran, pero que le había dejado claro que nada ni nadie le impedirían pedir el divorcio. Roy, me dijo, dormiría en el sofá del salón. Le había echado de su habitación. Esperaba que su marido hiciera las maletas cuanto antes. La escuché sin interrumpirla. Necesitaba desahogarse, soltar toda la amargura que sentía. Cuando por fin se calló empecé a hablarle suavemente, midiendo con cuidado cada palabra.

—Suzi —dije—, comprendo tu preocupación. Has sufrido un impacto muy grande por el infarto de tu padre. Pero no puedes culpar a Roy de lo que le ha sucedido. Es un hombre mayor al que sin duda le cuesta aceptar que el mundo cambia y que el progreso exige cambios. Las personas mayores siempre son reticentes a que nada altere lo que ellos conocen, lo que los rodea. Es normal que sea así, a todos nos pasa cuando llegamos a cierta edad.

—¡Sois unos sinvergüenzas! —gritó Suzi.

—No, no lo somos. Roy no es ningún sinvergüenza. No ha hecho nada de lo que tenga que avergonzarse ni tampoco nosotros.

—¿Ah, no? ¿Y cómo llamas a lo que hicisteis contra los otros dos candidatos que se presentaban a las elecciones? Buscaste cualquier atisbo de mierda que pudiera hundir a Wilson y a Doyle, uno porque echaba alguna canita al aire y el otro porque tenía deudas. Los destrozaste. ¿No te acuerdas? —La voz de Suzi sonaba más fuerte.

—No, no fue así. En política se buscan los puntos flacos de los oponentes, y si tienen secretos en el armario se airean. Los electores tienen derecho a saber todo lo que se refiere a los hombres públicos. No inventamos nada. Todo lo que se publicó era cierto. Te recuerdo que tú nos animabas a que no tuviéramos piedad con ellos. Estabas ansiosa por que tu marido se convirtiera en alcalde. Soñabas con tomar el té con la reina. ¿O eres tú la que no se acuerda?

—¡No intentes echarme la culpa de vuestras trampas! He sido una ingenua. Pero no voy a permitir que destrocéis estas tierras. Mi marido está dispuesto a cualquier canallada con tal de salirse con la suya. Ha pactado bajo cuerda con esa empresa de gas, lleva tiempo facilitándoles que se hagan con las tierras del condado. Pero no se quedarán con las nuestras. Puedo jurar que no lo consentiré.

—Estás obcecada y te niegas a ver las cosas como son. Roy no ha pactado nada con la empresa de gas.

—¿Quieres ver los correos? Hay una carpeta llena de documentos que interesarán a la prensa. He hecho fotocopias de todos los papeles. Ya verás.

Me asusté. Suzi parecía dispuesta a dar la puñalada a Roy. Estaba fuera de control. Yo desconocía lo que había en aquellos papeles, pero sospechaba que podían hundir a Roy y, de paso, a nosotros.

—No puedo creer que odies a Roy, que estés dispuesta no sólo a hacerle daño a él sino a fastidiar el futuro de tus hijos. Los señalarán en la escuela, dirán que son hijos de un mal tipo. Y eso sería muy injusto para Roy y para los niños.

Suzi se quedó en silencio. Comprendí que este último argumento la había tocado. No le importaba hacer daño a Roy, era lo que más deseaba, pero por nada del mundo quería perjudicar a sus hijos. *Touché*. Tardó en responder:

—Mis hijos no tienen nada que ver con todo esto.

— Son los hijos de Roy. Si presentas a su padre como un sinvergüenza, ¿crees que eso no les afectará? Deberías pensar lo que vas a hacer antes de tirar la piedra. No sólo vas a dar a Roy, también vas a perjudicar a tus hijos.

—Quiero divorciarme. Por nada del mundo continuaría unida a un hombre como Roy. Me doy cuenta de que me he engañado con él. Sí, soy una obcecada. Mis padres me advirtieron que en Roy sólo había ambición, que se casaba conmigo por medrar. Tenían razón.

—No, no la tenían. No hace ni un par de horas que tu marido me decía desesperado lo mucho que te quiere. No concibe vivir sin ti. —Utilicé un tono melodramático.

—Sólo se quiere a sí mismo. Yo sólo he sido un medio para alcanzar algunas de sus ambiciones. Procuraré que mis hijos queden fuera de esto, pero haré lo que tengo que hacer. Voy a pedir el divorcio. He quedado con mi abogado en su despacho mañana a las ocho. Tendrá la demanda preparada y la firmaré.

—No lo hagas, Suzi. Date tiempo, piénsalo más. Estás enfadada y te niegas a comprender por qué Roy hace las cosas de esta manera. Le juzgas mal. Por nada del mundo haría nada que pudiera perjudicar al condado. Es su tierra, su gente. ¿Le crees tan desalmado como para permitir que alguien haga algo que ponga en peligro a su gente?

—Hace años habría dado un puñetazo a quien dijera que Roy es un amoral capaz de todo. En realidad no le he conocido hasta hace un par de meses. El verdadero Roy es éste, un hombre sin escrúpulos y ambicioso. Es capaz de todo con tal de conseguir sus fines. Si tiene que acabar con el condado, acabará con él si eso le reporta beneficios. Pero para ti eso no es una sorpresa. Tú eres la horma de su zapato, un sinvergüenza como él.

No me defendí de sus insultos. Habría sido inútil, amén de que la habría irritado aún más. Tragué saliva en un intento de no insultarla yo también. Su papel de víctima me molestaba. Suzi había estado de acuerdo en hundir a Wilson y a Doyle con tal de que su marido se convirtiera en alcalde, pero había decidido olvidarlo y aseguraba que ella nunca había participado de tamaña trapacería.

—Bien, haz lo que quieras. Creo que no mides las consecuencias de lo que vas a provocar. ¿Sabes? Puede que en el futuro tus hijos no te perdonen que los hayas convertido en los hijos de un desalmado, que es lo que conseguirás si acusas a Roy de connivencia con la empresa de gas. Allá tú con tu conciencia.

Colgó el teléfono. Cooper me observaba preocupado. Había seguido la conversación no sólo porque estaba a mi lado sino por los gritos de Suzi.

—¡La va a liar! ¿Qué vamos a hacer?

—Pues lo que has dicho: o bien alguien le pone un narcótico

o un laxante en un vaso de agua que la deje fuera de juego, o bien la secuestramos —respondí de mala gana.

—Lo del narcótico es lo mejor. Si está dormida todo un día ganaremos tiempo.

Le miré sin poder creer que realmente estuviera considerando esa posibilidad. Pero Jim Cooper era un tipo naíf, inocente para unas cosas y amoral en todo lo que se refería a su profesión.

—¿Irás tú a darle el vaso de agua con el narcótico? —pregunté siguiendo su razonamiento disparatado.

—Tendrá que hacerlo Roy. Nosotros no podemos mezclarnos en eso.

—Pero ¿de verdad estás hablando en serio? —Me sacó de mis casillas.

—Claro. —Cooper me miró asombrado de que no diera valor a lo que estaba diciendo.

—Olvídate de esas tonterías. Tengo que llamar a Schmidt. Podemos darnos por despedidos.

Bernard Schmidt tardó un buen rato en responder a mi llamada. Le puse al tanto de mi conversación con Suzi y le dije que me sentía incapaz de encontrar una solución. Ella estaba decidida a hundir a Roy.

—Este asunto era demasiado grande para usted. Llamaré a los abogados. —Y colgó el teléfono.

—¿Y ahora qué? —quiso saber Cooper.

—Ahora esperaremos a Evelyn y a Neil. A lo mejor a ellos se les ocurre algo. Mañana nos presentaremos a las siete en casa de Roy para acompañarle a la rueda de prensa. Empieza a pensar cómo vamos a contrarrestar las bombas que va a soltar Suzi. A Roy se lo lleva por delante, pero ése no es el problema. Se va a organizar tal escándalo que nadie se atreverá a dar los permisos para el fracking. Nos cortarán las pelotas.

—Tenemos que hacer algo —insistió Cooper.

—Hasta ahora sólo se te han ocurrido sandeces —repliqué.

—Bueno, pero a ti no se te ha ocurrido nada, ni siquiera una sandez. Yo no puedo quedarme sin trabajo, necesito ese dinero que me habías ofrecido por trabajar en GCP.

—Pues olvídate. Ya has oído a Suzi. Quiere hacer daño a Roy y se lo hará.

—Llama a Roy.

—¿Para qué? —No tenía ningunas ganas de hablar con nadie y menos con Roy.

—Iremos a su casa. Pensemos, algo se nos ocurrirá. Pero no podemos quedarnos quietos y hacer como si no pasara nada.

—Lo siento, Cooper, pero es así.

—Te digo que llames a Roy. Debe de estar hecho polvo si Suzi le ha echado de su habitación.

No hizo falta que llamara a Roy Parker. Fue el pitido del móvil el que anunció su llamada.

—Oye, Thomas, tenéis que venir. Hay que cambiar la rueda de prensa de mañana. He pensado en dimitir. No sólo voy a perder a Suzi y a los niños, también el aprecio de mis conciudadanos. No quiero pasar por un sinvergüenza que está en connivencia con la empresa de gas. Eso acabaría conmigo. No podría volver a salir a la calle.

—Cálmate, Roy. Ahora mismo voy a tu casa con Cooper.

Encontramos a Roy con un vaso de whisky en la mano. Olía a alcohol.

—Bebiendo no solucionaremos los problemas —le reproché.

—Los problemas se han terminado. Me he rendido a Suzi. No habrá fracking en el condado —aseguró. Parecía aliviado por la decisión que había tomado.

—Si das marcha atrás no podrás vivir aquí. Tarde o temprano la gente sabrá a qué se debe tu retirada. Se sentirán engañados. Además, a Suzi la vas a perder igual. Cuando en un matrimonio sucede lo que ha sucedido entre vosotros no tiene remedio.

Roy tiró el vaso contra la pared. Me miró con odio, con un odio profundo y salvaje. Se acercó a mí y me agarró por la solapa.

—¡Así que también eres experto en matrimonios! —me dijo al tiempo que me soltaba, empujándome con desprecio.

—¿Sabes, Roy? Has querido llegar muy alto, pero no tienes cuajo. No sólo eres incapaz de controlar a tu mujer sino que tampoco te controlas tú. Te falta valor y determinación para hacer lo que decías que podías hacer. Demasiada ambición para ser un cobarde. Deberías haberte conformado con el dinero de Suzi y con dar de comer a las ovejas, hacer alguna pequeña trampa de poca monta a tus vecinos. No tienes lo que hay que tener para sentarte entre los grandes. En realidad eres un paleto.

Jim Cooper nos miraba aterrado. No alcanzaba a comprender cómo me había atrevido a decirle esas cosas a Roy, quien se había plantado delante de mí dudando si darme un puñetazo.

—¡Por favor! ¡Mantened la calma! No vamos a ninguna parte peleando entre nosotros —dijo Cooper mientras intentaba separarnos.

—¡Idos de aquí! Os he llamado para deciros que se acabó el juego. ¡Fuera! —La voz de Roy destiló odio.

—Sí, es lo que me gustaría, largarme. Pero resulta que estamos metidos en un buen lío. Tú y nosotros. No creo que tus amigos, los abogados Brian Jones y Edward Brown, te permitan dejar la partida a la mitad. Tendrás que hacer el resto del trabajo sucio antes de dejarlo.

—¡Ya os he dicho lo que voy a hacer! —gritó Roy.

—Sí, ya has dicho lo que te gustaría hacer —repliqué, alzando también la voz—. Pero ahora nos vamos a sentar los tres y vamos a analizar tranquilamente lo que puedes y no puedes hacer. Es evidente que esos abogados, Jones y Brown, tarde o temprano te darán la patada, pero ahora no van a consentir que te vayas organizando un escándalo sólo porque tu mujer ha decidido quitarse la venda y ha descubierto de qué calaña estás hecho. Aunque también resulta sorprendente su impostura. No pestañeaba cuando se trató de acabar con los otros candidatos a la alcaldía. Sus escrúpulos de hoy son pura hipocresía. En realidad se está comportando como una colegiala a la que su padre ha cogido en falta. ¿Sabes, Roy? Lo que no comprendo es cómo unos tipos tan listos como Jones y Brown pudieron creer que podían hacer negocios contigo.

—¡Basta! —dijo Cooper, también fuera de sí. Nuestro hacker se había puesto a temblar e incluso parecía a punto de llorar.

Roy se sentó en un sillón. Se lo veía derrotado y me acomodé en el sofá junto a él.

—Evelyn y Neil están a punto de llegar. Veremos si se les ha ocurrido algo. En cualquier caso, no tenemos más remedio que parar a Suzi. Tu mujer no puede presentar una demanda de divorcio mañana. Tendrá que esperar a que se haga el negocio. Y eso supone unos cuantos meses —afirmé con rotundidad.

Mi móvil comenzó a sonar. En la pantalla apareció el número de Evelyn. Acababan de llegar al condado. Ni siquiera consulté con Roy. Ordené a Evelyn que se presentara de inmediato con Neil en casa de Roy. Así lo hicieron.

Los puse al tanto de la situación. Roy escuchaba como si yo hablara de alguien ajeno a él. Antes de que terminara de hablar Neil me interrumpió:

—He recibido una llamada. Me dieron una pista y creo que puede servir para neutralizar a Suzi, si es que Roy está de acuerdo.

Nos quedamos en silencio. ¿Quién había llamado a Neil? ¿Qué clase de pista le había dado?

—¿Y quién dices que te ha llamado? —pregunté.

—No dijo su nombre. Sólo que indagara una vieja historia de la que fue protagonista el padre de Suzi. He tenido que hacer unas cuantas llamadas, pedir favores. Un viejo amigo que trabajó en la policía me ha echado una mano para buscar la información que me indicaban. Me he pasado todo el viaje colgado del teléfono. —Neil nos miró sabiendo que todos estábamos en ascuas. Pero él era así, le gustaba crear expectación.

—Así ha sido, no me ha dirigido la palabra en todo el viaje. Sólo ha tenido tiempo para hablar sin parar por teléfono —comentó Evelyn.

—¿Quieres decirnos de una vez de qué va esa historia del padre de Suzi? —pregunté.

—Hace cincuenta años, Charles Stone, el padre de Suzi, mató a un hombre. —Neil saboreó nuestra sorpresa al decirlo.

—Pero ¿qué estupidez estás diciendo? —dijo Roy atónito.

—Entonces era muy joven. Le gustaba pavonearse delante de sus amigos porque disponía de una escopeta de caza. Eran años de hambre. Inglaterra intentaba rehacerse de los estragos de la Segunda Guerra Mundial. Al parecer había quien al no tener qué comer robaba alguna que otra oveja. El viejo Stone, el abuelo de Suzi, maldecía a quienes por la noche se metían en sus tierras para llevarse una o dos ovejas. «Un día les meteré una bala entre los ojos», solía decir aquel hombre. Y su hijo decidió sorprender a su padre y ser él quien diera caza a los furtivos. Una noche se apostó cerca del collado donde guardaban las ovejas. Aún no había llegado la madrugada cuando un hombre se acercó y saltó la valla. Los perros comenzaron a ladrar pero el intruso no tenía miedo. Cogió una oveja y cuando se disponía a escapar cayó al suelo. Charles, el padre de Suzi, le había metido una bala por la espalda. No se ocultó sino que se acercó a regodearse con su hazaña. Incluso se permitió insultarle y amenazarle con que si se movía volvería a dispararle. Pero el hombre ya estaba muerto.

»Le detuvieron y estuvo recluido unos cuantos días, pero no llegaron a juzgarle. La familia, una de las más ricas del condado, logró que taparan el asunto. La policía cambió su informe inicial y terminaron diciendo que el autor del disparo podía haber sido un furtivo. La familia del fallecido no tenía dinero para recurrir a la justicia y obligar a que se llevara a cabo una investigación como es debido. Además, el abuelo de Suzi los sobornó. Les compró una casa en otro condado y les dio dinero suficiente para callarles la boca. Es lo que aceptó la viuda de aquel hombre. Pero dejó hijos. El pequeño apenas conoció a su padre. Con algún estímulo podríamos conseguir que pidiera que se reabriera el caso.

—¿Todo esto es verdad? —preguntó Roy, impactado por el relato de Neil.

—Hasta la última palabra —aseguró el periodista.

—Imaginaos el titular: «Charles Stone mató a un hombre por robar una oveja, y cincuenta años después está dispuesto a impedir el progreso del condado por mantener su negocio de lana». —Evelyn se mostró entusiasmada con el reportaje que se podía escribir sobre aquel asunto.

—Sí, se le puede presentar como un hombre capaz de cualquier cosa con tal de que nada ni nadie afecten a sus intereses, anteponiendo esto a la vida humana y al desarrollo del condado —añadió Neil.

—Bueno, ya tienes con qué negociar con Suzi —sentencié yo.

—¡Pero estáis locos! Si le digo esto nunca me lo perdonará —protestó Roy, asustado.

—En realidad no te va a perdonar hagas lo que hagas. Es la única carta que tienes para salvarte. A Suzi dala por perdida. —Cooper habló sin que pareciera importarle la mueca de rechazo que se estaba formando en los labios de Roy.

—Dile que venga. Seré yo quien le comunique cómo están las cosas. Te dejaré al margen —le prometí.

—No sé. Todo esto es… bueno… inesperado. —Roy estaba bloqueado.

—Sólo tenemos esta carta, Roy, y debemos jugarla. Has querido meterte en un mundo donde uno no se salta ciertas reglas. Es mejor que lo resolvamos nosotros a que tus amigos abogados metan las manos en todo esto. Sería peor para Suzi.

Evelyn no esperó a que Roy reaccionara y ella misma fue en busca de Suzi. Antes de que entraran en el despacho de Roy oímos unos gritos.

—¡Si creéis que podéis convencerme, estáis equivocados! Por nada del mundo quiero seguir al lado de Roy.

—Tienes que escucharnos, Suzi. Escucha y luego decides —intentó convencerla Evelyn.

Roy no se atrevía a mirar a su esposa. Permaneció sentado en el sillón mirando al suelo. Estaba hundido. Suzi apenas le miró.

—Así que os habéis reunido en cónclave. Yo que vosotros no

malgastaría saliva para intentar convencerme de que me eche atrás —dijo Suzi con desprecio.

—No se trata de nosotros ni de Roy. Se trata de tu padre. Tú decides si le ahorcas o le salvas —le dije con toda la frialdad y la indiferencia de las que fui capaz.

—¿Mi padre? No te atrevas a meterte con mi padre —dijo colocándose a dos palmos de mi nariz.

—Roy y tú debisteis pensarlo mejor cuando os metisteis en este juego. Una vez dentro no se sale fácilmente. Ya sabes lo que les pasó a aquellos dos buenos hombres, que querían una alcaldía que finalmente fue para Roy. Vuestros amigos Wilson y Doyle...

—No me había movido ni un centímetro. Podía oler su aliento.

—¿Con qué me estás amenazando? —preguntó Suzi, y en sus ojos vi una ráfaga de inquietud.

—Tu padre es un asesino. Fue juzgado por asesinato hace muchos años. La familia de su víctima podría estar interesada en reabrir el caso —dije escupiendo cada palabra.

Suzi me dio un bofetón tan fuerte que me dejó los dedos marcados en la mejilla.

—¡Eres un hijo de puta! ¿Cómo te atreves a insultar a mi padre? ¡Acabaré con todos vosotros, contaré a qué os dedicáis, os hundiré en la mierda! Y a ti el primero, miserable. —Y se volvió para abofetear a Roy.

Él no se movió. Ni siquiera parpadeó cuando la mano de Suzi se estrelló contra su rostro. Roy parecía resignado a aceptar cualquier cosa que viniera de su mujer.

Evelyn se acercó a ella intentando calmarla, pero Suzi la empujó. Parecía una fiera dispuesta a clavar sus garras en cualquiera que osara aproximarse a ella.

—Tendrás que aceptar la verdad. Tu padre es un asesino y eso no lo puedes cambiar. Aunque de ti depende que el caso no se reabra —dije sin ningún miramiento.

Se volvió hacia mí y pensé que iba a darme otra bofetada, pero se contuvo. Esta vez se sentó en el sofá y empezó a llorar mientras nos insultaba.

—¡Miserables! ¡Sois todos unos miserables! —Suzi repitió estas palabras como si de un mantra se tratara.

Hice una seña a Neil, quien con voz pausada volvió a relatar cuanto había averiguado. Incluso fue más allá afirmando que era cuestión de dinero conseguir que el hijo de aquel hombre decidiera reabrir el caso. Suzi tenía la cabeza entre las manos y parecía ajena a cuanto iba contando Neil, pero cuando éste terminó de hablar se irguió, con los ojos arrasados por las lágrimas.

—Roy a cambio de tu padre. Ése es el trato. —Lo dije regodeándome en su desolación.

—Suzi… querida… yo… —Roy no acertaba a decir palabra.

—Roy no tiene nada que ver con esto. Se acaba de enterar lo mismo que tú. Pero ya te lo he dicho. Habéis puesto en marcha fuerzas que no controláis. Querías tomar el té con la reina de Inglaterra. Bueno, esto es parte del precio. No sale gratis pertenecer al *establishment*. —Esta vez era yo quien me había plantado delante de Suzi y, puesto en pie, la miraba mientras ella parecía empequeñecerse sentada frente a Roy.

—¿Qué tengo que hacer? —acertó a decir Suzi entre sollozos.

—Nada. No tienes que hacer nada. Mañana acompañarás a Roy como sueles hacer cuando hay algún acontecimiento importante. Continuaréis viviendo juntos como hasta ahora. No habrá divorcio. Al menos mientras nosotros consideremos que eso perjudica a Roy —respondí.

—Mi padre… Mi padre se morirá si me ve apoyando a esa empresa de gas. No me lo perdonará nunca —aseguró Suzi sin dirigirse a nadie en particular.

—Al menos morirá con cierta honorabilidad —afirmé—. No creo que le gustara que los periódicos le señalasen como un asesino, como un hombre capaz de matar con tal de que nadie le quite una oveja. Eso sí que se lo llevaría a la tumba y, además, entre el desprecio de sus vecinos. Familia rica que compra a una familia pobre para evitar la cárcel a su impetuoso hijo. Una historia muy periodística.

—No quiero vivir con Roy… Ya no puedo… —gimoteó Suzi.

—Pues tendrás que hacerlo. Esta casa es grande, hay habitaciones suficientes. Podéis seguir viviendo bajo el mismo techo. Eso sí, procurad no dar pábulo a los cotilleos de las criadas. ¡Ah!, y tendrás que continuar acompañando a Roy cuantas veces lo estimemos necesario. Se te da muy bien hacer el papel de la esposa entusiasta. —Mis palabras eran una orden.

—Llama a tu abogado, Suzi. Dile que no quieres divorciarte de Roy, que os habíais peleado por una tontería pero que ya habéis hecho las paces —sugirió Evelyn.

—Sí… lo haré —murmuró Suzi.

—Sí, lo harás ahora. Queremos oírte —le ordené—. Comprenderás que no nos fiemos de ti —añadí.

—¿Crees que sería capaz de destrozar la vida de mi padre y permitir que alguien le presente como un asesino? —Suzi habló con rabia y desesperación.

—Si no te importaba el daño que ibas a hacer a tus hijos presentando a Roy como un miserable, no tengo por qué creer que te importe más tu padre. Tendrás que demostrarlo. No eres de fiar. Y hay más cosas, Suzi. Otros asuntos que podrían destrozar a tu familia, a ti misma. Guardamos más de una bala en la recámara. —Me tiré ese farol sabiendo que en ese momento ya se había rendido.

—Me das asco, Thomas.

—Bueno, yo tampoco tengo demasiada buena opinión de ti ni de tu familia. Eso sí, en la mía no hay ningún asesino. En eso te llevo ventaja.

—¡Basta, déjala ya! —Roy me miró dispuesto a golpearme.

—Las cosas van así, Roy. Llama, Suzi. Quiero escuchar cómo hablas con tu abogado.

Lo hizo. Interpretó a la perfección el papel de esposa contrita. Cuando colgó el teléfono se puso en pie.

—Si no os importa, tengo cosas que hacer. Cumpliré mi parte.

Salió del despacho de Roy con toda la dignidad que fue capaz de encontrar dentro de sí misma. Pero estaba vencida y ella lo sabía. Roy la miró con tristeza. Me sorprendía que a pesar de todo siguiera queriéndola.

—Asunto resuelto —dije yo—. Ahora podemos ponernos a trabajar en lo importante.

—Ya hemos preparado mi intervención de mañana —protestó Roy.

—Sí, pero hay más asuntos de los que debemos hablar.

Roy aceptó disciplinadamente. Al fin y al cabo, él también se sentía aliviado, por más que le doliera que su relación con Suzi estuviera a punto de irse a pique para siempre. Ella no le iba a perdonar el chantaje que le habíamos hecho sin que él rechistara.

Aquella noche dormí mal. Me desperté de madrugada envuelto en sudor. ¿Mala conciencia? No lo creo. Nunca he permitido que mi conciencia aflorara, y presionar a Suzi no me había supuesto ningún problema moral.

Pero el paso de los años no ha difuminado la sensación de que, pese a que no hay en mí una brizna de arrepentimiento, yo podría haber hecho las cosas de manera diferente. ¿Qué habría pasado si yo hubiera actuado de otro modo?

Cuando Neil apareció con Evelyn y explicaron cómo habían averiguado que el padre de Suzi cargaba con un muerto a su espalda, quizá yo podría haberme negado a presionarla con eso:

—*No, Neil, de ninguna de las maneras utilizaremos eso. Sería una canallada. El padre de Suzi está en el hospital reponiéndose de un infarto... El viejo se morirá si sacamos el escándalo. Es agua pasada, en aquella época era un crío. Además, si intentamos chantajear a Suzi, su matrimonio con Roy estará definitivamente condenado. Habrá que buscar otra cosa. A ver, chicos, poneos a pensar.*

Pero no dije nada de esto. Ni por un momento dudé de que teníamos que chantajear a Suzi, que el pasado de su padre era nuestra mejor carta. Si no la hubiese utilizado quizá podría haber salvado el matrimonio de Roy. Pero eso me importaba poco. Sentía por Suzi y por Roy algo parecido al afecto, pero no el suficiente para no hacer lo que se esperaba de mí.

Sí, si yo hubiera actuado de manera diferente, posiblemente la empresa de gas no habría podido instalarse en el condado y puede que Suzi hubiera terminado perdonando a Roy. Pero no lo hice. Al contrario. Cuando regresamos a Londres invité a una buena cena a Evelyn y a Cooper. Neil no quiso unirse a nosotros. Aunque él se envilecía aceptando mis encargos, me consideraba un canalla, así que sólo se sentaba a mi mesa por motivos de trabajo.

Tres días después, Bernard Schmidt me llamó por teléfono. Su tono de voz era ligeramente más amable del que solía emplear conmigo.

—Bien; a pesar de todo, ha sido capaz de resolver el asunto del gas. Nuestros clientes parecen aliviados.

—No ha sido fácil.

—Desde luego que no. Por eso nuestros servicios son caros. Pero no le llamo para regalarle el ego. Tenemos un asunto en España y hemos pensado que podría llevarlo usted.

—Creía que sólo trabajaba para Roy Parker —repliqué con desconfianza.

—Habrá excepciones.

—¿De qué va? —pregunté sin demasiado entusiasmo.

—Petróleo.

—Vaya…

—Parece que hay una bolsa importante de petróleo en el sur, en una zona turística. Cerca de un parque natural, Doñana. ¿Ha oído hablar de él?

—Ni idea.

—Pues póngase al día. No va a ser fácil convencer ni a las autoridades ni a la opinión pública de que el parque no va a sufrir ningún daño ecológico. Nuestro cliente no invertirá si no tiene plenas garantías de que va a poder actuar como crea conveniente para sus intereses.

—¿Una empresa española?

—Una empresa norteamericana que para esas prospecciones se aliaría con una empresa española, no porque lo necesite, simplemente para ahorrar trámites. Los españoles son difíciles. Es mejor que sea una empresa española la que dé la cara y lleve la voz cantante ante la administración.

—¿Y nosotros qué tenemos que hacer?

—Ablandar a la opinión pública. A eso nos dedicamos. ¿O no se había dado cuenta?

—¿Cuándo me dará los detalles?

—Su jefe, Leopold Lerman, se los dará. Se los hice llegar mientras usted estaba en el condado de Derbyshire. Póngase a trabajar. Y vaya reservando billete para Madrid.

Lerman se presentó dos minutos después en mi despacho con una carpeta voluminosa. No me dio ningún detalle.

—Estúdiese los papeles —me ordenó.

No podía dejar de preguntarme por qué Lerman y Schmidt me habían elegido para ese trabajo. Yo no era uno de los suyos, o al menos así lo sentía yo.

Pasé el resto del día leyendo aquellos papeles. Le pedí a Cooper, nuestro hacker, que también los leyera. Cada vez me apoyaba más en él. El chico era tan listo como estrafalario, o quizá raro, tanto como lo son los hackers, pero se podía confiar en él.

Le pedí que me hiciera un plan que discutiríamos al día siguiente ya con Evelyn Robinson. La chica había resultado ser un buen fichaje. No andaba sobrada de escrúpulos, de manera que era perfecta para trabajar en una empresa que se dedicaba, en palabras de Schmidt, a «ablandar» a la opinión pública con los métodos que fueran necesarios.

Me seguía sintiendo solo. Londres era sólo una oficina, un lugar de trabajo. Nunca he logrado disfrutar de la ciudad y menos aún entonces. Mi vida se reducía al trabajo y la casa de madame Agnès. Me preguntaba cómo era posible haberme aficionado tanto a las putas. Sentía añoranza de Esther aunque sabía que difícilmente daríamos un paso atrás. Aun así, la llamé sin importarme la hora y lo que pudiera estar haciendo en aquel momento. Lo más probable es que estuviera trabajando. Cuando escuchó mi voz pareció alegrarse. Enseguida se interesó por mis asuntos. Me explayé contándole lo que había llevado a cabo.

—Menudo sinvergüenza estás hecho —afirmó, pero en su voz no había reproche alguno. Era sólo la constatación de la realidad.

—¿Te casarás conmigo? —le pregunté sabiendo que no se esperaba que volviera a pedírselo.

—¡Uf! Estuvimos muy cerca de hacerlo, pero creo que acertamos rompiendo el compromiso. No habría salido bien.

—No estoy de acuerdo.

—En el fondo sí, sí estás de acuerdo.

—Te echo de menos. ¿Puedes creerme?

—Lo creo, Thomas. Claro que creo que puedes echarme de menos. Allí estás solo, no tienes amigos, ni nadie en quien apoyarte. Tienes que hacer el papel de malo las veinticuatro horas del día y eso es muy cansado, incluso para alguien como tú que en realidad no es precisamente una buena persona.

—Pero estabas dispuesta a casarte conmigo.

—Sí, así es. De buena me he librado. Oye, ¿sabes que el otro día me encontré a tu hermano? Es encantador.

Sentí náuseas. Sí, náuseas. No soportaba que Esther pudiera estar cerca de mi hermano Jaime.

—¿Y dónde os visteis? —pregunté intentando que no notara que estaba afectado.

—En la calle. Yo estaba esperando un taxi delante de la oficina y de repente escuché un claxon y vi a Jaime haciéndome señas desde un coche. Se ofreció a llevarme a casa. Tú hermano es muy caballeroso.

—¿Y nada más?

—¿Cómo que «y nada más»?

—¿Te dejó en casa y ya está?

—Hablamos de lo bien que lo había pasado el día de nuestro compromiso fallido, ya sabes, en casa de tu tía en Newport, y me invitó a volver cuando quisiera. Fue muy amable.

—¿Volverás?

—¿A Newport?

—Sí.

—No lo creo. No tendría sentido. Tú no estás aquí y no me parece bien aceptar la invitación, aunque debo decirte que estuve tentada de decir que sí. Tu padre y tu tía son estupendos, lo mismo que Jaime. ¡Ah! Hemos quedado para jugar al tenis un día de éstos. Yo no tengo demasiadas oportunidades de hacerlo y tu hermano me ha invitado. A eso no me he podido resistir.

—O sea, que ahora ligas con mi hermano —dije con rabia.

Esther se quedó callada unos segundos. La imaginé mordiéndose el labio inferior mientras encontraba las palabras para responderme.

—Podría hacerlo, Thomas. No te debo nada. Pero ni Jaime ni yo nos lo permitiríamos. Tu hermano tiene un gran sentido del honor y no haría nada que pudiera ofenderte. Yo soy agua pasada para ti, pero aun así él no se permitiría a sí mismo intentar nada conmigo. Deberías conocerle mejor.

—¡Mi perfecto hermano! —exclamé con ira.

—Mira, tienes razón, es un tipo estupendo. Educado, inteligente, caballeroso y guapo. Lo tiene todo. —Esther habló enfadada.

—¿Y para cuándo es la boda? —Yo seguí intentando fastidiarla.

—Eres un cretino, Thomas. No te mereces la lealtad de Jaime, ni la mía.

Me colgó el teléfono. Volví a marcar su número pero no me respondió. Di una patada al sofá y grité porque casi me rompo un dedo. Estaba celoso, mucho. No soportaba pensar que Jaime y Esther... Pero al mismo tiempo me daba cuenta de que mi hermano sería mucho más capaz que yo de apreciar los valores de Esther. Sí, merecían estar el uno con el otro. No conocía a nadie mejor que ellos a excepción de John, y sólo reconocerlo me producía tanta ira que me cortaba la respiración.

Me emborraché. Me bebí una botella de whisky sin nada en el estómago. A la mañana siguiente la asistenta me encontró tirado en el suelo. No se sorprendió. Ya no se sorprendía.

No logré ponerme en pie hasta por la tarde. Me pasé buena parte de la mañana vomitando y la cabeza me dolía con tanta intensidad que pensé que me iba a estallar. Pero hice un esfuerzo y fui a la oficina. Jim Cooper me presentó un plan detallado de lo que podíamos hacer en España. No estaba mal, pero le faltaba mala leche. Decidí enviarlos a él y a Evelyn para que fueran estudiando el terreno mientras yo iba a Nueva York. No podía soportar la idea de que Jaime y Esther fueran ni siquiera amigos.

6

John se alegró de verme, como siempre. Hizo ademán de darme un abrazo, pero le corté el gesto tendiéndole la mano. Se resignó.

Acababa de llegar del despacho. Se disponía a almorzar solo y me invitó a acompañarle. Acepté. Necesitaba que me contara lo que sabía sobre la amistad reciente de Jaime y Esther. Así que me di una ducha rápida y me dirigí al comedor, donde María aguardaba impaciente con la sopera. Me miró con frialdad. Yo también a ella. María ya tenía muchos años, pero parecía no haber olvidado mis hazañas infantiles. No nos caíamos bien. Quizá ella me conocía mucho mejor que el resto de la familia. Además, no me perdonaba la manera en que yo me había comportado con mi madre. María la quería sinceramente. En realidad, María pensaba de mí lo mismo que Roy, que soy un canalla.

John no me dijo nada sobre Jaime y Esther, lo cierto es que ignoraba que se hubieran visto.

—Hiciste mal en romper con esa chica. Vale mucho y parecía quererte de verdad. A lo mejor podrías intentarlo de nuevo.

—Sí, podría ser, salvo que tu hijo Jaime se está entrometiendo —le solté dejándole desconcertado.

—¿Jaime? No sé de qué hablas…

—Se hizo el encontradizo con Esther y la ha invitado a jugar al tenis e ir a Newport.

Se quedó en silencio. Parecía estar procesando mis palabras.

María nos observaba a ambos mientras servía el asado. Pude ver cómo su mirada estaba cargada de animadversión. Le dolía que yo no tratara con más afecto a John, que al fin y al cabo era el único padre que había tenido. María apretó los labios y me sirvió una porción muy pequeña de carne. Era su manera de castigarme.

—No creo que tu hermano se haya hecho el encontradizo. No es propio de Jaime. Pero… Bueno, tú no deberías haberte marchado. Esa chica no te va a guardar ausencias el resto de su vida. Vale mucho, ya te lo he dicho, y más pronto que tarde conocerá a alguien que la valore y se case con ella. Si la quieres aún estás a tiempo de intentarlo, pero si no lo haces no te entrometas en su vida… Ni en la de nadie. —John me sostuvo la mirada y en sus ojos se reflejaba el pesar que sentía.

—O sea, que te parece bien que tu hijo Jaime me levante a la chica —respondí con rabia.

—Tu hermano Jaime es incapaz de ninguna doblez. Si ha dicho que se ha encontrado por casualidad a Esther así habrá sido. No creo que haya nada malo en ser amable con ella, en invitarla a casa de tu tía o a jugar un partido de tenis. Esther y Jaime simpatizaron cuando se conocieron, y simpatizar no significa nada más que eso.

—No hay vuelta atrás, no voy a casarme con ella —aseguré con una convicción que no sentía.

—Entonces ¿de qué te preocupas?

—No me parece leal que Jaime se entrometa en mi vida. Esther pertenece a mi ámbito personal.

—¿Has venido a decirle eso? Has hecho un viaje para nada. Se nota que no conoces a tu hermano. Pero escúchame bien. No te engañes, Esther no te pertenece, puede hacer lo que le venga en gana. Es libre y no te debe nada. Tú te marchaste y la dejaste aquí, recuérdalo. Y no te dejes ofuscar por los celos. Ni Esther ni Jaime se lo merecen.

No sé si mi padre tenía previsto regresar aquella tarde al despacho, pero lo hizo y pensé que era para evitarme. La conversación le había dejado un regusto amargo.

Yo me quedé en la biblioteca pensando en qué hacer. Mi hermano estaba en Harvard y no regresaría hasta el fin de semana. Era miércoles, de manera que tenía que esperar para enfrentarme a él.

Me estaba sirviendo una copa del whisky de mi padre cuando María entró en la biblioteca. Se plantó delante de mí. No era alta ni tampoco gruesa, pero en ese momento parecía haber aumentado de tamaño, tal era la ira que intentaba domeñar al mirarme.

—¿Por qué no le dejas en paz? Tu padre está enfermo. Hace una semana se desmayó en el despacho. Tiene mal el corazón.

—¿Y qué? ¿Eso impide que podamos hablar? —repliqué enfadado por su intromisión.

—¿Hablar? Tú no hablas, Thomas, tú destilas maldad. Haces daño a todos los que te quieren. Lo sorprendente es que, siendo como eres, sean capaces de quererte. Te comportaste con ella como… como…

—¿Como un cerdo? —Supe que se refería a mi madre.

—Sí, así es. La hiciste muy desgraciada y ahora vienes a hacer daño a tu padre. ¿Por qué? Le debes mucho, con todo lo que te quiere. Siempre ha mirado por ti. Ha hecho lo imposible para que fueras feliz. Te lo ha dado todo. A un padre se le debe al menos respeto.

—No es mi padre.

—¿Ah, no? ¿De verdad no es tu padre? Yo creía que tu padre es quien te ha sonado los mocos, te ha velado en noches de fiebre, te ha subido en los hombros, ha jugado contigo al baloncesto, te ha ayudado a hacer los deberes del colegio… Jamás te levantó la mano y debería haberlo hecho. Siempre se mostró cariñoso contigo, disculpando tus faltas, encontrando una explicación a tu ira. No te atrevas a decir que el señor Spencer no es tu padre, porque tienes suerte de que él se haya comportado contigo como el mejor y más generoso de los padres dándote todo su amor.

—¿Desde cuándo has cambiado de profesión? ¿Has dejado

de ser la criada y ahora te dedicas a la mediación familiar? ¡No te entrometas en nuestras vidas, no eres nadie para hacerlo! Y no te atrevas a volver a recriminarme nada o te juro que haré que el estupendo señor Spencer te despida.

—¿Sabes, Thomas? No conozco a nadie peor que tú. Eres una mala persona. Y no hace falta que me recuerdes que soy la criada, aunque ni tu madre ni tu padre me han tratado nunca como a una sirvienta; siempre me han hecho sentirme como parte de la familia.

—Pues yo no te considero de mi familia, de manera que no vuelvas a atreverte a echarme una bronca. Abstente de decirme lo que piensas, no me importa. ¡Tú no eres nadie, no eres nada!

María se dio la vuelta y salió de la biblioteca. Creí escuchar un sollozo. Poco me importaba que pudiera llorar. Era una entrometida que por haberme conocido de niño se creía con derecho a hablarme como si fuera mi igual.

Si me hubiera atenido a las normas, si hubiera sentido siquiera una brizna de afecto o de piedad, no debería haber tratado a María como lo hice. Hubiera debido escucharla y asentir. Con eso habría sido suficiente:

—¿De verdad mi padre ha sufrido un ataque al corazón? ¿Y cómo fue? —le habría preguntado.

María se habría extendido en detalles y yo habría tenido que escucharla pacientemente.

—¿Qué ha dicho el doctor? Le habrán puesto un tratamiento… ¿Sabes? Voy a llamar a ese médico. Quiero saber cuál es exactamente el estado de mi padre. ¡Ah!, y no te preocupes, procuraré no darle ningún disgusto. Tienes razón, no se lo merece.

Pero no dije ninguna de estas palabras. Me limité a expresar en voz alta lo mucho que me irritaba su mera presencia. Ella conocía mi verdadero yo. Me había visto crecer, cómo cumplía años y, sobre todo, cómo iba anidando en mí ese odio irresoluble

que sentía por mi madre sin saber por qué; ese malestar por no
encontrar mi lugar en el mundo.

Sí, debería haber aparentado que la escuchaba y encajar sus reproches apretando los labios aunque sólo hubiera sido por su edad. Pero no habría sido yo de haber actuado así.

Telefoneé a Jaime. No respondió a mi llamada. Me extrañó porque dudaba que a esa hora estuviera en clase, aunque tampoco lo sabía, desconocía si se encontraría en la universidad o en el despacho. Pensé con envidia que mi hermano estaba a punto de terminar su doctorado. En un par de meses comenzaría a trabajar en el bufete que era de John y antes del abuelo James. No podía dejar de pensar en James Spencer como en el abuelo James por más que me empeñara en desterrar esa idea hasta de mi mente. Sabía que sólo tenía unos abuelos conocidos y auténticos, los padres de mi madre, Ramón y Stella, y como familiar directo, también el tío Oswaldo, aquel hombre simplón del que me avergonzaba. Por eso rehuía a mis abuelos maternos. La abuela Stella se complacía en decir que yo era clavado a Oswaldo. «Mírale, es igual que su tío, los mismos ojos, las mismas manos…», solía repetir mi abuela a mi madre cuando venía a visitarnos. Yo salía corriendo, no quería escucharla. Que me encontrara parecido con mi tío Oswaldo era como si me insultara. Pero mi abuela Stella era una mujer simple que no alcanzaba a comprender mi rechazo. «Este niño es muy arisco. Lo mimas demasiado y lo estás echando a perder», solía reprender a mi madre. Y ella asentía nerviosa, consciente de la rabia que me inundaba y temerosa de que hiciera algo indebido que reafirmara la sentencia de mi abuela.

No había vuelto a ver a mis abuelos maternos desde el día en que enterramos a mi madre. De vez en cuando me llamaban, pero yo no respondía. Cuando veía su número reflejarse en la pantalla del teléfono simplemente cortaba la llamada. No tenía nada que decirles y nada de lo que pudieran decirme me interesaba. Eran agua pasada. Personas a las que nunca me había sentido ligado, a las que no quería. No diré que me pesa. No sería verdad. Ahora que mis abuelos están muertos y que el tío Oswaldo se va marchitando en una residencia de ancianos con la cabeza perdida, tampoco me arrepiento. ¿Qué tenía yo que ver con ellos? No los había elegido.

Pero vuelvo a aquel día en Nueva York en que me sentía, una vez más, furioso con el mundo y conmigo mismo. Puesto que no podía hablar con Jaime decidí llamar a Esther, aunque lo pensé mejor y opté por ir a buscarla.

A esa hora estaría a punto de salir de la agencia de publicidad donde trabajaba. Pedí un taxi y llegué justo en el momento en que ella salía del edificio donde estaba situada la agencia.

No pareció sorprendida al verme. Pero ni siquiera hizo ademán de darme un beso y aceptó el mío con desgana.

—Tenía ganas de verte —dije mientras la tomaba del brazo para acompasar mis pasos a los suyos.

—Sabía que vendrías —me dijo malhumorada.

—Pero no te alegras de verme.

—Hay momentos en que me cansas. Todo lo que se refiere a ti siempre es complicado. Ni siquiera eres un amigo grato.

—No quiero ser tu amigo. Quiero casarme contigo, he venido a pedirte que nos casemos.

—Me hubiera gustado, pero ya no me parece buena idea. En realidad creo que fue un acierto que te fueras y no siguiéramos adelante con la boda; habría sido un fracaso.

—Te equivocas. Yo te quiero y tú me quieres desde antes de que yo te quisiera. No he hecho las cosas bien contigo, pero estoy aquí para arreglarlo. Eres la única mujer con la que puedo vivir.

—Sí, eso no lo dudo. Pero no estás enamorado de mí. Te fías de mí y eso para ti es más importante que el amor.

—No te entiendo...

—Sí, sí que me entiendes y sabes que tengo razón. Yo no te juzgo. Desde el día en que nos conocimos te acepté tal como eres. Conmigo nunca has tenido que fingir, hacerte pasar por lo que no eres. Por eso quieres vivir conmigo, porque sabes que puedes decirme cualquier cosa sin que yo me escandalice; también que siempre te aconsejaré bien, que procuraré ayudarte. Pero el amor, ya te lo dije en una ocasión, es otra cosa. Pensé que podías llegar a sentirlo por mí, pero en realidad no eres capaz de querer a nadie, ni siquiera a ti mismo.

—Te quiero, Esther. Te juro que te quiero.

—No, aunque puede que te lo creas. En realidad necesitas a alguien que te sea incondicional. Alguien que no te reproche que seas como eres, alguien en quien puedas confiar, decirle sin reservas lo que haces, lo que piensas. Y crees que hasta ahora la única persona que conoces capaz de no traicionarte soy yo. Te equivocas. Tu padre y tu hermano tampoco lo harían, ni tu tía Emma, ni tus abuelos, los Spencer. Y aunque no los conozco, tampoco los padres de tu madre. En realidad hay mucha gente que te quiere. El problema es que tú no los quieres a ellos y por eso te sientes solo.

—De acuerdo, sólo te quiero a ti.

—No, a mí tampoco me quieres. Ya te lo he dicho, te fías de mí, y eso para ti es más fuerte y te es más útil que el amor.

Caminábamos deprisa a ninguna parte. Esther hablaba con cierta agitación y cada una de sus palabras daba en la diana. Tenía razón. Todo lo que decía era cierto. Por eso la necesitaba a mi lado. Por eso había ido a buscarla a Nueva York y estaba dispuesto a cualquier cosa con tal de que aceptara casarse conmigo, acompañarme. Con ella dejaría de estar solo.

Guardamos silencio un buen rato. Me confortaba sentirla cerca. Su sola presencia me tranquilizaba, me daba fuerzas. Con ella a mi lado me sentía capaz de todo.

—¿Dónde quieres ir a cenar? —le pregunté, seguro de que dejaría cualquier cosa que tuviera que hacer por estar conmigo. Acerté.

—Tengo que llamar a mi madre, le dije que esta noche echaría una mano en el restaurante. Tenían todas las mesas reservadas por un cumpleaños.

Le apreté el brazo, agradecido, y después me paré y le di un beso que esta vez no rechazó.

—Anda, déjalo. Podemos ir a cualquier restaurante chino.

—Prefiero ir a un buen restaurante, la ocasión lo merece. Tenemos que celebrar que volvemos a encontrarnos.

—No vamos a celebrar nada. Además, no voy vestida adecuadamente y tú tampoco. Acabo de salir de trabajar, y llevaba metida en la oficina desde las ocho de la mañana. Mira qué aspecto tengo.

—Estás fantástica —le dije sinceramente.

Esther había aprendido a vestirse bien. Con estilo. No llevaba ropa cara porque no se la podía permitir, pero combinaba bien las cosas, y daba el pego. Me pareció incluso que estaba atractiva con aquellos vaqueros negros, las botas de tacones infinitos y una chaqueta larga, desestructurada, que lo mismo podía haber comprado en una tienda de moda que en un mercadillo. En todo caso, le daba un aspecto parisino.

Me guió hasta un restaurante francés en TriBeCa. Yo no lo conocía, pero al parecer estaba de moda. Allí se reunían muchos publicitarios, artistas, músicos… No había sitio, pero le di una propina desproporcionada al *maître* y después de diez minutos y las protestas de quienes sí habían reservado, nos sentó a una mesa situada en un rincón. No era la mejor, pero al menos cenaríamos. Además, yo sólo quería complacer a Esther, volver a convencerla de que lo mejor para ambos era compartir el presente y el futuro. Pero decidí no hacerme pesado. Sabía que para abrirme paso entre sus recelos debía hacerla reír. Las mujeres se relajan cuando ríen, se confían, y es más fácil llegar al fondo de sus emociones. Así que durante un buen rato le conté mi vida en Londres, pero lo hice en clave cómica, de manera que se riera de mí. Me preguntó por Roy y por Suzi y le expliqué lo sucedido. Dudé en hacerlo, pero lo hice. Ella apreciaba que fuera sincero.

—Os habéis portado como cerdos —me dijo sin mostrar enfado.

—Sí, tienes razón. Pero es que Suzi nos lo puso muy difícil. Estuvo a punto de dar al traste con toda la operación. Me habrían despedido. Aunque ya te he dicho que no fui yo quien encontró esa mierda sobre el pasado de su padre. Bernard Schmidt nos lo sirvió en bandeja. Y Neil es muy bueno tirando de cualquier hilo.

—Pero habéis acabado con el matrimonio. Suzi nunca se lo va a perdonar a Roy. En cuanto pueda, le dejará.

—No puede hacerlo.

—El día en que su padre muera, lo hará. Ya lo verás —sentenció segura.

Siempre me sorprendía su capacidad para analizar la condición humana. Mientras que a mí me preocupaba el momento, ella siempre veía más allá y lo hacía través de los entresijos de las personalidades de la gente.

Cenamos en armonía. Incluso la hice reír contándole los sustos que se llevaba la asistenta cada vez que me encontraba tirado en el suelo y el whisky derramado sobre la moqueta.

—No deberías beber tanto. Para la soledad el remedio no es el alcohol. Deberías hacer amigos.

—No es fácil. Por lo menos no lo es para mí.

—Pídele a Cooper que te incorpore a su grupo de amistades —sugirió.

—Jim Cooper es homosexual y me temo que la mayoría de sus amigos lo son, de manera que no creo que me divirtiera mucho salir de juerga con ellos —alegué en contra de su propuesta.

—Bueno, lo importante es que conozcas gente, tanto da lo que hacen a la hora de acostarse. Seguro que terminas simpatizando con alguno de ellos.

Lo decía en serio. Esther no tenía prejuicios. Ésa era una de las cosas que me gustaban de ella. Repasamos las personas que conocía en Londres y decidió que debía organizar una cena informal en mi apartamento e invitar a alguno de estos conocidos.

—Incluido tu jefe, ese tal Leopold Lerman. Hasta podrías invitar al misterioso señor Schmidt —insistió entusiasmada.

—¡Uf! En Londres las cosas no funcionan así. Los ingleses son muy formales, sobre todo los de cierta clase social.

—Ya, pero tú no te codeas con esa clase social elitista y estirada sino con gente del mundo de la publicidad. Seguro que salen los fines de semana a tomar una copa a alguno de esos pubs que tanto les gustan. ¿Y chicas? ¿No hay ninguna que te interese?

—Ni siquiera me he fijado en las que trabajan en la oficina.

—Pues ya es hora de que lo hagas. —Pareció una maestra reconviniendo a un alumno.

—Hagamos una cosa. Ven conmigo a Londres para ayudarme a preparar esa cena informal.

—No puedo, Thomas. Tengo trabajo, aquí está mi vida.

—Ibas a dejarlo para casarte conmigo y venir a Londres —le recordé.

—Sí, iba a ser así, pero ya no lo es. He vuelto a mi realidad. Ya sabes, la agencia, las clases en el centro de estudios de Paul Hard donde nos conocimos, el restaurante de mi familia… Estoy bien así. No quiero cambiar mi situación.

—Y Jaime, ¿no? Ahora también tienes a Jaime.

—Tu hermano es encantador. Si no hubiera estado a punto de casarme contigo puede que considerara la posibilidad de salir con él. Pero ni él ni yo nos sentiríamos cómodos; siempre estarías en medio de los dos. No lo hemos hablado, no hace falta, los dos lo sabemos. Y aunque pudiéramos sentir cierta atracción no vamos a dejarnos llevar por ella. ¿Satisfecho?

—O sea, que reconoces que te gusta mi hermano. —Tuve ganas de abofetearla.

—Pues sí, me gusta. Pero eso ya lo sabes. Jaime puede gustarle a cualquier chica, incluida yo. Pero existes tú, ya te lo he dicho, de manera que está fuera de lugar pensar en nada que no sea jugar al tenis algún día o compartir una hamburguesa en la calle.

—¡Qué sacrificados!

—Aunque te cueste comprenderlo, hay ciertos códigos de conducta, el de la lealtad es uno de ellos. Jaime sería incapaz de dar un paso en mi dirección más allá de ofrecerme su amistad.

Te quiere mucho y sabe que nunca le perdonarías que me cortejara.

—Así que le tengo que estar agradecido. ¡Es el colmo!

—No, nadie te pide que agradezcas nada. Te estoy describiendo las cosas como son.

—Estoy dispuesto a hacer lo que quieras, pero cásate conmigo. No vuelvas a dejarme.

—Te recuerdo que no fui yo exactamente quien te dejó… Pero en todo caso creo que fue un acierto. Yo quiero una clase de vida que no es por la que tú te has inclinado.

—De acuerdo, haremos la clase de vida que te gusta.

—¿Estás dispuesto a pasar los fines de semana en Newport con tu padre, tu tía, tu hermano, tus abuelos…? ¿A compartir con ellos el almuerzo de Acción de Gracias? ¿A echar una mano fregando platos en el restaurante de mis padres? ¿A tener hijos y educarlos dándoles cariño? No lo creo, Thomas, no lo creo.

—Sabes que John no es mi padre, que ésa no es mi familia. Mi familia de verdad son los padres de mi madre, y su hermano, el horrible tío Oswaldo que conociste en el entierro. Y no los soporto. En cuanto a John y a Jaime… no puedo sentir nada por ellos. Mi vida con los Spencer ha sido un fraude.

—¿Lo ves? Me estás dando la razón. Nuestras realidades son diferentes. Tu padre me parece adorable y tu tía Emma es una gran señora. Me caen bien, muy bien. Para mí son tu familia. Es la que eligió para ti tu madre. Deberías estar contento, porque no pudo hacer una elección mejor. En cuanto a tus otros abuelos… ¡pobrecillos! Tu abuelo Ramón tuvo que abrirse camino en una sociedad clasista y racista como es la nuestra, en la que sólo se respeta al mejor o a quien más dinero es capaz de ganar. Si fuera millonario nadie se preguntaría por su origen… Pero es un emigrante, una persona digna que se ha ganado el derecho de estar aquí con su trabajo. Deberías estar orgulloso de él. Sus manos son las manos de quien ha luchado por un lugar en el mundo.

—¡Menudo discurso! Vamos, Esther, no me tomes el pelo. No me quieras hacer creer que si te prometo ir a visitar a mi familia entonces reconsiderarás la posibilidad de casarte conmigo. Yo te propongo una vida en común. Tú y yo. Nos sobran todos los demás.

—A mí no. Yo quiero a mis padres, a mi hermano, a mis sobrinos... Y podría haber llegado a querer a los tuyos. No discutamos y dejémoslo así. Siempre seré una buena amiga para ti. Podrás llamarme; iré a tu lado si me necesitas, pero nada más. Tú lo has querido así.

—¡Eres rencorosa! No me has perdonado que volviera a Londres. Sabías que estaba pendiente de esa reunión con Schmidt... No podía negarme simplemente porque habíamos planeado pasar el fin de semana en Newport. Si tanto te gusta, compraremos una casa allí.

—Sí, me gusta Newport, pero sobre todo me gusta el ambiente cálido y familiar de la casa de tu tía. Habría disfrutado mucho pasando los fines de semana en su casa contigo y con ellos.

—Parece que los Spencer te gustan más que yo —protesté airado.

—No, Thomas. A ti te quería, creía que te quería. Después de soñar tanto contigo resulta que te fijabas en mí, que incluso querías casarte conmigo. No estaba convencida porque veía que para ti el amor no significaba lo mismo que para mí. Soy una romántica, y mientras a mí se me hacía un nudo en el estómago cada vez que me mirabas, veía que a ti no te sucedía nada. No me quieres, Thomas. Simplemente crees que me necesitas, necesitas de mi lealtad, de mi amor por ti, pero en realidad no te emociono. Y sin emoción no hay amor.

—Dame una respuesta. ¿Me quieres o no?

—Esa pregunta no la voy a responder.

No supe convencerla de que lo que sentía por ella era más fuerte que cualquier otra emoción que como tal sería pasajera. Tampoco terminaba de entender cómo una mujer tan inteligente y racional tenía esa vena romántica, infantil.

Le aseguré que no me iría de Nueva York sin ella y que si era necesario me quedaría para siempre. Se rió de mí. Me conocía demasiado bien. Sabía que en cuanto sonara mi móvil y me reclamaran en Londres, me iría derecho al aeropuerto.

En Nueva York dar con un taxi a veces es la peor de las aventuras, así que caminamos un buen rato antes de encontrar uno para acompañarla a su casa.

Decidí volver a intentar recuperar a Esther. De manera que a primera hora del día siguiente llamé a Maggie, mi eficaz secretaria, para decirle que iba a quedarme unos cuantos días en Nueva York por cuestiones familiares. Podía llamarme o remitirme los correos. También hablé con Jim Cooper y con Evelyn Robinson, que ya estaban en España haciendo el trabajo de campo. Incluso con mi jefe Leopold Lerman, al que imaginé torciendo el gesto cuando le dije que estaba en Nueva York y que no regresaría antes de ocho o diez días.

Lerman me reprochó que me hubiera ido sin dar explicaciones, recordándome que había trabajo pendiente y que era yo quien debía estar en España, no Cooper ni Evelyn. No me molesté en discutir con él. Las cosas estaban así y le advertí que no perdiera el tiempo llamando a Bernard Schmidt para que me llamara a su vez. Estaba resuelto a hacer lo que quería hacer. Y en aquel momento había decidido que no me movería de Nueva York, al menos hasta que Esther aceptara regresar conmigo a Londres, y ésa no iba a ser una tarea precisamente fácil.

Desayuné con John. El día anterior no había prestado atención a su palidez, a las ojeras, a sus gestos cansados. Ninguno de los dos nos referimos a la conversación que habíamos tenido. John era demasiado educado y me quería tanto que por nada del mundo introduciría un tema de conversación que pudiera alterar el difícil equilibrio que manteníamos en nuestra relación. A él le costaba aceptar que le llamara por su nombre y no pronunciara la palabra «papá». Le dolía ese trato frío que le dispensaba, como si fuera un castigo por no ser mi padre de verdad.

Se sorprendió cuando le pedí que telefoneara a su hermana Emma para que nos invitara a pasar el fin de semana con ella en Newport.

—¿Quieres ir a Newport? No hace falta que se lo pida yo. Llama a tu tía, estará feliz de que vayas.

—No quiero ir solo. Me gustaría que también fuerais Jaime y tú. Yo iría con Esther.

—Ya.

—A ella le gustó la casa de tía Emma. Se quedó con ganas de disfrutar de todo el fin de semana —expliqué de mala gana.

—¿Quieres dar marcha atrás?

—¿A qué te refieres? —pregunté, listo para enfadarme.

—Supongo que quieres volver al día en que te la llevaste de allí deprisa y corriendo porque te llamaron para que regresaras a Londres. ¿Estás seguro de que es lo que ella quiere?

—¿Por qué no te metes en tus asuntos? Sólo te he pedido que organices el fin de semana en Newport. ¿Acaso te cuesta tanto hacerlo? —Mi voz denotó tal irritación que John encajó mis palabras con un rictus de amargura.

—Claro que lo haré, si es lo que quieres —dijo mientras se levantaba de la mesa, y con una inclinación de cabeza a modo de despedida, salió del comedor.

María me miraba con odio. Tenía la cafetera en la mano dispuesta a servirme una taza de café, pero dudó. Leí en su mirada el deseo de tirarme el café por la cabeza o de darme un bofetón. Noté su respiración agitada. Pero era incapaz de callarse cuando se trataba de defender a los Spencer.

—¿Te has propuesto matarle? Te he dicho que ha sufrido un infarto. ¿Es que no ves cómo está? ¿Cómo es posible que no te apiades de él?

—Métete en tus cosas y déjame en paz. No eres nadie para decirme lo que debo o no debo hacer.

—Pobre señora, qué mala suerte tener un hijo como tú… Eres una desgracia para todos los que te conocen —dijo mientras dejaba la cafetera sobre el aparador y salía del comedor dando un portazo.

Esther se negó a ir a Newport y me enfadé con ella. Pensaba que le haría ilusión, que comprendería que mi intención era retomar las cosas donde las habíamos dejado, que ese viaje sería como una nueva declaración de amor.

Discutimos. Le reproché que no valorara mi gesto y la volví a acusar de estar intentando conquistar a Jaime. Me colgó el teléfono.

Descargué mi malhumor con John cuando por la noche me anunció que Emma estaba encantada de que fuéramos a pasar el fin de semana.

—Pues ya puedes volver a llamarla, porque lo que es yo no pienso ir.

No le di más explicaciones. Tampoco él me las pidió. No hacía falta. Era evidente que la causa era Esther. Ni siquiera me propuso que cenáramos juntos. Dijo que estaba cansado y que se retiraba a dormir. María le llevaría a la habitación un vaso de leche.

No le respondí. Estábamos en el salón y yo tenía encendida la televisión e hice como si estuviera ensimismado con las noticias. Antes de salir del salón pareció dudar si decirme algo, de hecho lo intentó.

—Siento mucho que las cosas no sean como tú deseas. Daría cualquier cosa por que fueras feliz… —murmuró.

Yo me quedé un buen rato frente a la pantalla del televisor sin pensar siquiera en qué hacer. Esther me había vuelto a colgar el teléfono y me daba cuenta de que tampoco tenía amigos en Nueva York. En realidad, no tenía amigos en ninguna parte. No podía llamar a nadie para quedar a tomar una copa. Los cuatro años que pasé en el centro de Paul Hard estudiando publicidad me había mantenido al margen del resto de los alumnos. Sólo había simpatizado con Esther, y eso porque Lisa había decidido que podíamos utilizarla en nuestro beneficio. De hecho, en aquellos años Lisa había sido todo mi mundo.

Sentí una punzada de inquietud. ¿Era el único ser sobre la Tierra que carecía de amigos? ¿Por qué nadie me invitaba a compartir una cena, o a pasar un fin de semana? La gente común hace amistades en su lugar de trabajo. Todos, sí, menos yo. Nadie parecía querer contar conmigo.

La toma de conciencia de esa realidad fue como una patada en el estómago. Estaba solo. Absolutamente solo. Las dos únicas personas que me habían acompañado un trecho del camino habían sido Lisa y Esther. A Lisa la había perdido sin preocuparme. Ni siquiera sentí compasión cuando vi cómo se iba degradando por las drogas. La dejé hacer. Ahora me daba cuenta de que a mi manera la había querido. No como creía querer a Esther, pero con Lisa no me había sentido solo. Había llenado una parte de mi vida.

En cuanto a Esther, era consciente de que la quería a mi lado de forma egoísta. Ella tenía razón; más que amor, era la seguridad de saber que podía contar con su incondicionalidad. No era mujer de reproches.

Me sentía impotente por no poder convencerla de que diera una nueva oportunidad a nuestra relación. Fui un estúpido al regresar a Londres sin darme cuenta de que si de verdad quería tenerla a mi lado tenía que afianzar la relación con la boda. Pero me pudo la impaciencia y la curiosidad por conocer a Bernard Schmidt. Bien, ya le conocía, pero por el camino había perdido a Esther.

Ahora estaba en un callejón sin salida, sin saber qué hacer, cómo vencer su resistencia.

El móvil me sacó de mi ensimismamiento. Era Evelyn.

—Hola, jefe, ¿continúas en Nueva York?

—Sí, por ahora sí.

—Te hago un resumen de la situación. El gobierno español es partidario de que la empresa que representamos lleve a cabo la prospección petrolífera. Les interesa aumentar su recaudación de impuestos y bajar la tasa de paro, y si de repente descubren que tienen petróleo no le van a hacer ascos por más que puedan morir unos cuantos peces. El problema está donde siempre, en la gente del lugar. Las organizaciones ecologistas se han movilizado. Los pueblos de la costa están empapelados con carteles pidiendo la defensa del ecosistema. Claro que también hay gente a favor de la prospección, piensan que si hay petróleo en algo les beneficiará. Pero no será fácil hacer una campaña a favor del petróleo, sobre todo porque las prospecciones las pagará el gobierno español, o sea, los contribuyentes. Ya sabes, los ricos nunca pierden.

—No me sueltes discursos, Evelyn. Nos han encargado que hagamos un trabajo y lo que me tienes que decir es si es posible o no —repliqué malhumorado.

—Lo haremos. Pero necesitamos información de primera mano; de lo contrario, perderíamos mucho tiempo. Yo no soy experta en política española. Tenemos que saber quién es quién y quién está con quién antes de ponernos en acción.

—Lee los periódicos —respondí con suficiencia.

Durante unos segundos Evelyn se quedó en silencio. Supongo que estaba decidiendo si colgarme y regresar a Londres mandándome al diablo o si le compensaba más seguir cobrando dos mil libras al mes más gastos aparte. Optó por lo segundo.

—No sé si estás de malhumor o tienes problemas, pero si lo piensas verás que tengo razón. Llámame cuando puedas. Nosotros seguiremos trabajando, recabaremos toda la información que podamos, pero necesitamos que alguien de aquí nos desbroce la realidad de la situación. Creo que tenemos que buscar una agencia española y trabajar junto a ella en este asunto. También deberíamos llamar a Neil; quizá él tenga algún colega español que nos pueda dar unas cuantas clases sobre política española durante un par de cenas.

—Llama a Neil. Os pago demasiado bien para que no seáis capaces vosotros solitos de afrontar el trabajo.

Colgué el teléfono. No estaba de humor para dedicar ni un segundo a unos ecologistas españoles que se negaban a que se hicieran prospecciones de petróleo en sus costas.

Volví a pensar en mí. En mi soledad. Sentí una oleada de rabia. Estaba en Nueva York, aquélla era mi ciudad, y no podía llamar a nadie para salir a tomar una copa porque en realidad no tenía ni amigos ni conocidos. Tenía que preguntarme por qué, analizar por qué estaba solo. Pero nunca he sido dado a reprocharme nada a mí mismo. Si quería ser sincero, no engañarme, debía reconocer que el fallo estaba en mi personalidad puesto que el resto de la gente parecía no tener ningún problema para relacionarse.

Volví a marcar el número de Esther. Necesitaba hablar con ella, que me explicara lo que yo ya sabía pero no quería admitir. Respondió, pero en su voz noté desgana. No tenía interés en hablar conmigo. La cansaba.

—¿Qué falla en mí? Dime la verdad. Necesito que me digas por qué estoy solo, por qué no tengo amigos. Quiero saber por qué, si hace un mes decías quererme, ya no me quieres. ¿Es sólo culpa mía?

Su respuesta fue rápida y rotunda. Tanto que me sobresaltó.

—Sí. Tú eres tu mayor problema. Pero no tienes solución —sentenció con frialdad.

—¿Y los demás? ¿Sólo yo soy culpable?

—Sí. Los demás te ven como eres. Y no eres de fiar. Venderías a tu madre. No denotas ninguna emoción, no haces ningún gesto que se pueda interpretar como que tienes sentimientos. Produces rechazo, Thomas. Quienes están contigo lo están por trabajo, porque no tienen una opción mejor, pero no te quieren porque saben que tú jamás los querrás a ellos y que si tienes que sacrificarlos lo harás sin piedad.

—¿Soy una mala persona? ¿Es lo que me estás diciendo?

—No eres una buena persona. Nadie lo sabe mejor que tú.

—Pero a ti te quiero.

—No exactamente, aunque me hubiera gustado que me quisieras. Yo estaba empeñada en quererte y deseaba que me respondieras.

—¿Crees que si no te quisiera querría casarme contigo?

—Sí, porque te interesa. Ya te lo he dicho: estar conmigo te da tranquilidad. No sientes más pasión por mí que la que puedas sentir por alguien a quien conozcas esta noche y te lleves a la cama y cuyo nombre no recordarías mañana. En realidad todo lo que haces, incluso el sexo, lo haces con enorme frialdad, como si no terminaras de disfrutar de nada. ¿Sabes por qué? Pues porque careces de emociones. Por eso no quiero volver contigo.

—¿No me quieres?

—Ya no lo sé, Thomas, ya no lo sé. Pero estoy segura de que lo que entiendo por amor jamás lo tendría contigo y no quiero renunciar a esa experiencia. Tarde o temprano conoceré a alguien... Y respecto a ti, bueno, ya me he hecho a la idea de que contigo no es posible.

—Ni siquiera quieres darme una oportunidad. Déjame demostrarte lo importante que eres para mí.

—Ya sé que soy importante, que me necesitas. Pero yo hablo de amor, Thomas, no de necesidad. Si te sirve, siempre podrás llamarme, contarme tus cosas, pero nada más.

—¡Eres muy obstinada! ¿Por qué te niegas a creerme? Te quiero, Esther. No he querido nunca a nadie. A nadie. Te lo juro.

Escuché su respiración a través del teléfono. Pensé que quizá había logrado conmoverla y aguardé impaciente su respuesta.

—Me quieres, sí, pero no como yo necesito que me quieran. Ése es el problema, Thomas. Tú no puedes dar más y yo necesito mucho más; necesito una clase de amor que tú jamás podrás sentir, un amor que aunque quisieras no me podrías dar. Y yo me sentiría insatisfecha, no dejaría de pensar que me estaría perdiendo algo. No quiero resignarme, Thomas, no todavía. Puede que nunca encuentre lo que busco, lo que creo que debe ser el amor, pero al menos quiero estar preparada por si llega. Si estoy contigo estaría renunciando a esa posibilidad. Pero esta conversación ya la hemos tenido. Déjalo ya.

—Nadie te va a querer como yo. —Lo dije sinceramente, lo sentía así.

—Pero alguien me querrá como yo quiero que me quieran. O eso espero.

—No quiero resignarme, Esther; no puedo quedarme cruzado de brazos dejándote ir. Dime qué puedo hacer, cualquier cosa, lo que sea para demostrarte que puede valer la pena darme una oportunidad. Al menos no me niegues eso, que intente demostrarte que soy capaz de darte lo que esperas. Tal vez no haya sabido expresarte toda la intensidad de cómo te quiero, pero si me lo permites te darás cuenta de que ese amor lleno de emociones puedes encontrarlo conmigo. No creo que haya un hombre que vaya a suplicar tu amor como te lo estoy suplicando yo.

—Por favor… no hables de súplica…

—Esther, déjame intentarlo. Si fracaso, entonces entenderé que me cierres la puerta para siempre. Pero no ahora, no así, no de esta manera. No me pidas que me rinda. Si tengo que perder, que sea en la batalla.

Su silencio me hizo creer que dudaba. Escuché un lejano suspiro a través del teléfono. Estaba nervioso. Sentía algo parecido a la desesperación.

—Ya hablaremos, Thomas, ahora estoy cansada. Hoy he tenido un día difícil. He presentado una campaña de pañales y no estoy segura de que haya gustado a los clientes. Hasta mañana no dirán si la aceptan o no.

—Lo siento. Son unos estúpidos, tú eres la mejor —repliqué, y lo dije sinceramente.

—Gracias, pero ni yo estoy segura de que sea mi mejor campaña —repuso riendo.

—No te molesto más. Te llamaré mañana y, si puedes, almorzamos o cenamos juntos. No quiero agobiarte.

—¿Cuándo regresas a Londres?

—No pienso irme sin ti o sin una respuesta tuya. El trabajo puede esperar. Si lo pierdo, qué le voy a hacer. Volveré a empezar.

—Hasta mañana, Thomas.

Noté que la habían halagado mis últimas palabras, aunque seguramente no me había creído. Pero en aquella ocasión yo era sincero. Aunque mi jefe, Leopold Lerman, o el mismísimo Bernard Schmidt o los impasibles abogados Brian Jones y Edward Brown me llamaran, no pensaba moverme de Nueva York. Esta vez no.

Volví a fijar la mirada en la pantalla de la televisión. Un río se había desbordado en no recuerdo qué lugar de Asia; las hambrunas en África estaban dejando un reguero de muertos; los ministros de Defensa de los países miembros de la OTAN se reunían en Bruselas; el presidente norteamericano estaba de viaje en Oriente Próximo... Lo de siempre. Las noticias se repetían o por lo menos no había ninguna que me importara especialmente.

Me serví un vaso de whisky. No tenía nada mejor que hacer. El alcohol ayudaba a olvidarme de mí mismo y eso era un logro inapreciable.

No sé en qué momento me caí del sillón, pero me desperté de madrugada con el frío agarrotándome los huesos. Se habían apagado los últimos rescoldos de la chimenea. El televisor continuaba encendido. La CNN era como un dragón que en vez de fuego arrojaba una noticia detrás de otra.

Tenía frío pero el cuerpo no me respondía; me costó incorporarme y el dolor de cabeza resultaba insoportable. Sentí una arcada y el sabor del whisky me produjo repugnancia. Como pude, logré sentarme en el suelo mientras acomodaba la vista a la penumbra. El sol pugnaba por salir y convertir el momento en el amanecer.

Me quedé unos minutos sentado en el suelo, con la espalda pegada al sillón que hacía de soporte, porque de lo contrario me habría derrumbado. Me decía a mí mismo que debía ir a mi habitación para acostarme y continuar durmiendo hasta que se me pasaran los efectos del alcohol. Aquella vez me había sentado especialmente mal. Estaba más mareado que de costumbre. Sentía una enorme opresión en el pecho y un remolino en el estómago. Pensé que no me gustaría morirme borracho, tampoco sin ser dueño de mis facultades.

El silencio me resultaba ominoso. John estaría durmiendo, lo mismo que María, aunque ella solía levantarse muy pronto para tener nuestro desayuno listo. ¿Qué hora era? No alcanzaba a ver claras las manecillas del reloj.

Me irritaba pensar que María pudiera encontrarme en aquel estado. No me importaba que mi asistenta de Londres me hubiese encontrado borracho en el suelo en unas cuantas ocasiones, pero no quería ver otra vez el desprecio reflejado en la mirada de María. No me importaba, me decía, lo que ella pudiera pensar, pero no quería dejar ningún flanco al descubierto.

No sé cómo lo logré, creo que tardé una eternidad, pero al final, agarrándome al borde del sillón, pude seguir incorporándome hasta ponerme en pie. Sin saber cómo, me caí de nuevo. Volví a intentarlo aunque con un dolor agudo en las lumbares y en una rodilla que me había golpeado al caer. También se me había torcido la muñeca.

Cuando por fin salí del salón, caminé sujetándome a las paredes. Empezaba a clarear y eso me ayudó a encontrar el camino a mi cuarto. Me tiré sobre la cama y, aunque la habitación me daba vueltas, terminé por quedarme dormido.

Me despertaron los gritos de María. Tardé en comprender lo que decía. Apenas la veía a través de la bruma de la borrachera que aún perduraba.

—¡Tu padre! ¡Tu padre está mal! ¡No puede hablar! ¡Ayúdame! —gritó mientras me sacudía para que me levantara.

No sé cómo lo logré, pero la seguí hasta la habitación de John. Estaba tirado en el suelo del baño, temblaba con los ojos en blanco. María me ayudó a tenderle sobre la cama.

—Hay que llamar a una ambulancia —dije con voz pastosa. Me costaba hablar.

María salió corriendo del cuarto de mi padre y cuando regresó me dijo que ya había llamado al servicio de emergencias del hospital. Yo me había sentado en la cama, mirando a John, sin saber qué hacer ni cómo ayudarle. No terminaba de despejarme, de volver en mí. Aquel maldito whisky me había dejado fuera de juego, y eso que estaba seguro de no haber bebido más que en otras ocasiones.

—Yo me quedo con él, vete a… Por lo menos lávate la cara, apestas —me ordenó María como si yo fuera aún el niño que fui.

Tampoco en aquella circunstancia ocultaba el desprecio que sentía por mí. No le respondí y, haciendo un esfuerzo por mantenerme en pie, salí del cuarto en dirección al mío. Me metí en la ducha tal y como estaba, vestido, y cuando el agua fría empezó a despejarme, me desnudé. Oí los golpes de María en la puerta del baño y salí envolviéndome en un albornoz.

—Está la ambulancia, se lo llevan. Preguntan por ti. Tienes que dar la tarjeta del seguro.

—Ahora mismo voy, que se lo vayan llevando. Yo iré detrás con los papeles. Ve pidiéndome un taxi.

Tuve suerte. Llegué al hospital apenas unos minutos después de que lo hiciese la ambulancia. Mi padre estaba muy grave, me dijeron; había sufrido un ictus. Aún no habían evaluado los daños. El médico que le atendía hablaría conmigo en cuanto pudiera. Cumplimenté todos los formularios que me dieron. Éramos afortunados por tener un seguro cuya cobertura amparaba cualquier enfermedad que pudiéramos padecer.

Marqué el número de Jaime aunque imaginaba que ya lo habría hecho María. Ella confiaba en mi hermano, sobre todo en momentos como aquél. A mí no me consideraba ni capaz ni digno de hacerme cargo de la situación. Desconfiaba de mí, sabía de la aridez de mis afectos por la familia.

Mi hermano respondió de inmediato. Ya estaba de camino. María le había llamado.

—¿Cómo está papá? —quiso saber.

—Aún no lo sé, estoy esperando que el médico que le está atendiendo salga a informarnos. ¿Vienes en tren?

—Voy en el coche, he preferido ponerme de camino de inmediato. Llámame en cuanto sepas algo. Thomas… Me alegro de que estés ahí. Papá nos necesitará.

Colgué el teléfono. No tenía respuesta a lo que me había dicho porque ni por un momento pensaba que yo pudiera serle de ninguna utilidad a John.

Me dolía la cabeza. La resaca aún no se había disipado del todo y no había tenido tiempo de tomar siquiera un café. Pregunté a una enfermera dónde podía encontrar una máquina y me señaló el pasillo.

Después de tomar dos cafés empecé a sentirme mejor, o eso

creí, porque de repente me entraron ganas de vomitar y tuve que encerrarme en el baño. Cuando salí, el doctor me estaba esperando.

—Soy el doctor Patterson. Su padre está grave pero creo que sobrevivirá gracias a que le han traído a tiempo. Los ictus hay que tratarlos en los primeros momentos. Puede que pierda alguna función, aún no lo sabemos. El habla parece afectada y puede que la movilidad del lado izquierdo, pero aún es pronto para saber si estas disfunciones serán irreversibles. Confiamos en que se recupere. Lo sabremos en las próximas horas. Ahora, si quiere, puede entrar unos minutos a verle. Pero será mejor que no le hable demasiado. Está nervioso. Necesita reposo.

—¿Por qué ha tenido un ictus? —pregunté por curiosidad.

El médico se encogió de hombros como si mi pregunta estuviera fuera de lugar.

—Es un accidente cardiovascular. Tensión alta, colesterol alto, un disgusto... Hay muchas causas. Estamos estudiando qué lo ha podido provocar. Cuando lo sepamos se lo diré. Y ahora pase a verle. Cinco minutos, tenemos que seguir trabajando.

Le seguí hasta el cuarto donde le tenían monitorizado. Había otro médico, un hombre de color que me pareció muy joven, y también había un par de enfermeras alrededor de la cama, pendientes de una pantalla donde se iban reflejando las constantes vitales. Escuché al doctor Patterson dar unas cuantas instrucciones a su colega, el médico joven. Luego salió sin decir nada más.

—Puede acercarse —me indicó una de las enfermeras.

Lo hice con cierta aprensión. Nunca me han gustado los enfermos, ni entonces ni ahora. La enfermedad me repele.

John abrió los ojos y me miró con tanta intensidad como si me estuviera hablando a través de ellos. Pero yo no era capaz de interpretar aquella mirada silenciosa.

No le cogí la mano, ni le besé. Permanecí a dos pasos de la cama, lo suficientemente lejos para no verme obligado a tener ningún contacto físico con él. Volvió a cerrar los ojos y en la boca se le dibujó una mueca de dolor.

—Puede hablarle —sugirió la enfermera.

Seguramente pensaba que no me movía ni decía nada porque estaba en estado de shock. La verdad es que no sentía nada. Ni sorpresa ni pena. Ninguna emoción.

—¿Cómo estás? —pregunté ante la mirada expectante de la enfermera.

John volvió a abrir los ojos. Parecía querer hablar. Creo que incluso debió de decir algo, pero su voz no llegaba a convertirse en sonido. La enfermera me empujó suavemente para que me acercara. Supongo que pensaba que yo era tímido o que no me atrevía a hacerlo. Me agaché juntando mi cabeza con la de John y alcancé a escuchar algunas palabras sueltas. «Lo siento… he hecho… quiero que… tienes… tu madre…». Palabras incoherentes que sólo tenían sentido en su cabeza. Me incorporé y permanecí unos segundos más mirándole fijamente, sobre todo para que la enfermera no volviera a decirme lo que debía hacer.

El médico joven fue quien me pidió que me marchara. Molestaba allí.

—Soy el doctor Payne. Es mejor que salga ahora. No quiero que su padre se ponga nervioso intentando hablar. En cuanto esté totalmente estabilizado, le llamaremos de nuevo y podrá acompañarle.

Asentí sin poner ninguna objeción porque no tenía intención de quedarme allí. Tenía el estómago revuelto, las náuseas me subían por la garganta y el dolor de cabeza iba en aumento. Me importaba más yo que lo que le pudiera estar sucediendo a John.

—Quédese fuera, no creo que tardemos mucho —añadió el doctor Payne.

Fui al control de enfermeras y me dirigí a la que me pareció más amable. Una mujer gorda ya entrada en años con aspecto de haberlo visto todo.

—¿Cree que podría darme algo? Tengo el estómago revuelto y la cabeza me va a estallar.

—Es lo que pasa cuando uno bebe demasiado. Vomite, es lo mejor, y beba mucha agua. Le vendrá bien dormir. En realidad, el mejor remedio es que llegue mañana. Ya verá como se encontrará mejor.

La miré con ganas de asesinarla. Pensé que se estaba riendo de mí aunque no se le había movido un músculo. No parecía sentir ninguna conmiseración por mi estado.

No le di las gracias y me alejé del mostrador. Aún eran las diez de la mañana y Jaime tardaría por lo menos dos horas más. Pensé en marcharme. Necesitaba dormir. La enfermera gorda tenía razón. No sé por qué no lo hice. Aún hoy me lo pregunto. Yo ya había descartado a John como padre, me negaba a tratarle como tal, aunque muchas veces no podía remediar pensar en él diciéndome a mí mismo «mi padre» o tampoco me resultaba extraño que los demás se refirieran a él y a mí como padre e hijo.

Necesitaba una aspirina con urgencia y en vista de que allí nadie parecía dispuesto a dármela, decidí telefonear a Esther. Ni se me ocurrió pensar que podía resultar ridículo que lo hiciera con semejante petición.

Le expuse lo que pasaba y escuché un suspiro a través del teléfono. Me parecía que últimamente Esther suspiraba demasiado, pero tampoco me importaba.

—Buscaré una excusa. No creo que tarde mucho en llegar.

Cumplió. Sentí alivio al verla aparecer por el pasillo del hospital, donde aún aguardaba a que los médicos decidieran qué hacían con John. Traía una botella de agua mineral en una mano y en la otra un vaso con lo que resultó ser café. Me los tendió al mismo tiempo.

—Bebe, ahora te doy la aspirina.

—Gracias, nunca me fallas.

—Eso parece. ¿Qué ha pasado?

Esther me escuchó con atención mientras le explicaba en detalle lo sucedido. Parecía sinceramente preocupada.

—¿Has avisado a tu tía Emma? —preguntó.

—No… La verdad es que no se me ha ocurrido.

—Pues llámala, aunque puede que Jaime ya lo haya hecho, o incluso María.

En ese momento vi al doctor Payne dirigirse hacia nosotros.

—Su padre está siendo trasladado a la unidad de cuidados intensivos. Necesita estar vigilado al menos durante unos días más.

—Pero ¿por qué no le trasladan a una habitación? —protesté.

—No es conveniente hacerlo por ahora. Podía repetirse el ictus y, en ese caso, habría que actuar de inmediato. Es por su seguridad, estará mejor —respondió el doctor Payne al tiempo que observaba su reloj.

—¿Y qué hacemos? —pregunté desconcertado.

—Haga lo que quiera. Allí hay una sala donde pueden esperar, o si se va, déjenos un número al que llamarle por si sucede algo.

El doctor Payne parecía impaciente por escuchar de mí una respuesta porque volvió a mirar el reloj. Fue Esther la que decidió por mí.

—Nos quedaremos aquí —dijo—. Enseguida llegará el resto de la familia, y si en algún momento cree que alguno de ellos puede pasar a la UCI… —sugirió.

—Bueno, quizá dentro de un rato. Ahora no.

Esther me tomó de la mano invitándome a seguirla a la sala de espera. Había cogido las riendas y yo estaba encantado de que así fuera. Me reafirmaba en mi decisión de que la necesitaba. Siempre sabía qué era lo más conveniente en cada momento.

Nos sentamos el uno junto al otro. Yo terminé de beber el café y aguardé impaciente a que la aspirina hiciera su efecto.

—Llama a tu tía; luego cierra los ojos y descansa. El día va a ser largo. Tienes muy mal aspecto, ¿sabes? Eres demasiado joven para beber como un desesperado. En realidad no tienes motivos para hacerlo. Deberías ser capaz de quedarte solo contigo mismo en vez de huir de ti a través del alcohol. Si tú no te soportas, los demás tampoco lo harán —sentenció.

—¿Vas a echarme un discurso? No tengo la cabeza para broncas —me quejé.

—No, no voy a echarte ninguna bronca, sólo que cuando

449

encuentres un momento, piensa en cómo te comportas. Resulta patético que a tu edad estés convirtiéndote en un borracho.

—Llamaré a la tía Emma —dije para no pelearme con ella.

Emma no tardó en llegar. De hecho ya la habían avisado Jaime y María, tal y como Esther había intuido. Abrazó a Esther y a mí ni se molestó en intentarlo.

—Por lo que sé, has estado fastidiando a tu padre desde que llegaste —me reprochó.

No tuve la menor duda de que María le había contado las conversaciones que John y yo habíamos mantenido. No respondí a su reproche. Tampoco quería enfrentarme a ella.

—Supongo que no intentarás culparme del estado de John. María me dijo que ha tenido problemas cardíacos recientemente, por tanto lo que le ha pasado era casi inevitable —aduje.

—Hay cosas que son evitables. Por ejemplo, que dejes de comportarte como un estúpido. No vuelvas a referirte a tu padre como John, te lo prohíbo. ¿Me has oído? No tienes derecho a dañarle. Deberías sentirte agradecido de lo mucho que siempre te ha querido, de lo que te sigue queriendo aunque no te merezcas ni su saludo. Te considera su hijo y como tal te siente. Yo lo respeto, pero no te voy a consentir, óyelo bien, que vuelvas a llamarle John y que no le trates con el respeto y el afecto que merece. Soy la albacea de su testamento y te aseguro que impediré que te llegue un dólar si te atreves a seguir haciéndole daño.

—¿A ti también tengo que llamarte tía? —pregunté irónico.

—No, a mí no. A mí has dejado de importarme. Ni en mi peor pesadilla podía imaginar que fueras tan mala persona.

—Déjame en paz —contesté mientras salía de la sala.

Esther me siguió, aunque alcancé a ver que le hacía un gesto a Emma con el que parecía querer decirle que ella se ocupaba de mí.

Se puso a mi lado sin decir palabra. Sentía el calor de su brazo junto a mi cuerpo. Yo ni siquiera la miraba. Me metí en el ascensor y me dirigí a la puerta del hospital decidido a marcharme. Al fin y al cabo, John no era nada mío. Que se ocuparan de él su hijo Jaime y su hermana Emma, pensé sin remordimiento alguno.

—No deberías marcharte —le escuché decir a Esther al tiempo que me agarraba de la mano intentando detenerme.

—¿Por qué no? Ya no los soporto —respondí airado.

—Se lo debes. Por más fastidio que te produzca, lo cierto es que tienes una deuda impagable con tu familia. Espero que no seas tan mezquino como para no pagarla.

—Así que eres de esa clase de personas que creen que hay que pagar por lo que se recibe. Entonces ¿qué mérito tiene dar? ¿Se da para recibir?

—No lo simplifiques, Thomas. Sobre todo conmigo no pierdas el tiempo haciendo filosofía barata. Dar y recibir, ésa es la esencia de las relaciones entre las personas. Hay quien da desinteresadamente, sí, pero el amor que recibes de tus padres, de tus hermanos, de algunas personas que encuentras a lo largo de la vida merece una respuesta. No se puede permanecer indiferente ante esa clase de amor, basado en un sentimiento que uno no ha buscado. Simplemente aflora. La madre que acaba de parir siente amor por ese ser inocente que yace en su regazo. Sin tener que proponérselo, le dará espontáneamente un amor infinito. ¿Espera algo? Sin duda, espera respuesta a ese amor, pero no por egoísmo sino porque recibir es el complemento del amor dado.

—Ahora eres tú quien hace filosofía barata —contesté con ira.

Pero Esther no se arredró ante mí. Nunca logré que perdiera la calma. Siempre tuvo las riendas de nuestra relación, ya fuera ésta mejor o peor con el paso de los años.

—Tu tía Emma tiene razón. Desde que tu madre murió no has dejado de fastidiar a tu padre. Necesitas hacerle daño para vengarte de que no es tu padre biológico. Hubieras dado la vida por parecerte a él, y como no ha sido así, le pasas una factura que no es suya. En realidad es una factura que no deberías pasar a nadie. Desde luego no a John, tampoco a ti mismo.

—Filósofa, psicóloga. ¿Qué más? —Intentaba zaherirla, burlarme de sus palabras.

—Nos lo pones muy difícil, Thomas. En realidad nos lo pones imposible a todos los que te queremos. Si nosotros desistimos, imagínate qué puedes esperar de los demás. Tienes una buena dosis de sadismo que también gastas contigo mismo. Incluso un instinto asesino hacia ti. Sabes que lo que haces te destruye, pero aun así continúas adelante. Eres el escorpión que le pide a la rana que lo cruce a la otra orilla del río y no se resiste a clavarle el aguijón aun sabiendo que eso significará su muerte.

—Mi signo del zodíaco es Escorpio —dije riendo.

—He tomado una decisión, Thomas, y escúchame porque lo que te voy a decir es irreversible.

Estábamos en la puerta del hospital. Hacía frío. No sé por qué me sentía tan inquieto. Le propuse ir a la cafetería. No quería seguir hablando a la intemperie.

Buscamos una mesa apartada y pedimos un par de cafés. Me seguía doliendo la cabeza e insistí a Esther para que me diera otra aspirina. Pareció dudar, pero me la dio.

—Si no te reconcilias contigo mismo, si no lo haces también con las personas que tanto te han dado, me refiero a tu padre y al resto de tu familia, no querré volver a saber nada de ti.

—Vaya, la buena samaritana que pretende que sea un niño bueno con la que llama mi familia.

—Lo que pretendo es que dejes de destruirte, que pares ya, que te enfrentes a la vida sin resentimiento, que asumas quién eres, que disfrutes de lo que tienes, pero sobre todo que aprecies a los que te quieren. Si no eres capaz de reconciliarte contigo mismo, entonces en tu vida no hay cabida para nadie. Tus relaciones estarán contaminadas.

—¿Me estás volviendo a dar calabazas?

—Me has entendido perfectamente. Ni siquiera hablo de pensar en casarme contigo sino incluso hasta de ser amigos. Tal y como eres resultas dañino para cualquiera que esté demasiado cerca de ti. Piénsalo, Thomas. Tómate el tiempo que quieras, pero enfréntate a ti mismo sin hacerte trampas. Y cuando lo hayas hecho y tomes una decisión, si quieres, me llamas.

—No soporto a las mujeres que intentan cambiar a los hombres.

—No se trata de que cambies, ya te lo he dicho, sino de que te reconcilies contigo mismo. Creo que necesitas ayuda, quizá deberías ir a un psiquiatra. Te ayudaría a ponerte en orden por dentro.

—Vete, Esther, no te necesito. —Me levanté y le di la espalda sin mirarla. Ni siquiera pagué el café.

Me tropecé con Jaime en la entrada del hospital. No pude evitar que me abrazara. En su rostro había huellas de lágrimas. El muy estúpido debía de haber llorado mientras venía conduciendo.

Jaime me dio las gracias, no sé por qué, y me aseguró cuánto le aliviaba tenerme cerca. Me echó el brazo por el hombro y tiró de mí hacia el ascensor sin darme tiempo a reaccionar, a poder decirle que lo único que quería era marcharme, ir a dormir un buen rato.

Tía Emma continuaba sentada en la sala. Se le iluminó el rostro al ver a Jaime. Él la abrazó y vi que a ella la tranquilizaba su presencia.

Mi hermano insistió a la enfermera gorda que quería hablar con el médico. Su insistencia era casi un ruego que pareció conmover a aquella mujer, de manera que el doctor Patterson apareció seguido por el doctor Payne. Ambos fueron parcos en palabras. El estado de John era grave, pero podía superar la crisis. Aunque era necesario que pasaran unas horas para saber el alcance de las lesiones del ictus. No había más remedio que esperar. Mientras tanto, insistió el doctor Payne, John permanecería en la unidad de cuidados intensivos, aunque les dijo a Jaime y a Emma que les permitiría visitarle unos minutos.

Cuando salieron de la UCI Emma tenía el rostro demudado. No estaba preparada para sufrir la pérdida de su único hermano.

Jaime parecía estar más tranquilo y, sobre todo, decidido a ser él quien asumiera el control de aquella situación.

—Haremos turnos. No sabemos cuánto tiempo tendrá que permanecer aquí y es inútil agotarse el primer día. Lo mejor es que Thomas se vaya a casa, lleva aquí desde primera hora de la mañana. Tía Emma, tú puedes quedarte hasta las siete; luego te irás a descansar.

—¿Y tú? —dijo la tía Emma.

—Yo me quedaré un rato. Luego iré a casa, comeré algo y volveré. Entonces tú podrás marcharte. Quiero pasar la noche aquí por si sucediera cualquier cosa. Mañana Thomas puede venir a las ocho. Yo aguardaré hasta que los médicos nos den el informe de la mañana y luego iré a descansar hasta mediodía. Por la noche será Thomas quien se quede y tú puedes acompañarnos a ambos en parte de nuestros turnos. ¿Os parece bien?

Yo no pensaba pasar el tiempo sentado en una silla en aquella sala del hospital, ni siquiera en una habitación. Pensaba hacer lo que me viniera en gana, pero tampoco tenía ganas de discutir sobre todo porque Jaime me estaba brindando la posibilidad de marcharme a casa, que era lo único que ansiaba en aquel momento.

María parecía haber envejecido aún más. Era como si hubiera estado escudriñando desde algún ventanal, porque antes de meter la llave en la cerradura me abrió la puerta.

—¿Cómo está? —preguntó ansiosa.

—Grave. —Y me regodeé en la respuesta.

—Pero saldrá adelante… Vivirá, ¿verdad?

—Aún no se sabe, puede que no. —Disfruté viéndola sufrir.

Dejó caer los brazos a lo largo del cuerpo, sin fuerza, como si se rindiera ante aquella noticia.

—¿Los médicos no pueden hacer nada? —preguntó con apenas un hilo de voz.

Me encogí de hombros mostrando indiferencia mientras le pedía que me llevara una bandeja a mi habitación con algo de comer. Estaba hambriento y el sueño me rondaba la cabeza. Necesitaba echarme un buen rato y dormir para volver a sentirme yo. Y así lo hice.

Dormí de un tirón. Sentí a lo lejos la voz de Jaime. Me costó despertarme y cuando haciendo un esfuerzo abrí los ojos, empezó a dibujarse ante mí la figura de mi hermano. Se había sentado en el borde de la cama y esperaba paciente a que me despejara.

—Perdona que te despierte, pero hay una buena noticia. Papá habla y mueve la pierna. El doctor Patterson dice que saldrá adelante. Pero me temo que tendrá que dejar de trabajar, o por lo menos no hacerlo en una temporada. ¡Ah!, y los abuelos están a punto de aterrizar. Su avión llega a las nueve. Han tenido suerte de cogerlo. ¿Podrías ir al aeropuerto a buscarlos?

—¿Los abuelos? —pregunté aún dominado por el sueño.

—Sí, el abuelo James y la abuela Dorothy. Son muy mayores y están un poco torpes. Ya sabes que pasan gran parte del año en Florida. Vamos, Thomas, despierta de una vez.

—¿Por qué no envías al chófer del despacho? —pregunté irritado. Lo que menos me apetecía era ir hasta el aeropuerto.

—Porque son más de las seis y ha terminado su horario. Coge mi coche, no tardarás.

—¿Y tú?

—Es mi turno, regreso al hospital. Me quedaré toda la noche. La abuela Dorothy insistirá en ver a papá, de manera que os pasáis por el hospital y luego los llevas a su casa.

—Sí, jefe —respondí con evidente malhumor para hacerle notar que no me gustaba que me diera órdenes.

Pero Jaime no le dio importancia a mi enojo. Salió de mi cuarto sin dudar de que haría lo que me acababa de mandar.

Me levanté y me metí en la ducha. Bajo el agua noté que se habían terminado de evaporar los efectos del alcohol de la noche anterior. Aunque había comido un buen trozo de rosbif, tenía hambre. Pero no podía entretenerme; si el avión de los abuelos Spencer aterrizaba a las nueve, apenas tenía tiempo de llegar. Así que me fui al aeropuerto. Me sorprendió verlos tan frágiles, tan viejos. La abuela Dorothy parecía tener la cabeza un poco perdida.

Hice todo lo que Jaime me había pedido. Acompañé a los Spencer al hospital y esperé a que vieran a John. Jaime había convencido al doctor Patterson de que los abuelos no se quedarían tranquilos hasta ver a su hijo, y el médico terminó aceptando. Jaime tenía la curiosa facultad de conseguir que todos hicieran lo que él quería. Supongo que eran sus modales amables, su tono de súplica, su aspecto de chico sano y bonachón. El caso es que todo el mundo hacía lo que les pedía.

Los abuelos Spencer tenían una criada permanente en su casa neoyorquina. Era casi tan vieja como ellos. Los asistía desde hacía tantos años, que formaba parte del mobiliario. Aunque ellos vivieran durante seis meses al año en Florida y no la necesitaran en Nueva York, no se les había ocurrido despedirla. De manera que cuando llegamos la mujer los estaba esperando con una cena ligera. Insistieron en que me quedara un rato y compartiera la mesa con ellos. Lo hice. Aunque el hambre se me había pasado, me hubiera gustado cenar algo más consistente que un sándwich de jamón y queso y una ensalada.

Siempre sentí respeto por el abuelo Spencer. En realidad nunca me hubiera atrevido a llamarle James, ni Dorothy a la abuela. Pero tampoco quería ya llamarlos abuelos, así que buscaba la manera de dirigirme a ellos sin tener que utilizar la fórmula familiar. No era fácil, y no fueron pocas las veces en las que fallé en el intento.

El abuelo Spencer se empeñó en que le contara cómo transcurría mi vida en Londres. Quería conocer todos los pormenores de mi trabajo, y no pareció satisfecho cuando le expliqué lo que había hecho en los últimos meses. En cuanto a la abuela Dorothy, su interés no era otro que saber si iba a casarme con Esther. «Esa chica te conviene —me aseguró, aunque añadió—: a pesar de ser italiana, pero bueno, eso no es un inconveniente.» Me sorprendió que hiciera ese comentario. ¿Qué es lo que le molestaba a mi abuela de los italianos? Por más que fuera la quintaesencia de WASP, blancos, anglosajones y protestantes, la abuela Dorothy siempre había presumido de liberal, lo mismo que el abuelo y que John.

No llegué a casa hasta medianoche. Me quedé un rato viendo la televisión. Evitaba pensar en lo que me había dicho Esther. Tenía que admitir que ella hablaba en serio y que si yo no demostraba un cambio sustancial en mi manera de comportarme podía dar nuestra relación por terminada. ¿Cambiar? No, no estaba dispuesto a interpretar ninguna farsa. Era lo que era y sentía como sentía; ni siquiera por ella pensaba comportarme de manera distinta. La echaría de menos, me costaría un mundo no poder contar con ella, pero tendría que acostumbrarme, asumirlo. A Esther no podía, ni quería, ni sabía cómo engañarla. De modo que tuve que vencer la tentación de marcar el número de su móvil, por más que ansiara hablar con ella. Debía hacerme a la idea no ya de que no se casaría conmigo, sino de que nunca volvería a estar al otro lado de la línea del teléfono.

Iba a servirme un whisky, pero no lo hice porque el recuerdo de la borrachera de la noche anterior aún me pesaba en la boca del estómago.

Bernard Schmidt me telefoneó un par de días después. Me conminó a hacer cuanto antes la tarea que me había encargado en España. No me molestó su falta de interés por la salud de John. El único propósito de su llamada era que volviera al trabajo. Parecía impaciente.

—Evelyn y Jim Cooper son muy capaces de hacerlo solos. Yo puedo dirigirlos desde aquí —le propuse sabiendo que diría que no.

—Tiene un contrato —me recordó.

—Sí, pero por ahora no me voy a mover de Nueva York. Ya le he dicho que mi padre está grave. Además, se suponía que yo trabajo para Roy, ése es mi cliente principal en la agencia.

—Pero no el único.

—Eso no es lo que quería Roy. Pero si no está de acuerdo, podemos romper el contrato cuando quiera y así tendrá las manos libres para encargarle el trabajo a otro.

—Es una excelente idea. Eso haremos. No habrá un próximo encargo, pero terminará éste. Hablaré con los abogados, o mejor que ellos se pongan en contacto con usted para redactar el documento de despido.

—Hablaré con Roy.

—Hable con quien quiera.

Me sentí liberado después de la conversación con Schmidt. Hasta aquel momento no me había dado cuenta de lo mucho que me pesaba trabajar con él o para él, aunque sólo fuera un intermediario. Aquel hombre me crispaba lo mismo que yo a él. Me gustaba el empleo, pero no sentir el aliento de Schmidt sobre el cogote. Ni su aliento ni el de nadie. Trabajaría, sí, pero yo sería mi único jefe. El problema era que tendría que hacer el trabajo de España antes de terminar mi relación con los misteriosos abogados y con el propio Schmidt. Pero no pensaba ir inmediatamente. No estaba dispuesto a hacer de chico de los recados. Además, no tenía ganas de moverme de Nueva York. No es que me importara el estado de salud de John, es que necesitaba pensar en mí mismo, decidir qué quería hacer con el resto de mi vida. Estar en Nueva York me producía una satisfacción íntima. Me sentía fusionado con la ciudad, como si yo fuera una prolongación de las calles, de la gente, del aire que respirábamos.

Llamé a Cooper para explicarle la situación. Su voz denotaba temor al preguntarme qué pasaría si yo rompía el contrato con los abogados, si eso significaba que a Evelyn y a él los despedirían.

—No lo sé, Cooper, no lo sé. Schmidt tiene ganas de deshacerse de mí y yo necesito sentirme libre. Puede que decidan continuar con vosotros, pero no te lo puedo asegurar.

—Deberías venir y poner las cosas en claro. —Casi me lo suplicó.

—Por ahora no. Evelyn y tú tendréis que arreglaros sin mí.

No creo que sea un problema organizar una campaña para convencer a los españoles de las ventajas de tener petróleo en sus costas.

—Pues no creas que es tan fácil. Éste es un país peculiar. —protestó Cooper.

—Contáis con Neil.

—Ya, pero te necesitamos aquí —insistió.

—Id trabajando. En cuanto pueda, iré.

Aún tardé dos semanas en regresar. Por las mañanas solía visitar a John, no porque creyera que era mi obligación, sino porque necesitaba enmascarar mi desazón con la rutina. Cuando salía del hospital daba largos paseos a ninguna parte. Me aficioné a caminar por Central Park sin más rumbo que el escogido por mis pasos. En ocasiones iba a ver alguna película, incluso quedé unas cuantas veces con Paul Hard, el dueño del centro de estudios donde logré el insignificante título que me había abierto las puertas de Londres.

Me gustaba conversar con Paul porque era un hombre al que la vida ya no le podía sorprender. Le gustaba beber tanto como a mí, así que era fácil estar con él.

Paul me aconsejó que fuera a Madrid y terminara el trabajo.

—Hasta entonces no serás libre, ese Schmidt te hará cumplir el contrato —me dijo.

Tenía razón.

También hablábamos de Esther. La conocía bien y la apreciaba sinceramente.

—Es la mejor alumna que ha pasado por el centro. Merecía haber estudiado en una buena universidad, lástima que careciera de medios. Pero llegará lejos, ya lo verás. Ha hecho un par de campañas que han llamado la atención en el sector.

Cuando le pregunté qué podía hacer para recuperarla, Paul se encogió de hombros.

—No tienes nada que ofrecerle, Thomas, al menos nada de

lo que ella ansía. Esther es como es. Tenéis intereses distintos. Tú la necesitas, ella a ti no. Además, ni siquiera estás enamorado de ella.

Yo protestaba. Insistía en lo mucho que la quería, pero Paul se reía e insistía a su vez en que no era el amor lo que me hacía desearla sino saber que ella era una persona a la que siempre podía volver sin temor a ser juzgado, sin tener que explicarle nada.

—Esther es para ti como el útero de tu madre, un lugar donde uno se siente a salvo.

Paul me presentó a un par de amigas suyas, mujeres en la cincuentena como él. Salimos en tres o cuatro ocasiones con ellas. Me acosté con la más mayor. Me trató como si fuera su hijo, pero a mí tanto me daba. No era la primera vez que me metía en la cama con mujeres que podían tener la edad de mi madre. Aun así, prefería buscarme mis propias aventuras y le dije a Paul que prefería verle a solas. No hizo falta que le explicara por qué.

Me di cuenta de que con Paul me sucedía algo parecido a lo que sentía cuando estaba con Esther. No tenía que interpretar ningún papel. Hubiera sido inútil intentar engañarle.

En varias ocasiones marqué el número de teléfono de Esther, pero antes de que sonara el primer timbrazo colgaba. ¿Qué podía decirle? Sabía por Jaime que ella de vez en cuando llamaba al hospital para interesarse por John. Mi hermano me dijo que una noche, al salir del trabajo, Esther se pasó por el hospital. A John le alegró verla. A Jaime también.

Si yo no existiera, pensé, Jaime y Esther seguramente se enamorarían. Pero yo era una sombra demasiado ominosa como para que se atrevieran a ignorarme, y no estaba dispuesto a permitirles ser felices.

Bernard Schmidt no volvió a llamarme, pero sí lo hizo Roy Parker.

—¿Te has muerto? —preguntó malhumorado.

—Sigo vivo, ¿y tú?

—Déjate de estupideces. Ayer estuve reunido con los abogados. Tanto Brian Jones como Edward Brown están furiosos contigo. Schmidt los ha convencido de que eres un estúpido, un tipo del que no se pueden fiar. Quieren echarte, Thomas.

—Hacen bien.

—¿Estás de broma? Oye, me costó mucho persuadirlos y que te contrataran en esa maldita agencia de comunicación, así que vas a regresar a Londres. Hablarás con ellos, les dirás que has tenido que estar junto a tu padre moribundo y jurarás por todos tus muertos que puedes hacer el trabajo, sea el que sea.

—No.

—¿Qué dices?

—Que no lo haré. Verás, Roy, no tengo intención de volver a trabajar para nadie, me lo voy a montar a mi manera. Estoy harto de Londres, voy a instalarme en Nueva York. Viajaré a Europa cuando sea necesario, pero voy a vivir aquí.

—Tienes un compromiso conmigo —me reprochó.

—Ninguno, no tengo ningún compromiso. Tú me contrataste, me pagaste y yo hice el trabajo. No nos debemos nada el uno al otro. Además, no he dicho que no quiera trabajar para ti, sólo que lo haré puntualmente, si es que te interesa, pero no voy a ser tu perrito faldero. Ni el tuyo ni el de nadie. No me gustan tus amigos abogados, no me gusta Schmidt. Tampoco es que tú me gustes demasiado.

—Eres un malnacido. —La voz de Roy rebosó rabia.

—En eso tienes toda la razón.

—Acabaré contigo, Thomas —me amenazó Roy.

—No lo creo. Soy yo quien podría acabar contigo. Claro que, vistas tus amistades, miraré con cuidado cuando vaya a cruzar una calle. Pero te advierto que si se os ocurre querer perjudicarme… En fin, tengo un montón de papeles y cintas grabadas que llegarían a las manos oportunas. Hay muchos periodistas decentes, Roy, incluso más de los que imaginas.

—Termina el trabajo que te han encargado en España, Thomas. Luego ven a Londres; hablaremos.

—Puede que lo haga, Roy.

Colgué el teléfono sintiendo una sensación agria en la boca. Me llegaba directamente desde el estómago.

Le había dejado las cosas claras, pero aun así sabía que Roy tenía razón en que debía ir a poner punto final al contrato y, por tanto, hacer el trabajo en España. No sabía por qué, pero aquel encargo no me gustaba. No tenía lógica que Schmidt me confiara algo para lo que era evidente que yo no tenía los recursos necesarios.

Hablé con Jaime. Le dije que tenía que ir a Madrid, que no sabía cuándo podría regresar. Mi hermano no me reprochó que me marchara. John parecía haber superado la fase de peligro y el doctor Patterson se mostraba moderadamente optimista respecto a su recuperación. Aún debía quedarse unos cuantos días en el hospital. Quince, veinte, no podía precisarlo.

Jaime, con el apoyo de los abuelos Spencer y de tía Emma, parecía bastarse.

Decir que Jaime me sorprendía sería incierto. Jaime cuidaba de John, se encargaba de todo, pero además seguía estudiando. Era su último trimestre en Harvard. Su expediente académico era extraordinario.

Pasaba las horas junto a la cama de John, y cuando éste dormitaba, aprovechaba para estudiar. Las noches que se quedaba en el hospital las pasaba también sobre los libros. El abuelo Spencer le animaba. John no podría trabajar en una buena temporada, si es que volvía a hacerlo, de manera que era urgente que Jaime se hiciera cargo del despacho en cuanto tuviera el doctorado. Aquel despacho puesto en pie por el bisabuelo del abuelo Spencer. Un despacho que había mantenido su prestigio y que contaba con un par de socios, pero siempre había un Spencer al frente.

Me despedí de John aprovechando uno de esos turnos organizados por Jaime en los que estaba solo.

—Tengo que ir a Madrid. Dejé un trabajo a medias.

—Claro, comprendo que debas irte. Ya has hecho mucho

por mí. No quisiera que por mi culpa tu trabajo se viese afectado. —John habló muy bajo, sin demasiadas fuerzas.

—Cuando termine, volveré.

—¿No te van bien las cosas en Londres? —preguntó preocupado.

—En realidad sí, pero prefiero trabajar para mí y no para otros.

—Ya sabes que si puedo ayudarte… En fin, cuentas conmigo.

—No soy abogado, no puedo trabajar en tu despacho —repliqué con rencor pensando en Jaime.

—Pero si quieres montar tu propia agencia de publicidad yo… Yo puedo ayudarte.

—Puedo arreglármelas solo.

No le di un beso de despedida. Seguía decidido a castigarle. No podía evitar cierta satisfacción sabiendo que aquello le hacía sufrir.

Sé que no se merecía que lo tratara así. Debería haberle cogido la mano y decirle lo mucho que le agradecía que continuara preocupándose de mí:

—*Gracias, papá, sé que puedo contar contigo. Pero tengo que intentar ser capaz de salir adelante por mis propios medios. Aunque si no me fueran bien las cosas, no dudaría en recurrir a ti.*

John me habría sonreído. Mis palabras le habrían gratificado.

—*Ya sabes que tanto el abuelo como yo conocemos a mucha gente. No dudes en pedir ayuda, al menos al principio. Necesitarás clientes y puede que nosotros podamos convencer a algunos amigos de que te den una oportunidad encargándote una campaña de publicidad. ¿Te acuerdas de Robert Hardy? Tu madre cuidó de él en el hospital cuando le operaron del corazón, seguro que te encargaría una campaña para alguno de sus productos alimenticios. No sé, el tomate envasado, la mayonesa, cualquier cosa…*

—*Seguramente, papá, pero ahora no te preocupes. Volveré pronto, y si es necesario os pediré al abuelo y a ti que me echéis una mano. Eso sí, me iré más tranquilo si me prometes que te vas a cuidar. Nada de tener prisa por volver al despacho. ¿Me lo prometes?*

—*Claro, hijo, claro.*

Luego me habría inclinado para darle un beso en la mejilla y él habría sonreído satisfecho.

Pero no lo hice. No dije ninguna de estas palabras ni hice ninguno de estos gestos. Salí de la habitación del hospital sin mirarle siquiera.

Evelyn me esperaba en el aeropuerto de Barajas. En Madrid aquella mañana el sol iluminaba la ciudad aunque el frío se colaba por las costuras del abrigo. La luz, la magia de la ciudad era su luz.

Jim Cooper estaba con Neil Collins y un par de periodistas que éste conocía de sus andanzas por España. No sería por tanto hasta la tarde cuando me pusieran al corriente de la situación, de manera que aproveché para descansar en el hotel.

Me quedé dormido hasta que el teléfono sonó con insistencia. Evelyn me dijo que me esperaban en la recepción para ir a comer.

—Son las tres —respondí—. No es hora de comer.

—Recuerda que estamos en España. Aquí se come a esta hora. Hay un restaurante cerca y la comida es estupenda. Date prisa.

Sí, estábamos en España. Aunque por un momento me había olvidado de que los horarios españoles nada tienen que ver con los norteamericanos o los ingleses. Me sorprendía aquella gente capaz de trabajar y de vivir. La luz, me repetí, es la luz lo que les hace así.

Cooper me hizo un resumen de la situación. Las organizaciones ecologistas y los partidos políticos de izquierda y algunos periódicos eran un enemigo demasiado poderoso. No estaba resultando fácil diseñar la campaña para obtener apoyos que ayudaran a ablandar a la opinión pública, o para que al menos dudara sobre la conveniencia de permitir que se efectuasen las prospecciones petrolíferas. Aunque en el sur de España las cifras de paro fueran elevadas y el petróleo pudiera salvar la maltrecha economía, nada de eso parecía hacer mella en el ánimo de quienes veían a las empresas petroleras como un enemigo abominable.

La ideologización de la sociedad española era más fuerte que la británica y, desde luego, que la norteamericana, donde la militancia no pasaba de un patriotismo básico que nadie cuestionaba.

—¿Por dónde creéis que hay que empezar? —pregunté.

—Ya hemos establecido un acuerdo de colaboración con otra agencia —dijo Cooper—. Su propietario se llama Pedro López. Necesitamos a alguien que conozca el terreno, sobre todo quién es quién y cómo tratarlos. El dueño de la agencia es un tipo singular. Yo diría que es un sinvergüenza, pero lo suficientemente listo para moverse entre dos aguas. Tiene buena prensa. Nunca se ha metido en política; su agencia se limita a estudios de mercado para marcas.

—Pero bueno, ¿por qué insistís tanto en lo de derechas y lo de izquierdas? —protesté.

—Porque este país está dividido por la mitad; o estás en un lado o en el otro, y basta que unos digan A para que los otros respondan B. Es sorprendente, pero aquí nadie escucha. En ocasiones, las posiciones se basan en estar en contra de lo que diga el adversario, no en un pensamiento propio que lleva a unas conclusiones —añadió Evelyn.

—Bien. Contratemos a un detective que investigue la vida de los opositores al proyecto, todos esos ecologistas, periodistas… En fin, todo aquel que pueda influir en la opinión pública —sugerí.

—Peligroso. En este país no hay secretos. Al final terminaríamos nosotros denunciados en los periódicos. Tendremos que ir haciendo el trabajo con paciencia, recogiendo información de todas partes, pero sin dar lugar a que nadie sepa lo que buscamos. Claro que Bernard Schmidt puede que tenga ya un dossier sobre toda esa gente, o al menos información para darnos unas cuantas pistas. —Neil me miró expectante.

—De ser así nos lo habría hecho llegar. Creo que si nos han encargado esto es porque no tenían a otros mejores para hacer el trabajo —repuse.

—Puede… En realidad resulta sorprendente que te lo haya encargado a ti. No conoces España, tienes una experiencia que se limita a Roy en este tipo de trabajos sucios, y lo que está en juego es nada menos que una compañía petrolífera haga una inversión millonaria. Hay algo que no me gusta. —Neil lo dijo mirándome fijamente.

—¿Y qué es? —pregunté incómodo.

—Te lo diré. Un viejo amigo, cuando le saqué el tema de la petrolera, me dijo que desde hace meses alguien se está gastando el dinero invitando a periodistas a visitar estaciones petrolíferas en el mar. Unos cuantos han pasado ya por el Mar del Norte, Texas… Aquí las cosas son complicadas pero simples a la vez. Los periodistas afines al gobierno defienden sin pudor lo que al gobierno le interesa. Los periodistas que apuestan por la actual oposición simplemente arremeten contra las prospecciones. Ninguno de los dos bloques se mueve un milímetro de la posición. Y luego está la gente de la zona, que ve con desconfianza el proyecto y teme, con razón, que un paraje natural tan especial como es Doñana termine contaminado —continuó explicando Neil.

—Ya, pero se trata de inclinar la balanza hacia un lado u otro a través de la opinión pública. Ésa es la batalla que tenemos que ganar —sentencié.

—Es tu batalla, Thomas, no la mía. Me limito a decirte cómo están las cosas.

—Habrá periodistas en los que podremos influir —insistí.

—Yo no compro periodistas —cortó Neil.

—No te he dicho que compres a nadie —repliqué enfadado.

—Tampoco los engaño. Ni me dedico a convencerlos de nada. ¿Sabes, Thomas? Aunque te cueste creerlo, aún tengo mucho respeto por la que fue mi profesión y por los colegas que no son como yo y que, como dicen aquí, luchan contra los molinos de viento sin rendirse. Ya sabes cómo trabajo: investigo y. te lo cuento, nada más. Lo que hagas después es asunto tuyo.

—No te he pedido nada más.

Neil se encogió de hombros y Cooper carraspeó incómodo mientras Evelyn nos observaba con sus ojos saltones, pensando en si debía intervenir.

—Yo también siento malestar en el estómago, tampoco me fío del encargo de Schmidt —admití.

—Entonces ¿qué vamos a hacer? —preguntó Cooper preocupado.

—¿Qué proponéis? —dije yo, sin disimular que el asunto empezaba a inquietarme.

—Seguir adelante con cuidado —sugirió Evelyn, que soportó sin pestañear nuestras miradas de enfado por su obviedad.

—Yo continuaré haciendo lo que hasta ahora —dijo Neil—. Desayunar, almorzar, cenar y emborracharme con todo aquel que tenga algo que contar. En este país todo se hace alrededor de una mesa, de un plato y de una copa —añadió.

—En realidad él está haciendo buena parte del trabajo —admitió Cooper.

—¿Y el tipo ese de la agencia de la que me habéis hablado?

—López Consultores. Le hemos dicho que nos han encargado un trabajo para conocer la receptividad de la opinión pública española ante las prospecciones petrolíferas. Sólo eso. Nada de preguntarle cómo torcer el brazo a los díscolos. Pero la información que nos va suministrando nos sirve. Aunque yo creo que sabe más de lo que confiesa —admitió Cooper.

—¿Cree que trabajamos para la petrolera? —pregunté.

—Más o menos. Es lo que hemos sugerido diciéndole que

nuestro cliente está preocupado y nada dispuesto a jugársela en un país en el que no sea bien recibido, aunque eso suponga dejar de obtener determinadas ganancias —afirmó Evelyn.

—¿Y se ha creído que una petrolera dejaría de agujerear el mar o la tierra porque eso les importe a unos cuantos ecologistas? ¡Vamos, no lo subestiméis! —protesté enfadado.

—No lo hacemos, pero así nos mantenemos dentro de los límites aceptables para él. No quiere saber más y no hace falta que sepa —insistió Evelyn, molesta por mi tono de voz.

—Bien, está claro que podéis seguir sin mí. Mañana viajaré a Londres. Tengo que ver a Roy y a los abogados.

—¿Qué planes tienes? —preguntó Cooper con inquietud.

—Te mentiría si te dijera que tengo un plan. Sólo sé que por ahora quiero instalarme en Nueva York, trabajar allí. He pensado en montar una agencia que también tenga sede en Londres; contaría con vosotros. Pero aún no lo he decidido. Tengo que estudiar qué inversión hay que hacer, quiénes podrían ser nuestros clientes potenciales, en Nueva York y en Londres. Preferiría dedicarme sólo a las campañas electorales. Dan dinero y no resultan complicadas. No me gustan los encargos como éste. Pueden ser una fuente de complicaciones. Es un trabajo demasiado sucio, incluso para mí.

—¿Escrúpulos? —inquirió Evelyn preocupada.

—No se trata de tener escrúpulos. Ya me conoces, soy un malvado. Pero no soy un malvado tonto. Simplemente no quiero complicaciones, o al menos no las que no pueda controlar. Brian Jones y Edward Brown tienen un negocio. Trabajos sucios para gente que quiere aparecer con las manos limpias. Pagan bien, es verdad, pero si trabajas permanentemente en las alcantarillas terminas oliendo a mierda. Y ese olor deja rastro. Hacer el trabajo sucio para una petrolera no es lo mismo que hacer un trabajo sucio para Roy. Estamos hablando de caza mayor. Y no termino de entender por qué Schmidt nos ha hecho este encargo. Somos demasiado insignificantes y carecemos de experiencia para meter las manos en algo tan grande.

—¿De verdad piensas que hay gato encerrado? —preguntó Cooper alarmado.

—Creo que sí. De manera que cuanto antes salgamos de esto, mejor. Haremos el trabajo pero sin ir demasiado lejos en el juego. No conocemos el país ni sus reglas, o sea que tenemos todas las posibilidades de pisar una piel de plátano. Todos iremos con cuidado. No haremos nada que pueda comprometernos, no iremos más allá de lo estrictamente razonable. Y si Schmidt no está satisfecho con el trabajo, será su problema. Pero aquí no vamos a meter las manos en la mierda más de lo necesario. ¿Lo habéis comprendido?

—Eres un tipo legal —dijo Cooper con admiración.

—No te equivoques, no lo soy. Lo que no quiero es caerme en la mierda, y si vosotros caéis, caigo yo.

—Después de Londres, ¿te irás a Nueva York o regresarás a Madrid? —preguntó Neil.

—Volveré aquí. No os voy a dejar tirados, pero en quince días quiero que solventemos esto.

—Imposible —adujo Neil.

—Ya veremos. Haremos lo justo. Puede que la cosa no pase de elaborar un sesudo informe que entregaremos a Schmidt. Nosotros le indicaremos el camino, pero no tenemos porqué recorrerlo para él.

Creo que sintieron alivio. Evelyn y Cooper tenían una buena dosis de ambición, pero necesitaban que alguien los tutelara. En cuanto a Neil, era un superviviente lo suficientemente listo para tirarse del barco si veía que éste podía zozobrar. Había vivido demasiado para jugársela por nadie. Y aunque me costara admitirlo, Neil seguía manteniendo un código ético más allá de necesitar dinero para emborracharse.

—¡Ah! Y en mi ausencia Neil lleva la batuta.

—No —replicó Neil, provocando el desconcierto de Cooper y Evelyn.

—Tú conoces mejor que nosotros el terreno —dije para persuadirle.

—Verás, Thomas, yo no estoy en la nómina de tu agencia. Simplemente me encargas un trabajo, y si lo puedo hacer, lo hago. Pero voy por libre; no asumo responsabilidades ni me implico más allá de lo necesario. Iré dando la información de que disponga a Cooper y a Evelyn, pero vosotros decidiréis qué hacéis. A mí no me importa. Además, ya te he dicho que hay algo en ese asunto que no termina de encajarme.

Así era Neil. No había manera de confundirse con él. Se negaba a comprometerse con nadie y mucho menos por causas que no eran suyas. Yo le importaba una mierda. Me había dejado claro desde el principio que no se la jugaría por mí. Así que por más que a mí me hubiera gustado implicarle más en mis negocios, él siempre mantenía las distancias y la puerta abierta para entrar y salir a su conveniencia.

—De acuerdo. Pero necesito un informe con todo lo que sepas sobre esa otra agencia que ya está trabajando para la petrolera. Pónmelo por escrito. Y vosotros lo mismo —me dirigí a Cooper y Evelyn—. Necesito por escrito todo lo que habéis hecho y pensáis que hay que hacer. Dejádselo en un sobre al conserje. Quiero coger el primer avión de la mañana a Londres.

No tenía intención de pasar el resto del día con ellos. En realidad me aburrían. Además, tenía una cita con Blanca. La había telefoneado desde el aeropuerto y me había invitado a cenar en su casa. «Solos», había recalcado.

Blanca me gustaba; no es que fuera a perder la cabeza por ella, pero a su lado me divertía. Parecía que no esperaba de mí otra cosa que los ratos que pudiéramos compartir.

Llegué a su casa a las nueve, tal y como me había indicado. Me abrió la puerta y me sorprendió porque me abrazó como si le alegrara verme. Aquel recibimiento me incomodó. Nunca me han gustado las efusiones.

—Pasa, estoy preparando la cena. Espero que te guste el pescado. Voy a meter una lubina en el horno. De primero he preparado algunos aperitivos que podemos ir tomando con una copa de vino. Acabo de abrir un Ribera. Te gustará.

Me gustó. Yo no conocía los vinos españoles, pero había descubierto que no tenían nada que envidiar a los franceses.

Mientras la lubina se hacía en el horno lentamente, Blanca decidió tocar el piano.

—¿Te gusta Chopin? —me preguntó expectante.

—A mi padre le encanta la ópera, y cuando tuvimos edad nos llevó a mi hermano y a mí en alguna ocasión al Metropolitan para ver algunas obras. También nos llevaba a conciertos de música clásica, pero no distingo Chopin de Mozart.

Blanca se rió sin creer lo que le estaba diciendo. Pero era verdad. Recordaba con fastidio las ocasiones en que John se empeñaba en que toda la familia fuera al Metropolitan. Jaime escuchaba atento. Mi madre permanecía muy quieta como si escuchara, pero yo, que la conocía bien, sabía que se aburría. Y en cuanto a mí, mostraba mi disgusto durmiéndome.

Pero escuchar la música interpretada por Blanca me gustó. Cerraba los ojos mientras deslizaba los dedos por las teclas arrancando notas que llenaban de sonido el salón. No me miraba; parecía ensimismada en la música, ajena a cuanto no fuera ella y el piano.

—Bueno, ya estará la lubina —dijo de pronto, regresando a la realidad.

Nos bebimos una botella de vino además de un par de gintonics que me ofrecí a preparar yo.

Me divertía con Blanca porque me resultaba diferente. Libre. Rezumaba libertad por todos los poros de la piel.

No pude evitar compararla con Esther, llegando a la conclusión de que Esther salía malparada. «Es sosa y predecible», pensé. Todo lo contrario de Blanca, que te miraba con una sonrisa con la que parecía decir que te prepararas para la sorpresa siguiente.

Perdí el avión a Londres. El sueño nos había rendido al amanecer. Desperté sintiendo la agitación de las manos de Blanca sobre mi brazo.

—¡Son las nueve! Tengo que ir a clase, llego tarde. Cuando te vayas, cierra la puerta.

Y salió del cuarto sin un solo gesto de complicidad, como si la noche pasada la hubiera borrado el frío de la mañana. La chica era práctica. No pedía más de lo que daba.

La cabeza no me dolía demasiado. Me dirigí a la cocina dispuesto a hacerme un café. La cafetera aún estaba caliente y me serví los restos que había dejado Blanca. Luego me fui al hotel. El conserje me entregó un sobre que contenía los informes que había pedido a mi equipo. Le pedí que me buscara una plaza en algún vuelo a Londres que saliera aquella misma mañana.

Tuve suerte. Pude llegar a la cita con Roy y los abogados, que estaba prevista para aquella misma tarde.

Cuando la secretaria me franqueó el paso al despacho de Brian Jones, lo primero que vi fue a Roy y a Edward Brown, el otro abogado, sentados a una mesa circular situada a poca distancia de la mesa de Brian Jones. También estaba Bernard Schmidt.

—Veo que estamos todos —dije a modo de saludo.

Me miraron los cuatro a la vez. En los ojos de Schmidt había desprecio; en los de Roy, ira; en los de Jones y Brown, contrariedad.

—Siéntese, señor Spencer —indicó Brian Jones.

El tratamiento coloquial de «Thomas» había sido sustituido por el formal de «señor Spencer». Era evidente que la reunión iba a resultar agria.

Me senté junto a Roy, en el único lugar donde había una silla vacía.

Sobre la mesa había un servicio de té. Schmidt tenía una taza en las manos, lo mismo que Edward Brown.

—Me vendría bien un café —dije sabiendo que los fastidiaría.

Jones ni siquiera me miró. A través del interfono le pidió café a su secretaria.

—Bien, explíquenos qué sucede —me pidió Brian Jones.

—No soy su hombre. Puedo trabajar puntualmente con y

para ustedes, pero no ser su empleado. El señor Schmidt ha mostrado su disgusto desde el primer momento respecto a mí y creo que tiene razón. Yo no les sirvo. —Confié en que entendieran que era literal lo de que no les «servía», que me negaba a ser su sirviente.

Edward Brown abrió las manos en un gesto que parecía ser de interrogación, mientras que Brian Joncs permanecía impasible esperando que yo añadiera algo más. Fue Roy quien se hizo cargo de la situación.

—Estás pasando un mal momento por lo de tu padre. Es comprensible. Pero, por lo que sé, está fuera de peligro, de modo que puedes volver al trabajo.

—Sí, voy a volver al trabajo, pero al que yo elija. No quiero ser un empleado. Tú mismo me dijiste que era un joven ambicioso —respondí con frialdad.

—¿Qué es lo que quiere, Spencer? —El tono de voz de Schmidt era aún más frío que el mío.

—Dejarlo. No quiero trabajar para ustedes, no de esta manera. Voy a montar mi propia agencia y, naturalmente, estoy dispuesto a aceptar cualquier encargo siempre que me interese.

—Creíamos que era usted una persona más… —Edward Brown no terminó la frase.

—¿Más seria? En realidad, ustedes sabían que yo me resistía a trabajar de esta manera, al dictado. El señor Parker quería que continuara trabajando para él pero ustedes no quieren perder el control sobre Roy. Defienden sus intereses. Lo comprendo. Pero yo tengo los míos y a mí no me satisface trabajar para GCP. Así que prefiero bajarme del barco. Ni ustedes me necesitan ni tampoco yo a ustedes. En cuanto al encargo de España… Creo que es muy peculiar.

Bernard Schmidt no movió un músculo, como si mis palabras no le hicieran efecto. Brian Jones me miró con asombro mientras que su socio Edward Brown prefirió mirar al infinito. Fue Roy quien preguntó:

—¿A qué te refieres?

—A que una agencia española está trabajando para la empresa petrolífera que quiere agujerear la costa. Es una agencia conocida. Su propietario es una persona cercana al actual gobierno. No es la primera vez que se encarga de este tipo de operaciones, ya saben, intenta ablandar a la opinión pública para que acepte proyectos de empresas amigas de quienes mandan. Esa agencia está haciendo el trabajo limpio. Ha llevado a unos cuantos periodistas a visitar estaciones petrolíferas en el Mar del Norte para demostrarles que obtener petróleo no tiene por qué suponer una agresión al medio ambiente y todas esas imbecilidades que dicen los ecologistas. Ya han aparecido artículos y reportajes incluso en las televisiones a favor de la prospección en Andalucía. En España existen unos programas en televisión y radio que llaman «tertulias», donde comparecen periodistas de los dos bandos, los que defienden al partido conservador y los que defienden a la izquierda. Se pelean entre ellos en nombre de los políticos, defendiendo las posiciones de cada partido.

—Vaya, qué curioso —dijo Brian Jones interesado—. ¿Y no hay ninguno que actúe con independencia?

—Sí, siempre hay tipos honrados que caen mal a los unos y a los otros —respondí con frialdad.

—Continúas sin explicarte —insistió Roy.

—Lo has comprendido, Roy, lo mismo que Schmidt y los abogados: me habéis encargado que haga un trabajo que ya están haciendo. ¿Por qué? —dije mirando a Schmidt.

—A usted no se le ha encargado el mismo trabajo. Su objetivo consiste en vencer las resistencias. Le dije que se ocupara de aquellos periodistas y ecologistas que crean problemas. Que acabe con ellos. —Bernard Schmidt habló sin alterarse, pero en su tono se adivinaba lo mucho que yo le desagradaba.

—El trabajo sucio. Sí, eso es lo que me ha encargado, lo cual es una temeridad. Usted sabe que yo no conozco bien España. En realidad sólo he estado una vez, hace poco, y menos de una semana. Hablo español, sí, pero nada más. Lo que usted pretende que haga es difícil para alguien que no conoce el terreno, que tiene que aprender de cero, investigar quién es quién. Cualquier paso en falso puede suponer un escándalo que perjudique a la petrolera. ¿O no ha pensado en eso?

—Usted no tiene ningún contrato con la compañía, no pueden relacionarlo —afirmó Brian Jones.

—Sí. Claro que pueden. Si empiezan a aflorar asuntos sucios de los opositores al proyecto de prospección, ¿no cree que alguien preguntará por qué? ¿O que los perjudicados no harán nada? No subestimen a los adversarios. Además, los españoles actúan con una lógica distinta a la de los anglosajones; son impredecibles.

—Son como los demás. No valen más —sentenció Schmidt.

—Si usted lo dice… En cualquier caso, no voy a jugármela haciendo el trabajo sucio en un país que no conozco bien y en el que sería una temeridad dar pasos en falso. Que lo haga otro.

—¿Cómo dice? —Schmidt pareció a punto de perder la paciencia.

—Que no voy a realizar el trabajo que me han encargado. Así de simple. Puedo hacer lo mismo que está haciendo esa agencia contratada directamente por la petrolera, pero no daré un paso más. Puedo darle la lista de personas que se oponen al proyecto, quiénes son, qué hacen, pero será usted el que acabe con ellos. Yo no puedo moverme en un terreno del que ignoro todo. Para ese trabajo necesita a gente local.

—Pues busque a esa gente —repuso Schmidt.

—No voy a improvisar. No se puede conquistar un terreno del que se ignora casi todo. Soy audaz, capaz de saltarme las reglas, como he demostrado con las campañas de Roy, pero no tengo instinto suicida. No estoy preparado para hacer en España lo que de mí esperan.

Se quedaron en silencio. Parecían estar digiriendo mis últimas palabras. Incluso Roy estaba pensativo. Yo me sentía satisfecho de mí mismo, pero no contaba con que Bernard Schmidt no iba a permitir que me pavoneara.

—No puede ser usted tan simple. —Schmidt lo dijo sin ironía, con desprecio.

No supe qué responder. No comprendía su embestida. Roy enarcó una ceja esperando la segunda acometida, mientras que los abogados aguardaban expectantes.

—Firmó un contrato, señor Spencer. Está obligado a trabajar para nosotros durante los próximos cinco años. Puede marcharse, pero tendrá que indemnizarnos —concluyó Schmidt.

—Se equivoca. Yo no he firmado eso —respondí con menos seguridad de la que demostraba.

—Claro que sí. Su contrato tiene unas cuantas cláusulas que me parece que usted no se ha molestado en leer —insistió Schmidt.

—Los cinco años y la indemnización eran una salvaguarda para ambas partes. No juegue tan duro, Schmidt, o terminaremos mal. ¿Quieren impedir que me vaya? ¿Cómo lo harán? Ustedes son abogados. —Miré a Jones y a Brown—. Saben que no hay un solo contrato que no se pueda romper. Si quieren que vayamos a los tribunales, iremos. Ustedes jugarán sus cartas y yo las mías.

—¿Qué propones, Thomas? —preguntó Roy preocupado.

—Yo salgo de la agencia, sin pedir nada y sin que nadie me pida nada. Guardaré el compromiso de confidencialidad y tan amigos.

—Tienes un buen trabajo. —Roy se mostró desesperado.

—A mí no me lo parece. Tú me querías trabajando contigo, y ellos —de nuevo miré a Jones y a Brown— se empeñaron en atarte corto, aunque para eso tuvieran que cargar conmigo. El señor Schmidt nunca estuvo de acuerdo con que me contrataran en GCP, pero tú insististe, presionaste, y como aún te necesitaban, idearon esta fórmula que en realidad no nos satisface a ninguno. Eso no significa que no pueda colaborar con estos señores en lo que respecta a ti o a otros asuntos. Podemos hacerlo fácil o difícil, ustedes deciden.

De nuevo el silencio se adueñó de nosotros. Schmidt parecía dispuesto a saltar sobre mí, pero Edward Brown hizo un ademán con la mano indicándole que no dijera nada. La respuesta la iba a dar él.

—El señor Schmidt tiene razón, podemos ponerle las cosas difíciles. Los contratos están para cumplirlos, señor Spencer. Pero todos perderíamos si nos enzarzáramos en esa pelea. No somos partidarios de las batallas inútiles. Pero antes de hablar de romper su contrato, debe hacer el trabajo de España.

—No tengo medios para hacerlo, ya se lo he dicho. Tendrán que buscar a otro. —Yo estaba dispuesto a aguantar el pulso.

—Es usted muy testarudo —afirmó el abogado Brian Jones.

—Simplemente cauteloso. No me han dado ni una sola explicación de por qué desde hace meses hay otra agencia trabajando para la empresa petrolífera.

—Usted lo dijo antes. Ellos hacen el trabajo limpio y a usted le corresponde el sucio. Es su especialidad. —Bernard Schmidt parecía estar escupiendo las palabras que me dirigía.

—No tengo escrúpulos, pero tengo instinto de supervivencia. Por tanto, no acepto el encargo.

—Tendrás que aceptarlo, Thomas. La gente del petróleo… Bueno, me han apoyado, me dieron dinero para la campaña. Me han dado más… Esperan mucho de mí. Tú eres mi chico, yo te he puesto en órbita.

—No, no soy tu chico, Roy. Me buscaste tú, y yo hice mi trabajo. A ti te fue bien y me pagaste. Estamos en paz.

—Tienes que hacerme este favor. —Roy pareció suplicarme.

—A estos amigos tuyos les importo una mierda y puede que a ti también, pero yo siento un inmenso amor por mí mismo y no voy a poner en juego mi cabeza.

—Al menos danos una salida… Improvisa, pero haz lo que se espera de ti —insistió Roy.

—Quiero salir de este despacho con un papel firmado en el que se diga que me voy de la empresa amigablemente, que no pido nada y nada se me pide. Luego puede que busque a quien quiera o pueda hacer el trabajo que ustedes quieren. Pero yo no daré la cara. Me quedaré en la retaguardia, moveré los hilos sólo hasta un límite que no implique quedar al descubierto. A la menor sospecha de que me la intentan jugar, desaparezco, pero les dejaré una bomba con la espoleta puesta.

Brian Jones y Edward Brown cruzaron la mirada y vi que en sus rostros se dibujaba una mueca de alivio. Me acababa de comprometer a seguir adelante, a mi manera, pero a seguir adelante. No me la jugaría por ellos, pero tampoco abandonaba el barco.

—De acuerdo, señor Spencer. Lo haremos a su manera. Mañana firmaremos el documento de despido. ¿Le parece bien? —preguntó Brown.

—Prefiero firmarlo ahora. No será difícil redactarlo. ¿Quiere que lo haga yo? —pregunté desafiante.

—Bueno, son más de las siete… No hay razón para que no redactemos el documento con cierto sosiego y lo estudiemos bien —respondió Brian Jones.

—Tengo prisa, señor Jones. Si quieren que les eche una mano en España, cuanto antes regrese mejor para todos —insistí.

Jones y Brown miraron a Schmidt. Parecían esperar alguna señal antes de aceptar mis argumentos. Schmidt hizo un gesto que no supe interpretar.

—Señor Spencer, tendrá que esperar a mañana. Necesitamos unas horas para hablar y poner las cosas en claro entre nosotros. Nos debe ese tiempo.

Bernard Schmidt no permitiría que me saliera del todo con la mía. Tuve que aceptar, no me dejaban otra opción. Me citaron al día siguiente a las cinco de la tarde, una hora tardía tratándose de Londres.

Me despedí sin darles la mano. Roy me siguió. Parecía un búfalo enfurecido porque resoplaba mientras nos metíamos en el ascensor. No hablamos hasta llegar a la calle.

Me agarró con fuerza del brazo obligándome a parar. Sentía la presión de sus dedos en mi antebrazo y a punto estuve de soltarle una patada en la espinilla para que aflojara la presión.

—¿Quieres que te invite a cenar? —le propuse con ironía.

—Vamos a cualquier parte. Mejor a tu apartamento, allí podremos hablar con tranquilidad.

—Bien, pediremos pizza o comida china. Lo único que tengo es whisky.

Caminamos en silencio hasta mi casa. Llovía pero ninguno de los dos teníamos prisa, de manera que nos mojamos sin protestar. Mientras Roy se secaba en el cuarto de baño, llamé por teléfono a una pizzería cercana. Hubiera preferido cenar en un buen restaurante, pero estaba claro que Roy tenía ganas de hablar. Preparé un par de whiskies rebajados con agua. La noche prometía ser larga y no quería quedar fuera de juego con la primera copa.

Roy dio un sorbo largo y casi me tira el vaso a la cara. Me lo esperaba.

—¡Esto es una mariconada! ¿Desde cuándo bebes agua con un poco de whisky?

—Primero hablemos, después beberemos.

—Thomas, yo no bebo agua.

—A mí tampoco me gusta, pero por algo hay que empezar.

Me mantuve firme. No quería que termináramos borrachos antes de comenzar a hablar. Roy solía beber compulsivamente, lo mismo que yo. No éramos capaces de retener demasiado una copa en las manos. El líquido desaparecía con rapidez, y una vez que empezábamos, ninguno de los dos sabíamos parar.

Intenté entretenerle pidiéndole que me contara cómo iban las cosas con Suzi. No quería que nos enzarzáramos en una discusión antes de comernos las pizzas que había pedido. Nunca había seguido el consejo de que para beber hay que tener el estómago lleno, salvo en algunas ocasiones. Aquélla era una de ellas.

—Estamos separados. Vivimos juntos, pero me obliga a dormir en el cuarto de invitados. Dice que cuando los niños sean mayores me dejará. Puede que lo intente antes. Si su padre se muere, ya no le importará lo que puedan decir de él. De manera que la amenazo con quitarle a los niños si se le pasa por la cabeza intentar divorciarse. Lo he perdido todo, Thomas.

—Has perdido a Suzi, nada más.

—Sin ella me he quedado sin vida. Parezco un invitado en mi propia casa. Estoy solo. No tengo con quién hablar, con quién compartir lo que me pasa. Suzi siempre estaba cerca, dispuesta a aconsejarme, a participar en todo lo que yo necesitara. Sin ella siento un gran vacío.

—Vamos, Roy, nunca le has sido fiel a Suzi. Sé de unas cuantas chicas que han pasado por tu cama. Hemos ido juntos a casa de madame Agnès, donde nos esperaban algunas chicas complacientes.

—Aquí en Londres, nunca en el condado, jamás con nadie que ella pueda conocer. Esas chicas son putas, caras, pero putas. No significan nada para mí.

—Pues aquella chiquilla pelirroja parecía gustarte —repliqué por alargar la conversación mientras llegaban las pizzas.

—Ni me acuerdo de su nombre. Esas mujeres no me importan nada, Thomas; son pedazos de carne con formas agradables. Pasas un buen rato y adiós. No esperas nada, ni ellas tampoco. ¿Acaso significan para ti lo mismo que Esther? No, claro que no, pero no por eso renuncias a un buen polvo.

—A lo mejor las cosas se arreglan. Dale tiempo a Suzi.

—Ya la conoces. No me perdonará nunca. Y a ti te odia. Si pudiera te haría picadillo. Jamás olvidará el chantaje que le hiciste.

—Que tú le hiciste, Roy. Se trataba de tus intereses, no de los míos.

Por fin llegaron las pizzas. Nos sentamos a la mesa, pero ni me molesté en poner mantel.

—¿No tienes una botella de vino? Esto no hay quien se lo trague, está malísima —protestó Roy.

Tenía razón. Se había quedado fría por el camino; el queso parecía chicle, y el salami no era de la mejor calidad. Aun así, nos las comimos. Me fastidió tener que abrir un Cabernet Sauvignon para acompañarlas.

Cuando terminamos serví dos vasos con whisky, esta vez sin agua, ni siquiera con hielo.

—Y bien, Roy, ¿qué quieres decirme?

—Les hemos vendido el alma a esos tipos —afirmó con pesar.

—¿A los abogados? No, yo no, Roy. Eres tú quien ha vendido su alma. Eres ambicioso y para llegar a donde quieres te han puesto un precio que has aceptado. Te aconsejo que no mires atrás. Ya no tienes otro remedio que continuar.

—¿Crees que te van a permitir dejarlos? No seas ingenuo. —Roy me lo dijo como si sintiera alivio de compartir su pesar.

—Yo no les importo, sólo soy un peón del que pueden prescindir. Eres tú a quien han ayudado a convertirse en alcalde, el que les ha proporcionado la compra de terrenos a precios irrisorios, el que ha hecho posible que una empresa a la que representan os agujeree todo el condado haciendo fracking para obtener gas. A ti todavía tienen que sacarte mucho jugo, Roy. A esta gente le conviene tener amigos en el Parlamento y te apoyarán para que consigas un escaño. Corres en su cuadra. Yo no.

—Sabes demasiado. —Lo dijo con rabia, por negarme a compartir su situación.

—Sí, sé demasiado y eso también es mi salvaguarda. Soy un sinvergüenza, lo sabes tú, y lo saben ellos; por eso me cubro las espaldas. Si sufro un accidente. Si me pasara cualquier cosa… Bueno, ellos tendrían algún que otro problema. Pero no creo que suceda, Roy. No soy una pieza clave en su organización. A ellos y a mí nos conviene seguir colaborando, sólo que yo quiero ser independiente. Yo también he cometido errores. Debí dejarme llevar por mi instinto y no aceptar trabajar para ellos ni para GCP. Me dieron un despacho, me permitieron contratar a Maggie como secretaria, también a Cooper y a Evelyn, así como ocuparme de sacarte las castañas del fuego y seguir haciéndote el trabajo sucio. También acepté que haría otros encargos. Me equivoqué por completo. Por eso me quiero ir, Roy, porque ahora ellos tienen el control, no yo.

—No podrás dejarlos, Thomas.

—Ya lo verás.

—Y, si fuera así, ¿cómo quedarán las cosas entre tú y yo?

—Seguiré trabajando para ti, Roy. Puedes seguir siendo mi cliente. Lo que no quiero es mezclarme en asuntos que no controlo. Lo de España no me gusta, hay gato encerrado. Puede que Schmidt me lo haya encargado para deshacerse de mí.

—Schmidt te aborrece.

—Sí, es evidente. Tampoco yo movería un dedo por él salvo para empujarle al infierno.

—¿Y si te engañan? —preguntó con inquietud.

—Deja de preocuparte. Mañana firmaré mi libertad. Yo cumpliré con mi parte del trato. Iré a España y haré lo que pueda sin comprometerme demasiado. Punto final.

—Lo que ellos quieren… Bueno, tendrás que hacerlo.

—Ya se me ocurrirá algo.

—Dijiste que querías regresar a Nueva York, ¿por qué?

—¡Uf! Ni siquiera yo sé muy bien por qué. Supongo que es por mi empeño en casarme con Esther. Desde aquí no lo conseguiré. Tampoco me gusta Londres, al menos no tanto como para instalarme definitivamente. Intentaré mantener aquí una pequeña estructura. Cooper y Evelyn continuarán trabajando para mí, si es que tenemos clientes. Tú mismo puedes ser nuestro principal cliente, Roy. Pero también quiero explorar el trabajo en Nueva York. Soy de allí, es mi ciudad. Tú no lo puedes comprender, pero cuando llego a Nueva York tengo la sensación de que descanso; todo me es familiar: la gente, las calles, los códigos de conducta… Todo eso me produce seguridad y me relajo.

—¿Te ha pedido tu padre que regreses?

—No, no lo ha hecho, no se atrevería a hacerlo. Es demasiado respetuoso para decirme lo que debo hacer.

—¿También lo haces por él, porque está enfermo?

—¡Claro que no! La familia sería la última razón por la que yo volvería a Nueva York. Necesito regresar, eso es todo. Quiero tener las riendas de mi vida y aquí siento que no las tengo. En realidad las perdí el día en que te hice caso y acepté trabajar para tus amigos abogados.

—No sé si me permitirán que continúes trabajando para mí —susurró Roy, como si se lo estuviera diciendo a sí mismo.

—Eso dependerá de ti. Diles que yo ya conozco el nombre de los cadáveres que guardas en el armario y que es mejor que tu suerte siga unida a la mía.

—¿Sabes, Thomas? Me pregunto desde que te conocí qué te ha hecho la vida para ser… para ser como eres.

—¿Un malvado? Dilo, Roy, no te preocupes, puedes decir en voz alta que soy un malvado. Bueno, es una elección, Roy; mi propia elección.

—Pero tan joven…

—Sí, aún no he cumplido los treinta, pero ya llegaré. Es cuestión de tiempo. —Dije todo esto riéndome porque me hacía gracia el estupor que parecía sentir Roy. No terminaba de comprender mis porqués.

—¿Sabes?, siendo como eres… me sorprende tu obsesión por Esther. Es una buena chica aunque no es una belleza. Lista, sí, pero a simple vista no parece haber en ella nada extraordinario como para que estés tan empeñado en casarte.

—Pues es extraordinaria, Roy, te aseguro que lo es. Por eso la necesito a mi lado. No querría a ninguna otra.

Acordamos ir a tomar otra copa a casa de madame Agnès. Hacía tiempo que no le permitía acompañarme. Si yo había sido capaz de acabar con la carrera política de Frank Wilson a cuenta de sus visitas a una casa de citas, alguien podría hacer lo mismo con la de Roy. En realidad, la casa de madame Agnès era uno de los burdeles más exquisitos y discretos de Londres, del que yo me había convertido en uno de sus mejores clientes durante las muchas noches de soledad en la ciudad.

Las chicas cambiaban con cierta frecuencia, pero todas eran preciosas, educadas y calladas. Vestían con elegancia. Sobre todo me gustaba la apariencia del lugar, una casa donde se reúnen unos cuantos hombres a charlar de política y negocios. No era extraño ver a algunos hombres hacer negocios sentados en un rincón sin que nadie los molestara. Los oligarcas rusos tenían debilidad por el lugar, aunque madame Agnès, la encargada, no pareciera sentirse a gusto con ese tipo de clientes. «Demasiado ruidosos», me susurró un día. Supongo que temía que no supieran comportarse como algunos de los caballeros estirados e hipócritas que tenía por clientes.

A mí me gustaba experimentar, de manera que siempre elegía a una chica distinta; al contrario de Roy, que en las pocas ocasiones en que acudió buscaba la compañía de una joven pelirroja que le recordaba a Suzi veinte años atrás.

No había rastro de vulgaridad en aquellas mujeres. Conversaban sobre política o economía. Estaban al tanto de los vaivenes de la bolsa, y eran capaces de opinar sobre arte. Una vez le pregunté a madame Agnès cómo era posible que aquellas mujeres se dedicaran a entretener a hombres como los que estábamos allí.

—Todos mis invitados son unos caballeros, como usted mismo. Y muy generosos. Aprecian la belleza, la delicadeza, una buena conversación… y ellas aprecian su generosidad, su caballerosidad.

Aquella noche Roy se enfadó. La pelirroja estaba charlando con un político y las normas en casa de madame Agnès eran estrictas. Nadie osaba interrumpir conversaciones ajenas. Yo me decanté por una joven anglo-japonesa. Era nueva. Otra norma de la casa era que nada de preguntas. Ni las chicas podían ser curiosas respecto a los clientes ni éstos debían indagar sobre ellas. Aun así me salté esta norma (no sería la única) y le pregunté cómo había llegado hasta allí.

Yoko, dijo llamarse Yoko, me respondió con naturalidad que estaba estudiando Filología Inglesa en la Universidad de Londres, pero no me permitió preguntar más. Inició una conversación sobre una exposición de Rubens en la National Gallery of British Art, aconsejándome de manera entusiasta que no me la perdiera.

Le propuse que me acompañara, quebrantando otra de las normas de madame Agnès: las chicas no debían ver a los clientes fuera de su casa, hacerlo significaba que no podían seguir trabajando allí.

Yoko negó con la cabeza mientras esbozaba una sonrisa. Me di cuenta de que aquella mujer me estaba trastornando y aún no me había acostado con ella. Pensé en Esther, creyendo que recordarla me ayudaría a no perder la perspectiva. La joven Yoko era una prostituta, de lujo, pero prostituta. Roy se reiría de mí si viera mi interés por Yoko. Sabía lo que me diría: un hombre no debe perder la cabeza por ninguna de aquellas chicas.

A pesar de los años transcurridos aún recuerdo aquella primera vez con Yoko. Fue un descubrimiento de sensaciones que ignoraba que existieran. Se convirtió en el *alter ego* de Esther. De Yoko necesitaba su cuerpo; de Esther, su cabeza. Me prometí que las tendría a las dos y lamenté que no fuera posible unir cuerpo y cabeza en una sola.

Roy me telefoneó al día siguiente. En realidad me despertó. Estaba de buen humor y le propuse que almorzáramos juntos. Se excusó. Tenía previsto comer con el portavoz de los conservadores en el Parlamento.

Yo ya sabía que Roy no era el único muñeco de los dos abogados. Era uno más de los que participaban de los manejos de Jones y Brown. Aquellos dos hombres representaban a clientes cuyas fortunas eran tan fastuosas como el PIB de algunos países. Por eso necesitaban comprar a políticos, periodistas, empresarios y chantajear a cualquiera que se interpusiera en los intereses de sus clientes. Detrás de sus modales melifluos se escondían dos hombres que carecían de escrúpulos. Dudo que hubiera en ellos algún resto de humanidad. Claro que a otros también les habría resultado difícil encontrar ese resto en mí.

A las cinco en punto acudí al despacho de los abogados, pero era Schmidt quien me estaba esperando.

—¿Y los abogados? —pregunté con desgana.

—Ocupados. Resolveremos el problema entre usted y yo.

—No creo que usted quiera resolverlo —respondí con impertinencia.

Schmidt no se inmutó. No me consideraba tan importante como para responder a lo que podía sonar como provocación.

—Aquí está el documento para que lo firme. Dejará de ser un empleado de GCP, pero mantendrá el compromiso de confidencialidad por los trabajos realizados con la empresa. También se compromete a colaborar con nosotros cuando sea requerido aunque como independiente, al menos durante los próximos cinco años. Es la única manera de que, por ahora, pueda seguir haciéndose cargo del señor Parker. Eso significa que aunque usted monte su propia agencia, todo lo que se refiera a Roy Parker tendrá que gestionarlo con nosotros. No podrá tomar decisiones por su cuenta. ¡Ah!, tampoco podrá trabajar para otras agencias.

—No es eso lo que habíamos acordado —protesté poniéndome en pie, dispuesto a irme.

—Usted no puede actuar a su antojo. O lo acepta o de lo contrario ejecutaremos la cláusula en la que debe indemnizar a la empresa por no cumplir con las condiciones pactadas. La cifra alcanza las doscientas mil libras.

Aún me pregunto cómo pude ser tan estúpido para haber firmado aquel contrato. Supongo que en aquella época no era tan maduro ni tan listo como me creía. En realidad no dejaba de ser un jovenzuelo con ínfulas. Yo mismo me había metido en la boca del lobo. Y el lobo no estaba dispuesto a dejarme salir de la guarida sin darme un buen mordisco.

Ésas eran las cartas con las que tenía que jugar. No podía levantarme de la partida. Recobraría mi libertad a medias, pero tenía que pagar un precio que no estaban dispuestos a perdonarme.

—¿Qué es lo que quiere que haga exactamente, Schmidt?

—Ya lo sabe. Busque la mierda de quienes se oponen a la extracción del petróleo. Fíltrelo a la prensa y punto final. Del resto nos encargamos nosotros.

—Usted sabe que no soy la persona idónea para hacer ese trabajo en España. Puedo hacerlo en Inglaterra, en Estados Unidos, pero no en España. Allí rigen otros códigos que yo desconozco. Si algo sale mal, ustedes pagarán las consecuencias —le advertí.

—Si algo sale mal, las pagará usted. Este despacho es el de dos ilustres abogados que aconsejan a sus clientes cómo hacer frente a determinadas crisis. Nada tienen que ver con trabajos como los que hace usted.

—Pero que me encargan ellos.

—¿Tiene alguna prueba? —respondió con una sonrisa torcida.

—Puedo llevar un micrófono oculto. —Me tiré el farol.

—Señor Spencer, aunque no lo sepa, antes de llegar a este despacho usted ha pasado ante varios aparatos de rayos X. ¿Quiere que le diga de qué color lleva los calzoncillos?

No se lo pregunté. Podía estar jugando de farol también él o podía ser verdad lo que había dicho.

Firmé el documento y cuando se lo entregué, no hizo ningún gesto de sentirse satisfecho. Nunca había dudado de que firmaría.

—Haré lo que pueda pero nada más.

No me despidió. Se limitó a llamar a la secretaria por el interfono para que me acompañara al ascensor.

Hubiese podido regresar a España aquella misma noche, pero no lo hice. Me sentía ansioso por ir a casa de madame Agnès. Y ver a Yoko. Con ella había pasado la mejor noche de mi vida y quería repetir.

Era pronto cuando llegué a la discreta casa del barrio francés. Apenas había tres o cuatro clientes tomando apaciblemente una copa. Charlaban entre ellos y no había rastro de ninguna de las chicas. Pregunté a madame Agnès por Yoko. Me miró con disgusto. No le gustaban los clientes que se aficionaban a una sola chica. Solía decir que era una fuente de problemas.

—No estará aquí esta noche. Viene de vez en cuando a visitarnos. ¿Una copa de champán o prefiere algo más fuerte? —me preguntó impaciente.

Pedí un whisky doble. Sentía un deseo irreprimible de destrozar aquel salón que de repente, sin la presencia de Yoko, me pareció vulgar.

—¿Cuándo volverá?

—Eso no lo sé, señor Spencer. La señorita Yoko no es de las fijas, ella llama cuando quiere venir. Y, por lo que sé, usted anoche fue muy generoso. No sólo con esta casa, también con ella. Lo que, como bien sabe, contraviene las normas.

Me molestó que Yoko le hubiera contado a madame Agnès que yo había depositado junto a su ropa los mil dólares que llevaba encima, además de las libras. Estaba prohibido pagar a las chicas. La norma era pedir la cuenta cuando uno se iba. En la factura se incluía el champán y el resto de las bebidas, además de un apartado que decía «extras». Era la partida más sustanciosa. Nunca menos de cuatrocientas libras.

Me excusé con madame Agnès. No quería enfadarla y dejar de ser bien recibido en su casa. En alguna ocasión había pedido a alguno de sus clientes que no volviera más. Y debía de ser muy persuasiva porque no volvían a intentarlo. ¿Acaso tenía con qué impedirlo?

—No debe preocuparse. Si pregunto por Yoko es porque me pareció una mujer muy agradable, pero no más que las otras señoritas que suelen… que suelen acompañarnos.

—Como usted sabe, mis amigas son todas encantadoras, no hay unas mejores que otras. Seguro que esta noche encontrará a alguna con la que conversar y compartir una copa de champán.

De manera discreta hizo una seña a una chica que acababa de llegar. Rubia, alta, delgada, vestida con un traje negro sencillo pero elegante y unos inmensos ojos verdes. Se acercó a nosotros.

—Querida, no sé si conoces a mi buen amigo el señor Spencer. Estamos hablando del tiempo, en esta época en Londres llueve siempre. Creo que a todos nos vendría bien un tentempié. Pediré a la doncella que sirva unos crepes que la cocinera ha preparado.

Nos dejó con la certeza de que continuaríamos hablando. No tenía por qué ser de otra manera, aquella chica era muy atractiva y cualquier otra noche la habría pasado con ella, pero yo había ido en busca de Yoko.

Me bebí con demasiada rapidez el whisky y me marché antes de que empezara a animarse la noche. Madame Agnès me despidió con una mirada de reprobación. Sabía que me iba porque no estaba Yoko y eso contravenía el buen funcionamiento de su negocio.

Regresé a mi apartamento dispuesto a continuar bebiendo. En la despensa guardaba tres o cuatro botellas de whisky. En la nevera no había ni siquiera un cartón de leche. No es que tuviera apetito. Además de los crepes de marisco, había comido unos cuantos canapés de salmón. Suficiente para no tener el estómago vacío y poder beber un buen rato antes de que me tumbara el alcohol.

Me serví un vaso hasta el borde. Estaba de malhumor. Me había prometido una noche con Yoko y me encontraba solo, delante del televisor.

Telefoneé a Esther. Me cogió el teléfono, lo que interpreté como una buena señal.

—¿Sabes qué hora es en Nueva York? —me preguntó.

—Aquí son las ocho. Allí deben de ser las tres, ¿me equivoco?

—Estoy trabajando. Ahora no podemos hablar.

—Llámame cuando salgas de la agencia —casi supliqué.

—Tengo que ir al centro de Paul. Hoy doy clase.

—Pues llámame cuando llegues a tu casa.

—Será tarde para ti.

—No importa, despiértame. ¿Lo harás?

—Lo haré. ¿Estás bien?

—Más o menos.

—¿Qué ha pasado? —preguntó con un deje de preocupación.

—Creo que he conseguido casi mi libertad. Los abogados están dispuestos a dar por concluido mi contrato si hago el trabajo de España.

—¿Y si no?

—Un lío. Y tendría que indemnizarlos por incumplimiento de contrato con doscientas mil libras.

—¡Vaya!

—De manera que mañana salgo para Madrid. Intentaré hacer las cosas tal y como me piden. Espero no pillarme los dedos y olvidarme de esta gente para siempre.

—¿Y Roy?

—Está hecho una mierda. Suzi no le perdona. Cree que en cuanto su suegro muera o sus hijos se hagan mayores le abandonará. Le hace dormir en el cuarto de invitados.

—Se lo merece.

—Bueno, ella no puede hacerse la inocente. No le pareció mal que con malas artes acabáramos con los oponentes de Roy. Les birlamos la alcaldía con juego sucio y ella estuvo de acuerdo.

—Pero ahora se trataba de su padre; de hacerle renunciar a sus tierras, a su negocio, a su forma de vida.

—Puro egoísmo.

—Es lógico que reaccione así. Hay líneas que uno nunca traspasa. La de Suzi es la familia.

—Roy es su familia, te recuerdo que es su marido —repliqué irritado, no tanto por lo que decía como porque aún estaba pensando en Yoko.

—Es su marido, que no es lo mismo que su familia. La familia son los padres, los hermanos, los hijos, pero un marido… Un marido o una esposa son otra cosa, se pueden sustituir. Pero tus padres son tus padres; es algo que, aunque quiera, nadie puede cambiar.

—No me lo digas a mí. Ya hablaremos. —Colgué el teléfono.

Me emborraché. No quería otra cosa. Estuve bebiendo mientras evocaba la noche pasada con Yoko; luego perdí el conocimiento. Lo sé porque una vez más me desperté en el suelo. El timbre del móvil sonaba insistente, pero no me sentía capaz de moverme. Me dolía todo el cuerpo y tenía ganas de vomitar. Es lo que hice, allí tirado sobre la alfombra. Me faltaban las fuerzas para incorporarme y llegar al cuarto de baño, de manera que me acurruqué intentando taparme la cara para que el olor del vómito no me provocara otro.

La asistenta me encontró tirado en el suelo. No se inmutó. Ya estaba acostumbrada. Abrió la ventana del salón y con impertinencia me pidió que me levantara.

—Váyase a la cama o donde no moleste, pero le advierto que es la última vez que recojo sus vómitos. No tengo por qué.

Como no me movía, se inclinó para ayudarme. Yo no era capaz de ponerme en pie. Le costó que me incorporara y tiró de mí llevándome a rastras hasta la habitación. No sé cómo lo hizo, pero me ayudó a subir a la cama. Allí permanecí tendido unas cuantas horas más. Hasta el cuarto llegaba el ruido del aspirador y sus protestas por el estado en que había dejado la moqueta. Me dijo adiós al marcharse pero yo no respondí. No encontraba mi voz.

Aún tardé un par de horas en ponerme en pie. Eran cerca de las doce. Había perdido el avión a Madrid. Me entretuve bajo el agua helada de la ducha para despejarme. Salí tiritando, pero el frío me había devuelto los sentidos. Preparé una cafetera dispuesto a terminar de reanimarme con una buena dosis de cafeína. No estuve listo hasta cerca de las dos.

Tuve suerte. A las seis había un vuelo con destino a Madrid. Telefoneé a Jim Cooper anunciándole mi llegada. Estaba con Evelyn en Sevilla. Neil seguía en Madrid. Cuando el avión aterrizó, llamé a Blanca. Me dijo que aquella anoche actuaba en un café junto a un grupo de cuerda. «Ven, luego iremos a tomar una copa.» Acepté. Me estaba aficionando a la manera de vivir de los españoles. Resultaba sorprendente cómo eran capaces de trabajar y, al mismo tiempo, disfrutar de la vida.

Blanca me había dicho que Madrid era una ciudad que nunca dormía. No mentía.

Amanecí en su casa. No había bebido en exceso, así que apenas tenía rastros de resaca. A las ocho había quedado para desayunar con Neil en el hotel. Aunque procuré vestirme sin hacer ruido Blanca se despertó.

—¿Te vas ya?

—Tengo un desayuno de trabajo.

—Vale. ¿Nos vemos luego?

—Puede ser, depende de cómo vayan las reuniones. Yo te llamo.

Se encogió de hombros y volvió a la cama. Parecía que tanto le daba verme como que no.

Neil me puso al día. En realidad no había demasiadas novedades.

—En Andalucía la opinión pública local está dividida. Son conscientes de los beneficios, pero también de que sería inevitable la contaminación de la costa. Hay periódicos a favor, otros en contra... En fin, están en plena polémica. La agencia de comunicación contratada por la petrolera ha hecho bien su trabajo. Porque se trata de eso, de provocar una división en la opinión pública, que parezca que nadie tiene la razón absoluta.

—¿Y los principales opositores?

—Sobre todo los partidos políticos con inquietudes ecologistas. Con éstos no hay argumentos que valgan. Pese a que prometas acabar con el desempleo de la región continuarán oponiéndose. Aunque te cueste creerlo, hay gente que tiene principios.

—¿Qué tenemos contra sus líderes?

—Aquí las cosas no funcionan así. —Neil me habló como si yo fuera un niño al que había que enseñar los fundamentos de la vida.

—Si desprestigiamos a dos o tres de sus líderes se acaba el problema.

—No, Thomas, en España no. Podemos conseguir que publiquen alguna mierda en los periódicos, pero eso no restará fuerza a quienes se oponen. Éste es un país muy ideologizado, la opinión pública no se mueve por los mismos parámetros que la anglosajona. Aquí un partido puede tener un buen número de dirigentes corruptos y no pasa nada. Los juzgan, los meten en la cárcel o los salvan, pero los votantes siguen confiando en su partido. Y un asunto como éste está por encima de lo que digan los partidos. Es la gente la que no quiere que una plataforma petrolífera acabe con el medio ambiente.

—Pero algo se podrá hacer.

—Me parece un esfuerzo inútil intentar enlodar a dos o tres tíos porque eso no cambiará las posiciones de unos y otros. Ya te he dicho que la agencia que contrató la petrolera ha hecho las cosas bien. Nosotros sólo podemos abundar en la misma dirección.

—Schmidt y los abogados quieren sangre.

—Pues en este caso no es necesario. Lo más práctico es conseguir que expertos en medio ambiente, naturalmente seleccionados por nosotros y con unos cuantos títulos universitarios de esos que impresionan, escriban en los periódicos, participen en debates, concedan entrevistas... Puedes inundar los medios de reportajes que demuestren que sacar petróleo es ecológico, qué sé yo...

—Pero en los papeles que me diste había unas cuantas dosis de mierda sobre algunos de los cabecillas detractores.

—Fíltralo tú si es lo que quieres, pero eso no cambiará demasiado las cosas —insistió Neil.

—Schmidt no lo ve así.

—Schmidt no conoce España, o si la conoce, no la comprende. Mira, aquí la gente es muy visceral, están con su partido hasta más allá de la razón. En medio está la gran masa silenciosa, la que inclina la balanza hacia un lado u otro; a ésa hay que dirigirse. Los ecologistas están asustando a la gente diciendo que sacar petróleo a pocas millas de la costa puede provocar una catástrofe natural. Los pescadores temen por su futuro y los empresarios turísticos creen que les perjudicará el negocio. Todos ellos son la masa crítica que apoyan a los movimientos ecologistas porque defienden los mismos intereses. Es a ellos a los que hay que convencer, y para eso no necesitas destrozar a nadie. Es mejor plantear una campaña en positivo. Yo lo haría así.

—¿Qué propones?

—Hasta ahora han invitado a los periodistas a visitar las instalaciones petrolíferas. Yo invitaría a los empresarios turísticos, contrataría a dos o tres premios Nobel para un ciclo de conferencias, y repartiría dinero entre los armadores de pesca, amén de intentar convencerlos con los mismos métodos que a los anteriores. Incluso procuraría un cambio de opinión entre las mujeres. Hay asociaciones de amas de casa, de madres trabajadoras, de no sé cuántas cosas. Hay que convencerlas de que el futuro de sus hijos no va a verse afectado porque haya una prospección petrolífera, que incluso puede ser su medio de vida.

—Estupendo, lo haremos como dices. Neil, eres un genio.

—No soy ningún genio. Hay cosas evidentes; no se manda a un ejército para convencer, en este caso sería contraproducente.

—¿Puedes ordenar en unos folios lo que me has dicho?

—Aquí están. Sabía que me lo pedirías. Oye, yo ya no tengo nada que hacer aquí. He bebido buen vino, he comido como un rey, e incluso me ha dado tiempo de visitar tranquilamente el Museo del Prado y el Thyssen, pero no tengo ningún trabajo real que hacer. Puedo quedarme. Mientras estoy aquí corre el taxímetro y ya sabes que mi tarifa es cara. Tú dirás.

—Quédate un par de días, y les echas una mano a Cooper y a Evelyn para organizar todo lo que me has propuesto.

—Creo que deberías hablar con Pedro López, el dueño de la agencia que has contratado para que os ayude. Se sabe mover bien.

Cooper y Evelyn se pusieron a trabajar buscando expertos que defendieran que las prospecciones petrolíferas son una bendición para cualquier lugar. Y yo, aunque con desgana, por fin conocí a Pedro López, cuya agencia nos había ido brindando información certera.

La agencia de López estaba situada en Chamberí, un barrio burgués.

Desde el primer apretón de manos López me recordó a mi antiguo jefe, Mark Scott. La misma edad, la misma vestimenta, jeans, camisa azul sin corbata, chaqueta de cachemira, zapatos relucientes con cordones y una sonrisa excesivamente amable. Incluso lucía ese bronceado de los hombres que, meticulosos con su aspecto, procuran hacer deporte al aire libre, tiempo que además aprovechan para realizar negocios.

—Tenía ganas de conocerle, señor Spencer. Trabajar con su agencia es un placer. Cooper y Evelyn me han ido poniendo al corriente de lo que necesitan... No es fácil convencer a la opinión pública de las bondades de una prospección petrolífera, pero haremos cuanto podamos.

—Pues se trata de eso, de convencer. Y no hay mejor manera de convencer que presentar las cosas en positivo. No queremos meternos con nadie, confrontarnos a cara de perro con los opositores al proyecto. El modo idóneo de que los ciudadanos tengan una opinión es darles los instrumentos para que lleguen a ella de forma libre. Eso es lo que mis clientes esperan de nosotros —dije con suficiencia.

—¿Cómo quiere hacerlo? —preguntó López con curiosidad.

—Me gustaría que preparara una lista con todas las organizaciones cívicas de la región: amas de casa, organizaciones empresariales turísticas, armadores... En fin, todos aquellos que representen a la sociedad. Invitaremos a sus líderes a visitar algunas plataformas petrolíferas, lo mismo que se ha hecho con periodistas, pero de esta manera ellos mismos comprobarán cómo son las medidas de seguridad en estas plataformas, cómo se trabaja. Luego queremos promover un ciclo de conferencias y debates con la participación de expertos, traeremos a algún premio Nobel.

—¿Y políticos? Querrán ver a los políticos andaluces.

—No, en absoluto. Nuestro propósito es convencer a la sociedad. Si la sociedad está convencida entonces los políticos tendrán que actuar en consecuencia. Tampoco tenemos interés en los periodistas.

—Muy inteligente. Bien, diseñaremos un plan y en cuanto usted lo apruebe empezaremos de inmediato.

—Necesito ese plan para mañana y comenzar a ejecutarlo pasado mañana.

—Demasiado rápido.

—No tenemos mucho tiempo.

López no prometió nada. No era dueño del paso del tiempo, pero sí me invitó a jugar al tenis durante el fin de semana.

—Le invito a almorzar en casa, pero tráigase las raquetas, jugaremos un partido antes. Vendrán otro par de amigos, así jugamos a dobles, ¿le parece bien? Por supuesto, si viene acompañado no hay problema. A mi mujer le encanta tener la casa llena de gente.

Me disculpé. No tenía el menor deseo de dedicar parte del fin de semana a escuchar conversaciones que nada me importaban entre ejecutivos que me importaban aún menos.

Prefería seguir amaneciendo en casa de Blanca. Lo pasaba bien con ella aunque hubiera preferido seguir amaneciendo al lado de Yoko. No podía dejar de pensar en ella. Pero Blanca era una buena sustituta, sobre todo por su despreocupación y alegría en todo lo que hacía.

Le mandé a Schmidt un informe con la estrategia que íbamos a poner en marcha y a los abogados les remití una copia. No recibí respuesta, por lo que interpreté que me daban vía libre para acertar o equivocarme. Pasara lo que pasase, yo sería el responsable.

López propuso que nos instaláramos en sus oficinas; nos brindó un pequeño despacho. «Es mejor que estemos permanentemente comunicados, trabajando codo con codo.» Tenía razón. Cooper y Evelyn también lo encontraron más cómodo.

Blanca me planteó que viviera en su casa durante el tiempo que estuviera en Madrid, que yo preveía que sería un par de meses. Estuve tentado de decir que sí, pero preferí seguir manteniendo la habitación en el hotel. No quería que se estableciera un vínculo que complicara la relación y tampoco sentirme en la obligación de compartir con ella todas mis noches. Eso sólo estaba dispuesto a hacerlo con Yoko o con Esther, y si fuera posible, con las dos a la vez.

Aquéllos fueron los mejores meses de mi vida, aun con la ausencia de Yoko y de Esther. Empecé a reconciliarme con mi origen hispano, por más que los españoles no me recordaran en nada a los hispanos de Estados Unidos, salvo en su manera de encarar la vida aunque la suerte les diera la espalda.

Me sorprendía comprobar que la gente siempre estaba dispuesta a compartir su tiempo frente a una barra de bar bebiendo una cerveza, una caña, o incluso cómo muchos, a pesar de los vaivenes de la economía, salían a la calle a pasear, como si el solo hecho de respirar fuera suficiente.

«La luz, es la luz», me repetía, y sigo creyendo que la luz es lo que define el carácter de un país, y por tanto, de sus gentes.

Creo que no me acosté ninguna noche antes de la madrugada. Incluso cuando no dormía con Blanca. Algunos días, cuando salíamos tarde de la agencia de López, éste insistía en que fuéramos a tomar una caña. Lo hacíamos, y no fueron pocas las ocasiones en que nos dieron las dos o las tres de la madrugada saboreando una copa en algún local.

—¿Tu mujer no se enfada por que llegues tarde? —le preguntó Cooper a López una de esas noches.

—¿Por qué habría de enfadarse? Ella sabe que si llego tarde es porque estoy trabajando.

—Bueno, pero ahora no estás trabajando, estamos bebiendo —replicó Cooper.

—Ya, pero vosotros habéis contratado a mi agencia para que lleve a cabo un trabajo. No sois de aquí, no puedo dejaros tirados —respondió riendo.

Su lógica nos resultaba ilógica. Salir del trabajo, entrar en un bar, pedir unos pinchos o ir a cenar, seguir la conversación en un café, o en un local de copas, no era precisamente lo que Cooper, Evelyn y yo entendíamos por trabajar. Bueno, eso tendría justificación una noche, pero eran demasiadas las noches que compartíamos vino y risas con López y algunos de sus colaboradores. Lo sorprendente es que a la mañana siguiente todos acudían puntualmente a trabajar. También nos desconcertaba que no tuvieran límite de horario.

—Los españoles trabajan más que nosotros —admitió Cooper.

—Sí que le echan horas —añadió Evelyn—, pero no parece importarles.

—Será porque dedican mucho tiempo a comer. A mediodía la gente desaparece del trabajo y no regresan hasta las cuatro o las cinco —intenté explicarles.

—Que es la hora en que nosotros tomamos el té y damos por finalizada la jornada laboral. Lo hacen todo al revés. —Evelyn los admiraba.

Dos meses después habíamos cumplido todos los objetivos. Unas asombradas madres de familia habían visitado las plataformas petrolíferas del Mar del Norte. Dos premios Nobel habían disertado en el corazón de la provincia de Huelva sobre el petróleo, no sólo como fuente de energía sino como proveedora de puestos de trabajo. Expertos de la ONU en medio ambiente debatieron con los ecologistas locales. La sociedad continuaba dividida, pero la percepción de la petrolera como una fuerza del mal se había conjurado. No puedo decir que la opinión pública hubiera dado un vuelco, pero sí que se habían suavizado las posiciones de la llamada «sociedad civil», que no es otra cosa que la gente común.

Envié un informe detallado a Schmidt dándole cuenta de lo que yo calificaba de logros. Recibí respuesta una semana más tarde a través de un e-mail citándome a una reunión con los abogados. Me fastidiaba tener que ir a Londres, pero debía hacerme a la idea de que la aventura española había terminado.

En esta ocasión, además de Schmidt, estaban presentes Brian Jones y Edward Brown. Mientras les resumía los resultados obtenidos pude leer en sus ojos que no parecían insatisfechos.

—Ha gastado usted muchos miles de libras sin obtener ningún resultado —afirmó Schmidt.

—No se puede hacer más —aseguré dispuesto a mantener otro pulso con Schmidt.

—No es mucho lo que ha conseguido —dijo Brian Jones.

—He hecho lo que me habían pedido pero sin sangre. El

rendimiento es el mismo. He de decirles que sin la agencia de Pedro López nos habría resultado más difícil. Su trabajo nos ha sido imprescindible. Puede serles útil en el futuro. —No quise dejar de ser agradecido con el español.

—Bernard, ¿tú qué dices? —preguntó Edward Brown a Schmidt.

—El trabajo no está mal, pero el problema no está resuelto —sentenció el alemán.

—Es lo que tiene hacer las cosas ordenadamente sin ir matando a los oponentes —comenté con ironía.

—Esta mañana he hablado con los directivos de la petrolera. Ahora les toca a ellos hacer la presión definitiva sobre el gobierno español y el gobierno local para que les permita realizar la prospección. Si no lo logran, tendrán que retirarse —respondió Schmidt a Brown ignorando mi comentario.

—Pues ya pueden ir pensando en llevar a cabo prospecciones en otro lugar —sentencié.

Me miraron con algo parecido al desprecio.

—De acuerdo, señor Spencer. A partir de hoy entra en vigor la modificación del contrato anterior. Se le ha ordenado a su secretaria, creo que se llama Maggie, ¿no es así?, que empaquete todas sus cosas y las tenga listas para sacarlas del edificio. Usted le dirá dónde quiere que se las mande. El señor Lerman ya tiene listo el finiquito, —El tono de Edward Brown fue frío como el hielo.

—Asunto concluido. ¡Ah!, tiene que enviar cuanto antes las facturas con los últimos cargos. —Brian Jones evitó que nos enzarzáramos en una discusión.

—Pienso seguir ocupándome de los asuntos de Parker —les advertí.

—Bueno, el señor Parker tendrá que atenerse a sus compromisos. Puede que haya asuntos de los que usted se pueda encargar o puede que nosotros le aconsejemos otro asesor. En cualquier caso, el señor Parker sabe que debe cumplir determinados compromisos que ha contraído con algunos de nuestros clientes —recalcó Edward Brown.

Estaba claro que a poco que Roy se lo permitiera, y tarde o temprano no tendría más remedio que hacerlo, me quitarían de en medio. Yo era de la confianza de Roy, pero ellos no confiaban en mí. Eran las reglas. Las conocía.

Nos despedimos con una inclinación de cabeza. No nos dimos la mano. Schmidt me ignoró, ni siquiera se molestó en hacer el gesto. Permanecía sentado mirando por detrás de mí, como si yo fuera transparente, como si no existiera.

Regresé a Madrid. Tenía parte de mi ropa en la habitación del hotel y el resto en el armario de Blanca. Quería celebrar una cena de despedida con Pedro López. El tipo había terminado cayéndome bien. También invitaría a Cooper y a Evelyn. Estaban preocupados porque yo no había querido comprometerme con su futuro. No podía hacerlo antes de pensar en el mío, aunque ya sabía lo que quería hacer. Lo había ido meditando durante los dos meses pasados en Madrid.

La cena de despedida fue multitudinaria. La gente de la agencia, Blanca y sus amigos, Cooper, que trajo a un jovencito sospechosamente femenino, y Evelyn, que me sorprendió presentándome a uno de los publicitarios de López como su «novio español».

Fue una noche memorable. Amanecimos en casa de Blanca, donde fuimos a tomar la última copa. Nos despedimos con la aflicción de quienes saben que su tiempo juntos ha terminado.

Cuando todos se marcharon, Blanca comenzó a preparar café. Yo, aunque estaba borracho, aún me mantenía en pie.

Blanca se había preocupado durante toda la noche de que no dejara de comer. «Tienes que empapar el alcohol con algo», insistía, y yo le hacía caso.

Preparó una bandeja con una cafetera y un plato con tostadas, mantequilla y mermelada. Desayunamos casi en silencio. Estábamos agotados.

—Tengo que ir a clase. Si quieres, quédate a dormir un rato.

—No, iré al hotel. Luego almorzaré con los chicos. Tenemos que hablar de su futuro.

—¿Crees que es el mejor día para hacerlo? No se puede decidir el futuro cuando uno está cansado.

—¿Y por qué no? —pregunté asombrado por su afirmación.

—Porque estaréis irritados, con ganas de dormir, dolor de cabeza… Vuestro cerebro os estará mandando la orden de descansar y como no lo estaréis, haciendo eso os irritará. Incluso puede que terminéis enfadados. Yo aplazaría la conversación para cuando regreséis a Londres. ¿Cuándo te vas?

—Hoy mismo —respondí avergonzado por no habérselo dicho antes.

—Pues mejor que descanses unas horas en el hotel.

—Vaya, no sabía que tenías tantas ganas de que me fuera.

Blanca me miró muy seria y mordisqueó una tostada mientras ordenaba las palabras que tenía preparadas para mí.

—Lo hemos pasado bien, Thomas. Pero yo siempre he sabido que estabas de paso. Si te soy sincera, me hubiera gustado que no fuera así, que te hubieras enamorado un poquito de mí como yo lo estoy de ti. Pero has sido honrado conmigo. Nunca me has dado a entender que yo te importara más que para pasar estos buenos ratos que hemos compartido. No te diré que no me duele. Claro que sí. Pero las cosas son como son. Tú estabas de paso en Madrid y en algún momento tenías que irte. Estamos en ese momento, hoy es el día. Punto final. Como dirían los cursis, fue bonito mientras duró.

Se levantó y se metió en el cuarto de baño. Escuché cómo echaba el pestillo y a continuación el agua de la ducha. Me vestí. El café me había ayudado a despejar algunas de las brumas con las que el alcohol embotaba mi cerebro.

Salí sin despedirme. Blanca no deseaba despedidas. No quería enturbiar con una escena de lágrimas lo que habíamos vivido. Prefería que recordara lo mejor de ella.

Me di cuenta de que apenas sabía nada de Blanca, que durante el tiempo que habíamos compartido jamás habíamos hablado de nosotros, que habíamos fundido nuestros cuerpos desnudos pero no nuestros sentimientos, ni nuestras emociones. De ella me quedaría la afición a las sonatas de piano de Chopin.

De camino al hotel vi una floristería. Debí haber entrado y comprar dos docenas de rosas rojas y enviárselas a Blanca. Pero no lo hice. No sé si ella esperaba que hiciera algo así. Quizá le habría gustado.

Imagino su sorpresa al abrir la puerta y encontrar al chico de la floristería entregándole el ramo. Sin tarjeta. No habría hecho falta. Ella sabría que eran mías.

Pero no lo hice. No le envié aquellas rosas. Blanca ya había salido de mi vida. No significaba nada para mí. ¿Para qué perder el tiempo con un gesto inútil? Ahora sé que debí haberlo hecho. Se lo merecía. Es la única mujer que no me pidió nada, a la que no decepcioné porque no esperaba nada de mí. ¿O acaso sí? Las rosas habrían entibiado su tristeza.

A media mañana me presenté en la agencia de López. Allí estaba trabajando con el resto de su equipo como si no hubiera pasado la noche bebiendo. Almorzamos juntos. Fue una despedida profesional. Luego regresé al hotel para hacer la maleta y seguí el consejo de Blanca, les dije a Cooper y a Evelyn que hablaríamos en Londres. Era viernes. Teníamos todo el fin de semana para pensar en nosotros mismos. Nos vendría bien.

De regreso en Londres, ese mismo viernes por la noche fui a casa de madame Agnès. Yoko conversaba con un hombre entrado en años. En realidad él hablaba y ella le escuchaba con una sonrisa, como si lo que le decía fuera lo más importante para ella.

La observé un buen rato mientras bebía una copa de champán. Escuché el parloteo de madame Agnès reprochándome mi ausencia.

Aproveché el momento en que el caballero que hablaba con Yoko se levantó para acercarme a ella. No cambió la sonrisa. Parecía tenerla congelada en su rostro.

—Me alegro de verla —dije tendiéndole la mano.

Yoko me dio la suya brevemente. No parecía incómoda, sólo indiferente.

—¿Qué días viene a casa de madame Agnès? En una ocasión pregunté por usted, pero me dijeron que no sabían cuándo vendría.

—Sí, suelo avisar el mismo día. No me gustan los compromisos. Vengo cuando lo necesito. A veces paso semanas sin venir.

—Y hoy lo necesitaba.

—Perdone, pero aquí están prohibidas las conversaciones personales. Y yo estoy de acuerdo. No haga preguntas, señor…

—Spencer. Ya veo que ha olvidado quién soy.

—Señor Spencer, éste es un lugar muy agradable. Todos los caballeros lo son. Las conversaciones son interesantes la mayoría de las veces, aunque en ocasiones la trivialidad es un don.

El viejo se acercó. No parecía preocupado por encontrar a Yoko hablando con otro hombre. Allí todo el mundo cumplía las reglas, de manera que no había conflicto posible. Madame Agnès se aproximó de inmediato. Supongo que no dudaba de la caballerosidad del anciano, pero sí de la mía.

—Querido, me gustaría presentarle a alguien. ¿Nos perdonan?

Y cogiéndome del brazo me arrastró hacia el otro lado del salón. Un hombre conversaba con dos jóvenes. Una de ellas era la primera vez que la veía. No debía de tener más de veinte años. Iba sin maquillar, no lo necesitaba. Tenía unas larguísimas pestañas negras, tan negras como el cabello que llevaba suelto en una larga melena. Vestía un vestido rosa sin adornos, no llevaba joyas. Tampoco las necesitaba. Era realmente hermosa.

—Nataly, quiero presentarte a un querido amigo, el señor Spencer. A Anne ya la conoce, y creo que también a mister

Smith. ¡Pero si tienen las copas vacías! Ahora mismo pediré que les sirvan champán.

Me uní a la conversación. No podía hacer otra cosa salvo ponerme en evidencia y que madame Agnès me invitara a irme para no volver. Eso sí, me coloqué de manera que pudiera ver a Yoko.

Mantenían una conversación insulsa sobre caballos. Mister Smith (evidentemente no era ése su apellido y su rostro me sonaba de haberle visto en televisión en alguna sesión del Parlamento) discurseaba sobre las condiciones de un purasangre. Nataly y Anne le escuchaban con atención, como si realmente les importara la longitud que un caballo de carreras debía tener entre la rodilla y los cascos. Yo no sabía nada de caballos y me limité a escuchar y a asentir al igual que las chicas.

Nataly aprovechó mientras el tal Smith daba un sorbo a la copa de champán para pedirme que la acompañara al bufet. La chica quería alejarse de aquel pelma. Supongo que pensaba que en caso de tener que pasar con él el resto de la noche la trataría como a una de sus yeguas.

Nos servimos un poco de salmón y nos sentamos cerca de donde estaban Yoko y el anciano.

—Le gusta, ¿verdad? —me preguntó mirando a Yoko.

—¿Cómo dice? —respondí sorprendido.

—Todos los que están con ella siempre vuelven a buscarla. Debe de tener habilidades excepcionales. Los vuelve locos —dijo con descaro.

—Bueno, no sé…

—Claro que sí. Seguro que ha estado con ella, no deja de mirarla. Tenga cuidado porque madame Agnès no le pierde de vista a usted, y ya sabe que es muy estricta con las normas.

—Y usted un poco deslenguada —repliqué.

—Es la tercera vez que vengo aquí. No está mal. Y sí, me cuesta cumplir las normas. No puedes decir quién eres, no puedes mantener citas fuera de esta casa, no puedes tener conversaciones personales… Supongo que es la manera de que todo esto funcione sin problemas.

—Ya que ni a ti ni a mí nos gustan las normas, ¿a qué te dedicas?

—Estudio en la Universidad de Londres. Es mi primer curso y estoy ahorrando para pagarme la matrícula en Oxford. Se me da muy bien la física cuántica. Pero estudiar en Oxford no está al alcance de cualquiera, supongo que lo sabes. No sólo hay que poder pagar la matrícula, el resto del curso también cuesta, y vivir allí.

—¿Y tus padres?

—Emigrantes. Llevan treinta años viviendo aquí. Yo he nacido en Londres. Como comprenderás, no pueden pagarme los estudios en Oxford. Bastante han hecho con llevarme a la escuela.

—¿De dónde son?

—Mi padre es mexicano y mi madre, hindú. Tengo una buena mezcla.

—¿Se conocieron aquí?

—Sí. Mi padre vino a buscarse la vida, empezó a trabajar en la construcción. Conoció a mi madre en una lavandería. Ella trabajaba allí. No tienen nada en común, pero congeniaron y aunque mis abuelos maternos se opusieron, decidieron casarse. Mi madre es una intocable.

—Vaya historia.

—Como tantas otras. No tiene nada de especial. Londres está llena de gente como yo, ¿qué te creías? ¿Y tú de dónde eres? Pareces sudamericano, pero eres rico, eso salta a la vista.

Nataly tenía el don de la espontaneidad. Me divertía hablar con ella, pero no por eso dejaba de observar a Yoko. Me puse tenso cuando la vi salir del salón acompañada del vejestorio. Sabía adonde iban. Subirían al piso de arriba, camino de alguna de aquellas suites decoradas con sobriedad y elegancia. Una salita con una mesa donde siempre había canapés y champán, y una puerta que daba a una habitación.

—¿Te gusta mucho? —me preguntó Nataly, que me observaba a su vez.

—No seas entrometida —la regañé.

—No lo soy, pero si no quieres que madame Agnès se enfade contigo, disimula. ¿Vas a pasar la noche conmigo?

—No lo sé.

—En realidad no te apetece. Lo comprendo, venías en busca de Yoko. Bueno, no podré quedarme mucho más contigo. Tengo que trabajar.

—No hace falta que vayamos a una habitación, pagaré igual.

—Pero ésa no es una norma de la casa. Madame Agnès se pondría nerviosa.

—¿Cuánto crees que tardará ese viejo? —le pregunté refiriéndome al acompañante de Yoko.

—Todo lo que Yoko quiera. Ella hace milagros, o eso he oído por aquí. Desde luego, nunca menos de una hora. Ésta es una casa seria; sería una vulgaridad que un caballero no estuviera con una chica al menos una hora. Eso dice madame Agnès.

—Bien, pues nosotros nos saltaremos la norma. Subiremos a una habitación y bajaremos en media hora.

—No sé…

—Es lo que haremos.

La agarré de la mano y tiré de ella con cierta brusquedad. Madame Agnès estaba mirando y torció el gesto. Exigía que se tratara con delicadeza a las chicas. Antes de que saliéramos del salón se plantó ante nosotros.

—¿Todo va bien, Nataly?

—Desde luego, madame.

—¿Te apetece comer algo más sólido y descansar un poco o prefieres continuar aquí tomando otra copa de champán? —preguntó sin mirarme a mí.

—Mister Spencer y yo hemos pensado que estaría bien charlar un rato sin tanto ruido —respondió Nataly, muy resuelta.

—Perfecto. Os enviaré una botella de champán bien fría.

Subimos a una suite. Nataly se fue al cuarto de baño y yo me quedé esperando a que viniera el camarero con el champán. Apenas tardó un par de minutos.

Nataly regresó a la sala descalza y se sentó en el sofá. Le tendí una copa, a la que dio un sorbo con desgana.

—En realidad no me gusta el champán. Prefiero la Coca-Cola. Pero aquí no hay.

Solté una carcajada. Si no existiera Yoko, aquella chica podría llegar a gustarme. Era descaradamente sincera.

—¿No te gusta el alcohol?

—Nada, pero no puedo negarme a beber champán. Es norma de la casa. ¿Qué vamos a hacer?

—¿A qué te refieres?

—Pues que si quieres que Yoko no se te escape no deberíamos estar aquí más de tres cuartos de hora. ¿Te dará tiempo?

—¿A acostarme contigo?

—Claro.

—Sí. Anda, deja el champán y vamos a la habitación. Tienes razón, no hay tiempo que perder.

Se levantó con desgana. Supongo que había esperado que ya que estaba interesado en Yoko la liberara de una sesión de sexo. Podía haberlo hecho, pero no lo hice. Iba a pagar una buena cantidad de libras por aquel champán y por aquella habitación y pensaba aprovecharlo.

Nataly actuaba de manera mecánica. No se molestaba en fingir. Supongo que pensaba que puesto que me gustaba otra no merecía la pena esmerarse en hacerme creer que yo era poco menos que Tarzán.

Me aparté suavemente diciendo que seguramente ya era la hora. Se levantó y fue al cuarto de baño, de donde salió de nuevo con ese aire de frescura e inocencia como si no acabara de salir de la cama.

—¿Sabes dónde vive Yoko?

—No, ella no habla demasiado. Además, a madame Agnès no le gusta que hagamos amigas. Venimos, hacemos nuestro trabajo y nos vamos. Ya sabes que no siempre estamos las mismas. Yoko es la más silenciosa, incluso nos ignora, como si ella fuera especial.

—¿No te cae bien?

—Me da lo mismo. Supongo que está aquí por la misma razón que estamos las demás. Lo necesita. Ésta es una manera rápida de ganar dinero. Vienes dos veces a la semana y te llevas a casa ochocientas libras. No está mal, ¿no crees?

—Ella también estudia. ¿Nunca te has cruzado con ella en la universidad?

—No, nunca la he visto. ¿Qué estudia?

—Da lo mismo; pensé que podías conocerla algo más de lo que dices. Estoy dispuesto a pagar bien cualquier información sobre Yoko: dónde vive, si tiene padres... cosas así.

—Sobre todo si tiene novio. Supongo que es lo que más te interesa saber —dijo riendo.

—No te pases de lista.

—Soy lista y es evidente que estás colado por ella. Vale, intentaré averiguar todo lo que pueda, pero no será fácil. Quinientas libras por la información.

—Las pagaré si vale la pena.

—Entonces no hay trato. Yo puedo averiguar algo y tú decidir que no vale la pena. Me tendrás que pagar por adelantado.

—De acuerdo.

—Yo vengo los martes y los viernes. Nos vemos el próximo martes.

Cuando bajamos recorrí con la mirada el salón, pero Yoko no estaba. Tomé otra copa de champán con Nataly y decidí marcharme.

Madame Agnès se acercó a despedirse. Su gesto melifluo escondía su desconfianza hacia mí.

—¡Qué temprano! Apenas son las diez. ¿No ha encontrado encantadora a nuestra pequeña Nataly?

—Desde luego, madame, y el martes volveré con la esperanza de verla. Siempre es un placer visitar su casa.

—Es siempre bien recibido, señor Spencer.

Había decidido aguardar en la esquina hasta que Yoko saliera y así poder seguirla hasta su casa. Estaba seguro de que Nataly haría lo imposible por ganarse las quinientas libras a las que me había comprometido, pero no era seguro que consiguiera la información.

Yoko no salió hasta las doce. Reconocí su figura delgada envuelta en un abrigo negro. Un taxi paró en ese momento ante la puerta de la casa y ella subió. Maldije no haber previsto que podía suceder algo así. Ya no podía seguirla. El taxi pasó junto a mí y pude verla a través de la ventanilla. Cruzamos las miradas aunque ella no hizo ningún gesto de reconocimiento.

Hacía frío y por unos instantes sentí nostalgia de las noches de Madrid donde en esa época, finales de marzo, el aire era tibio.

Aun así, decidí regresar andando hasta mi apartamento. No estaba lejos, poco más de media hora a paso rápido.

De nuevo me sentía abrumado por la soledad. El fin de semana se me antojaba demasiado largo. Les había dicho a Evelyn y a Cooper que nos veríamos el lunes, pero el sábado por la mañana los telefoneé invitándolos a almorzar. Aceptaron ansiosos por haber decidido despejar mis planes de futuro. Fui todo lo sincero de lo que era capaz.

—Ya no pertenezco a la plantilla de GCP, pero aun así en ocasiones seguiré trabajando para ellos llevando sobre todo las cosas de Roy.

—¿Y qué diferencia hay? —preguntó Cooper desconcertado.

—Pues que también puedo operar por mi cuenta, tener mis propios clientes, aunque no se me permite trabajar para ninguna otra agencia.

—Ya… bueno… Es un poco raro, ¿no? —dijo Evelyn.

—He decidido montar una agencia. Yo tengo un compromiso con GCP, pero mi agencia podrá disponer de otros clientes siempre y cuando sus intereses no choquen con los de los clientes de GCP. Además, no quiero dejar en el aire a Roy. También me gustaría contar con vosotros desde ahora mismo. Buscaríamos una oficina pequeña, suficiente para vosotros dos y que Maggie continúe con las labores de secretaría y administración. Tendríamos que buscar clientes. Mandaríamos una carta a todos esos alcaldes a los que les hicimos la campaña recordándoles que fui yo quien los ayudó a obtener su cargo. También nos haríamos presentes en todas las grandes compañías ofreciéndoles nuestros servicios. Puede que alguien nos encargue algo.

—¿Y cómo vas a explicar a la prensa que ya no trabajas para GCP? Primero trabajaste para Cathy Major hasta que le birlaste el asunto de Green, luego para Scott & Roth, a continuación para GCP… Y todo eso en sólo tres años… Pensarán que hay algo en ti que no funciona cuando las empresas te ponen de patitas en la calle —dijo Evelyn con total sinceridad.

—Tienes razón. Por tanto, debemos adelantarnos. Organizaremos un almuerzo con cuatro o cinco periodistas y les diremos parte de la verdad, que estoy harto de tener jefes y que he decidido volar solo y contar con vuestra colaboración. Y también explicaremos que mantendré mi relación con GCP en lo que se refiere a Roy. Que piensen que soy un ambicioso y presuntuoso. Pero quiero vuestra opinión. ¿Merece la pena intentarlo? Chicos, no tenéis ningún compromiso conmigo ni yo con vosotros. No creo que tengáis problemas para encontrar trabajo, y yo tampoco espero tenerlos en Nueva York.

Evelyn pareció dudar, pero Cooper era demasiado introvertido como para desear tener un jefe nuevo.

—Me parece una buena idea que pongas en marcha una agencia pequeña. ¿Admites socios? Tengo algo de dinero que podría invertir… —me propuso Cooper.

—Vaya… Menuda sorpresa… Pues yo no tengo una libra para malgastar. Estoy ahorrando para comprarme una casa —dijo Evelyn, sorprendida por la propuesta de Cooper.

—Por ahora no quiero socios, pero me vendrá bien contar con alguien que se implique en el negocio. Así no tendré que preocuparme por pasar todo el tiempo que necesite en Nueva York. Eso dará consistencia al proyecto. Y tú, Evelyn, no te preocupes; seguirás siendo imprescindible. El mejor apoyo que pueda tener Cooper. Aunque antes de lanzarnos tengo que hablar con Roy. Veré si puedo reunirme con él mañana.

—Si vas al condado, te llevo. Pensaba irme esta tarde después del almuerzo. Hace tiempo que no veo a mis padres —me propuso Evelyn.

—Estupendo, ahora mismo llamo a Roy.

Evelyn era buena conductora, a pesar de que su coche no era precisamente un bólido. Un utilitario, cómodo y práctico, suficiente para llegar a buena hora al condado. Roy había insistido en que cenáramos juntos. Suzi había ido a pasar el fin de semana a la finca de sus padres con los niños, donde él no era bien recibido. No regresarían hasta el domingo por la noche. A los niños les gustaba disfrutar del campo y montar a caballo.

Roy me estaba esperando en el hotel y apenas me dio tiempo a subir la bolsa a la habitación. Parecía ansioso por tener a alguien con quien hablar.

Me llevó al mejor restaurante del condado, a las afueras de la ciudad, un viejo molino reconvertido con una estrella Michelin.

—Me aburre la soledad, Thomas. Durante la semana no me importa tanto, pero los fines de semana no sé qué hacer. Insisto a los del partido en celebrar reuniones, pero no siempre están dispuestos; todos tienen familia y sus mujeres protestan si las dejan solas los sábados.

—Tienes que intentar rehacer tu vida con Suzi.

—Es inútil. Apenas me habla. Lo imprescindible para que los niños no se sientan demasiado incómodos. El otro día Ernest, el mayor, me dijo que le ponía muy nervioso vernos así.

—No podéis separaros, sería un desastre para tu carrera como político.

—Ya lo sé. Pero ¿hasta cuándo aguantará? —preguntó Roy como si yo tuviera la respuesta.

—Al menos mientras su padre viva. Ella sabe que sacaríamos la historia de su padre y que eso le hundiría.

—El viejo tiene mala salud y está muy afectado por la instalación de la planta de gas. El fracking ya está causando estragos en sus tierras y en todas las colindantes de donde se obtiene el gas.

—Ya sabíamos que iba a pasar. No es una novedad.

—Ya, pero algunos propietarios de fincas empiezan a quejarse. Dicen que se sienten engañados.

—¿Por qué no me lo habías dicho? Hay que contrarrestar lo que digan esos hombres.

—Hace un par de días llamé a los abogados. Me dijeron que Schmidt enviará a alguien para que se encargue de este asunto. —Roy bajó la cabeza. Sabía que me sentiría traicionado.

—Se supone que continúo colaborando con GCP y, por tanto, no necesitas otro asesor. No comprendo a qué viene esto, Roy; no sé por qué has decidido prescindir de mí. Me dejas fuera de juego.

—No es mi decisión. Tú sabes que sin Jones ni Brown no habría llegado hasta aquí.

—No comprendo a esos malditos abogados ni a ese esbirro de Schmidt. Se supone que si me obligan a continuar ligado a GCP es sobre todo para ocuparme de ti. ¿A qué viene esto?

—No lo sé. Se lo pregunté y me dijeron que de ahora en adelante no siempre te ocuparás de los asuntos del condado. No quisieron darme más explicaciones. Y te juro que insistí.

—Sabes que sin mí no habrías llegado hasta aquí. Fui yo quien te quitó de en medio a los otros candidatos.

—Pero detrás estaban Schmidt y los abogados. Las cosas son así. No puedo enfrentarme a ellos, Thomas, ni siquiera por ti. Quiero mi escaño en el Parlamento. Yo tampoco comprendo por qué no quieren que te encargues de esto.

—Voy a montar una agencia aquí, algo pequeño. Cooper y Evelyn continuarían trabajando con nosotros. También he pensado en ampliar el negocio a Nueva York, dividir el trabajo entre las dos ciudades. Y contaba contigo, Roy.

—No sé qué decirte, Thomas… Me gustaría decir que puedes contar conmigo, pero depende de los abogados —se lamentó Roy.

—¿Sabes? Pensaba que los tenías bien puestos, que no eras de ese tipo de hombres que se dejan manejar por nadie y mucho menos convertirte en un esclavo agradecido —dije con desprecio.

Roy me miró dolido. No se esperaba ese golpe bajo. Le mantuve la mirada. Bajó los ojos fijándolos en el mantel mientras buscaba las palabras con que responder. Tardó unos segundos en volver a mirarme.

—Fui yo quien insistió en que trabajaras para GCP. Te impuse pese a la opinión de Bernard Schmidt. Él no veía la necesidad de contar contigo.

—Ya, ¿y crees que me hiciste un favor? Tú y yo habíamos hablado de montar una agencia para llevar tus cosas al margen de los abogados. Por ti terminé aceptando incorporarme a GCP. Y luego tu amigo Schmidt me la jugó enviándome a España, donde me he pasado los últimos meses. Hice el maldito trabajo para recuperar mi libertad, porque tus amigos se negaban a romper el contrato si no hacía lo que me habían encargado. No te equivoques, Roy. Conocer a los abogados y a Schmidt no ha sido una suerte, todo lo contrario. Tú te has vendido a ellos para colmar tus ambiciones. No te juzgo, allá tú, pero al menos deberías conservar cierta autonomía y no arrastrarte como un lacayo. De lo contrario te despreciarán y, en cuanto puedan, se desharán de ti. Los mierdas siempre son prescindibles.

Roy era transparente, y en su rostro se había ido dibujando una mueca de disgusto, hasta que estalló.

—Estamos en tablas. No nos debemos nada el uno al otro. En ningún momento has hecho nada que no quisieras hacer. En realidad te gusta bordear el abismo y sentías curiosidad por conocer quiénes eran los hombres que mueven los malditos hilos de este mundo.

—Esos dos abogados no mueven nada, son lacayos como tú.

—¡Basta, Thomas! ¿Te crees mejor que yo? No lo eres, estás hecho de la misma mierda.

Nos quedamos en silencio sosteniéndonos la mirada el uno al otro. Creo que ambos sopesábamos qué más podíamos decirnos.

Le pedí al camarero que me trajera un whisky. Roy pidió otro. Tardamos unos minutos en volver a dirigirnos la palabra.

—Al menos cuenta con Evelyn —le pedí sin mucha convicción.

Suspiró. Parecía cansado, no tanto por la discusión conmigo como por el cambio de vida que había tenido que afrontar desde que se dedicaba a la política. Perder a Suzi le desesperaba.

—Hablaré con los abogados. Les diré que volvemos a la casilla de salida. Que quiero que te hagas cargo de mis campañas y de mis asuntos. Echaré ese pulso por ti. Espero que no tengas inconveniente en informarles sobre cómo vas a hacer las cosas que se refieran a mí. Ése será el acuerdo. Ellos sabrán lo que haces, pero las riendas las llevas tú.

—Estoy harto de esa gente. No sé por qué tendría que decirles lo que voy a hacer en pro de tus intereses.

—Que también son los suyos. No puedo enfrentarme totalmente a ellos, Thomas, y tú lo sabes. Si lo hago me dejarán caer. Suzi está al acecho para hacerme trizas. Si intuye que ya no hay nadie detrás de mí, acabará conmigo. Lo que te propongo es un buen acuerdo para ambos.

—Pero no quiero sentir el aliento de Schmidt sobre mi nuca. Cuando necesites mis servicios puedo informarles de qué pienso hacer, pero no les pediré permiso para llevarlo a cabo.

—¿Cuándo te vas a Nueva York?

—Aún tardaré unos días; tengo que poner en marcha el negocio. Evelyn se dedicará exclusivamente a ti. Conoce el condado tanto como tú, y sabe qué teclas hay que tocar en cada momento. Con ella estarás en buenas manos. Creo que lo mejor es que se instale de nuevo aquí.

—El partido tiene un equipo de comunicación…

—Y ella los conoce a todos, no tendrá problemas. Tú eres nuestro principal cliente, Roy, de manera que Evelyn tiene que estar a tu disposición de forma permanente. No quiero que se separe de ti. Tienes que empezar a prepararte para conseguir el escaño. Dicen que el primer ministro podría adelantar las elecciones.

—De acuerdo.

—Evelyn es inteligente y ambiciosa. Puedes confiar en ella tanto como en mí.

—¿Y tú?

—Yo vendré una vez al mes a Inglaterra. Me reuniré con ella, me reuniré contigo, analizaremos la situación, decidiremos qué hacer… Y si hay cualquier problema, cualquier crisis, vendré de inmediato. Eres mi prioridad, Roy, te lo aseguro.

Mentía. No sé si él lo sabía, pero si era así no lo dijo; parecía creerme. A lo mejor es lo que quería. Yo no lo habría hecho.

Se encogió de hombros. De repente me pareció más viejo. Le miré detenidamente y me di cuenta del sinfín de arrugas que le rodeaban los ojos, y que su cabello rojizo se veía salpicado de hebras blancas. Había engordado. Le estaba saliendo papada. Había perdido ese halo de fuerza y seguridad que tenía la primera vez que nos vimos. No había rastro de aquel hombre tozudo y arrollador que casi me había obligado a trabajar para él.

—Tienes que afrontar la situación —le dije—; la vida no se acaba en Suzi.

—No puedes entenderlo, Thomas. Suzi es la única persona del mundo con la que podía ser tal cual soy, con la que no tenía que fingir, a la que podía contarle cualquier cosa, soñar en voz alta, saber que ella siempre estaría ahí…

—Pues te equivocaste, Roy. Todas las personas tienen sus límites, sus propias fronteras. Las de Suzi son su familia y las tierras con esos rebaños de ovejas que al parecer han dejado de parir o no dan leche porque las afecta el fracking.

—No ha valido la pena. Eso es lo peor, que el precio que he pagado por ser alcalde no ha valido la pena.

—Díselo y pídele perdón.

—No quiere hablar conmigo. Se niega.

Empezaba a aburrirme la conversación. Ya había obtenido lo que buscaba, contar con Roy como cliente, y poco me importaban sus cuitas matrimoniales. Pero sabía que la única manera de que se sintiera unido a mí era escucharle. Y eso fue lo que hice durante una hora más, hasta que nos quedamos solos en el restaurante y le propuse acompañarle a casa caminando. Cuando llegamos me invitó a tomar una última copa. Tuve que aceptar y seguir escuchando lo mucho que quería a Suzi.

El lunes por la mañana Cooper me llamó. Un amigo nos alquilaba un local cerca de Piccadilly. Cien metros a buen precio.

Me costó convencer a Maggie que continuara trabajando para nosotros. No se fiaba de mí y tampoco parecía confiar en las cualidades de Cooper.

—Verás, Thomas, no me fío de ti.

—Te pagaré un poco más si te vienes con nosotros.

—¿Y qué garantías tengo de que te vaya a ir bien? Llevo muchos años en el negocio de la publicidad, y oigo cosas… Te has hecho un nombre, pero más que por tus cualidades, por los bandazos que das. Primero se la jugaste a Cathy con Green. Luego en Scott & Roth te invitaron a marcharte. Ahora te has ido de GCP sin que nadie se explique por qué. Y todo eso en tres años… Demasiados cambios incluso para un sector como el nuestro.

—Doscientas libras más cada mes de lo que ganabas en GCP. ¿Aceptas?

—El niño rico que siempre saca la cartera —comentó mientras la codicia se reflejaba en su mirada.

—¿Aceptas?

—Con garantías. Un contrato por cinco años. Si cierras la agencia, me pagarás el tiempo que reste. Hasta la última libra.

—¿Algo más?

—Puede que sí, lo pensaré.

La contraté. No había dudado en que lo haría. Sabía que con Maggie sólo era cuestión de dinero. Pero merecía la pena. Era más que una asistente personal. Ella sola podía dirigir la administración y poner orden en cualquier empresa. Se las sabía todas.

Compramos los muebles para la oficina en Ikea. Yo no quería invertir demasiado en la agencia, a la que simplemente denominamos Comunicación Global.

Schmidt me llamó y aunque yo intuí su malhumor no lo mostró durante la conversación.

—El señor Parker nos ha explicado su deseo de que se encargue usted de aplacar las voces que se están alzando contra la empresa de gas. Ha insistido mucho, y los abogados han terminado cediendo.

—Supongo que en contra de su opinión. ¿Por qué quería apartarme de Roy?

No se molestó en responder a mi pregunta. Schmidt evitaba las confrontaciones que le resultaban inútiles.

—Informará al señor Lerman de cómo piensa hacer el trabajo.

—Ya no trabajo en GCP y Lerman ya no es mi jefe. ¿Por qué debería hacerlo?

—Hágase un favor, Spencer, no juegue a provocar. Usted sabe que continúa atado a GCP, sólo hemos modificado el contrato.

—Estoy montando mi propia agencia. —Se lo dije como si para él fuera una sorpresa.

—Ya sabe lo que ha firmado. Tendrá que consultar qué pasos decidirá dar y para qué clientes. Si no hay conflicto de intereses, tanto nos da. Sólo tiene que informarnos. Procure buscar campañas para promocionar colonias o juguetes, y deje que los encargos delicados los manejemos nosotros. Será lo mejor para todos.

—Roy continúa siendo mi cliente.

—Decidiremos en cada ocasión quién debe encargarse de sus asuntos. Hágase a la idea de que no siempre será usted.

—Pues ya ve que han tenido que ceder.

Creí escuchar el eco de la risa de Schmidt antes de que volviera a hablar.

—Lerman está esperando su plan de trabajo. No se retrase. Hay que cortar esas voces disidentes cuanto antes.

Me fastidiaba no poder regresar a Nueva York tal y como había decidido. Pero yo mismo me había obligado a hacer un nuevo trabajo para Roy. Cooper pareció encantado cuando se lo dije.

—Me alegro de que te quedes. Será mejor para la agencia que

estés aquí, al menos al principio. Era muy precipitado que te fueras a Nueva York.

A Evelyn no le entusiasmó que le asignara encargarse exclusivamente de Roy. No quería volver al condado. La convencí al explicarle que podía conservar su apartamento en Londres. Todavía quedaban algunos meses para las elecciones, y si Roy obtenía su escaño, tendría que viajar continuamente a la capital, y ella le acompañaría.

—Pero quiero hacer otras cosas… Me volveré loca si tengo que estar todo el tiempo con Roy escuchando sus lamentos a cuenta de Suzi.

Quedamos en que le permitiríamos meter las narices en otros asuntos. Era una manera de calmarla. No quería que se despidiera. Yo necesitaba a alguien de mi confianza y de la de Roy para estar con él. No había nadie mejor que Evelyn.

Poner en marcha la agencia me mantuvo ocupado el resto de la semana. Colocar los muebles, comprar archivadores, almorzar con cinco periodistas seleccionados por Cooper para explicarles que nos habíamos instalado por nuestra cuenta, aunque mantenía un acuerdo de colaboración con GCP. El objetivo era que publicaran aunque fuera unas cuantas líneas en la prensa. Lo conseguimos. Para el viernes el local que habíamos alquilado ya estaba casi acondicionado, lo que nos permitiría empezar a trabajar a partir de la siguiente semana. Cooper había preparado una lista de posibles clientes a los que Maggie enviaría una carta ofreciéndoles nuestros servicios. En cuanto a Evelyn, a pesar de que aún no teníamos ni siquiera los ordenadores instalados, había comenzado a trabajar en la campaña desde su apartamento para acallar las voces que empezaban a rugir contra el fracking en el condado.

—Menos mal que llega el fin de semana. Estoy cansada de colgar cuadros y colocar los muebles —se quejó Maggie.

—Bueno, hasta el lunes podrás descansar. Yo me iré al campo, a casa de unos amigos —comentó Cooper.

Al escucharlos hablar sobre los planes del fin de semana sentí una oleada de soledad. ¿Qué podía hacer hasta el lunes? De repente recordé que la pequeña Nataly había prometido darme información sobre Yoko. Nataly iba a casa de madame Agnès los martes y los viernes, de manera que ya tenía algo que hacer aquella noche. Eso me animó.

Cuando llegué ya había unos cuantos hombres charlando. Sólo una de las chicas estaba conversando con un tipo que parecía eslavo; pensé que sería uno de esos rusos millonarios.

Madame Agnès me recibió con la misma deferencia que en ocasiones anteriores, invitándome a la consabida copa de champán que luego se encargaría de cobrar. Era parte del juego.

—¡Mi querido amigo, me alegra que nos visite! ¿Champán? Claro que sí, no hay mejor manera de empezar la noche que una copa de champán y una buena conversación. Le presentaré a uno de los caballeros que nos acompañan esta noche. Me ha pedido que le avisara si venía usted. Ha leído en la prensa que ha montado su propia agencia y tiene interés en conocerle.

Seguí a madame Agnès hasta donde se encontraba el grupo de hombres que en aquel momento discutían sobre si Europa mantendría sus niveles de crecimiento o si, por el contrario, estaba al borde de una nueva recesión. Madame Agnès hizo un gesto a un hombre que calculé que tendría entre cuarenta y cinco y cincuenta años. Se puso en pie y me dio la mano presentándose: «Soy Anthony Tyler, tenía ganas de conocerle. Es usted un joven muy prometedor. ¿Conoce a estos caballeros?». Tyler procedió a presentarme a los otros tres hombres y me uní a la conversación. Tuve que hacer un esfuerzo porque no me interesaban nada sus opiniones sobre lo que debía hacer o dejar de hacer el gobierno de Su Graciosa Majestad. Estaba inquieto. Nataly aún no había hecho acto de presencia y no quería distraerme. Si alguno de los invitados de madame Agnès se me adelantaba no podría hablar con ella. Tampoco estaba Yoko, aunque en su caso sabía que no tenía días fijos e iba cuando le convenía.

Al cabo de un rato y cuando el salón estaba ya muy animado, Tyler me pidió que hiciéramos un aparte.

—Verá, he oído hablar de usted.

—¿Lo suficientemente mal para despertar su interés? —comenté provocando su risa.

—Desde luego, joven, tiene usted ya unos cuantos enemigos.

—Espero que sean importantes.

—Muy agudo. No sé si le parece el momento, pero me gustaría que trabajara para mí.

—Bueno, yo trabajo para mí.

—Sí, claro... Me refiero a encargarle una campaña de publicidad.

—¿Qué quiere vender? —pregunté interesado.

—Me dedico al negocio de la importación. Quiero introducir un producto nuevo y necesito una campaña que llame la atención.

—¿Qué clase de producto?

—Ropa interior hecha en China. Allí los costes son muy bajos. Hay una empresa en Shangai que ha empezado a confeccionar ropa interior femenina de acuerdo con los gustos occidentales. En realidad copian los modelos de las marcas importantes.

No pude evitar reírme. Lo que menos había pensado es que me podían encargar una campaña para vender bragas. Porque de eso se trataba.

Tyler se envaró ante la primera carcajada. Me miró con disgusto. Él no encontraba la gracia al hecho de vender bragas.

—Me parece una oferta tentadora. Espero estar a la altura del producto que quiere vender.

—Bueno, ya veo que le hace gracia... ¿Sabe cuánto dinero mueve la compraventa de ropa interior? Le daré los datos y se asombrará. Quiero introducir esa ropa en Inglaterra y en el resto de Europa. Ropa barata con buen diseño y a precios competitivos. La fábrica de Shangai confecciona los modelos con un material parecido a la seda; tiene casi su misma textura, pero no lo es. Hay miles de mujeres que no se pueden permitir comprar ropa interior en La Perla, pero que sueñan con llevar un sostén o unas bragas que al menos se les parezca.

—Entendido. Le aseguro que para mí será un reto hacer esa campaña.

—Bien, le daré mi tarjeta. —Tyler pareció incómodo. Creo que estaba pensando que se había equivocado conmigo—. Si quiere puede llamarme el lunes. Concertaremos una entrevista y si llegamos a un acuerdo, la campaña será suya.

—Le llamaré. Es un encargo muy tentador, se lo aseguro.

Me dejó en medio del salón y regresó a charlar con el grupo de hombres al que para ese momento se habían unido dos de las chicas de madame Agnès: la pelirroja que tanto le gustaba a Roy y una brasileña que era una de las habituales de la casa. Iba a buscar otra copa cuando vi a Nataly, que había estado esperando a que terminara de hablar con Tyler.

—No te había visto —le dije a modo de saludo.

—Pues yo sí. Llevo un rato dando vueltas e intentando que nadie se fije en mí para poder hablar contigo.

—Es difícil no fijarse en ti —comenté para halagarla.

—Gracias. Bueno, si te parece subimos al piso de arriba y te cuento todo lo que he averiguado sobre Yoko.

—¿Es necesario subir?

—Sí… En realidad no… Pero así no tendré que subir más tarde con otro. Estoy cansada.

—De acuerdo.

Le pedí a madame Agnès que nos subieran la cena a una de las suites. Ella sonrió agradecida. Nada le gustaba más que sus clientes cenaran en las suites, porque eso incrementaba la tarifa. Cobraba como si su cocinero tuviera tres estrellas Michelin.

—¡Ah! Mándenos Coca-Cola.

—Esta niña… El champán es la bebida del amor —me susurró al oído.

—Naturalmente que beberemos champán, pero también quiero Coca-Cola —repliqué tajante.

Cuando llegamos a la suite, Nataly se quitó los zapatos y se sentó en un sillón. Se le iluminó la cara cuando el camarero apareció con una cubitera donde reposaba una botella de champán y un par de Coca-Colas.

—¡Eres estupendo! Uf, parece que la noche va a ir bien.

Esperó a que estuviéramos solos antes de contarme lo que había averiguado de Yoko:

—Su padre es inglés y su madre, japonesa. Ella nació en Kioto, pero vive en Londres desde los cinco años. Al parecer su padre era empleado de comercio y viajaba con cierta frecuencia a Japón, donde conoció a la madre de Yoko. Se casaron y aunque al principio vivieron en Japón, al final se instalaron en Londres. Cuando Yoko tenía doce años se separaron. Ella hasta ahora ha vivido con su madre. Su padre se volvió a casar, esta vez con una inglesa. De vez en cuando se ven. Ella le adora, a pesar de que se separara de su madre, y él la tiene por una hija modélica.

»Yoko estudia Filología Inglesa, le faltan un par de años para terminar la carrera. Hasta hace un año su madre le pagaba los estudios, pero ahora no puede. Al parecer perdió el empleo y decidió volver a Japón. Yoko no ha querido ir con ella. Vive sola y con lo que gana aquí se paga la universidad y el apartamento. Sale con un chico que estudia Medicina. Se llama Dave, es inglés; su padre es un médico prestigioso, tienen una casa en Richmond y una mansión en el campo. La ha llevado en varias ocasiones a su casa y ha sido bien recibida por sus padres, que aprecian en ella que sea una buena chica que se esfuerza por salir adelante. Ya está.

Nataly me miró satisfecha de haber conseguido una información que le iba a reportar nada menos que quinientas libras.

—¿Vive con ese chico? —pregunté con despreocupación.

—No exactamente, aunque pasan mucho tiempo juntos.

—¿Él sabe que ella viene aquí?

—¡Claro que no! Esto no es algo que digas en casa, ni siquiera a tu mejor amiga, y mucho menos a un novio.

—¿Tienes la dirección del apartamento de Yoko?

—Sí, pero eso te costará más…

—¡Menuda negociante estás hecha! Vale, doscientas libras más.

—Es poco.

—No estires tanto o se romperá la cuerda, Nataly —le advertí.

Por el tono de mi voz se dio cuenta de que me podía enfadar. Era lista y supo dar marcha atrás.

—Hay que intentarlo… De acuerdo, acepto quinientas libras.

—He dicho doscientas.

—¿Doscientas? —Hizo un mohín esperando que aceptara el precio.

—¿Cómo has averiguado todo esto? —pregunté.

—En la universidad. Tengo una amiga que trabaja en secretaría y me buscó su ficha. A partir de ahí no me costó encontrar gente que la conociera. Incluso he hablado con ella.

—¿De qué?

—Un día me hice la encontradiza en la universidad; se sorprendió al verme allí. Nunca habíamos coincidido. Se sobresaltó, pensó que iba a decir algo que nos pusiera en evidencia a las dos. Ni siquiera la saludé; ella estaba con un grupo de gente y yo pasé de largo. Pero el martes coincidimos aquí y fue ella quien se acercó a mí.

»Me dijo que me agradecía que delante de sus amigos no hubiera dado muestras de conocerla para así no tener que explicar a su vez de qué nos conocíamos ella y yo. Le respondí que no debía preocuparse, que, igual que ella, yo prefería la discreción. Pareció aliviada.

—¿Vendrá esta noche?

—No lo sé. Me dijo que tenía un examen el lunes y necesitaría todo el fin de semana para estudiar, pero eso no quita para que venga un rato a casa de madame Agnès. Depende de las facturas que tenga que pagar. Suele venir algunos viernes, lo mismo que yo, así que a lo mejor tienes suerte.

—¿Cuánto te falta para tu matrícula en Oxford? —pregunté curioso.

—Cada vez menos, pero aún tendré que venir unas cuantas noches aquí. ¡Qué le voy a hacer!

—Podrías buscarte otro trabajo. —Se lo dije sin el menor reproche.

—Pero no ganaría lo que aquí y tendría que trabajar todo el día. Este trabajo no es muy agradable, hay algunos tipos realmente feos, pero pagan muy bien.

—¿Vas a dedicarte a esto el resto de tu vida?

—Algún día seré una científica reconocida, pero hasta entonces…

—¿Y tus padres lo saben?

—¡Por supuesto que no! Creen que trabajo en el guardarropa de un respetable club donde los caballeros acuden a jugar sus partidas de bridge o a tomar una copa de malta mientras echan una cabezada. Ellos no pueden sospechar que soy capaz de hacer algo así.

—¿Y si un día tu padre decide acompañarte al trabajo?

—No se le ocurriría. Además, mi padre se levanta al amanecer para ir a trabajar; cuando regresa por la tarde está agotado. Yo soy una hija modelo. He sacado siempre buenas notas y ahora trabajo para poder pagarme el resto de la carrera en Oxford. No piden más.

Cenamos charlando de temas intrascendentes. Y reímos juntos. Nataly tenía mucha vis cómica, se divertía imitando a la gente.

Después de cenar se desperezó en el sofá. Sabía que yo me cobraría en su carne el dinero de aquella cena. Y así fue.

Cuando regresamos al salón había mucho bullicio. Conversaciones, risas, los camareros infatigables sirviendo a los clientes, madame Agnès instando a los hombres a beber champán, las chicas al acecho del mejor postor. Y Yoko. Allí estaba hablando con el mismo viejo carcamal de la vez anterior. Escuchaba distraída y su sonrisa parecía una máscara. Le dije a Nataly que quería estar un rato solo. Ella se encogió de hombros y me dijo en voz baja: «Ten cuidado. A madame Agnès no le gusta que los clientes se enamoren de ninguna de nosotras. Tampoco permite que la misma noche estemos con más de un cliente. Ya conoces las normas». Las conocía, sí, pero no me importaba saltármelas.

Vi a Yoko ir en busca de su abrigo para marcharse.

Me coloqué en un rincón desde donde observarla sin que ella se percatara de mi presencia. Yoko me parecía fascinante por la delicadeza de sus movimientos, por su rostro hierático, por su extraña belleza. No sé cuánto tiempo la estuve observando, pero de repente ella pareció sentir mi mirada porque me buscó a través del salón y clavó sus ojos en los míos. No leí nada en ellos, ni reconocimiento ni emoción alguna; simplemente me miraba.

Me acerqué a donde estaba con el viejo y los saludé. El hombre me estrechó la mano con desgana mientras que Yoko inclinó levemente la cabeza.

—¿Me permitirán compartir una copa de champán? Esta noche hay demasiado ruido y echo de menos una conversación pausada.

El viejo me miró extrañado por mi flagrante violación de las normas de la casa de madame Agnès. Ningún caballero se entrometía cuando otro estaba con una chica.

—Íbamos a retirarnos —respondió molesto.

En ese instante apareció madame Agnès y por su gesto vi que estaba contrariada por mi comportamiento.

—Mi querido conde, le hemos preparado para la cena faisán a las uvas tal y como le gusta, y para nuestra querida niña un poco de *foie*. El camarero aguarda para servirles la cena.

El conde tomó suavemente a Yoko por el brazo y, haciendo una inclinación de cabeza, se marchó en dirección al vestíbulo para subir a una de las suites. Yo me quedé con una malhumorada madame Agnès.

—Señor Spencer, no ha sido muy considerado por su parte interrumpir la conversación del conde con esa señorita. Los ha puesto en un compromiso. Creo que conoce bien las normas de esta casa. Jamás un caballero se entromete cuando una de las señoritas está con otro caballero. También sabe que es norma de la casa que los caballeros que me honran con su presencia no se encaprichen, y mucho menos lo manifiesten, de ninguna de ellas. Todos somos personas adultas.

—Siento disgustarla, madame Agnès, no era mi intención.

Además, ha de saber que mi encuentro con Nataly ha sido plenamente satisfactorio, es una señorita encantadora. De manera que no buscaba la atención de ninguna otra señorita. Sólo quería conversar un rato, aunque quizá no he elegido bien a los interlocutores.

Madame Agnès sabía que mentía. Pero no tenía otra opción que volver a aceptar mis disculpas. Ella sabía que Yoko se estaba convirtiendo en una obsesión. Había visto otros casos como el mío.

Estuve tentado de marcharme, pero no me apetecía regresar a mi apartamento para beber solo. Al menos allí podía participar en alguna conversación intrascendente que me aliviara el paso de las horas. También quería probar suerte e intentar seguir a Yoko en cuanto terminara con el conde. Y la suerte me sonrió.

Empezaba a impacientarme cavilando qué podía estar haciendo aquel carcamal con Yoko. Habían pasado dos horas desde que madame Agnès les había anunciado que tenían lista la cena.

Ya estaba a punto de marcharme cuando los vi aparecer en el salón. El hombre se despidió de ella besándole la mano. Yoko le hizo una inclinación de cabeza antes de desaparecer en el hall en busca de su abrigo. No perdí el tiempo y dejé a la joven con la que hablaba sin casi decirle adiós.

Yoko ya había salido de la casa, y me pareció una eternidad lo que la doncella tardó en entregarme mi abrigo.

La vi en el momento en que iba a subir a un taxi y corrí llamándola sin importarme que alguien pudiera verme. Yoko se volvió sorprendida. Se quedó inmóvil, junto al coche. Cuando llegué a su lado la empujé suavemente para que se metiera en el taxi y yo la seguí.

—Te llevaré a casa, pero antes podemos tomar una copa en cualquier sitio. Hay un local en el SoHo que está de moda, creo que te gustará.

Ni siquiera me respondió. Tampoco me miraba. Di la dirección al taxista y permanecimos en silencio hasta que llegamos al local.

Le pedí al *maître* que buscara una mesa tranquila, lo que era mucho pedir porque no se podía dar un paso y el lugar estaba lleno, pero lo consiguió. Claro que yo había deslizado en su mano una buena propina.

—¿Qué te apetece beber?

—Agua —respondió con naturalidad.

Pedí un whisky para mí y para ella una carísima agua mineral de esa que toman los pijos. Yoko parecía ausente. Estaba junto a mí pero no conmigo.

—Me alegro de que hayas aceptado tomar una copa. ¿Sabes?, no he dejado de pensar en ti.

—Me has obligado a venir.

—Tampoco te has negado.

—¿Qué podía hacer? ¿Gritar? Madame Agnès se habría enterado. No quiere escándalos.

—No dejo de pensar en ti —insistí.

—Pues no deberías hacerlo.

—¿Por qué no?

—En cuanto pueda dejaré de ir a casa de madame Agnès. Entonces no me verás más.

Me sorprendieron sus palabras. Duras, pero por su tono dulce y monocorde sonaban como si estuvieran envueltas en celofán.

—No me interesa lo que hagas en casa de madame Agnès, me interesas tú.

—Thomas… Sí, me dijiste que te llamabas Thomas o quizá alguien me lo ha dicho, no lo recuerdo. Verás, Thomas, tú no formas parte de mi mundo, ni te quiero en él. Nos hemos conocido en un lugar y en unas circunstancias, pero eso no nos va a convertir en amigos, ni va a hacer que tengamos ninguna relación fuera de las paredes de aquella casa. Yo tengo mi vida y tú la tuya. Y ya te he dicho que no te quiero en la mía. Y ahora te ruego que permitas que me vaya.

No se lo permití. La agarré del brazo con fuerza impidiéndole ponerse en pie. Jugué mis cartas. Gracias a Nataly, tenía cinco ases.

—Tomaremos una copa y luego iremos a tu casa. Me quedaré todo el rato que me apetezca y así será siempre de ahora en adelante.

Yoko me miró con asombro como si no entendiera lo que le acababa de decir.

—No me gustan las mujeres que beben agua —añadí—, de manera que ve pensando qué quieres: whisky, champán, ginebra... Lo que prefieras.

Ella continuaba callada, pero me miraba con temor. Llegó el camarero con lo que habíamos pedido y le ordené que además del agua trajera un gin-tonic. Había decidido qué era lo que ella bebería.

—Quiero irme, Thomas. No puedes retenerme —dijo en un tono de voz tan bajo que pareció un susurro.

—Sí puedo, Yoko, sí puedo. No creo que a tu novio, Dave, le guste saber que eres una puta, y a sus padres mucho menos.

Noté su temblor. Su cuerpo pareció desmadejarse porque se hundió en el asiento. Me miró con espanto, como si yo me hubiera convertido en un monstruo.

—No comprendo...

—Es muy fácil. Quiero acostarme contigo, no sé por cuánto tiempo, puede que un día, dos semanas o tres años. Cuando me canse te lo diré. No tienes alternativa. Si te niegas, Dave y sus padres se enterarán de lo que haces; tu padre también. Incluso a tu madre, aunque esté en Japón, le llegará la noticia.

—No... No puedes... Ahora mismo iré a hablar con madame Agnès... No volverá a dejarte entrar en su casa.

—A madame Agnès le interesa callarse. No querrá que los periódicos se hagan eco de qué clase de negocio regenta y quiénes son los caballeros que acuden a pasar las noches con sus putas.

—No te he hecho nada para que quieras perjudicarme —dijo con la voz quebrada.

—Eres muy buena en la cama. Se trata de eso, nada más.

—Puedes verme en casa de madame Agnès... —Lo dijo como si fuera una súplica.

—No, no quiero verte allí. Te veré donde y cuando quiera. Estarás a mi disposición el tiempo que me plazca. Es así de simple. Acéptalo. Si lo haces, ni Dave, ni sus padres ni los tuyos sabrán que eres una puta. Si te niegas, yo me encargaré de que lo sepan.

—Entonces no me tendrías…

—No te tendría, pero a ti no te quedaría otra opción que tirarte al Támesis. Imagínate, además de a tu familia y a tu novio, a tus compañeros de universidad y a tus profesores sabiendo que eres una puta.

Se quedó callada. Inmóvil. Con la mirada perdida. Su rostro se había cubierto por una mueca de estupor. Saboreé el whisky mientras la observaba. También saboreé mi poder sobre ella. Era dueño de su suerte. Su destino dependía de mí y eso me produjo una satisfacción que me hizo reír. Ella me miró sin comprender el porqué de mi risa.

—La noche que estuve contigo… pensé que no eras buena persona… Había algo maligno en ti —acertó a decir.

—Estupendo. Así tienes la seguridad de que pienso cumplir mi amenaza. Ahora bébete el gin-tonic y nos vamos a tu casa.

Le di el vaso y apenas bebió un sorbo. No le permití que dejara el vaso sobre la mesa. Volví a apretarle el brazo sabiendo que le hacía daño.

—Bébetelo todo —le ordené.

Lo hizo. Bebió hasta la última gota. Luego nos fuimos a su casa. Era un apartamento diminuto. Una sola pieza que hacía de habitación y salón con cocina americana, y una puerta que daba al baño. Todo perfectamente ordenado y limpio. Apenas había muebles.

—¿Dónde está la cama? —pregunté extrañado.

—No tengo cama, duermo en un futón —respondió.

—Así que duermes a la manera tradicional japonesa. Veremos si me gusta, de lo contrario tendrás que comprar una cama.

Sacó el futón del armario y lo extendió en el suelo. Creí percibir que tenía los ojos húmedos, pero no me preocupé.

Desde aquel momento yo era su dueño. Podía hacer de ella lo que me viniera en gana.

Han pasado muchos años de aquello. Sé que tuve su cuerpo, pero no a ella. Yoko no estaba allí. No importaba lo que le ordenara hacer; en realidad era una estatua de carne, no una mujer. No mostraba ninguna emoción; en su rostro ni siquiera aparecía una mueca de dolor cuando yo me empeñaba en arrancarle aunque sólo fuera un sonido para saber que estaba allí.

Abusé de ella durante un tiempo. No me arrepiento. Nunca me he arrepentido de hacerlo.

Puede que hubiera conseguido a Yoko sin ejercer ninguna violencia, tan sólo haciéndole creer que me había enamorado de ella. La vanidad es infinita y las mujeres son sensibles ante un hombre que dice amarlas y estar dispuesto a morir por ellas. Su ego se ensancha.

Aquella primera noche podía haberle dicho que me había enamorado de ella, que era incapaz de vivir sin sentirla cerca. Hubiera sido un golpe de efecto haberle regalado algo, no sé, quizá un anillo, o unos pendientes lo suficientemente caros pero discretos para que los pudiera apreciar y aceptar sin el temor de que su novio, Dave, le preguntara de dónde los había sacado. Si eran discretos siempre podía decir que eran un regalo de su padre.

También podría haberle mandado todos los días un ramo de flores, y haber estado de guardia para ser el primero los días que acudía a casa de madame Agnès.

Sí, podía haber hecho el papel de hombre enamorado, dispuesto a esperar el tiempo que fuera preciso para lograr su afecto. Una mujer tan sensible como Yoko puede que hubiera terminado ablandándose.

Pero no lo hice. Nunca le regalé una flor, ni una joya, ni una caricia que contuviera afecto. Nunca la traté como a alguien precioso para mí. Si lo hubiera hecho, habría vencido su resistencia; quizá habría sembrado una duda sobre su amor por Dave. Si la hubiera hecho reír… Pero no hice nada de todo esto. Ni siquiera lo pensé.

Yoko era una puta, así la había conocido, y nunca consideré que tuviera derecho a un trato diferente. Si se ganaba la vida vendiendo su cuerpo era porque carecía de escrúpulos, de manera que no podía esperar que sus clientes la tratáramos más que como un buen trozo de carne para consumir.

Jamás le pagué por estar conmigo. Hasta eso me divertía. Poder tenerla sin pagar una libra por ella. Disponer de su cuerpo y de su tiempo a capricho sin que ella obtuviera ningún beneficio salvo mi silencio. En ocasiones me pedía que le permitiera recuperar su vida. Yo me reía.

No le exigí que rompiera con Dave. Prefería que continuara acostándose con él porque eso aumentaba el terror que sentía ante la posibilidad de que él se enterara de que ella ejercía la prostitución. De vez en cuando me pedía permiso para acompañar a Dave a pasar el fin de semana en la casa de campo de sus padres. Normalmente accedía. Cuanto más estrechara lazos con los padres de Dave, menos querría que éstos llegaran a saber que su hijo tenía por novia a una puta.

Nunca me conmovió su angustia. Tampoco flaqueé cuando empezó a adelgazar tanto que el médico le diagnosticó una anorexia nerviosa. Aquel día la abofeteé y luego la arrastré hasta un restaurante obligándole a comer un entrecot. Le dieron arcadas. La amenacé si no se lo comía. De vuelta a su casa le di un ultimátum: tenía un mes para recuperar su peso anterior; de lo contrario, les contaría a todos que era una puta. No estaba dispuesto a acostarme con una carne fría llena de aristas.

No fue tan fácil como creí que sería. Hacía lo indecible por no vomitar, pero tardó tiempo en recuperarse, en ganar algo del peso perdido.

Cuando enfermó pude ablandarme y devolverle su vida. Decirle que me había dejado llevar por la locura y que estaba dispuesto a desaparecer para siempre. Incluso podía haberme ofrecido a pagarle un tratamiento médico. Pero no lo hice. La presionaba hasta la amenaza para que comiera y compré una báscula en la que la obligaba a pesarse desnuda cuando iba a visitarla. Si había perdido un solo gramo le pegaba y le advertía que al día siguiente llamaría a Dave para decirle quién era ella de verdad. Entonces se sentaba en el suelo y, haciendo un esfuerzo sobrehumano, comía lentamente cualquier cosa que tuviera en el frigorífico. Se contenía para no vomitar y soportaba el peso de mi cuerpo sobre el suyo, enflaquecido hasta resultar desagradable. Pero aun así no le devolví su vida.

Sí, podía haberla liberado de mí. Pero no lo hice, y ni entonces sentí ningún pesar por ello, ni aun hoy lo siento. Hice lo que quise hacer.

Mientras asentaba mi relación con Yoko tuve tiempo para hacer negocios.

Cuando le expliqué a Cooper que un comerciante quería encargarnos una campaña de ropa interior se quedó desconcertado.

—¿Ropa interior, y además hecha en China?

—Sí, el tipo se llama Anthony Tyler, y quiere que todas las inglesitas de clase baja y clase media que no se pueden comprar las bragas de seda en La Perla, compren un sucedáneo. Quiere que inventemos una marca.

A Maggie le pareció buena idea. Supongo que dudaba de que fuera a ser capaz de conseguir otro cliente que no fuera Roy Parker. En cuanto a Evelyn, fue quien nos dio las mejores ideas para la campaña.

Fuimos a ver a Anthony Tyler a su oficina. El tipo estaba instalado en la primera planta de un edificio que daba sobre el Támesis. No en la mejor zona, pero al menos podía decir que estaba en el sitio de moda. Se dedicaba a comprar y vender. Importaba de China productos electrónicos de los que obtenía un buen beneficio al venderlos en las cadenas de tiendas londinenses. También estaba metido en el negocio de la ropa y había encontrado una empresa cerca de Pekín que fabricaba ropa interior cuyos modelos copiaba de La Perla y de Victoria's Secret y los vendía a precios irrisorios.

Tyler quería que las tiendas de ropa interior le compraran las bragas y sostenes chinos, pero para ello tenía que crear la necesidad de que lo hicieran. Por eso había pensado en una campaña de publicidad.

Evelyn propuso una campaña en televisión que Cooper estaba seguro de que Tyler rechazaría por el coste elevado.

—Ya, pero será la única manera de que las tiendas de ropa interior de todo el país y los grandes almacenes compren esas prendas —argumentó Evelyn.

—¿Y cómo los convencerás? —quise saber yo.

—Muy fácil. El anuncio tiene que protagonizarlo una mujer joven y hermosa, una modelo, y si es conocida, mejor, aunque también nos vale una chica guapa. La veremos llegar a casa, quitarse los zapatos, el vestido y quedarse en ropa interior mientras entra en el baño y abre el grifo de la ducha. Una música sugerente y unas palabras sobreimpresas en pantalla: «Lencería Delicadeza, muy pronto en las mejores tiendas». Eso hará que las tiendas de lencería se pregunten quién dispone de esas prendas, que por verlas en televisión les pedirán sus clientas. Ninguna tienda querrá quedarse sin las bragas y sostenes chinos, ya verás.

Era una buena idea, así que Cooper y yo no pusimos ninguna objeción. Evelyn dijo que una vez que el anuncio comenzara a emitirse en televisión también tendríamos que hacer anuncios en prensa. La misma modelo, con unas bragas y un sostén chinos, que no miraría directamente a la cámara.

—Tiene que ser sexy pero sutil —explicó Evelyn—, para que todo tipo de mujeres quieran esa ropa.

Le presentamos el proyecto a Anthony Tyler. Dijo que se lo pensaría, puesto que la cifra del presupuesto era mayor de lo que esperaba. Evelyn le hizo ver que nuestra campaña obtendría resultados de manera rápida.

—En un par de semanas tendrá los teléfonos saturados de pedidos —aseguró con aplomo.

Pasaron un par de semanas sin recibir noticias de Tyler y como no quería llamarle fui a casa de madame Agnès. Sabía que acudía allí todos los viernes y en aquella casa siempre había un momento para tratar de negocios. Para entonces yo pasaba buena parte de mis noches con Yoko, aunque lo mismo que la obligaba a seguir con Dave, la obligaba a ir a casa de madame Agnès. No me convenía que dejara de ser una puta. Además, no tenía otros ingresos de los que vivir y yo no estaba dispuesto a gastar una sola libra en ella.

Precisamente, aquel viernes Yoko estaba conversando con un grupo de hombres entre los que se encontraba Anthony Tyler. Me acerqué a donde estaban. Yoko se puso tensa, pero los otros hombres no se dieron cuenta. En cuanto a Tyler, noté que le fastidiaba mi presencia.

Hablaban de Rusia; algunos de aquellos hombres tenían negocios allí. Les escuché e hice un par de preguntas no porque me interesara la conversación sino para formar parte del grupo. Ni siquiera miré a Yoko cuando uno de los hombres le hizo una seña y se alejaron los dos hacia la planta de arriba.

No sé por qué, pero sentí una mirada fija en mi cogote. Madame Agnès me observaba. En realidad venía haciéndolo en las últimas semanas como si le resultara extraña mi indiferencia hacia Yoko. Le sonreí. Ella me devolvió la sonrisa y levantó su copa de champán a modo de bienvenida.

Al cabo de un buen rato y cuando casi todos aquellos caballeros iban dejando el grupo para cenar a solas con alguna de las chicas, Tyler pareció decidirse a hablar conmigo.

—¿Qué le parece si sustituimos el champán por un buen whisky? —propuso consciente de que mi presencia aquella noche se debía sobre todo a él.

Buscamos acomodo en la biblioteca, el único lugar donde no había nadie. Un par de camareros nos siguieron: uno con una bandeja con canapés de salmón, queso y pepinillos. Cuando nos quedamos solos, Tyler no se demoró en abordar el asunto que teníamos pendiente.

—Pensaba llamarle, Spencer, pero ya que nos hemos encontrado aquí...

—Supongo que habrá tomado una decisión.

—Así es. La campaña que me han presentado es buena. Eficaz.

—Pero... —añadí esperando su respuesta.

—Pero demasiado cara. Tendría que vender millones de bragas para poder pagarla, además de obtener beneficios.

—Los venderá —afirmé con seguridad.

—Bueno, eso no resulta tan sencillo. Los propios chinos traen muchas de sus prendas a Occidente y las venden sin gastar una libra en publicidad.

—Pero usted no es un comerciante chino sino un comerciante británico con una reputación, que se mueve en determinados círculos económicos que esperan de usted algo más que una compraventa de mercancías de baja calidad. Para eso necesita nuestra campaña de publicidad. No le negaré que cuesta dinero llevar adelante el proyecto que le hemos presentado, pero la publicidad, la publicidad de calidad, es cara.

—Quizá podríamos ajustar su coste —sugirió sin mucha convicción.

—No lo creo, señor Tyler. La campaña cuesta lo que cuesta porque es extraordinaria y está pensada para que usted obtenga una gran ganancia.

De manera que no está dispuesto a rebajar el coste de la campaña —respondió con sorpresa.

—No. Si usted quiere una campaña eficaz, esto es lo que cuesta. Si quiere gastar su dinero en poner unos cuantos anuncios que la gente ni siquiera mirará, hágalo, pero no obtendrá resultados.

—Está usted muy seguro —dijo con cierto desdén.

—Señor Tyler, usted pretende engañar a millones de mujeres. Quiere que compren unas prendas de ropa interior de mala calidad. Esas mismas prendas podrían comprarlas en un bazar, pero usted desea que las compren en tiendas convencionales, en grandes almacenes, para que su precio sea superior. Para crear el deseo de esas mujeres usted necesita una leyenda; necesita convencerlas de que tendrán en sus manos algo especial, algo que pronto llegará a las tiendas. Sólo puede llegar a ellas a través de una publicidad masiva, en televisión, en revistas femeninas, en periódicos. Tienen que ver anuncios durante semanas, a todas las horas del día. Esto funciona así. Sin duda le pueden ofrecer campañas más baratas, pero será dinero perdido.

—Es un planteamiento arrogante. —En la voz de Tyler hubo un deje de irritación.

—No, no lo es. Es un planteamiento sincero. En cualquier caso, ha sido un placer tratar con usted, Tyler, y le aseguro que le deseo lo mejor —dije mientras me levantaba y le tendía la mano, dando la conversación por terminada.

Anthony Tyler pareció dudar. En su rostro surgió un gesto de desconcierto. Se levantó y me estrechó la mano.

—Hablaremos el lunes en mi despacho, ¿le parece bien a las ocho?

—Desde luego —convine mientras le hacía una leve inclinación de cabeza.

Salimos de la biblioteca y Tyler buscó con la mirada a una de las chicas con las que habitualmente ocupaba sus veladas en casa de madame Agnès. Yo me dirigí al bar y me acomodé para terminar de disfrutar del whisky que tenía en el vaso. Madame Agnès se acercó a donde yo estaba.

—Un joven como usted no debería estar solo. ¿No hay ninguna señorita con la que quiera subir a cenar?

—Desde luego, madame, pero su casa ofrece además la comodidad de poder tomar una copa tranquilo.

—Nataly está a punto de llegar, ¿le apetece cenar con ella?

—Será un placer, madame.

Nataly llegó a los pocos minutos. Tenía en la piel la huella del frío. Madame Agnès le indicó dónde me encontraba y vino directa hacia mí.

—Vaya, hacía tiempo que no coincidíamos —dijo burlona.

—Siempre estás ocupada.

—Parece que tú también.

—No he venido mucho últimamente.

—Lo imagino. ¿Qué tal te va con ella? —preguntó.

—¿A quién te refieres? —inquirí riendo.

—¡Vamos, Thomas! A mí me lo puedes contar.

—Si te parece subimos a cenar, tengo hambre.

Después de que el camarero dispusiera en la mesa la cena empezamos a sentirnos cómodos. Nataly se quitó los zapatos y se sentó a cenar con apetito.

—Aquí todo está buenísimo. Este pastel de bogavante me encanta.

—Deberías probarlo con champán y no con Coca-Cola.

—Ya sabes que no me gusta el champán y al menos contigo puedo beber lo que me gusta, aunque madame te haga pagar la Coca-Cola al precio del champán.

Aquellas cenas con Nataly siempre me resultaron gratas. Más allá del sexo, me divertía hablando con ella. Era espontáneamente ingenua y descarada.

—Yoko sufre —me aseguró.

—¿Cómo lo sabes? —pregunté con curiosidad.

—Cada vez está más delgada. Tiene mala cara y apenas habla con las otras chicas. Desde hace meses tiene los nervios a flor de piel, y he escuchado decir que alguno de sus clientes habituales comenta que no parece la misma. Madame está preocupada y le ha preguntado varias veces qué le pasa, pero ella asegura que está bien. Claro que madame no se lo cree.

—Te enteras de todo —comenté con admiración.

—Sólo hay que estar atenta y escuchar.

—¿Y a qué conclusión ha llegado madame?

—Pues que Yoko está sometida a una gran presión.

—¿Y tú qué crees?

—Que la causa eres tú. Te has cruzado en su vida y la estás obligando a estar contigo. Eso la está destrozando. ¿A que tengo razón?

—¿Tan desagradable soy? —quise saber.

—No estás mal; el problema es cómo eres en realidad.

—¿Cómo crees que soy?

—Uf, un tipo que se las trae: sin sentimientos, capaz de cualquier cosa para conseguir lo que quiere. No tienes escrúpulos, Thomas, y las mujeres son para ti menos que cosas. Incluida Yoko. Supongo que estará rezando para que te canses de ella.

—No tienes una buena opinión de mí —dije fingiendo estar enfadado.

—Te preocuparía que la tuviera.

No pude por menos que soltar una carcajada. Nataly siempre me desarmaba por su sinceridad.

Tyler aceptó nuestra campaña. Hizo un último intento para que rebajáramos la cantidad que nos tenía que pagar, pero me mantuve inflexible.

—Quizá podríamos haber ajustado los costes —afirmó Cooper cuando salimos del despacho de Tyler.

—Imposible.

Además de Roy, Tyler era nuestro único cliente, lo cual empezaba a preocuparme. No es que el coste de la oficina fuera elevado, pero sin otros clientes no podríamos subsistir. Lo que me fastidiaba es que yo quería regresar a Nueva York y estaba retrasando la partida precisamente por esa causa.

Tardamos tres semanas en lanzar la campaña de la ropa interior. Fue un éxito. A Tyler se le acumulaban los pedidos. No había una sola tienda en el país que no reclamara tener aquellas prendas de seda sintética.

—Casi me habéis convencido a mí para que compre esas bragas —nos dijo Maggie con su particular manera de felicitarnos.

Incluso Tyler no pudo dejar de reconocer que había merecido la pena. Nos invitó a cenar a Cooper, a Evelyn y a mí en su casa con su mujer y sus desgarbadas hijas.

La señora Tyler era la típica ama de casa de clase media que había apoyado a su marido para que subiera peldaño a peldaño en la escala social mientras ella se encargaba de la economía del hogar para ir pagando las escuelas privadas a las que asistían sus tres hijas.

Una de las chicas pareció interesarse por Cooper, ajena a que él prefería mirar al camarero que habían contratado para la ocasión. Tyler estaba tan agradecido que prometió tenernos en cuenta para futuras campañas.

—Estaremos encantados, y mucho más si nos recomienda a alguno de sus amigos —dijo Evelyn.

—Naturalmente que lo haré. Precisamente tengo un amigo que está pensando en introducir en Inglaterra aceite de oliva. Puede que le interese, en vista de que su agencia hace milagros.

—El aceite de oliva es un producto difícil de vender. Es caro. Sólo está al alcance de las élites —dijo Cooper sin mucho entusiasmo.

—Será un reto —le cortó Evelyn.

Después de aquella cena fui a casa de Yoko. Era la mejor manera de acabar la noche. La había llamado para evitar que invitara a su novio a dormir con ella. Dave se quedaba cuando yo la dejaba libre. Ella se excusaba diciendo que necesitaba más tiempo para estudiar. Algunas veces discutían. Su novio no comprendía el cambio que se había producido en Yoko y la presionaba para vivir juntos. Pero ella evitaba esa posibilidad haciéndole creer que era su padre quien pagaba sus estudios y aquel apartamento y que, por lo tanto, debía terminar la carrera antes de emprender una vida en común.

Estaba a punto de introducir la llave en la cerradura cuando escuché la voz quebrada de Yoko suplicándole a alguien que se fuera. Imaginé que estaría con Dave y que éste se negaba a dejarla sola. No pude reprimir el impulso de apretar el timbre. Fue Dave quien abrió la puerta y me miró asombrado.

—Creo que se ha equivocado —dijo de malhumor.

—No lo creo. Aquí vive Yoko, ¿no? Estudio con ella en la universidad y… bueno, pasaba por aquí y me he decidido a subir porque hoy la he visto con mala cara. Tenemos un examen en unos días y sé que está preocupada. Pensé que a lo mejor quiere que le eche una mano.

Dave me miró sin saber qué decir. Aproveché su desconcierto para empujar la puerta y entrar. Yoko estaba sentada sobre el futón y en sus ojos se reflejaba el horror que sentía ante la situación. Apenas logró ponerse de pie y corrió al cuarto de baño, donde la oímos vomitar.

—Está fatal —dijo Dave—. La filología va a acabar con ella. Lleva una temporada que no come, que no duerme, está nerviosa... Ya no sé qué hacer. ¿Cómo ha dicho que se llama?

—Thomas. Me llamo Thomas, y yo también he notado que algo le pasa a Yoko. No crea que no me preocupa.

—Nunca me había hablado de usted...

—Bueno, es que somos amigos desde hace poco. Llegué a la universidad con el curso empezado.

—¿Y de dónde viene?

—Soy americano. Mi sueño es tener la licenciatura de Filología Inglesa. Mis padres me obligaron a estudiar una carrera práctica, ya sabe, pero al final me rebelé y aquí estoy, intentando estudiar lo que me gusta aunque sea un poco mayor para ello.

Me miró con desconfianza.

—Es muy tarde, ¿no le parece? Yoko está agotada, intentaba convencerla de que se acostara y durmiera. Yo me quedaré aquí, tengo bastante que estudiar.

En ese momento Yoko salió del baño. Tenía el rostro crispado. Temblaba y apenas podía andar.

—Le he dicho a tu amigo que necesitas descansar. Esta noche no te permito estudiar. —El tono de firmeza en la voz de Dave no dejó lugar a dudas.

Miré fijamente a Yoko con el fin de ponerla aún más nerviosa. Disfruté viendo cómo corría de nuevo al cuarto de baño.

—Estudio Medicina y... bueno, creo que lo que le sucede es psicológico. Mi padre opina igual. Este fin de semana, quiera o no, la llevaré a nuestra casa de campo; necesita descansar.

—Una buena idea. ¿Tienen la casa muy lejos de Londres?

—Cerca de Bath.

—¡Qué casualidad! Precisamente estaré por allí, me han invitado unos amigos.

—Si quiere visitarnos… Estaremos encantados de recibirle. ¿Le gusta la música? Este fin de semana mi madre ha organizado una velada musical. Creo que quiere sorprendernos con un nuevo cuarteto de cuerda.

—Será un placer, si no es molestia.

Yoko nos escuchaba apoyada en la puerta del cuarto de baño. Estaba aterrorizada. Se le había puesto cara de loca.

—Si no le importa… Creo que sería mejor que se marchara.

—Dave me cogió del brazo y me llevó hacia la puerta.

No me resistí. Le seguí sin protestar. Estaba disfrutando de antemano del fin de semana en casa de Dave. Nada podría provocar más espanto en el ánimo de Yoko.

En mi última visita a casa de madame Agnès, Nataly me había preguntado por qué disfrutaba haciendo sufrir a Yoko. Me reí de su pregunta. No respondí. No habría sabido qué decir. Pero era cierto. Me producía un placer infinito hacerla sufrir. Su deterioro físico era la muestra de mi poder sobre ella. Quería destruirla y no sabía por qué.

El sábado a media tarde llegué a Bath. La casa de los padres de Dave era una de esas grandes casonas de las familias de la pequeña nobleza. Un cuidado jardín daba paso a una fachada cubierta de hiedra con una enorme puerta de madera frente a la que esperaba un mayordomo. Unos pasos más atrás estaban los padres de Dave, el señor y la señora Gibs. Médico él, concertista aficionada ella. Representaban a la perfección a la rica burguesía británica. Además de Dave, los Gibs tenían otro hijo, que no había cumplido los quince y, por tanto, no participaba de la fiesta. Los británicos son implacables con sus hijos.

Dave me presentó a sus padres como un buen amigo de Yoko, y ellos aceptaron mi presencia sin más.

—Yoko me ha regañado por invitarle. Dice que usted está muy ocupado y que seguramente ha aceptado por no desairarme —dijo Dave.

—Es muy considerada, pero ya le dije que iba a pasar el fin de semana aquí en Bath, y para mí es un honor haber sido invitado a su casa. Sus padres son encantadores.

—Sí, ciertamente lo son. Adoran a Yoko y están preocupados por ella. ¿Cree que tiene algo más que angustia por aprobar? He hablado con algunas de sus amigas, pero dicen no saber nada salvo que desde hace algún tiempo la encuentran muy rara.

De manera que Dave me había invitado con la esperanza de que le desvelara lo que le sucedía a Yoko. Buscaba información.

—Yo no conozco a mucha gente en la universidad, ya le he dicho que me he incorporado hace poco. Tampoco sé cómo era antes Yoko. En mi opinión, es una persona muy seria. Estudia mucho y creo que tiene un gran sentido de la responsabilidad.

—Sí, quizá sea eso… Bien, allí está Yoko hablando con algunas amigas. Venga, se alegrará de verle.

Palideció. Sus manos comenzaron a temblar y el vaso que tenía en las manos cayó al suelo rompiéndose en pedazos.

—¡Pero querida…! —Dave no comprendió la reacción de Yoko.

—Me alegro de verte. Este lugar es muy hermoso. Le agradezco mucho a Dave que me haya invitado.

—¿Por qué no le enseñas el jardín antes de que anochezca? —propuso Dave, que en ese momento estaba siendo requerido por su madre para atender a otros invitados.

Me acerqué tranquilamente a Yoko y la cogí del brazo apretándolo con fuerza.

—Es una excelente idea. Vamos al jardín.

Salimos de la casa y la llevé hacia la zona más frondosa.

Cuando llegamos allí, me planté delante de ella y no pude reprimir una carcajada.

—Pon otra cara. ¿Es que no te alegras de verme?

—¿Qué quieres, Thomas? ¿Qué mal te he hecho?

—No seas estúpida, Yoko. No me has hecho nada porque nada puedes hacerme. Lo haremos aquí.

—¿Qué es lo que quieres hacer? —preguntó con un hilo de voz, temiendo mis intenciones.

—No hay nada más placentero que engañar a un novio delante de sus narices, ¿no te parece? El bueno de Dave no puede imaginar que eres una puta y es tan inocente que incluso sin saber nada de mí me ha invitado a estar aquí. A mí me pone esta situación. Ven.

La empujé hasta un banco y la obligué a tenderse sobre el mármol; luego me tendí sobre ella. No dijo ni una palabra. Cerró los ojos. El único placer que yo sentía era el de pensar que alguien podía sorprendernos y en la cara de tonto que pondría Dave.

No tuve esa suerte. Nadie nos vio. Así que regresamos a la casa. Yo, con la euforia de saberla rendida; ella, con el rostro descompuesto, el cabello despeinado y la falda manchada. Se desprendió de mi brazo y la vi correr hacia las escaleras para dirigirse supongo que a su habitación o a un cuarto de baño donde intentar borrar las huellas de mi embestida.

No me quedé demasiado tiempo. La velada musical de la señora Gibs prometía ser larga. Prefería regresar a Londres y acercarme a casa de madame Agnès y pasar el resto de la noche con Nataly. Me disculpé con Dave, que insistió en que me quedara.

—Sólo me he acercado un rato para agradecerle la invitación, pero ya le dije que estaba en casa de unos amigos en Bath y debo regresar para cenar. Pero ha sido muy agradable estar aquí. El cuarteto es estupendo.

—Tiene que venir en otra ocasión. A Yoko le gustará.

—Desde luego, y ya sabe que si cree que puedo ayudarla no tiene más que decírmelo.

De regreso a Londres no podía sentirme más satisfecho de mi actuación. Aunque recordé que había sorprendido a la madre de Dave, la señora Gibs, mirándome con preocupación. No le había gustado. Ella no sabía por qué, pero no podía ocultar que el desagrado se reflejara en su mirada.

Podría haberme comportado de otra manera. Quizá dejarme conmover por el estado de Yoko. Llevaba meses acosándola y abusando de ella. Ese día podría haberme compadecido de ella y haberle devuelto su libertad. Decirle que Dave era un muchacho estupendo, que la familia Gibs la quería de verdad y que debía aprovechar la oportunidad para tener otra vida. A poco que Yoko se lo propusiera, Dave se casaría con ella y a los Gibs no les importaría ayudarlos pagando los estudios de ambos.

Dave era un tipo agradable, demasiado inocente; aún no comprendo cómo no sospechó de mi relación con Yoko. Pero hay personas así, que no tienen maldad. Seres para los que la vida no es más que lo que creen ver. Incapaces de ninguna bajeza.

Sí, podría haber liberado a Yoko:

—*¿Sabes? Esta gente es muy agradable y Dave te quiere. Deberías dejar de ir a casa de madame Agnès.*

Yoko me habría mirado con asombro, temblando, sin comprender qué vendría a continuación.

—*No quiero hacerte daño. Me he pasado contigo, lo sé, pero se acabó. No te diré que lo siento; lo hecho, hecho está, pero no te voy a molestar más. Créeme, se acabó.*

Imagino su mirada recelosa, pensaría que la estaba engañando. Pero la miraría a los ojos con toda la sinceridad de la que fuera capaz asegurándole que hablaba en serio, que iba a salir de su vida. Los recelos se convertirían en agradecimiento.

—*Ahora me voy, Yoko. Mi presencia aquí no tiene sentido. Despídeme de Dave. Es un buen chico. No merece que le engañes. Ni se te ocurra volver a casa de madame Agnès… Si te veo por allí, entonces seré yo quien le diga lo que haces.*

—*No… No volveré… Te lo aseguro —diría con voz tenue, temiendo despertar de un sueño.*

—*Adiós, Yoko. Buena suerte.*
—*Adiós, Thomas...*

Pero esta conversación no existió. Jamás dije esas palabras. No renuncié a tener mi propia esclava.

Llegué demasiado tarde a Londres para ir a casa de madame Agnès, así que me resigné a regresar a mi apartamento. Siempre me quedaba la opción de pasar el resto de la noche bebiendo. Fue lo que hice. Aún no estaba borracho del todo cuando el pitido del móvil me devolvió a la realidad. El número de Jaime se reflejó en la pantalla.

—Thomas, tienes que venir. Papá ha vuelto a sufrir una crisis. El médico es pesimista. Dice que el corazón de papá no aguanta más...

Me alegré de la llamada de Jaime. Era la excusa que necesitaba para volver a Nueva York. Si alguna virtud he tenido en la vida, y aún conservo, es cierto sentido de la responsabilidad en el trabajo que en ocasiones me ha impedido hacer lo que quería. Pero el corazón de John me ofrecía la oportunidad de dejar Londres sin reprocharme las tareas pendientes.

Telefoneé al aeropuerto y encontré un billete para un vuelo de madrugada. Tenía el tiempo justo de darme una ducha y meter alguna ropa en la maleta. De camino al aeropuerto llamé a Maggie.

—Son casi las dos de la noche del sábado. Sólo se justifica una llamada a estas horas si es para decirme que te has muerto.

—Aún no. Me voy a Nueva York, mi padre ha sufrido un infarto. Díselo a Evelyn y a Cooper.

—Pobrecillo. ¿Algo más?

—No, por ahora no. Ya te llamaré cuando pueda.

MADUREZ

7

Nevaba. Había dejado Londres con lluvia y encontraba Nueva York nevada. Me gustaba la nieve aunque aborrecía el frío. Fui a casa para dejar la maleta y cambiarme de ropa antes de ir al hospital. María me recibió con indiferencia. Hacía mucho que ya no se esforzaba en ser amable conmigo.

—Tu padre se muere. Espero que no le des ningún disgusto y le dejes irse en paz —me advirtió.

—Lo primero que haré en cuanto esté muerto será despedirte —la amenacé.

—Eso lo decidirá Jaime —dijo mientras me daba la espalda.

—Prepárame café y un sándwich —le ordené.

Los enfrentamientos con María eran parte de la cotidianidad de mi vida en Nueva York. Me metí bajo el agua caliente de la ducha. Estaba cansado y tuve la tentación de dormir un rato, pero cuando salí de la ducha mi móvil sonaba insistentemente.

—¿Dónde estás? —La voz de Jaime denotó urgencia.

—Acabo de llegar. Estoy saliendo de la ducha, ¿qué pasa?

—A papá le ha dado otro infarto. Es el segundo ataque que tiene en dos días… Ven en cuanto puedas.

Me vestí con rapidez mientras iba comiendo el sándwich y pedía un taxi por teléfono. En Nueva York hay que tener mucha suerte para encontrar un taxi libre en la calle. Llegué al hospital en el momento en que el médico le estaba explicando a Jaime que la única posibilidad de supervivencia de John era intentar una nueva operación.

—Si le operan, ¿se salvará? —preguntó mi hermano con temor.

—No puedo garantizarlo. Su corazón está muy mal, tal vez no aguante, pero si no operamos... entonces es cuestión de horas. Lo siento —dijo el médico mientras miraba de reojo el reloj.

—No nos da muchas alternativas —dijo una voz que me costó relacionar con la tía Emma.

Emma, la hermana de John, la mujer a la que yo había llamado tía, había envejecido de golpe hasta resultar irreconocible. Se había cortado el pelo y ahora llevaba una melena muy corta; sus cabellos habían perdido el tono dorado y ahora eran grises, casi blancos. Los hombros caídos, la boca convertida en mueca. No quedaba de ella nada de la mujer que había conocido.

El médico respondió a su pregunta después de meditar unos segundos:

—Lo siento, pero prefiero decirles la verdad. No puedo darles garantías de que con la operación viva, puede que incluso muera durante la intervención. Y si no le operamos... Lo siento, de verdad que lo siento.

Jaime miró a Emma esperando a que dijera algo. Luego me miró a mí. Ni siquiera nos habíamos saludado.

—Yo soy partidario de luchar. No sé qué pensáis vosotros, pero creo que merece la pena arriesgarse a que operen a papá.

—Si no le operan morirá en unas horas, si le operan puede que también... No sé, a veces pienso que John está cansado de vivir y desearía que le dejáramos en paz —respondió Emma.

—Sí, está cansado, pero mi padre no es de los que se retiran de las batallas. Además, yo no podría dejarle morir sin hacer nada —replicó Jaime.

Los dos me miraron aguardando mi opinión. Les sostuve la mirada antes de responder:

—Haced lo que queráis. Yo no soy quién para tomar esta decisión.

A Emma se le torció el gesto y vi cómo una de sus manos se alzaba dispuesta a estrellarse contra mi rostro. Jaime le cogió esa mano y se la apretó con la misma fuerza que apretaba los dientes, y el esfuerzo se reflejó en la tensión de sus mejillas.

—Doctor, opérele. Esperemos que sea lo mejor —le dijo al médico, que aguardaba expectante.

—Muy bien. Si quieren pasar a hablar con él unos minutos... Le operaremos inmediatamente.

Entramos en la habitación donde John yacía en la cama con el cuerpo conectado a distintos monitores. Una enfermera le estaba colocando un nuevo cable.

John abrió los ojos y pareció sonreír. Jaime se acercó y le acarició el rostro mientras Emma le cogía una mano y la estrechaba entre las suyas. Yo me quedé retirado de la cama, junto a la puerta. Me sentía un observador, como si aquella escena me resultara ajena y me hubiera equivocado de escenario.

—Thomas —dijo mi nombre apenas con un hilo de voz.

Jaime se acercó a donde yo estaba y me empujó hacia la cama hasta situarme en la cabecera.

—Me alegro de que estés aquí... —murmuró. Le costó hablar.

Asentí con la cabeza sin responderle. No tenía nada que decirle, no sentía la necesidad de decirle nada. Aquel hombre cuya estatura parecía haber menguado con la enfermedad y cuya delgadez dejaba entrever los huesos y las venas, estaba más cerca de la muerte que de la vida. Noté su esfuerzo por fijarme con la mirada y volver a hablar.

—Siempre te he querido, Thomas. Siempre. —Apenas salió voz de aquel cuerpo exhausto.

—Papá, Thomas sabe lo mucho que le quieres y él también te quiere a ti. —Jaime me cogió del brazo obligándome a doblarme sobre el cuerpo de John.

Mi hermano quería que besara aquellas mejillas de piel blanca. No me soltaba del brazo, retorciéndomelo hasta hacerme daño. Pero no cedí y tiré con fuerza hacia arriba hasta volver a recuperar la posición. Emma me miraba con tanto odio que estuve a punto de reír.

—Te pondrás bien, John. El doctor dice que hay que operarte, y saldrá bien, ya verás —dijo Emma mientras le acariciaba la cara.

—Sí… sí… —susurró John cerrando los ojos.

—Papá, te quiero mucho. Lucha, te necesitamos todos. —La voz de Jaime sonó con fuerza, rotunda.

John volvió a abrir los ojos y nos fue mirando uno por uno. Creo que intentaba decirnos algo a cada uno con la mirada. Cuando me miró a mí noté la profunda pena que sentía ante mi frialdad y su deseo de transmitirme lo mucho que me quería.

Vinieron a buscarle para llevarle al quirófano, y Jaime y la tía Emma caminaron junto a la cama hasta llegar al ascensor. Yo los seguía sin hablar. Cuando se abrieron las puertas del ascensor vi cómo la última mirada de John era para mí.

—La operación será larga. Será mejor que vayamos a tomar un café y algo de comer —propuso Jaime sin hacer caso de mi indiferencia.

—Sí, un café nos vendrá bien —aceptó Emma.

Fuimos a la cafetería del hospital y buscamos una mesa. Jaime pidió café y unos sándwiches.

La espera se me hizo insoportable. Empezaba a notar el cansancio del viaje. Me dormí allí, sentado, ajeno a la conversación insulsa de Jaime y la tía Emma. Debí de dormir un buen rato, hasta que las manos de Jaime me apretaron el hombro instándome a regresar a la realidad.

—Acaban de llamarnos por megafonía. Vamos.

Subimos a la planta, donde nos aguardaba el médico que había operado a John. Al mirarle supe que nos iba a anunciar su muerte. John no había resistido la operación y su corazón se había quebrado durante la intervención.

—Lo siento… No ha sido posible… —acertó a decir el médico.

La tía Emma comenzó a llorar. Lo hizo en silencio, sin estridencias. Vi cómo Jaime hacía un esfuerzo por mantenerse erguido, por retener las lágrimas e interpretar el papel del hombre fuerte que puede cargar incluso con la muerte de su padre porque ahora le correspondía ser el cabeza de familia. Una familia de la que, además de los abuelos Spencer, sólo formábamos parte Emma y yo.

Fue pensar en los abuelos y verlos aparecer en el umbral de la puerta. El abuelo James y la abuela Dorothy nos miraron en silencio comprendiendo lo que sucedía.

Jaime se hizo cargo de todo. Como se esperaba de él. Pidió a la tía Emma que acompañara a los abuelos a cambiarse y vestirse de luto, lo mismo que ella tendría que hacer. Nosotros fuimos a casa a la espera de que nos entregaran el cuerpo para velarle, tal y como habíamos hecho con el cadáver de mi madre. Jaime no consintió un velatorio en uno de esos tanatorios modernos e impersonales. María lo prepararía todo con la ayuda de dos chicas, a las que contratamos para que se ocuparan de atender a los amigos de la familia que acudieran a darnos el pésame. Antes de que llegara el cuerpo de John lo hicieron los abuelos y la tía Emma. Iban uniformados de negro.

Yo no tenía ningún traje negro o eso creía, porque María se presentó en mi habitación con uno diciéndome que era el que me había puesto para el entierro de mi madre. No es que me sentara bien, porque había adelgazado, pero serviría.

—Estos velatorios son absurdos —protesté mientras veía cómo María cepillaba el traje.

Con el paso de los años he revivido aquello pensando en que John había muerto sin que me despidiera de él. Debí haberle dado un beso o apretarle la mano antes de que se lo llevaran al quirófano. Quizá podría haberle dicho que deseaba de corazón que la operación saliera bien y que le quería, que había sido el mejor padre y estaba allí por eso. Pero le dejé morir sin una palabra amable de despedida, sin un gesto de afecto.

Podía haberle dicho algo así como:

«Papá, estoy aquí porque quiero estar cerca de ti. No te preocupes, saldrás de ésta». O quizá: «Papá, te necesito. No me dejes solo; he hecho muchas tonterías, pero sabes que te quiero».

Pero de mi boca no salió ninguna de estas palabras, no le dije nada que aliviara su angustia, su deseo de que le diera una brizna de afecto.

Su última mirada había sido para mí y lo que vio fue indiferencia, nada. ¿Me arrepiento? No, no me arrepiento, aunque sé que habría merecido al menos un gesto amable de mi parte. Nunca me había fallado, me quiso toda su vida. Pero no pensé en esto porque siempre ha sido más fuerte la ira que me arrasa por dentro.

Jaime telefoneó a los amigos más cercanos. También le había pedido a la señorita Turner, la secretaria de John, que avisara a los clientes y conocidos más importantes. El velatorio se abriría a partir de las tres de la tarde.

Esther fue la primera en llegar. María la recibió con afecto indicándole que el velatorio se celebraría en el salón grande. Primero abrazó a Jaime y sentí odio hacia los dos cuando vi que ambos se habían abandonado el uno en brazos del otro. Cuando se acercó a mí le impedí que me abrazara. Ella no pareció molestarse, simplemente se encogió de hombros. Mi malhumor le producía indiferencia, lo que aumentó mi ira.

En ese momento la tía Emma entró en el salón y, al ver a Esther, la abrazó.

—Qué amable eres… Gracias por acompañarnos en estos momentos.

A Esther le siguieron los socios del despacho de John. El abuelo Spencer se quedó en el hall para recibir a todos los amigos de la familia. Me fijé en lo viejo que era. Se sostenía en pie apoyado en un bastón. Su fragilidad era evidente.

Cuando hubo suficiente gente y mi ausencia podía pasar

inadvertida, me fui a mi habitación. Tenía sueño y necesitaba dormir un par de horas. Cerré la puerta con llave. Creí escuchar en sueños la voz de Jaime llamándome, incluso la de la abuela Dorothy. Pero no hice caso. En realidad estaba demasiado cansado y no podía abrir los ojos. Eran cerca de las ocho cuando me desperté.

Me había quedado dormido encima de la cama, de manera que me di una ducha y me cambié de ropa antes de ir a la cocina en busca de una taza de café. Allí estaba Esther ayudando a las dos chicas contratadas para colaborar con María. Estaban disponiendo los canapés en las bandejas.

Me irritaba que el velatorio se celebrara en casa, pero la costumbre anglosajona hacía que la familia de los muertos tuviera que dar de comer a las visitas.

Esther ni siquiera me miró. Estaba ensimismada procurando que todo saliera bien. Tanto María como las dos chicas le preguntaban qué hacer y cómo hacerlo, y ella les indicaba qué otros canapés debían preparar, cómo distribuir los sándwiches y dónde colocar las bandejas con café. De vez en cuando salía de la cocina y al poco regresaba con una bandeja vacía o pedía que hicieran otra cafetera.

Jaime entró en la cocina pero no me vio. Yo sí vi cómo se acercaba a Esther y le cogía las dos manos mientras la miraba con tal intensidad que pensé que se iba a poner a llorar.

—Gracias. Nos estás ayudando mucho. Tía Emma no da abasto, mi abuela ha perdido totalmente la cabeza y ni siquiera sabe lo que está haciendo aquí, y el abuelo... Pero si tienes que irte... Bueno, no quiero que te sientas obligada.

—Déjame sentirme útil. Y no te preocupes, no tengo otra cosa más importante que hacer que acompañaros. Conocéis a tanta gente que es difícil poder atenderlos adecuadamente a todos. Deberías convencer a tu abuelo para que descanse un rato. Está agotado.

—Tienes razón. ¿Sabes, Esther? Eres... Sí, eres maravillosa. Gracias.

En cuanto Jaime salió de la cocina me fui directo a donde estaba ella.

—Así que eres maravillosa… Tienes a mi hermano embobado. ¿Para cuándo es la boda?

Esther dejó la bandeja que estaba preparando sobre la encimera y me miró de arriba abajo. Un rictus de desprecio se fue dibujando en sus labios.

—¿Qué haces aquí, Thomas? ¿A qué has venido?

—No te entiendo…

—Claro que me entiendes. Tu presencia aquí es innecesaria. No querías a John, no sientes que ésta sea tu familia. Nadie te importa y a nadie le importas. En realidad no tienes nada que hacer aquí. Insisto: tu presencia es innecesaria.

Dijo estas palabras con tal dureza que me costaba reconocer en ellas a la Esther de siempre.

—Ésta es mi casa. ¿Lo has olvidado?

—Era la casa de tu madre y de John, también de tu hermano. Todos ellos te son indiferentes. Ni los has querido ni los quieres. Ni siquiera has sido capaz de dar la mano a John esta mañana en el hospital, aun sabiendo que se jugaba la vida en la operación.

—¿Te lo ha dicho Jaime?

—¿Qué más te da quién me lo haya dicho? La cuestión es otra, Thomas; es toda la maldad que anida en ti. Siempre he sabido que eras mala persona, pero creía que además de sombras había algunos rayos de luz en ti y que el paso del tiempo te haría reconciliarte contigo mismo y valorar a los que te han querido.

—Tú me querías, Esther —le reproché.

—Sí, Thomas, yo te he querido mucho. Ya lo sabes.

—¿Y ahora?

—Ahora cada uno ha elegido un camino.

—¿Estás enamorada de Jaime? —pregunté crispado.

—Si me dejo llevar por mis sentimientos… Sí, sé que Jaime y yo podríamos ser felices. Pero estás tú, Thomas, y eso le impide a Jaime dar el paso.

—¿Y a ti?

—A mí ya no.

—Vete de mi casa, Esther; aquí sobras. —La agarré de la mano y tiré de ella hacia el hall dispuesto a echarla.

El abuelo Spencer nos vio y, a pesar de que se movía torpemente, se acercó indignado por mi comportamiento.

—¡Suéltala! ¿Se puede saber qué estás haciendo?

—Quiero que se vaya.

—¿Cómo te atreves? Esther es una persona muy querida por todos nosotros. No se te ocurra volver a decirle que se vaya de esta casa —dijo.

—¡Es mi casa!

—Es la casa de los Spencer. Primero fue mi casa, luego de tu padre y ahora lo será de Jaime —dijo sosteniéndome la mirada.

Sus palabras me hirieron profundamente. James Spencer me había puesto en mi sitio. Vi el dolor en su mirada, pero también la determinación de no permitirme seguir destruyendo a quienes me querían.

Esther nos miró desolada. Dudaba qué debía hacer, pero mi abuelo no le dejó que decidiera.

—Si no te importa, Esther, vuelve a ayudar a María. Y gracias por permitir que nos apoyemos en ti —le dijo el abuelo.

Cuando Esther regresó a la cocina nos quedamos solos en el hall, frente a frente. Algunas de las personas que habían presenciado la discusión tuvieron el tacto de regresar al salón.

—Nunca imaginé que te diría esto, pero ha llegado el momento en que debes tomar una decisión: o estás dentro o te quedas fuera de la familia. No voy a permitir que continúes haciendo daño a quienes sólo te han dado afecto. No te debemos nada, Thomas, absolutamente nada, de manera que no vamos a soportarte más. Tú decides, lo coges o lo dejas. Pero si decides quedarte en esta casa, será con condiciones, las que ni tu madre ni John se atrevieron a ponerte. Cambiarás. Te comportarás como el mejor hermano del mundo con Jaime, mostrarás afecto a tu tía

Emma, y nos honrarás con tu respeto a la abuela Dorothy y a mí. Si no quieres o no puedes, no te molestes en quedarte ni un minuto más. Coge tus cosas y márchate. Cuanto antes, mejor. Ya te lo he dicho, no te necesitamos.

—No soy uno de los vuestros —repuse con ironía.

—Eso es algo que decidiste tú hace tiempo. —La voz del abuelo sonó con tal dureza que me costaba reconocer en él al hombre amable que había sido siempre.

No sabía qué hacer. Por orgullo, acaso por dignidad, debí marcharme en aquel momento, pero no lo hice. Fui consciente del vacío de mi vida si me dejaba arrancar de aquella familia a la que había tenido por mía. Todo lo que había hecho hasta el momento había sido porque sabía que había alguien detrás. Los Spencer eran como una red sobre la que yo podía hacer piruetas sabiendo que si caía ellos me recogerían. Habían soportado mis desplantes, el desafecto que procuraba manifestarles con toda la crueldad de la que era capaz. Y si habían soportado todo aquello era porque John no les había permitido sacarme de sus vidas. Sí, había sido John quien me había protegido hasta de mí mismo.

No lo había comprendido hasta aquel instante. Me di cuenta de que me habían retirado la red y que tendría que andar con cuidado, porque si me caía no habría nadie para ayudarme.

El abuelo Spencer continuaba mirándome, inmóvil, aguardando que fuera yo quien moviera la siguiente ficha. Apenas se mantenía en pie. La edad se manifestaba en cada poro de su piel.

—Entendido —convine.

—Entonces no tengo nada más que decirte. —Me dio la espalda caminando hacia el salón, de donde salía Jaime para despedir a un amigo de John.

Jaime parecía ignorarme. Ni siquiera cruzaba la mirada conmigo. Me trataba como alguien a quien no merece la pena considerar. Se me encendieron todas las alertas. La tía Emma hacía tiempo que me había dado por perdido. Ahora sabía que también los abuelos Spencer. Jaime los seguía. Me estaba convirtiendo en un extraño en aquella casa que había sido la mía. Fui consciente de que habíamos llegado a un punto en que no les costaría nada prescindir de mí. Incluso agradecerían mi ausencia, ya que mi presencia distorsionaba sus apacibles vidas.

Mi hermano regresó al salón. Yo me había quedado inmóvil, incapaz de reaccionar. Y la vi. Sí, Esther estaba allí. No había vuelto a la cocina, tan sólo se había alejado unos pasos para dejarnos hablar. Se acercó y me abrazó, y yo me dejé abrazar.

—Ven, ven a la cocina; tomaremos una taza de café. Te vendrá bien.

—Gracias por invitarme, ya has oído que ésta ha dejado de ser mi casa.

—Thomas, tu abuelo tiene razón. Así no podéis continuar. No tiene sentido que les hagas daño. Ningún ser humano tiene que soportar que otro le dañe. Ellos te han querido tanto…

—Tú también me has querido…

—Sí, Thomas, yo también. Y me hubiera gustado poder seguir haciéndolo, pero tú no me lo has permitido. En realidad no permites que nadie te quiera; es como si te asustara recibir el amor de los demás.

Me sentía perdido. No se lo hubiera reconocido a nadie, pero nunca fui capaz de fingir ante Esther. Me dejé llevar por ella a la cocina, me senté donde ella me indicó y bebí una taza de café. Esther me miraba. No lo hacía con compasión, ni siquiera con pesar.

—¿Y ahora qué crees que debo hacer? —pregunté ansioso por conocer su respuesta.

—Es difícil… Están hartos. Tienen motivos para estarlo. Has roto la cuerda, Thomas.

—Así que hoy he roto la cuerda al intentar echarte de casa… —Al culparla la hacía deudora de mi situación.

—Espero no ser la culpable… Creo que la cuerda estaba rota hace tiempo, pero John impedía que te la mostraran. Él te quería y no permitía que nadie te cuestionara.

—No tenía por qué quererme —repliqué con enfado, como si el cariño de John hubiera sido una carga.

—Nadie manda en los sentimientos ni en las emociones. Se quiere y ya está. Para John siempre fuiste su primer hijo, el hijo de su adorada Carmela, tu madre. Sólo por el amor que le tenía a ella te quería también a ti. ¿Sabes, Thomas? La vida ha sido generosa contigo, pero tú no has sido generoso con quienes te lo han dado todo.

Rompí a llorar. Fue la única vez que he llorado en mi vida. No sé por qué lo hice, pero lo hice. Esther me abrazó y lloró conmigo.

María entró en la cocina y se sorprendió al vernos abrazados luchando contra las lágrimas. No dijo nada. Cogió una bandeja y regresó al salón indicando a las otras dos camareras que hicieran su trabajo y nos dejaran tranquilos.

Estuvimos abrazados un buen rato, el suficiente para que Jaime nos viera. Entró en la cocina en busca de hielo y se quedó un minuto inmóvil. Vi cómo se reflejaba en su rostro algo parecido al dolor y la decepción, pero no dijo nada. Se dio la media vuelta y salió de la cocina.

—No sé qué hacer —le dije a Esther en voz baja.

—Creo que deberías regresar al salón y acercarte a tu abuelo. Abrázale. No hace falta que le digas nada, con eso será suficiente.

—No sé si seré capaz de hacerlo… Yo… yo no siento nada… Soy así. En realidad sólo te quiero a ti, sólo puedo contar contigo. —Volví a sollozar y Esther me apretó con fuerza.

Con el paso de los años he aprendido que las mujeres son capaces de los mayores sacrificios si se creen imprescindibles. Pueden renunciar a todo, incluso a la felicidad, para comportarse como heroínas en el teatro de su propia vida. Mis lágrimas me devolvieron a Esther, fue lo que me unió a ella para siempre. Ninguna palabra, ningún otro gesto la habría convencido para que volviera a mí. Las lágrimas fueron el único argumento que rompió su determinación.

Me acompañó al salón y se quedó en el umbral mientras yo

me acercaba al abuelo Spencer, pero éste hizo un gesto con la mano indicándome que le dejara. Jaime, por su parte, continuaba ignorándome. Miré a Esther; necesitaba que fuera testigo de aquellos desplantes. Regresé junto a ella.

—Se acabó —le dije intentando conmoverla.

—Te lo has ganado a pulso, Thomas. Aunque… bueno, no es momento de reproches. Atiende a los amigos de tu padre, procura mostrarte discreto y esperemos a que todos se vayan para hablar con tu familia —me aconsejó Esther.

Decidí no contrariarla. Hice lo que me dijo, aunque empezaba a sentir vértigo por el vacío que los Spencer me hacían. Eran cerca de las diez cuando se fue el último visitante. El abuelo se sentó en un sillón y ocultó la cabeza entre las manos. La abuela Dorothy le acarició la nuca. Tenía la cabeza perdida y no terminaba de darse cuenta de lo que sucedía.

—Papá, tenéis que descansar. María ha preparado la habitación de invitados para vosotros —dijo Emma.

—¿Te vas a casa? —preguntó el abuelo Spencer.

—No, me quedo aquí. Velaré a John.

—Y yo contigo —dijo el abuelo Spencer mirando a su hija.

—Haremos turnos —intervino Jaime—. Vosotros podéis quedaros un rato, no más de un par de horas; luego a dormir. La tía Emma y yo nos quedaremos el resto de la noche.

—Yo también quiero velar a… a John —dije dando un paso hacia donde estaba Jaime. En realidad Esther me lo acababa de sugerir.

—No es necesario. No tienes que molestarte —replicó Jaime con la voz tensa.

—Quiero hacerlo —insistí.

—John hubiera preferido que le hubieras mostrado un poco de afecto en vida, ahora ya es tarde — dijo Emma con desprecio, mirándome de arriba abajo.

Estuve a punto de insultarla pero no lo hice. Esther nos observaba y no quería dar un paso equivocado que me hiciera perderla de nuevo. Tomé aire antes de responder:

—No es el momento de los reproches y menos estando John de cuerpo presente, ¿no crees? Si me lo permitís, me gustaría quedarme un rato con él.

—Preferimos estar solos —sentenció el abuelo Spencer.

La abuela Dorothy nos miró con asombro; no parecía comprender lo que sucedía.

—Entonces… —balbuceé.

—El entierro será mañana a las diez. No te impediremos asistir si así lo deseas, pero hasta ese momento no te queremos aquí. —El abuelo se levantó invitándome a salir.

Esther avanzó hacia mí y me cogió de la mano. Salimos del salón sintiendo la mirada de Jaime.

—Mete ahora mismo en una maleta unas cuantas cosas —me ordenó Esther.

—¿La maleta? —pregunté sorprendido.

—Ya no puedes seguir aquí, Thomas; se acabó. Yo creía que aún era posible, pero no lo es. Quizá con el tiempo, pero no ahora.

Me acompañó a mi habitación y me ayudó a meter en una maleta toda la ropa que creyó que podía necesitar. Yo la dejaba hacer. Estaba más conmocionado de lo que quería admitir. Me habían echado. Prescindían de mí.

Salimos de la que había sido mi casa sin que yo alcanzara a encajar lo que me estaba sucediendo.

Llovía. Caminamos un buen rato. Yo tiraba de la maleta y empezaba a sentir una oleada de furia. Iba a darme la vuelta para regresar a mi casa y gritarles que no les permitiría echarme de allí cuando apareció un taxi. Esther levantó la mano haciendo gestos para que parara.

Subimos al coche y le dio una dirección de Nolita. Hasta aquel momento no me di cuenta de que no le había preguntado adónde íbamos.

—Vamos a mi casa.

—Pero tú no vives en Nolita —repuse extrañado.

—Vivo allí desde hace un par de semanas.

—Pero... ¿y tus padres? —Me pareció insólito que Esther hubiera dejado la casa familiar.

—Bueno, ellos me han animado. Alguna vez tenía que empezar a vivir mi propia vida. Gano lo suficiente para poder mantenerme. El apartamento es pequeño y la zona no es mala del todo.

El apartamento no era tan pequeño como había dicho. Al menos era más grande que el de Yoko. Esther lo había decorado con gusto. Había pintado las paredes de color beige y los muebles eran modernos y funcionales. El salón era lo suficientemente amplio como para dividirlo en tres espacios. En uno tenía un sofá y un par de sillones junto a una mesita baja, en otro una mesa para comer y cuatro sillas, y en un rincón junto a un ventanal, una mesa de trabajo. Además de la habitación, tenía un cuarto de baño y una cocina con otra mesa para desayunar.

—Es perfecto —dije con sinceridad.

—Lo he arreglado yo. Bueno, me ha ayudado mi hermano. A mí me gusta.

—A mí también. Gracias por acogerme al menos esta noche...

—Puedes quedarte el tiempo que quieras.

Dormimos juntos. Esther no se sintió capaz de rechazarme después de que yo sembrara en su ánimo que ella había sido la espoleta para que el abuelo Spencer me echara de casa.

Me despertó a las seis con una taza de café. Tenía ojeras. Yo tampoco tenía buena cara.

—Tienes que ir a tu casa y acompañarlos a la iglesia y al cementerio.

—No seré bien recibido.

—Aun así, debes hacerlo. Valorarán el gesto.

—¿Me acompañarás? —Intenté que mi petición sonara a súplica.

—Desde luego. Ayer dije en la agencia que esta mañana no contaran conmigo. Pero en cuanto termine la ceremonia del cementerio tendré que irme. A las tres me esperan unos clientes.

Cuando llegamos a mi casa nos encontramos con algunos de los amigos de John. También estaban mis abuelos maternos, Stella y Ramón, y mi tío Oswaldo. El abuelo Spencer ni siquiera me miró. Encajé su indiferencia con una punzada de malestar en el estómago. La abuela Dorothy me dio un beso, leve como un suspiro y rápido como un rayo, como si temiera enfadar al abuelo.

Mi hermano estaba de pie junto al féretro de John. Se le veía agotado. Parecía ensimismado en su tristeza. Esther se acercó a él y le dio un beso que no rechazó. Luego se sentaron frente al féretro. No podía escuchar lo que decían porque hablaban en voz baja, pero sentí que de vez en cuando me miraban. Me molestó que Esther hablara de mí con Jaime.

Me instalé en un rincón y acepté el pésame que me dieron cuantos iban llegando. A los ojos de aquella gente yo era el hijo de John Spencer.

Emma, con la ayuda de María y de las dos camareras, iba de un lado a otro pendiente de que todos tuvieran una taza de café y un trozo de pastel.

Estaba distraído escuchando a un socio de John que me comentaba lo amigos que habían sido y lo que disfrutaban jugando al golf, cuando sentí la mano de Jaime posarse en mi hombro. Me pidió que le acompañara y le seguí hasta su habitación.

—Te agradezco que hayas venido, aunque imagino que habrá sido cosa de Esther.

No me molesté en mentirle, de manera que no respondí y me quedé en silencio.

—Anoche estuve hablando con el abuelo y con tía Emma. Ellos creen que tu comportamiento no ha sido correcto. No lo fue cuando mamá enfermó ni tampoco lo ha sido con papá. Tu indiferencia duele, ¿sabes? Aun así, mamá siempre te quiso y papá también; él nunca habría consentido que te echaran de esta casa. Si quieres volver… Por mí no hay inconveniente.

Así era Jaime. Estuve tentado de decirle que regresaría, pero no lo hice. Tenía la oportunidad de conquistar a Esther, de quitársela para siempre. Para ella supondría un alivio que los Spencer me acogieran de nuevo, pero eso no me convenía.

—Sí, supongo que John no habría consentido que me echarais como a un perro —dije con resentimiento.

—No digas eso… El abuelo se enfadó cuando vio cómo tratabas a Esther y estalló. Hemos callado mucho durante todo este tiempo. Hemos aguantado que nos trataras como si fuéramos poco menos que nada, marcando distancias, haciéndonos ver que no nos considerabas tu familia. El abuelo ha estallado. Es normal, está muy afectado por la muerte de papá.

—¿Y yo qué?

—Tú no querías a papá, o al menos has hecho todo lo posible por no quererle. Le ofendiste en tantas ocasiones… No comprendía tu desafecto y siempre ansiaba que cambiaras, que la ira que te corroe terminara desapareciendo. ¿Sabes? Cuando vio que Esther y yo… bueno, que simpatizábamos, me pidió que renunciara a ella. Incluso me dijo que no me perdonaría que te hiciera daño. Él siempre esperó una muestra de afecto de ti, pero ni siquiera has tenido ese gesto cuando le has visto a punto de morir. Su última mirada fue para ti. Le hubiera gustado tanto que te acercaras y le dieras un beso…

Me sorprendió que Jaime también se hubiera dado cuenta de lo que para mí había sido evidente, que John me miraba suplicando afecto. También me irritó que Jaime estuviera diciéndome que renunciaba a Esther por complacer a su padre.

—Esther es mayorcita para decidir con quién quiere estar, ¿no te parece? Tú no renuncias a nada, es ella la que decide —recalqué sin tanta seguridad como la que imprimía en mis palabras.

—No vamos a discutir; sólo quería decirte que puedes volver a casa.

—Pero no lo haré. No os debo nada. Imagino que John te ha dejado esta casa a ti puesto que pertenecía a los abuelos. Es la casa de los Spencer.

—Así es, y por eso también ha sido tu casa. Desconozco el

testamento de papá. Tenemos cita con el abogado mañana y, naturalmente, debes asistir. Piénsatelo; no me importa que vivas aquí.

—Deja de hacerte el niño bueno. No necesito tu caridad.

—Será tu decisión. Y ahora, volvamos al salón. Dentro de media hora tenemos que estar en la iglesia para el funeral y después tendremos que ir al cementerio.

Cumplimos con todos los ritos programados. Yo me situé junto a Esther, al margen de la familia. Ella se cogió de mi brazo en su afán de protegerme. Cuando salimos del cementerio ni siquiera me despedí de los abuelos ni de Jaime. La tía Emma me vio irme pero tampoco hizo nada por despedirse de mí.

—Deberías darle un beso a tu tía y a tus abuelos —me sugirió Esther.

—Me han humillado demasiado. No me pidas que haga cosas que no siento.

Era mediodía y le propuse que almorzáramos antes de que se fuera al trabajo. Noté su impaciencia, de manera que me conformé con comprar un par de perritos calientes en la calle e ir comiéndolos mientras caminábamos hasta la agencia de publicidad en la que trabajaba.

—Procuraré no llegar demasiado tarde a casa —me dijo a modo de despedida.

No quería que me sintiera solo y sabía que salvo ella no tenía a quién recurrir en Nueva York, aunque siempre podía tomar una copa con Paul Hard, el director del centro donde Esther daba clases y ambos habíamos estudiado publicidad.

Fui a comprar flores, bombones y fruta mientras hacía tiempo hasta la hora de la cena.

Pensé en deshacer la maleta y colocar mi ropa en el armario, pero decidí ser cauto. Debía propiciar que fuera Esther quien me pidiera que lo hiciera. No debía presionarla, por mucho que estuviera decidido a convencerla para que se casara conmigo.

Maggie me telefoneó para informarme de las llamadas que había recibido y despachar conmigo algunos asuntos administrativos; luego me pasó con Cooper.

—He tenido una entrevista con el empresario del aceite. Quiere que en una semana le presentemos un proyecto de campaña. Tengo un joven amigo que acaba de terminar sus estudios de publicidad; he pensado contratarle. Necesitamos a alguien que nos eche una mano.

—¡De eso nada! No podemos permitirnos tener empleados. El trabajo lo tenemos que sacar nosotros.

—Pero tú estás en Nueva York, Evelyn pasará la semana con Roy, y yo solo no puedo con todo —protestó Cooper.

—Lo más que te permito es que le hagas contrato por campaña. Si necesitas ideas para la campaña del aceite, contrátale, pero para ese trabajo específico. No quiero tener que pagar nóminas a fin de mes.

Aceptó aliviado. Era lo bueno de Cooper, que no me llevaba la contraria.

También me contó que Evelyn había discutido con el equipo de comunicación del Partido Rural. Pretendían que Roy y Suzi dedicaran el fin de semana a visitar a algunos de los electores para un reportaje que se emitiría en televisión. La idea era presentar a Roy como alguien en contacto permanente con sus votantes. Pero Suzi se negaba y Evelyn sabía que sería inútil intentar forzarla. Así que se plantó ante el jefe de comunicación del partido y le conminó a no organizar ningún acto sin que ella diera el visto bueno. El tipo terminó aceptando después de que Roy respaldara públicamente a Evelyn.

Nada de aquello me interesaba demasiado. Pura rutina, aunque nos vendría bien que el amigo de Tyler nos encargara la campaña del aceite; al menos tendríamos otros ingresos.

Me sentía impaciente aguardando el momento en que Esther regresara. Se me ocurrió que podría proponerle cenar fuera, pero después pensé que estaría cansada, así que a los bombones y a las flores decidí añadir salmón ahumado y *foie* francés que compré en una tienda de Manhattan.

Puse la mesa y luego busqué música entre los CD de Esther. Leonard Cohen era perfecto para la ocasión.

Cuando sentí girar la llave en la cerradura me precipité hacia la puerta. La noté cansada y se sorprendió al ver la mesa puesta.

—Vaya, así que has preparado la cena…

—Sólo he comprado un par de cosas. Pensé que estarías muy cansada para cenar fuera —repuse intentando que en mi rostro se dibujara una sonrisa sincera.

—Tengo que trabajar. El cliente no está muy convencido con la campaña que le he presentado —declaró con brusquedad.

—Puedo ayudarte. Aunque no mucho, algo de publicidad aprendí en el centro de estudios de Paul Hard…

—Voy a darme una ducha; luego cenamos algo y me pongo a trabajar. Tú también deberías descansar, mañana tienes que ir al abogado.

Se metió en el cuarto de baño mientras yo tragaba saliva y contaba hasta diez para no decir nada que pudiera hacerla enfadar.

Mientras cenábamos se relajó e incluso alabó el salmón.

—Te has gastado una fortuna en este salmón.

—No exageres, no está mal pero tampoco es el mejor.

Me enseñó la campaña de las lavadoras. A mí me pareció buena, pero al parecer al fabricante no terminaba de gustarle que Esther hubiera optado por que fuera un hombre el que ponderara la buena calidad de las lavadoras y lo fáciles que eran de usar.

—El muy tonto no se da cuenta de que a las mujeres les gusta creer que sus maridos están dispuestos a echarles una mano y que ellos sólo por ver un anuncio así ya se sienten útiles —me explicó.

—Echa un órdago. Dile que no piensas modificarla, que comete un error si la rechaza.

—Pero ¿en qué mundo vives? Me despedirían de la agencia. Ya sabes, el cliente manda.

—Pues mándalos a paseo y trabaja conmigo. Ya te he contado que he montado mi propia agencia en Londres y quiero tener una sucursal en Nueva York. Podrías dirigirla tú.

Me miró sorprendida, como si no pudiera comprender mi empeño en tenerla cerca.

—No sería buena idea. Además, no es fácil conseguir clientes.

Estuve a punto de decirle que los Spencer me ayudarían, pero me contuve. Tenía que aceptar que ya no podía contar con ellos. En el pasado, el abuelo Spencer podría haberme proporcionado unos cuantos clientes, pero ya no podía pedirle que lo hiciera. Yo mismo me había situado fuera de la familia. Esther lo sabía. No sé qué leyó en mi mirada, pero me cogió la mano y me la apretó como si quisiera darme ánimos.

—La oferta es tentadora pero imposible; nadie encargaría una campaña a una agencia desconocida.

—Podemos intentarlo. Si lo he conseguido en Londres no sé por qué tendría que fracasar aquí.

Estuvimos hablando hasta bien entrada la madrugada. No sé cómo lo logré, pero lo cierto es que Esther aceptó embarcarse en mi propuesta. Juntos decidimos que bien podríamos contar con Paul Hard; al fin y al cabo, conocía el negocio mejor que nosotros.

La suerte estaba de mi parte. John había sido generoso conmigo en su testamento.

Me había dejado una buena suma de dinero y acciones, aunque, tal y como imaginaba, la casa era para Jaime aunque disponía que yo pudiera vivir el tiempo que considerase necesario hasta organizarme.

Mi hermano y yo apenas nos hablamos mientras nos leían el testamento. Al llegar nos habíamos saludado con un gesto, y en cuanto acabaron de leernos los términos del testamento no dilaté mi presencia en aquel despacho que se encargaba de los asuntos financieros de John.

—Su padre siempre confió en nuestros consejos para sus inversiones. De hecho, dispone usted de un fondo que constituyó cuando era niño, que ya le ha reportado excelentes ganancias.

Espero que nos otorgue su confianza para seguir gestionando su patrimonio —explicó el abogado, satisfecho por su buen juicio para invertir el dinero.

—Por ahora dejaré las cosas como están —concedí sin comprometerme a más.

Gracias a John era rico. No muy rico, pero sí lo suficiente para que, si no malgastaba, poder vivir el resto de mi vida con holgura. Incluso podía derrochar un poquito, me dije.

No podía demostrar a Esther que me sentía casi feliz. Las siguientes semanas transcurrieron muy deprisa. Esther se despidió de la agencia y mientras ella se encargaba de buscar una oficina en el SoHo, yo convencía a Paul Hard para que se uniera a nosotros. Hard ya no tenía prestigio, pero sabía a qué puertas había que llamar y conservaba una buena dosis de talento a pesar de su dependencia del alcohol. En cuanto a Esther, se sentía en la obligación de compensarme por la pérdida de los Spencer. Se mostraba protectora porque me creía perdido, y yo me comporté como si realmente estuviera desvalido.

Las cosas no podían salirme mejor. Incluso Cooper me telefoneó para anunciarme que la campaña del aceite era nuestra.

Hard nos guiaba con sus consejos. Era un viejo zorro que se conocía al dedillo el mundillo de la publicidad.

Creía que las piezas de mi nueva vida empezaban a encajar. Tenía lo que quería: a Esther, que ya me había hecho un hueco en su cama. El sexo con ella no me entusiasmaba y he de ser sincero y reconocer que tampoco yo la entusiasmaba. Pero era demasiado importante para mí como para que eso fuera un impedimento.

No nos satisfacíamos, nunca lo hemos hecho y aún hoy no he logrado saber por qué. Quizá por eso no me sorprendió que la casualidad me hiciera ver a Esther cruzando una calle flanqueada por Jaime.

No había vuelto a ver a mi hermano. Ni él me había llamado ni yo tampoco lo había hecho. Tampoco sabía nada del resto de los Spencer, de los abuelos o de tía Emma. Ni siquiera había caído en la tentación de ir a buscar a la casa de mis padres el resto de mis cosas. Esther decía que quizá en el fondo yo no quería romper del todo los vínculos que me unían a la que había sido mi familia. Se equivocaba. De hecho, en aquella casa no había nada que sintiera como mío. En cuanto a la ropa, en realidad no necesitaba las cosas que había dejado en el armario; las sustituí por otras nuevas. Y en mi cuarto no había nada a lo que le tuviera un afecto especial.

Esther dirigía la agencia y no era extraño que tuviera reuniones con los clientes fuera de nuestra oficina. Pero aquella tarde la noté rara, esquiva.

—Tengo que ver a un posible cliente, llegaré tarde a cenar —me dijo a modo de disculpa.

Quizá fue el tono de voz o que no me miró a los ojos y apenas me dio tiempo de preguntarle a qué cliente se refería. Como yo preveía, no nos estaba yendo tan mal. Nos habíamos presentado a un concurso para obtener una cuenta de publicidad de una nueva cadena de hamburgueserías y habíamos ganado. Paul Hard era un genio a la hora de averiguar qué empresas necesitaban una campaña. También nos habían encargado una campaña en televisión para anunciar camisetas térmicas. No era mucho, pero era mejor que nada, y podíamos decir que estábamos en el juego de la Gran Manzana.

Decidí seguirla. No se dio cuenta. A ella ni se le pasó por la cabeza que yo fuera capaz de hacer algo así. Pero lo hice.

Caminaba con paso rápido, impaciente. Se encontró con Jaime a tres manzanas de nuestras oficinas. Se me heló la sangre cuando los vi fundirse en un abrazo tan intenso que me pareció que el tiempo se detenía. Él la cogió de la mano y tiró de ella hasta un café cercano donde se sentaron. Estaban de espaldas al ventanal que daba a la calle, lo que me permitía observarlos sin que me vieran.

Esther movía las manos agitada y Jaime le ponía la mano sobre los hombros y la apretaba hacia él. Ella no se resistía.

No sé de qué hablaron, pero Esther lloró. Lo sé porque vi

cómo buscaba un pañuelo en su bolso y cómo se lo llevaba a los ojos mientras Jaime le acariciaba el cabello.

Se querían. Aun de espaldas me pareció evidente. Sentí que la ira me recorría la columna vertebral y un sabor agrio se instalaba en mi garganta.

Estuvieron allí dos horas, dos horas en las que los vigilé caminando de un lado a otro de la calle para evitar que me vieran. Me quedé helado. De cuando en cuando la camarera se acercaba e imagino que ellos, por no contrariarla, le pedían algo de beber. Primero cafés, más tarde whiskies, a los que siguió una ronda más. Eran más de las siete y media cuando se pusieron de pie. Tuve que acelerar el paso y buscar otro lugar desde donde poder observarlos. Caminaron ignorantes de mi presencia. Jaime paró un taxi para Esther y se despidieron con un ligero beso en los labios.

Vi a mi hermano caminar con los hombros hundidos y el rostro demudado. El rostro de un perdedor. Si Esther le hubiera dado esperanzas, Jaime habría sonreído.

No me apresuré en regresar a casa. Quería que ella se preguntara dónde podía estar, que se inquietara. Cuando abrí la puerta estaba sentada ante el ordenador. Parecía ensimismada en el trabajo.

—¿Qué tal te ha ido? —pregunté.

Se encogió de hombros; luego se mordió el labio inferior y, después de dudar unos segundos, habló.

—He estado con Jaime. —Y al decirlo me miró entre temerosa y desafiante.

Guardé silencio. No esperaba su confesión y no quería decir nada de lo que pudiera arrepentirme.

—Hemos tomado un café; está bien y tus abuelos también. Tu tía Emma se ha ido a Europa con una amiga viuda como ella. Creo que ahora está por Francia —continuó hablando sin mirarme.

—Me alegro de que les vaya bien —aseguré con sequedad.

—A pesar de todo… Bueno, no dejan de preguntarse cómo te va…

—Me echaron, ¿no lo recuerdas?

—Fue en un momento de tensión. Es difícil para unos padres, ya ancianos, enterrar a un hijo, y tus abuelos estaban muy afectados. En cuanto a Jaime... Sentía tanto dolor por tu indiferencia... John te había querido tanto...

Me alarmaron las palabras de Esther, podían ser el preludio de que, al disculparlos, cambiara de opinión sobre nuestra relación. Hice un esfuerzo para no darle excusas.

—Las cosas tampoco han sido fáciles para mí. Lo sabes mejor que nadie. La mentira de mi madre me afectó, puso en jaque toda mi existencia. Me dejó sin saber quién era, sin un lugar en el mundo. —Lo dije con convicción intentando impresionarla. Lo conseguí.

Esther se levantó y se acercó a mí. Me miró con tristeza antes de abrazarme. Su abrazo era maternal, no había en él ni rastro de la pasión con que se había abrazado con Jaime. No me moví y ella, al notar mi frialdad, volvió a sentarse ante el ordenador.

—Tengo trabajo. Mañana tenemos una cita con esa empresa de comida para perros. Es un primer contacto, pero quiero presentarles alguna idea. ¿Me ayudas?

Asentí. Trabajamos un par de horas, lo que sirvió para conjurar la distancia entre nosotros. Cuando nos fuimos a la cama noté que Esther evitaba siquiera rozarme. Ella aún debía de sentir en sus labios los labios de Jaime. Si hubiese sido cualquier otra mujer me habría regodeado obligándola a una intensa noche amorosa, pero yo no tenía poder sobre Esther y no quería darle motivos para que corriera junto a mi hermano. Sólo podía esperar a que la sombra de Jaime se fuera disipando.

Si yo hubiese sido otra clase de persona, aquella misma noche habría metido mis cosas en una maleta y me habría ido para siempre. Sí, podía haberle permitido ser feliz. Pero no lo hice. Aún hoy puedo imaginar el asombro y el agradecimiento que se habrían reflejado en su rostro si yo me hubiese mostrado generoso. La escena podría haber transcurrido así:

—¿Sabes, Esther? Te quiero demasiado para impedir que seas totalmente feliz. Quieres a Jaime y él te quiere a ti; bueno, debéis intentarlo. No tienes que preocuparte por mí. Ya sé que John le hizo prometer a Jaime que no se interpondría entre tú y yo, y mi hermano es de los que se dejarían matar antes que faltar a su palabra. Pero estamos en el siglo XXI, y ese sentido del honor no tiene ningún objeto. Me voy, quiero que seas feliz, al menos que lo intentes, y si las cosas no te van como esperas, entonces ya sabes lo que le dijo Lauren Bacall a Humphrey Bogart en Tener o no tener: si me necesitas, silba.

Esther me habría abrazado agradecida.

—Yo también te quiero, Thomas, sólo que… No sé qué ha pasado entre nosotros, pero lo cierto es que ya no te quiero de la misma manera que antes. Jaime… Bueno, ya conoces a tu hermano, está sufriendo, pero no romperá la palabra que le dio a tu padre. Sólo hay una manera de convencerle. Quizá si tú le liberaras de esa carga…

Si yo hubiera querido a Esther como se merecía, habría marcado el número de mi hermano. Jaime se habría sobresaltado al oír mi voz a aquellas horas de la noche y se le habría encogido el estómago al escuchar que no le perdonaría que no hiciera feliz a Esther.

Pero no lo hice. No dije ni una sola palabra. Pasé el resto de la noche sintiendo la tibieza de su cuerpo cerca del mío, sabiendo que dormitaba agitada por el sufrimiento.

Dejé pasar unos días antes de pedirle que se casara conmigo. Me escuchó en silencio sin demostrar ninguna emoción.

—Dejemos las cosas como están. No quiero casarme —respondió.

—Yo te quiero, ya lo sabes. Eres la única persona que me importa. Sin ti estoy perdido.

—Sé que me quieres, pero no es necesario que nos casemos. Prefiero continuar como estamos. —El aleteo de su nariz evidenció su incomodidad.

—Bueno, al menos podríamos cambiarnos a un piso más grande y en una zona mejor de Manhattan. ¿Qué te parece?

—Estoy bien aquí. Es mi primera casa, la que he podido pagarme con mi trabajo. Tú estás acostumbrado a casas mejores. No me enfadaré si decides irte.

—No, Esther, no quiero irme. A mí también me gusta esta casa, pero pensé que nos vendría bien tener una casa donde poder recibir a nuestros mejores clientes; ya sabes, hacer relaciones sociales, pero si para ti no es importante, para mí tampoco lo es.

Mentía, claro está. No me gustaba vivir en Nolita. Hubiera querido que nos instaláramos en Madison, o en la Quinta… Había visto un par de apartamentos con amplitud suficiente no sólo para recibir clientes sino para no tropezarnos ella y yo. A veces echaba de menos no tener mi propio espacio de trabajo. Pero era evidente que tenía que pagar un precio por estar a su lado y que cualquier error podía ser definitivo, de manera que no volví a pedirle que nos mudáramos.

Me preguntaba por qué tenía esa dependencia de Esther, ante la que ni siquiera me rebelaba. Paul Hard me dio la clave un día mientras almorzábamos compartiendo una buena botella de borgoña, aunque en ese momento su idea me pareció descabellada. Sólo el paso del tiempo me ha hecho ver que el bueno de Hard tenía razón.

Paul nos conocía bien a los dos. Apreciaba sobre todo a Esther, que, además de dirigir nuestra agencia de publicidad, se había empeñado en dar una pátina de honorabilidad al centro de estudios de Paul. Le hizo invertir parte del dinero ganado en nuestra agencia en arreglar el centro y contratar a otro par de profesores, mejor cualificados que los que nos habían enseñado a nosotros. Incluso diseñó una página de publicidad en la que presentaba la escuela de Paul como un lugar académicamente aceptable.

—Esther nos maneja a los dos —me dijo mientras apuraba la copa de vino.

—¿Tú crees? Bueno, a mí no me importa.

—Lo que no comprendo es por qué está contigo… ni tú con ella.

No me gustaron sus palabras. Me inquietaron. Miré a Paul con enfado.

—Oye, no te metas en nuestros asuntos. Que te hayas divorciado tres veces no significa que al resto del mundo nos tenga que ir mal en nuestras relaciones amorosas. Nos queremos y ya está.

—¿Os queréis? Bueno, no diría que os comportáis como una pareja enamorada.

—Pues lo estamos —afirmé molesto.

—No, yo creo que no. Esther se comporta como si fuera tu madre y tú te dejas llevar por ella. Aunque a veces te rebelarías, no lo haces, como si temieras su enfado.

—No sabes lo que dices —protesté con una carcajada forzada—. Te aseguro que cuando miro a Esther no veo precisamente a mi madre. No me gustan las frases rimbombantes, pero te diré que es la mujer de mi vida.

—Sí, de eso estoy seguro. ¿Sabes? No sé mucho de tu vida, pero aún recuerdo el día de vuestra graduación. Tu madre era una mujer muy guapa y parecía pendiente de ti, ansiosa por que le prestaras atención, pero tú sólo le mostraste indiferencia. Parecía que… bueno, que te molestaba que estuviera allí. Y luego estaba aquella chica, Lisa… Era un pequeño monstruo. Odiaba a Esther. Tenía celos de ella.

—¿Celos? Qué tontería. A Lisa lo que le molestaba era que Esther fuera la mejor alumna. Tanto ella como yo no éramos precisamente buenos estudiantes.

—Te equivocas. Lo que a Lisa le molestaba era que tú parecías respetar y confiar en Esther más que en ninguna otra persona. No es que quiera meterme en tus asuntos, pero era evidente que no te llevabas bien con tu familia, especialmente con tu madre. Pero todos necesitamos una madre y Esther parecía hacer contigo ese papel. Lo sigue haciendo. De hecho, ella es una persona a la que siempre se puede recurrir. Protectora, leal, generosa. Sí, es como una madre. Hay mujeres que en realidad hacen el papel de madres de los hombres con los que viven y con los que tienen hijos. Llegan a confundir el amor con el instinto maternal. Son así.

—No sabía que eras aficionado a la psicología barata. Si ésa es la conclusión a la que has llegado, no puedes estar más equivocado. Adoro a Esther, no hay ninguna otra mujer que me guste tanto como ella.

Aquella conversación con Paul me inquietó y me hizo reflexionar sobre mi relación con Esther. Pero rechacé de principio a fin todo lo que él me había dicho. Me negaba en redondo a aceptar su opinión. Si hubiera acudido a alguno de esos carísimos psiquiatras de la Quinta Avenida seguramente habría hecho un diagnóstico en la línea de las palabras de Paul: yo no me llevaba bien con mi madre pero necesitaba una, alguien en quien confiar, que asumiera mis faltas, capaz de sacrificarse por mí, de renunciar a su propia vida con tal de que yo fuera feliz. Esa mujer era Esther. Por eso la necesitaba tan desesperadamente. Esther ha sido la única persona con la que no me he engañado a mí mismo, que no me he hecho trampas, de manera que aunque no quisiera admitirlo, en el fondo temía que ese instinto maternal del que hablaba Paul no durara siempre. Han pasado muchos años de aquella conversación con Paul y es la perspectiva lo que me lleva a admitir que él tenía razón. Así he llegado a comprender por qué siempre ha habido esa falta de pulsión sexual entre nosotros. Pero entonces ni siquiera me planteé esa posibilidad.

Si la realidad no estaba de acuerdo conmigo, peor para la realidad.

Lo cierto es que la insatisfacción que sentía en mis relaciones íntimas con Esther la fui resolviendo a través de un sinfín de chicas complacientes con quien les diera una oportunidad en la Gran Manzana.

Paul conocía bien a las empresas a las que solicitar modelos para los anuncios. Desde encantadoras abuelitas hasta bebés, pasando por jóvenes esculturales que aspiraban a convertirse en top-models.

Algunas de estas chicas, ambiciosas todas ellas, fracasaban en su empeño y terminaban convirtiéndose en acompañantes ocasionales de tipos como yo.

El único problema era que tenía que verme con esas chicas en hoteles y me preocupaba que algún conocido pudiera verme y comentárselo a Esther.

Nos encargaron un anuncio de detergentes y en la selección de modelos hubo una que llamó mi atención. Era japonesa y durante un par de meses me encapriché de ella. Se llamaba Misaki y tendría cerca de cuarenta años. En realidad fue Esther quien la seleccionó.

Misaki era alta pese a ser oriental. Delgada y huesuda, con una melena negra como la noche y una piel de nácar. Cuando la vi en el rodaje del anuncio de detergentes decidí que me acostaría con ella. No se parecía a Yoko, sin embargo me la recordó y sentí añoranza de ella, tanta que en ocasiones estuve tentado de llamarla para sentir su sobresalto, el terror reflejado en su voz. Suponía que mi ausencia le habría hecho recobrar la salud y eso me producía un gran fastidio. Pero no podía irme de Nueva York hasta estar seguro de que mi relación con Esther no sufriría ningún cambio. Así que durante casi un año no me despegué del lado de Esther, salvo por las escapadas con las chicas de los anuncios.

Había una de estas empresas, llamada Zafiro, que pasaba por tener algunas de las modelos más guapas de la ciudad y yo solía empecinarme en que utilizáramos sus chicas para nuestros anuncios.

En ocasiones veía en las revistas de moda a alguna de estas chicas colgada del brazo de algún actor o incluso de algún hombre de negocios recién llegado a la ciudad. Sonreía pensando que habían pasado por mi cama de la misma manera que estaban pasando por la de sus nuevos acompañantes.

Terminé encaprichándome de Olivia. Delgada, con la piel

blanca y unos inmensos ojos verdes, llamaba la atención. De madre italiana y padre suizo, había emigrado a Nueva York porque ansiaba convertirse en actriz, aunque cuando la conocí sólo había aparecido en un par de anuncios en televisión e interpretado un pequeño papel en una película, pero aún no había logrado destacar sobre las cientos de bellezas que como ella daban codazos por llegar a lo más alto de su profesión. En su caso, el hándicap era la estatura.

No medía más de uno sesenta, demasiado poco para hacerse un hueco en las pasarelas, y además tampoco tenía demasiado talento para la interpretación. Pero ella nunca desistió, de manera que se ganaba la vida, además de con los anuncios, acompañando a viejos babosos o a tipos perdidos como yo. Quinientos dólares la hora de compañía era un buen sueldo para alguien cuyo único mérito era su efímera belleza.

Conocí a Olivia gracias a Esther; ella la seleccionó para el anuncio que nos ayudó a conquistar la Gran Manzana. Nuestra suerte se consolidó cuando en la Gala de los Effie premiaron este anuncio como el mejor del año. El anuncio había sido obra de Esther y de Paul. Una pequeña compañía de seguros que quería abrirse paso entre las grandes nos lo había encargado.

Yo me dedicaba a negociar contratos y a llevar la administración de la empresa, mientras que Esther y Paul se centraban en el trabajo creativo.

Esther buscaba para el anuncio a dos mujeres, una que representara a la norteamericana media, y otra con un físico más indefinido. Hizo un casting en el que participó Olivia, y ni Paul ni ella dudaron en elegirla.

Si yo no me hubiese adelantado, habría sido él quien hubiera disfrutado de Olivia.

El premio que recibimos por el anuncio también benefició a Olivia, aunque más para que algunos tipos quisieran pasar la noche con ella que para ayudarla a culminar su sueño de convertirse en la top-model del momento.

Esther estaba nerviosa la noche de la Gala de los Effie. Sabíamos por Paul que nuestro anuncio le había gustado al jurado, pero el mundo no funciona decentemente, de manera que no se suele premiar a los mejores sino a los que son capaces de hacerse con voluntades ajenas.

Paul nos aseguró que teníamos muchas posibilidades, y durante unas cuantas semanas estuvo inmerso en una intensa actividad de la que apenas recibíamos explicaciones. Pero sus facturas de almuerzos y cenas en restaurantes de lujo me provocaron un sobresalto. Tanto que tuve que hablar con él.

—A mí también me gustaría almorzar un par de veces a la semana en Balthazar o en Cipriani y disfrutar de una buena copa de champán en el Plaza —le dije tendiéndole las facturas que amontonaba sobre mi mesa de despacho.

—Lo supongo, pero tú no tienes excusa y yo sí. ¿Crees que nos van a dar el premio sólo porque el anuncio de Esther es genial? Ni lo sueñes. A los colegas les ha gustado, dicen que es el mejor del año, pero eso no supone que nos den el premio. Ya eres mayorcito para saber cómo van las cosas.

Me resigné a sus explicaciones aunque conminándole a que buscara lugares menos caros para agasajar a los miembros del jurado que él creía mejor dispuestos a nuestra causa.

La noche de la gala Esther estaba muy nerviosa. El día anterior casi tuve que obligarla a que aceptara comprarse un vestido de Armani. Ella se resistía diciendo que el vestido era demasiado ajustado y que no se veía subida a aquellos *stilettos* con los que seguro tropezaría. Pero terminó poniéndoselos y se le iluminaron los ojos cuando Paul nos vino a buscar y silbó al verla.

—Nunca te he visto tan guapa. Pareces una modelo —dijo mientras le daba un beso.

Lo estaba. El vestido era azul noche, recto, como único adorno el escote bordado con unas discretas piedras que centelleaban. Lucía sobria y elegante. Había ido a la peluquería y le habían recogido la melena castaña en un moño bajo. Yo estaba seguro de que destacaría entre todas las mujeres de la gala precisamente por su sobriedad y elegancia.

Barbara y Olivia, las dos modelos de nuestro anuncio, se sentaron a nuestra mesa. Barbara era la típica matrona norteamericana, cuya imagen había sido requerida en otras ocasiones para anuncios diversos: lavadoras, laxantes y cosas así.

Siempre me ha molestado que en las galas, sean por el motivo que sean, los presentadores se dediquen a soltar una ristra de chistes que todos celebran con carcajadas. Aquella noche no fue una excepción. Yo también estaba nervioso pensando en si el dinero derrochado por Paul nos habría servido para algo más que para que él y sus amigos cenaran a lo grande a mi costa.

Cuando el presentador desveló que el gran premio de la noche era para Comunicación Global por su anuncio de «Una vida segura», Esther rompió a llorar. La obligué a levantarse e hice un gesto a Paul para que permaneciera en su asiento. Quería que aquel momento de triunfo lo saboreara ella sola. Sabía que apreciaría el gesto, que creería que realmente yo era un tipo generoso.

—Por favor, acompañadme —musitó nerviosa.

—Es tu anuncio, ve a por el premio —le dije abrazándola.

Subió al estrado en medio de un aplauso atronador mientras en una pantalla se proyectaba el anuncio.

—Gracias a todos los que nos habéis votado. Soy muy feliz y para mí este premio es un estímulo para seguir adelante. Quiero deciros que el premio no es sólo mío; es de todos los que trabajamos en Comunicación Global. Sin el empuje y la confianza de Thomas Spencer y los consejos de Paul Hard este sueño no habría sido posible. Gracias… Gracias…

Mientras Esther hablaba yo había deslizado la mano sobre el muslo de Olivia. Ella no me rechazó. Puro estímulo.

Aquella noche Esther se esmeró en la cama. Había bebido un par de copas de champán, pero sobre todo había obtenido los parabienes de las vacas sagradas de la publicidad, incluso había recibido un par de ofertas para trabajar en dos de las grandes. Por fin los gurús de la publicidad habían descubierto su talento, lo que me alegraba e inquietaba a partes iguales.

Nos sorprendió la madrugada entre abrazos y charlas, y decidí apostar fuerte para no perderla.

—Quiero hacerte una propuesta —le dije mientras me servía otra copa de la botella de champán que había dejado junto a la cama.

Esther se puso tensa imaginando que iba a volver a pedirle matrimonio. Me fastidió que la sola idea de que creyera que se lo iba a pedir la pusiera nerviosa. Pero no era ésa la carta que iba a jugar.

—Es una noche perfecta, Thomas. Disfrutémosla sin ponernos solemnes.

—Creo que mi propuesta te gustará, así que no imagines lo que no es.

Vi un reflejo de curiosidad en su mirada. La abracé y le susurré al oído:

—Quiero que seas mi socia. Comunicación Global será de los dos a partes iguales. ¿Aceptas?

Se desprendió de mi abrazo mirándome con sorpresa. Parecía dudar, como si no terminara de comprender lo que le acababa de decir.

—Pero… Bueno, sería estupendo… Pero yo no tengo dinero para comprar la mitad de tu empresa.

—¿Y quién ha dicho que tengas que poner un dólar? Quiero que hoy mismo vayamos a los abogados. Te cedo la mitad del negocio. Eso es todo.

—No puedo aceptarlo.

—¡Claro que puedes! Me niego a pagarte un sueldo a fin de mes. Te mereces mucho más, la agencia no sería nada sin ti.

—Te has jugado tu dinero y yo…

—Tú estás apostando tu talento. Te la jugaste dejando un trabajo seguro para venir a Comunicación Global. Te lo debo, Esther. En realidad te debo tantas cosas que necesitaría mil vidas para compensarte por todo lo que me das.

Lloró. No pudo evitar que se le saltaran las lágrimas, y me abrazó con tanta fuerza que me impedía respirar.

—¡Eres tan generoso!

—¿Generoso yo? ¡Qué va! Lo que no quiero es que esos buitres de Manhattan me roben a la mejor creativa de la ciudad. Puro egoísmo —afirmé riendo. En realidad había una parte de verdad en mis palabras.

—¿Socios? Pero ¿cómo lo haremos? —preguntó entusiasmada.

—En cuanto sean las ocho llamaré al despacho de mis abogados para que preparen un documento de cesión de la mitad de la sociedad. Quiero que lo firmemos hoy mismo.

—¿Así de sencillo?

—Así de sencillo.

Se levantó de la cama y comenzó a andar de un lado a otro de la habitación.

—Vuelve a la cama, que te vas a enfriar.

—Es que estoy tan nerviosa… ¡Imagínate, tener mi propia agencia de publicidad! Habría tardado años en conseguirlo…

—Bueno, pues ya la tienes. Vuelve a la cama, que no quiero que mi socia empiece a faltar al trabajo a causa de un resfriado.

Volvió a la cama y se refugió entre mis brazos. Pero no me lo agradeció como yo esperaba sino que se quedó profundamente dormida.

Mientras Esther dormía, pensaba en que mi jugada era arriesgada pero inevitable si quería atarla a mí. No tenía más que dos opciones: o la del matrimonio o la del trabajo, y sabía que no se podría resistir a esta última.

A Paul Hard no le sorprendió demasiado cuando se lo dijimos.

—Eres un tipo listo. Has hecho una gran inversión teniendo a Esther como socia.

Nuestra vida cambió. Esther se volvió obsesiva con la empresa. Si antes ya era una estajanovista, a partir de entonces la agencia se convirtió en su prioridad; incluso temí que cayera enferma. Pero su obsesión también me permitió disponer de más margen de libertad y poder disfrutar de aquellas chicas que llegaban a Nueva York en busca de una oportunidad. Pero sobre todo me dediqué con ahínco a Olivia, quien, además de ser atractiva, resultó ser una estupenda cocinera.

Dos meses después de que Esther se convirtiera en mi socia, recibí una llamada de Maggie.

—Te vas a quedar sin Roy como no vengas —me dijo a modo de saludo.

—¿Qué ha pasado?

—Roy es demasiado para Evelyn y Cooper. Además, llevas demasiado en Nueva York. No se puede llevar un negocio desde la distancia.

—Bueno, Comunicación Global también trabaja en Nueva York. Aquí nos va de maravilla.

—Pues aquí no tanto. ¿Es que no te molestas en revisar las cuentas de Londres?

—Cubrimos gastos y ganamos dinero.

—Cada vez menos. Los clientes te quieren a ti. Tú eres el monstruito que se hizo famoso. Cooper es un buen tipo y Evelyn una chica lista, pero no es suficiente, Thomas. Deberías darte una vuelta por aquí. Y no estaría de más que trajeras a nuestra nueva jefa. Si tienes una socia, qué menos que le echemos un vistazo.

Hablé con Esther. Le pedí que me acompañara a Londres y aceptó de inmediato.

—Maggie tiene razón. Nueva York nos va muy bien, pero estamos descuidando la otra parte del negocio. Podemos ir a Londres una semana. Cuanto antes mejor, porque a finales de mes tenemos que presentar la campaña al Departamento de Defensa para el anuncio que anime a los jóvenes a que se enrolen en las Fuerzas Armadas.

—De acuerdo, nos iremos mañana.

¿Por qué siempre que llegaba a Londres llovía? No lo sé, pero ha sido una constante en mi vida. Incluso aunque viajara durante el verano, la ciudad siempre me ha recibido con lluvia.

Cooper nos esperaba en el aeropuerto. Me abrazó como si me apreciara.

—¡Ya era hora! Empezábamos a temer que decidieras quedarte para siempre en Nueva York.

—Y cerrar el negocio aquí —apunté desvelando sus temores.

—Sí, en realidad eso es lo que Evelyn y yo hemos llegado a pensar. La agencia es tuya y… bueno, no te has ocupado demasiado de lo que pasaba por aquí.

Nos llevó a mi apartamento. La asistenta lo había mantenido en orden durante los meses de mi ausencia. Le dije a Cooper que nos veríamos por la tarde en la agencia. Quería presentarles formalmente a Esther y tener una primera reunión con él y con Evelyn.

—Roy está en Londres. Creo que… Bueno, creo que quiere romper el contrato con nosotros. Dice que le esquivas cuando te llama… Que le das largas y que tiene la impresión de que no le escuchas. Deberías cenar con él esta noche.

—Estamos cansados, Cooper. Veré a Roy mañana. Le llamaré para invitarle a almorzar.

—Creo que sería mejor que os vierais esta noche —insistió Cooper.

Dormimos un par de horas. Era casi mediodía cuando Esther se despertó. Preparó café mientras yo me duchaba.

—Cooper tiene razón, tienes que ver a Roy. No nos conviene perderle —me dijo.

—Puede esperar a mañana —repliqué.

—Roy no es de los que esperan. Es insólito que haya aguantado que durante tantos meses no hayas estado aquí.

—Lo que significa que Evelyn no ha hecho las cosas mal.

—No me cabe duda. Pero Roy es como un niño grande y egocéntrico que necesita que todos estén pendientes de él. Llámale, dile que estás deseando verle, que tienes una sorpresa para él.

—¿Qué sorpresa? —pregunté.

—Yo. Yo seré la sorpresa. Ahora soy tu socia, luego los asuntos de Roy también me conciernen a mí.

—Para Roy sólo sería una sorpresa que le dijera que nos hemos casado y que por eso he retrasado mi regreso a Londres.

—Tendrá que conformarse con que sea tu socia.

—Por ahora —repuse mientras le cogía la mano y le besaba el dorso.

A las tres llegamos a la oficina. Maggie nos esperaba con café recién hecho. Sabía que no me apasionaba el té.

Esther se mostró encantadora con Maggie y con Evelyn, pero no perdió un minuto y le pidió a Maggie que le mostrara toda la contabilidad.

En aquellos meses Cooper había conseguido pequeños contratos. Nada importante; lo suficiente, como insistía Maggie, para cubrir gastos.

—Pero la agencia se muere. O haces algo o esto no da más de sí —concluyó mi ácida secretaria.

Evelyn y Cooper no tuvieron más remedio que asentir, lo cual preocupó a Esther.

—Tenéis razón. Hemos descuidado esta parte del negocio. Pondremos remedio de inmediato —afirmó con tanta rotundidad que hasta a mí me sorprendió.

Evelyn nos dio un informe detallado sobre Roy Parker. La chica tenía mérito. Aguantar a Roy no resultaba fácil. Era un tipo difícil de manejar.

—Lo peor ha sido tener que pelearme casi a diario con los de su comité electoral. Te diré, Thomas, que gracias a Bernard Schmidt, Roy no ha cometido más errores de los necesarios. Schmidt y los abogados saben frenarle, pero le insisten en que se deshaga de ti. Creo que si no lo ha hecho es porque a Roy le gusta sentirse independiente de Jones y de Brown, pero si continúan apretándole… no sé…

—¿Y Suzi? —preguntó Esther.

—¡Uf! Es un gran dolor de cabeza. Hace lo que puede para fastidiar a Roy. No quiere acompañarle a ningún sitio. Tuve que explicar a los medios que la señora Parker quiere llevar una vida tranquila, y que ella tiene derecho a cierta intimidad aunque sea la esposa de un político. Les dije que Suzi Parker deseaba que sus hijos tuvieran una vida normal manteniéndolos al margen de las actividades de su padre.

—Buena explicación —felicité a Evelyn.

—No tan buena, pero era la única posible. Los rumores son imparables y las chicas de servicio de los Parker se han encargado de difundir que el matrimonio duerme en habitaciones separadas y que apenas se hablan.

—Lo de dormir en habitaciones separadas no es tan raro —apuntó Maggie—, pero lo de no hablarse en casa...

—Sus problemas familiares le pueden perjudicar para obtener un escaño en Londres. Ya sabes cómo es el condado, pura hipocresía. Los matrimonios permanecen juntos por el qué dirán los vecinos, y eso es lo que también exigen a sus representantes —añadió Evelyn.

—Iremos al condado. Hablaré con Suzi —dijo Esther.

—Bueno, antes tendremos que hablar con Roy —añadí yo.

—¿Le has llamado para verle esta noche? —quiso saber Cooper.

—Aún no.

—Pues hazlo. Está furioso. Le dije que llegabas hoy y no te perdonará que no le llames. —La preocupación afloró en la voz de Evelyn.

Examinamos por encima los contratos firmados. Cooper nos explicó que tenía en perspectiva dos posibles clientes. Uno quería promocionar botas de agua y el otro una nueva marca de té. Esther le dijo a Cooper que los citara para esa misma semana. Ella en persona los atendería, e incluso podía dar unas cuantas ideas para la presentación de las campañas.

Maggie se encargó de reservar una mesa en uno de los restaurantes más caros de Londres, el Pied à Terre en Fitzrovia. Cuando llegamos Roy nos esperaba y por su mirada deduje que se había tomado al menos un par de whiskies. Frunció el ceño al ver a Esther, incluso pareció disgustarle su presencia a pesar de que le dio dos besos y le dedicó un par de halagos.

Esther le preguntó por Suzi y le dijo que pensaba ir al condado para hablar con ella, si él lo consideraba oportuno.

—No sé qué decirte... No creo que sirva de nada. Además... Bueno, ya que te has convertido en la socia de Thomas también te concierne lo que tengo que decir. Creo que ha llegado el momento de cambiar, que otras personas se hagan cargo de mi campaña. Al fin y al cabo, Thomas ya no está aquí. No es que esté descontento con Evelyn pero... En fin, las cosas son como son.

Esperaba que dijera algo así, de manera que no mostré ninguna sorpresa. Esther tampoco movió un músculo, aguardaba a que yo respondiera.

—Lo comprendo, Roy. Si ya no nos necesitas, haces bien en prescindir de nosotros —afirmé con tanta rotundidad que hasta Esther no pudo evitar mirarme de reojo.

—Me alegro de que te lo tomes bien. Prefiero que quedemos como amigos.

—¿Y quién se encargará de tus asuntos? —pregunté como si no me importara demasiado.

—Schmidt me ha convencido de que soy un incauto pagando por un servicio que Brian Jones y Edward Brown me dan gratuitamente.

—Bueno, yo no diría que su agencia de comunicación haga nada gratuitamente. Aunque comprendo que para ellos es más cómodo tenerte totalmente controlado. No eres un tipo fácil, de manera que así se aseguran de que no te saldrás del carril. Buena jugada. Felicítales de mi parte.

Sabía que a Roy le habían molestado mis palabras pero que no lo admitiría, al menos tan pronto.

—No creo que les interese nada de lo que puedas decir. Los abogados terminaron hartos de ti, lo mismo que Schmidt.

—El aprecio es mutuo. Dejémoslo y cuéntame cómo te van las cosas. Al margen del trabajo, sabes el afecto que te tengo.

Para cuando terminamos de cenar Roy se había explayado sobre sus dificultades para conseguir un escaño en el Parlamento.

—La prensa de Londres no suele hacerme demasiado caso. Claro que eso a los abogados no les importa. Su principal preocupación es que siga defendiendo en el condado los asuntos que tienen que ver con sus intereses o los de sus amigos —concluyó como si me estuviera descubriendo algo nuevo.

—Bueno, para eso te apoyaron. ¿Acaso lo has olvidado? Eres un peón, Roy, un peón en el gran juego. Ellos te mueven a su antojo y cuando no les sirvas te darán jaque mate. La política es así. Por eso te aconsejé que asentaras la estructura del Partido Rural, que trabajaras para que en las próximas elecciones consiguierais más alcaldías. Supongo que tu partido presentará a otros candidatos en las elecciones generales. Ése sería un gran paso, afianzaría vuestras posiciones.

—Sí, ya tenemos los candidatos. Schmidt ha dado instrucciones al comité electoral de cómo plantear la campaña.

—Estupendo, las cosas no te pueden ir mejor. Amigo mío, me produce una gran satisfacción ver que ya no me necesitas.

Esther escuchaba; apenas había intervenido. Era consciente de que la partida sólo tenía dos contendientes: Roy y yo.

—Me sorprende que te hayas tomado tan bien que prescinda de ti… La última vez que nos vimos casi me suplicaste que no rompiera con vosotros —afirmó de malhumor.

—Digamos que prefería tenerte como cliente, pero todo tiene un principio y un fin. Está claro que tú no nos necesitas ni tampoco nosotros a ti. Tengo que admitir que gracias a Esther las cosas no nos pueden ir mejor en Nueva York. Mantendremos la oficina de Londres, pero nuestro negocio está allí, de manera que incluso me viene bien que prescindas de nosotros. Nos cuestas más de lo que nos pagas.

—¡Vaya, eso sí que es una sorpresa! ¿Te debo algo, Thomas? ¡Cómo tienes la desfachatez de decir que te cuesto dinero!

—Es que es así, Roy. Dispones de Evelyn en exclusiva, y la chica es muy buena. Si deja de tener que estar dedicada a ti podrá atender a otros clientes que nos sean más rentables y no necesiten todo su tiempo. Cuestión de aritmética.

—Ella conoce bien el condado... Incluso no le cae mal del todo a Suzi —admitió Roy.

—Sí, así es. Pero dejemos las cosas de trabajo, Roy. Esther y yo estamos agotados. Como te dije por teléfono, hemos llegado a Londres a primera hora de la mañana y sólo nos ha dado tiempo a descansar un par de horas. Necesitamos dormir. Tenemos mucho que hacer estos días. Cooper no es tonto del todo y tiene unos cuantos clientes en perspectiva.

Roy insistió en que fuéramos a tomar una copa, pero me mantuve inflexible. Era mi manera de demostrarle que para nosotros él había dejado de ser importante. Si Esther no hubiera estado allí, Roy me habría dedicado algún improperio. Yo permanecía indiferente, pero empezaba a dolerme el estómago. Esperaba que Roy moviera ficha. Lo hizo mientras nos despedíamos.

—Quizá sería buena idea que vinierais un par de días al condado. A Suzi siempre le cayó bien Esther...

—Sí, eso sería estupendo, pero no tenemos tiempo. En otra ocasión... —afirmé con indiferencia.

—¿Así de fácil es romper con un amigo? —me preguntó malhumorado.

—¿Romper con un amigo? No sé de qué hablas, Roy. Que yo sepa no hemos roto nuestra amistad, sólo hemos decidido que no vamos a seguir trabajando juntos. Es lo que querías decirme esta noche, ¿no? Bueno, pues ya está dicho.

—¡Eres un malnacido, Thomas! —gritó Roy.

—No te comprendo... ¿A qué viene esto? —repliqué mientras miraba el reloj y aguantaba un bostezo.

—Me vas a dejar solo en la jaula de los leones —dijo con pesar.

—No dudo que te quedarás en buena compañía. Los abogados son tus mentores, hazles caso.

—¡Eso es lo que quieren, convertirme en un muñeco!

—Vamos, Roy, no te alteres. Siempre has sabido cómo son Brian Jones y Edward Brown, nunca te has llevado a engaño.

Naturalmente que te quieren manejar, mover los hilos como si fueras una marioneta. Pero ya eres mayorcito para saber hasta dónde les permitirás hacerlo.

—Evelyn ponía límites. Me advertía de los inconvenientes cuando ellos insistían en que hiciera determinadas cosas...

—Sí, nos pagabas para eso. Pero ya no nos necesitas, de manera que puedes arreglártelas sin nosotros. Oye, Roy, ya hablaremos otro día, quizá en nuestro próximo viaje. De verdad que estamos agotados y mañana tenemos que ver a unos cuantos clientes...

Nos despedimos dejándole desolado. Roy había esperado que yo batallara por mantenerle como cliente. No estaba preparado para mi indiferencia.

—Le has hecho creer que no te importa. —Esther se mostró asombrada de mi actuación.

—Sí, es nuestra única opción para que cambie de opinión.

—¡Menudo cínico estás hecho!

—¿Qué habrías hecho tú? Si le hubiéramos pedido que reconsiderara su decisión de romper con nuestra agencia, se habría sentido como un pavo real. A Roy le gusta creer que manda. Mostrarle que tanto nos da tenerlo o no como cliente es el mejor anzuelo que podía lanzar.

—¿Crees que llamará?

—En un par de días, no creo que tarde más.

—Espero que tengas razón o, de lo contrario, las cuentas de Londres dejarían de cuadrar. Cooper no parece haber conseguido grandes cosas en tu ausencia.

—Es un buen chico, honrado, pero necesita a alguien que le dirija —admití.

—Tendremos que buscar a alguien más si queremos que Londres funcione... Sobre todo si Roy no llama y le perdemos como cliente. ¿Sabes? Casi me convences a mí de que no le necesitamos.

—Ha sido una partida de póquer en la que él quería hacer trampas y al final las trampas las hemos hecho nosotros.

—Tienes sangre fría para el póquer, de manera que si alguna vez nos va mal con la publicidad te puedes dedicar a jugar en los casinos —dijo Esther riendo.

Roy no tardó dos días en llamar. Lo hizo a primera hora del día siguiente. Me estaba afeitando cuando Esther entró en el cuarto de baño con mi móvil en la mano.

—Cenemos esta noche, pero solos. Invito yo —me dijo sin siquiera darme los buenos días.

—Son las seis y media de la mañana, tengo una reunión a las ocho, y otra a las diez, un almuerzo y…

—¡Corta el rollo! ¿Vas a negarte a cenar conmigo?

—Oye, Roy, en cuanto llegue a la oficina le diré a Maggie que prepare un nuevo documento para que tus amigos los abogados me liberen de una vez por todas, puesto que vamos a dejar de ocuparnos de ti. No pienso reclamar ni una libra, de manera que no te preocupes. —Sabía que mis palabras le irritarían más de lo que ya estaba.

—¡Qué generoso! ¿Es que pensabas que iban a pagarte por prescindir de ti?

—Podría ser. Pero ya ves que no tengo intención de reclamar nada. No dispongo de tiempo para discutir de buena mañana. Ya hablaremos, Roy. —Colgué el teléfono.

—Juegas fuerte —dijo Esther, que me miraba con admiración.

—Espero no haber jugado todo nuestro resto —contesté preocupado y consciente de que Roy podía reaccionar no precisamente como yo quería.

El pitido del móvil volvió a sonar. Esta vez respondí yo.

—A las siete en casa de madame Agnès. Es el único lugar de Londres donde podremos hablar sin que nadie nos moleste. Y no me digas que no vendrás porque iré a buscarte si es necesario.

—No puedo, Roy. Además, no puedo dejar sola a Esther…

—¡Claro que puedes! ¿No querrás que te acompañe a la mejor casa de putas de Londres? A las siete, Thomas, me lo debes.

—¿Qué es lo que te debo, Roy?

—¿No dices que somos amigos? Bueno, pues nadie se niega a tomar una copa con un amigo.

Suspiré resignado y guardé silencio unos segundos antes de responder:

—De acuerdo, Roy. Una copa, sólo una copa. Estaré allí a las siete.

Colgué el teléfono aliviado. Estaba jugando fuerte y con Roy era imprevisible.

—Pleno al diez —dijo Esther con una sonrisa de satisfacción.

—Ya te lo dije —afirmé con una seguridad que en realidad no sentía.

—No presumas, cuando uno juega no siempre gana. Aunque admito que has manejado esta situación de manera magistral.

—Ni tú lo habrías hecho mejor. ¿Hay café?

—Una cafetera llena.

—Tendré que ir a cenar con él…

—Desde luego, no te preocupes por mí. Me traeré trabajo a casa. Quiero revisar a fondo la contabilidad.

—Maggie es una buena secretaria, yo me fío de ella.

—Y yo también, pero prefiero conocer al detalle los gastos que han realizado. También tenemos asuntos pendientes en Nueva York, de manera que me vendrá bien trabajar tranquila mientras tú cenas con Roy.

Era una suerte que Esther estuviera en el puente de mando de Comunicación Global. Era meticulosa en el trabajo y no se le escapaba ni una coma. Vi que Maggie se impacientaba por las interminables preguntas de Esther, pero que también la respetaba, desde luego más de lo que nunca me había respetado a mí.

Esther acompañó a Cooper a la reunión con el fabricante de botas de agua y salieron con el contrato firmado. Por la tarde también se reunieron con el importador de té. El tipo se quedó impresionado por las ideas esbozadas por Esther. No se comprometió a nada, pero Cooper y Esther creían que teníamos muchas posibilidades de hacernos con la campaña. No es que fuéramos a obtener una gran ganancia, pero al menos supondría continuar pedaleando y podríamos cubrir los gastos de la oficina de Londres.

Yo estaba ansioso por que cayera la tarde. El encuentro con Roy me tenía preocupado, pero sobre todo me preguntaba si Yoko estaría trabajando en casa de madame Agnès.

A las siete en punto estaba tocando el timbre de la casa de madame. El viejo mayordomo abrió la puerta y pareció alegrarse al verme.

—¡Señor Spencer! Pase, madame se llevará una sorpresa. Se preguntaba cuándo volvería usted a visitarnos.

Yo también me alegré de estar allí. Sentí el confort que se siente cuando se llega a un lugar conocido donde no caben sorpresas.

Madame Agnès vino a mi encuentro. Le besé la mano como le gustaba que hicieran sus clientes.

—Amigo mío, me preguntaba el porqué de su ausencia. Pero me tranquiliza volver a tenerle entre nosotros.

—Negocios, madame, sólo los negocios me han tenido apartado de su casa. ¿Ha visto al señor Parker?

—Acaba de llegar, le está esperando en la biblioteca pequeña. Procuraré que no los moleste nadie. ¡Ah!, y les enviaré champán.

—Creo que el señor Parker preferirá whisky —sugerí.

—Naturalmente, pero usted beberá champán como siempre, ¿me equivoco?

Roy Parker paseaba nervioso por el salón al que madame llamaba «la biblioteca pequeña». Era una habitación no muy grande y circular, con estantes desde el suelo donde descansaban, entre otros libros, la *Enciclopedia Británica* al completo.

Un camarero entró detrás de mí con una bandeja con una botella del whisky favorito de Roy y otra botella de champán. Madame Agnès iba a cobrarse caro ese momento de intimidad que necesitábamos para hablar.

—Has venido —dijo Roy como si hubiese dudado de que fuera a hacerlo.

Me encogí de hombros por toda respuesta mientras observaba cómo el camarero primero servía un whisky doble a Roy y a continuación abría la botella de champán y, después de servirme una copa, la enterraba entre el hielo de la cubitera.

Cuando nos quedamos solos Roy pareció relajarse. Era evidente que estaba preocupado.

—¿Y bien? —dije a modo de pregunta.

—No vas a romper el contrato —afirmó Roy mirándome con rencor.

—¿Cómo que no? Les he enviado esta mañana el documento a tus abogados. Espero que lo firmen y así nos liberemos los dos de cualquier compromiso. Convendrás que soy generoso al no reclamar ninguna indemnización por poner punto final a nuestras relaciones comerciales. De manera que no comprendo cuál es el problema.

—El problema es que estoy harto de ti, que eres un maldito manipulador, un tipo sin escrúpulos, un…

—¡Basta, Roy! ¿Crees que he venido a que me insultes?

—No vamos a romper, Thomas. No les voy a proporcionar ese placer a Schmidt y a los abogados.

—No lo entiendo, Roy… Ellos me quieren lejos de ti. ¿Sabes? Creo que no les falta razón. Tienen su propia manera de hacer las cosas, y son tu paraguas. Sin ellos no sobrevivirías en la política, así que es bien poco lo que te piden a cambio, sólo que te deshagas de mí. Bueno, pues ha llegado el momento. Además, cada vez voy a pasar más tiempo en Nueva York, de modo que no podré ocuparme a fondo de los asuntos de Londres. Ni siquiera de ti.

—Ahí es donde te equivocas. Exijo que continúes ocupándote de mis asuntos, Thomas, ésa es la contrapartida.

—No me has entendido, Roy. No estoy negociando otra modalidad de contrato…

—¡Déjate de sandeces! Vas a continuar conmigo, Thomas; eso no tiene discusión.

—Ya no me necesitas, Roy.

Mientras lo decía lo observaba. Sabía que no podía presionarle demasiado. Al fin y al cabo, mi objetivo era que no rompiéramos el contrato.

Roy se sentó. Hasta entonces no me había dado cuenta de que estábamos de pie, mirándonos el uno al otro a tan poca distancia que podía oler su aliento impregnado de whisky. También me senté.

—Estoy harto, Thomas. A veces me arrepiento de haberme metido en esta mierda. Antes era feliz, dirigía las empresas de mis suegros, y tenía a Suzi.

—Fue tu decisión, Roy.

—Mi ambición. Sí, fue mi ambición la que me ha llevado hasta aquí.

—Ya no es posible dar marcha atrás. No puedes recuperar tu vida. Si continúas en política aún tienes una posibilidad de salvarte y de recuperar a Suzi, pero si lo dejas todo, entonces ¿qué te queda? Si no tienes poder, Suzi acabará contigo.

—Mis hijos no comprenden nada. Sufren al vernos a su madre y a mí sin apenas hablarnos —se lamentó Roy.

—Querías convertirte en primer ministro. No sé si lo conseguirás, pero por intentarlo tienes que pagar un precio.

—Nunca pensé que fuera tan alto…

Bebimos en silencio dejando que nuestras miradas se distrajeran unos segundos en el fuego que chisporroteaba en la chimenea.

—De acuerdo, Roy… No romperemos el contrato. —Lo dije con resignación, como quien se ve obligado a tomar una decisión que realmente no quiere.

—Evelyn es buena en su trabajo —susurró Roy.

—Lo sé, por eso le encargué que se dedicara a ti. Y así continuará —aseguré.

—¿Y tú? —La pregunta de Roy estaba cargada de inquietud.

—Repasaremos cómo están las cosas; me reuniré con tu gente, con tu comité electoral, y si es posible, con Suzi. Diseñaremos un nuevo plan de acción. Y luego Evelyn será la encargada de llevarlo a cabo. Después tengo que regresar a Nueva York.

—¿Te has casado con Esther?

—No.

—¿Por qué?

—Vivimos juntos. Estamos bien así y, además, es mi socia; la mitad del negocio es suyo.

—¿Vendréis al condado?

—Sí. ¿Hasta cuándo te quedas en Londres?

—Unos días más, hasta el viernes. He venido a hacer unas gestiones en el Ministerio de Hacienda. Podéis pasar el fin de semana en el condado.

—Tendremos que hacerlo. Le diré a Evelyn que vaya coordinando con tu gente todas las reuniones. Esther quiere regresar el próximo lunes a Nueva York.

—¿No puedes quedarte más días?

—Ya veremos. En cualquier caso, no permaneceré mucho tiempo en el país.

A Roy parecía tranquilizarle saber que continuaba contando conmigo. Me sorprendió lo fácil que había sido engañarle y ganar la partida. Realmente el hombre que tenía delante de mí en poco se parecía al que había conocido.

—Vamos a celebrarlo con las chicas. Hay algunas nuevas —dijo Roy intentando animarse a sí mismo.

Nos incorporamos al salón central, donde ya había unos cuantos hombres hablando con algunas de las chicas de madame Agnès. Entonces la vi. Inconfundible con su vestido negro que la hacía aún más delgada. Yoko estaba conversando con un par de hombres.

Me acerqué a donde estaban y le cogí la mano inclinándome exageradamente ante ella. Uno de los hombres me saludó con simpatía. Era Tyler, el importador de bragas chinas al que habíamos hecho aquella exitosa campaña.

—Vaya sorpresa, señor Spencer. Me habían dicho que se había instalado en Nueva York…

—Poseo negocios a ambos lados del Atlántico, señor Tyler, pero aquí me tiene.

El rostro de Yoko reflejaba tal horror que los dos hombres

se quedaron sorprendidos. La vimos correr hacia el pasillo. Supe que iba a vomitar.

—Pero ¿qué le pasa? —preguntó en voz alta uno de los clientes.

—Estará indispuesta. Es una vieja amiga, de manera que si me permiten… Bueno, me gustaría poder hablar un rato con ella.

Los dos hombres parecieron sopesar si me dejaban el terreno libre. Tyler se decantó a mi favor.

—Bien, no hay inconveniente…

Aguardé en la puerta del baño a que Yoko saliera. Cuando abrió la puerta y me vio, se puso a llorar. Su rostro reflejaba tal desesperación que a cualquier otro le habría conmovido.

Si yo hubiera sido un tipo decente le habría dicho que se tranquilizara, que no tenía más intención que saludarla:

—No debes preocuparte. Mira, no quiero hacerte daño, lo pasado pasado está. Además, no tengo ninguna intención de que volvamos a estar juntos. Tienes derecho a tu propia vida, ese novio tuyo parecía un buen chico.

Yoko me habría mirado incrédula y puede que me hubiera agradecido que le devolviera su libertad.

Pero no dije ninguna de estas palabras sino que la cogí por las muñecas con fuerza y la obligué a mirarme de frente.

—Cenaremos juntos. Le diré a madame Agnès que nos envíe champán.

Tiré de ella hacia las escaleras al tiempo que le pedía al mayordomo que diera orden de que nos sirvieran la cena en una de las suites del primer piso. Él observó a Yoko con preocupación pero no dijo nada. El cliente siempre tiene la razón y si yo había elegido a Yoko, la casa nada tenía que objetar.

Cuando entramos en la habitación la empujé con fuerza. Ella tropezó y se cayó al suelo. No me molesté en ayudarla. Se puso en pie y vi cómo el terror afloraba en su mirada hasta convertir su rostro en una máscara de desesperación y de locura.

—¿Por qué? —balbuceó.

—¿Por qué? No sé a qué te refieres.

—¿Por qué has vuelto? ¿Por qué me odias? ¿Por qué quieres acabar conmigo?

—Eres una puta, Yoko, sólo una puta. Éste es tu trabajo. Y yo soy tu mejor cliente. Las cosas funcionan así. Las chicas como tú estáis para complacer a los clientes, no tenéis derecho a elegir.

—Aquí, sí... En casa de madame Agnès, sí... No estamos obligadas a estar con nadie con quien no queramos estar...

—Pero tú quieres estar conmigo, Yoko, claro que sí. Ahora cenaremos y luego nos iremos a tu casa. Pasaremos el resto de la noche allí.

—No... No... No puede ser. Mi novio... Él está en el apartamento, me espera...

—¿Sí? ¿Sabe dónde estás ahora?

—Él no sabe nada... ¡Por favor, devuélveme mi vida! —gritó con tanta desesperación que temí que alguien la oyera.

—¡Cállate! No me montes numeritos, Yoko, o será peor para ti. Llama a tu novio y dile que se vaya, que no te espere, que esta noche no la pasarás con él.

—¡Pero no puedo decirle eso a Dave!

—Pues se lo diré yo. Sí, le diré lo que debe saber, que eres una puta y que llevas años engañándole. Y que yo te pago dinero extra para poder ir a tu apartamento, así que tiene que irse.

—¡No me hagas esto! —Su grito parecía el de un animal herido.

El camarero llegó con la cena. La dispuso con parsimonia en la mesa mientras miraba de reojo a Yoko, que se había sentado y mantenía el rostro entre las manos. Cuando el camarero salió me acerqué a ella y la abofeteé.

—¿Pretendes un escándalo? ¿Quieres que el camarero le diga a madame Agnès que estás llorando? Si es así lo pagarás caro.

Unos golpes suaves en la puerta me alertaron para bajar la voz. Al abrir, el camarero me entregó una botella, una segunda botella de champán por «cortesía de la casa». Detrás de él vislumbré la figura de madame Agnès.

—Estupendo, daremos cuenta de ella. Los reencuentros siempre son emocionantes.

No le permití entrar y cerré la puerta de inmediato. Miré a Yoko con tanta furia que sólo se atrevió a temblar. Sabía que si volvía a dejar escapar un sonido más alto que otro tendría consecuencias indeseadas para ella.

Cenamos en silencio. Cuando terminamos le advertí sobre lo que esperaba de ella.

—Llama a Dave. Dile que se marche, será lo mejor para todos.

—Estamos aquí… ¿Por qué tenemos que ir a mi casa? —dijo llorando de nuevo.

Saqué mi móvil y empecé a marcar el número de la casa de Yoko. Ella me miró con tanto espanto que su rostro se convirtió en la viva imagen del dolor. Se levantó y vino hasta mí con tanta rapidez que logró quitarme el móvil de las manos.

La empujé con fuerza y volví a tirarla al suelo.

—No me gusta este juego, Yoko. Vas a terminar haciéndote daño.

De repente dejó de llorar. Se levantó con esfuerzo y me miró con determinación.

—De acuerdo, vámonos.

—Chica lista.

Bajamos hasta el hall y una doncella nos entregó los abrigos. Salimos al frío de la noche londinense. Yoko caminaba deprisa. Yo empecé a pensar que me había engañado, que si había aceptado de repente que fuéramos a su casa era porque Dave no estaba allí. Lo había utilizado como medio de disuasión, pero al ver mi resolución se había rendido a la realidad. No podía sentirme más satisfecho.

No sé cómo sucedió. De repente Yoko comenzó a correr. Me quedé desconcertado y corrí detrás de ella, pero no pude alcanzarla. Llegó hasta el cruce de dos calles, donde en ese momento circulaban varios coches. Se tiró debajo de las ruedas de un coche que iba a cierta velocidad. El hombre frenó, pero no a tiempo para evitar que el cuerpo de Yoko se estrellara contra el suelo y las ruedas le pasaran por encima, quebrándole todos los huesos de la cabeza y el tórax.

Me quedé inmóvil. No me acerqué. Observé la escena a cierta distancia. Varios coches se pararon y el hombre que la había atropellado juraba que aquella mujer se había tirado a la calzada, que no había podido evitar el atropello. Era un joven de poco más de veinte años. Iba a más velocidad de la permitida, pero ésa no había sido la causa del accidente.

Pocos minutos después llegaron una ambulancia y un par de coches de la policía. Yo continuaba observando lo sucedido, sin acercarme. Nadie me había visto con ella.

Regresé con paso rápido a casa de madame Agnès. Ella pareció preocupada al verme.

—Tengo que hablar con usted, madame.

La seguí hasta su despacho y cerró la puerta para asegurarse de que nadie nos molestara.

—Ha sucedido algo incomprensible, madame… Hace unos minutos salí de su casa; me ofrecí a acompañar a Yoko hasta un taxi. Esta noche estaba muy rara… El caso es que andaba con tanta rapidez que ni podía seguirla. De repente empezó a correr y la perdí de vista. Aceleré el paso y… bueno, ha sido una desgracia… La ha atropellado un coche. No me acerqué, usted comprenderá por qué. He venido a decírselo.

—¡Dios mío! ¡Dios mío!

—Cálmese, madame.

—¿Calmarme? Una de mis chicas sufre un accidente y usted me pide que me calme… ¿Está muy grave?

—No lo sé, madame, pero me temo lo peor.

—¿Qué vamos a hacer?

—Supongo que tiene previsto que accidentes así puedan ocurrir…

—¿Accidentes? ¡No, no tengo previsto que ninguna de las jóvenes que trabajan aquí termine debajo de las ruedas de ningún coche! Y tan cerca de mi casa… Alguien la puede haber visto salir… Será un escándalo…

—Usted conoce a gente importante, madame; seguro que conseguirá atajar el problema.

—Pero ¿y usted? ¿Qué ha pasado esta noche? El camarero que les sirvió la cena me dijo que Yoko estaba llorando, que la vio muy alterada…

—Y lo estaba, madame. No me dijo por qué.

—Hasta que llegó usted parecía estar perfectamente…

—Pues no era así. Me dijo que estaba harta de este trabajo, que no podía más… Al parecer tiene novio y éste empezaba a sospechar algo. La vi tan triste que… bueno, me pareció inapropiado tener ningún tipo de relación amorosa con una mujer tan angustiada.

—Muy caballeroso por su parte —respondió madame Agnès sin ninguna convicción.

Yo pensaba que no haberme acostado allí con Yoko me ponía a salvo de cualquier investigación. Si estaba muerta, como así lo creía, y le hacían la autopsia, no encontrarían en ella rastro de mi semen. Eso jugaba a mi favor.

—Tendremos que esperar a ver qué pasa… No puedo darme por enterada de lo sucedido.

—Tarde o temprano la policía vendrá. Cuento con que sea discreta… Esta noche he venido a su casa para tener una cita con el señor Parker. Sería terrible que él se viera afectado por este desagradable suceso. Espero que el personal de su casa sea digno de la confianza que les depositamos.

—Por supuesto, señor Spencer. Pero… en fin… Confío en que podamos evitar los contratiempos. Ojalá Yoko sobreviva al accidente, sería lo mejor para todos.

—Desde luego. Es una joven muy agradable y con un futuro prometedor.

—¿Hay algo más que yo deba saber, señor Spencer? —Mientras hablaba madame Agnès pareció escudriñar los rincones más recónditos de mi mente.

—Las cosas han sucedido tal y como le he contado. Ha sido todo tan rápido… Ella parecía ansiosa por llegar a su casa y ya le he dicho que me ofrecí a acompañarla hasta un taxi.

—Con lo que usted quebró una de nuestras reglas. Sabe que no queremos que nuestros invitados tengan ningún contacto con las señoritas fuera de esta casa.

—Sólo se trataba de acompañarla a un taxi, madame, y si me ofrecí fue precisamente porque me preocupaba verla tan alterada. Como puede imaginar y dadas las circunstancias, siento haber contravenido la norma.

—Sí, lo supongo. En fin, esta noche tenemos entre nuestros amigos a una persona que quizá pueda orientarnos. Es un caballero que trabaja en Whitehall.

—Sin duda será muy oportuno que le pida consejo, madame. En cualquier caso, quiero rogarle que procure evitar que mi nombre se vea involucrado.

Madame Agnès no me prometió nada porque no podía hacerlo. Ni ella ni yo sabíamos qué podía pasar a partir de aquel momento.

Decidí caminar un rato. Tenía que digerir lo sucedido. Maldije a Yoko. Me irritaba que lo ocurrido pudiera perjudicarme. Si alguien me relacionaba con ella, no sólo tendría que cerrar la agencia, sino que podía ser la causa de que perdiera a Esther para siempre.

Sí, maldije a Yoko sin piedad, deseando que estuviera muerta. Era lo que más me convenía. Si vivía y la policía la interrogaba para intentar saber qué había sucedido, aquella estúpida podía derrumbarse y terminar desvelando su trabajo en casa de madame Agnès y mi relación con ella. Muerta me daría problemas; viva y malherida, muchos más.

Ni por un momento pensé en que debería haber corrido a socorrerla. Sí, podría haberlo hecho. Podría haberme acercado hasta donde yacía inerme y abrazarla mientras llegaba la ambulancia. La policía me habría preguntado y tendría que decirles que sólo era un amigo, y mostrar mi desolación por el accidente.

Tendría que haberla acompañado en la ambulancia hasta el hospital y haber esperado hasta que los médicos salieran para dar su veredicto: vida o muerte.

Pero no lo hice. No sentí necesidad de hacerlo. La suerte de Yoko me resultaba indiferente salvo en lo que me pudiera afectar.

Cuando llegué a mi apartamento encontré a Esther hablando con alguien por teléfono.

—Estoy hablando con Paul Hard. ¿Le digo algo de tu parte?

—Que cuide de nuestro negocio, si es que sabe —respondí de mala gana.

Cuando Esther terminó de conversar con Paul centró su atención en mí. Notaba mi tensión.

—¿Qué ha pasado? ¿Roy no ha picado el anzuelo?

—Sí, claro que ha picado. Mantendremos el contrato y el viernes le acompañaremos al condado.

—¡Vaya fin de semana tan prometedor! Bueno, hemos venido a trabajar y no nos conviene perder a Roy. Pero entonces ¿qué es lo que te tiene de malhumor?

Era demasiado lista para engañarla. Además, había apostado por ella. Si la necesitaba era porque estaba seguro de que no me abandonaría en medio de ningún naufragio. Decidí contarle la verdad. Una verdad a mi manera. No hacía falta decirle que yo era un canalla.

—Roy me citó en un lugar un tanto especial. Es una discreta casa en el barrio francés. Una especie de club donde suelen reunirse hombres de negocios que además de hablar de sus asuntos...

—Toman una copa en agradable compañía, ¿es eso?

—Sí. Madame Agnès es una mujer de mundo que cuenta con chicas de alto nivel: universitarias, modelos, aspirantes a actrices, incluso alguna dama venida a menos. No son prostitutas. O al menos no lo parecen. Son capaces de hablar de las cotizaciones en bolsa, de la última subasta en Sotheby's o de la geoestrategia británica en Asia.

—Muy listas, sí. —El tono de voz de Esther denotó cierto desprecio.

—No quiero engañarte, eso nunca lo haré. No es la primera vez que he ido a casa de madame Agnès. Allí me he visto con Roy en varias ocasiones. A él le encanta el lugar, incluso iba cuando las cosas marchaban bien con Suzi.

—No me sorprende. Roy es de esos tipos que adoran a su mujer pero no tienen reparos en acostarse con otras.

—En casa de madame Agnès todo es… Bueno, todo es elegante, se funciona con sobrentendidos… No hay nada vulgar. Roy me citó allí.

—¿Por qué no me lo dijiste?

—No pensaba ocultártelo —afirmé con rotundidad.

—¿Y qué es lo que ha pasado que te preocupa tanto?

—Un accidente, un desgraciado accidente.

Esther se puso tensa. Se levantó plantándose delante de mí. Vi la preocupación en sus ojos y ella el temor en los míos.

—Siéntate y cuéntamelo todo.

Me senté en el sofá mientras ella me preparaba un whisky.

—Después de hablar con Roy conversé con un par de personas, el señor Tyler, el fabricante de bragas, y otros hombres. Luego… Bueno, cené con una de las chicas de allí. Una japonesa, Yoko.

—Con la que has tenido una relación, ¿me equivoco?

—La tuve, Esther. Era una chica con la que cené y me acosté en alguna ocasión. Yoko estudia Filología, es una mujer culta y educada. Al verla esta noche cené con ella allí mismo. Madame Agnès no permite relaciones fuera de su casa. Al terminar de cenar y despedirme de ella, me dijo que esta noche no iba a trabajar más; tenía que volver a casa, pues su novio la esperaba.

—¿Sólo cenasteis? —preguntó Esther muy seria.

—Sólo cenamos, te doy mi palabra. Pero madame Agnès cobra una cantidad considerable por la cena, aunque después de ésta no haya nada más. De manera que por cenar conmigo Yoko tenía resuelta la noche. Madame Agnès no permite que sus chicas estén con más de un caballero.

—Muy considerada —comentó con ironía.

—Es parte del éxito de su negocio.

—¿Vas a contarme de una vez qué ha pasado? —dijo Esther conminándome a acabar el relato.

—Yoko parecía preocupada. No sé, estaba rara. Cuando salimos de casa de madame Agnès me ofrecí a acompañarla hasta un taxi. Me volvió a decir que su novio la estaba esperando.

—Así que tiene novio… ¿Y sabe su novio a qué se dedica?

—No, claro que no. Ya te he dicho que no es una profesional; es una estudiante que se paga los estudios yendo un par de veces a la semana a casa de madame Agnès.

—Hay otras maneras de ganarse la vida —replicó Esther con severidad.

—No sé qué pudo pasar… Cuando nos acercábamos a la calle principal de repente se puso a correr. Me dejó desconcertado, sin saber qué hacer. No sabía si seguirla o no; aceleré el paso y… No sé muy bien lo que ocurrió, pero estaba debajo de las ruedas de un coche. Me quedé paralizado. Yo… creo que estaba malherida, quizá muerta…

—¡Qué horror! ¿Y qué hiciste?

—Nada, no podía hacer nada. Volví a casa de madame Agnès para informarle de lo sucedido. Supongo que habrá una investigación y no quiero verme implicado en ningún escándalo que además afectaría a Roy. Imagínate los titulares de la prensa si pudieran relacionar el accidente conmigo y, a través de mí, con Roy. Los dos estaríamos acabados.

—¿Fuiste capaz de dejarla allí tirada? ¡Pero qué clase de hombre eres! —me reprochó Esther.

—Ya no podía hacer nada, nada. Entiéndelo —respondí conteniendo las ganas de gritarle.

—Así que estamos en un lío.

A pesar de su enfado, Esther se mostraba solidaria. No dijo «estás en un lío» sino «estamos en un lío». Ella era así, jamás abandonaba el barco en pleno naufragio.

—Nadie me vio.

—O eso crees tú. Además, habrá gente que te vio con esa chica en casa de esa tal madame Agnès. Debemos estar preparados para lo que pueda pasar. Pueden llamarte a declarar, a que expliques cómo fueron las últimas horas de esa chica, qué sé yo.

—Tienes razón… ¿Qué crees que debemos hacer?

—No lo sé, Thomas, pero el caso es que… Bueno, no es la primera vez que eres el último en ver a una chica viva. Recuerda… Lisa estuvo contigo poco antes de morir…

Escuchar el nombre de Lisa me revolvió el estómago. Esther tenía razón. Si algún periodista listo empezaba a tirar del hilo de mi vida se encontraría con la desgraciada muerte de Lisa en Newport. Una vez más me di cuenta de lo importante que era para mí contar con Esther.

—¿Confías en madame Agnès? —me preguntó con gesto preocupado.

—No le interesa que los periódicos se fijen en ella. Su negocio está basado en la discreción. A su casa acuden hombres importantes, incluso algunos políticos como Roy, banqueros, funcionarios del gobierno… Hará lo imposible por mantenerse fuera del foco, de manera que intentará dejarme a mí también al margen. O eso espero.

Apenas dormimos aquella noche. Cuando nos metimos en la cama Esther me abrazó como si fuera un niño indefenso. Sentí un gran alivio entre sus brazos, como si nada pudiera sucederme porque ella estaba allí, dispuesta a hacer frente a cualquiera que intentara dañarme. No me hizo ningún reproche. Me aceptaba como era, lo mismo que había hecho en el pasado.

Se levantó poco antes de las seis. Estuvo un buen rato bajo la ducha, supongo que intentaba despejar los fantasmas de la noche. Cuando me levanté ya estaba en la cocina sentada frente a una taza de café con un periódico en la mano.

—He leído el diario, no informa del accidente. Tienes que ir a casa de madame Agnès —me dijo sin darme los buenos días.

—¿Ahora? No, imposible; madame no abre antes de las seis.

—Pues irás a las seis.

—No creo que sea buena idea.

—Tenemos que saber cómo está esa chica, si alguien la ha relacionado con madame Agnès o contigo… Tienes que ir.

—Pero si fuera así… Bueno, supongo que ya lo sabríamos.

Llegamos pronto a la oficina. Incluso antes que Maggie.

Esther se puso a revisar papeles y yo a intentar pensar en cómo abordar los problemas de Roy. Me había comprometido a ir al condado y tendría que hacerlo.

Evelyn llegó pocos minutos después que Maggie y decidí hablar con ella sobre los asuntos de Roy.

—Hay que dar un nuevo impulso a la carrera política de Roy.

—Ya, pero no es tan fácil. El Partido Rural sólo tiene diez alcaldes. Cuesta que la prensa de Londres se interese en ellos salvo que sean protagonistas de algún escándalo.

—¿Y en el condado?

—Allí no hay problema, los medios locales los tienen en cuenta. La dificultad es Londres. Roy quiere que le saquen en el *Times* con foto en portada, a ser posible —ironizó Evelyn.

Al cabo de un rato se nos unió Esther. Escuchó atentamente a Evelyn y se quedó pensativa unos minutos. Luego nos sorprendió con una de sus ideas:

—Roy tiene que hacer algo especial, y nada mejor que decir a sus electores que quiere conocer de primera mano sus problemas, pero no porque se los cuenten, sino porque él mismo va a experimentarlos.

—¿Y cómo?

—Muy sencillo. Supongo que tenemos un perfil de sus votantes. Roy trabajará durante una semana en la mina. Otra semana lo hará como vendedor en un pequeño comercio, también en una fábrica de pan, barriendo las calles… En fin, se pondrá en la piel de sus electores. Eso llamará la atención de los periódicos de Londres. Hay que conseguir que alguna televisión le siga los pasos durante un par de semanas y luego emita un reportaje completo de todo lo que haya hecho Roy. ¡Ah!, también puede experimentar una nueva manera de escuchar a sus votantes. Una vez al mes podría celebrar una reunión abierta, como si fuera una sesión del Parlamento, en la que los votantes le pregunten, discutan entre ellos y vayan diciéndole cuáles son sus prioridades, lo que quieren que defienda en Londres, si es que consigue su escaño.

—¡Y todo eso se te ha ocurrido ahora! —exclamó Evelyn con admiración.

—Más o menos.

—¡Eres fantástica! —le dije mientras le aplaudía.

—¿Aceptará Roy? —preguntó Esther.

—Protestará, pero lo hará —respondió Evelyn—. Pero seguimos teniendo un problema con Suzi. Cada vez es más evidente que el matrimonio no funciona y eso puede restar apoyos a Roy. Ya sabéis, los políticos tienen que hacer creer que viven felizmente en familia —nos recordó.

—Pues sólo hay una solución: o se divorcian o se arreglan —sentenció Esther.

—Un divorcio es impensable. La gente querría saber por qué y terminaría trascendiendo que Roy engañó a Suzi y a su familia, además de a todos sus votantes. Eso acabaría con su carrera política —afirmó Evelyn.

Paramos el resto del día en reuniones, Esther con nuevos clientes, yo acompañando a Evelyn para conversar con Roy. Teníamos que exponerle el plan de Esther.

Roy se encontraba en la pequeña oficina que el Partido Rural tenía en Londres y en ese momento le estaba gritando a una joven que, según murmuró Evelyn, era su asistente.

—Pensaba llamarte. Tenemos que hablar —dijo malhumorado.

—A eso he venido, Roy —le respondí.

—Bien. Y tú, guapa, será mejor que durante un buen rato te vayas de compras o donde te dé la gana —le dijo a Evelyn.

—Lo siento, Roy, pero soy parte de lo que queremos proponerte. —Evelyn no pareció molestarse por la brusquedad de Roy.

—¡Lárgate! Cuando quiera hablar contigo te llamaré. Vamos, déjanos tranquilos.

Evelyn me miró esperando mi intervención. Opté por pedirle que regresara a la oficina.

—Ponte a trabajar en lo que hemos pensado. Yo se lo iré contando a Roy.

Nos quedamos solos. Roy todavía no me había invitado a sentarme, pero lo hice.

—¿Qué pasó anoche? —me preguntó sin preámbulos.

—¿A qué te refieres?

—Madame Agnès me sacó de la cama donde me encontraba con una bonita muchacha, conminándome a que saliera de inmediato de su casa. Me dijo que nos habías metido en un lío y que la policía podía presentarse en cualquier momento en su casa. Casi no me dio tiempo a ponerme los pantalones.

—¿Qué más te dijo?

—Nada. No dijo una palabra más. Lo único que le preocupaba es que algunos de sus clientes nos marcháramos de allí cuanto antes. Me encontré en el hall con un par de tipos que trabajan para el gobierno. Me debes una explicación.

Fui casi sincero. Le conté la misma versión que a Esther, que se ajustaba bastante a la realidad sólo que obviando que conocía a Yoko más de lo que les había dicho y, sobre todo, que me complacía dominar su vida haciéndola sufrir.

—¿Huía de ti?

—¡En absoluto! No había motivos. Pienso que tenía algún problema… Quién sabe cuál… El caso es que de repente se puso a correr y… bueno, puede que tropezara y por eso cayó bajo las ruedas de ese coche. El conductor iba demasiado deprisa. Si madame Agnès quiere continuar con su negocio no tiene más remedio que ser discreta. Un escándalo en los periódicos acabaría con algunos de sus clientes, pero también con ella —afirmé con poca convicción.

—Bueno, en realidad nadie es culpable de lo sucedido. La chica se puso a correr, tropezó y sufrió un accidente. Espero que se haya salvado; pero si la ha palmado, la policía investigará y llegará hasta madame Agnès —sentenció Roy.

—Pero no puede acusarla de nada. Ni siquiera estaba donde ocurrió el accidente —repliqué sin poder evitar estremecerme.

—Ya, pero querrán saber todo de la chica: quién es su familia, dónde trabaja… Alguien terminará señalando la casa de madame Agnès, y puede que también haya quien recuerde que salisteis juntos de su casa.

—Sería un inconveniente pero nada más —comenté con una seguridad que no sentía.

—¿Y Esther qué dirá?

—Le he contado lo sucedido. No tengo por qué ocultarle nada. No soy culpable del accidente.

A Roy le sorprendió que me hubiera atrevido a contarle a Esther que había visitado una casa de putas, cenado con una de ellas y que ésta terminara debajo de las ruedas de un coche. Pero sobre todo no acababa de comprender que Esther hubiera encajado todo eso sin romper conmigo.

—Tienes suerte, maldito seas. Si Suzi me pillara en algo así…

Le convencí para que llamáramos a Evelyn. Teníamos que persuadirla de las bondades del plan de Esther, y sobre todo de que organizara una reunión urgente con su comité electoral en el condado, donde pasaríamos el fin de semana.

Cuando regresamos a la oficina, Esther estaba a punto de marcharse al apartamento.

—He tenido un día agotador, pero ha merecido la pena. Con un poco de suerte la agencia en Londres terminará funcionando. He hablado con Jim Cooper. Tienes razón, es un buen chico aunque demasiado tranquilo. Necesita que le tutelen. Podemos fiarnos de él porque es honrado, lo mismo que Maggie y Evelyn, pero tendrás que venir con frecuencia, al menos una semana al mes.

—¿Yo solo? ¿Y tú?

—También vendré, pero menos. Tú conoces mejor el mercado británico y yo me manejo mejor en Nueva York.

—No es cierto; en una hora has sido capaz de diseñar todo un plan de promoción para Roy, que, por cierto, ha aceptado. Protestó un buen rato porque le va a suponer muchas horas de trabajo, pero es consciente de que su carrera está estancada.

—Es nuestro negocio, Thomas. No voy a despreocuparme de lo que sucede en Londres, pero tenemos que repartirnos el trabajo.

Eran cerca de las cinco y Maggie nos dijo que se iba. Su jornada laboral había terminado. Cooper también se despidió porque, según comentó, había quedado con unos amigos. En cuanto a Evelyn, se había marchado a su apartamento después de despedirnos de Roy.

Acompañé a Esther a casa. Me hubiera gustado que viniera conmigo a casa de madame Agnès, eso me habría dado una seguridad que no sentía sin ella. Pero no podía proponerle que pusiera el pie en una casa de putas.

Paré un taxi y le pedí que me dejara cerca de Kensington. Necesitaba caminar, y sin darme cuenta, o acaso sí, me dirigí a la esquina desde donde había visto a Yoko tirarse a la calzada.

Intenté tranquilizarme diciéndome que era difícil que alguien me hubiera visto la noche anterior. No sólo por la oscuridad, sino porque desde aquel rincón yo podía ver pero no ser visto. O eso quería creer.

Con paso rápido llegué a casa de madame Agnès preguntándome qué iba a encontrarme allí.

El mayordomo me abrió con gesto circunspecto y me invitó a pasar.

—Llega usted temprano, señor Spencer. ¿Tomará una copa en la biblioteca o prefiere pasar al salón?

—Son las seis —dije a modo de disculpa.

—Así es.

—¿Podrá avisar a madame? La esperaré en la biblioteca pequeña.

Fui a la biblioteca donde un minuto después entró un camarero con una botella de whisky.

—¿El señor prefiere whisky o le traigo champán?

—Whisky, hoy sólo whisky.

Madame apareció de inmediato. Cerró la puerta y nos quedamos solos.

—Parece que podremos sortear la tormenta —me dijo muy seria.

—¿Qué sabe de Yoko?

—Está muerta. Murió en el acto. El coche le aplastó la cabeza y el pecho.

Lo sabía, claro. Había sido testigo de cómo el vehículo pasaba por encima del frágil cuerpo de Yoko.

—¿Alguien le ha preguntado por ella?

—¿Es que no le afecta lo que acabo de decirle? Yoko está muerta. Cuando llegó la ambulancia ya lo estaba.

—Como puede suponer, estoy impresionado por la noticia, pero aun así debo saber si hay alguna investigación en marcha que… bueno, que nos pueda afectar a ambos —dije mirándola fijamente.

—No, la verdad es que hasta ahora no. Un amigo me ha informado de que para las autoridades sólo ha sido un accidente más. Una chica atolondrada que corría y seguramente tropezó cayendo al asfalto, y un joven que iba con una copa de más pisando el acelerador. En realidad, eso fue lo que pasó. Usted mismo me lo explicó en esos términos.

—Así fue, madame. Pero… ¿alguien sabía que trabajaba aquí?

Madame Agnès pareció sentirse incómoda ante la pregunta. Consideraba poco adecuado que yo dijera que aquellas chicas que iban a su casa trabajaban allí.

—Todas las señoritas que nos acompañan saben que la única condición es la discreción. En los treinta años que… que recibo en casa, ninguna ha cometido ninguna indiscreción. Usted sabe que nuestras queridas amigas son personas de bien, estudiantes, damas con problemas económicos… Son las principales interesadas en mantener una extremada discreción —insistió.

—Mejor así.

—Pero usted… Creo que me debe una explicación. El camarero insiste en que Yoko estaba llorando cuando les sirvió la cena.

—No se lo he negado. No me contó por qué, pero era evidente que tenía algún problema.

—Que usted desconoce…

—Así es.

—Es todo tan extraño…

—Sí que lo es, madame. Comprenda que yo soy el primer sorprendido.

—Espero que no nos veamos afectados por lo sucedido. En fin, ha sido una desgracia. Lo único que siento es no poder asistir a su funeral; no podría explicar de qué la conocía.

Nos quedamos en silencio unos segundos, cada uno ensimismado en sus propios pensamientos.

—No tenemos por qué sentirnos culpables, madame; fue un accidente.

—Pero ella… El camarero dijo que estaba llorando.

—Ya le he dicho que desconozco el motivo. En cualquier caso, fuera el que fuese no creo que tenga nada que ver con que un joven con una copa de más y demasiado ímpetu al volante la atropellara.

—Pero ¿por qué corrió? ¿Por qué le dejó atrás a usted? —Su tono de voz fue de reproche.

—No lo sé, madame. Yo sólo me ofrecí a acompañarla a un taxi y de repente ella aceleró el paso. Quizá vio uno a lo lejos, quizá se arrepintió de permitirme acompañarla, puesto que las normas de su casa son estrictas respecto a mantener el más mínimo contacto fuera de estas paredes. Nos volveremos locos si buscamos una explicación. Ha sido un desgraciado accidente que debemos superar —insistí.

—Sus compañeras están muy afectadas, al igual que el resto del personal de esta casa. Yoko era reservada, pero amable y servicial.

Yo mismo me serví otro whisky de la botella que el camarero había dejado en una mesita baja junto a la cubitera.

—Debemos olvidar, madame —aduje.

—¿Cenará esta noche con nosotros? Creo que hoy contamos con Nataly…

—¡Ah, Nataly! Nada me gustaría más que compartir la cena con ella.

—Iré a ver si ya ha llegado y le comentaré que está usted aquí. ¿A qué hora quiere que le sirvamos la cena?

Miré el reloj. Eran cerca de las siete. Esther estaría en el apartamento trabajando. Podía llamarla y decirle que me iba a retrasar. Fue lo que hice. No me preguntó por qué ni cuánto iba a tardar, tan sólo murmuró: «De acuerdo, me quedaré un buen rato trabajando».

Nataly entró en la biblioteca vestida con un traje de color rosa intenso y unas bailarinas negras. Parecía aún más joven de lo que era. El rosa le sentaba bien.

—Me alegro de verte —dijo con frialdad, tendiéndome la mano. En casa de madame Agnès estaban prohibidos los besos como saludo.

—Yo también —respondí sin mucha convicción.

En realidad no tenía ganas de acostarme con ella. Estaba deseando irme de aquella casa. Sentía la incomodidad de madame Agnès de tenerme allí. La misma que sentía yo. Me daba cuenta de que aquella noche podía ser la última que visitara aquella casa. Necesitábamos tiempo, olvidar, o al menos relegar todo lo sucedido a un rincón perdido de la mente.

—Madame me ha dicho que cenaremos juntos. Hoy no tengo muchas ganas de vérmelas con ningún desconocido. Todos estamos muy afectados por lo que le ha sucedido a Yoko. En la universidad están organizando un funeral.

Como en ocasiones anteriores, Nataly era la mejor fuente de información sobre Yoko.

Subimos a un reservado y esta vez Nataly no se quitó los zapatos. La miré expectante.

—Es que hoy no llevo tacones. Hace una semana me torcí el tobillo. Mira, aún lo tengo hinchado —explicó sin que yo le preguntara.

—Cuéntame todo lo que sepas sobre... bueno, sobre lo que le ha sucedido a Yoko.

Unos golpes suaves en la puerta anunciaron al camarero, que llegaba con una mesa con dos bandejas en las que habían dispuesto salmón y un *rôti* de pavo, además del consabido champán. Le pedí una Coca-Cola para Nataly que naturalmente pagaría como si fuera una segunda botella de Taittinger. Norma de la casa que yo no pensaba discutir.

—Bien, cuéntame...

—Tú sabes algo, ¿no? Anoche estuvo contigo. Parece que un camarero la vio llorar cuando os subieron la cena. Luego salisteis juntos y, al parecer, camino de su casa a Yoko la atropelló un coche.

—Así que eso es lo que se dice por aquí.

—Bueno, no puedes negar que estuviste con Yoko anoche, cuando tuvo el accidente. Todo el mundo os vio. Yo no estaba, pero las chicas me lo han contado. Dicen que Yoko estaba normal, que no parecía triste, que no comprenden por qué pudo llorar, salvo que tú... a veces eres un poco bruto. Pero no debió de darte tiempo porque si lloraba antes de la cena...

—No me acosté con ella, me dijo que se sentía mal. Tampoco me explicó por qué se puso a llorar. Me ofrecí a acompañarla a buscar un taxi. Habiendo subido al reservado y pagando la cena ya no tenía por qué quedarse más.

—¿Sólo eso? ¿Seguro que no insististe en irte con ella a su casa? —preguntó con desconfianza.

—Oye, ¿qué insinúas? —dije alarmado.

—Antes de irte a Nueva York se te veía tan obsesionado por ella... Bueno, en realidad eso sólo lo sabía yo. Me pediste su dirección, el nombre de su novio... Quisiste saber todo sobre Yoko. Y sé que os veíais fuera de casa de madame.

—¡Qué vas a saber tú! —respondí irritado.

—Yoko… Creo que no le gustabas. Cuando te veía entrar aquí, en casa de madame, se le nublaba la mirada y empezaba a temblarle el labio inferior. Corría a vomitar. Puede que los demás no se dieran cuenta, pero yo sí. Os observaba. Ella sufría sólo con verte y empezó a adelgazar. Parecía un fantasma. Madame la riñó; decía que con aquel aspecto famélico iba a espantar a los caballeros que visitaban su casa. Aun así, ninguno protestó. Los habituales de Yoko siguieron siéndolo. Luego te marchaste y poco a poco Yoko fue mejorando. Incluso sonreía de vez en cuando.

—Te pasas de lista, Nataly, y sacas conclusiones equivocadas. Puede que a Yoko no le fuera bien con su novio, o que tuviera problemas con sus padres. Tú misma me contaste que su madre había vuelto a Japón y que la presionaba para que fuera con ella —repliqué enfadado.

—O quizá alguien la había amenazado con contarle a Dave, el novio de Yoko, de qué manera se ganaba la vida ella. —Sus palabras sonaron a acusación.

—¿Y quién querría hacer algo así? —pregunté desafiante.

—Quizá tú. Al fin y al cabo, estabas obsesionado con ella. Acaso la amenazaste con decírselo a su novio si no hacía lo que tú querías. Bien pudo suceder así.

—Creía que ibas a estudiar física cuántica, pero deberías optar por la literatura y ser novelista. ¡Cuánta imaginación! Ten cuidado, Nataly, no lances afirmaciones de las que puedas arrepentirte —dije en tono amenazante.

—¿Crees que soy una estúpida? Estoy hablando contigo, diciendo en voz alta lo que pienso, pero no he hablado de esto ni siquiera con madame Agnès, y eso que me ha preguntado en varias ocasiones qué clase de tipo eras y si podrías haber causado algún daño a Yoko.

—¡Vaya bruja!

—Bueno, es lógico que quiera saber qué clase de hombres venís a su casa. En casa de madame Agnès las chicas tenemos la garantía de no tener que soportar fantasías extrañas de los hombres que venís aquí, que hay límites que los caballeros no deben traspasar.

—¿Y qué le has dicho?

—Que no eres una joya pero sí aceptable. Tienes mucha furia dentro de ti pero la controlas. Sabes que no te puedes pasar, por lo menos en esta casa. En otros sitios… ¡pobre de la que caiga en tus manos!

—No tienes una gran opinión de mí —protesté.

—Ni tú de mí. Para ti soy una puta y para mí eres un tipo que necesita resolver sus problemas con putas. Empate.

—Eres una descarada.

Nataly se encogió de hombros y miró con ansia la fuente de salmón. Yo no tenía hambre, pero le dije que cenara. No lo dudó y se sirvió un plato hasta arriba.

—Salmón con Coca-Cola… —Sonreí.

—No me gusta el alcohol, ya lo sabes. Deberías tomar un poco, está buenísimo.

—¿Y qué dicen en la universidad?

—La gente de su clase dice que ha sido un accidente, que el padre de Yoko ha explicado que un conductor que había bebido la atropelló cuando ella intentaba cruzar la calle.

»Creo que le iban a hacer la autopsia y que en unos días la incineran. La familia está esperando que su madre llegue de Japón. Sé que sus compañeros quieren hacerle un funeral, además del que organice su padre, al que irán todos.

—¿Y su novio?

—Está destrozado. La esperaba en el apartamento. Cuando la policía se presentó y le dijeron que Yoko había muerto creo que tuvo una crisis nerviosa. Estaban muy enamorados. No sé si lo sabías, pero preparaban su boda. Se casaban dentro de un mes. Yoko ya tenía el vestido comprado y habían enviado las invitaciones.

Nataly dejó los cubiertos sobre la mesa y me miró con tanta intensidad que sentí sus ojos escudriñando mi mente.

—¿Fue un accidente? —me preguntó en voz baja.

—Sí, claro que fue un accidente. Salimos de casa de madame y, como te he dicho, me ofrecí a acompañarla hasta un taxi, pero ella tenía prisa, andaba a un ritmo que costaba seguirla, casi corría... Me dejó atrás y... bueno, sucedió lo que sucedió, la atropellaron. Eso es todo. No soy culpable de lo ocurrido —afirmé con rotundidad.

—Lo cierto es que está muerta y nunca sabremos por qué terminó debajo de las ruedas de un coche.

—Fue un accidente —insistí.

—Sí, quizá sí...

—¿Te enterarás del resultado de la autopsia?

—Puede. Ya sabes que conozco a un par de personas de su clase. Quizá sepan algo.

—Me gustaría saber el resultado...

—Supongo que sí.

—¿Vendrás mañana?

—Ya sabes que no. No vendré hasta el viernes.

—Pues cambia el turno de trabajo o dame tu número de teléfono para llamarte.

—Prefiero mantenerte lejos de mi vida, de manera que no pienso darte mi número de móvil.

—Si vienes mañana y me cuentas lo que sabes, te pagaré bien.

—De acuerdo. Es un buen trato, pero ¿crees que madame no se va a enterar del resultado de la autopsia? Ella tiene amigos influyentes que la informarán sobre cualquier cosa que haya tenido que ver con la muerte de Yoko.

—Tú haz lo que te he pedido. Ya te he dicho que te pagaré bien. Quiero saber cualquier cosa que se diga sobre Yoko.

—De acuerdo, mañana a las seis.

Cuando terminó de cenar me miró con pereza, sin disimular la falta de interés en acostarse conmigo. En otro momento la habría forzado, pero Esther me esperaba, de manera que la dejé marchar sin tocarle un pelo. Vi que para ella fue un alivio.

No me despedí de madame. Al fin y al cabo, iba a regresar al día siguiente.

Esther se estaba preparando un sándwich cuando llegué. Le pedí que hiciera otro para mí mientras le contaba lo que había averiguado.

—Tendremos que esperar a mañana. Lo peor que podría pasar es que encontraran rastros de tu semen en esa chica.

—Te he dicho que no me acosté con ella. No encontrarán nada.

—Mejor para todos.

Aquella noche dormimos mejor. Estábamos agotados y nos sumimos en el sueño, el mío repleto de pesadillas, y el de Esther, profundo y tranquilo.

Al día siguiente tuvimos una reunión con todo el equipo en la oficina. Comunicación Global podía funcionar. Esther estaba segura, incluso había convencido a la siempre escéptica Maggie.

—Tienes suerte con tu socia —aseguró después de que Esther le diera una lista con todo lo que debía hacer.

—Lo sé —afirmé orgulloso de Esther.

—Lo que no comprendo es por qué se ha asociado contigo, en realidad ella no te necesita.

El comentario de Maggie me molestó. ¿Tan evidente era mi dependencia de Esther? Al parecer, sí, por lo menos para las personas inteligentes que no podían dejar de preguntarse por qué una mujer como ella sostenía a un tipo como yo. En realidad yo tampoco me lo explicaba. No estaba enamorada de mí, su enamoramiento pertenecía al pasado. Tenía más talento creativo del que yo pudiera tener nunca. Era meticulosa y perfeccionista en el trabajo, mientras que yo me aburría si le tenía que dedicar a algo más de una hora. Y desde que ganábamos dinero había mejorado su aspecto. No era guapa, no lo había sido ni siquiera cuando nos conocimos en el centro de Hard, pero unos buenos zapatos italianos, unos cuantos trajes de chaqueta de marca y una colección de blusas de seda natural hacían milagros. ¡Ah!, y el cabello; sí, el corte de pelo le favorecía. Ya no llevaba el pelo largo castaño y rizado, sino que el peluquero había logrado domeñar el cabello en una estilosa media melena ondulada. No levantaría miradas a su paso, pero si se la miraba dos veces, el resultado era el de una mujer atractiva.

El día se me hizo interminable. Por sugerencia de Esther, invité a comer a Maggie, Evelyn y Cooper en un restaurante de moda de esos en los que se come mal pero la gente va a ver y a ser vista. Maggie estaba encantada porque en la mesa frente a la nuestra se sentaba una modelo junto a un famoso futbolista, y en otra un reconocido periodista de la BBC y un ministro.

—Así que es en estos sitios donde almuerzan los ricos y poderosos —comentó divertida.

A mí me sentó mal el cóctel de langosta. Vomité apenas terminamos de comer.

—Los demandaré —les aseguré mientras caminábamos de regreso a la oficina.

Me empezó a doler la cabeza y aún sentía ganas de vomitar, pero me aguanté ya que estaba decidido a ir a casa de madame Agnès para ver a Nataly.

Esther se preocupó al verme tan pálido y correr al cuarto de baño cada pocos minutos a causa de las arcadas.

—Creo que te has intoxicado y lo mejor es que te vea un médico. Maggie me ha dicho que tenéis un seguro. Iremos a ver a un doctor.

Eran las cuatro, así que me dejé llevar. El médico me dijo lo evidente, que seguramente un trozo de langosta era la causante de mi malestar.

—Tiene que expulsar lo que le ha intoxicado —afirmó mientras garabateaba en una receta unos cuantos medicamentos—. Si tuviera algún otro síntoma, vaya al hospital, pero creo que con lo que le mando mañana se encontrará mejor. Ahora le conviene descansar.

Esther insistió en que fuéramos a casa, pero yo sabía que no podría tranquilizarme hasta saber el resultado de la autopsia de Yoko. De manera que Esther decidió acompañarme a casa de madame Agnès.

—No puedes venir, ni siquiera te dejarían entrar.

—Te esperaré en la calle o en algún café cercano, pero no pienso dejarte solo en este estado.

No pude convencerla. Además, me sentía tan mal que la dejé hacer.

A las seis en punto estaba llamando al timbre de madame Agnès mientras Esther me observaba a pocos pasos. El mayordomo me hizo entrar diciéndome que madame le había pedido que, si me veía, la avisara de inmediato.

Madame Agnès me esperaba en la biblioteca. Hablaba con un caballero al que había visto en alguna ocasión en la casa pero con el que nunca había intercambiado palabra.

—¡Ah, señor Spencer! Pase. ¿Una copa de champán o prefiere un whisky? —ofreció madame Agnès.

—Hoy la sorprenderé, madame, pues le agradecería una infusión de manzanilla. Mi estómago se está peleando con el almuerzo.

—¿Manzanilla? Bueno, si es lo que desea… ¡Ah! Le presento al señor Stewart, un querido amigo que está de paso por la ciudad. Pero siéntese, señor Spencer. El señor Stewart ya se marchaba, ¿verdad, querido?

Nos quedamos a solas. Madame me sirvió en la taza la manzanilla que acababa de dejar el camarero en la mesa del servicio.

—Tengo noticias sobre Yoko.

—¿El señor Stewart…?

—Es un funcionario bien relacionado. La autopsia no ha determinado nada que nos perjudique. Ni siquiera había rastros de semen en Yoko. Aunque tampoco tenía por qué haberlos… Los caballeros usan preservativos. ¿No es verdad?

—Ya le dije que estaba rara y preferí dar la noche por perdida. ¿Por qué clase de hombre me toma, madame?

—Murió al instante. Una de las ruedas le aplastó la cabeza. En fin, un desgraciado accidente. La incineran pasado mañana a primera hora. Es un alivio para todos que esto termine.

—¿No habrá más investigaciones?

—No. Yoko estudiaba, era una buena alumna. Su novio asegura que creía que la mantenían sus padres y ellos no han contradicho la versión. Creo que su madre... En fin, puede que su madre sí supiera que su hija venía aquí, pero naturalmente no ha querido exponerlo en una situación como ésta. Al fin y al cabo, Yoko está muerta y nada le devolverá la vida.

Terminé de beber la taza de manzanilla, que desde luego madame me haría pagar como si fuera champán. Me daba vueltas la cabeza y volvía a sentir ganas de vomitar. Aguanté al ver dibujarse la silueta de Nataly en el vano de la puerta.

—¡Querida, hoy es jueves! —exclamó madame Agnès sorprendida.

—Espero que no le importe que haya venido hoy; desde luego, también vendré mañana —dijo Nataly componiendo una media sonrisa.

—Siempre es bienvenida. Creo que ya hay algunos amigos en el salón...

—Si no le importa, madame, me gustaría disfrutar de una cena ligera con Nataly —intervine—. No puedo quedarme mucho tiempo, pero si ella no tiene inconveniente...

—¡Por supuesto! Diré que les sirvan la cena de inmediato en el reservado azul. ¿Le parece bien?

—Gracias, madame.

Me agarré al brazo de Nataly porque la cabeza me daba tantas vueltas que temía caerme. Cuando entramos en el reservado me dirigí al cuarto de baño, donde estuve un buen rato vomitando.

Nataly esperaba pacientemente en el saloncito saboreando una Coca-Cola que el camarero ya había traído junto al champán.

Me tumbé en el sofá. El sudor me corría por el rostro y el cuello, empapándome todo el cuerpo. Quizá hubiera tenido que ir a un hospital, pero dejaría que Esther tomara la decisión en cuanto saliera de casa de madame Agnès.

—Estás fatal, ¿qué te pasa? —preguntó Nataly sin que su voz denotara una pizca de compasión.

—Una langosta me ha dejado KO.

—Deberías irte a casa.

—Es lo que haré en cuanto me cuentes todo lo que hayas averiguado.

—Dave, el novio de Yoko, está destrozado. Sus amigos de la universidad dicen que Dave no comprende lo sucedido, que ella pasó una mala temporada hace unos meses, pero que últimamente estaba mejor. Cuentan que Yoko... Bueno, que era una chica nerviosa dada a la anorexia. Comía poco y vomitaba continuamente. —Nataly imprimió una carga de reproche en sus palabras.

—Qué más.

—La madre de Yoko querría llevarse sus cenizas a Japón. El padre no pone inconvenientes, pero hay que hacer tantos trámites que al final han optado por darle descanso en el cementerio de Londres. Y ya está.

—¿Nada más? —pregunté con desconfianza.

—Nada más. Mejor, ¿no? Si hubiera más cosas a lo mejor no te gustaban.

—Llevas un par de días muy impertinente, Nataly.

—¿Sabes, Thomas? Antes me caías casi bien... No es que me gustaras, eso no, pero por lo menos contigo no hay que fingir. Nunca te ha preocupado lo que una chica pueda sentir, de manera que sólo esperabas que te complacieran. Eso está bien, fingir es muy aburrido. Pero...

—Pero ¿qué?

—Me arrepiento de haberte dado información sobre Yoko, hice mal, creo que la perjudiqué. Desde que te conté lo que averigüé sobre ella las cosas cambiaron. Yoko empezó a adelgazar, vomitaba cada vez que te veía aparecer por esta casa... Estaba nerviosa, temía algo... Te temía a ti.

—No te pases de lista. Yoko no tenía ningún motivo para temerme. Yo no quería nada especial de ella. De todas las chicas de esta casa era la que mejor me satisfacía, nada más.

—Pues yo creo que había mucho más, Thomas.

No me gustaba la manera en que Nataly estaba planteando la conversación. En realidad me molestó su tono inquisitivo, su convicción de que yo tenía algo que ver en la muerte de Yoko.

—Regreso en unos días a Estados Unidos. Dime cuánto te debo por esta información.

—Quinientas libras.

—No me has contado nada que valga quinientas libras.

—Es un precio justo, Thomas. —Y me miró desafiándome.

Le di el dinero. No quería discutir con ella. Volvía a sentir náuseas y estaba deseando marcharme de allí.

Salimos del reservado y volví a apoyarme en su brazo para bajar las escaleras. El mayordomo aguardaba en la entrada con los abrigos y deposité en la bandeja de plata el sobre con el dinero para pagar mi estancia en casa de madame Agnès. Como todos los clientes, conocía las tarifas. Cuando salí a la calle y sentí el aire fresco de la tarde me sentí mejor. Nataly ni siquiera se despidió de mí y caminó deprisa hasta perderse en las primeras sombras de la noche. Busqué con la mirada a Esther, que aguardaba a cien metros de la casa de madame Agnès. Tenía la nariz enrojecida por el frío.

—¿Quién era esa chica?

—Una amiga de Yoko.

No me permitió que le contara nada hasta llegar al apartamento. Me obligó a desvestirme y meterme en la cama y a tomarme uno de los medicamentos, lo que me provocó aún más vómitos. Pasé una noche infernal.

La mañana del viernes se me habían pasado los vómitos y el mareo, pero me sentía tan débil que no podía levantarme.

—No podré ir al condado y Roy nos esperaba esta noche para cenar —le recordé.

—Le llamaré e iremos mañana. No debes preocuparte. Te has intoxicado; eso le pasa a cualquiera y Roy lo comprenderá.

Pasé el resto del día en la cama. Sólo me levanté para que la asistenta arreglara nuestra habitación, que parecía un campo de batalla después de una noche de vómitos y sudor.

El sábado por la mañana fuimos al condado de Derbyshire. Me sentía mejor aunque no lo suficiente para abordar una situación de intensidad emocional como la que nos aguardaba, habida cuenta de que no sólo teníamos que ver a Roy, sino enfrentarnos a Suzi. Roy nos esperaba en la sede del Partido Rural con su equipo y los otros alcaldes. Habían preparado en una salita una mesa con sándwiches y bebidas, dispuestos a que pasáramos allí buena parte del día.

Esther les expuso el cambio de estrategia. Roy tenía que mimetizarse con sus votantes, así que haría lo que ellos hacían. El comité electoral debía preparar las cosas de manera que durante las siguientes semanas Roy pudiera compaginar la alcaldía con trabajos como panadero, mecánico, oficinista, agricultor, esquilador de ovejas... Cualquier cosa que hicieran los hombres del condado. Además, una vez al mes Roy y el resto de los alcaldes del Partido Rural celebrarían una reunión abierta con todos los ciudadanos del condado que quisieran debatir con ellos de cuantos asuntos expusieran.

Los escuché discutir un buen rato sobre las propuestas de Esther. Yo permanecía en silencio; no tenía ánimo para convencerlos de nada. Aún no me sentía bien y tanto me daba lo que pensaran aquellos hombres.

Esther los manejó bien. Los escuchó con paciencia, los dejó hablar, no les llevó la contraria en cuantas ideas expusieron, pero al final logró que las suyas imperaran. Roy dijo la última palabra: «Haremos lo que nos ha propuesto Esther». Fue Evelyn quien sonrió aliviada.

Luego fuimos a casa de Roy. Había insistido en invitarnos a cenar en su casa. Evelyn parecía preocupada por lo que pudiera decir Suzi.

—Sabe que estáis aquí. Se lo he dicho esta mañana y le he advertido que no quiero problemas. Cenará con nosotros.

Roy sirvió unas copas en el salón mientras esperábamos a

Suzi, que tardó en aparecer. Cuando entró en el salón no pude evitar mirarla de arriba abajo con asombro. Estaba delgada, tanto que resultaba irreconocible.

—Apenas come —dijo Roy al ver mi mirada.

Esther la abrazó y Suzi no la rechazó, pero no le devolvió el abrazo. Yo me acerqué pero sin atreverme a darle un beso, ni siquiera a darle la mano. Evelyn sí lo hizo. Suzi tampoco respondió.

—Querida, estás fatal y eso es absurdo —comenzó a decir Esther, que se había sentado al lado de Suzi.

—Qué sabes tú… —murmuró ella.

—Sé muy bien lo que ha pasado y eres tonta si te destruyes. No tienes por qué. El tuyo no sería el primer matrimonio de conveniencia, sácale partido a la situación.

—¿Y cómo se puede sacar partido a vivir con alguien a quien aborreces y ya no respetas?

Roy encajó la afirmación de Suzi bebiéndose de un trago su vaso de whisky.

—Vamos, Suzi. Roy no ha hecho nada tan terrible. Actuó de buena fe. Él creía que estaba haciendo lo mejor para el condado —afirmó Evelyn rompiendo una lanza a favor de Roy.

—Mi marido no es un corderito inocente, claro que sabía lo que estaba haciendo. Apuñaló a mi familia, me apuñaló a mí. Nos engañó —replicó Suzi sin mirarla siquiera.

—Te has obcecado y no quieres ver más allá de la idea que te has hecho sobre lo sucedido. ¿Crees que Roy quería arruinarte? ¿Sería tan estúpido como para arruinar a tu padre, y dejaros sin herencia a ti y a vuestros hijos? Por favor, Suzi, ¡tú eres una mujer inteligente! —intervino Esther.

—Y tú también, de manera que busca otro argumento. Él esperaba sacar mucho de su traición, más de lo que le han dado.

—Las cosas no han ido tan mal, Suzi. Tus padres aún conservan muchas tierras, no están arruinados y han recibido una buena indemnización por los daños causados —apostillé yo.

—Mi padre no necesitaba más dinero, sólo quería que dejaran en paz a sus ovejas.

—No puedo creer que hayas dejado de querer a Roy... —intervino de nuevo Evelyn.

—¿Querrías a un hombre al que no le importa chantajearte? Es lo que ha hecho Roy con vuestra ayuda, chantajearme impidiéndome pedir el divorcio y defender a mis padres. Pero el día en que mi padre no esté... Ese día...

—Tienes dos hijos, Suzi. ¿Quieres condenarlos? —pregunté sin miramientos.

—Ese día nos iremos de aquí. Mis hijos no tendrán que vivir en el condado ni soportar el hedor que deja a su paso su padre.

—Ya os lo he dicho, no puedo razonar con ella —afirmó Roy apretando los puños.

Esther me miró y en sus ojos leí que estaba de acuerdo con Roy, que no había esperanza.

—Quizá lo mejor sería que os divorciarais de manera amistosa. Pactando los términos para no perjudicaros. Incluso irte a vivir a otro lugar durante un tiempo —sugirió Esther mirando a Suzi.

—No me iré mientras mi padre viva. No puedo dejarle solo aquí.

—Suzi, tu actitud no conduce a nada. Te perjudicas a ti misma. Sólo a ti —sentenció Esther.

—¿Acaso permitirías que tu marido estafara a tus padres y se burlara de ti? —Suzi habló conteniendo a duras penas la ira.

—Eso no ha sucedido. Ha habido un cúmulo de circunstancias que hacen aparecer a Roy como el villano de la historia, pero no es así. ¿Acaso fuiste tan estúpida como para casarte y vivir con un miserable? ¿No te habrías dado cuenta antes si eso fuera así? ¿O crees que Roy es tan malvado como para haberte tenido engañada durante todos estos años? Deja de compadecerte, Suzi. Te has instalado en una amargura injustificada. No te diré que Roy ha hecho todas las cosas bien, ¿quién no se equivoca? Pero en ningún momento ha querido perjudicar a tu padre y mucho menos perderte a ti. Eres tú la que pareces querer deshacerte de él, como si hubieras estado esperando una excusa para poner punto final a vuestro matrimonio. Deberías ser franca contigo misma y también con él. No, sinceramente creo que Roy no es el problema; el problema está en ti.

La parrafada de Esther sonó a sentencia.

Suzi se quedó callada mirando con asombro a Esther. Roy se revolvió incómodo en el sillón, y ni Evelyn ni yo nos atrevimos a movernos. Esther había jugado de farol.

—A veces buscamos excusas para hacer algo que estamos deseando hacer pero que no nos atrevemos... Puede que lo único que te sucede es que no sabías cómo poner fin a tu matrimonio —insistió Esther, sosteniendo la mirada incrédula de Suzi.

El silencio se volvió a instalar en el salón. Podíamos escucharnos la respiración los unos a los otros. Tuve que reprimir una arcada. Aún tenía el estómago alterado.

—¿Y qué me dices del chantaje? Me habéis amenazado con hacer público que... Lo que le sucedió a mi padre siendo un crío. Ese desgraciado accidente.

—Que terminó con la vida de otro crío —dije yo—. No fue idea nuestra, sino de Schmidt y los abogados. Nosotros cumplimos con lo que nos mandaron. No nos gustaba venir aquí a amenazar con hacer público lo que hizo tu padre... Te juro que no. Pero no dejaste ninguna opción a los abogados. Te diré que no estoy satisfecho de lo que hicimos. Pero no pudimos negarnos. Schmidt nos habría cortado los huevos. —Hablé con toda la convicción de que fui capaz mientras volvía a sentir cómo me subía del estómago a la boca el sabor de la langosta.

—¿No pretenderás presentarte como una víctima? Sería el colmo. —Suzi respondió con rabia.

—El dinero tiene sus propias reglas —repliqué—, algunas muy sucias. Los abogados han invertido mucho para crear el Partido Rural y hacer de Roy un líder. Tú no pusiste ninguna objeción cuando hubo que acabar con la carrera política de los adversarios de tu marido. Te recuerdo diciendo que no tuviéramos piedad; disfrutaste con lo que hicimos. Y los destruimos —le recordé inmisericorde.

—Roy necesita afianzarse —intervino Esther—, que el Partido Rural crezca, hacerse un nombre en Londres… Sólo entonces será libre y podrá poner punto final a su relación con los abogados. Pero hasta entonces… Bueno, en realidad no ha tenido otra opción que hacer algunas de las cosas que le han marcado. Por eso no estás siendo justa con él. Deberías haber estado a su lado, apoyándole en el mal momento que tuvo que pasar precisamente porque no quería perjudicar a tu padre. Roy ha pasado por un calvario y tú se lo has hecho aún peor. Pero creo que ésa no es la cuestión, Suzi. La verdadera cuestión es que seguramente tú habías dejado de estar enamorada de Roy y lo sucedido te ha servido de excusa no sólo ante él sino ante ti misma —concluyó Esther con un tono monocorde, imprimiendo tal seguridad a sus palabras que Suzi tardó en reaccionar.

—¿Pretendes que me sienta culpable? —preguntó al fin, sorprendida.

—No pretendo nada, Suzi —dijo Esther—; estoy analizando la realidad. A veces buscamos excusas para escaparnos de situaciones que nos incomodan. Nada de lo que ha hecho Roy merece tu desprecio, ni mucho menos que le amenazaras con el divorcio. Pienso que cuando una mujer toma una decisión así no lo hace de manera precipitada, sobre todo porque tenéis dos hijos, unos chicos a los que tendrías que explicar por qué te separas de su padre. Y no te sientes capaz de decirles la verdad: ya no siento nada por él. Eso tus hijos no te lo perdonarían, de modo que has preferido magnificar los errores de Roy para hacerle culpable y así poder justificar tu ruptura con él.

Esther habló con tal rotundidad que hasta yo mismo empecé a pensar que a lo mejor era eso lo que había sucedido.

Nos volvimos a quedar en silencio. Suzi estaba desconcertada. Parecía estar preguntándose si lo que estaba escuchando era verdad, si acaso era ella la culpable por no querer lo suficiente a Roy.

Yo no sabía si Esther había dicho todo aquello porque en realidad lo pensaba o porque era una manipuladora genial.

—Has dicho que debemos divorciarnos —intervino Suzi, devolviéndonos a la realidad.

—Sí, eso he dicho —convino Esther—. Creo que es lo que quieres y pienso que es lo mejor para ambos. Pero hazlo sin hacer trampas, sin pretender justificarte. El amor se acaba, Suzi, es mejor admitirlo, pero no hay necesidad de intentar convencerte y convencer a los demás de que tu marido es un monstruo. Es preferible reconocerlo, hablarlo sinceramente y buscar un acuerdo. Sería lo más sensato. Ni Roy debe perjudicarte a ti ni tú a Roy, y mucho menos tenéis derecho a hacer daño a vuestros hijos. Un divorcio pactado es mejor que seguir viviendo en este infierno —afirmó buscando su mirada.

—Lo pensaré. Sí, lo pensaré. Puede que sea la solución —admitió Suzi.

A Roy se le descompuso el gesto. Miró con rabia a Esther. Yo me vi en la obligación de intervenir antes de que la situación se nos volviera a escapar de las manos, ya que, a mi juicio, Esther había estado espléndida; de hecho, había calmado a Suzi.

—Creo que deberíamos cenar, es un poco tarde —dije para romper aquel *impasse*.

Pasamos al comedor y, sorprendentemente, Suzi pareció más animada. Evelyn comenzó a hablar de generalidades y Suzi no rechazó participar en la conversación. Le contamos el plan que teníamos previsto para impulsar la carrera de Roy y escuchó con atención, incluso no pudo evitar reírse cuando supo que su marido iba a pasar unas cuantas semanas haciendo los mismos trabajos que los hombres del condado. Era Roy el que se mostraba taciturno; apenas habló y se le notaba incómodo.

Yo no probé bocado; me limité a beber un par de tazas con manzanilla. Estaba deseando ir al hotel.

Cuando llegamos a la habitación felicité a Esther por haber logrado apaciguar a Suzi y le pregunté si creía algo de lo que había dicho.

—Pues claro que me creo lo que he dicho. No soy una cínica como tú. Estoy convencida de que Suzi se ha cansado de Roy pero no se atreve a reconocerlo, ni siquiera ante sí misma. Quizá la política los ha ido separando. Para Roy la política ha pasado a ser su principal preocupación y ocupación. Viaja con frecuencia a Londres, seguramente se ha vuelto impaciente. Puede que incluso la hubiera dejado de tratar con tanta devoción como lo hacía cuando tan sólo era el marido de la rica del condado. Los matrimonios se resquebrajan sin que haya una sola causa. Pero romperlos cuesta y los cónyuges suelen querer cargarse de razones antes de dar el paso que lleve a la ruptura. Cualquier cosa puede servir. Desde luego, Roy le dio todas las bazas a Suzi. Obligar a su suegro a vender las tierras para el fracking de la empresa de gas ha sido la excusa perfecta para ella.

—¿Siempre has pensado que esto es lo que ha sucedido? —pregunté asombrado.

—No, en realidad lo he ido pensando sobre la marcha, al ver a Suzi y observar la incomodidad de Roy. No sé, pero creo que las cosas no debían de ir bien entre ellos dos, por más que él jure que ella es la mujer de su vida. En realidad, a los hombres les cuesta mucho romper el *statu quo*. Es más cómodo vivir con tu mujer y tus hijos, por más que tu mujer ya no te interese como antaño.

—¿Crees que Suzi tiene… bueno… que está con otro?

—No, creo que no. Pero desde que Roy se dedica a la política se ha ido acostumbrando a disfrutar de una libertad que nunca antes había tenido, y puede que Roy no se haya comportado como el marido amante que nos quiere hacer creer. También puede suceder que ella conozca a alguien que secretamente le guste… Quién sabe. Pero pienso que el problema de esos dos viene de lejos. A veces las mujeres no sabemos cómo deshacernos de los maridos; necesitamos una buena razón de cara a la sociedad y ante nosotras mismas. Son siglos de educación encaminada a convertirnos en esposas y madres ejemplares, y salirse del papel no está al alcance de todas.

Esther siempre ha logrado sorprenderme. Entonces y ahora. Nuestro viejo amigo, Paul Hard, asegura que ella es la única persona a la que he admirado en mi vida. Supongo que tiene razón. Desde luego que aquella noche me fui a la cama fascinado por la manera en que había encarado, y casi resuelto, la situación. Yo no me sentía demasiado bien. Mi estómago seguía bailando dentro de mi cuerpo. Estaba exhausto y lo único que deseaba era regresar a Londres, a mi apartamento. Pero aún teníamos que ganarnos el sueldo que nos pagaba Roy.

Eran las cuatro de la mañana cuando el pitido de mi móvil nos despertó. La voz de Roy rompió el silencio de la noche.

—Me habéis jodido —dijo con voz pastosa. La voz de un borracho.

—Oye, Roy, son las cuatro. ¿Por qué no te vas a la cama? —protesté.

—Suzi está encantada con la idea de tu chica de que nos divorciemos. Me ha dicho que está dispuesta a llegar a un acuerdo satisfactorio para ambos. Silencio a cambio de su libertad y de una buena cantidad de dinero. Quiere dejarme en calzoncillos. Ha asegurado que no va a permitir que disfrute del dinero que he obtenido a cuenta del sufrimiento de su padre. Me exige todo lo que tengo, además de la casa, que debo abandonar cuanto antes.

—No me parece mal trato. Lo hablamos mañana.

—¡Eres un cabrón! Claro que es un mal trato, me habéis puesto en sus manos.

—Ya lo estabas, Roy —respondí malhumorado.

—Ella estaba en las mías —contestó airado.

—Sabes que no es así. Suzi era una bomba de relojería, ahora al menos se la puede desactivar.

Esther, que estaba escuchando la conversación, me quitó el teléfono haciéndome un gesto para que le permitiera hablar con Roy. «Todo tuyo», susurré deseando volver a conciliar el sueño.

—Roy, tal y como están las cosas lo mejor es un divorcio pactado. Haré un borrador sobre los términos a los que debe comprometerse Suzi para que en el futuro no se desdiga de su palabra. Deberías llamar a tu abogado a primera hora. Tiene que redactar un documento que firmaríais los dos con las condiciones del divorcio. Luego nos veremos con Suzi y, si firma, asunto terminado.

—Así de fácil… Has acabado con mi matrimonio. No te lo perdonaré.

—Estoy convencida de que lo harás y de que te recuperarás pronto. Seguro que encuentras consuelo en casa de esa madame… ¿Cómo se llama?

—¡Eres un peligro! —gritó Roy.

—Trabajo para ti, defiendo tus intereses; fíate. Llama a tu abogado. ¿Te parece que nos encontremos a las ocho en su despacho? —dijo Esther sin aflojar la presión sobre Roy.

—Es domingo, ¿lo has olvidado?

—Esto es un pueblo, Roy, no creo que te cueste mucho convencerle de la urgencia de la entrevista. Págale bien. Ya verás como te dice que sí. Llámanos a las siete para darnos la dirección. Adiós, Roy; descansa un rato.

Me había incorporado atónito por lo que Esther le había dicho a Roy.

—¿Pretendes redactar el acuerdo de divorcio? —le pregunté.

—Sólo hacer algunas indicaciones. Me parece bien que Suzi lo desplume, pero con contrapartidas. Por ejemplo, debe comprometerse a no dar en ninguna circunstancia entrevistas a la prensa, ni desvelar nada que tenga que ver con sus años de matrimonio ni de las causas de sus desavenencias. De lo contrario, tendría que devolver a Roy hasta la última libra y con intereses.

—Pero ¿de dónde has salido? Eres peor que Maquiavelo.

—Vamos a dormir un rato, mañana va a ser un día agitado.

Esther me dio un beso en la mejilla y luego se durmió. Yo no pude. No podía dejar de pensar en lo que nos esperaba al cabo de unas pocas horas.

Telefoneé a Roy a las siete. Se había dormido bajo los efectos del alcohol y no se acordaba de que nos había llamado unas horas antes. Le dije que contactara con su abogado y tardó un buen rato en comprender para qué. Protestó y soltó unas cuantas blasfemias antes de colgarme.

Esther se estaba duchando, de manera que pedí que nos subieran el desayuno a la habitación. Manzanilla para mí y para Esther tostadas, zumo de naranja y café bien cargado. Roy nos llamó para decirnos que su abogado nos recibiría a las nueve, después de prometerle que le pagaría cuatro veces más de lo que cobraba por una visita en día laborable.

Cuando salimos del hotel, la primera bocanada de aire fresco me hizo sentir mejor. En realidad mi estómago había recibido en son de paz la infusión de la mañana e incluso había tolerado media tostada.

El abogado de Roy nos recibió de malhumor. Aun así, escuchó pacientemente las indicaciones de Esther sobre los términos del acuerdo de divorcio.

—Vaya, no imaginaba que las cosas fueran tan mal entre vosotros… Había oído rumores, pero supuse que estabais atravesando una crisis… En fin, lo siento. ¿Suzi está de acuerdo?

Roy asintió y yo estuve a punto de rezar una plegaria en silencio para que Suzi no se hubiera echado atrás. Con aquella mujer nunca se sabía lo que uno podía esperar.

Dejamos al abogado que se las entendiera con Esther y aguardamos a que el documento estuviera redactado. Tardaron casi dos horas, o mejor dicho, Esther no estuvo conforme con los primeros borradores y obligó al abogado a repetirlos hasta que en el papel se dijera palabra por palabra lo que ella consideraba conveniente. Era mediodía cuando terminamos y nos fuimos hacia la casa de Roy.

—¿Suzi sabe que vamos? —pregunté temiendo que no fuera así.

—Sí. Nos está esperando —aseguró Roy.

Era verdad. Suzi nos esperaba, pero no estaba sola. Un hombre la acompañaba. El abogado de su padre. Un anciano que la conocía desde que era una niña. Roy torció el gesto. Ella no le había dicho que pensaba llamar a su propio abogado, pero Esther se mostró encantada.

El anciano abogado leyó al menos tres o cuatro veces el documento. Luego se lo entregó a Suzi.

—Económicamente sales ganando, pero tú dirás si estás de acuerdo en cumplir lo que te piden aquí.

Suzi leyó los papeles y mientras lo hacía fruncía el ceño. Le hubiera gustado disfrutar de una victoria total, acabar con Roy. Cuando terminó de leer le pidió a su abogado que la acompañara a otra estancia. Quería hablar con él en privado. El tiempo comenzó a transcurrir con una lentitud desesperante. Yo empezaba a tener hambre. Buena señal de que me estaba recuperando, pero sobre todo me alteraba pensar que Suzi se negara al acuerdo. Cuando regresaron, fue el abogado quien habló en primer lugar:

—Nuestra querida Suzi no está de acuerdo en tener que anunciar el divorcio ante los medios de comunicación.

—Pues es imprescindible —dijo Esther—, hay que hacer las cosas bien. Se trata de que ambos comparezcan ante la prensa para decir que de mutuo acuerdo han decidido poner fin a su matrimonio, que no tienen nada que reprocharse porque han pasado juntos años felices, que se quieren y se respetan y que desean mantener una buena relación por el bien de sus hijos y que no hay más causa que el agotamiento que provocan los años. Tienen que pedir respeto para su vida privada y advertir que ninguno de los dos dirá a partir de ese momento ni una palabra más sobre la decisión de divorciarse, y que confían en la comprensión de los medios. Roy afirmará que les debía a sus electores esa explicación y Suzi añadirá que Roy es el mejor de los hombres y un político en quien se puede confiar y que pide a todos los que le apoyaron en las urnas que lo sigan haciendo.

—Ya. Precisamente esto es lo que Suzi no quiere decir —explicó molesto el abogado.

—Es necesario que lo haga, no sólo por el bien de Roy, también por el de Suzi, pero sobre todo por sus hijos —insistió Esther.

—¿Y si no? —preguntó Suzi desafiante.

—Volvemos a la casilla de salida. No hay divorcio. —Esther lo dijo clavando su mirada en Suzi.

—No quiero decir que Roy es un buen hombre. ¡No lo es! —exclamó Suzi.

—Es el padre de tus hijos. Deberías pensar en ellos. Sería terrible que les destrozaras la vida sólo por tu propia satisfacción personal y que tus hijos crezcan con traumas. Sí, sus padres se han separado, pero no porque ninguno sea un monstruo sino porque el amor se desgasta, se acaba. —Esther habló con tal convicción que me dieron ganas de aplaudirle.

Durante unos segundos imperó el silencio. Suzi parecía estar rumiando las últimas palabras de Esther y su abogado la observaba expectante. Roy, por su parte, intentaba contener a duras penas la ira que le embargaba.

Yo me sentía un espectador ajeno a lo que allí sucedía. Podía permitirme ese papel puesto que Esther llevaba la voz cantante. Me dije que debería intentar convencerla para que se casara conmigo. No podía permitirme perderla.

El abogado de Suzi comenzó a carraspear incómodo, luego la miró temeroso y por fin se decidió a hablar:

—Tienes que tomar una decisión…

—Sí… Tengo que hacerlo. Mis hijos no merecen tener que arrostrar con la evidencia de que su padre es un miserable, pero eso me obliga a callarlo ante los demás… —musitó Suzi sin mirar a nadie.

—Sales ganando, Suzi —la animó Esther—. Te quedas con todo. Roy renuncia a los bienes que tenéis en común y además te tiene que ceder su propio dinero, el que ha ganado al margen de tu familia.

—Gracias a la podredumbre de la política —apostilló Suzi.

Miré de reojo a Roy. Tenía el rostro enrojecido y una vena del cuello le latía con tanta fuerza que parecía a punto de reventar. Esther le agarró del brazo en un gesto que pretendía calmarle.

—De acuerdo. Firmaremos el acuerdo de divorcio. Estoy dispuesta a que hagamos el anuncio en una rueda de prensa y diré lo que tengo que decir, pero a mi manera —consintió Suzi.

—A tu manera no, Suzi, a la manera que está estipulado en el documento que vais a firmar. —La voz de Esther sonó firme como una roca.

Acordamos que a primera hora del lunes Suzi y Roy firmarían y legalizarían el documento de divorcio con los acuerdos logrados y, a continuación, acudirían a la sede del Partido Rural, donde darían cuenta a los medios de su decisión de poner punto final a su vida en común. Eso implicaba que deberíamos permanecer un día más en el condado, a pesar de que Esther tenía un billete reservado para regresar a Nueva York.

El resto de la tarde la pasamos en el hotel escuchando los lamentos de Roy. Esther y Evelyn intentaban convencerle de las ventajas del divorcio, pero él parecía como un marino a punto de naufragar.

—En cuanto pase un tiempo prudencial tienes que volver a casarte —le aconsejó Esther.

—¿Casarme? ¡Estás loca! Eso es algo que no volveré a hacer nunca más —afirmó Roy.

—Si quieres continuar en política y ser algo más que un alcalde, tendrás que hacerlo. Te conviene buscar a una mujer que te dé brillo. Tiene que haber alguna divorciada o viuda de buena familia y escasos bienes a la que pueda resultarle beneficioso el matrimonio contigo. No será fácil encontrarla, tú no eres ninguna ganga —dijo Esther sin preocuparse del gesto torcido de Roy.

—No quiero volver a enredarme con ninguna mujer, sólo dais problemas —insistió él.

—Pues entonces es mejor que dejes la política —sentenció Esther—. La gente desconfía de los políticos que no son como el común de los mortales. Quieren que tengan mujer e hijos, y que formen una familia feliz. En tu caso nadie te pide que te enamores, lo mejor es un matrimonio de conveniencia.

—Preparé una lista de posibles candidatas —dijo Evelyn riéndose.

—¡Os habéis vuelto definitivamente locas! ¿Creéis que necesito que me pongáis a una mujer a tiro? Me basto y me sobro para salir con quien quiera —protestó Roy, cada vez más airado.

—Chicas, primero el divorcio, luego unos cuantos meses de soltería. Eso sí, dejándose ver todas las semanas con sus hijos, que nadie diga que no es un padre amantísimo. Y más adelante ya veremos si debe casarse o no —intervine apiadándome de Roy.

—Tienes razón —terció Evelyn—, pero hay que ir haciendo una lista de posibles candidatas, así podrá ir conociéndolas. El tiempo se pasa rápido.

Parecía encantada pinchando a Roy, pero éste dio un puñetazo sobre la mesa prohibiéndole volver a decir nada del asunto. En esos momentos no era capaz de encajar una broma, así que hice una seña a Evelyn para que no insistiera.

El lunes a las ocho acudimos al despacho del abogado de Roy, donde ya estaban esperando Suzi y el suyo. Ya sólo quedaba presentar en los tribunales la demanda de divorcio por mutuo acuerdo. Los abogados aseguraron que harían el trámite esa misma mañana.

Cuando llegamos a la sede del Partido Rural había más periodistas de los habituales. Se los había convocado avisándoles de que Roy iba a hacer una declaración sorpresa.

Roy y Suzi entraron muy serios en la sala donde aguardaba la prensa. De pie ante un micrófono, Roy hizo el anuncio:

—Siento comunicarles que nuestros abogados han presentado esta misma mañana un demanda de divorcio de mutuo acuerdo. Es una decisión dolorosa largamente meditada. Pedimos respeto a nuestra vida privada ya que no queremos que esta noticia pueda afectar más de lo debido a nuestros queridos hijos, Ernest y Jim.

»Tengo un compromiso con mis conciudadanos y por eso les hago partícipes de este momento especialmente doloroso. Suzi es la mejor esposa con la que un hombre pueda soñar y espero que la vida le brinde mucha felicidad, toda la que se merece, porque su felicidad será la mía y la de nuestros hijos.

Roy entregó el micrófono a Suzi mientras empezaban a alzarse las manos de los periodistas, ansiosos por preguntar. Suzi cogió el micrófono dispuesta a cumplir con su parte:

—Quisiera pedirles respeto a nuestra vida privada. La decisión la hemos tomado de mutuo acuerdo, ya que nada tenemos que reprocharnos. Como les sucede a tantas parejas, nuestra relación ha llegado a su punto final, pero eso no significa que no sigamos respetándonos y manteniendo intacta la consideración y el afecto que como personas merecemos. Espero que los votantes de Roy le sigan valorando en lo que vale. Muchas gracias.

Suzi y Roy salieron de la sala pese a las protestas de los periodistas. Evelyn se hizo con el micrófono y pidió calma.

—Deben comprender que el señor Parker y su esposa tienen derecho a cierta privacidad. Han comunicado una decisión difícil y dolorosa, pero de ahora en adelante ninguno de los dos volverá a hacer alusión a su vida personal. Les pedimos consideración y respeto para ellos y sus dos hijos, unos chicos estupendos que merecen que el divorcio de sus padres no se convierta en un espectáculo público. Muchas gracias.

Evelyn resultó convincente aunque yo dudaba que los periodistas aceptaran sin más no meter las narices en el divorcio de los Parker.

Regresamos a Londres esa misma tarde y por la noche Esther tomó el avión rumbo a Nueva York. Yo hubiese querido irme con ella, pero me insistió en que debía quedarme unos días más controlando a Roy y velando por nuestros propios intereses en la agencia. Tenía razón.

La noticia del divorcio salió incluso en algún periódico londinense aunque no en el *Times*, que es lo único que a Roy le habría servido de consuelo.

La rutina de la oficina de Londres me aburría y aunque me había hecho el propósito de no volver por casa de madame Agnès, comencé a ir todas las tardes. En realidad no tenía nada mejor que hacer. En Londres no tenía amigos y mis únicos conocidos eran aquellos hombres con los que conversaba en los salones.

A madame no le agradaba verme, pero intentaba disimular el fastidio que le producía que yo insistiera en seguir yendo a su casa.

Los primeros días insistí en estar con Nataly, pero ni ella ni yo conseguimos estar a gusto el uno con el otro. La sombra de Yoko se interponía entre nosotros aunque ninguno habíamos vuelto a referirnos a ella.

Nataly se comportaba con desgana y apenas me hablaba, lo cual me irritaba porque en el pasado lo que más me divertía de aquella chica era precisamente su espontaneidad y descaro. De manera que decidí que cada noche la pasaría con una chica distinta.

Llegaba tarde a mi apartamento pero ni una noche dejaba de llamar a Esther. No sé si llegó a sospechar que yo continuaba visitando la casa de madame Agnès, pero nunca me preguntó dónde había estado, sólo se interesaba por cómo iban las cosas en la oficina y sobre todo quería saber si se producían novedades en torno a Suzi y a Roy.

En cuanto a madame Agnès, una tarde en que llegué temprano y aún no habían llegado sus invitados, se vio en la obligación de ofrecerme una copa de champán y charlar conmigo.

Al principio hablamos de banalidades, pero no pude resistirme a preguntarle si había habido alguna novedad respecto a la muerte de Yoko. Sabía que de ser así Nataly no me lo habría dicho.

—Caso cerrado, mi querido amigo, ya se lo dije. Hemos tenido suerte. En realidad nos preocupamos demasiado. Sabe que tengo buenos amigos bien situados, y por lo que me contaron, no sólo la autopsia confirmó la muerte de Yoko a causa del accidente, también nos favoreció que el conductor admitiera que la había atropellado. No podía decir otra cosa, pero nunca se sabe. Los investigadores dieron con un par de testigos que vieron cómo ella corría y caía bajo las ruedas del coche.

»Las preguntas de dónde venía y por qué corría están sin contestar, pero al parecer tampoco hay nada tan extraño en que una joven vaya con prisa y en un momento de despiste intente cruzar por donde no debe. Accidentes así se producen a menudo. O eso me dijeron.

—¿Y ninguna de las chicas ha dicho nada? No sé...

—¿Qué van a decir? No hay nada que decir. A todos nos conviene la discreción, y a ellas más que a nadie. Usted sabe que la mayoría de ellas vienen a esta casa de forma temporal. Tienen otras ambiciones. Hace unos días vi en las páginas de sociedad del *Times* a una de ellas fotografiada el día de su boda con un destacado aristócrata. Me alegré sinceramente.

Mis visitas a casa de madame Agnès me depararon un par de contratos. El director de una multinacional de juguetes con el que solía hablar de cuando en cuando me propuso que le presentara una campaña en televisión de sus juguetes pensando en la Navidad. Con un fabricante de calzado para el campo también cerré un contrato.

Jim Cooper se puso a trabajar en las campañas, pero me insistió en que él solo no podía encargarse de todo y puesto que Evelyn casi dedicaba todo su tiempo a Roy, insistió en volver a contar con ese amigo suyo que estaba en paro pero que según él era un crack. A pesar de las protestas de Maggie, le dije que sí, pero también le pedí a Evelyn que echara una mano. Para ella fue un alivio, empezaba a cansarse de ser la niñera de Roy.

Con Roy solía verme de vez en cuando en casa de madame Agnès. Era el mejor lugar para hablar. Y aunque yo le veía reír y disfrutar de la compañía de las chicas, en cuanto estábamos solos no dejaba de quejarse por la pérdida de Suzi.

—Me siento solo, Thomas. Malditos seáis por convencerme para que aceptara el divorcio.

—Se han hecho bien las cosas, Roy. Suzi no ha tenido más remedio que aceptar tus condiciones. No teníais otra salida. Tarde o temprano ella habría terminado explotando, tu ex mujer tiene mucho carácter.

—¿Y qué pasa con mis hijos? Tengo que conformarme con visitarlos un día a la semana y pasar con ellos un par de fines de semana al mes.

—Es lo que les sucede a otros divorciados. No te quejes. Te conviene que en el condado te vean con los chicos; llévalos a ver algún partido de rugby, a comer hamburguesas, no sé… Haz esas cosas que suelen hacer los divorciados cuando les toca estar con sus hijos.

Roy había alquilado un pequeño apartamento en el condado, pero no disfrutaba de su vida de soltero.

—Esther tenía razón, tendré que casarme —admitió Roy—, y no sólo porque eso es lo que les gusta a los votantes, sino porque no le veo la gracia a vivir solo. Pensé que sería estimulante recuperar la libertad, pero me deprimo cuando llego a mi apartamento. Y en Londres ya ves… Mi única distracción es venir a casa de madame Agnès. Esto no es vida, Thomas, te lo digo yo.

Tenía razón. También yo había empezado a saborear mi vida con Esther. Por eso ansiaba regresar a Nueva York. Me resultaba reconfortante encontrar a alguien cuando llegaba a casa, tener con quien hablar, sentir su mano en la frente cuando me sentía mal, despreocuparme de la necesidad de llenar la nevera y no encontrarme con la sorpresa de no tener nada que llevarme a la boca.

Sí, comprendía a Roy, y le aconsejé que empezara a buscarse una mujer.

—Que no sea demasiado lista, Roy, o te complicará la vida. Necesitas una mujer tranquila, educada, para la que tú seas su principal ocupación.

—No hay mirlos blancos, Thomas. Mírate tú. Esther es tan lista que no quiere casarse contigo.

—En nuestro caso el matrimonio no es imprescindible —afirmé molesto por su comentario.

—A mí no me engañas, amigo; es ella quien no quiere casarse. Hace bien, vale mucho más que tú. ¿Para qué te necesita?

Tres semanas después regresé a Nueva York. Fui directamente del aeropuerto a la agencia. Encontré a Esther y a Paul Hard discutiendo a cuenta de si aceptar o no un contrato para una campaña para vender un nuevo detergente. Paul decía que no merecía le pena, que el fabricante disponía de un presupuesto demasiado reducido para poder hacer una campaña que tuviera impacto. Esther creía que precisamente por eso era un desafío y había que intentarlo. Apoyé a Esther. Ella me miró agradecida. En realidad no me importaba la campaña del detergente pero sí que Esther sintiera que siempre estaría de acuerdo con ella.

De nuevo me instalé en la rutina. Madrugábamos mucho. Esther salía a correr a las seis y media de la mañana y yo a las siete acudía a un gimnasio cerca de la agencia. La idea de ponerme a correr hiciera frío o calor no me satisfacía. La verdad es que nunca me ha gustado el deporte, pero tenía que seguir a Esther y ella insistía en que tener buena salud pasaba por el ejercicio.

El gimnasio que me había buscado tenía una ventaja: acudían ejecutivos de todo tipo. Los había obsesionados con lucir músculos y los que hacían lo justo. Hablando con unos y con otros me di cuenta de que muchos iban al gimnasio por una cuestión de estatus. En Wall Street estaba bien visto que sus ocupadísimos ejecutivos dedicaran al menos una hora diaria a mantenerse en forma. En el gimnasio había un salón donde a lo largo de toda la mañana ofrecían café y zumos, además de tostadas integrales, mantequillas ecológicas, huevos desgrasados y toda una oferta culinaria que apaciguaba el hambre sin provocar mala conciencia.

Había días en los que yo lo único que hacía era desayunar y luego me iba a la agencia. No era el único.

Teníamos trabajo, el suficiente para poder pagar todas las facturas y repartir dinero entre nosotros. Paul Hard se había comprado un par de trajes nuevos y zapatos de más de trescientos dólares el par. Revivía los tiempos en los que había sido alguien en el mundo de la publicidad.

Ni Paul ni yo nos engañábamos. El trabajo venía por Esther.

Ella era la estrella emergente, a la que buscaban por sus ideas originales, la que era capaz de hacer una obra de arte de un anuncio de comida para perros.

Yo me encargaba de la contabilidad, del personal y de administrar la empresa. Paul y ella hacían el trabajo creativo junto a tres jóvenes que habían fichado.

Hice un nuevo intento para que nos cambiáramos de barrio, pero Esther se mostró remisa. Se sentía orgullosa del apartamento de Nolita, aunque empezaba a admitir que nos vendría bien un poco más de espacio.

—Al menos piénsalo —le pedí—. No digo que nos mudemos al corazón de Manhattan. Sé que te gusta Brooklyn o Greenwich Village, y allí hay casas con precios razonables.

—¿Es que quieres comprarte una casa? —me preguntó.

—Quiero comprarnos una casa, socia, para los dos.

—Pero… No, no sería buena idea.

—¿Por qué?

No me respondió. Yo sabía la respuesta: porque aún soñaba con que yo la liberara de su compromiso de estar conmigo. Un compromiso no escrito pero por el que ella se sentía atada a mí. Dejar las cosas como estaban significaba dar un aire de provisionalidad a nuestra relación personal, pero permitir que yo comprara una casa para los dos era apretar más el eslabón que la unía a mí.

—Yo no tengo dinero para comprar una casa en Greenwich Village ni tampoco en Brooklyn —dijo por fin.

—Pero yo sí —respondí mirándola fijamente.

—Ya, pero no puedes comprar un piso a nombre de los dos, no sería justo.

—Voy a hacer otra cosa, Esther. Voy a ir a mi abogado y le voy a pedir que prepare un documento en el que se disponga que todos mis bienes pasen a ser también tuyos. Lo que tengo lo compartiremos.

Me arrepentí nada más decirlo. Era la mayor estupidez que podía cometer, pero por otra parte saboreé el dramatismo del momento haciéndome pasar por un hombre rendidamente enamorado dispuesto a poner su vida (o sea, su dinero), en manos de una mujer.

Esther se echó a llorar. Se tapó la cara con las manos y empezó a temblar. Sabía cómo se sentía: como una miserable por no quererme como yo demostraba quererla, por ansiar aún escapar de mí.

Yo actuaba como un niño inocente que colocaba en sus manos cuanto era y ella no podía abandonarme por sus deseos personales.

La abracé intentando que se calmara y dejara de llorar. Luego telefoneé a mi abogado, que me preguntó varias veces si estaba seguro de lo que pretendía hacer. Le dije con solemnidad que sí, y que quería el documento redactado para aquella misma tarde. Esther dijo que me acompañaría pero con la intención de disuadirme.

—¿No sería más sensato que se casaran? —dijo el abogado.

No le respondí, pero le conminé a que telefoneara a mi banco para que el director se hiciera cargo de la nueva situación.

—No puedo aceptarlo —susurró Esther mientras alzaba la mano pidiéndome que terminara la conversación con el abogado.

—Quieras o no, lo voy a hacer. Nada ni nadie me impedirán compartir contigo lo que tengo, ni tú misma. Si no lo quieres, dónalo, o coge el dinero y tíralo por la ventana. Es tan tuyo como mío —dije cuando colgué el teléfono.

Me miró y en sus ojos vi el reflejo del miedo. Sabía que si yo daba ese paso ella no volvería a ser libre nunca jamás.

Volvió a llorar acaso con más desesperación. Esta vez no me acerqué a ella sino que me senté a observarla. Me sentía un estúpido. Sólo un estúpido es capaz de regalar su fortuna. Pero no quería dar marcha atrás. Si lo hubiera hecho Esther habría sonreído aliviada.

Sí, podría haberme retractado:

—*Deja de llorar... No quiero hacerte sufrir y me doy cuenta de que esto te angustia porque crees que te atas a mí irreversiblemente. Tienes razón, ésa es mi intención, mi manera de tenerte. Mira, no te preocupes, ahora mismo llamo al abogado y le digo que no haga nada. No ha sido buena idea. Perdóname, sólo que... Bueno, ya sabes que haría cualquier cosa por que te unieras a mí para siempre. Pero no puedo forzarte a aceptarme. Dejaremos las cosas como están aunque... Bueno, quizá podrías dar tu brazo a torcer para que alquilemos una casa en el Village que tenga un poco más de espacio...*

Claro que podría haber dicho algo así, pero no lo dije. Si lo hubiera dicho, Esther habría recobrado la sonrisa y habría respirado con alivio, y entonces hubiese aceptado que nos cambiáramos a una casa de alquiler con unos cuantos metros más. De una casa alquilada siempre te puedes escapar, pero de tu propia casa es más difícil hacerlo.

Pero no le di esa oportunidad. No dije ni una palabra que fuera una puerta abierta a su libertad. Guardé silencio, observándola, esperando su rendición incondicional. Era demasiado decente para desairarme, para ofenderme rechazando mi generosa oferta. Ni a una esposa se le da tanto como yo estaba dispuesto a darle.

—¿Por qué me haces esto, Thomas? —alcanzó a decir en un susurro.

—Porque te quiero, Esther; te quiero de tal manera que no concibo la vida sin ti. Si no estás a mi lado dejaré de respirar, me convertiré en la nada. Necesito que lo comprendas.

Más allá de las lágrimas terminó rindiéndose. La estaba soldando a mí con más fuerza de lo que un hombre puede atenazar a una mujer para que esté a su lado.

Pude ser generoso, devolverle la libertad, pero no lo hice. Sabía que Esther era demasiado honrada para estafarme, pero aun así no dejaba de decirme a mí mismo que era un estúpido.

Aquella misma tarde firmé los documentos en los que la declaraba copartícipe de todos mis bienes. Mi abogado tuvo el acierto de introducir una salvaguarda que Esther aceptó de inmediato: a partir de cierta cantidad no podría disponer de mis bienes sin mi consentimiento.

—Esto no es lo que les he pedido —protesté.

—Siempre hemos administrado los bienes de su familia, y por tanto nos vemos en la obligación de insistirle en la necesidad de esta cláusula… —dijo el abogado que se encargaba de gestionar el dinero heredado de mi padre.

Esther estaba en estado de shock y sólo alcanzó a murmurar «él tiene razón», pero hice como que no la escuchaba. Estaba decidido a que me perteneciera para siempre.

Mientras firmaba sentí que me temblaban las manos. Decididamente, estaba pagando un precio elevado por tenerla a mi lado.

—Tenemos que celebrarlo —propuse al salir del despacho de mi abogado.

La llevé al mejor restaurante de la ciudad y a pesar de mis esfuerzos para hacerla reír sólo recibí miradas sombrías. Parecía que estaba celebrando su propio funeral en vez de alegrarse por haberse convertido en una mujer rica.

Una semana más tarde me sorprendió diciéndome que sabía de una casa que vendían en Brooklyn que podía interesarnos. Fuimos a verla. Me gustó. Había que hacer alguna reforma, pero era perfecta para lo que necesitábamos. Una habitación amplia, con un vestidor que daba a dos baños. Tirando un par de tabiques conseguiríamos un salón de dimensiones considerables donde podríamos reunir por lo menos a una treintena de amigos. Una cocina independiente y un par de habitaciones que convertiríamos en nuestros despachos, además de otro cuarto que podía servir de habitación de invitados con un pequeño baño, amén de un cuarto de servicio. En total, doscientos veinte metros cuadrados bien aprovechados.

Lo mejor era que dejaríamos de vivir en Nolita. El precio no fue ninguna ganga: un millón de dólares que pagué sin protestar.

—Creo que estás loco —me dijo Paul cuando se enteró de que habíamos comprado una casa en Brooklyn y que había decidido compartir toda mi fortuna con Esther.

—Sí, lo estoy —admití.

—¿Crees que así la vas a tener?

—No intento tenerla, Paul, sólo quererla —respondí, provocando las carcajadas de Paul.

—Chico, qué buena frase para un anuncio. Vamos, Thomas, que estás hablando conmigo. Sientes terror ante la posibilidad de perder a Esther.

—¿Tanto te cuesta aceptar que somos una pareja feliz? Voy a compartir con Esther el resto de mi vida y, por tanto, todo lo que tengo es suyo.

—Ya… Así que crees que vas a compartir con ella el resto de tu vida… ¡Qué romántico! No te va el papel de tonto enamorado, Thomas, en ti es una impostura. En realidad la necesitas tanto, de manera tan desesperada, que te aterra la posibilidad de que te plante por otro y la chantajeas emocionalmente. Desde luego, poner a su nombre tus cuentas bancarias es más de lo que podía imaginarme que eras capaz de hacer. Yo que tú me buscaría un buen psiquiatra. Nueva York está repleto de psiquiatras que te dirán lo que te pasa.

Dos meses más tarde estábamos instalados en la nueva casa y organizamos un cóctel para nuestros amigos. A diferencia de Londres, en Nueva York conocíamos a un buen número de personas del mundo de la publicidad con las que manteníamos relación, además de los amigos que aportaba Esther e incluso Paul. De manera que acudieron cincuenta personas y por un momento pensé que tendríamos que repartir a los invitados incluso en el cuarto de baño. No cabía un alfiler.

Esther parecía casi feliz. Ella hubiera preferido continuar viviendo en Nolita, pero aun así había acabado admitiendo que íbamos a vivir con más comodidades y con espacio suficiente para no agobiarnos el uno al otro.

—Has reunido a lo más granado del negocio —me dijo Paul,

satisfecho de ver que la mayoría de los creativos de moda habían aceptado nuestra invitación.

—Mérito de Esther y tuyo. Os habéis encargado de la lista de invitados —respondí con sinceridad.

La fiesta fue un éxito. Aquella gente comió y bebió sin parar, hicieron bromas, algunos fumaron sin que nadie se lo reprochara y, sobre todo, hablaron mal de los ausentes, de todos aquellos que formaban parte del negocio pero que no habían sido invitados. O sea, lo de siempre.

A las doce se marchó el último invitado, es decir, Paul. Cuando nos quedamos solos, Esther se sentó en un sofá y estiró las piernas.

—¡Uf, creía que no se irían nunca!

—Se lo han pasado estupendamente. ¿Una copa?

—Me vendrá bien, no he bebido nada en toda la noche. Quería que saliera todo a la perfección.

Abrí una botella de champán rosado.

—Siempre me ha llamado la atención que las cosas que merecen la pena se celebren con champán.

—¿Y no te parece bien?

—En realidad nunca he podido permitírmelo, es demasiado caro.

—Bueno, ya hace algún tiempo que ganas suficiente dinero como para poder beber champán —bromeé.

—Pero sigue pareciéndome caro.

—Pues es algo a lo que no vamos a renunciar —añadí riéndome.

Aquélla fue una de esas noches en las que disfrutamos el uno con el otro más de lo que lo hacíamos habitualmente. Solía suceder cuando ella tomaba una copa de más y teníamos algo que celebrar. El resto del tiempo nuestras relaciones íntimas seguían marcadas por la monotonía. A mí no me importaba. En realidad yo seguía viéndome con Olivia, la modelo bajita y de ojos verdes que continuaba buscando la manera de triunfar.

Al principio nos veíamos un par de veces a la semana en su apartamento. Un apartamento que yo contribuía a pagar.

La verdad es que Olivia no tenía mucho trabajo y yo sabía que sus ganancias eran fruto de algunas noches en que la llamaban para acompañar a algún ejecutivo extranjero de paso por la ciudad. Pero decidí que prefería que se dedicara sólo a mí.

No obstante conseguí que Esther la llamara para unos cuantos anuncios.

¿Cuándo supo Esther que Olivia formaba parte de mi vida? A veces me lo he preguntado, y no sabría responder en qué momento se dio cuenta. En todo caso, ni le importó en el pasado ni tampoco en el presente. Creo que para ella ha sido un alivio que yo culminara mis fantasías sexuales con otra mujer. Nuestra relación era convencional. Esther no quería otra cosa y yo sabía que no podía pedirle más, aunque no desistía en mis intentos de convencerla para que nos casáramos. Me lo debía. Ningún hombre pone a disposición de una mujer toda su fortuna sin que ella pague algún precio. Sin duda Esther me lo pagaría con su lealtad, un vínculo más sólido que cualquier papel que pudiera firmar, pero aun así para mí no era suficiente, porque si yo tenía mis secretos, Esther tenía los suyos.

Mi afición a Olivia me llevaba a inventarme compromisos, citas con clientes imaginarios. Esther daba por buena cualquier cosa que le dijera. No discutía ni me reprochaba que llegara de madrugada oliendo a alcohol, ni hacía mención a que mi ropa estuviera impregnada de perfume de mujer.

Pagar los gastos de Olivia no me suponía ningún problema. Me compensaba porque de esa manera la tenía siempre a mi disposición. Además, me había aficionado a los platos que me preparaba. Era una magnífica cocinera a la que le gustaba dejar volar la imaginación. Incluso le pagué un curso de cocina dirigido por uno de los mejores chefs de Nueva York. A partir de ese momento empezó a sorprenderme con platos cada vez más sofisticados.

Olivia era mi secreto, sí, pero mi hermano Jaime era el secreto de Esther.

Lo descubrí al poco de trasladarnos a la nueva casa.

Fue una de esas tardes en que mentí a Esther diciéndole que tenía que cenar con un posible cliente y que por tanto no me esperara despierta. Ella asintió indiferente, como siempre solía hacer.

Esa misma noche Olivia se empeñó en que la llevara a cenar antes de ir a su apartamento, e insistió en ir a un restaurante de moda en Nueva York galardonado con dos estrellas Michelin. Me negué. Una cosa era engañar a Esther y otra dejarla en ridículo, que era lo que sucedería si alguien me veía con Olivia. La convencí para que fuéramos a Chinatown, a un pequeño restaurante chino donde la comida cantonesa no estaba mal del todo. Olivia protestó pero aceptó; no tenía otra opción.

Llegamos a las ocho y nos instalaron en un pequeño reservado. A mitad de la cena Olivia dijo que tenía que ir al baño. Me quedé esperándola aburrido, deseando dar por terminada la cena. Cuando ella regresó lo hizo intentando contener una carcajada.

—¿A que no sabes quién está cenando aquí? —dijo mirándome con sorna.

—¿Quién? —pregunté con desconfianza.

—Tu querida Esther. ¿Lo sabías? ¿Sabías que cenaría aquí esta noche? El tipo que está con ella es muy atractivo. Seguro que le conoces, a lo mejor es amigo tuyo... Alto, rubio, ojos azules, fuerte... Con mucha clase; sí, señor, tiene clase. Si los vieras... cualquiera diría que están enamorados.

—¡Cállate! —le ordené, conteniendo la rabia.

No hacía falta que me diera más explicaciones. Aquel tipo sólo podía ser mi hermano Jaime.

—Chico, no te enfades, estas cosas pasan. Tu Esther parece una mosquita muerta, pero hay que desconfiar de las mosquitas muertas —comentó pletórica.

—Eres una estúpida, Esther está cenando con mi hermano. Así que no te inventes escenas románticas.

—¿Tu hermano? ¡Qué raro! No os parecéis en nada... Es tan rubio...

—¿Y qué? Mi padre era rubio y mi madre morena —respondí con ira. No soportaba tener que excusarme ante Olivia, a la que yo consideraba sólo una puta a la que pagaba para que me entretuviera.

—Pues se llevan muy bien tu chica y tu hermano —volvió a recalcar Olivia, sabiendo que me ofendía.

—No se te ocurra seguir haciendo ese tipo de insinuaciones o lo pagarás caro —la amenacé.

No sé si fue el tono de mi voz o que en mi rostro se dibujó una mueca de crueldad, pero Olivia se dio cuenta de que si continuaba provocándome lo pagaría, en efecto.

—No me han visto —dijo bajando la voz.

—Mejor así. No puedo justificar que estoy cenando contigo —dije mirándola con desprecio.

—Bueno, soy una modelo. Podríamos estar hablando de contratarme para alguna campaña —sugirió con un hilo de voz.

—¿Crees que Esther es tonta? Aún se está preguntando por qué se dejó convencer para que te metiera en el anuncio de la cerveza. No eras la modelo indicada. Si me ve contigo…

—Bueno, ella está con tu hermano.

—Exactamente, está con mi hermano. Ella es su paño de lágrimas.

—¿Y qué hacemos?

—Pues tendremos que quedarnos aquí hasta que se vayan.

Fue lo que hicimos. Sé que Olivia hubiera querido borrar aquella noche de su vida. Descargué en ella toda la furia que sentía al saber que Esther estaba en compañía de Jaime. No es que creyera que se hubieran metido en la cama. La lealtad de Esther y el sentido del honor de Jaime se lo impedían a ambos, pero el hecho de que se siguieran viendo y que Olivia hubiera sido capaz de intuir con una sola mirada que estaban enamorados me hería hasta helarme la sangre.

Cuando regresé a casa Esther ya había llegado. Parecía dormir profundamente.

No sé si es que pese a nuestros esfuerzos nos vio en el restaurante o simplemente intuyó que la furia que yo intentaba domeñar era el indicio de que los había visto, el caso es que al día siguiente me habló de Jaime. Lo hizo a la hora del almuerzo, mientras comíamos un sándwich en mi despacho.

—Anoche cené con Jaime.

Lo dijo sin imprimir ningún tono especial a su voz. Yo me sobresalté ante su confesión.

—Vaya, no me habías dicho que habíais quedado. —Yo también intenté que mi tono sonara neutro.

—Fue algo que decidimos sobre la marcha… No estaba previsto. Bueno, el caso es que fuimos a cenar. Quería decirme algo. Se casa.

No supe qué responder, pero sí sé que sentí alivio. Si Jaime se casaba, Esther me pertenecería aún más. Empecé a reírme.

—¿Te hace gracia? —preguntó Esther con cierta irritación.

—Así que se casa… Buen chico. Ha terminado la carrera con éxito, ha heredado el despacho de su padre y el siguiente paso no podía ser otro que el de casarse. ¿Quién es ella?

—Una compañera de la universidad. La hija de un abogado amigo de vuestra familia; creo que se llama Eleanor Hudson. Jaime me ha dicho que tú la conoces.

—¡Eleanor! Pues claro, es perfecta para Jaime —dije—. Su padre tiene un bufete que se dedica a divorcios y herencias. Ha hecho mucho dinero. En realidad ha divorciado a la gente más rica de Nueva York. La tía Emma solía invitarlos a pasar algunos fines de semana en Newport. Sin duda a John le habría gustado que su hijo se casara con una Hudson. Perfecto, sí. Es el matrimonio perfecto. Ella también ha estudiado leyes como Jaime. Tienen mucho en común —añadí escudriñando el rostro de Esther.

Intuía que estaba incómoda, pero tenía un gran dominio de sí, de manera que no movió un músculo.

—Le he dicho que tiene que invitarte —intentaba desviar la conversación a un punto en el que yo no me sentiría tan cómodo.

—No tiene por qué hacerlo, ni tú tendrías que habérselo pedido. Yo he terminado con los Spencer para siempre.

—Thomas, llevas su apellido. Eres un Spencer; es lo que quiso tu madre, así que no reniegues de lo que eres.

—¿Tengo que recordarte que fueron ellos los que renegaron de mí? —contesté alterado.

—Tú hiciste todo lo posible para llegar a una situación insostenible —me reprochó.

—¡Vaya, ahora te pones de su parte!

—No, no me pongo de su parte. Sabes que digo la verdad.

—¿Qué verdad? ¿La de ellos? ¿La tuya? —exclamé dolido.

—No discutamos, Thomas. En cualquier caso, creo que si te invitan deberías ir. Sería una oportunidad para normalizar las relaciones con tu familia. Jaime me ha dicho que tus abuelos y tu tía Emma no dejan de lamentar que las cosas hayan llegado tan lejos.

—Fueron ellos los que me echaron —insistí.

—Si te invita, ¿irás?

—No me gustan las escenas hipócritas, Esther, ya deberías saberlo. No creo que los Spencer me echen de menos. Tampoco yo los echo de menos a ellos.

—No te comprendo, Thomas. Todos necesitamos una familia. Yo tengo la mía, mis padres, mi hermano, pero tú… Ni siquiera quieres saber nada de tus abuelos maternos, de tu abuela Stella y de tu abuelo Ramón, dos ancianos que te adoran, ni siquiera de tu tío Oswaldo. Y convendrás conmigo que a ellos no tienes nada que reprocharles. No los has vuelto a ver desde el entierro de tu padre.

—No tengo nada en común con la familia de mi madre. Nunca me he sentido cómodo con ellos. ¿A qué viene todo esto, Esther? —pregunté tan herido como enfadado.

—Tu hermano se va a casar, Thomas. No sé si te invitará o no, pero si lo hace, yo creo que deberías aceptar. Sólo te doy mi opinión.

—¿Qué más te dijo? Si cenaste con él tuvisteis tiempo para hablar de algo más que de su boda.

—En realidad él sólo quería que supiera que había tomado esa decisión, nada más.

—¿Y por qué quería que lo supieses tú? —pregunté desafiando su respuesta.

—Porque… ¿Quieres la verdad, Thomas? Te la diré. Ya sabes que Jaime y yo… Bueno, en otro tiempo pudo haber algo entre nosotros…

—Pero no lo hay —aseveré con dureza.

—No, no lo hay ni lo ha habido, pero aun así… Déjalo, no puedes comprenderlo. Espero que esa chica, Eleanor, le haga muy feliz.

Paul Hard entró en el despacho y dimos por terminada la conversación. Paul traía una propuesta. Un aspirante a congresista por el estado de Nueva York quería contratarnos para que lleváramos su campaña. El aspirante había trabajado como ayudante de un senador fallecido hacía poco y había decidido que era su momento para dar el salto a la política. Ejercía como abogado y se había hecho un nombre dedicando un día a la semana a aconsejar gratuitamente en asuntos civiles a gente de barrios marginales; sobre todo intentaba ayudar a los emigrantes a legalizar su situación… Nada comprometido.

—Muy astuto, ¿y qué más? —le pregunté a Paul.

—Aún no sé mucho de él. Dame un día y te lo contaré todo. Viene recomendado por un viejo amigo mío.

—¿Por qué nosotros? —inquirió Esther.

—Supongo que porque no somos muy caros aunque ya tenemos un nombre. Si dispusiera de mucho dinero habría buscado algún gabinete con experiencia en campañas políticas.

—Comunicación Global tiene experiencia en campañas políticas, Paul. Te recuerdo que en el Reino Unido trabajé llevando la campaña de un partido nuevo, el Partido Rural, y dirigiendo la de otros candidatos —afirmé orgulloso.

—Pues lo habrá leído en la prensa y por eso ha acudido a nosotros —comentó Paul con sorna.

—No sé si me gusta que nos metamos en política. Preferiría

seguir haciendo anuncios de detergentes o de pañales desechables —intervino Esther.

—No podemos dejar pasar este tren. Si nos sale bien, nos lloverá el trabajo —afirmó Paul.

—¿Has aceptado el encargo? —quiso saber Esther dirigiéndose a Paul.

—Vosotros sois los jefes, vosotros decidís; yo sólo soy un empleado distinguido. Lo único que he hecho es citarle aquí mañana por la tarde. A las cinco; a esa hora estaremos más tranquilos. ¿Os parece bien?

A mí me parecía bien, a Esther no tanto. Pensaba que los políticos daban demasiado trabajo y excesivos quebraderos de cabeza. Roy Parker era un ejemplo.

—Son distintos al común de los mortales… Ambiciosos,ególatras, egoístas, con alma de artistas… — se quejó Esther.

—Pero no todos son iguales —rebatió Paul.

—Son peores que los artistas. En realidad son artistas; si no lo fueran, no serían capaces de transformarse cuando suben a un escenario. Lo peor es que terminan creyéndose imprescindibles. Incluso se creen su propio papel —argumentó Esther.

A pesar de sus reticencias nos reunimos con Ralph Morgan.

Ralph tenía experiencia en política. Había sido ayudante de un senador, de manera que se comportaba como lo hacen los políticos cuando entran en acción. Llegó acompañado por su jefe de campaña, Nicholas Carter.

—Esther… Thomas… Me alegro de conoceros. Me han hablado mucho y bien de vosotros —dijo Ralph tras un apretón de manos y con la mejor de sus sonrisas.

Me di cuenta enseguida. A Esther le gustó Ralph. Sí, podía sentir esa tensión física que a duras penas se logra disimular cuando una mujer encuentra atractivo a un hombre o un hombre a una mujer.

Fue Carter quien empezó la conversación dejando claro lo que esperaba de nosotros:

—Ralph tiene posibilidades de hacerse con un escaño como congresista. No será fácil pero tampoco imposible. Primero tiene que lograr la nominación en el partido, ya sabéis que somos demócratas, y después tendrá que batirse con el candidato republicano, un tipo que lleva toda su vida en el Congreso y con dinero suficiente para gastarlo en una buena campaña.

Esther levantó la mano interrumpiendo a Carter, quien torció el gesto; estaba acostumbrado a mandar.

—Antes de que continúe, señor Carter, queremos dejarles claro que no tenemos intención de implicarnos en campañas políticas más allá de cuestiones puramente formales; ya sabe, la parafernalia: organizar actos, encargar globos, gorras, diseñar carteles, fotos del candidato… Pero no queremos involucrarnos en la parte política. Con esto quiero decir que no participaremos en la elaboración de sus lemas o de cómo deben combatir a sus adversarios.

—Vaya… Sí que habla claro —intervino Carter, molesto.

—Preferimos dejar las cosas claras antes de que usted nos diga más de lo que necesitamos saber en caso de que les pueda interesar que hagamos una parte del trabajo —replicó Esther.

Paul Hard y yo nos miramos incómodos. Esther nos estaba dejando fuera de juego. Parecía que sólo ella decidiría si aceptábamos o no el trabajo.

—Le agradezco su sinceridad, señorita Sabatti —afirmó Ralph mirándola fijamente a los ojos.

Esther apenas aguantó la mirada de Ralph y me miró a mí esperando que dijera algo. Era evidente que ella estaba haciendo lo posible para que Morgan y Carter desistieran.

—Tenemos experiencia en campañas políticas —dije mirando a Carter—. De hecho, en nuestra oficina de Londres tenemos algunos clientes que se dedican a la política, de manera que quizá podamos ayudarlos.

—No disponemos de demasiados medios, al menos hasta el momento, así que necesitamos que quienes trabajen con nosotros se impliquen todo lo que puedan y para ello es preciso conocer a Ralph, creer en él. Sólo creyendo en alguien se puede convencer a los demás para que hagan lo mismo —adujo Carter, que miraba el reloj pensando que estaban perdiendo el tiempo.

—Vamos, Nicholas, estos señores no tienen por qué creer en mí... Son profesionales, los contratamos para que hagan un trabajo, y... bueno, estoy de acuerdo con la señorita Sabatti: nosotros nos ocuparemos de la política y ellos pueden ocuparse de todo lo demás, que es igualmente importante. No tienen por qué implicarse en nuestra batalla contra los otros candidatos. —Ralph Morgan no dejó lugar a dudas: había decidido que trabajáramos para él.

—Quizá tienen que pensarlo, Ralph —le frenó Carter.

—Creo que lo mejor sería que, ateniéndonos a lo que ha expuesto la señorita Sabatti, dijéramos qué necesitamos y que nos presentaran un plan con un presupuesto para ver si podemos asumirlo. Si es así, cerraremos un acuerdo, pero si excede de nuestras posibilidades... Bueno, en cualquier caso habrá sido un placer conocerlos —sentenció Ralph Morgan.

—Sí... Es una buena idea —admitió Esther.

—Entonces... —Carter pareció incómodo.

—Entonces les muestras el plan que has elaborado sobre cómo queremos abordar la campaña, estos señores hacen un presupuesto, nos lo envían y a partir de ahí decidimos y marcamos las líneas de colaboración. No creo que haya que darle muchas más vueltas. ¿Qué les parece? —Ralph habló mirándonos a nosotros.

—Muy acertado —respondió Paul.

Nicholas Carter miró a Ralph Morgan con disgusto, pero no dijo nada. Esther también parecía incómoda.

—Bien, pues pongámonos a trabajar, a estudiar esos papeles... —Paul habló con tono jovial, como si estuviéramos todos de acuerdo.

Le seguimos la corriente. Durante un par de horas estuvimos examinando el plan de campaña y Esther fue delimitando lo que podían esperar de nosotros.

—Si nos dan tres o cuatro días, les enviaremos un presupuesto —propuse.

—Sí que trabajan rápido —comentó Carter.

—No queremos hacerles perder el tiempo ni perderlo nosotros. Será un presupuesto aproximativo, pero lo suficientemente ajustado para que no haya sorpresas desagradables —afirmé.

Cuando se marcharon Paul sirvió tres whiskies sin preguntarnos. Él se bebió el primero de un trago y yo hubiera hecho lo mismo si no hubiera estado Esther.

—¿Te cae mal Ralph Morgan? —pregunté.

—¿Por qué habría de caerme mal? Sólo que no quiero que nos metamos en líos, y los políticos siempre son una fuente de conflicto. Te piden que les diseñes un cartel y al final terminas enfrentándote a sus adversarios como si fueran los tuyos.

—Si aceptan que hagamos la mitad del trabajo y nos pagan por ello, bien está —opinó Paul.

—Sí, sería un golpe de suerte; parece que a Morgan le hemos gustado. —Miré a Esther mientras hablaba.

—Parece un buen tipo y tiene una historia triste para vender que le puede dar unos cuantos votos —me interrumpió Paul.

—¿Qué historia? —preguntó Esther con curiosidad.

—Tiene una hija de siete años con una enfermedad del corazón. Su mujer tuvo que dejar su trabajo para dedicarse exclusivamente a cuidar de la niña.

—Mientras Morgan se ocupa de cultivar sus propias ambiciones. Así sois los hombres —respondió Esther malhumorada.

—Alguien tendrá que mantenerlas a las dos. —Paul se divirtió provocándola.

—¿Y por qué no se queda él en casa cuidando de su hija? —Esther miró a Paul desafiante.

—¿Lo harías tú? —le preguntó Paul.

—¿El qué?

—¿Dejarías de cuidar a tu hija enferma para poder medrar en el trabajo?

—¡No hagas trampas, Paul! —Esther levantó la voz. Estaba crispada.

—No hago trampas, sólo te he hecho una pregunta. Normalmente las madres prefieren cuidar de sus hijos enfermos. Naturalmente que nosotros también podemos hacerlo, pero al final es vuestro instinto el que os hace decidir quedaros con vuestro hijo.

—Eso suena antediluviano. ¿Y por qué no se reparten la responsabilidad los dos? ¿Por qué no renuncian ambos a hacer una gran carrera y se conforman con trabajar para mantener a la familia y estar con su hija? ¿Por qué ha de sacrificarse sólo la esposa de Morgan? ¿Acaso vale menos que él?

—Te ha golpeado en el hígado, Paul; admite que Esther te ha ganado —intervine a modo de mediador.

—Es el siglo de las mujeres, lo reconozco. Aun así, admiro a la señora Morgan por ser capaz de sacrificar sus ambiciones para cuidar a su hija y apoyar a su marido para que llegue a congresista. —Paul no pareció dispuesto a bajarse del ring.

—Claro, los hombres admiráis a las mujeres dispuestas a sacrificarse en el altar de vuestras ambiciones.

No tenía sentido aquella pelea absurda, de manera que le dije a Paul que era hora de marcharnos. Empezaríamos a trabajar en el presupuesto de Morgan al día siguiente.

Salimos de la oficina en silencio. Sabía que la cabeza de Esther estaba en plena tormenta. Primero habíamos discutido a cuenta de la boda de Jaime, después yo había aceptado encargarnos de parte de la campaña de Morgan. Apenas hablamos hasta llegar a casa. Ella me sorprendió como solía hacer:

—¿Sabes, Thomas? No comprendo que no te importen mis sentimientos.

Me contuve en la respuesta. No quería darle la oportunidad de romper conmigo. Era evidente que se refería a sus sentimientos hacia mi hermano Jaime, que yo obviaba como si no hubieran existido en el pasado y no existieran en aquel momento.

—Puedes reprocharme lo que quieras, Esther, cualquier

cosa, y tendrás razón, todo menos que no me importan tus sentimientos. ¿Tengo que repetirte que te quiero, que sólo me importas tú? ¿Qué tengo que hacer para demostrártelo? Ya no sé qué puedo hacer, Esther... Dime qué quieres y lo haré, incluso desaparecer para siempre.

Se quedó callada y leí en su mirada cierto temor. Sí, quería correr, liberarse de mí, pero hacerlo significaba volver a la casilla de salida, porque era demasiado honrada para quedarse con mi dinero. Además, habíamos firmado un convenio, en el que no podría disponer del dinero, a partir de cierta cantidad, sin mi firma. De manera que volvería a ser una empleada de cualquier agencia de publicidad, a contar cada dólar porque no podría permitirse gastar uno de más, a renunciar a aquella casa de la que ahora disfrutaba, o del coche con chófer que habíamos contratado para la agencia pero que en realidad estaba a su disposición, de poder entrar en cualquier tienda sin preocuparse del precio de unos zapatos o de una falda, además de renunciar a la admiración de su familia. Los Sabatti se sentían orgullosos de ella. De toda la familia, Esther era la que había triunfado. Su hermano trabajaba en el restaurante familiar; allí pasaría el resto de su vida.

Es difícil volver a la casilla de salida. Y Esther era humana, así que en su ánimo pesaba lo que tenía y lo que supondría perderlo.

Si ella hubiese querido me habría dejado sin blanca. Al fin y al cabo, yo había sido tan estúpido como para autorizar su firma en todas mis cuentas y le había traspasado un buen número de valores y acciones, además de hacer testamento a su favor.

Era demasiado decente para arruinarme, pero además había saboreado otra realidad, la de no tener que preocuparse por el coste de la factura de la luz.

Mi alegato había sido una trampa para hacerle sentir que estaba en deuda conmigo. Así que me quedé quieto mirándola fijamente y esperando su respuesta.

—Hoy tengo un mal día, Thomas, no discutamos.

Se encerró un rato largo en el baño. Cuando salió se fue directamente a la cama. Ni siquiera me preguntó si cenábamos. Estuve tentado de ir a ver a Olivia, pero me preparé un sándwich y me puse a ver la televisión. No me acosté hasta calcular que dormía. Estaba acurrucada en un extremo de la cama, de modo que supe que se estaba haciendo la dormida.

En realidad Esther esperaba de mí un acto supremo de generosidad. Habría renunciado a todo lo que le daba a cambio de su libertad, pero necesitaba que yo se la devolviera.

Aquella noche yo podría haberme sentado en el borde de la cama y haberle cogido la mano:

—*Abre los ojos, sé que estás despierta.*

Los habría abierto lentamente, dejándome ver la huella de su sufrimiento.

—*Perdóname, tienes razón. Intento ignorar tus sentimientos porque me asusta perderte. Llama a Jaime; dile que no se case, que le quieres. Tenéis derecho a intentarlo. No me debes nada, Esther; mi generosidad para contigo es sólo egoísmo, mi manera de retenerte. Vete. Mi hermano y tú no podéis comportaros como si fuerais Romeo y Julieta y vuestro amor fuera imposible. Estamos en el siglo XXI, es ridículo que renunciéis a estar el uno con el otro. Mañana iremos al despacho de mis abogados; no quiero dejarte sin blanca, pero… bueno, con Jaime no te faltará de nada. Reharemos el testamento y daré orden para que supriman tu firma de mis cuentas. Asunto arreglado.*

Esther me habría rodeado el cuello con sus brazos empapándome de lágrimas.

—*¡Eres tan bueno! ¡No te merezco! Pero no puedo… No puedo dejarte. No puedo llamar a Jaime. Esa chica, Eleanor… Se han comprometido, en un par de semanas van a casarse…*

—*¿Quieres que le llame yo? Estoy dispuesto a rebajarme ante mi hermano. Le diré que le voy a dar un puñetazo si no viene a buscarte ahora mismo y te lleva con él. Estáis enamorados, nadie* en el mundo tiene derecho a interferir en vuestro amor. Vete, Esther, hazlo; tenerte a mi lado sin que me quieras es más duro que perderte.

Esther habría dudado. Yo habría cogido el móvil y habría marcado el número de Jaime.

—¿Estás dormido? Ven a buscar a Esther y deja de hacer el idiota. Os estáis comportando como críos. Esto no tiene sentido. ¿Cómo se te ocurre casarte con Eleanor Hudson? Esa chica no es para ti. Es una niña de papá engreída.

Pero no dije ni una palabra, ni hice un solo gesto. No la liberé porque no quería hacerlo. Prefería que sufriera a mi lado a que fuera feliz lejos de mí. Yo la quería, pero me quería más a mí mismo y no estaba dispuesto a sufrir su pérdida.

Ninguno de los dos dormimos. Nos levantamos pronto. Esther se fue como cada mañana a correr y yo al gimnasio, donde no moví una sola pesa pero me entretuve en desayunar un café con tostadas integrales con mantequilla y mermelada light. Cada uno tiene su válvula de escape.

Cuando más tarde nos vimos en la oficina, Esther parecía estar de mejor humor. Se encerró con Paul para preparar el presupuesto de Ralph Morgan. Llevaron de cabeza a una de las secretarias para que enviara correos a nuestros proveedores y que fueran evaluando los costes de cada tramo de la campaña.

Yo recibí a un par de clientes y a mediodía, como Paul y ella seguían enfrascados en el trabajo, llamé a Olivia. Era la mejor opción para pasar el resto del día. Además, Olivia me anunció que estaba preparando una ensalada con flores, uno de esos platos que le habían enseñado a hacer en los cursos de cocina.

Cuando llegué a su apartamento la encontré de mal humor.

Yo quiero trabajar, Thomas; quiero hacer publicidad, triunfar en el cine, en el teatro.

—Haré lo que pueda, Olivia, pero no es mi culpa si a tu belleza no le acompaña un talento extraordinario.

—¡Eres un cerdo, Thomas!

—Te digo la verdad, guapa. Si tuvieras unas grandes cualidades no tendrías que ganarte la vida con tipos como yo. Pero hasta ahora no has convencido a nadie de que, además de para la cama, tienes talento para la escena.

No me importaba su enfado. Me producía pereza tener que buscar a alguien como ella.

—Te ayudaré, Olivia, te lo prometo. Ya se me ocurrirá algo para que hagas algún trabajo.

Llegamos a un acuerdo. No tenía demasiadas dotes interpretativas, pero no era tonta y no quería depender exclusivamente de mí. Deseaba seguir intentando abrirse paso en el cine o en la televisión. Ganar su propio dinero, aunque fuera insuficiente para tener un apartamento y comprarse la ropa en tiendas de marca. Lo que ganara por sus propios medios sería su seguro para el futuro, para el momento en que el brillo de sus ojos verdes se viera ensombrecido por las arrugas. Chica lista, sí que lo era.

¿Me había vuelto monógamo? Me conformaba con Olivia; eso sí, siempre y cuando tuviera a Esther conmigo. No quería más, pero me preocupaba que un día Esther, a pesar de todo, decidiera romper las amarras que la ataban a mí, ya fuera por Jaime o por otro.

No tardé mucho en confirmar lo que había intuido durante la primera entrevista que mantuvimos con Ralph Morgan. Esther se sentía atraída por él. Ella también le gustaba a Ralph por la seguridad que desprendía. Lo comprendí cuando conocimos a Constanza, la esposa de Ralph Morgan.

El día en que firmamos el contrato, el aspirante a congresista vino con su esposa y su hija Ellen, además de con Nicholas Carter.

A mí me gustó Constanza. Rubia, de mediana estatura, aspecto frágil, con unos inmensos ojos azules, parecía una figura de porcelana. Todo en ella era armonía, incluido el tono de la voz, la frescura de su piel que pude notar en el apretón de manos.

Sí, me gustaba mucho. Pensé que tenía que conseguirla. Seguramente una mujer como ella se sentiría sola, habida cuenta de que su marido estaba dedicado en cuerpo y alma a hacerse un hueco en la política. Si además recaía sobre ella la responsabilidad de cuidar a su hija enferma, se me antojó que sería fácil seducirla.

No habló demasiado pero se mostró interesada en todo cuanto dijimos. Y cuando Ralph Morgan requería su opinión, ella se limitaba a asentir diciendo que sin duda todo iba a salir bien.

—La señora Morgan no dispone de tiempo libre, pero hará lo imposible por apoyar a su marido —explicó Nicholas Carter—. Como ya saben, la pequeña Ellen sufre una cardiopatía y necesita todo el cuidado y atención de su madre.

—¿Va al colegio? —quiso saber Esther.

—Desde luego. Procuramos que nuestra hija haga una vida lo más normal posible, pero desgraciadamente no puede cumplir con todo el horario escolar y a veces tiene crisis y hay que llevarla inmediatamente al hospital —aclaró Ralph Morgan.

—Haré todo lo que esté en mi mano para ayudar a mi esposo —añadió Constanza.

—Sin duda usted será una buena baza en su campaña, señora Morgan. El pueblo americano valora más que nada a la familia, y usted y su hija forman junto a su esposo una hermosa familia —afirmó Paul Hard.

Esther simpatizó con Constanza. En realidad nadie habría podido no hacerlo: transmitía tanta dulzura y serenidad que hacía que todo el mundo quisiera protegerla.

En cuanto a la pequeña Ellen, la niña se parecía más a su padre: había heredado el cabello castaño y los ojos oscuros, y era extremadamente delgada. A pesar de sus siete años permaneció muy quieta, sin molestar, tanto que casi nos olvidamos de ella.

—¿Ellen podrá acompañar a su padre en algún acto? —pregunté sabiendo el impacto que eso provocaría en los electores.

—Nuestra intención es mantener a nuestra hija ajena a la actividad política de su padre, pero puede que en alguna ocasión ella quiera ver a su papá sobre un escenario. ¿Verdad, cariño? —dijo Constanza.

—Eso no es asunto nuestro, Thomas —me recordó Esther.

—Pero un consejo sincero nunca está de más —comentó Ralph sonriendo.

De manera que Carter y los Morgan se instalaron en nuestras vidas de la misma manera que en el pasado Roy Parker y Suzi se habían instalado en la mía. Empezaron a formar parte de nuestra rutina, de nuestras conversaciones y preocupaciones. Habíamos firmado un contrato ventajoso de modo que no podíamos desatenderlos.

Esther decidió que fuera Paul quien se encargara de relacionarse con Carter, advirtiéndole de que no diera un paso más allá de los términos del contrato.

—Morgan te cae bien, Paul, y no quiero que terminemos zancadilleando a sus adversarios. Nada de política. Lo nuestro es sólo procurar que cuando se reúna con sus seguidores los micrófonos funcionen y el escenario esté bien iluminado, así como ayudarle a preparar sus apariciones en televisión. Pero no entraremos en aconsejarle qué tiene que decir ni cómo fastidiar a sus oponentes —recalcó mirándonos a los dos.

—Su mujer y su hija tienen un gran potencial... Pueden darle muchos votos —dijo Paul, ignorando la recomendación de Esther.

—Paul, escúchame. No quiero que nos impliquemos más allá del contrato que hemos firmado.

Yo decidí permanecer neutral. Mi principal preocupación era lograr restaurar las relaciones con Esther. Desde la noche en que me había anunciado que mi hermano Jaime se casaba me había evitado en la cama. Si hubiera sido otra, la habría forzado, pero si lo hubiera hecho ella, yo me habría dejado.

Aquella noche le propuse que fuéramos a cenar y aceptó sin ningún entusiasmo. Dedicamos buena parte de la cena a hablar de los Morgan y no fue hasta el postre que le planteé abiertamente mi inquietud:

—¿Estás enfadada conmigo?

—No, qué tontería.

—Vamos, Esther, tú siempre dices la verdad; por lo menos eso es lo que creo que haces conmigo.

—No estoy enfadada, Thomas, aunque sí un poco molesta.

—¿Sólo porque no quiero ir a la boda de Jaime? Para empezar, mi querido hermano no me ha invitado. Esther, a ti te gustaría que las cosas fueran de otra manera, pero son como son. Tú estás muy unida a tu familia. Yo nunca lo he estado a la mía. Tienes que aceptarlo.

—Sí, supongo que no tengo otra opción.

Lo dijo de manera que parecía haberse rendido. De nuevo la sombra de la infelicidad se interpuso entre nosotros. Ella me había querido cuando éramos muy jóvenes, pero aquel amor se había evaporado y sin embargo estaba atada a mí, yo la había atado, y no sabía cómo desatarse sin hacerme daño.

La conversación al menos sirvió para rebajar la tensión de los últimos días, de manera que regresamos a la cotidianidad.

No volvimos a hablar de Jaime hasta la mañana del domingo en la que los periódicos publicaron en sus páginas de sociedad la noticia de su boda con Eleanor Hudson.

—Se ha casado —murmuró Esther mientras desayunábamos. Nos habíamos levantado un poco más tarde y yo acababa de hacer café.

No me hizo falta preguntarle a quién se refería. El dolor fue transformándose en un gesto que acabó por adueñarse de su rostro. Vi que estaba haciendo un esfuerzo para no llorar, pero los nervios la traicionaron y se le cayó la taza de café.

Mientras se levantaba para retirar la taza eché una mirada al periódico. Allí estaba la foto de Jaime. Eleanor aparecía espléndida, con una sonrisa de felicidad, pero mi hermano tenía el gesto sombrío, como si lo hubieran arrastrado al altar.

Cuando terminamos de desayunar Esther me dio la sorpresa de mi vida.

—¿Aún quieres casarte conmigo? —preguntó.

Me quedé sin habla. Estuve a punto de decirle que no, de vengarme por necesitarla, porque eso me hacía débil. La odié, sí, durante un segundo la odié.

—Sí —respondí sin añadir una palabra más.

—Pues hagámoslo. Podemos casarnos esta misma semana.

—No podemos organizar una boda en una semana.

—Se trata de casarnos tú y yo, no de montar un espectáculo. No tengo intención de ponerme un vestido blanco ni de organizar un almuerzo familiar.

—A tus padres no les gustará.

—Se enfadarán, lo sé. Pero no voy a tener una boda italiana rodeada de parientes. Hace años que no piso una iglesia. Sería ridículo. ¿Tú quieres una ceremonia?

—No, por mí está bien que nos case un juez.

Lo dije con indiferencia, como si casarme con ella hubiera dejado de ser una prioridad. Quería que se sintiera vulnerable, que se sintiera desorientada. Había perdido a Jaime y podía perderme a mí. Me regodeé en el papel del hombre al que se le ha pasado el entusiasmo por casarse. Se asustó. Lo leí en sus ojos. De repente se sintió perdida.

—Quizá podríamos organizar una fiesta aquí, invitar a los amigos más cercanos, ¿qué te parece?

—Si es lo que quieres, por mí está bien.

Bajé la mirada al periódico y me puse a leer como si fuera lo más importante que podía hacer. Ella se levantó y salió de la cocina. Volvió al cabo de unos minutos embutida en un chándal.

—Me voy a correr. ¿Vienes?

—No, prefiero quedarme aquí leyendo los periódicos y disfrutando de un rato de tranquilidad. Hemos tenido una semana muy agitada.

—Bueno, podríamos salir a celebrar que nos casamos.

—Hoy no, prefiero quedarme en casa.

Me miró preocupada y se acercó para despedirse con un beso en la mejilla. Noté su inquietud porque le temblaba el labio superior.

Nos casamos dos semanas después, el tiempo que tardamos en conseguir una licencia y organizar un cóctel en casa al que invitamos a unos cuantos amigos, además de a sus padres y a su hermano.

Paul Hard y Miriam, una amiga de Esther de la infancia, fueron nuestros testigos. Cuando el juez nos declaró marido y mujer nos tuvo que animar a que nos besáramos.

—Nunca imaginé que asistiría a vuestra boda —nos dijo Paul cuando salimos del juzgado.

—Pues yo siempre he pensado que terminarían casándose —afirmó Miriam.

Ni Esther ni yo respondimos. Los dos sabíamos por qué nos habíamos casado y la razón nada tenía que ver con lo que los demás pudieran pensar.

Aunque yo no manifestara sentirme feliz, en realidad lo era. Había conseguido mi propósito. Esther era aún más mía y eso era lo que quería. No me importaba que no me quisiera como sabía que ella podía querer. Me bastaba con saber que siempre estaría ahí, que podía contar con ella, que me cubriría la retaguardia. Que mientras ella existiera no estaría solo, que su instinto maternal la llevaría a protegerme incluso de mí mismo.

Había deseado aquel momento y lo saboreaba íntimamente porque no quería que ella lo disfrutara. Si se había casado conmigo era porque Jaime se había casado con Eleanor. En realidad yo no les había dejado otra opción. Jaime había prometido a su padre que no se interpondría entre Esther y yo y, muy a su pesar, el muy idiota había cumplido. En cuanto a Esther, se había ido enredando en mis redes y hacía tiempo que había perdido toda esperanza de escapar.

Jaime necesitaba a alguien a su lado y había optado por Eleanor Hudson. Los Spencer habían aprobado la unión. La tía Emma había organizado una boda por todo lo alto en Newport. A Esther le hubiera gustado una boda así, pero ella misma se había castigado imponiendo una insulsa ceremonia en el juzgado que apenas había durado unos minutos. A mí me daba lo mismo. Lo importante era que había conseguido mi objetivo: Esther Sabatti se había convertido en la señora Spencer.

Los padres de Esther protestaron por la premura con que habíamos organizado la boda y por la negativa de su hija de celebrarla de acuerdo con el ritual católico.

Durante el cóctel que dimos en casa su madre se me acercó y educadamente se quejó:

—Siempre había pensado que mi hija se casaría de otra manera. Tenemos un montón de parientes que no comprenden por qué no los ha invitado a la boda y no sé qué decirles.

—Lo siento, señora Sabatti. Yo me limito a hacer lo posible por que Esther sea feliz. Ella no quería una boda distinta a la que hemos tenido.

—Pero lo del juzgado ha sido tan triste… Ni siquiera conocías al juez para que os hubiera dedicado unas palabras, algo más personal que declararos marido y mujer.

La esquivé en cuanto pude. Me aburrían sus lamentos de madre decepcionada.

La fiesta duró hasta bien entrada la madrugada. Yo había cedido en todo menos en el catering. Encargué langosta, ostras, carne asada y champán francés. No quedó ni una sola botella.

Esther y yo apenas nos hablamos durante la velada, pero cuando los últimos invitados se marcharon me volvió a sorprender. Aquella noche fue ella quien tomó la iniciativa. Sabía que estaba aflorando toda la rabia que sentía porque yo no fuera Jaime, porque él se hubiera casado con otra, por estar allí conmigo sin sentir nada por mí.

Nos despertamos bien entrada la mañana. Esther parecía incómoda por lo sucedido, pero yo no hice ninguna alusión. Sé que me lo agradeció.

El lunes volvimos a trabajar. Paul dijo que nos encontraba contentos. Casi lo estábamos. Volvíamos a la rutina que nos protegía de nosotros mismos.

En cuanto pude esquivar a Esther fui a ver a Olivia. Nuestro acuerdo funcionaba para satisfacción de ambos. La tenía a mi disposición en cualquier momento y ella había dejado de preocuparse de lo caras que eran las tiendas de la Quinta Avenida o de Madison Avenue.

—Así que te has casado con Esther… Me hubiera gustado ir a vuestra boda.

—No me hubiese importado, pero Esther se encargó de la lista de invitados.

—Y te olvidaste de mí.

—Bueno, ella quería que sólo acudieran los amigos más íntimos y tú, querida, no estás en esa lista, al menos en la de Esther.

—¿Pensáis tener hijos?

La pregunta de Olivia me desconcertó. En lo único en lo que no había pensado en mi vida era en tener hijos ¿Para qué? No le veía ninguna utilidad, pero me daba cuenta de que nunca había hablado del tema con Esther. No sabía si ella anhelaba ser madre o le era indiferente.

—Eso es algo que a ti no te importa —respondí irritado.

—La verdad es que no te imagino cambiando pañales.

—Yo a ti tampoco.

—Pues algún día tendré un hijo. No se puede pasar por la vida sin tenerlos.

—No cuentes conmigo —le advertí.

—No, no cuento contigo. Serías el último hombre al que elegiría como padre de mis hijos.

Si algo me gustaba de Olivia era su sinceridad. No fingía ser lo que no era ni sentir lo que no sentía.

—Tengo una sorpresa —le dije cambiando de tema—. Paul me ha dicho que una empresa española de cava quiere promocionarse en Estados Unidos y ha pensado en ti para el anuncio.

—¿Cava? ¿Qué es eso?

—Algo parecido al champán, un vino con burbujas, pero hecho en España.

—Suena bien.

—Lo mejor es que ha sido Esther quien ha pensado que podrías participar en el anuncio. Dice que eres muy profesional. Aunque no serás la protagonista, pero sí una chica burbuja, quizá la principal.

—¿Y quién será la estrella del anuncio? —preguntó malhumorada.

—Esther y Paul quieren que sea una actriz famosa.

—No seré nadie hasta que no consiga un papel en Hollywood —se quejó.

—Nena, no es tan fácil conseguirte un papel en una película, pero estoy en ello. Creí que te gustaría aparecer en otro anuncio. Además, te pagaremos bien.

Olivia tenía muchas ventajas. No sólo era buena en la cama, sino que podía hablar con ella. Había estudiado arte en la Universidad de Nueva York y entre sus amigos había pintores, escritores, actores, escultores, grafistas… Ninguno había triunfado pero tenían inquietudes, como ella.

En realidad, Olivia estaba dispuesta a pagar el precio que fuera para convertirse en actriz. La primera vez que se metió en la cama de un tipo por interés fue en la de un productor de musicales de Broadway. De aquella cama salió con un papel menor en un musical que no estuvo demasiado tiempo en cartel.

Pero Olivia era perseverante y había interiorizado que si quería triunfar, tenía que pagar un precio, puesto que los jefes de los estudios de cine andaban sobrados de aspirantes a actrices. Si no los podía convencer con su talento, intentaría hacerse notar en la cama como paso previo a conseguir ese papel que la convirtiera en una estrella de la pantalla. Pero era mayor su ambición que su talento. Paul Hard me lo había dejado claro cuando le pedí que me ayudara a buscarle algún papel que mereciera la pena en alguna película. «La chica es guapa, pero le falta algo. No me preguntes el qué. No creo que triunfe nunca más allá de hacer algún papelito», me había asegurado Paul.

Aun así, no se rendía y yo sabía que si se acostaba conmigo no era tanto para que yo pagara sus cuentas, eso podía hacerlo cualquiera, sino porque creía que podía abrirle las puertas del mundillo audiovisual.

Regresé tarde al apartamento y me preocupó que Esther pudiera preguntarme por qué. Pero no lo hizo. Estaba trabajando en su despacho, ensimismada con la campaña del cava.

—¿Ya estás aquí? Si tienes hambre hay un poco de ensalada y pavo en la nevera.

O no le importaba dónde podía haber estado o simplemente prefería evitarse el mal trago de hacer una escena. Siempre ha sido así entre nosotros. Ni un reproche, ni una muestra de curiosidad por saber dónde he podido estar.

Fue por aquellos días cuando murió el abuelo Spencer. Un mes antes Esther me había informado de que el abuelo estaba ingresado en la Clínica Mayo y que deberíamos ir a verle. No le pregunté quién se lo había dicho; no hacía falta, había sido Jaime. También fue él quien volvió a llamarla para decirle que el abuelo había fallecido. Ella insistió en que debíamos dar el pésame a la abuela Dorothy, a tía Emma y a mi hermano Jaime. Pero me negué y le pedí que ella tampoco lo hiciera.

—Pero no puedes permanecer indiferente ante la muerte de tu abuelo, él te ha querido siempre —me reprochó Esther.

—Me echó de casa, ¿es que no te acuerdas?

—Bueno, en aquel momento tú tampoco te portaste exactamente bien... Por favor, Thomas, no seas rencoroso. Tu abuelo siempre te quiso y siempre te consideró su nieto.

—Tú lo has dicho, «me consideró su nieto», pero no lo era. Esther, no me pidas que sea un hipócrita. No voy a serlo ni siquiera por ti. —La frase me salió redonda.

Como solía hacer cuando no sabía qué responderme, se mordió el labio inferior y me miró con tristeza.

—Al menos permíteme enviarles una nota de pésame. También los llamaré. No me digas que no lo haga.

Acepté. Tampoco quería hacer delante de ella el papel de villano.

Lo que no imaginábamos ninguno de los dos es que unos

meses después la abuela Dorothy y la tía Emma encontrarían la muerte en un accidente.

Tía Emma se había llevado a la abuela a vivir con ella. Un fin de semana iba en su coche camino de Newport cuando chocaron con otro que venía de frente y las dos perdieron la vida.

Esther lloró cuando nos enteramos. Me irritaban sus lágrimas. ¿Por qué había de derramarlas por dos mujeres a las que había visto media docena de veces en toda su vida?

Casi me suplicó que fuéramos a dar el pésame a Jaime y que estuviéramos a su lado en el funeral. Otra vez me negué.

—Esther, te quiero. Pero te ruego que no me fuerces a hacer cosas que no quiero hacer. La familia Spencer debería resultarte indiferente, ni siquiera son amigos tuyos. No puedes estar desolada por lo que ha sucedido.

—¿Y Jaime? ¡Imagina cómo estará tu hermano! Os habéis quedado prácticamente solos. Sí, ahora sólo os tenéis el uno al otro.

—Yo siempre he estado solo y no me ha resultado fácil. Él tendrá que aprender.

—Pero…

—No insistas, no iremos al entierro. Puedes mandar una nota de pésame.

—Llamaré a Jaime, al menos eso sí debo hacerlo.

8

¿Ya he contado que Ralph Morgan se instaló en nuestras vidas?

El candidato a congresista nos dio más trabajo del esperado. Para mí no era una sorpresa ya que llevar la campaña a un político es como casarte con él, pero para Esther fue un descubrimiento.

Nicholas Carter, el jefe de campaña de Morgan, llamaba varias veces al día preguntando o exigiendo tal o cual cosa. Todo lo quería al momento, sin dilaciones.

Pretendía que la campaña de Morgan arrancara con fuerza y llevaba semanas organizando hasta el más mínimo detalle.

El pistoletazo de salida lo daría en el Bronx, decisión más que controvertida. Pero Carter aseguraba que era empezar por donde no lo hacía nadie para ganarse a la gente común.

—Los negros y los hispanos son decisivos. Tenemos que ganárnoslos desde el primer momento. ¿Qué crees que lleva haciendo Ralph en estos años acudiendo a ofrecerles gratis asesoría legal? —nos explicó a Paul y a mí, puesto que Esther se mantenía en sus trece de no querer saber nada de la estrategia política que estaban diseñando para Morgan.

—Pero Nueva York es una ciudad compleja... Hay muchos yuppies, mucha gente con dinero, los de Wall Street también votan, y luego está la clase media... Si le ven como el candidato de los negros y los hispanos perderá otros votantes —afirmó Paul.

—¿Tú qué piensas, Thomas? —preguntó Ralph Morgan.

—Lo que pretende Nicholas es arriesgado —respondí—, pero así llamará la atención de los periódicos y conseguirás unos votantes ansiosos de que alguien les haga caso. Pero Paul también tiene razón...

—¡Mójate, Thomas! Dime qué harías tú —insistió Ralph.

—Buscar un equilibrio, dos campañas en paralelo. Y utilizaría a Constanza y a Ellen. Ellas te pueden dar muchos votos entre la clase media biempensante.

—Constanza prefiere que la dejemos fuera de todo esto —comentó Ralph—. No es que no quiera ayudar, pero no desea estar en primera línea y mucho menos exponer a nuestra hija a la atención de la gente.

—Pues en este país no se ganan elecciones si uno no enseña a la familia. Y tú tienes una familia que servirá para convencer a la gente de que merece la pena votarte. Constanza es atractiva, transmite sinceridad y es el prototipo de la norteamericana media.

—Bueno, dirás de la norteamericana media blanca —puntualizó Paul.

—Sí, pero es una madre ejemplar, dedicada a su hija enferma. Eso tocará el corazón de todas las mujeres, sean blancas, negras o de cualquier raza —aduje con franqueza.

—Está bien, además del acto en el Bronx, organizaremos algo alternativo en Manhattan —aceptó Carter—. No sé, quizá podríamos propiciar un encuentro de los Morgan con familias con hijos enfermos. Sería algo emotivo. Ralph, tú podrías prometerles que si consigues el escaño llevarás al Congreso la voz de las familias que se sienten desprotegidas frente a lo que supone tener que cuidar a un hijo enfermo. Eso estaría bien.

Lo hicimos. Sí. Lo hicimos. Porque pese a las protestas y reticencias de Esther, yo me impliqué más de lo previsto en la campaña de Morgan. No oficialmente, pero sí en la práctica. Paul y yo disfrutábamos con ese trabajo más que con vender cava a los norteamericanos de clase media que podían permitirse pagar veinte dólares por botella.

El acto en el Bronx resultó un éxito. Nicholas Carter contrató a varios conjuntos musicales desconocidos, chicos ávidos de que alguien les diera una oportunidad. Entretuvieron a los asistentes hasta el momento en que Ralph Morgan subió al escenario. Esther no había querido acompañarnos, pero Paul y yo no quisimos perdernos el primer acto de la puesta en escena de la carrera electoral del ambicioso abogado.

Ralph era atractivo y gustaba a las mujeres, pero no era tan guapo como para molestar a los hombres. De mediana estatura y cabello y ojos castaños, aspecto atlético, podía ser el novio ansiado por todas las madres para sus hijas. Además, tenía una gran capacidad de comunicación y empatizaba con la gente. Los demás no lo veían, pero a mí me parecía que detrás de la sonrisa abierta y sus modales educados había cierta impostura. Se ajustaba demasiado al cliché del buen chico de clase media que había estudiado con ahínco para ser abogado, capaz de sacrificarse por los débiles, acudiendo al Bronx y a Harlem, como solía hacer todas las semanas, a asesorarlos gratuitamente. Demasiado bueno para ser cierto.

—Hay gente buena por el mundo —dijo Esther cuando le expresé mis dudas.

—Demasiado perfecto —respondí yo.

A pesar de sus reticencias, Constanza había terminado aceptando acudir al Bronx para acompañar a su marido, pero se había negado a llevar a la pequeña Ellen.

Nicholas Carter decidió atinadamente que ella se sentaría entre el público.

Carter había escrito un excelente discurso para Ralph. Exactamente la clase de discurso que quería oír la gente de aquel barrio que tanto miedo daba a los blancos. Se comprometió a luchar para que muchos de los hispanos que habían llegado sin papeles pudieran legalizar su situación. Defendió una escuela de calidad también en aquellos barrios «dejados de la mano de Dios». Les prometió que si salía elegido congresista, se ocuparía de ellos y de sus hijos y de los ancianos. Que no los defraudaría aunque no podía prometerles tener éxito, pero sí que al menos daría la batalla por ellos una vez que llegara al Capitolio.

Le creyeron. La gente se ponía en pie interrumpiéndole con sus aplausos. Algunas mujeres lloraron.

—Reconoce que es un crack —murmuró Paul.

—Sí que lo es. Pero miente. No puede cumplir nada de lo que ha prometido.

—No ha prometido nada. Carter se ha cuidado mucho de que sólo diga que intentará cambiar las cosas, sólo eso.

Al final del discurso Morgan hizo una pausa mientras buscaba con la mirada a Constanza, como si no supiera dónde estaba. Un foco fue acompañando su mirada hasta que se posó sobre su esposa. Ella no pudo disimular su asombro, su incomodidad por ser objeto de atención.

—Quiero dar las gracias a mi esposa. Sin ella yo no estaría aquí. Siempre me ha ayudado, lo viene haciendo desde el día en que nos conocimos en la universidad y lo hace todos los días animándome para que crea en mí mismo, en mi sueño de cambiar la realidad y poder contribuir a hacer aún más grande y más justo nuestro querido país.

»Constanza es una madre abnegada que está sacrificándose para que yo pueda dedicarme a la política, sabiendo que a nuestra querida hija no le falta lo principal, que son los cuidados de su madre. Sin el sacrificio de Constanza yo no podría dedicarme a la política. Gracias, querida, por tu generoso apoyo, por tu amor, por tu lealtad. Gracias.

La gente se puso en pie aplaudiendo con entusiasmo mientras el foco de luz seguía sobre el rostro de Constanza, que parecía aturdida. Se levantó y miró a su alrededor sobrepasada por las muestras de entusiasmo. De pronto el foco se alejó y volvió al escenario, donde Ralph se secaba las lágrimas.

—¡Menudo actor! —me susurró Paul al oído.

Admiraba a Ralph por su dominio de la escena. Sabía que Carter había preparado minuciosamente esa parte del mitin.

Cuando terminó el acto nos reunimos con ellos en el cuartel

general que Carter había instalado en unas oficinas de Brooklyn, no muy lejos de mi casa.

Ralph estaba entusiasmado. Tenía un subidón de adrenalina. Carter estaba seguro de que Harlem y el Bronx votarían por Ralph.

Constanza no nos acompañaba. Se había ido a casa. No sé por qué pensé que ella no había disfrutado de la escena. Incluso intuí que en lo sucesivo podría negarse a participar en la campaña.

—Ahora a conquistar a los blancos de Manhattan —dijo Carter—. La reunión con las familias de niños enfermos está prevista para dentro de tres días. Mientras tanto tenemos aquí unas cuantas peticiones de entrevistas. Las harás todas, Ralph. No podemos rechazar ninguna. La gente tiene que conocerte.

—¿Constanza está de acuerdo? —pregunté.

—¿Con qué? Ella sabe que tiene que ayudar, que Ralph la necesita —respondió Carter.

—Ya, pero me da en la nariz que no se ha sentido a gusto. Parecía a punto de salir corriendo. Deberías prepararla mejor para lo que se le viene encima —insistí.

—Me ayudará, no lo dudes, Thomas —respondió Ralph—. Sabe que en estas elecciones me juego mi futuro. No tiene otra opción. —Su tono reflejó un punto de crispación.

—Desde luego. Pero quizá tiene razón Thomas y debamos trabajar con ella —admitió Carter.

—Deberías buscar a alguien en quien ella pueda confiar. Creo que tú no le caes bien del todo, Carter —dije lanzando esa afirmación sin tener nada en que basarme.

Ralph y Carter se miraron. Yo había acertado. Seguramente Constanza culpaba al jefe de campaña de dirigir a su marido hacia una vida que ella no deseaba.

—A lo mejor puedes encargarte tú, le caes bien —dijo Carter.

—¿Yo? Imposible. Esther no quiere que la agencia se mezcle en nada que no sea que los globos vuelen y los focos iluminen. Además, yo no conozco a Constanza; no sabría por dónde empezar —afirmé deseando que me convencieran de hacer lo contrario.

—Insisto en que eres la persona adecuada —replicó Carter—. El día que estuvimos en tu despacho me comentó que parecías un tipo de fiar. Esas cosas pasan. Uno simpatiza con un desconocido sin saber por qué y el desconocido termina teniendo más predicamento que otros a quienes conoces de toda la vida —concluyó mostrándose decidido a que me encargara de Constanza, con quien empezaba a ser evidente que no simpatizaba.

—Tendré que hablarlo antes con Esther —objeté para que no creyeran que me habían convencido.

—Se lo pediré yo —dijo Ralph.

—¿Tú? No sé si es buena idea —comentó Carter.

—Sí que lo es; a mí le costará más decirme que no —insistió Ralph.

No me sorprendió que quisiera ser él quien tratara con Esther. Le gustaba. Mi mujer le gustaba de la misma manera que a mí me gustaba la suya. Él no lo reconocería, ni siquiera ante sí mismo, pero era así. Yo no era tan cínico, o al menos no me hacía trampas. Saboreaba por adelantado la posibilidad de meterme en la cama con Constanza.

Más tarde Paul me contó por qué la mujer de Morgan aborrecía a Carter. Al parecer los tres no sólo se conocían de la universidad sino que habían sido muy amigos hasta que ella se quedó embarazada y Ralph pidió consejo a Carter. Éste le aconsejó que lo mejor era que abortara, que no podía encadenarse a ella el resto de su vida sólo por haber tenido un revolcón en la parte trasera del coche.

Ralph dudaba; en realidad hubiera querido seguir el consejo de Carter y le propuso a Constanza que pensara en la posibilidad de abortar. Ella se había negado y él no se atrevió a romper con ella. Estaba a punto de terminar la carrera y gracias a su expediente académico había conseguido un trabajo en el despacho de un senador. Él mismo soñaba con dedicarse algún día a la política y sabía que cualquier tropiezo en su vida tarde o temprano le pasaría factura. Si Constanza no abortaba y tenía un hijo, ese hijo se convertiría en su espada de Damocles. Se casó con ella. Pero a pesar de haber ganado la batalla, Constanza nunca le perdonó a Carter el consejo que le había dado a Ralph.

—¿Y cómo te has enterado de todo esto? —le pregunté, francamente asombrado.

—Hay que saberlo todo de los clientes —respondió Paul quitando importancia a lo que me había contado.

—Le gusta Esther —afirmé para ver si se había dado cuenta.

—Sí, le gustan las mujeres que dependen de sí mismas, seguras, fuertes, convincentes. Y tu esposa ha mejorado mucho físicamente. Hay que reconocer que el dinero le sienta bien. Está muy atractiva con esos taconazos que ha empezado a llevar.

—Ralph no es el tipo de Esther —dije molesto.

—Con las mujeres nunca se sabe… —deslizó—. Pero supongo que si Esther se ha casado contigo es por algo más que por tu dinero, aunque te confieso que no te encuentro ninguna virtud que justifique que lo haya hecho —comentó riendo, pero con más sinceridad de la que yo deseaba.

Esther se enfadó con Paul y conmigo. Ralph la invitó a comer y ambos le pedimos que aceptara la invitación sin darle la más mínima pista de lo que quería nuestro candidato.

Cuando regresó del almuerzo estaba furiosa. Se plantó en mi despacho sin llamar siquiera a la puerta.

—No me vuelvas a hacer esto, Thomas, ni tú ni el bandido de Paul. Me habéis tendido una trampa.

—No sé a qué te refieres… Siéntate y explícame qué te pasa —dije fingiendo no saber de qué hablaba.

—No voy a consentir que asesoremos a Constanza. Eso es cosa de Carter. Ya le he dicho a Ralph Morgan que no vamos a modificar nuestra posición. No vamos a mezclarnos en política, ni por él ni por nadie.

—¿Y asesorar a Constanza es hacer política? ¡Vamos, Esther, no exageres! Se trata de explicarle lo valiosa que será su ayuda, que Ralph la necesita, nada más. No deberías ponerte así.

—¿Sólo eso? ¿Crees que soy tonta? Necesitan que Constanza interprete el papel de amante esposa y madre, que exhiba a su hija enferma, que aparezca como la madre sacrificada. ¡Repugnante!

—Así son las campañas, todo suma —repliqué encogiéndome de hombros.

—Pues que lo haga Carter, es el director de la campaña electoral. No sé por qué tienes que hacerlo tú.

—Bueno, al parecer le caigo bien a Constanza y Carter dice que a mí me escuchará.

—Sí, eso dice Ralph. Pero no es razón suficiente. No vas a convertirte en su asesor personal. De ninguna de las maneras.

—Nos han pedido un favor, Esther, un favor muy simple: que tenga una conversación con Constanza y le haga ver la importancia que ella puede tener en la campaña. Nada más.

—Que lo haga otro —respondió furiosa.

—Ralph dice que es más probable que Constanza haga caso a alguien de fuera. Además… Bueno, por lo que me ha contado Paul, ella no se lleva bien con Carter, de manera que intentará boicotear cualquier cosa que éste proponga.

—¿Aún no has aprendido la lección? Te implicaste personalmente con Roy y Suzi Parker y eso nos ha podido traer consecuencias indeseables. Morgan y su esposa son mayorcitos, no vamos a meternos en sus asuntos personales. Esta vez no, Thomas. Si lo haces…

—¿Qué? —Se lo pregunté en voz baja pero enfadado.

—Renuncio, yo no seguiré trabajando en esta campaña. Lo haréis Paul y tú.

Nos miramos midiéndonos. Los dos sabíamos que si se producía un choque entre nosotros podía dar al traste con nuestra relación. Si hubiese sido otra mujer la habría abofeteado, pero me contuve como en tantas otras ocasiones. Respiré hondo, ganando tiempo antes de responder.

—De acuerdo, Esther. No haré nada que te disguste. Le das demasiada importancia a que yo pueda tener una conversación con Constanza, pero si tanto te molesta, no lo haré. ¿Contenta?

—No se trata de estar contenta, Thomas. Quiero que lo comprendas... —El tono de voz de Esther denotó que estaba más tranquila.

—Tengo mucho trabajo. Dejémoslo.

Naturalmente, no pensaba hacerle caso. Me gustaba Constanza y si su marido me abría la puerta de su casa, muy tonto tenía que ser para no intentar meterme en la cama con su mujer.

Llamé a Carter para decirle que oficialmente no podía reunirme con Constanza. Esther se negaba a que interviniéramos en la parte política de la campaña.

—Pero si organizas la manera de que pueda verme con ella, entonces intentaré hacerle comprender lo importante que es que apoye a Ralph. Pero no puede ser oficial. Díselo a Ralph.

Carter me dijo que Ralph estaba fascinado con Esther.

—Si no estuvierais felizmente casados y él no fuera candidato a congresista, te diría que tuvieras cuidado. Dice que tu esposa posee una gran personalidad. Justo de lo que carece la suya. —Su tono de voz fue hiriente. Parecía fastidiado porque Ralph encontrara irresistible a Esther.

Dudé en colgarle el teléfono y ser yo quien rompiera el contrato. Su comentario, más que impertinente, era ofensivo.

—Tú lo has dicho, Carter, estamos felizmente casados. Haría falta que Ralph fuera algo más que un tipo ambicioso para que Esther se fijara en él. No te equivoques, no todo el mundo está enamorado de él como lo estás tú.

Se quedó en silencio. Escuché su respiración a través del teléfono. Había acertado sin haberlo pensado, sin darme cuenta de lo que había dicho. Acaso mi subconsciente se había apercibido de lo que acababa de decir: que Nicholas Carter estaba enamorado de Ralph Morgan.

—Dejémoslo, Thomas. —Y colgó.

Cuando se lo conté a Paul, éste empezó a reírse de mí.

—Pero, chico, no me digas que no te habías dado cuenta hasta ahora. Me parece a mí que Carter es uno de esos homosexuales que no han salido del armario, al menos no del todo. Ha debido de estar siempre enamorado de Ralph y éste lo sabe y juega con él. No es que le dé esperanzas, pero ya sabes que no hay nada que sea más duradero que un amor imposible.

—Podrías habérmelo dicho —le recriminé.

—Bueno, es que Carter no lleva un cartel diciendo que es homosexual, más bien lo intenta disimular. Y yo tampoco estoy seguro de que lo sea, aunque no está casado ni se le conoce ninguna mujer. Además, yo no voy por ahí revelando a la gente los gustos sexuales de los demás.

—Yo no soy la gente, Paul. Tendrías que habérmelo dicho, lo mismo que me contaste el porqué de la animadversión de Constanza.

—Es que no tengo seguridad de que sea así, es sólo intuición. Los he observado. Carter mira embobado a Ralph y éste se deja querer. Le da golpecitos en la rodilla, le echa la mano por el hombro como si fueran dos jóvenes recién salidos de un partido de béisbol… No creas, en algún momento incluso he llegado a pensar que… Bueno, es una tontería.

—¿Crees que están liados? ¡Eso sí que sería bueno!

—No lo creo, pero… forman un trío muy extraño. Constanza aborrece demasiado a Carter sólo porque en el pasado aconsejara a Ralph que lo mejor era que ella abortara. Bueno, no fue un consejo tan descabellado, es el que cualquier amigo daría en una situación así.

—Así que esos dos… ¡Menudos pájaros! —repuse riendo.

—No te aceleres, Thomas. No conviertas en verdades mis conjeturas. Obsérvalos y saca tus propias conclusiones.

Esther se creyó que había ganado la batalla, de manera que no volvimos a hablar de Constanza ni de Ralph. Continuó organizando la logística de sus actos públicos mientras yo esperaba el momento para caer sobre Constanza. No había tenido contacto con Carter desde la conversación telefónica. Tampoco con Ralph. Por eso me sorprendió que un par de semanas después fuera Esther la que me dijera que Morgan nos había invitado a una barbacoa en su casa.

—¿Y eso por qué? —pregunté.

—Bueno, es primavera y al parecer quiere agasajar a todos los que están interviniendo en su campaña, incluidos nosotros. Me ha parecido mal rechazar la invitación. Si no te apetece puedo ir con Paul.

—Iremos. Si a ti te parece bien, iremos.

—No hay nada de malo en ir a casa de los Morgan en una ocasión así —insistió Esther.

—Desde luego que no.

Paul pasó a buscarnos. Acababa de comprarse un coche nuevo, el último modelo de Ford Mustang. Estaba deseando enseñárnoslo.

Los Morgan habían invitado a unas treinta personas. Chicas y chicos jóvenes, entusiastas colaboradores de su campaña, además de a Carter. Ralph nos recibió en la puerta mostrándonos su mejor sonrisa. Constanza se hallaba a su lado con gesto aburrido y la mirada pendiente de su hija Ellen.

Un par de camareros iban de un lado a otro del jardín llevando bandejas con bebidas, mientras una cocinera de color se dedicaba a colocar grandes filetes en la parrilla de la barbacoa.

Todos parecían contentos. Aquellos jóvenes derrochaban entusiasmo y miraban a Ralph con admiración. Él administraba sonrisas y gestos de afecto a unos y a otros.

Esther se dirigió a donde estaba Constanza. De repente se la veía interesada en hablar con ella. Las observé de reojo; conversaban amigablemente. Ellen se acercó a su madre. Parecía cansada.

Mientras tanto Paul se esforzaba por engatusar a una de las chicas colaboradoras de la campaña de Morgan, una morena de piernas largas y cabello corto.

Carter se acercó a mí. Me miró intentando transformar su mueca de disgusto en una hipócrita sonrisa.

—Me alegro de verte, Thomas.

—Parece una fiesta divertida —comenté por decir algo.

—He creído necesario que Ralph abriera su casa al equipo. Eso los motivará más porque les hará sentirse tratados como personas especiales, no como simples peones de la maquinaria electoral, que es lo que son.

—¿Y Constanza? —pregunté interesado.

—Ah, ella ha aceptado. Con desgana, pero al menos no ha dicho que no. Incluso ha consentido en que Ellen esté un rato. Parece muy entretenida hablando con tu esposa.

Sí, las dos parecían disfrutar de la conversación. Vi a Constanza reír por algo que le estaba diciendo Esther.

¿De qué hablarían? No podía haber dos mujeres más diferentes.

Constanza era la típica chica de la clase media americana, blanca de piel, cabello rubio liso, dentadura perfecta. Ni muy tonta ni muy lista. Casada con un hombre de futuro prometedor.

Esther era una luchadora. Todo lo que había conseguido había sido fruto del esfuerzo, del trabajo y de su talento. Y por todo había pagado un precio. Yo era parte de ese precio.

No, no tenían nada en común y sin embargo ahí estaban, charlando como si fueran amigas.

Ralph se acercó a ellas y Constanza cogió a Ellen de la mano. Entró en la casa con su hija.

Las seguí hasta la cocina, donde una mujer estaba colocando copas limpias en una bandeja.

—Vaya, no esperaba encontrarte aquí. Quería un vaso de agua. Allá fuera sólo hay cerveza y whisky —dije sin demasiada convicción.

La mujer que se encargaba de la cocina me tendió un vaso con agua sin decir nada.

—Voy a darle a Ellen un vaso de leche y luego se irá a dormir. Está cansada —respondió Constanza como si yo le hubiera cuestionado qué hacía allí.

—Claro, es lo mejor. ¿Te gustan los cuentos, Ellen? —pregunté por decir algo.

—Sí, mi madre me cuenta uno todas las noches. Pero hoy no podrá ser, tiene que estar con los invitados. Mañana me contará dos.

—Eso está bien. Que descanses, guapa.

Salieron de la cocina y yo me quedé rezagado. Esperaba que Constanza volviera. Lo hizo antes de lo que esperaba.

—¿No quieres salir al jardín? —preguntó sin mirarme.

Fui tras ella. Se quedó en la puerta del salón que daba al jardín. Yo tampoco me moví.

—No parece que te diviertas mucho —afirmé.

—No, la verdad es que no. Esta fiesta es idea de Carter.

—¿Y no te parece una buena idea? Yo creo que lo es. Esto hará que esos jóvenes que trabajan para el comité electoral se sientan más comprometidos. Formáis una familia muy agradable.

—¿Eso parecemos? Vaya, pues sí que fingimos bien.

No respondí. Sabía que si lo hacía, ella daría un paso atrás. Constanza necesitaba desahogarse, pero si alguien le instaba a que lo hiciera se callaría.

—¿Mi marido será congresista? —preguntó sin entusiasmo.

—Tiene muchas cualidades como candidato y, por tanto, posibilidades. Si no comete ningún error…

—¿Por qué habría de cometerlo? Carter dirige la orquesta y todos hacemos nuestra parte. No nos salimos del guión.

—Bueno, no es que tú parezcas precisamente feliz…

—¿Y debo parecerlo?

—Ayudaría mucho. Pero eso depende de ti. Además, yo no soy el director de campaña, de manera que me abstendré de dar consejos.

—Tu esposa me ha dicho lo mismo, que vuestra agencia está fuera de la política, que eso es cosa de Carter.

—Ya os he visto hablando, parecíais congeniar.

—Sí… Bueno, apenas nos conocemos, pero se la ve una mujer comprensiva. Me cae bien. Tienes suerte.

—Sí, eso creo yo. ¿Y tú?

—¿Yo?

—Sí. ¿Tienes suerte? ¿Eres feliz?

—Dos preguntas muy personales para que me las haga un desconocido. —Su tono de voz sonó severo, como de maestra que reprende a un niño.

—Tienes razón, perdona… Espero no haberte ofendido —me disculpé.

Se quedó mirándome fijamente. Me estaba evaluando, calibrando si debía responder. Suspiró como si no estuviera segura de lo que iba a hacer.

—No sé si tengo suerte. ¿Es una suerte estar casada con un tipo guapo? ¿Es una suerte que siempre cumpla con su deber? ¿Es una suerte que lo que nos une sea la enfermedad de Ellen? ¿Es una suerte que sea amable y correcto? ¿Es una suerte que jamás me haga un reproche?

»Sí, puede decirse que tengo suerte. Ralph nunca hace nada reprochable.

—Pues entonces tienes suerte —admití.

—Sí, puede ser. En cuanto a si soy feliz… Estoy casada con el hombre que elegí. Es un buen padre y un esposo amable.

—Ésa no es una respuesta.

—¿Qué quieres que responda? No sé qué es la felicidad… Bueno, cuando era más joven tenía una idea aproximada. Estar enamorada me parecía excitante, creía que significaría vivir de manera permanente en el paraíso. Imaginaba una relación repleta de pasión, de… ¡Qué tonterías estoy diciendo! No sé por qué estamos hablando de estas cosas.

—Bueno, a mí me interesa lo que estás diciendo. ¿Sabes? Desde el primer día que te vi me di cuenta de que eres diferente y… no sé, pero creo no eres feliz, y no lo digo sólo por la enfermedad de Ellen. Perdona que sea tan sincero. No tengo derecho a decirte cosas tan personales.

—No, no lo tienes.

Paul se acercó a nosotros. Llevaba de la mano a la morenita de piernas largas. Me guiñó el ojo, quería hacer evidente que había ligado con la chica.

—Una fiesta estupenda, señora Morgan. Da gusto ver a tantos jóvenes trabajando con ilusión para convertir a su esposo en congresista. May me está contando lo mucho que admiran todos a Ralph. —Paul miró entusiasmado a la chica.

—Sin ilusión no se puede hacer nada —susurró Constanza.

—Desde luego que no —terció May—; pero le aseguro, señora Morgan, que Ralph es capaz de contagiarnos ilusión. Sabemos que cuando él llegue al Capitolio llevará la voz de la gente común —afirmó muy seria.

—Bueno, dejemos la política para otro momento. Hoy es una tarde de fiesta. ¿No os parece? —interrumpí con la esperanza de que Paul se marchara con su morena y me dejara a solas con Constanza.

Paul me miró y esbozó una sonrisa. Había entendido el mensaje.

—Thomas tiene razón, querida. Tomemos otra cerveza y alguna costilla más. Están deliciosas.

Cuando nos quedamos solos vi cómo Constanza sonreía. Parecía aliviada de no tener que hilvanar una conversación con Paul y la chica.

—Te los has quitado de en medio —susurró.

—Sí, me fastidian las banalidades y lo malo de estas fiestas es que sólo se dicen y se escuchan banalidades.

—¿Tú no eres un hombre banal?

—Espero no serlo, Constanza.

—¿Y eres feliz?

—Me devuelves la pregunta…

—¿Eres feliz con tu esposa?

—Tú lo dijiste antes, tengo suerte de estar casado con ella. Es una mujer excepcional, inteligente, trabajadora, buena compañera.

—Hablo de amor, Thomas.

—Lo sé, Constanza, y yo respondo lo que puedo responder. Dejémoslo ahí.

Estaba siendo más sincero de lo que ella podía imaginar. Pero sobre todo estaba echando la red para que se dejara pescar.

Aquella mujer estaba pidiendo a gritos una aventura, algo que la sacara de su rutina, de su aburrida vida y de su gélido marido.

Ralph llevaba un rato observándonos. No parecía molesto por vernos juntos. Alzó la mano sonriendo desde el otro extremo del jardín. Carter estaba a su lado. Le dijo algo. A saber qué.

Al día siguiente Paul se presentó en mi despacho. Tenía ojeras. Aún olía a alcohol pero parecía contento.

—¡Menuda noche! La chica merecía la pena. No creas que fue fácil que se metiera en mi cama.

—No me extraña, hay que estar muy desesperada para hacerlo, y no parecía que lo estuviera.

—No seas desagradable, Thomas. ¿Y tú? Ya me contarás. La señora Morgan estaba encantada contigo. Después de vuestra charla no te perdió ojo. Creo que su marido se dio cuenta, pero no parecía muy preocupado.

—No digas tonterías, Paul.

—Oye, a mí no me engañas. Si puedes, la meterás en tu cama. Y creo que no te será difícil, esa mujer está pidiendo a gritos que un hombre le haga caso.

—Tiene marido.

—¿Y qué? Procura que Esther no se dé cuenta.

—¿De qué tendría que darse cuenta?

—De que tienes como objetivo a Constanza Morgan. Puede que Esther se haga la tonta respecto a Olivia, pero no lo es.

—Olivia no significa nada para mí.

—Lo sé. Sólo te acuestas con ella.

Me fastidiaba que Paul supiera tanto de mí. Podía leerme como un libro abierto. No me molesté en negar mi relación con Olivia, aunque no imaginaba que fuera tan evidente y me inquietó que también pudiera serlo para Esther.

—¿Crees que Esther piensa que me acuesto con Olivia?

—Creo que a Esther no le preocupa que te acuestes con Olivia, no es rival para ella.

Al parecer, Nicholas Carter también se había dado cuenta de que, si nadie lo impedía, podía terminar habiendo algo entre Constanza y yo. Y él estaba dispuesto a que así fuera.

Por eso no me sorprendió que me llamara al cabo de unos días pidiéndome que tomáramos una copa.

Quedamos en la terraza del Rockefeller Center, un lugar donde ver y ser visto y en el que difícilmente se podía hablar, pero lo hicimos.

—Tenemos una crisis. Constanza se niega a colaborar en la campaña. Y ha dicho que tampoco expondrá a Ellen ante la opinión pública. Habíamos pactado un reportaje en *Vanity Fair*: la familia al completo, en casa, como unos americanos de clase media. Pero ella se ha negado.

—Bueno, supongo que Ralph será capaz de convencerla.

—No, no puede aunque lo ha intentado.

—¿Y tú? —le pregunté con ironía.

—No te hagas el tonto, Thomas. Sabes que no me soporta.

—¿Qué le has hecho?

—Supongo que intentar evitar que su marido sea un pobre desgraciado que cobre a cincuenta dólares la hora en un despacho de abogados de poca monta.

—¿Nada más?

—¿Qué te han contado? —preguntó receloso.

—No me han contado nada. ¿Hay algo que contar?

—No seas cínico, Thomas. Estamos en el mismo bando.

—Yo no sé cuál es tu bando, Carter. Mi bando sólo soy yo, así que no estamos en el mismo bando. Mi empresa se encarga de la carpintería de la campaña, nada más.

—Habla con ella —me pidió desafiante.

—¿Con quién?

—Con Constanza. Le gustas. Es evidente. A ti te escuchará. Necesitamos que haga ese maldito reportaje para *Vanity Fair*.

—Yo no le gusto, Carter; sólo es que no me ve como un enemigo, como a ti.

—Me da igual la razón. Ralph y yo estamos de acuerdo en

que a ti te escuchará. Llámala, invítala a almorzar, lo que tú quieras.

—¿Ralph quiere que invite a almorzar a su mujer?

—Lo que sea, Thomas, ya te lo he dicho.

—Es una ventaja contar con el visto bueno del marido —respondí riendo.

—¿Y Esther? —preguntó preocupado.

—En este sitio hay demasiado ruido. Ya nos veremos.

Cuando nos separamos comencé a reírme. Lo hice con ganas, a carcajadas. Parecía surrealista lo que me estaba sucediendo.

Dejé pasar unos días, los suficientes como para que Carter y Ralph se pusieran nerviosos. Luego llamé a Constanza sin decirle nada ni a Esther ni a Paul.

La invité a almorzar y ella rechazó la invitación, pero aceptó que tomáramos un café por la mañana después de que dejara a Ellen en la escuela.

Quedamos en el bar del Waldorf. No se me había ocurrido un lugar mejor, lo que sin duda era un error, porque allí nos podía ver cualquiera.

Cuando la vi entrar supe que se había arreglado para mí. Llevaba un vestido de flores ceñido con un cinturón, y unos zapatos con suficiente tacón como para alargar aún más sus piernas. El cabello suelto y limpio brillaba.

Nos sentamos a una mesa al fondo del bar. Allí podíamos hablar sin que nos molestaran.

—Bien, ¿qué es eso tan importante que tienes que decirme?

—No pienso engañarte, Constanza, no quiero hacerlo, de manera que te diré por qué te he llamado. Tu marido necesita que hagas ese reportaje para *Vanity Fair* y él y Carter han llegado a la conclusión de que quizá yo podía hacerte entrar en razón, hacerte comprender lo importante que será ese reportaje para la campaña.

—Así que estás aquí en calidad de experto en imagen… —dijo decepcionada.

—Bueno, ellos me han dado una excusa para llamarte y estoy

encantado de poder hacerlo. Pero si quieres saber toda la verdad, hace días que pensaba en cómo hacer para volver a verte.

—¿Me habrías llamado?

—Sí, lo habría hecho; aunque te confieso que me estaba devanando los sesos pensando en qué excusa darte.

—¿Por qué? ¿Por qué querías verme?

—¿Y tú, Constanza, por qué quieres verme?

—Me has dicho que era importante...

—Y lo es. Me parece importante decirte que... Bueno, después de nuestra conversación no he dejado de pensar en ti. En realidad no he dejado de hacerlo desde el día en que viniste a nuestras oficinas con tu marido. No sé por qué me impactaste, pero lo hiciste. No quiero pensar en ti, pero lo hago. Ya está, ya te lo he dicho.

Le tendí la mano y ella me dio la suya. La sentí temblar. Supe que había ganado.

—No está bien —murmuró.

—No, no está bien. Tienes un esposo que te quiere y yo una esposa a la que nada puedo reprochar. No está bien, pero creo que a ninguno de los dos se nos acelera el corazón cuando los vemos, ni ansiamos salir corriendo al dormitorio, ni... Bueno, al menos es lo que siento yo. Pero ¿sabes, Constanza?, la vida no da muchas oportunidades y cuando uno siente que ha encontrado a alguien especial, que con sólo pensar en esa persona se agita por dentro... Entonces creo que merece la pena... No sé... no sé qué decirte...

Yo era un buen actor. En realidad siempre lo he sido. Supongo que se debe a mi aplomo para mentir.

—¿Crees que debo hacer ese reportaje?

—Creo que debes hacer lo que quieras. Sin duda es importante para la campaña de Ralph, pero si no lo haces tus razones tendrás.

—Él no me quiere, Thomas. Nunca me ha querido.

—Lo sé.

—¿Lo sabes?

—Sí.

—¿Quién te lo ha dicho?

—No hace falta que nadie me lo diga. Se nota la falta de pasión en cómo te mira. No digo que no te aprecie y sea un buen padre para Ellen, pero no te quiere como tú necesitas.

—Es culpa mía, yo me empeñé en tenerle.

—¿Y ahora?

—Ahora estoy atada a él por Ellen. Mi hija está enferma, necesitamos dinero para atenderla. Hay días que no puede ir al colegio, semanas que tiene que estar en el hospital. Me necesita a su lado.

—Y yo necesito abrazarte ahora mismo.

—¡Thomas! No digas eso...

—Y tú también quieres hacerlo.

Bajó la cabeza. La sabía rendida. Esa mujer pedía a gritos una buena sesión de cama y de emoción.

—No está bien. Por favor, dejémoslo aquí.

Su mirada era una súplica. Sí, estaba deseando acostarse conmigo, pero al mismo tiempo esperaba que yo fuera capaz de frenarla. No lo hice. Si yo no fuera un canalla podría haberlo hecho. La escena habría sido otra:

—*Hola, Constanza, estoy aquí para pedirte que hagas el reportaje de* Vanity Fair.

Ella habría argumentado su desacuerdo, incluso me habría reprochado que intentara convencerla.

—*No sé por qué te han elegido a ti.*

—*Supongo que porque saben que simpatizo contigo.*

Pero no le habría dicho ni una palabra más. Nada de insinuar una promesa de un romance.

—*Estoy harta de que intenten manipularme* —*habría dicho ella.*

—*Yo no intento manipularte, te he dicho la verdad. Tú decides, Constanza.*

—*¿A ti te da igual?*

—No estoy en tu piel, no se trata de lo que me parezca a mí. Tienes que decidir lo que es mejor para ti, para vosotros.

—Lo que es bueno para Ralph no tiene por qué serlo para mí.

—Es tu marido, Constanza, y es un buen hombre.

—Si tú supieras...

—Yo no quiero saber nada. Pero sí te diré que si estás con él deberías apoyarle. Por tu hija, por ti.

—Tengo ganas de vivir, Thomas, de sentir que estoy viva.

—Por favor, Constanza, no soy quién para escucharte decir esas cosas. Sólo me han pedido que te explique lo importante que es ese reportaje en Vanity Fair porque soy un experto en imagen y quizá a mí quieras escucharme.

—¿Sólo por eso estás aquí?

—Sólo por eso.

—Creía que tú y yo...

—Tienes un marido y yo una esposa. Les debemos, si no amor, sí al menos lealtad. Comprendo tu insatisfacción, soñabas con que el matrimonio sería otra cosa... Bueno, eso pasa. Pero no seré yo quien te arrastre a una situación que a la larga te haría más desgraciada.

—Estoy harta, Thomas...

—La vida no es fácil, pero debemos afrontarla como es. Tienes más de lo que crees. Ralph nunca haría nada que pudiera disgustarte y tu hija os necesita a los dos. A veces los hombres no sabemos mostrar nuestras emociones, pero eso no significa falta de amor.

—Si tú supieras...

Sí, la conversación debería haber sido ésa. Yo no tendría que haberla sitiado hasta rendirla. No debería haberle cogido la mano. No debería haber insinuado que juntos podíamos disfrutar de lo que hasta el momento ella no había disfrutado.

Sabía que lo contrario la enfangaría, le produciría mayor infelicidad. Pero tanto me daba. No era ni soy buena persona, nunca lo he sido; siempre he puesto mis apetencias por delante de todo. Ella era sólo un trozo de carne agradable que a mí me apetecía devorar.

De manera que no dije nada de lo que debería haber dicho y sí la convencí para que subiéramos a una habitación del Waldorf que, por si acaso, había reservado.

No debería habérselo propuesto, incluso podía haber dado marcha atrás: «No, perdona, no sé en qué estaba pensando. Lo siento, por nada del mundo querría comprometerte ni abusar de tu situación... Debes perdonarme... No sé qué me ha llevado a proponerte algo así. Tú mereces algo mejor. Olvídate de mí, yo intentaré olvidarme de ti».

Pero en vez de eso la besé en el ascensor y cuando entramos en la habitación caímos sobre el sofá y de ahí al suelo.

¿Por qué se acostó conmigo aquel día en aquel hotel? Se lo pregunté a Olivia unas horas después cuando fui a verla a su apartamento.

Le conté lo sucedido. Con Olivia nunca he tenido que fingir. Ella sabe que no la quiero y yo sé que ella tampoco me quiere, de manera que en todos estos años he hablado con ella abiertamente, sin mentiras. Creo que un contrato mercantil es más fuerte que el amor y eso es lo que me ha unido a Olivia, un contrato por el cual yo dispongo de ella a capricho y a cambio le resuelvo la vida.

Le expliqué detalladamente lo sucedido no por pavonearme ante ella, no lo necesitaba, pero sí porque sentía cierta curiosidad por lo fácil que había resultado acostarme con Constanza.

—Su matrimonio debe de ser una pantomima. Un hombre que se casa con ella porque es todo ambición y no quiere dejar ningún flanco al descubierto. ¿Qué dirían los electores si no lo hubiese hecho y se enteraran de la existencia de una joven abandonada con una hija enferma?

»No me gusta Ralph Morgan, todo en él me resulta artificial. Su cara de buen chico, su flequillo despeinado, sus trajes que le quedan como un guante pero no son demasiado caros como para irritar a los votantes del Bronx, los años que lleva acudiendo a los barrios marginales a dar consejos gratis sobre asuntos legales... En realidad, Constanza le viene como anillo al dedo. La gente se conmueve al saber que tienen una hija enferma y que su esposa, a pesar de haber obtenido mejores calificaciones que él en la universidad, es una madre sacrificada por la enfermedad de su hija. Morgan es de plástico, buen plástico, sí, pero no hay en él ni un ápice de humanidad.

—¡Si no le conoces! —protesté.

—Le he visto en la tele, y por lo que ahora me cuentas de esa pobre mujer... No me extraña que se haya acostado contigo, necesita a alguien que le haga sentirse viva. Tú le sirves para vengarse; es una venganza íntima, pero venganza.

—O sea, que no crees que lo haya hecho porque le guste —pregunté sabiendo la respuesta.

—¡Vamos, Thomas! Tú no eres ningún adonis y lo sabes bien. Las mujeres que nos acostamos contigo tenemos nuestros motivos, pero ninguno tiene que ver con que seas un tipo atractivo; ni siquiera eres simpático.

»Tú eres lo que más a mano tiene Constanza, de manera que se ha metido en tu cama porque no se puede meter en la de Carter habida cuenta de que es homosexual; si no, habría preferido hacer daño a su marido con alguien más cercano a él. Pero ten cuidado, esa mujer puede convertirse en un problema.

—No sé por qué.

—Porque está desesperada, despechada, aburrida, y se te va a pegar como una lapa. Ya verás.

Olivia acertó. Constanza se convirtió en una losa difícil de soportar.

Aún no había salido de casa de Olivia cuando sonó mi móvil. La voz de Constanza me sobresaltó. Quería saber dónde y a qué hora nos veríamos al día siguiente. Me lo dijo de tal manera que su pregunta resultaba una orden.

Pero a mí me divertía engañar a Ralph Morgan y Constanza no había resultado ser una mosquita muerta en la cama.

Los primeros meses disfruté de los encuentros furtivos con Constanza, y cuando me reunía con Ralph Morgan me reía para mis adentros rememorando los momentos íntimos que pasaba con su mujer.

Al menos un par de veces a la semana procuraba encontrarme con ella. Al principio lo hacíamos en hoteles, pero la convencí para que lo hiciéramos en su casa, en la cama que compartía con Ralph. Solía ir a verla a media mañana, sabiendo que a esa hora Ralph estaba inmerso en la campaña seguido de cerca por su fiel Carter, que actuaba como el perfecto cancerbero.

Le pedí a Olivia que acudiera a ver de cerca a Ralph Morgan durante un encuentro que éste tuvo con jóvenes artistas. Se lo presenté al final. Morgan estuvo encantador con ella. No sólo porque la reconoció de los anuncios sino porque le dije que era una buena amiga.

Olivia se quedó esperándome mientras yo evaluaba con Carter y con Ralph el resultado del encuentro. Ella se había apartado, pero no tanto como para dejar de escuchar lo que hablábamos. En realidad estaba cumpliendo con lo que le había pedido: que observara bien a Morgan y a Carter.

Cuando terminamos era la hora de almorzar y la invité a un restaurante italiano.

—¿Qué te han parecido vistos de cerca? —quise saber.

—Esos dos… No sé… No creo que Morgan sea homosexual, pero maneja bien las emociones de Carter sabiendo que éste está enamorado de él. ¿Te has fijado cómo le sonríe? Carter se derrite cuando Morgan le mira o le da una palmadita.

—¿Crees que hay algo entre ellos? —pregunté ansioso por conocer su opinión.

—¡Uf! Yo diría que no. En realidad, Morgan es un manipulador. Utiliza a la gente a su conveniencia. Lo hace con Carter y con todos los demás. Me he fijado en sus coqueteos con esa pelirroja que está exponiendo sus cuadros en una galería del SoHo, pero es que luego se ha deshecho en elogios con esa rubita insulsa que tiene un papel en un musical de Broadway, y cómo ha hecho la pelota a ese chalado que dirige una orquesta con músicos de Harlem. Le habla a cada uno como si fuera importante para él, como si fueran únicos. Establece una comunicación emocional, como si el resto no existiera. Muy listo este Morgan. Incluso a ti te trata como si te apreciara de verdad y tus consejos le fueran necesarios.

—Entonces no crees que Carter y él se metan en la cama.

—Quién sabe si cuando se conocieron en la universidad… quizá participaron en alguna cama redonda… Qué sé yo… Pero más bien me inclino por lo que te he dicho. Morgan es un manipulador de emociones, sabe cómo lograr para que la gente se ponga de su parte haciéndoles creer que él está de la suya.

—No sé por qué no te has dedicado a la psicología en vez de empeñarte en ser actriz —dije con sinceridad.

—Le habría dado una alegría a mi padre, pero ya ves, estudié arte y aquí estoy, esperando que de una vez por todas hagas algo por mí —me reprochó.

—Pagar tus cuentas ya es bastante —contesté malhumorado.

—Me dijiste que a lo mejor me conseguías pronto un papel en Broadway. Si esa rubia desvaída trabaja en un musical, no sé por qué no podría hacerlo yo.

—Paul me ha asegurado que está en ello.

—Terminaré pidiéndoselo a Esther. Ella al menos tiene sensibilidad y le gusta ayudar a la gente.

—No quiero verte cerca de mi mujer.

—¿Sabes, Thomas? A veces creo que Esther sabe que te acuestas conmigo y no le importa. La comprendo, eres demasiado intenso para soportarte continuamente.

Lo hizo. Le pidió a Esther que la ayudara. Olivia era así. No se paraba ante nada.

Esther me lo comentó: «Me ha llamado Olivia, deberíamos ayudarla». Se puso a ello. Consiguió lo que no habíamos logrado ni Paul ni yo: un papel en una obra de teatro experimental. Incluso cantaba una canción triste y melancólica. No cantaba mal aunque no era un crack. Pero tampoco era peor que muchas de las que actuaban en Broadway.

Sin embargo Esther no sólo le consiguió ese papel, sino que la contrató para un anuncio de un perfume nuevo cuya campaña llevamos nosotros.

El anuncio fue un éxito. Su director supo sacar lo mejor de Olivia; la cámara se enamoró de sus ojos verdes y de su piel lechosa. Resultaba sugerente y elegante a la vez. Pero ni siquiera el éxito del anuncio calmó sus ansias por convertirse en actriz.

No dejaba de preguntarme si realmente Olivia tenía razón cuando decía que Esther sabía que me acostaba con ella y que en realidad no le importaba. Yo también lo creía. Pero si era así, no había manera de saberlo a menos que se lo preguntara, lo que no estaba dispuesto a hacer porque eso habría implicado una conversación sincera que no quería tener.

Era feliz a mi manera. Tenía a Esther cubriendo mi retaguardia, haciéndose cargo de mí. Ella hacía como que también era feliz aunque no lo era, por más que la satisficiera el trabajo y sobre todo que nuestra agencia se hubiera convertido en un referente en el mundillo de la publicidad. Esther se había hecho un nombre y le llovían las distinciones, y eso aumentaba el prestigio de Comunicación Global.

En cuanto a nuestra relación personal, seguía presidida por la monotonía. Parecía que éramos un viejo matrimonio atado por la costumbre. Pero no me quejaba, la costumbre puede resultar muy confortable.

Pasó más de un año sin que yo me decidiera a viajar a Londres. Los informes que me enviaban Cooper y Evelyn eran de lo más satisfactorios. Teníamos una pequeña cartera de clientes que nos permitía pagar los gastos y ganar algunas libras. Lo suficiente para que Esther se sintiera contenta.

Todos los días o Esther o yo hablábamos por teléfono con Maggie, que nos ponía al tanto de los asuntos administrativos, y a continuación o Cooper o Evelyn nos informaban de los trabajos pendientes.

Por más que Esther me insistía en que debía viajar a Londres no me decidía. Me gustaba mi vida en Nueva York. Tenía a Esther y me divertía con Olivia y Constanza. Sentía pereza de tener que cruzar el Atlántico para ir a una ciudad donde en realidad no tenía a nadie.

Además, estaba más implicado de lo que a Esther le hubiera gustado con la campaña de Ralph Morgan. Oficialmente, Nicholas Carter era el jefe de campaña, el que hacía y deshacía a su antojo y llevaba las riendas de su candidato, pero buscaba mi consejo, me escuchaba y poco a poco se hizo habitual que nos viéramos al menos una vez a la semana para hablar de los pasos a seguir en la campaña.

Olivia decía que Carter me estaba agradecido por acostarme con Constanza. Yo negaba que Carter supiera nada, pero Olivia insistía en que seguro que lo sabía, habida cuenta de que Constanza había empezado a colaborar en la campaña sin protestar, y que cuando aparecía yo, ella corría a mi lado sin importarle lo que pudieran pensar los demás.

Puede que Olivia tuviera razón. El caso es que hasta Ralph Morgan un día me dio las gracias «por lo bien que manejas a Constanza».

Creo recordar que fue tres o cuatro semanas antes de las elecciones al Congreso cuando Roy Parker nos llamó.

—Tenéis que venir a Londres. Tengo una sorpresa que daros —me dijo soltando una de sus risotadas.

No hubo manera de que dijera de qué se trataba. Más tarde Esther tuvo que convencer a Maggie para que nos dijera qué sorpresa quería darnos Roy.

—Le encargaste a Evelyn que le encontrara esposa, y es lo que ha hecho —dijo Maggie sin dar más explicaciones.

Tampoco Evelyn quiso desvelarnos el nombre de la mujer que iba a casarse con Roy. Sólo nos dijo que esperaba que nos gustara la elegida.

Es cierto que durante un tiempo había apreciado a Roy, pero en ese momento me negaba a ir a Londres. No podía, ni quería, perderme las elecciones al Congreso. Quedaban muy pocos días para saber si Ralph Morgan había convencido a los neoyorquinos para que le votaran. Además, habría sido poco profesional que Esther y yo nos marcháramos en vísperas de la votación por más que Paul se quedara al frente de la agencia.

Roy protestó, pero terminó aceptando que no podíamos dejar a nuestro candidato cuando estaba a punto de pasar el Rubicón.

—De acuerdo, ayuda a tu chico a ganar las elecciones como me ayudaste a mí. Pero al día siguiente vienes para aquí. Quiero que seas mi padrino de boda. No te puedes negar.

No podía negarme ni Esther tampoco podía dejar de acompañarme.

El día de las elecciones convencí a Esther para que nos uniéramos al comité electoral de Ralph. Carter estaba aún más nervioso que el candidato. En cuanto a Constanza, parecía indiferente a lo que pudiera pasar. Llegó a ponerme nervioso por su insistencia en no despegarse de mi lado. Me seguía con la mirada apenas me movía, y de vez en cuando, en un ejercicio intenso de cinismo, me cogía la mano delante de Esther, de su marido, de Carter y del resto del equipo, y con voz meliflua me preguntaba: «¿De verdad crees que Ralph va a ganar?».

Ganó. Ralph fue elegido congresista por un estrecho margen de votos. Carter se puso a llorar sin ningún pudor abrazándose a Ralph. Me fijé en la mirada de desprecio de Constanza mientras su marido daba unas palmaditas en la espalda de su director de campaña intentando zafarse de su abrazo.

Cuando Carter contuvo el llanto nos dirigimos a la sala donde aguardaban los periodistas y todos los que habían trabajado en la campaña de Ralph, para que éste se dirigiera a los votantes.

Yo le había dicho a Constanza que tenía que estar junto a su marido ofreciendo su mejor sonrisa.

Primero entró Ralph llevando de la mano a su hija, la pequeña Ellen, seguido de Constanza y de Carter.

Esther tiró de mí para que nos colocáramos en un lugar donde no llamáramos la atención.

—América es el país donde los sueños se cumplen, y esta noche empezarán a hacerse realidad los sueños de todos los que me han votado porque quieren que las cosas cambien. Y yo haré lo imposible por no defraudarlos. Agradezco la confianza de todos los ciudadanos que me han votado, pero quiero decir que no sólo seré su congresista, también estaré atento a los problemas e inquietudes de quienes no me han votado. Mi anhelo es ser un digno representante del estado de Nueva York y llevar al Congreso el sentir de sus ciudadanos.

»Quiero agradecer a mi querida esposa Constanza su apoyo y sus desvelos ayudándome a llegar hasta aquí, y por ser la mejor madre que un hombre pueda desear para sus hijos. Mi hija Ellen ha sido mi inspiración, porque quiero contribuir a un futuro mejor para ella y para todos.

»Les aseguro que no los defraudaré. Gracias a todos.

Después de esas palabras Ralph besó a Constanza, que se dejó hacer sin mover un músculo mientras que la pequeña Ellen aplaudía con entusiasmo. Cientos de globos con el rostro de Morgan empezaron a sobrevolar la sala al tiempo que retumbaban los aplausos.

Ralph susurró algo en el oído de Constanza y ésta levantó la mano saludando a los presentes. Las cámaras de televisión los estaban enfocando.

Los padres de Morgan y los de Constanza también salieron al escenario. Carter lo había dispuesto así. Todos estaban encantados de ser protagonistas efímeros del éxito de Ralph.

Vi a Olivia sentada en la tercera fila. Sonreía complacida. Le había pedido que fuera para poder comentar con ella los pormenores de la puesta en escena del espectáculo que estábamos ofreciendo.

Ralph nos invitó a cenar a su casa. Estaba eufórico y necesitaba hablar de lo sucedido. A instancias de Carter, Constanza había organizado una cena fría. Al principio se había negado, pero yo la convencí de que accediera a la petición de Carter. Incluso la amenacé con dejar de verla si no hacía el papel de esposa perfecta.

—Me gusta verte fingir y saber que odias a tu marido y estás deseando acostarte conmigo. Cuando lo haces te deseo con más intensidad —le dije. Y era verdad.

Habían invitado a más de cincuenta personas. Apenas cabíamos en el salón de la casa, pero como todo el mundo estaba contento a nadie parecía importarle no encontrar un lugar donde sentarse.

Los camareros iban y venían pasando bandejas con comida y bebida.

Era casi medianoche cuando Esther me pidió que nos fuéramos a casa.

—Ya está casi todo el mundo borracho. Ya hemos cumplido acudiendo a esta celebración. Pero mañana a las ocho tengo que reunirme con los del consorcio del petróleo. Necesito estar despierta, no quiero que se nos escape esa campaña.

Asentí. Nos iríamos, sí, pero le pedí unos cuantos minutos más. Le dije que tenía que hablar con alguien del equipo electoral.

Subí las escaleras hasta el segundo piso. Había visto subir a Constanza. Estaba en el baño; llamé a la puerta y me abrió. La empujé contra la pared y la tomé allí mismo. La escena me excitaba. No me preocupé por ella. Salí del baño sin mirarla, sin decirle nada.

Tardé tres días en hablar con ella. No respondía a sus llamadas. De repente me complacía hacerla sufrir. Cuando por fin lo hice me mostré frío, indiferente. Noté el miedo en su voz. Miedo a perderme. Y la escuché suplicar diciendo que necesitaba verme.

La cité en un bar de mala muerte de Chinatown. Ella me pidió que fuera a su casa. Estaría sola. Ralph tenía una reunión y Ellen iba a una fiesta de cumpleaños de una amiga del colegio. Podíamos disponer de dos o tres horas.

Me negué. Cuanto más se debilitaba su voz en una súplica,

más me divertía yo. Disfrutaba con su sufrimiento. Lo mismo que había disfrutado con el sufrimiento de Yoko.

Cuando nos vimos en el bar de Chinatown quiso abrazarme pero no la dejé. La empujé sin miramientos y ella se sentó, rendida, sin comprender.

—¿Qué quieres? —pregunté enfadado, mirando el reloj para hacerle ver que no disponía de tiempo.

—No comprendo, Thomas... ¿Qué sucede? De repente no respondes a mis llamadas y... bueno, me pides que venga aquí.

—Punto final, Constanza.

—¿Cómo? No sé a qué te refieres...

—Se acabó. Lo hemos pasado bien pero ya está. Dedícate a tu marido y a tu hija. El congresista va a necesitar que hagas el papel de amante esposa. Eso sí, tendrás que aplicarte más. Deja de poner cara de asco cuando tu marido se acerca a ti.

—Pero... ¿qué estás diciendo...? No puedes... no puedes dejarme... ¿Qué te he hecho? ¡Dime qué te he hecho!

Constanza había alzado tanto la voz que algunos clientes del bar comenzaron a mirarnos. Saboreé el instante. Una mujer bella suplicando a un tipo con un físico corriente como yo.

En realidad no pensaba dejarla. Sólo quería hacerla sufrir para aumentar su dependencia de mí. Me divertía demasiado sabiendo que engañábamos a su marido, al intachable congresista recién elegido.

Comenzó a llorar, primero suavemente y luego sin ningún pudor. La despreciaba. Sí. Despreciaba su dependencia de mí, saberla una muñeca de trapo dispuesta a que hiciera de ella lo que me viniera en gana con tal de conservarme a su lado. Ése era mi poder. Me sentía poderoso con ella y eso era algo que no me ocurría ni con Esther ni con Olivia.

Esther era mi esposa, pero no estaba seguro de cuánto tiempo seguiría a mi lado. A Olivia le era indiferente. No tenía a ninguna de las dos. Pero Constanza era enteramente mía.

Tardó un buen rato en controlar las lágrimas. Yo la miraba hastiado.

—Me voy a Londres con Esther —dije sabiendo que eso aumentaría su desesperación.

—¿Te vas? ¿Por qué? ¿Cuándo regresas? —me preguntó mientras la angustia se reflejaba en su voz, en su mirada, en sus manos crispadas.

—Negocios. Sabes que tenemos una sucursal de Comunicación Global en Londres. Hay clientes a los que atender.

—¿Por qué vas con tu mujer? —Los celos afloraron en el tono de su voz con una nota histérica.

—Porque es mi mujer y mi socia, pero no tengo por qué darte explicaciones. No eres quién para preguntarme nada y menos por Esther.

—Tu mujer… Creía que entre vosotros dos apenas había nada.

—Conclusión equivocada. La adoro. No hay otra mujer en el mundo como ella. Disfrutaremos de nuestra estancia en Londres.

—¡Cerdo! —gritó.

—Por lo que he comprobado, a ti te gustan los cerdos, de manera que lo tomaré como un elogio.

Rompió de nuevo a llorar. La sentí desesperada, dispuesta a todo.

—Si me dejas le diré a todo el mundo lo que hay entre nosotros. Sí, se lo diré a Ralph, y a tu esposa; convocaré una rueda de prensa —amenazó.

Me encogí de hombros. Estaba seguro de que no sería capaz de semejante estupidez.

—Tu marido quedará como un cornudo, tú como una puta, y mi esposa me perdonará. Le explicaré que me perseguiste sin tregua, que metiste tu mano en mi pantalón. Nosotros podremos afrontar el escándalo. Yo quedaré bien, pero Ralph y tú no.

No fue fácil olvidarme de Constanza durante nuestra estancia en Londres. Me enviaba mensajes por el móvil continuamente, unos suplicantes, otros llenos de amenazas. No le respondí a ninguno. Estaba dispuesto a disfrutar del viaje.

Esther no deseaba acompañarme, pero disciplinadamente aceptó. Roy Parker continuaba siendo nuestro mejor cliente, y si se casaba y nos invitaba a la boda no podíamos desairarle.

Nuestro apartamento de Londres me pareció menos acogedor que cuando vivía en la ciudad. Nos habíamos acostumbrado a disponer de suficiente espacio para los dos y aunque ninguno lo dijimos, en realidad nos resultaba agobiante tener que compartir el cuarto de baño y carecer de nuestro propio espacio para trabajar. Ni siquiera nos sentíamos cómodos en el dormitorio aunque en Nueva York también compartíamos la misma habitación, incluso dormíamos en la misma cama.

—¡Qué pequeño! —murmuró Esther mientras deshacía las maletas.

Por la tarde fuimos a la oficina. Maggie seguía tan cáustica como de costumbre. Levantó una ceja cuando nos vio entrar en la oficina y ni siquiera se molestó en levantarse para recibirnos como se debe.

—¿Habéis tenido buen viaje? —preguntó sin entusiasmo.

Asentimos y Esther le pidió que convocara en mi despacho a Evelyn y a Cooper.

—Cooper está desayunando con un cliente y Evelyn no ha llegado todavía, está con Roy Parker —informó Maggie.

Esther no estaba dispuesta a estar sin hacer nada, de manera que le pidió a Maggie que le enseñara la contabilidad y todos los papeles que tenían que ver con la administración de la empresa.

Maggie maldijo por lo bajo la ausencia de Cooper y Evelyn.

Yo aguanté un rato escuchando a Maggie dar explicaciones sobre ganancias y gastos de los que ya sabíamos, pero que Esther parecía empeñada en volver a revisar.

No fue hasta las diez que llegó Cooper. Entró silbando, ajeno a nuestra presencia. Cuando nos vio pareció alegrarse. Me dio un apretón de manos y a Esther un par de besos, y se incorporó a la rendición de cuentas de Maggie.

En cuanto pude desvié la conversación hacia asuntos más prácticos: cómo eran los nuevos clientes, y en qué estaban trabajando.

A las once apareció Evelyn. Parecía recién salida de la ducha. La piel reluciente, el cabello recogido con unas cuantas horquillas en la nuca, un traje rojo que le ceñía la figura como un guante y unos zapatos con al menos diez centímetros de tacón. Resultaba atractiva.

Parecía contenta de vernos, pero Evelyn tampoco era de las que perdían el tiempo y se incorporó a la reunión para tratar de asuntos generales.

A la una Maggie dio muestras de impacientarse. Tenía hambre. Era la hora en que todos los días se comía un sándwich acompañado de un té.

Se negó a dejarse invitar a comer junto a Cooper y Evelyn en un pub que estaba cerca de la agencia.

Hablamos de todo y de nada, y tuve la sensación de que Cooper y Evelyn nos estaban ocultando algo. Esther también lo notó y, siendo como es, les preguntó abiertamente.

—Tengo la sensación de que tenéis algo que decirnos y no sabéis cómo. —En su tono de voz hubo una nota conminativa.

—Bueno, hay novedades… Pero os lo diremos luego —respondió Evelyn.

—No me gustan las sorpresas. Lo que tengáis que decir quiero escucharlo ahora —fue la respuesta brusca de Esther.

—Ahora no… No, no es posible. Más tarde. Roy quiere invitaros a cenar. ¿Os parece bien a las siete? Cooper, también estás invitado —dijo Evelyn.

—Muy bien, cenaremos con Roy, pero quiero saber ahora qué pasa —insistió Esther.

—Es una sorpresa —la interrumpió Cooper.

—Ya os he dicho que no me gustan las sorpresas. —Esther mostró su enfado.

—Esta sorpresa espero que no te disguste. ¡Por favor, Esther, espera a la noche! —le pidió Evelyn.

Le hice un gesto a Esther pidiéndole que no insistiera. ¿Qué más nos daba? No creía que lo que tuvieran que decirnos pudiera afectarnos realmente. La agencia iba bien, no teníamos grandes ganancias, pero sí obteníamos lo suficiente para que no fuera un quebradero de cabeza. La única mala noticia que nos podían dar era que Evelyn y Cooper estuvieran pensando en dejar Comunicación Global y montarse un negocio por su cuenta, y eso tampoco sería dramático. Londres estaba repleto de jóvenes ansiosos de que alguien descubriera su talento.

Después de almorzar fuimos al apartamento a descansar. Yo no tenía sueño, pero si teníamos que cenar con Roy la velada sería larga. Él no era de los que se iban a la cama después de cenar. Insistiría en que tomáramos unas cuantas copas. Quizá Esther pudiera zafarse después de la cena, pero en ningún caso me permitiría que yo lo hiciera.

A las cinco y media Esther me susurró que era hora de levantarnos.

—Me voy duchando yo, pero vete despertando.

Tardó veinte minutos en salir del baño. Ya estaba maquillada y dispuesta a afrontar la velada.

—¿Cómo es el restaurante donde vamos a cenar? ¿Tengo que arreglarme mucho?

—Le Gavroche es un sitio un poco especial. Está en Mayfair y es un restaurante al que se va a ver y a que te vean... Creo que tiene alguna estrella Michelin.

—Me gustan las costillas a la barbacoa. ¿Por qué los ricos son todos tan idiotas?

—¿Por comer en restaurantes con estrellas Michelin?

—¿Crees que a todos esos ejecutivos tan modernos les gusta de verdad la comida que no parece comida? Si van es porque esos lugares están de moda. Seguro que preferirían un buen filete. Bueno, ¿qué me pongo?

—Ya sabes, lo habitual en estos casos: un vestido negro, zapatos de tacón y una joya moderna que le dé al vestido un aspecto sofisticado y no demasiado formal.

—¡Cuánta tontería!

Siguió mi consejo. Cuando salí de la ducha se estaba poniendo los zapatos. Los tacones eran considerables.

—Estoy impaciente por conocer a la futura esposa de Roy —dije camino del restaurante.

—A lo mejor ya la conocemos —sugirió Esther.

Roy nos esperaba impaciente. Cooper llevaba corbata y Evelyn un vestido de seda azul oscuro y unos tacones aún más altos que los que llevaba por la mañana. Empezaba a verla hasta guapa.

—¿Tengo que casarme para que os decidáis a venir a Londres? —nos dijo Roy mientras abrazaba a Esther.

—Teníamos pendiente venir a verte… Pero hemos tenido que trabajar duro para que la agencia marche como es debido en Nueva York —dije por decir algo mientras me tocaba el turno de recibir su abrazo.

Era evidente que Roy estaba contento. Incluso rejuvenecido. El traje que llevaba era de Savile Row y los zapatos, italianos. Sí, había cambiado su vestimenta descuidada por ropa más apropiada para un diputado del Parlamento de Su Majestad. Porque Roy lo había logrado. O mejor dicho, Schmidt y los abogados habían hecho lo imposible por que ocupara un escaño en Westminster. Claro que nosotros habíamos hecho nuestra parte. Imaginaba lo que la pobre Evelyn tendría que haber soportado.

Roy pidió cócteles para todos, por más que Esther insistió en que prefería una copa de vino blanco.

—Querida, tienes que probar el Cherry Bomb. Lleva tequila, mermelada de cereza, pimienta negra, agave y limón. Te gustará —dijo Roy sin darle opción.

Yo ya había probado en un par de ocasiones el famoso cóctel y no es que fuera mi favorito, pero resultaba estimulante.

Roy también insistió en elegir la cena.

Nos contó un sinfín de anécdotas y chismes sobre los miembros del gobierno. Parecía estar disfrutando de su condición de parlamentario y, por lo que dijo, empezaba a pasar más tiempo en Londres que en el condado de Derbyshire.

—Evelyn se enfada. Dice que no puedo descuidar a los votantes y no lo hago, pero también quiero disfrutar un poco de la vida —nos explicó mientras pedía otra ronda de Cherry Bomb.

—Deberías hacer caso a Evelyn. Disfrutas de tu nueva vida gracias a tus votantes. Descuídalos y te quedarás en el condado para siempre —le dije sin miramientos.

—No seas aguafiestas, Thomas. Me estoy haciendo un nombre aquí —replicó.

—Pues me temo que te voy a aguar la fiesta, Roy, porque aquí no eres nadie —objeté—. Representas a un pequeño partido rural, sólo eso. Puede que algún ministro te pase la mano por el lomo para que le votes alguna ley, pero en realidad no les importas. Deberías afianzar a tu partido. Tú y yo sabemos que es un engendro, que has tenido suerte, pero nada más. En las próximas elecciones los del Partido Laborista y los del Conservador harán lo imposible por dejarte fuera de juego. Buscarán tus miserias para exponerlas lo mismo que nosotros hicimos en el pasado con sus candidatos. Y eres vulnerable, Roy, muy vulnerable. Si alguien me contratara para machacarte te aseguro que sabría cómo hacerlo —afirmé con tal rotundidad que en la mesa se hizo un silencio incómodo.

Roy carraspeó molesto y Evelyn bajó la mirada para ocultar su inquietud. Les estaba chafando la fiesta. Fue Esther la que nos devolvió la calma.

—Cada cosa a su tiempo, ¿no os parece? Mañana hablaremos de trabajo y del futuro, pero hoy estamos aquí para celebrar algo. Dijiste que te casabas y estoy deseando que nos digas con quién y sobre todo conocerla. Espero que seas muy feliz.

—Gracias, Esther. Tu marido es un bruto, pero tú eres un ángel —bromeó Roy.

—Yo creo que deberías decírselo ya... —le interrumpió Cooper.

—Sí... creo que sí. Chicos, poneos en pie. Quiero que brindemos por mi boda y por vosotros, que haréis de padrinos y espero que nos deis la misma suerte que tenéis.

»Thomas… Esther… Os presento a mi futura esposa.

Me sentí como un estúpido. ¿Cómo no me había dado cuenta? Roy había colocado su brazo derecho alrededor de los hombros de Evelyn y, a continuación, la besó en los labios.

Así que Roy Parker se casaba con Evelyn Robinson, la ambiciosa reportera de Radio Este que yo había reconvertido en publicitaria. El patito feo de ojos saltones que ahora se daba aires de ejecutiva de la City.

Esther los felicitó. Primero a Evelyn y luego a Roy. No parecía sorprendida, al menos no tanto como yo.

—Bueno, quiero deciros que me lo esperaba, no sé por qué pero… —dijo Esther.

—¡Pero si no os hemos dado ninguna pista! —exclamó Evelyn riendo.

—Hasta hoy no, pero cuando te he visto en la oficina… Te he notado distinta: la manera de vestir, de moverte… Y cuando hemos llegado al restaurante ya no he tenido ninguna duda.

—Tú eres la responsable de nuestra boda, Esther —terció Roy—. Le encargaste a Evelyn que me buscara una esposa… —Rió encantado.

—Sí, y has elegido bien —respondió Esther—. Vas a tener una buena esposa y una buena consejera. Te felicito, Roy, y espero que sepas hacer feliz a Evelyn. —Esto último lo dijo muy seria.

Bromeamos el resto de la velada. No era momento para hablar de trabajo y mucho menos de preguntar si, ahora que tenía a Evelyn, Roy rompería su contrato con nosotros. Tendríamos que esperar al día siguiente para saberlo.

Nos dieron detalles sobre la boda. Se celebraría tres días más tarde. Yo sería el testigo de Roy y Esther de Evelyn. Después de la ceremonia celebrarían un cóctel en el Dorchester con unos cuantos invitados, sus compañeros del Partido Rural, cinco o seis parlamentarios, un par de altos cargos del gobierno y una docena de amigos. La celebración sería elegante pero sobria, explicó Evelyn.

Roy se empeñó en llevarnos en su coche hasta nuestro apartamento con la intención de que los invitáramos a una última copa, pero Esther se negó. Ambos estábamos no sólo cansados, sino también estábamos ansiosos por hablar de la boda. Roy, a disgusto, aceptó dejar las copas para otro día.

Esther se dejó caer en el sofá y me pidió que le sirviera un whisky. Preparé otro para mí.

—Nos hemos quedado sin Roy —dije yo.

—Te equivocas. Que se case con Evelyn es lo mejor que nos podía pasar —afirmó ella.

—Eres tú quien se equivoca. Con Evelyn tiene esposa y consejera de prensa, ya no nos necesita. Tuve buen ojo cuando la contraté. Es inteligente y ambiciosa. De ser una gacetillera de un periodicucho local como *Diario Este* se va a convertir en la esposa de un diputado y hará lo imposible por que Roy no meta la pata.

—Precisamente por eso seguirá contando con nosotros. Eso sí, tienes que buscar quien la sustituya para llevar a Roy. Y tiene que ser alguien en quien ella confíe porque en realidad será ella la que decida lo que debe hacer Roy.

—Pero ¿no comprendes que no tiene ningún sentido que nos pague por lo que a partir de ahora va a hacer gratis su mujer?

—Evelyn se va a convertir en la señora Parker. No se separará de él ni un minuto, pero le conviene seguir teniendo un trabajo, aunque sea nominal, y al mismo tiempo poder ocuparse de los asuntos de Roy. Te apuesto a que te pedirá un cambio en las condiciones laborales, pero no se irá.

Tenía razón. A la mañana siguiente Evelyn llegó temprano a la oficina; incluso Maggie pareció extrañada.

—Te casas en un par de días, deberías estar ocupándote de los preparativos de la boda —le dijo regañándola.

—Sólo tengo que recoger mi vestido, todo lo demás está listo. Y tengo que hablar con Esther y Thomas.

La conversación fue tal y como Esther había previsto. Evelyn nos dijo que quería seguir trabajando, pero no podía ser en nada que oliera a política. Eso sí, continuaría encargándose personalmente de la imagen de Roy aunque no oficialmente, y para eso nos sugería que Cooper ocupara su lugar.

—Está preparado, tiene buen carácter y se lleva bien con Roy. Quizá podríais contratar a otro publicitario para que lleve las campañas comerciales de las que se viene encargando Cooper. Os puedo dar unos cuantos nombres; hay gente joven con mucho talento dispuesta a trabajar por casi nada.

—¿Y tú qué harías? —quise saber porque no terminaba de ver qué podía hacer ella una vez casada.

—No sé… Quizá puedo encargarme de dirigir campañas institucionales, de ONG y cosas así.

—Ya, pero ¿cuántas ONG nos han encargado una campaña? —pregunté con reticencia.

—Hasta el momento, ninguna —admitió de mala gana.

—Tenemos un problema. No queremos perderte ni a ti ni a Roy, pero es difícil que podamos darte un trabajo a la medida de la nueva situación. No sé cuál podría ser tu tarea —insistí.

—Puede encargarse de la administración de la oficina —sugirió Esther.

—Eso ya lo hace Maggie —puntualicé cortando esa expectativa.

—¿Entonces? —preguntó Evelyn con preocupación.

—Si te dedicas a llevar las relaciones públicas de la agencia te acusarían de tráfico de influencias. Algún periodista listo llegaría a la conclusión de que si una empresa firma un contrato contigo es para influir en Roy. No, no sería buena idea que tuvieras un trabajo tan expuesto a las críticas —afirmó Esther, hablando más para ella que para nosotros.

—En realidad no puede hacer nada salvo dedicarse a ser la esposa de Roy, que eso en sí ya es un trabajo —volví a insistir.

—O sea, que me quedo fuera. Me vais a despedir. —La voz tensa de Evelyn me inquietó.

—No, no te vamos a despedir. Déjame pensar, quizá… Sí… Podría ser… —Esther continuó hablando consigo misma.

—¿Qué es lo que podría ser?

—Le daremos un aire filantrópico a la empresa —prosiguió Esther—. Todos los años concederemos becas a los jóvenes con mejor currículo académico. Harán prácticas en Comunicación Global y Evelyn será su tutora, la encargada de enseñarlos, de guiarlos, de ayudarles a dar sus primeros pasos en el mundo laboral. Hay que decidir las condiciones que deben reunir los aspirantes y, una vez cumplimentadas, elegiremos a los mejores. Durante un par de años trabajarán aquí, bajo tu dirección, con una remuneración mínima. Al principio podremos ofrecer cuatro o cinco becas; más adelante, si las cosas marchan, aumentaremos el número. ¿Te parece bien? —me preguntó a mí, obviando el entusiasmo de Evelyn.

—No sé... Se te ocurren unas cosas... ¿Crees que necesitamos becarios? —respondí.

—Si estábamos dispuestos a contratar a un par de publicitarios jóvenes, mejor becar a cuatro o cinco por el mismo precio. Trabajarán casi gratis y además nuestra empresa cumplirá con la cuota de filantropía que deberían tener todas las empresas. Naturalmente, Evelyn seguirá haciendo campañas, sólo que oficialmente serán esos jóvenes quienes las hagan, pero ella estará detrás como su maestra. Sinceramente, creo que he tenido una gran idea —concluyó Esther.

No pude negarme. Me hubiera gustado despedir a Evelyn, pero si lo hacía nos quedaríamos sin Roy, que seguía siendo nuestro principal y más seguro cliente. Acepté. Evelyn me abrazó dándome un sonoro beso en la mejilla.

—¡Sois estupendos! ¡Gracias! Roy se pondrá muy contento. Estábamos preocupados —admitió Evelyn.

Si a Maggie le pareció bien o mal no nos lo dijo. Enarcó una ceja y me miró conteniendo una sonrisa, y eso lo mismo podía significar que me consideraba un idiota o que estaba de acuerdo con nosotros.

Cooper también estuvo a punto de besarme cuando le dijimos que a partir de ese momento se encargaría de Roy. Ansiaba dar el salto a la publicidad política porque estaba harto de idear campañas para vender mermeladas o colonias. Le parecía más glamuroso codearse con los miembros del Parlamento. Además, se llevaba bien con Evelyn.

Roy me telefoneó invitándome a cenar a solas. No me resistí. Sabía que el lugar de la cita sería en casa de madame Agnès y estaba deseando saber qué había pasado allí desde mi última visita.

Esther acogió con indiferencia que me fuera a cenar con Roy. Prefería quedarse en el apartamento trabajando antes que perder el tiempo, que es lo que creía que sería cenar con Roy.

—Me fastidia dejarte sola —le dije por compromiso.

—No te preocupes, lo pasaréis bien. Yo prefiero quedarme aquí y llamar a Paul para saber cómo van las cosas por Nueva York.

—Haré lo posible por no llegar tarde —dije para que entendiera qué era lo que sucedería.

—Con Roy será difícil; seguro que después de la cena insistirá en que toméis una copa. Si llegas tarde ni me enteraré, ya sabes que duermo como un tronco.

Roy fue a buscarme a las siete. Quería sorprenderme. Me dijo que cenaríamos en un restaurante que no parecía serlo.

No quise decepcionarle, pero yo también conocía The Gourmet Burger Kitchen, un curioso lugar donde ofrecían unas estupendas hamburguesas.

Ya habíamos bebido un par de cócteles cuando le pregunté por Suzi. Sentía curiosidad por saber cómo había reaccionado ella a la boda de Roy con Evelyn.

—Cuando se lo dije se puso a reír como una loca. Opina que Evelyn es una muerta de hambre dispuesta a cualquier cosa para no volver a ser la chica de los recados del periódico del condado, y hacer cualquier cosa incluye el casarse conmigo. Por lo demás, me ha exigido que le aumente la pensión de manutención, y ha predispuesto a mis hijos contra Evelyn. Podría haber sido peor.

—¿Y ella qué hace?

—Ya no vive en el Derbyshire. Se ha trasladado a Oxford con la esperanza de que cuando llegue el momento nuestro hijo mayor acceda a su universidad. Ésa es su excusa. La realidad es que está liada con un tipo del condado que trabaja como director de una sucursal bancaria en Oxford. Mis hijos dicen que el tal Harry es buena persona, que se porta bien con ellos y que quiere a su madre. Puede ser. Aun así, ella me sigue odiando. Pero mejor que tenga a alguien que le caliente la cama por las noches.

—¿Ya no la quieres?

Roy se quedó en silencio. Tardó unos segundos en responder. Me dijera lo que me dijera, yo ya sabía que continuaba queriéndola.

—Uno no olvida a una mujer como Suzi... Fui muy feliz con ella. Nunca la habría cambiado por otra.

—¿Y Evelyn?

—Es una buena chica. Se ocupa de mí, me aconseja bien. Se ha convertido en imprescindible. Mejor casarme con ella, no vaya a ser que otro se la lleve.

—Muy previsor.

—Vamos, Thomas, tú conoces a Evelyn. Suzi tiene razón cuando dice de ella que es ambiciosa. Es buena en su trabajo. Las cosas son como son. Prefiero que continúe a mi lado que no que me deje cualquier día por un trabajo mejor o por un tipo con pasta que le ofrezca matrimonio. Además, me gusta. Y a los dos nos viene bien casarnos. No hay engaños por ninguna de las dos partes.

Roy era práctico. No se engañaba ni intentaba engañar a los demás. Y tal y como esperaba, me invitó a acompañarle a casa de madame Agnès.

—Hay chicas nuevas, te gustarán.

—Te casas pasado mañana —le recordé riendo.

—El matrimonio no tiene por qué acabar con las buenas costumbres.

Madame Agnès apenas reprimió el gesto de sorpresa al verme.

—Mi querido Thomas, me alegro de volver a verle. Pensaba que nos había olvidado.

—Eso nunca, madame, pero los negocios me obligan a pasar mucho tiempo en Nueva York.

—Nuestro querido Thomas está felizmente casado, madame —terció Roy—. Ésa es la principal razón que le mantiene alejado de nosotros.

—¡Ah, el matrimonio! Para los hombres es lo más conveniente; los estabiliza y les da una razón de ser —afirmó madame Agnès—. Los hombres solteros siempre son una fuente de problemas. No saben lo que quieren, creen que van a ser eternamente jóvenes. No hay nada más conveniente para un hombre que estar casado.

—¿Y para una mujer? —pregunté curioso por la respuesta que pudiera dar aquella mujer.

—Nosotras no necesitamos casarnos para ser estables ni para saber quiénes somos. Podemos arreglárnoslas solas mucho mejor que los hombres. Para las mujeres el matrimonio es un candado mientras que para los hombres supone una liberación. Ya no tienen que preocuparse por ellos mismos, su esposa lo hará por él.

—¿Y si es él quien exclusivamente se encarga del sustento de la familia? —insistí.

—Es lo que debe hacer, lo contrario le haría sentirse mal consigo mismo. No, ése no es un inconveniente para ninguna mujer, se lo aseguro, caballeros. Y ahora permítanme invitarlos a una copa de champán.

Seguí a Roy hasta la biblioteca, donde un grupo de hombres discutían sobre el torneo de Wimbledon. A algunos los conocía, Roy me presentó al resto. Nos incorporamos a la charla, por mi parte sin demasiado entusiasmo, aunque el tenis ha sido el único deporte que a lo largo de mi vida me ha interesado y he practicado con gusto.

No permanecí mucho tiempo en la biblioteca. Ya que estaba allí quería disfrutar del resto de la noche con alguna chica. Roy me siguió; tampoco a él le entusiasmaba la conversación.

Vi a Nataly hablando con un anciano. Pensé que estaba más guapa que la última vez que nos vimos. Claro que aquella noche mi única preocupación fue saber más sobre lo sucedido con Yoko.

Roy se decidió por una joven de piel oscura.

—Es hindú, y desde hace unos meses es mi preferida —me dijo bajando la voz.

Me acerqué hasta donde estaba Nataly, que se sobresaltó al verme, aunque intentó borrar la mueca de desagrado que se había instalado en su rostro.

La saludé besándole la mano y le pedí al anciano caballero que me permitiera hablar «con esta vieja amiga que hace demasiado tiempo que no veo». El hombre dudó pero pareció resignarse. Había otras muchas jóvenes bonitas como para discutir por una de ellas, sobre todo si ésta era una más y no su favorita.

—Así que estás de vuelta. Creía que no te veíamos nunca más.

—Pues aquí me tienes, dispuesto a disfrutar un buen rato de ti.

—Después de lo sucedido… no estoy a gusto contigo, Thomas. ¿Por qué no buscas a otra chica? Algunas son nuevas y no te conocen.

—Nos divertíamos juntos.

—Nunca me he divertido en esta casa, aquí vengo a trabajar.

—Vaya, pues finges muy bien.

—Entra en el dinero que los clientes pagan —recalcó sin miramientos.

—Sigues siendo una deslenguada.

—Sólo contigo, Thomas.

—Eso significa que soy diferente a todos esos hombres con los que te acuestas.

—Eres el peor, Thomas.

—No pretendo lo contrario. Subiremos a un reservado.

—Preferiría que no.

—Ya, pero el cliente manda, y te he elegido a ti.

—Madame Agnès nos garantiza poder decidir. Ninguna de las chicas que trabajamos aquí hacemos nada que no queramos hacer. Y yo no quiero estar contigo, Thomas.

Su mirada reflejaba cansancio. Cansancio de mí. Ni siquiera odio; sólo el hastío que produce alguien a quien no quieres en tu vida.

—¿Por qué?

—Porque eres una mala persona, pero eso ya lo sabes. Porque Yoko murió por tu culpa y quizá también por la mía. Me compraste, sí, y ¿sabes?, cuando subo a un reservado con cualquier tipo no siento que me están comprando. La única vez que me he vendido fue cuando acepté tu dinero a cambio de contarte cosas sobre Yoko.

»Puede que aquel coche la atropellara por accidente, puede que la empujaras tú, aunque nadie te vio, o puede que ella decidiera quitarse la vida; en cualquier caso, me siento responsable de su desgracia. Nunca te perdonaré que me corrompieras, no, no en la cama, sino que fueras capaz de alentar mi ambición para hacer de Yoko tu víctima.

Me reí. De repente sentí desprecio por ella. Nataly tenía mala conciencia y eso la atormentaba. Seguramente, por lo general lograba olvidarse de Yoko y de lo sucedido, pero cuando me veía, era como mirarse al espejo y ver reflejada su miseria.

Sin embargo yo no estaba arrepentido de lo sucedido. Mil veces volvería a hacer lo mismo aun sabiendo que el final sería la muerte de Yoko.

Nataly me observaba expectante. No sabía qué podía esperar de mí.

Si yo hubiera sido siquiera en aquella ocasión un buen hombre, habría puesto mi mano en su hombro y le habría dicho palabras que le devolvieran la paz interior:

—No te culpes, querida, tú no tuviste nada que ver con lo que sucedió. La información que me diste era irrelevante, estaba al alcance de cualquiera. ¿Crees que me hubiera costado averiguar que Yoko tenía novio y estaba comprometida? Todo lo que me contaste sobre Yoko era irrelevante.

»*Sí, ella se sentía agobiada por mí y yo no aflojé la cuerda. No creas que me siento satisfecho, no debería haberme inmiscuido en su vida. Pero ésa es mi responsabilidad, no la tuya. No te reproches nada, no tienes por qué. Yoko eligió morir para escaparse de mí. Nada tienes que ver con su decisión.*

»*No voy a insistir para que vengas a un reservado conmigo. Tienes razón, ambos nos recordamos el uno al otro a Yoko. Te doy mi palabra de que nunca más me cruzaré en tu camino.*

Pero no dije ninguna de estas palabras. Lo que hice fue sujetarla por las muñecas y tirar de ella hacia mí hasta susurrarle al oído que si no venía conmigo le contaría a madame Agnès y al resto de las chicas que había vendido a Yoko, que la había espiado para mí.

—Ya sabes lo que sucederá. Madame Agnès te despedirá y las chicas no te perdonarán. Madame no consiente las indiscreciones y mucho menos que una chica se dedique a vigilar a otra a cuenta del dinero de un cliente.

»Si no vienes conmigo no podrás volver a trabajar aquí. Ah, y yo me encargaré de que tu familia y tus amigos y en la universidad se enteren de que trabajas como prostituta.

Nataly palideció. Sus ojos se llenaron de lágrimas y disfruté pensando que ya estaba vencida. Pero lo que sucedió a continuación era lo único que nunca imaginé que sucedería.

Ni siquiera me dio tiempo a darme cuenta. La pequeña Nataly me abofeteó provocándome más vergüenza que dolor.

Sentí las miradas de los clientes y las de las chicas que estaban más cerca de nosotros. Todos se quedaron en silencio, observándonos, a la espera de que ocurriera algo más.

Nataly también esperaba. No tenía miedo. Ni siquiera parecía preocupada.

—Yo que tú me iría, Thomas, y no volvería jamás a esta casa. Pero si lo que quieres es vengarte de mí, puedes hacerlo. Yo misma te ayudaré a contar a madame Agnès y a las chicas qué par de miserables estamos hechos. Te entregué mi dignidad en una ocasión, pero no la tendrás nunca más.

Madame Agnès se acercó con paso rápido y el gesto airado. Una escena así no se había producido nunca en su casa.

—Pero ¿qué sucede aquí? Nataly, tendrás que explicarte... Y usted, señor Spencer... Por favor, vayan los dos a la biblioteca; allí hablaremos.

Madame se volvió sonriendo a los caballeros y a las chicas, que en silencio aguardaban una explicación.

—No ha pasado nada. Por favor, continúen con sus charlas...

Nataly apretó el paso dejándonos atrás. Yo la seguí, disfrutando del momento. Daba por descontado que podría humillar a Nataly y que madame Agnès la despediría de inmediato.

—Pero ¿qué pasa? ¿Te has vuelto loco? ¿Cómo se te ocurre montar un escándalo con esa chica? —Roy se había colocado a mi lado y se le notaba enfadado.

—No te preocupes, no ocurre nada —respondí quitando importancia a lo sucedido.

—Habéis conseguido que todo el mundo se fije en vosotros y lo peor es que esta noche hay un par de parlamentarios que me conocen. ¿Se puede saber qué ha pasado?

—Una nadería, nada que pueda afectar a tu buena fama. Déjame que lo resuelva, Roy. Vete a disfrutar de la noche con esa morena que te acompaña.

Me hizo caso y se alejó. Pero no pude obviar las miradas a mi paso. Algunos hombres me observaban con disgusto y las chicas parecían alteradas.

Cuando entré en la biblioteca madame Agnès cerró la puerta. Nataly estaba de pie, aguardando expectante pero sin que se la viera asustada.

—Nataly acaba de decirme algo que... ¡Dios mío, debí darme cuenta! —se lamentó madame Agnès.

—No sé qué le ha dicho esta chica —dije con marcado desprecio mirando a Nataly.

—Que espió a Yoko para usted a cambio de dinero. Usted

convirtió la vida de Yoko en un infierno hasta que la pobrecita... tuvo el desgraciado accidente. Y esta noche... Esta noche su comportamiento ha sido todo menos caballeroso, señor Spencer. Usted sabe que es norma de esta casa que mis invitados actúen libremente, tanto los caballeros como las señoritas. Nadie está obligado a nada.

—Madame Agnès, déjese de eufemismos. Usted regenta una casa de putas. Nataly es una puta y es con la que esta noche yo quiero acostarme. No acepto un no de una puta, tampoco de usted.

Pero yo me había equivocado respecto a lo que podía suceder. Madame Agnès tragó saliva y luego clavó su mirada felina en mis ojos. Parecía buscar las palabras adecuadas y por eso no se decidía a hablar. Cuando lo hizo, me fulminó:

—Señor Spencer, salga de mi casa y no vuelva más. Ya no es usted bienvenido. Siempre he sabido que usted no era un caballero sino uno de esos sujetos que sólo tienen dinero. Su comportamiento ha sido deplorable esta noche y me temo que otras muchas noches. No sé ni quiero saber qué es lo que Nataly le contó sobre Yoko, pero ahora entiendo el nerviosismo de ella cada vez que le veía. Usted le desagradaba. Lo noté y en una ocasión le recordé que no tenía por qué estar con usted. Ella me respondió que no me preocupara. Desgraciadamente, Yoko está muerta. Ahora salga de mi casa.

—Vaya, la jefa de las putas interpretando el papel de gran señora. Ni lo intente, madame, parece usted una caricatura. Usted fue puta en su juventud y ahora es la patrona de otras putas. Pago por estar aquí y si no quiere provocar un escándalo mayor, ni se le ocurra intentar echarme. Me iré cuando quiera y volveré cuando me apetezca. —La miré con tanto desprecio que ella retrocedió un paso, pero se recuperó pronto.

—Señor Spencer, váyase. Si tengo que llamar a la policía, lo haré. Y si tengo que pedir a algún amigo que vuelvan a investigar la muerte de Yoko, también lo haré. No creo que a su esposa le agrade ver su rostro en el *Times* relacionado con la muerte de una chica.

—¿Y el suyo, madame? ¿Cree que podrá evitar que su casa no sea señalada como lo que es, una guarida de putas?

—Ya le dije que no es una buena persona —terció Nataly mirándome con desprecio.

—Tú calla. Lo que hiciste con Yoko es imperdonable. No quiero que vuelvas por aquí. Te pagaré esta noche y espero no volver a verte —le comunicó madame Agnès a Nataly.

Nos quedamos en silencio los tres, midiéndonos con la mirada. Madame Agnès salió de la biblioteca sin decir nada y regresó dos minutos después acompañada de Roy Parker, momento que Nataly aprovechó para marcharse.

—Madame Agnès me ha pedido que te vayas. Sal de aquí, Thomas. —El tono de voz de Roy estuvo marcado por la violencia.

—¿Y si no quiero irme? —pregunté desafiándolo.

—Te echaré yo personalmente. Tú decides. Creí que eras más listo y sabías cuándo uno tiene que marcharse. No me crees problemas, Thomas; eso no nos beneficiará a ninguno de los aquí presentes. Vete.

Sopesé su mirada y vi que estaba dispuesto a darme un puñetazo si hacía falta. En sus ojos no había ni un destello de comprensión, ni siquiera de simpatía hacia mí.

No me despedí. Me fui. Comprendía que Roy no había tenido otra opción que ponerse en mi contra, pero decidí que en algún momento le pasaría factura.

Cuando llegué al apartamento, Esther estaba leyendo en la cama. Se sorprendió al verme. Dijo que pensaba que regresaría más tarde, habida cuenta de que Roy era de los que nunca encontraban el momento de irse a casa. Yo estaba de malhumor y no le presté atención. Ella me miró con indiferencia. Tanto le daba la causa de mi estado de ánimo.

Me quedé en el salón un buen rato bebiendo unos cuantos whiskies, pero no tantos como para caer borracho.

Por la mañana, Esther se levantó pronto, lo que evitó que me preguntara quién me estaba llamando con insistencia al móvil y por qué no respondía a las llamadas.

Miré la pantalla y vi el número de Constanza. No había dejado de llamarme desde que salí de Nueva York. Yo no había respondido a sus llamadas y los mensajes que me dejaba en el contestador del móvil resultaban patéticos.

Tan pronto decía que me amaba más que a su marido y a su propia hija y me suplicaba que volviera con ella, como me insultaba amenazándome con contar a todo el mundo nuestra relación.

Silencié el teléfono y decidí continuar durmiendo un rato más, al menos hasta que Esther saliera del cuarto de baño.

No volví a hablar con Roy hasta la ceremonia de su boda, a la que acudí sin ningún entusiasmo. Para Esther también era un trámite que teníamos que cumplir. Agradecía a Evelyn que la hubiera elegido como testigo, pero en realidad le resultaba indiferente.

Roy y yo nos dimos un tenso apretón de manos y aguardamos en la puerta del ayuntamiento a que llegara Evelyn con Esther. Tuvimos que esperar diez minutos y si no hubiera sido por Cooper y por Maggie, Roy yo no habríamos intercambiado ni una palabra. Estábamos enfadados el uno con el otro. Nada definitivo, pero no nos sentíamos a gusto. La ceremonia fue rápida y, para mi sorpresa, Maggie se emocionó. Supongo que la muy arpía tenía su corazoncito y apreciaba a Evelyn, a la que había visto pasar de ser el patito feo a un cisne con suerte.

Cuando Evelyn estaba diciendo el «sí, quiero» a Roy, mi teléfono comenzó a vibrar. Más tarde vi que la llamada había sido de Constanza. En el mensaje me decía que me daba una hora para responderle o haría algo terrible. La creí.

Nada más llegar al Dorchester busqué un lugar apartado desde donde hablar con ella. Me asusté al escucharla. Tenía la voz pastosa. Dijo que se había tomado un par de pastillas para tranquilizarse. Comenzó a llorar. Tuve que prometerle que nos veríamos apenas regresara a Nueva York.

—¿Cuándo será eso? —preguntó entre sollozos.

—Tengo trabajo, Constanza. No puedo irme así como así, supongo que aún estaremos unos cuantos días más en Londres.

—Pero ¿cuántos días? —insistió.

—Tres o cuatro, no lo sé. Estate tranquila, hablaremos a mi regreso.

—No me vas a dejar, ¿verdad?

—Por favor, Constanza. Estoy en el Dorchester, en la boda de un amigo. No puedo hablar y menos de asuntos personales.

—¡Dime que no me vas a dejar! —gritó histérica.

—Si gritas y no te tranquilizas no volveremos a vernos —la amenacé sabiendo que era lo único que podía hacer para controlarla.

—Estoy tranquila… Estoy tranquila… Pero tenemos que hablar. No puedes dejarme. Voy a separarme de Ralph.

—No hagas nada, Constanza, no digas nada; espera a que yo regrese. Prométeme que no harás nada hasta hablar conmigo o no me volverás a ver. No me gusta que me amenacen ni que me presionen, ya lo sabes.

—Te lo prometo, Thomas. ¿Me quieres?

—¿Cómo puedes hacerme esa pregunta? —respondí para no decirle lo que ella temía.

Un cóctel a media tarde tiene la ventaja de que no dura mucho. Un par de horas después habíamos terminado. Los recién casados tenían previsto cenar a solas. Al día siguiente salían rumbo a Delhi. Evelyn quería pasar su luna de miel en la India.

Ni Esther ni yo deseábamos quedarnos más tiempo en Londres, de manera que sólo permanecimos allí un día más. Cooper nos lo reprochó. «Venís muy poco», dijo bajo la atenta mirada de Maggie, que aunque no pronunció ni una palabra, su gesto era toda una declaración de lo que pensaba.

En realidad, lo que a Cooper le molestaba era tener que esperar el regreso de Evelyn para ofrecer las becas a los jóvenes talentos que trabajarían casi gratis para Comunicación Global, y que con su sola presencia le harían sentirse importante puesto que oficialmente se iba a encargar de dirigir la agencia.

Cooper tenía unas cuantas ideas para ampliar el negocio y para eso necesitaba gente, pero Evelyn se había mostrado inflexible: ella era la encargada de formar a los becarios. Sin ese cometido su presencia en la agencia dejaría de tener sentido. De hecho, ella sabía que era un trabajo ficticio y que si no la habíamos despedido era para no perder a Roy como cliente. Lo que Roy Parker nos pagaba mensualmente era con lo que manteníamos los gastos generales de la agencia.

Cada vez me gustaba más Nueva York. Era mi ciudad, a pesar de que no tenía ningún recuerdo especialmente agradable de mi infancia que me atara a ella. Supongo que mi apego a Nueva York se debía, en el pasado lo mismo que en el presente, a que los neoyorquinos son más comunicativos y menos formales que los británicos.

Nada más llegar al aeropuerto pedí a Esther que me esperara unos minutos mientras iba al baño. Me preocupaba que Constanza pudiera haber cumplido alguna de sus amenazas y quería llamarla para que supiera que ya estaba en la ciudad con la esperanza de que eso la tranquilizara.

El teléfono sonó unas cuantas veces sin que respondiera. Me puse en lo peor. La muy idiota era capaz de cualquier cosa.

Cuando llegamos a casa, sentí un confort inmediato. Podía refugiarme en mi despacho y no sentir todo el tiempo la mirada indiferente de Esther. Supongo que a ella le sucedía lo mismo. Disponer de espacio propio se había convertido en una necesidad.

Volví a telefonear a Constanza. Me sobresalté al escuchar la voz de Ralph Morgan.

—¿Quién es? —preguntó aun sabiendo que el número que se reflejaba en la pantalla era el mío.

—Soy Thomas Spencer, Ralph. Acabamos de regresar de Londres y hemos traído un regalo para Ellen. Quería preguntarle a Constanza cuándo le viene bien que se lo lleve.

—Me alegra oírte, Thomas, y gracias por acordaros de Ellen. Verás, Constanza no está en casa; se ha olvidado el teléfono y por eso he respondido yo. Le diré que te llame y espero que nos veamos pronto. Carter dice que debemos seguir contando con vosotros. Sois una buena agencia de comunicación y publicidad. ¡Ah! Y ¿cómo está Esther?

—Pues deseando veros a ti y a Constanza.

—Nos veremos pronto, Thomas. Os llamaremos.

Cuando colgó suspiré aliviado. La mentira que había improvisado parecía haber funcionado aunque tendría que buscar algún regalo que pusiera «Made in England» para entregárselo a la pequeña Ellen.

Más tarde le comenté a Esther que quizá deberíamos haber traído un regalo para la hija de los Morgan.

—¿Y por qué habríamos de hacerlo? No son amigos nuestros, sólo les hemos hecho una campaña.

Esther diferenciaba el trabajo de las relaciones personales. Los Morgan le caían bien pero pertenecían al ámbito laboral y aunque le apenaba la enfermedad de Ellen, no se sentía vinculada emocionalmente a la familia.

—Verás, en una ocasión le dije a la niña que si iba a Londres le traería algo. Fue una tontería y ahora me doy cuenta de que no lo he hecho y no me gustaría quedar mal. Los Morgan seguirán siendo nuestros clientes y que tengamos un detalle con su hija les gustará.

—Sobre todo a Constanza. Es una mujer extraña, aunque tú le caes bien. Bueno, preguntaré dónde podemos comprar algo que sea inglés. ¿Vas a dormir un rato o vienes a la agencia?

—Prefiero trabajar desde casa, ya iré por la tarde. ¿Hay algo urgente que nos obligue a ir ahora?

—Paul quiere que supervise una campaña antes de presentársela a los clientes. Ya sabes, la de las lavadoras.

—Para eso no me necesitas, de manera que si no te importa, me quedo en casa.

No le importaba. Se había duchado y vestido con un traje pantalón, y estaba dispuesta a trabajar hasta caer rendida.

En cuanto salió de casa pensé en irme yo también a casa de

los Morgan. Pero no lo hice. Sabía que era una temeridad. Telefoneé a Olivia, quien sin ningún entusiasmo me invitó a un *brunch* en su apartamento. Bueno, en realidad era mi apartamento, puesto que lo pagaba yo y continúo pagándolo yo. De camino a su casa me paré en una tienda especializada en té. Pensé que allí podría encontrar algo típicamente inglés. Compré una taza con un plato. Tenía un dibujo infantil, creo que un oso vestido con la bandera inglesa.

Hablar con Olivia suponía una liberación. A ella no la engañaba respecto a mis relaciones con otras mujeres. Sabía que llevaba meses acostándome con Constanza sin que eso le provocara la más mínima preocupación. En realidad se había convertido en mi mejor consejera y no le importaba sugerirme maneras de cercar a las mujeres con las que me quería acostar.

Olivia sabía que su inteligencia la ataba más a mí que su carne blanca y sus ojos verdes. Eso podía encontrarlo en otras, pero lo que no podía era sincerarme con cualquiera.

—Constanza se ha convertido en un problema y si quieres quitártela de encima, tendrás que hacerlo de manera que sea ella la que crea que te deja a ti —me sugirió mientras mordisqueaba una tostada con salmón.

—¿Y cómo voy a convencerla? Esa mujer se ha vuelto loca. Creo que terminará diciéndole a su marido que se acuesta conmigo, y si eso sucede, Esther se enterará.

—Que es lo único que te preocupa —sentenció mirándome muy seria.

—No voy a perder a Esther por Constanza ni por ninguna mujer. Antes prefiero verla muerta.

—Muy dramático pero poco lógico. ¿Sabes? La única mujer del mundo que me desconcierta es la tuya. Esther tiene que ser extraordinaria para que un tipo como tú tiemble ante la posibilidad de perderla. Es tu único flanco al descubierto, tu única debilidad.

—No bromeaba cuando he dicho que sería capaz de matar si alguien intenta separarme de Esther.

Me creyó. Leía en mi rostro que realmente era capaz de cualquier cosa antes que perder a Esther.

—Deberías buscarte mujeres menos conflictivas, como yo. Mujeres que sepan a qué atenerse contigo, con la cabeza fría para no depender emocionalmente de ti. La pobre Constanza debe de estar muy sola y muy desesperada para quererte. Bueno, ahora de lo que se trata es de que salgas del apuro.

—¿Qué se te ocurre? —pregunté con la esperanza de que pudiera ayudarme.

—Pues no lo sé… Quizá podrías convencerla de lo mucho que la quiere su marido e insistirle en que su hija la necesita y lo que supondría para ellos que los abandonara. Dile que si lo hace nunca te lo perdonará, y que no podéis construir vuestra felicidad a cuenta de la desgracia de otros. Algo así puede funcionar.

—Está loca. Me dijo por teléfono que por mí estaba dispuesta a abandonar a su hija.

—Seguramente no lo piensa realmente, es su manera de presionarte.

El sonido de mi móvil interrumpió la conversación. Era Constanza.

—¿Dónde estás? Ralph dice que has llamado. Tenemos que vernos inmediatamente. —La angustia se reflejó en su voz.

—Sí, claro que nos veremos, pero tu marido está en casa, de modo que esperaremos a mañana o a cuando no esté.

—Ya se ha ido. Carter acaba de venir a buscarle. Esta mañana se ha quedado más tiempo porque tenía que terminar de escribir un discurso y no quería que le molestara nadie. Puedes venir, estaremos solos. Ellen está en el colegio y luego irá a un cumpleaños a casa de una amiga; no tengo que recogerla hasta las cinco.

—¿Ralph no volverá?

—No tiene por qué. Si miras en su página web verás que tiene un día cargado de actividades, entre otras cosas, una entrevista con el alcalde de Nueva York.

—De acuerdo, nos veremos, pero preferiría que nos encontráramos en otro lugar que no fuera tu casa.

—No voy a permitir que me humilles como hiciste cuando me llevaste a Chinatown —me advirtió.

—Podemos quedar en el bar del Waldorf —le sugerí.

—En mi casa, Thomas. Nos veremos en mi casa.

—No voy a ir a tu casa, Constanza. No sé por qué pero tengo la sensación de que tu marido sospecha algo.

—Mejor; si nos sorprende, me dará el divorcio de inmediato.

—¡Por favor, no digas estupideces! —grité.

Olivia me hizo un gesto con la mano indicándome que no perdiera la paciencia.

—Te espero en casa, Thomas.

Constanza colgó el teléfono y yo tiré el mío contra la pared, pero afortunadamente cayó sobre el sofá. Olivia me observaba preocupada.

—Así no vas a conseguir nada, Thomas. Se te nota demasiado que quieres deshacerte de ella. Tienes que hacer lo contrario. Sé un poco actor. Convéncela de que la quieres pero que os tenéis que sacrificar. Trabájale la mala conciencia. Dile que cuando ves a Ralph con Ellen en sus brazos se te rompe el corazón y lo mucho que la admiras por lo buena madre que es. Cosas así.

—No me hará caso —protesté.

—Si le gritas, no te hará caso. Si la abrazas, la besas y le dices que la quieres y cuánto te va a costar renunciar a ella, entonces puede que te escuche. Hazla sentir como una heroína que debe renunciar al amor por su familia.

—Lo que me propones es sentimentalismo barato —le contesté irritado.

—Te irá mejor con el sentimentalismo barato que si intentas que razone.

—Me esperará en la cama.

—Pues acuéstate con ella y esmérate. Si la rechazas aumentarás su ira. ¡Qué tontos sois los hombres!

—Y tú puede que te estés pasando de lista.

—Prueba con mis consejos. Si no sale bien siempre puedes aplicar tu propia receta.

Lo que menos me apetecía aquella mañana era acostarme con Constanza. Empezaba a sentir los efectos del *jetlag*.

Cuando llegué a casa de los Morgan, vi a Constanza en el jardín paseando de un lado a otro. Aparqué el coche mientras ella se dirigía a mi encuentro. Le pedí que fuera discreta.

Cuando entramos en la casa se abalanzó sobre mí. La besé con desgana pero sin rechazarla. Me cogió de la mano y tiró de mí llevándome a la habitación. Pensé que si me metía en la cama me dormiría, pero seguí los consejos de Olivia. Ella me había recomendado que me esmerara y fue lo que hice. Constanza pareció satisfecha.

—Promete que no volverás a irte —me pidió suplicante.

—Tendré que hacerlo en otras ocasiones. No puedo descuidar la agencia de Londres. Si te prometiera que no voy a hacerlo te estaría mintiendo y es algo que no deseo hacer.

—¿Me quieres? —Constanza había apoyado los codos en la almohada y me miraba fijamente.

—Si no te quisiera todo sería más fácil.

—¿Por qué me dijiste que querías dejarme?

—¿Es que no lo comprendes?

—No.

—Porque eres demasiado importante para mí y no quiero hacer pedazos tu vida. Por eso te dije que debíamos dejarlo. Pensé que si me comportaba de manera brusca me sería más fácil, e incluso a ti te resultaría más fácil aceptarlo. Me equivoqué. Lo siento, por nada del mundo pretendo hacerte sufrir.

Suspiró y pareció relajarse, por lo menos la tensión se disipó de su rostro y de su cuerpo. Me abrazó y me besó. Yo no tenía ni ganas ni fuerzas para otra sesión amorosa y la aparté con suavidad. Se volvió a poner tensa.

—¿Por qué me rechazas?

—No te rechazo, quiero hablar contigo. Además, deberías

apiadarte de mí, llevo veinticuatro horas sin dormir —le dije riendo.

—No hay nada de qué hablar, seguiremos juntos. Pero debemos ser sinceros con nuestras familias, tú con Esther y yo con Ralph. Todo el mundo se divorcia. Lo entenderán.

Debería haber sido sincero, decirle sencillamente que no me importaba, que no sentía nada por ella y que no pensaba continuar allí ni un minuto más.

Sí, podría haberle dicho algo así como: «Se acabó. Si quieres montar un escándalo, puedes hacerlo, tú serás la única perjudicada. Tu marido se divorciará y se quedará con Ellen. A mí no me importas, de manera que hagas lo que hagas no me afectará».

Pero no lo dije. Había llegado el momento de hacer buenas las teorías de Olivia. Si eso fallaba, no tendría más remedio que actuar a mi manera.

—En Londres no he dejado de pensar en nosotros, en nuestra mala suerte. Ralph te adora, lo eres todo para él y te lo ha demostrado.

—Le importo una mierda —replicó airada.

—No es verdad. Si fuera así no se habría casado contigo. Lo hizo y todo este tiempo te ha sido fiel.

—¿Incluso con Carter? —respondió con una carcajada estridente.

—¿Qué quieres decir? —pregunté interesado en la respuesta.

—Esos dos son uña y carne, lo eran en la universidad... A veces me pregunto por qué Ralph se acostó conmigo en vez de con él... Incluso puede que se acostara con ambos, sólo que yo me quedé embarazada.

—Estás insinuando que tu marido es... ¡No seas ridícula! No hay nada femenino en Ralph, esas cosas los hombres las notamos. Y tú, como todas las mujeres, eres malpensada y tienes celos de que tu marido tenga un buen amigo que además es su principal colaborador.

—Carter es homosexual. Si no te has dado cuenta es que estás ciego.

—Claro que es homosexual, pero eso no significa que todos los hombres que se relacionan con él lo sean. Yo me he entendido muy bien con Carter durante la campaña. Es un tipo inteligente, agudo, que sabe lo que hay que hacer. Hemos almorzado juntos al menos media docena de veces y te aseguro que no ha intentado seducirme.

—Está enamorado de Ralph —sentenció.

—Eso es lo que crees porque la que estás enamorada de Ralph eres tú y te molesta que tu marido no te haga todo el caso que necesitas. Así que prefieres buscar un fantasma para justificar que él no te da lo que esperas.

—No estoy enamorada de Ralph, nunca lo he estado —dijo con tranquilidad, como si fuera algo obvio.

—Pero… te acostabas con él en la universidad… Te dejaste embarazar… No quisiste abortar. ¿A eso cómo lo llamas?

—En realidad fue una apuesta. Sí, me aposté con mis amigas que era capaz de acostarme con Ralph. Todas teníamos manía a Carter. Era el más listo, el que más estudiaba y el que más nos despreciaba. Nos miraba con superioridad. Él era especialmente odioso conmigo. Procuraba ridiculizarme ante los demás. No sé por qué. Además, contaba con el afecto de Ralph, que era el guapo de la clase, al que todas nos queríamos llevar a la cama. Lo conseguí yo. Nos acostamos unas cuantas veces y yo no tomé las precauciones adecuadas y me quedé embarazada.

Permanecí en silencio analizando lo que me acababa de decir. La miré y vi en ella a una arpía. Sí; la mosquita muerta, la chica dulce y madre ejemplar era una arpía.

—Pudiste abortar —respondí incómodo.

—Soy cristiana, podría decirte que ésa fue la razón. Pero si no lo hice fue más por martirizar a Carter que por casarme con Ralph. Sabía que Carter le aconsejó a Ralph que me dejara plantada, que me obligara a abortar. Pero Ralph, además de ambicioso, es demasiado pusilánime. Cuando estábamos en la facultad él ya decía que se iba a dedicar a la política; por tanto, no podía dejar de asumir la responsabilidad con una chica a la que había dejado embarazada y que decía estar dispuesta a ser madre. Nunca me quiso, ni yo a él.

Estuve tentado de levantarme de la cama y telefonear a Olivia para preguntarle qué debía hacer en vista del relato que acababa de escuchar de labios de Constanza. Ya no tenía sentido insistir en que Ralph la quería, pero aun así decidí atenerme al guión de Olivia.

—Eso es lo que dices ahora. Pero ¿sabes?, no me vas a convencer de que Ralph no te quiere y tú no le quieres a él. Nadie tiene un hijo por fastidiar a un chico de su universidad y nadie se casa con una chica porque quiere dedicarse a la política. Si lo hicisteis fue porque ambos sentíais algo; de lo contrario, lo habríais resuelto de otra manera.

—Te equivocas, Thomas —aseguró bajando la voz.

—Verás... El paso del tiempo nos hace ver las cosas de otra manera a como realmente fueron. No creo que hayas sido nunca una chica frívola y estúpida. Yo no te veo así, pues no estaría contigo. Creo que fuiste una chica romántica, sentimental, enamorada del guapo de la clase que temía verse rechazada seguramente por las sospechas de tus amigas y las tuyas, a mi juicio totalmente infundadas, de que pudiera tener algo que ver con Carter. Nadie une su vida a otra persona sólo porque está embarazada, no en estos tiempos.

—Eres una buena persona si crees eso de mí —dijo riendo.

Su risa me irritó. La cogí del brazo y se lo retorcí. Estuve a punto de golpearla, pero eso me habría alejado de mi objetivo, que era convencerla de que no podía abandonar a su esposo y a su hija precisamente porque los quería a ambos.

—Si eres una arpía entonces no me interesas. Me fijé en ti porque me pareciste una mujer dulce, una mujer diferente, con principios, responsable. No sabes cuántas veces me he reprochado haberme cruzado en tu vida, haberte arrastrado a una relación indigna de ti.

—Pero ¿qué dices? Aquella primera vez que nos citamos en el Waldorf yo fui con la intención de acostarme contigo. No quería otra cosa. No te haces una idea de lo aburrida y casi inexistente que ha sido mi vida amorosa con Ralph... En realidad, él...

—¡Basta, Constanza! Deja de hablar así de tu marido. No te reconozco en las cosas que dices. Tú no eres así.

—¿Y cómo soy? Yo te lo diré: soy una estúpida que se casó con un hombre sin quererle y al que me veo atada porque tengo una hija enferma, lo que me obligó a no poder trabajar y a depender de ese hombre. Ellen es la cadena que me une a Ralph. Si ella no existiera, ¿crees que estaría con él? ¡Jamás! —Su voz se convirtió en un grito.

—Espero que no sea como dices, porque entonces...

—Entonces...

—Dejarías de ser importante para mí. No puedo amar a alguien a quien no respeto.

Olivia se habría sentido orgullosa de mí. La frase resultó melodramática pero eficaz. Constanza me miró asustada y se me abalanzó al cuello, abrazándome con tanta intensidad que casi me impedía respirar.

—Suéltame, por favor. Tenemos que aclarar esto de una vez por todas —le dije, deshaciéndome de su abrazo.

—Voy a pedir el divorcio. Alquilaré un apartamento donde vivir con Ellen. Luego... Espero que hagas lo mismo, que te divorcies de Esther y nos casemos o al menos vivamos juntos. Mi hija no te molestará, es una niña muy buena.

Nos quedamos en silencio. Constanza me miraba con tanta intensidad que parecía que iba a traspasar mi cerebro. Entonces le pegué. Le di una bofetada. El labio empezó a sangrarle y la mejilla donde la había golpeado adquirió un color rojo que destacaba en la palidez del resto de su cara.

No se inmutó. De sus labios no se escapó ni un reproche. Con el dorso de la mano intentó limpiarse la sangre que le chorreaba de los labios.

—Ve a lavarte la cara —le ordené.

Saltó de la cama y se dirigió al baño. Cuando regresó vi cómo se le estaba hinchando la mejilla hasta alcanzar el comienzo del ojo.

—Lo siento. Me has puesto muy nervioso. Pretendes ser una mujer que no eres, y si fueras así yo te aborrecería —murmuré mientras le pasaba la mano por el rostro entumecido.

—Viviremos juntos, Thomas —dijo desafiante.

—No, Constanza, no haremos las cosas así. Me has elegido a mí para vengarte de Ralph porque no ha sabido quererte como a ti te gustaría, como tú necesitas. Si Ralph te dijera que te ama y que no puede vivir sin ti, me dejarías tirado como una colilla. En cuanto a Ellen... No te creo capaz de castigar a tu hija dejándola sin su padre. Ralph adora a la niña y ella a él. Separarlos sería una crueldad. Ellen es una buena niña, pero no me aceptaría; en realidad crecería con resentimiento hacia ti y hacia mí. Ya ha sufrido bastante luchando contra su enfermedad para que además la hagas enfrentarse a la separación de su padre y de su mundo.

—¡Pediré el divorcio!

—Haz lo que quieras, pero yo no deseo ser el responsable de destrozar lo que le quede de vida a una niña enferma. No soy tan mala persona como para anteponer mis sentimientos y mis apetencias personales. Y tú tampoco lo eres. Es lógico fantasear con lo felices que podríamos ser juntos, pero nos hemos encontrado tarde y las circunstancias son las que son. Te debes a tu hija, y aunque no quieras reconocerlo porque te da miedo, te debes a Ralph, tienes una deuda de lealtad con él.

—No vas a dejarme —me advirtió y su voz helada me incomodó.

—No he dicho que vaya a dejarte. Me dejarás tú. Piensa en lo que hemos hablado, piénsalo bien. Yo siempre estaré cerca de ti y si me necesitas, me tendrás. No creas que me resultará fácil estar cerca y no pedirte que nos reunamos en el Waldorf o que me invites aquí cuando Ralph no esté. Pero no quiero seguir abusando de tu bondad, de tu soledad.

La puerta de la habitación se abrió de golpe. La figura de

Ralph se dibujó al contraluz. Constanza se abrazó a mí. No parecía preocupada por la presencia de su marido.

Me incorporé tirando de la sábana para envolver mi desnudez. No sabía qué podía decirle a aquel hombre que nos miraba con asco y resignación.

—Así que era esto lo que querías que viera… —dijo con voz neutra.

—Sí, por eso te he llamado. Quería que lo supieras sin necesidad de decírtelo. Ya ves, Thomas es mi amante. No creo que te extrañe.

—No, en realidad no. Intuía que podía haber algo entre vosotros dos, pero… ¿era necesario que le metieras en mi cama?

Ralph hablaba como si yo no estuviera presente. Me ignoraba. Se dirigía sólo a Constanza. La muy zorra había telefoneado a su marido para que nos pillara en la cama. Creía que así la situación sería irreversible.

—Lo siento… —alcancé a decir.

—¿Sientes acostarte con mi mujer? No lo creo —afirmó sin mirarme.

—Ha sido una estupidez por parte de los dos. Estas cosas pasan, pero… bueno, espero que seamos capaces de comportarnos como adultos. No ha estado bien por nuestra parte, pero… —No supe qué más podía decir. Me sentía ridículo desnudo, envuelto con una sábana.

Recogí mi ropa, que estaba tirada en el suelo. Al menos tenía que ponerme los calzoncillos y los pantalones. Lo hice ante la aparente indiferencia de Ralph, que seguía mirando intensamente a su mujer.

—Espero que me des el divorcio cuanto antes —dijo Constanza desafiante.

—¿El divorcio? ¿Te has acostado con él para poder divorciarte? ¡Qué estúpida eres!

—Quiero quedarme con Ellen. Sólo eso.

—La niña… Nuestra hija… Desde luego que no.

La voz de Ralph había adquirido un tono de dureza que me sobresaltó. Sentí alivio al terminar de subirme la cremallera de los pantalones.

—¿Podríamos comportarnos como personas civilizadas? —les pedí mientras me ponía los calcetines.

—Cállate —ordenó Ralph sin mirarme siquiera y sin elevar el tono de voz.

—¿Por qué tiene que callarse? ¡Esto nos concierne a los tres! —afirmó Constanza con un grito histérico.

Se había puesto en pie. Estaba desnuda pero no parecía importarle o acaso ni se daba cuenta. La cara se le estaba hinchando como consecuencia de mi bofetada. Ralph la miraba como si realmente no la viera. Tenía los ojos nublados por algo parecido a la ira, aunque estaba haciendo un esfuerzo por no gritar ni mostrarse violento.

—Escucha, creo que no deberíamos exagerar lo sucedido —intervine obviando la orden de Ralph—. Lo que ha pasado entre Constanza y yo nada tiene que ver con lo mucho que ella te quiere a ti y a vuestra hija. Quizá es su manera de decirte que necesita sentirse querida, que le hagas más caso.

—¿Te atreves a decirme que no presto atención a mi esposa? ¿Cómo te atreves? —dijo Ralph, esta vez sí estaba mirándome fijamente.

—Me atrevo a decir que hay cosas que suceden porque a veces nos encontramos solos. Es el caso de Constanza. Pero te diré que no me cabe la menor duda de que ella te quiere. Yo no significo nada. Sólo le he servido de venganza. —Intenté que mis palabras fueran convincentes.

—¡Eso no es verdad! —gritó ella—. ¡Te quiero a ti, quiero el divorcio para irme contigo!

—No intentes herir aún más a Ralph. Sé que no significo nada para ti. Yo... Bueno, puede que me haya dejado llevar por las circunstancias, al ver que te sentías tan sola... Pero nunca he tenido la menor duda de que sólo he sido un consuelo ocasional —insistí.

Constanza se plantó delante de mí. Su desnudez me incomodaba, pero ni Ralph ni ella parecían darle importancia.

—¡Cobarde! ¡Eres un cobarde! ¿Tienes miedo a Ralph? ¿Es eso? —gritó fuera de sí.

—¡Cálmate! Todo esto no tiene sentido. Claro que no tengo miedo a Ralph… Estás histérica y no sabes lo que dices.

Su mano se clavó en mi mejilla y sentí que la cara me ardía. No pude contenerme y la abofeteé ante la mirada impasible de Ralph. Constanza se tambaleó pero logró mantenerse en pie.

Me alejé de ella y me puse la camisa sin preocuparme en abrocharme debidamente los botones. Recogí la chaqueta y me dirigí a la puerta.

—¡No! ¡No te vayas! ¡No puedes dejarme! —gritó desesperada, abalanzándose hacia mí.

Ralph la sujetó intentando impedir que me siguiera. Bajé las escaleras deprisa. Me ahogaba. Oí un golpe y un grito. Constanza corría detrás de mí y no sé si tropezó o… quizá Ralph la había empujado. El caso es que cayó sobre mí y aún no sé cómo logré sujetarla e impedir que nos fuéramos al suelo los dos.

—¡Asesino! —gritó ella mirando a su marido, mientras yo intentaba no perder el equilibrio por causa del peso de su cuerpo.

En cuanto recuperé el equilibrio me desprendí de ella y aligeré el paso hacia la puerta. No miré hacia atrás. No quería hacerlo. Tampoco quise escuchar sus gritos pidiéndome que no la dejara con él.

—¡Asesino, me has empujado, quieres deshacerte de mí! ¡No te vayas, Thomas, no me dejes con él, me matará!

Sus palabras resonaron con fuerza. Apreté el paso. Cuando abrí la puerta una lluvia intensa cubría el jardín. Caminé deprisa hacia el coche y no respiré tranquilo hasta que no arranqué. Nunca había deseado tanto regresar a casa.

¿Podría haberme comportado de otra manera? Sí. Podría haberme encarado con Ralph:

Debí quitarme la chaqueta y cubrir la desnudez de Constanza obligándola a subir de nuevo las escaleras.

—Cálmate, no pasa nada...

—Sí... Me ha empujado... ¡Asesino! ¡Asesino!

—Por favor, Constanza... Vamos, tienes que vestirte.

La habría ayudado a subir las escaleras. En lo alto estaría Ralph mirándonos con intensidad a los dos, con los puños apretados. Habríamos pasado delante de él hasta la habitación de ambos.

—Vístete, por favor, hazlo deprisa. No te queda mucho tiempo, tienes que ir a buscar a Ellen.

—¡No me dejes con él! —habría suplicado.

—No lo haré. Anda, entra en el cuarto de baño y arréglate; me quedaré hasta que estés lista. No permitiré que te haga nada. Tranquila.

Mientras ella se vestía me acercaría a Ralph. Nos miraríamos midiéndonos el uno al otro para saber hasta dónde estábamos dispuestos a llegar.

—No sé si la has empujado, pero no se te ocurra ponerle la mano encima; si lo haces acabaré contigo. A mí no me importa que decidas dejarla y divorciarte. Haz lo que te parezca, pero si le pasa algo te denunciaré y juraré que te he visto empujarla por la escalera. ¿Lo has entendido? Ten cuidado, congresista.

Ralph me habría mirado con odio, pero no habría tenido otro remedio que rendirse a la realidad. Él podía acusarme de acostarme con su esposa, lo que para mí supondría sólo un inconveniente. Pero si yo le acusaba de intento de asesinato su carrera se iría al traste para siempre.

—En vista de lo sucedido, lo mejor es que Constanza y Ellen se vayan de aquí o que lo hagas tú. Pero no se te ocurra acercarte a ninguna de las dos.

Cuando Constanza se hubiera vestido yo la habría acompañado hasta la puerta conminándola a ir en busca de su hija. Podría haberle prometido que hablaríamos más adelante, que am-

bos necesitábamos recapacitar después de lo sucedido. También debería haberle recomendado que llamara a sus padres y les dijera que iba a vivir una temporada con ellos. La casa de sus padres no estaba lejos de la suya. E incluso podría haberle dado el teléfono de un buen abogado.

Pero no hice nada de eso. Ni siquiera me despedí de ella. Sentí alivio al notar el aire fresco en mi cara.

La ciudad estaba atascada. ¿Qué hora era? Cerca de las tres. Menos mal que mi casa no estaba muy lejos de la de Ralph, aunque viviéramos en zonas distintas de Brooklyn. Caí en que Ralph no había acudido a su cita con el alcalde. ¿Cómo se habría justificado?

Estaba sorteando el tráfico cuando el sonido del móvil me sobresaltó. En la pantalla apareció el número de Esther.

—¿Dónde estás? Acabo de llegar a casa. Me voy a dar un baño y me meteré en la cama. Estoy agotada. Reconozco que tenías razón, eso de no descansar después de un viaje transatlántico es para jóvenes...

—No tardaré. Tengo un problema. No te duermas, por favor...

Esther me esperaba en la cama. A duras penas se mantenía despierta. Sólo verla me tranquilizó.

—Estoy muerta, necesito dormir; aunque acostarnos a estas horas hará que nos despertemos a medianoche.

—Bueno, ya se nos ocurrirá algo que hacer —respondí riendo.

—¿Qué has hecho hoy? —me preguntó.

Estuve tentado de mentirle pero no lo hice, al menos no del todo.

—He comprado una taza con un oso y se la he llevado a los Morgan. Espero que le guste a Ellen.

—¿Inglesa?

—Sí, en el plato ponía «Made in England». Dará el pego.

Me desnudé y me acosté a su lado. Esther me dio un beso y se apartó con rapidez.

—Hueles a…

Olía a Constanza. Pero ella no terminó la frase. Sólo me miró con suspicacia y me deseó que descansara.

Nos sumimos en un sueño profundo, tanto que cuando el pitido del teléfono sonó con insistencia me pareció que era un sonido que pertenecía al mundo de los sueños. Fue Esther la que me zarandeó para que respondiera.

—Alguien está impaciente por hablar contigo.

Miré el reloj. Eran las once. Demasiado tarde para que ninguno de nuestros amigos nos llamara. Vi que era el número de Carter.

—No hay nada que me tengas que decir a esta hora —le dije al descolgar el teléfono, dispuesto a colgarle y a continuar durmiendo.

—Yo no, pero tú sí que tendrás que contarle algo a la policía —contestó con voz helada.

Me pareció no entender lo que decía, aún estaba entre las brumas del sueño. ¿Qué había dicho? Esther me miraba expectante.

—No te entiendo…

—Constanza Morgan ha muerto. Se ha caído al bajar la escalera, seguramente tropezó. La policía está investigando qué hizo las últimas veinticuatro horas y al parecer tú la visitaste. Ralph le ha contado a la policía que esta mañana estuviste en su casa para entregarle un regalo a Ellen; que hablasteis de todo y de nada y que luego te marchaste. ¿Me entiendes, Thomas? Nada más. ¡Ah! Constanza tiene un labio partido y una mejilla hinchada que al parecer nada tienen que ver con el golpe que se ha dado al caer por la escalera. Creo que en unos minutos la policía llamará a tu puerta. Ralph está desolado, pero sé que entre todos intentaremos que supere esta situación. Ya sabes lo mucho que Ralph te estima, y lo importante que ha sido tu agencia en su campaña, como lo seguirá siendo en el futuro. Las buenas amistades duran para siempre.

Entendí que Carter me estaba dando un mensaje: Ralph no

había confesado nada de lo sucedido. Ni que me había sorprendido en la cama con su mujer, ni el incidente de la escalera. Me estaban pidiendo que yo tampoco dijera nada.

No sabía qué decir. Constanza estaba muerta. Me resultaba imposible visualizarla de otra manera que no fuera viva. Pero Carter decía que estaba muerta. ¿Por qué?

Esther se preocupó al verme abrumado y cogió mi móvil.

—¿Quién es? —preguntó.

—Lo siento, Esther. Soy Nicholas Carter. La señora Morgan ha sufrido un accidente. He llamado para avisaros. Yo estoy en casa de los Morgan. Ralph está muy afectado.

—¿Qué clase de accidente ha sufrido la señora Morgan? —Esther hizo la pregunta sin mirarme. Parecía ensimismada con el teléfono.

—Se ha caído por las escaleras. Al parecer iba a buscar algo para Ellen en el piso de abajo y tropezó. Se ha roto el cuello.

—¡Dios mío! ¡Qué tragedia! Pobrecita, qué mala suerte. ¿Y cuándo ha sucedido?

—Hace un par de horas, sobre las nueve.

—Ya, cuánto lo siento. ¿Y la pequeña Ellen?

—Los padres de Ralph se han hecho cargo de ella. Como puedes suponer, los padres de Constanza están desolados.

—Lo sentimos mucho. Estaremos al tanto para asistir al funeral. Dile a Ralph que cuenta con nuestro pésame y que si hay algo que podamos hacer…

Carter carraspeó. No sabía cómo decirle a Esther que la policía quería interrogarme. Al final se lo dijo:

—He llamado porque la policía quiere hablar con Thomas. Seguramente es sólo rutina.

Nos levantamos. Esther me dijo que me diera una ducha. Lo hice. Teníamos que despejarnos. Luego, mientras yo me vestía preparó café. No fue hasta que no nos sentamos con una taza en la mano cuando me preguntó por qué creía que la policía querría hablar conmigo.

—Carter ha dicho que van a hablar con todas las personas

que han estado con ella en las últimas horas. Ya te he dicho que estuve en casa de los Morgan…

—Si quieres que te ayude tendrás que contarme la verdad, Thomas. Toda la verdad.

—¿Ayudarme? Oye, yo no tengo nada que ver con lo que le ha sucedido a Constanza.

—Por lo que ha dicho Carter, en cualquier momento la policía llamará a nuestra puerta.

—Pues que lo hagan. No puedo ayudarlos. Yo no estaba allí. Te recuerdo que estábamos durmiendo en la misma cama hasta que sonó el teléfono.

—¿A qué hora llegaste y cuánto tiempo te quedaste en casa de los Morgan?

—No sé… Llegué a eso de las doce y media o la una, puede que más tarde. Me quedé un buen rato, y luego me vine a casa.

—De casa de los Morgan no se tarda demasiado a pesar del tráfico. Aquí llegaste antes de las cuatro. Sí, es obvio que no estabas cuando la pobrecita se cayó por la escalera.

—Pero ¿qué habías pensado?

—Cuéntame la verdad, Thomas. Además de darle la taza para Ellen, ¿te acostaste con Constanza? Cuando te has metido en nuestra cama olías a… Bueno, digamos que olías a actividad amorosa. ¿Me equivoco?

Sentí pánico y empecé a sudar. Si admitía que me había acostado con Constanza, Esther podía decidir dejarme. Yo mismo le daría la excusa que necesitaba para liberarse de mí.

—¿Crees que no me he dado cuenta de cómo te miraba? —me preguntó—. Cada vez que hemos estado con los Morgan era evidente que ella te perseguía con la mirada, te consideraba suyo. No te oculto que en alguna ocasión he llegado a pensar que estaba un poco desequilibrada. Se notaba demasiado que entre Constanza y Ralph no había nada salvo esa pobre niña enferma.

»Constanza era la típica mujer ansiosa por que un hombre la mirara. Y tú eras el candidato ideal —insistió.

No podía creer que Esther hablara con tanta indiferencia,

como si se estuviera refiriendo a otros. Yo seguía debatiéndome entre decirle la verdad o negarlo todo.

—Thomas, te conozco demasiado… Sé que por nada del mundo me quieres perder, pero aun así te arriesgas con aventuras que no significan nada para ti pero que en ocasiones tienen consecuencias.

—Yo… No… Por favor… Te juro que no hay ninguna mujer que a mí me importe salvo tú… —balbuceé como si fuera un niño pequeño.

—Lo sé, lo sé… Pero no se trata de eso ahora, sino de qué ha pasado hoy entre Constanza y tú.

No lo admití. No. No admití que me había acostado con Constanza y que nos había sorprendido Ralph.

—Te juro que esa mujer me ha perseguido de una manera… Hoy he ido a decirle que no insistiera más, que no quería tener que ver con ella… No quería disgustarte y por eso se me ocurrió lo del regalo a Ellen. No es la primera vez que le he pedido que me deje en paz… pero se negaba. Me engañó, me dijo que iba al baño y lo que hizo fue llamar a su marido para que nos encontrara juntos. Ralph apareció y… no imaginas la escena…

—Bueno, puedo imaginar que a Ralph le impactara encontrar a su querida esposa con otro hombre. ¿Y qué pasó?

—Nada… Le dije a Ralph que no había nada entre Constanza y yo, que ella le quería pero que se sentía sola y que no significaba nada para mí. Le dije que teníamos que comportarnos como adultos. Luego me fui.

—¿Nada más? —Esther se mostró escéptica con mi versión de los hechos.

—Bueno, ella corrió detrás de mí. Yo ya estaba bajando las escaleras y no vi lo que pasó, pero sentí que se caía y al volverme pude cogerla; estuvimos a punto de matarnos los dos. Salí de allí, me ahogaba.

—De manera que esta mañana se cayó por las escaleras…

—Por un momento pensé que… Bueno, es una tontería.

—Pensaste que Ralph la había empujado.

—Ella comenzó a gritar, llamó «asesino» a Ralph y me pidió que no la dejara sola con él. Pensé que mi presencia allí no era necesaria, que sólo dificultaría más la situación.

Nos quedamos callados, cada uno pensando en lo que yo no me había atrevido a decir pero Esther sí.

El portero nocturno del edificio telefoneó para decirnos que subía la policía.

—¿Qué les cuento? —pregunté aterrado.

—No tienes nada que reprocharte. Si se cayó por la escalera hace un par de horas es obvio que tú no estabas.

—Le pegué —dije en voz baja.

—¿Cómo?

La mirada severa de Esther reflejaba un distanciamiento repentino de mí. Vi en sus ojos algo parecido al desprecio.

—Bueno, no exactamente. Antes de que llegara Ralph yo quería marcharme y se agarró a mi cuello... No podía quitármela de encima. No es que le pegara exactamente, sólo que tuve que retorcerle el brazo.

No dije la verdad porque me había dado cuenta de que Esther no me perdonaría que hubiera pegado a una mujer.

—Deberías decirle a la policía lo que ha pasado. Toda la verdad. Es lo mejor. Si Ralph intentó esta mañana matar a Constanza es evidente que lo ha podido conseguir esta noche. Sin duda tendrás que dar muchas explicaciones y tendremos problemas. Saldrás en los periódicos, eso tendrá repercusiones negativas para nuestra agencia, pero... ¡qué le vamos a hacer! Me temo que se acabó nuestra buena suerte. Algún día tenía que suceder.

En las palabras de Esther no sólo había un reproche, también decepción y desesperanza ante la perspectiva de tener que volver a empezar de cero. En Manhattan, si sales en las páginas de sucesos de los periódicos tu carrera ha terminado.

Unos minutos después un par de policías se presentaron en mi casa. El inspector se mostró amable. El portero del garaje le había confirmado mi hora de llegada a casa. Esther se lo ratificó. Yo no era sospechoso de nada, sólo intentaban reconstruir todo lo que había hecho y con quién había estado Constanza Morgan aquel día. Unos vecinos dijeron que un hombre la había visitado, e incluso uno había memorizado la matrícula de mi coche.

Bajo la mirada atenta de Esther expliqué que había ido a llevar un regalo a la hija de los Morgan y que me había quedado un rato charlando con la señora Morgan, con la que me unía una buena amistad después de que nuestra agencia de comunicación trabajara durante tantos meses en la campaña de su marido.

—Sí —afirmé—, la señora Morgan se mostró tan encantadora como siempre. Hablamos del trabajo de su esposo como congresista y de la posibilidad de que continuáramos colaborando con él. Una conversación amistosa, nada más.

El inspector se marchó. Parecía satisfecho con mis respuestas. Si pensaba que la caída de Constanza por las escaleras no había sido un accidente, lo que sí tenía que descartar era que yo tuviera algo que ver. No estaba allí. Así de simple.

—Les has mentido —dijo Esther entre aliviada y preocupada.

—No les he dicho toda la verdad; en realidad lo que he dejado de decir es que sospecho de Morgan. Pero no puedo acusar a un congresista sin pruebas sólo porque a mí me pareció que él la empujó. Además, si lo hubiera hecho ahora mismo nos veríamos envueltos en un escándalo. No creo que ni Constanza ni Ralph merezcan que nos sacrifiquemos por ellos —argumenté con hastío.

—Pero si Ralph les dice la verdad…

—¿Crees que se va a acusar a sí mismo de haber empujado a su mujer? No es tan estúpido y Nicholas Carter está con él; no le permitirá desmoronarse. Todo dependerá de lo que diga la autopsia.

—No sé, Thomas… No sé si has hecho bien en callar tus sospechas. Si Ralph Morgan ha empujado a Constanza… Es horrible que algo así haya podido suceder.

—Pero no lo sé, no puedo jurarlo, de manera que no voy a señalarle si no tengo pruebas reales más allá de mi propia impresión.

Intenté resultar convincente para apaciguar su conciencia.

Esther podía ser comprensiva con mis miserias pero no con las suyas, y yo sabía que no podría soportar saber que Ralph Morgan hubiera asesinado a su mujer y no habérselo dicho a la policía.

No pudimos dormir el resto de la noche. La sentía dar vueltas en la cama, incómoda conmigo y consigo misma. Esther creía que yo debería haber dicho la verdad aunque eso hubiera significado nuestra perdición, pero al mismo tiempo no quería que eso sucediera. Tendría que vivir con esa contradicción.

Yo sé que no hice lo que debía. Cuando el inspector me interrogó sobre cuánto tiempo y lo que hice en casa de los Morgan, debí tener el valor de decir la verdad:

—*Inspector, lo que voy a contarle puede costarme mi matrimonio. Lo siento, Esther, te he mentido. Espero que sepas perdonarme. La verdad es que durante un tiempo he sido el amante de la señora Morgan. Hoy el señor Morgan nos sorprendió en la cama. Tuvimos una discusión. Ella le dijo que quería el divorcio y quedarse con la custodia de la niña. Él le respondió que en ningún caso. Les pedí a ambos que nos comportáramos civilizadamente. No lo puedo asegurar, pero me pareció que esta mañana el señor Morgan empujó a su esposa por la escalera. No pasó nada porque yo pude cogerla, nos tambaleamos los dos, pero no sucedió nada. Ella le gritó que era un asesino y que quería matarla y me rogó que no la dejara a solas con él. Constanza Morgan tenía miedo de su esposo.*

»*Yo me marché y no volví a saber nada de ellos hasta esta noche en que me ha llamado el señor Carter para anunciarme lo sucedido. Lo siento. Colaboraré en todo lo que pueda para que se haga justicia y la muerte de la señora Morgan no quede impune.*

Sí, podría haberle dicho todo esto al inspector. Esther me escucharía abrumada por mi confesión y yo podría notar su desprecio por haberle mentido. Posiblemente el inspector me habría pedido que lo acompañara para hacer un careo con Ralph. Una ocasión para demostrar que tengo valor y soy capaz de afrontar mi responsabilidad.

Pero no lo hice, y una vez más, burlé a la mala suerte.

El informe de la autopsia no fue capaz de desvelar si Constanza Morgan se había roto el cuello a causa de un tropiezo o si alguien la había empujado. Pero ¿quién hubiera podido hacerlo? A esa hora en la casa sólo estaba la familia. La pequeña Ellen en su habitación; su madre le estaba leyendo un cuento mientras el señor Morgan veía la televisión en su cuarto. La niña había dicho a la policía que su mamá fue a buscarle un vaso de leche.

La versión oficial era que Constanza Morgan había tropezado y caído por la escalera rompiéndose el cuello. Los periódicos se ocuparon de fotografiar al compungido congresista y a su hija lamentando la desgracia sufrida. Los describían como la familia perfecta, la encarnación de la familia media americana.

Asistimos al entierro. No podíamos dejar de hacerlo. Ralph evitó mirarme cuando le di el pésame.

Nicholas Carter permaneció en todo momento a su lado. Cuando le veía flaquear, le echaba el brazo por los hombros en un gesto protector.

Yo no podía dejar de pensar que Ralph la había empujado. Que había sido la segunda vez que la había empujado. La primera fue cuando yo me iba de su casa y pude cogerla en mis brazos, pero la segunda no había nadie para hacerlo.

Ellen había contado que escuchó gritar a su mamá y que se levantó corriendo de la cama. Se encontró a su papá en lo alto de la escalera y éste la cogió en brazos y bajaron hasta el último peldaño, y allí estaba su mamá sin hablar.

Los padres de Constanza estaban abrumados por la pérdida de su única hija y también por el hecho de que aquel chico que había conocido en la universidad ahora fuera un destacado congresista y, por tanto, en el entierro estuvieran algunos políticos de los que salían en la televisión. En cuanto a los padres de Ralph, a pesar de la tristeza, no podían ocultar el orgullo de ver que su hijo se había convertido en una persona importante.

Yo no lograba sentir nada. Ni pena ni angustia; ni siquiera me sentía liberado por la desaparición de Constanza. Mi única preocupación era lo que pudiera pasar con Esther. Desde la noche de la muerte de Constanza, Esther se mostraba distante aunque no me había dejado ni un momento solo, siempre atenta ante cualquier cosa que pudiera comprometerme. Se mostró protectora, como lo había sido desde el día en que nos conocimos, pero comprendí que de nuevo algo se había roto entre nosotros. Lo que yo no sabía era el alcance de aquella situación.

Durante tres o cuatro días no me atreví a preguntarle nada, hasta la noche del viernes en que nos encontrábamos en casa leyendo sentados cada uno en un sillón. Yo le había propuesto salir a cenar pero ella dijo que estaba cansada. El martes había sido el entierro de Constanza y lo sucedido pesaba entre nosotros.

En un momento en que levanté la vista del libro me encontré con su mirada. Llevaba un rato observándome.

Le sonreí. No se me ocurría qué otra cosa podía hacer para despejar las brumas del silencio.

—¿Qué piensas? —le pregunté.

—Pienso que hay demasiadas chicas que mueren a tu alrededor… Demasiadas. Primero fue Lisa, la pobre y estúpida Lisa. Luego esa japonesa, ¿Yoko? Me parece que me dijiste que se llamaba Yoko… Y ahora Constanza Morgan. Atraes a la muerte, Thomas. Espero no ser yo la próxima.

Durante unos segundos me quedé inmóvil. Supe que sería cuestión de tiempo que decidiera dejarme.

Me acerqué a donde estaba y me senté en el suelo abrazándole las piernas. Comenzó a acariciarme la cabeza, pero lo hacía de manera mecánica. No estaba allí.

A Olivia le afectó la muerte de Constanza. No supe por qué, apenas la conocía, pero cuando unos cuantos días después fui a verla a su apartamento se echó a llorar.

—¡Pobrecilla! ¿Qué le hiciste, Thomas? —me preguntó como si no dudara que yo era el culpable de la muerte de Constanza.

Me enfadé. No tenía ánimo para soportar ni lágrimas ni acusaciones, y la amenacé con dejarla para siempre.

—No estoy de humor para tonterías. Todo lo que han dicho los periódicos sobre la muerte de Constanza es verdad. Fue un accidente, un desgraciado accidente.

—Eres un tipo raro, Thomas. Un día busqué información sobre ti y, al parecer, hace años murió en extrañas circunstancias tu primera novia… Y luego esa chica… Esa prostituta londinense de la que me hablaste… Dijiste que había sufrido un accidente de coche. Llamas a la muerte, Thomas. Las chicas no estamos seguras contigo.

Me sobresaltó escuchar a Olivia decir lo mismo que me había dicho Esther. Estuve tentado de pegarle, pero no lo hice.

La muerte de Constanza me hizo tomar una decisión que he mantenido hasta hoy. Me prometí a mí mismo no entablar ninguna relación estable con ninguna otra mujer. Pagaría los servicios de las prostitutas. Una noche y no más, por más que alguna me pudiera gustar especialmente. Me aferré a Olivia más de lo que había estado dispuesto hasta entonces.

Ansiaba regresar a la rutina. Durante la semana en la agencia, los fines de semana con Esther acudiendo al teatro o a algún concierto, incluso la consabida cena mensual con sus padres y su hermano en el restaurante familiar. Me aburría en aquellos encuentros, pero si hubiese buscado cualquier excusa para no ir, mi matrimonio no habría durado hasta hoy. Esther tenía un fuerte instinto de pertenencia a su familia, estaba ligada a ellos como nunca lo estaría a mí. Si tenía que elegir, no dudaría.

Los domingos los pasábamos en casa, leyendo o trabajando, cada uno enfrascado en sus cosas, casi sin hablarnos pero sintiendo la presencia del otro.

No, no quería que la vida que me había construido se evaporara. Diría que vivir así ha sido lo más parecido a ser feliz. Nunca he querido otra cosa. Me adocené.

DECLIVE

9

Los años pasaron sin darnos cuenta. Esther dedicó su esfuerzo y su talento a Comunicación Global. Estábamos bien. Yo estaba bien. Viajábamos de vez en cuando a Londres, donde la agencia funcionaba razonablemente. Nos reuníamos con algún cliente importante, cenábamos con Evelyn y Roy, quien había consolidado su carrera política, e incluso el Partido Rural contaba con tres escaños en el Parlamento. Cooper y Maggie se las arreglaban bien sin nosotros. A Esther le costaba salir de la Gran Manzana. Ganábamos más dinero del que podíamos gastar. Pero, de repente, el mundo que conocíamos y en el que nos movíamos como peces en el agua cambió de manera vertiginosa con el nuevo siglo, sobre todo en nuestro negocio.

La crisis de 2008 nos afectó más de lo que podíamos suponer. De pronto nuestros clientes empezaron a considerar la publicidad como algo de lo que podían prescindir o, como mínimo, pagar menos de lo que habían pagado hasta entonces. Nuestros ingresos comenzaron a menguar aunque teníamos dinero suficiente para aguantar la embestida. Habíamos invertido bien nuestro dinero. Aun así, Esther nos sometió a una economía de guerra. Impuso una reducción drástica de gastos en la agencia. No nos permitía gastar un dólar que no fuera estrictamente necesario. Propuse que hiciéramos como todo el mundo, despedir a parte del personal; podían seguir trabajando con nosotros pero como independientes, así no serían una carga para la empresa. Esther no lo consintió.

—Eso es inmoral, Thomas, no estamos arruinados.

—Pero la empresa va mal.

—Tenemos dinero.

—Sí, nuestro dinero, el que hemos ganado. No confundas la empresa con nosotros, Esther.

Pero para ella eran la misma cosa. Formaba parte de su moral católica. Así que a regañadientes tuve que aceptar su plan de austeridad no sólo para la agencia sino también en nuestra vida personal. A Esther le parecía indecente que gastáramos dinero en caprichos cuando muchos de nuestros amigos se habían arruinado.

La agencia de Londres también iba mal, incluso peor que la de Nueva York. No podíamos mantenerla con tan sólo media docena de clientes que pagaban tarde y mal. Y Roy había decidido aprovecharse de las circunstancias reduciendo su contribución. En realidad ya no nos necesitaba, se las bastaba con Evelyn.

Intenté convencer a Esther de que al menos cerráramos la agencia de Londres, pero también se negó aunque estaba dispuesta a imponer unas restricciones presupuestarias que hacían casi imposible su subsistencia.

Hay años que pasan más deprisa que otros. Para algunos los años de la crisis resultaron interminables; para mí fueron tediosos, los más tediosos de mi vida, y eso que tenía motivos para estar satisfecho. Logramos capear la crisis sin grandes pérdidas, volvíamos a recuperar a nuestros clientes de antaño, que empezaban a gastar de nuevo dinero en publicidad.

Desde hace algún tiempo me miro en el espejo y veo a un tipo al que me cuesta reconocer. Las canas inundan mi cabello. Mi piel se ha vuelto más cetrina. Tengo michelines y los brazos flácidos por falta de ejercicio. Pero mi cama la siguen visitando mujeres hermosas a las que pago con generosidad.

A través de Paul me he hecho con un número de teléfono al

que llamas y te envían a jovencitas por trescientos dólares la hora. El pago es directo. No dices tu nombre ni nadie te lo pregunta.

Las chicas están siempre bien dispuestas. En los últimos meses me he encaprichado de una jovencita que, como antaño Olivia, sueña con triunfar en Nueva York. En realidad, por mi cama han pasado ya unas cuantas así. Las muy estúpidas creen que el camino más corto para el éxito es acostarse con tipos como yo que pueden mover los hilos de la publicidad, del cine o del teatro. Son pocas las que consiguen sacar provecho de la situación. Claro que estos encuentros fortuitos no hicieron mella en mi relación con Olivia. Me sentía cómodo con ella y, además, sabía cómo complacer mi gula. Cada vez era mejor cocinera.

Un día Paul Hard nos sorprendió anunciando que quería jubilarse.

—Pronto cumpliré setenta años. Os he enseñado todo lo que sé y ahora me toca descansar. Gracias a Esther tendré una buena pensión. Quiero dedicarme a jugar al golf en Miami.

—Pero tú no conoces a nadie en Miami con quien jugar al golf —repliqué temiendo que de verdad se fuera.

—Pero los conoceré. Hay mucha gente como yo que quiere disfrutar sus últimos años en un lugar donde no tenga que tiritar de frío. Me haré socio de algún club de golf. Cuando dispongáis de tiempo podéis ir a visitarme.

Setenta años. Sí, Paul iba a cumplir setenta años, pero yo no le veía como a un viejo inútil. Esther me recordó que en los últimos años Paul pasaba cada vez menos tiempo en la agencia. No es que la presencia de Paul fuera imprescindible. La agencia caminaba sola o, mejor dicho, gracias al trabajo y al talento de Esther, pero Paul siempre tenía un consejo, una opinión valiosa que darnos. Era verdad, nos había enseñado todo lo que sabía, y lo más importante: las claves para movernos en el mundo de la publicidad. La Gran Manzana es una jungla en la que sólo unos pocos logran triunfar; el resto tiene que conformarse con las migajas.

—Vamos a echarle mucho de menos. Me tranquilizaba saber que siempre podía preguntarle cómo resolver un problema —me confesó Esther el día de la despedida de Paul.

—A mí también me fastidia que se vaya. Pero parece que le hace feliz lo de jugar al golf, y por lo que ha dicho, ha encontrado un apartamento precioso en Coral Gables.

—Pero está solo. En la fiesta que ha organizado no habrá nadie que no sean los de la oficina o los amigos de otras agencias. No tiene familia, ni padres, ni hermanos, ni esposa, ni hijos. Se morirá solo en algún hospital.

Pensé en mí. Yo era como Paul, salvo que tenía a Esther, pero ¿estaría siempre conmigo? Ella contaba con una familia numerosa: padres, hermano, sobrinos, primos… Pero ¿y yo? Hacía años que no sabía nada de Jaime. Tampoco me había preocupado de la suerte que habían corrido mis abuelos maternos antes de morir o mi tío Oswaldo del que sabía se moría lentamente en una residencia. Los había echado de mi vida borrándolos de mi mente. Como si nunca hubieran pertenecido a mi mundo y mi relación con ellos formara parte de otra vida.

El tío Oswaldo había intentado ponerse en contacto conmigo en unas cuantas ocasiones. Pero no respondí a sus llamadas y mi secretaria tenía orden de decirle que me encontraba fuera de Nueva York. ¿Cuántos años habían pasado desde la última vez que le había visto? Creo que fue en el funeral de John. Desde entonces no había vuelto a verle.

Paul había organizado una fiesta en un local del SoHo, una especie de garaje decorado con cuadros de artistas que aún no habían triunfado. Había invitado a unos cuantos tipos importantes del mundillo de la publicidad y a toda la fauna que se mueve alrededor. Sobre todo modelos. Incluso se empeñó en invitar a Olivia.

—Tienes suerte de tener dos buenas mujeres para ti. Otros hemos tenido que conformarnos con las migajas que quedan por ahí —me dijo riendo.

—No sé si es buena idea que invites a Olivia. A veces pienso que Esther sospecha que hay algo entre ella y yo.

—No lo sospecha, está segura, pero no te lo dirá. Es una de sus armas secretas; la utilizará contra ti cuando llegue el momento —me aseguró con tanta convicción que le creí.

Así que Olivia asistió a la fiesta ante la indiferencia de Esther. No es que fuera extraño que asistiera, al fin y al cabo Olivia era modelo y había participado en unas cuantas de nuestras campañas. Era el tipo de favor que solía hacerme Paul.

Esther estaba cariacontecida por la marcha de Paul. Iba a echarle mucho de menos. También yo.

Paul era un superviviente y no engañaba a nadie. Sabías lo que podías esperar de él. Creo que la única debilidad que tuvo en su vida fue Esther.

Aquella noche en la fiesta me confesó que siempre había estado secretamente enamorado de ella.

—Si hubiera tenido algo que ofrecerle, cuando empezó a dar clases en mi centro de estudios te aseguro que te la habría birlado. Pero siempre supe que era demasiado para mí. Lo que nunca he entendido es por qué te ha querido. Pero así son las mujeres.

—No hables en pasado; me quiere.

—Tú sabes que no. Pero no hablemos de nada que empañe la fiesta. Es mi noche, Thomas. Disfrutemos de la bebida y en mi caso, de alguna de esas preciosidades que han venido.

Olivia llegó tarde. Hacía unos días que se había estrenado una comedia en Broadway en la que Paul le había conseguido un pequeño papel. Yo aún no había ido a verla.

Primero saludó a Paul, al que entregó un paquete primorosamente envuelto. Le hizo tanta ilusión que empezó a hacer aspavientos mientras quitaba el envoltorio.

Resultó ser un jersey de algodón con el cuello en pico como esos que utilizan los jugadores de golf. Esther alabó el buen gusto de Olivia y llamó a un camarero para que le ofreciera una copa. Quizá Paul tuviera razón y para Esther no sólo no fuera un secreto, sino una liberación, saber que Olivia compartía cama conmigo. Nuestra vida amorosa no había sido demasiado gratificante. Yo nunca me había atrevido a dar ningún paso en falso.

Esther no era de esas mujeres que buscan experiencias nuevas. Seguramente para ella suponía un alivio que la fantasía la volcara en Olivia en vez de en ella.

Cuando uno de los invitados reclamó a Esther, Paul y yo nos quedamos hablando con Olivia. Parecía más alegre de lo habitual.

—Esta noche estás más guapa, tienes una sonrisa especial —le dijo Paul.

—Tengo un admirador —explicó sin miramientos—. Desde el día del estreno acude todas las noches a ver la función. Ya me ha enviado unos cuantos ramos de flores. Estas cosas son muy estimulantes para cualquier chica.

—No te descuides, Thomas, o te quitarán a la chica —exclamó Paul riendo.

A mí no me hizo ninguna gracia. Me produjo una enorme irritación que Olivia presumiera delante de Paul de tener a un tipo babeando por ella. No dije nada. Apuré mi copa y le apreté un brazo con tanta intensidad que sabía que le quedaría un cardenal en su blanquísima piel.

Paul nos dejó, consciente de que yo estaba molesto y de que en aquel momento no quería espectadores.

—Así que tienes un admirador y eso te gusta —dije con un tono neutro.

—Sí, Thomas, y como entre nosotros no hay mentiras he querido decírtelo. Aún no has ido a verme al teatro y llevas una semana sin pasar por el apartamento, de manera que no te lo he podido decir antes.

—¿Es que hay algo que decir? Hay un tipo al que le gustas, ¿y qué? No es el primero ni será el último. —Volví a retorcerle el brazo.

—¡Basta! Deja de hacerme daño. Parece que no lo entiendes, Thomas. Creo que Jerry va en serio.

—¿Jerry? ¿Se llama Jerry? ¡Vaya!

—Se llama Jerry King, es de Texas, pero hace años que vive en Nueva York. Tiene unas cuantas ferreterías. Le va bien.

—¿Vas a contarme su biografía? Me importa una mierda de dónde sea, y a ti tampoco te tiene que importar. Si vuelve al teatro dile que no quieres que te moleste. Así de simple.

—No me estás entendiendo. Quizá Jerry sea mi oportunidad.

—¿Tu oportunidad? Pero ¿de qué hablas? —le grité sin darme cuenta de que quienes estaban cerca nos miraban sorprendidos.

—Si continúas gritando y retorciéndome el brazo, tu mujer se dará cuenta de que pasa algo. He cometido un error. Debería haber esperado a decírtelo cuando vinieras al apartamento, pero me ha parecido que tenía que ser leal contigo.

—¿Qué es lo que pretendes decirme, Olivia?

—Pues que contigo no tengo porvenir. Me pagas un apartamento y me das dinero para vivir. Me has conseguido algunos papeles menores en el teatro y de cuando en cuando me contratáis para algún anuncio, pero nada que valga la pena. Me acerco peligrosamente a los cuarenta, Thomas. Tengo que pensar en mi futuro.

—¿Y crees que tu futuro es un tipo que vende tornillos?

—Me admira. Me ha visto en algunos anuncios y dice que soy una actriz maravillosa… Estaría encantado de tener una relación seria conmigo. Jerry es de los que se casan.

—¿Ah, sí? ¿Le conoces tanto para saberlo?

—Acaba de quedarse viudo… Ha estado casado treinta años con la misma mujer y eso que no tuvieron hijos.

Esther se acercó a nosotros. Su gesto traslucía cierta inquietud por la escena que yo le estaba montando a Olivia.

—¿Sucede algo? —preguntó muy seria.

—Desde luego que no —respondí con sequedad.

—Una discusión de amigos. Ya sabes que Thomas es muy protector —dijo Olivia intentando componer una sonrisa.

—Ya… Bueno, no me parece que sea el día ni el lugar para discutir. Es la fiesta de Paul —dijo Esther sin ocultar su enfado.

—Tienes razón… Perdona —se excusó Olivia.

Me dejó con Esther, lo que me enfureció aún más. Esther estaba especialmente contrariada conmigo.

—Oye, Thomas, no sé ni me importa saber por qué discutías con Olivia, pero no es muy considerado por tu parte montar una escena. Nos debes un respeto a Paul y a mí —me reprochó.

—Tienes razón. Ha sido una tontería. Pero esta chica es rematadamente tonta… Todo lo que venimos haciendo para ayudarla no sirve de nada. No tiene ningún talento como actriz pero ella se empeña en que sí.

—Está bien que crea en sí misma y que no se rinda. A ti eso no debería molestarte —replicó puntillosa.

Me contuve. Tragué saliva y sonreí. Lo que menos quería era que Esther sospechara a cuenta de la estúpida discusión que acababa de tener con Olivia.

—Tienes razón. Vamos a dejarlo, no tiene importancia. Me he enfadado con ella porque la aprecio y me molesta que cometa errores con su carrera. Mira, ahí están los Sullivan… Vamos a saludarlos.

Al día siguiente nos fuimos a Miami. Paul nos había invitado a compartir con él su primer fin de semana como jubilado. No hablamos más de Olivia. Esther no volvió a referirse a ella y Paul tuvo el acierto de no mencionarla.

Disfrutamos de la templada temperatura de Miami y de una jornada de pesca en barco con la que Paul nos quiso sorprender. Lo pasamos muy bien los tres y le prometimos que repetiríamos.

El lunes, cuando regresamos a Nueva York, telefoneé a Olivia para avisarla de que iría a verla al apartamento a la hora de comer. Esther tenía un almuerzo con un posible cliente, de manera que disponía de tiempo suficiente para aclarar las cosas con Olivia.

Me recibió sin maquillar, se la notaba nerviosa. Había preparado unos sándwiches. Nada especial, lo que me irritó profundamente puesto que me había acostumbrado a sus platos elaborados meticulosamente.

Intentó desviar la conversación a cuestiones intrascendentes, como que la vecina del apartamento de enfrente se había caído y roto una pierna, o que el hijo del conserje había encontrado un trabajo de fontanero en el otro lado de la ciudad. Nada que nos importara a ninguno de los dos.

—Déjate de estupideces. No he venido a hablar de tu vecina. Dime qué está pasando.

—Thomas, llevamos unos cuantos años juntos. Tú has pagado la exclusividad y a mí me ha venido bien el acuerdo, aunque cada dólar que me das me lo gano porque tú no eres un hombre fácil de tratar y... bueno, he tenido que soportar tus peculiaridades. De manera que estamos en paz.

—¿En paz? ¿A qué te refieres?

—A que se ha terminado. No tengo nada que reprocharte, ni tú a mí tampoco. Podemos ser amigos si quieres, si es que eres capaz de tener amigos, pero el acuerdo que nos ha mantenido juntos tenía fecha de caducidad.

—Te equivocas. Seré yo quien diga cuándo acabo contigo.

—No me engaño respecto del futuro. Si todavía no he conseguido triunfar, difícilmente lo haré ya. Hago papeles insulsos en el teatro, soy una chica de anuncios de televisión, pero pronto no serviré ni para eso. Hay chicas más jóvenes y más guapas que yo. Hasta ahora he recogido las migajas. Tengo que pensar en el resto de mi vida, y si hay alguien que me brinda la oportunidad de cuidarme no voy a desaprovecharla.

Me reí. Durante un buen rato reí con ganas. No podía imaginarme a Olivia casada con un ferretero interpretando el papel de ama de casa. Para mí era una decepción; a pesar de que carecía de talento artístico, siempre pensé que tenía ambición.

—No sé por qué te ríes, Thomas. Dentro de tres o cuatro años los hombres no me mirarán. Tú me sustituirás por otra más joven y, entonces, ¿qué haré yo? No, no quiero verme en la calle, malviviendo o prostituyéndome con cualquiera para poder comer.

—Es lo que haces ahora —repliqué con dureza.

Olivia se mordió el labio inferior sopesando la respuesta. Me miró fijamente y sonrió.

—Sí, tienes razón, es lo que hago ahora. Pero tú pagas bien y, por tanto, sólo te aguanto a ti. Pero cuando tenga cuarenta o cincuenta años tendré que soportar a otros tipos como tú y aun peores. Antes de que llegue ese momento me retiro de la escena. ¿No fue Marlon Brando quien dijo que su error había sido continuar en el escenario cuando el público se había marchado? Pues eso. Prefiero irme antes de que me dejen. Jerry me parece un buen tipo y sé que puedo lograr que me pida matrimonio.

Nos quedamos en silencio, cada uno sopesando al otro. Olivia mordisqueaba su sándwich. Parecía no tener apetito.

—No vas a casarte con él —afirmé con rotundidad.

—¿Crees que Jerry no querrá casarse conmigo? Te equivocas. Para él es un sueño casarse con la chica del anuncio de lavadoras, a la que también ha visto en una obra en Broadway. Jerry es de los que se casan, Thomas. Además, no me iré a la cama con él hasta que no me ponga un anillo en el dedo.

—Deja de fantasear, Olivia. No habrá boda. Además, te exijo que dejes de hablar con el ferretero. Ya te lo dije en la fiesta de Paul, cuando aparezca por el teatro dile que no quieres verle.

—No voy a hacer eso, Thomas. Jerry vendrá esta noche como ha venido durante el fin de semana. Le he dicho que si no estoy muy cansada aceptaré tomar una copa con él.

Me puse en pie y me acerqué a ella. Cerró los ojos. Sabía que le iba a pegar. La abofeteé con tanta fuerza que le provoqué un derrame en el ojo.

—Mírate al espejo. Se acabó la aventura teatral. No podrás salir al escenario —dije riendo.

Ni siquiera derramó una lágrima. Se levantó y se fue al cuarto de baño. Después fue a la nevera a por hielo, lo envolvió en un paño y se lo colocó sobre el ojo.

Volvió a sentarse frente a mí. Pensé en pegarle de nuevo al leer en su otro ojo la voluntad de seguir adelante con su plan.

—Es la última vez que me pegas, Thomas. La última. Si lo vuelves a hacer te denunciaré. Pero primero le contaré a Esther que hace unos cuantos años que te acuestas conmigo. También les explicaré a tus colegas del sector qué tipo de hombre eres y cuáles son tus gustos amorosos. Serás la comidilla de Manhattan.

Me amenazaba. No le temblaba la voz, ni siquiera había elevado el tono. Hablaba con determinación.

—Verás, Olivia, no harás nada de lo que dices. Seré yo el que le cuente a ese Jerry qué clase de mujer eres. Esta noche me presentaré en el teatro y le revelaré que eres una prostituta, bien pagada, pero prostituta. Creo que le divertirá saber de lo que eres capaz en la cama. El ferretero saldrá corriendo.

—Eres un cerdo, Thomas.

—Lo soy, Olivia. No pretendo ser otra cosa.

—¿Por qué?

—Porque te he comprado y aún me eres útil. No sé por cuánto tiempo, pero aún quiero disfrutar de ti. Y te dejaré, sí, te dejaré cuando las arrugas se hagan más visibles en tu rostro y tu cuerpo no tenga la firmeza que todavía conserva. En ese momento serás libre, podrás disponer de ti. Pero hasta entonces, si intentas liberarte, debes saber que lo impediré. Los hombres normales no se casan con putas, y si tu ferretero es lo que dices, huirá en cuanto sepa a qué te dedicas.

—Le diré a Esther…

Volví a reírme con una carcajada exagerada que retumbó en la estancia.

—¿Sabes, Olivia? Esther no ignora qué tipo de hombre soy y lo asume. Para ella no será ninguna sorpresa enterarse de que te acuestas conmigo. Pero tu Jerry saldrá corriendo. Y me encargaré de que cualquier hombre que se acerque a ti sepa de inmediato lo que eres. Terminarás haciendo la calle, cobrando diez dólares a cada tipo que se te suba encima.

Clavó sus ojos verdes en mí, pero su mirada no tenía ninguna expresión. No supe qué pensaba. Supuse que me odiaba, pero tampoco estuve seguro. Noté que tragaba saliva antes de volver a hablar:

—Podemos llegar a un acuerdo. Permítame ver a Jerry, le iré dando largas… Que se vaya enamorando de mí. Siempre es más fácil que un hombre te pida matrimonio en un primer impulso, pero puedo intentar que espere un poco. Sé que él es la garantía de mi vejez. ¿Cuántos años más querrás estar conmigo? ¿Dos, tres…? Tú mismo me has dicho que cada vez te gustan las mujeres más jóvenes. Es normal, con ellas te sientes poderoso. Podemos seguir hasta que me sustituyas por alguna de esas jovencitas a las que pagas bien. Pero devuélveme mi libertad, Thomas. Hazlo, porque, de lo contrario, nos destruiremos los dos. Tú harás que Jerry huya despavorido, pero te aseguro que si yo hablo, tú tampoco saldrás bien librado. Los dos sabemos que tenemos mucho que perder. Yo más, sí. Nunca me has dado dinero suficiente para poder ahorrar, para garantizarme el futuro; has sido muy listo. Has pagado el apartamento, me has dado para comer, me has comprado trajes de marca, pero nunca una joya que poder vender en caso de apuro.

—No hay trato, Olivia. Seguirás conmigo.

—Y con Jerry. Iniciaré una relación con Jerry. Le daré largas, pero no romperé con él. Acéptalo, Thomas, o iremos a la guerra. Nos destruiremos ambos, lo sabes, pero yo estoy dispuesta.

Lo estaba. Sabía que estaba dispuesta a destruirse si la obligaba, pero me arrastraría a mí también. Se quitó el paño que envolvía el hielo. La parte inferior del ojo aparecía amoratada. Debía de dolerle.

—No vuelvas a hablarme de boda. Ya veremos cuándo doy nuestra relación por terminada. —Era mi manera de no oponerme a su noviazgo con Jerry pero sin dar mi brazo a torcer.

—No tardes mucho, Thomas. Jerry no esperará demasiado y si tengo que perderle, entonces me perderé a mí misma, pero también haré que te pierdas tú.

—No vuelvas a amenazarme, Olivia.

Cuando salí de su casa me sentía agotado. El enfrentamiento con ella me había provocado dolor de estómago. Era la primera vez que discutíamos. Me preguntaba por qué no quería devolverle su libertad. No la amaba, ni siquiera me hubiera importado que muriera aquel mismo día. ¿Entonces?

Caminé durante un buen rato en busca de respuestas. Llamé a Paul; estaba jugando al golf, pero me escuchó paciente. Le conté lo sucedido. Necesitaba que alguien me dijera por qué no quería prescindir de ella.

—Con Olivia te pasa como conmigo, no tienes que fingir lo que no eres; por tanto, no tienes miedo a que te juzguemos como lo hacen los demás. Con Esther estás en tensión permanente. Temes que te deje, así que te pasas el día intentando complacerla y, aunque ella te conoce bien, tienes miedo de que se canse y un día te cierre la puerta para siempre. Con Olivia te sientes a tus anchas, incluso puedes presumir ante ella de tus fechorías. Creo que si estás con ella no es porque te guste más que ninguna otra, sino porque puedes hablar, contarle lo que de verdad piensas y haces. Perder a Olivia haría que te sintieras solo, y a lo que más temes es a la soledad.

—No digas tonterías, Paul. Yo nunca he estado solo.

—Claro que sí. Por tu culpa, pero has estado solo. Y te has aferrado a Esther como si se tratara de tu madre y a Olivia como si fuera el mejor amigo que puedes tener, a excepción de mí.

—Psicología barata, Paul.

—No sé si es psicología, sé que es así. Te conozco, Thomas, sé cómo eres. Deberías permitir que esa chica tuviera una vida. Ese ferretero es una buena solución. Por una vez, sé generoso.

—No voy a permitírselo, Paul.

—Lo sé. Pero yo que tú lo haría. Esa chica es muy capaz de ponerte las cosas difíciles. Creo que Esther sabe que te acuestas con Olivia, pero si alguien se lo dice no tendrá más remedio que actuar como lo hacen las esposas. Te dejará. Es lo que hizo mi última mujer conmigo. Te diré algo más. Esther es leal contigo, pero si le das una excusa para dejarte, lo hará.

Tenía razón. Yo sabía que Paul tenía razón y que debía seguir su consejo. No podía estirar de la cuerda tanto como para romperla. Seguí andando en busca de otras respuestas que sólo yo me podía dar.

Sí, podía haber hecho las cosas de otra manera. Cuando Olivia me dijo que quería casarse con Jerry porque era una oportunidad de garantizarse su futuro, yo podría haberle dado otra respuesta:

—*Lo entiendo, querida; tenía que llegar este momento. No creas que me hace feliz, ¡pero así son las cosas! No tengo nada que ofrecerte salvo este apartamento y pagar tus facturas. Te mereces algo mejor y no te falta razón, ya tienes unos añitos... Dentro de poco te será difícil encontrar a un tipo que se fije en ti.*

Ella me habría abrazado dándome las gracias, incluso puede que hubiera llorado.

—*Gracias, Thomas. Siempre serás mi mejor amigo. Sabía que lo comprenderías. Oye, lo de Jerry no es impedimento para que nos sigamos viendo siempre que quieras. Tendré que ser prudente, pero tú y yo no tenemos por qué cortar para siempre; bueno, al menos hasta que me case. Incluso luego... Quizá en alguna ocasión, quién sabe.*

—*Vamos, Olivia; si quieres casarte, tendrás que comportarte como es debido. Pero te agradezco que me digas que puedo contar contigo. Nuestras conversaciones me relajan. Sé que puedo confiar en ti, siempre me has dado buenos consejos. Eres muy intuitiva. ¿Sabes?, deberías presentarme a Jerry.*

—*Bueno, no sé... No creo que sea buena idea. Él no es tonto, se daría cuenta de que hay algo entre nosotros.*

—*No tiene por qué. Dile parte de la verdad, que soy el dueño de la agencia de publicidad que te contrata para los anuncios, que tenemos una buena amistad. Algo así estaría bien y no tendría por qué sospechar.*

—¿*Y el apartamento? ¿Cuándo tengo que irme?* —*preguntaría temerosa.*

—*No hace falta que te vayas inmediatamente. Espera a que Jerry te pida matrimonio y en cuanto lo haga, dile que esta casa te resulta muy cara. Además, si os vais a casar te irás a vivir con él, ya no necesitarás este apartamento. Lo pagaré un par de meses más, ¿te parece bien? Será mi regalo de bodas.*

Sí. Podría haberle dicho todo eso. Ella me lo habría agradecido de la manera que mejor sabía, en la cama. No teníamos por qué romper radicalmente. Hasta entonces yo había engañado a Esther; ahora se trataba de engañar a Jerry. No era tan difícil. Olivia y yo éramos muy capaces de hacerlo bien. Incluso le podía comentar a Esther que Olivia se casaba. La habría sorprendido.

—Así que se casa... Me alegro por ella, es una buena chica. ¿Y quién es él?

A Esther le gustaría saber que Jerry era ferretero. Ella respetaba a la gente que salía adelante con su esfuerzo.

Pero no sucedió así. Ni le dije nada a Olivia, ni le dije nada a Esther. Ni siquiera lo pensé. Sólo había sentido rabia y la huella de esa rabia había quedado impresa en el ojo amoratado de Olivia. Tendría que disimularlo con maquillaje, pero no estaba seguro de que pudiera lograrlo.

Seguí viendo a Olivia. Sabía que ella salía con el tipo de Texas, pero la chica lograba repartir su tiempo entre los dos.

Jerry sólo tardó un par de meses en pedirle que se casara con él. Olivia le respondió que aún debían darse más tiempo, conocerse de verdad antes de dar el paso.

Esperaba que mientras tanto me cansara de ella, que me repugnara compartirla con otro. Pero a mí me daba igual. Cuando la conocí ya se ganaba la vida acostándose con tíos ricos. Yo pasé a formar parte de su lista hasta que decidí comprar su exclusividad.

En realidad podía haberla dejado, pero me complacía mortificarla. Por aquel entonces llevaba ya bastante tiempo encaprichado con Doris, una jovencita de Buffalo dispuesta a todo con tal de ser modelo. Soñaba con convertirse en la nueva Kate Moss. Su aspecto angelical era un reclamo. Yo le había prometido que la contrataría para un futuro anuncio, pero antes se lo estaba cobrando en largas e intensas sesiones de cama, lo que me dejaba poco tiempo para ocuparme de Olivia.

Fue por aquellos días cuando Esther quebró nuestra rutina.

Era sábado. Sí, estoy seguro de que era sábado. Ella estaba revisando las cuentas de la agencia y yo me aburría haciendo que leía. Le había propuesto que fuéramos a cenar a algún sitio y, para mi sorpresa, aceptó. No es que yo tuviera demasiadas ganas de ir a ninguna parte, pero al menos el fin de semana no se me haría tan largo.

Fuimos a un restaurante de moda, de esos en los que la comida es mala pero a los que la gente acude para que la vean.

Después del segundo plato, mientras esperábamos el postre, Esther me lo dijo:

—Esta mañana he hablado con Jaime, está desolado. Eleanor no ha podido vencer el cáncer. Ha muerto esta madrugada. Pobrecilla.

Me quedé en silencio intentando procesar lo que acababa de decirme. ¿Había hablado con mi hermano? ¿La esposa de mi hermano estaba enferma y había muerto a consecuencia de un cáncer? Sí, es lo que había dicho Esther con un tono monocorde, como si en realidad me estuviera dando su opinión sobre el pato a la naranja que se había comido.

—Perdona, pero no sé de qué me estás hablando —repliqué con más dureza de la que pretendía.

—A la pobre Eleanor le diagnosticaron un cáncer de páncreas hace seis meses. Para tu hermano fue un golpe muy duro. La llevó a los mejores especialistas, pero todos coincidieron en el diagnóstico: no había nada que hacer. Para Jaime estos meses han sido una pesadilla. Sus hijos aún son casi adolescentes, puedes imaginar lo que van a sufrir con la pérdida de su madre.

—¿Hijos? Así que Jaime tiene hijos… —murmuré asombrado.

—Dos chicos estupendos, Charles y Geoffrey.

La miré fijamente sin ocultar la rabia que sentía. Me negaba a disimular.

—Así que sabes que mi hermano tiene dos hijos y que su mujer estaba enferma… Es curioso, yo no sabía nada. Evidentemente, él no tenía por qué decírmelo, pero ¿y tú cómo lo sabes?

—Porque lo sé. No me dirás que te sorprende. No ignoras

que suele felicitarme por mi cumpleaños y siempre llama por el día de Acción de Gracias para saber cómo estamos.

—Nunca me has dicho que estuvieras al tanto de su vida personal —le reproché.

—No, nunca te lo he dicho, ¿para qué? El día que intenté decirte que el abuelo Spencer estaba ingresado en el hospital me respondiste que no era tu problema y que tanto te daba que muriera. Cuando tu abuela se fue a vivir con tu tía Emma me dijiste que te daba igual. Y cuando las dos murieron en aquel accidente, te negaste a ir al entierro y ni siquiera llamaste a Jaime. Me has dicho en demasiadas ocasiones que no querías saber nada de tu familia, y cuando lo he intentado no has querido escucharme.

—Y ahora me dices que mi hermano se acaba de quedar viudo. Vaya, ésta sí que es una noticia.

—Tenía que decírtelo, Thomas. Aunque no te importe, es mejor que te enteres por mí que por un obituario en *The New York Times*.

—Pudiste decírmelo —le reproché con acritud.

—¿Me habrías dejado?

—¿Sabes, Esther? Siento que no has sido del todo leal conmigo. Siempre has mantenido una puerta abierta con los Spencer aun sabiendo que yo no quería saber nada de ellos. Nunca he entendido qué te podían importar mis abuelos o la tía Emma... Aunque en el caso de mi hermano Jaime... En fin, pensaba que, estando casados, tú y él no tendríais mucho que deciros.

Esther no parecía incómoda por mis reproches. Sonrió al camarero mientras le ponía delante un plato con la mousse de chocolate que había pedido.

—En realidad no hemos hablado mucho en estos años, ya te lo he dicho; una felicitación por Acción de Gracias, Navidad o por mi cumpleaños y poco más. Aunque hace seis meses, cuando a Eleanor le diagnosticaron el cáncer de páncreas, Jaime me llamó desesperado.

—Os visteis.

—No. Bueno, no inmediatamente. En realidad, desde entonces hablamos en alguna ocasión. He sido yo quien le he llamado de tanto en tanto para interesarme por Eleanor. Y sí, nos hemos visto una vez; te aseguro que fue por casualidad. Yo estaba en un restaurante almorzando con un cliente y él también estaba almorzando allí, creo que con uno de los médicos que atendían a Eleanor.

—¿Nada más?

—No sé a qué te refieres.

—¿No volvisteis a veros?

—No, Thomas, aunque te cueste creerlo. Sólo hemos hablado por teléfono. Y si te he contado lo de Eleanor es porque creo que deberías llamarle. Ya sólo te tiene a ti. Tus abuelos están muertos, la tía Emma también. Necesita que alguien le apoye.

Esther siempre me ha desconcertado, pero me costaba comprender qué hacíamos en aquel restaurante hablando de la muerte de Eleanor. No alcanzaba a entender por qué no me lo había dicho en casa aquella misma mañana y había esperado hasta la cena.

—Hace muchos años que no nos hemos visto. No tenemos nada que decirnos —afirmé de malhumor.

—Yo iré al entierro, Thomas. Sé que es lo que debo hacer.

—¿Sabes, Esther? No comprendo… No te comprendo. No sé por qué has decidido decírmelo ahora, ni lo que esperas de mí.

—Llevo todo el día dándole vueltas a cómo decírtelo; pues bien, este momento es tan bueno como cualquier otro. Tenías que saberlo.

—Así que la bellísima Eleanor Hudson ha muerto, dejando a dos chiquillos medio huérfanos… No siento nada, Esther, me da lo mismo. Eleanor nunca me cayó bien y esos niños no significan nada para mí. Son medio sobrinos, nada más. En cuanto a Jaime… Tanto me da.

—No intento decirte lo que debes sentir, sólo que sería un buen gesto que dieras el pésame a tu hermano. Si no quieres, no lo hagas; siempre has tomado tus propias decisiones en lo que se refiere a la familia de tu padre.

—Y yo te he pedido mil veces que no digas que los Spencer son mi familia. John no era mi padre, era el marido de mi madre.

—Pero Jaime es tu hermano, eso no lo puedes negar.

—Medio hermano, nada más.

—Me cansan las discusiones inútiles, Thomas. Yo apoyaré cuanto pueda a Jaime, sé que no tiene a nadie.

—Al parecer te tiene a ti —contraataqué furioso.

Me miró sin responder. Se encogió de hombros. En aquel momento sentí que empezaba a marearme y una oleada de sudor frío se fue extendiendo por todo mi cuerpo. Sentí miedo, un miedo profundo que me encogió el estómago provocándome ganas de vomitar. Me levanté y me fui al baño. Temblaba. De repente me invadió un dolor agudo que me recorrió desde el pecho hasta el estómago. No podía respirar. Intenté calmarme, racionalizar lo que me estaba pasando. Me caí al suelo. No recuerdo mucho más, salvo el rostro de Esther muy cerca del mío, y gente a nuestro alrededor intentando levantarme del suelo.

Me trasladaron al hospital en una ambulancia. Creo que el médico que me atendió dijo algo de que estaba sufriendo un infarto agudo. Me aferré a la mano de Esther. La apretaba con todas las fuerzas de las que era capaz. Sentía sus dedos deslizarse por mi rostro en una caricia que intentaba apaciguar mi ánimo.

Estuve varios días internado, primero en la unidad coronaria, luego me trasladaron a una habitación, y aunque los médicos en todo momento se mostraron optimistas, yo sentía que la vida se me empezaba a escapar. Esther no se movió de mi lado. No pudo acudir al entierro de Eleanor ni a consolar a Jaime, y eso era lo único que me producía alivio en aquellos momentos de incertidumbre.

Durante el tiempo que estuve en la unidad coronaria tuve pesadillas. Creí ver a Constanza y a Yoko observándome tras el cristal que me aislaba de las visitas. Cuando salí de aquel estado semiinconsciente me reí de mí mismo. Había sufrido una alucinación. Yoko y Constanza estaban bien muertas. El fantasma de Lisa no me producía tanto temor. Pero mi mente me había jugado una mala pasada martirizándome con los rostros de aquellas dos mujeres que habían muerto de manera violenta por mi culpa. No podía olvidarme de la alucinación.

Siete días después salí del hospital por mi propio pie del brazo de Esther y con un sinfín de recomendaciones, entre ellas una dieta imposible de seguir: nada de tabaco ni de alcohol, y comida sin grasa, sin dulces, sin condimentos; además de un montón de pastillas que a partir de entonces debería tomar.

Me recuperé. O eso me dijeron en el hospital. Mi cardiólogo dijo que mi corazón resistiría si seguía sus recomendaciones y que no tendría que preocuparme, salvo para acudir todas las semanas a que analizasen en mi sangre algo llamado INR, para determinar la medida del anticoagulante que debo tomar durante el resto de mi vida, además de una aspirina más clopidogrel que es otro antiagregante y pastillas para la tensión, el azúcar, el colesterol... Protesté. Medicarme el resto de mi vida se me antojaba demasiado largo. Le dije al médico que yo era olvidadizo y por tanto quería saber qué sucedería si no me tomaba alguna de las pastillas que me había recetado. El doctor Douglas me explicó con paciencia que un exceso de anticoagulantes puede provocar una hemorragia interna y, por el contrario, si no se llega a la dosis precisa se provocan trombos.

—De manera, Thomas, que no se puede permitir olvidarse de tomar el anticoagulante. Usted vivirá muchos años si sigue al pie de la letra mis instrucciones —me advirtió.

Esther le prometió al doctor que ella misma se encargaría de que me tomara disciplinadamente las pastillas, e incluso de obligarme a acudir semanalmente al hospital.

¿En qué momento Esther volvió a verse con Jaime? Creo que fue unas semanas después de que yo saliera del hospital. No me lo ocultó, simplemente una mañana me lo advirtió:

—Esta tarde voy a casa de tu hermano. Me ha invitado a tomar el té con él y sus hijos. Quiere que los conozca.

—¿Por qué tienes que ir? —pregunté sintiendo de nuevo el miedo que me había provocado el infarto.

—Porque aprecio sinceramente a Jaime, porque no he podido estar a su lado estos días pasados, sobre todo cuando enterraron a Eleanor, porque se siente solo, porque no sabe cómo afrontar el futuro... Por todo eso, Thomas.

—Y porque te importa, porque aún sientes algo por él —afirmé con temor.

Cuando Esther no quería mentir, se callaba o respondía otra cosa distinta a lo que le preguntabas. Se quedó en silencio hasta que encontró las palabras precisas y respondió:

—Escucha, Thomas, ahora mismo lo más importante para mí es que te recuperes. De manera que hazlo y no le des vueltas a la cabeza sobre nada que no sea tu propia curación.

»Si quieres, puedes venir conmigo a ver a Jaime. Le llamaré y se lo diré; supongo que no pondrá ningún inconveniente. Aunque te cueste creerlo, ha estado preocupado por ti. A pesar de lo que ha sucedido entre vosotros, eres su hermano y lo único que desea es que te recuperes pronto.

Podría haberle dicho que la acompañaría a consolar al estúpido de mi hermano y esos dos adolescentes que tenía por sobrinos. A Esther le hubiera desconcertado mi decisión pero habría apretado los dientes para telefonear después a Jaime y anunciarle que los visitaríamos los dos.

Imagino la escena:

Mi hermano nervioso e incómodo, pero incapaz de hacer el papel de villano delante de Esther. Estaría esperándonos, flanqueado por sus hijos, en la puerta de su hermosa casa.

—Thomas, cuánto tiempo... Me alegro de ver que te has recuperado bien. Chicos, éste es vuestro tío Thomas. Charles, Geoffrey, saludadle.

Los dos mocosos me habrían dado un apretón de manos. Luego Jaime nos habría invitado a entrar en casa.

Hablaríamos del tiempo y de unas cuantas banalidades.

—Sé por Esther de vuestro éxito, tenéis una de las mejores agencias de publicidad de Manhattan. Quién lo iba a decir...

—Bueno, a ti tampoco te va mal. Heredaste el despacho de tu padre.

Esther me miraría con aprensión pidiendo que llevara la conversación por otro sendero.

Charles y Geoffrey soportarían la escena familiar al principio con curiosidad, luego con impaciencia.

No nos quedaríamos mucho tiempo. No habría nada que decir, de manera que una hora después Esther y yo estaríamos de vuelta en casa. Ella muy satisfecha por haber conseguido la hazaña de reunirnos a Jaime y a mí.

—Ha sido estupendo, un buen comienzo. ¿Sabes, Thomas? Ahora volverás a tener una familia.

—Tú eres mi familia, Esther.

—Bueno, pero no soy suficiente. Yo también te tengo a ti, pero me gusta ver a mi hermano y a mis sobrinos, me gusta saber que la vida no termina en mí. Y tú también pareces disfrutar cuando cenamos con mis padres y mi hermano, y eso es porque echas de menos algo así.

Yo no le diría que aborrecía a su hermano y a su insulsa mujer, que me parecían unos simplones sin ningún otro interés que estar preocupados por la marcha del restaurante.

—Sí, puede que tengas razón. Te prometo que haré todo lo posible para que las cosas vayan bien con Jaime.

Pero no dije ninguna de estas palabras ni vivimos la escena que he descrito. Aquella tarde no la acompañé. No me sentía con fuerzas para interpretar el papel del hermano que regresa con su familia como en la parábola del hijo pródigo. Además, sentía un odio aún más profundo por Jaime ahora que había enviudado. Su libertad se me antojaba la peor de las amenazas. Mientras Eleanor vivió estaba seguro de que Jaime no se inmiscuiría en nuestra vida. Mi hermano no concebía la deslealtad, y quisiera o no a Eleanor, era su esposa y no habría hecho nada que la hubiera ofendido.

Pasé el resto de la tarde malhumorado. Desde que había sufrido el infarto, Esther había decidido que necesitábamos a alguien que estuviera de manera permanente en nuestra casa. Contrató a la señora Morrison, una mujer de color, de mediana edad, divorciada y que, según Esther, sabía hacer de todo, incluso conducir, lo cual, en su opinión, era una ventaja.

A mí me parecía muy pesada, sobre todo porque Esther le había encomendado que no me perdiera de vista cuando ella no estuviese en casa y se lo había tomado al pie de la letra. La señora Morrison no dejaba pasar más de veinte o treinta minutos sin venir a preguntarme si necesitaba algo.

Sentí que me daban pinchazos en el pecho, seguramente de aprensión porque Esther tardó más de lo que yo creía necesario. No regresó a casa hasta las siete. Se la notaba contenta.

—La señora Morrison me ha informado de que has estado muy tranquilo toda la tarde. La he llamado un par de veces para preguntar cómo estabas.

—Tengo unos pinchazos en el pecho —comenté para azuzar su mala conciencia.

No se lo pensó dos veces y telefoneó al doctor Douglas, quien ordenó que me llevara directamente al hospital. Una hora más tarde el doctor me estaba examinando y concluyó que no había por qué alarmarse.

—Procure que no se altere por nada. Creo que tiene un ataque de ansiedad, como si algo le preocupara; salvo eso, sus constantes vitales son excelentes. Pero si vuelve a sentirse mal no dude en traerle de inmediato al hospital —recomendó el doctor Douglas a Esther—. Por cierto, ¿sigue la dieta que le prescribí? Espero que no beba ni una gota de alcohol. Tenga cuidado, ya le dije que no puede tomar alcohol con los medicamentos. Y su aliento huele a tabaco, ¿cree que no lo he notado?

—Bueno, me permito algunas licencias —respondí.

—Una excepción de vez en cuando pase, pero le insisto en que la dieta es importante, Thomas. Y le repito: nada de tabaco ni de alcohol. ¡Por Dios, Thomas, no es usted un niño! Y usted, Esther, debe vigilarle.

Vi aparecer en los ojos de Esther algo parecido al arrepentimiento. Se culpaba de haber ido a ver a Jaime y pensó que eso me había provocado una alteración en mi delicado estado. El susto sirvió para que durante un tiempo no volviera a hablar de mi hermano.

Dos meses más tarde me había reincorporado al trabajo. Esther insistía en que no debía cansarme, pero el doctor Douglas me había dado el alta y entre sus recomendaciones estaba el que debía hacer ejercicio moderado. Esther sabía que yo carezco de voluntad para hacer lo que no me gusta, así que se impuso como obligación acompañarme a caminar todas las mañanas durante una hora. Después íbamos a la agencia, donde procuraban no abrumarme con ningún problema que pudiera surgir. Fui yo quien decidió que debía volver a la normalidad. No quería convertirme en un enfermo de por vida. Además, el doctor Douglas me había aconsejado llevar una vida normal.

Cuando Esther se sintió segura de que mi corazón ya no corría peligro, volvió a decirme que iba a ver a Jaime.

—Tiene que hacer unas gestiones cerca de aquí, hemos quedado para tomar un café. Parece que tiene alguna dificultad con sus hijos. Le cuesta sacarlos adelante sin la presencia de Eleanor. Ellos estaban muy apegados a su madre. Tu hermano trabaja mucho y se reprocha no estar con ellos el tiempo suficiente —me explicó a modo de excusa.

—¿Y a ti qué te importa? No puedes hacer nada, que se las arregle solo.

—Bueno, no pasa nada por tomar un café y escucharle. No se trata de que yo pueda o vaya a hacer nada, pero a veces la gente necesita que la escuchen. Quizá podrías venir a tomar ese café con nosotros…

No le respondí y salí de su despacho malhumorado. Sabía

que había decidido ver a Jaime y que nada la convencería de lo contrario.

Aquélla no fue la primera vez. A partir de entonces Esther no obviaba decirme que iba a casa de mi hermano, bien para llevar un pastel para sus hijos, bien porque había quedado con él para tomar un café. «Necesita hablar con alguien», repetía a modo de excusa.

Lo que sucedió es que en nuestro matrimonio se instaló Jaime. Al principio su presencia era ocasional, pero poco a poco terminó siendo constante. Incluso algún fin de semana, cuando Esther y yo estábamos tranquilamente en casa, sonaba su móvil y la escuchaba hablar con alguno de los hijos de Jaime que la llamaban para preguntarle cualquier cosa.

—Te llevas bien con esos chicos —le dije una tarde de domingo después de que estuviera un buen rato conversando con Charles, el mayor de los hijos de Jaime.

—Son buenos chicos, Thomas. Echan mucho de menos a su madre y Jaime a veces es demasiado rígido con ellos. Charles quiere irse de pesca a Newport con unos amigos, pero tu hermano no le permite que vaya solo. Ya sabes cómo son estas cosas.

—¿Y tú qué tienes que ver con eso?

—Pues que Charles me llama para pedirme que convenza a su padre.

Yo estaba fuera de juego, de un juego que se llevaba a cabo sin que nadie me echara de menos. Lo que me preocupaba era que cada vez veía a Esther más implicada en la vida de Jaime. Estaba seguro de que no se acostaba con él. Ella era demasiado leal para hacerlo y él demasiado caballeroso para intentarlo, pero estaban tejiendo una relación en la que yo sobraba.

Al siguiente fin de semana fuimos a Miami a ver a Paul. Estaba en el hospital con neumonía y los médicos no se mostraban demasiado optimistas respecto al pronóstico. A Paul la neumonía no le había restado un ápice de cordura ni de ironía.

Aproveché unos minutos en los que Esther fue a la cafetería para desahogarme con él.

—Esther añora una familia, Thomas. ¿Es que no lo ves?

—Tiene una familia, yo soy su familia, y también tiene a sus padres y a su hermano, a su cuñada y a tres sobrinos.

—Hablo de una familia propia. No habéis tenido hijos. ¿Por qué?

Me quedé en silencio pensando. No tenía una respuesta. Yo nunca había tenido interés en tener hijos, pero Esther tampoco los había echado de menos. O eso me parecía a mí. Sin embargo, Paul decía que ella lamentaba no haber sido madre.

—Tu hermano y sus hijos le están ofreciendo la oportunidad de comportarse como la madre que no es. Y eso le gusta, le llena, se siente importante —insistió Paul.

—Si quería ser madre, ¿por qué motivo no me lo dijo? —protesté airado.

—No puedo responderte a esa pregunta, Thomas. Vuestro matrimonio siempre ha sido peculiar. Comprendo que tú quieras estar con Esther, pero nunca he comprendido los motivos de ella. Otra te habría dejado hace tiempo.

—Ya somos mayorcitos para jugar a los padres, ¿no te parece?

—Desde luego, Esther no tiene edad para tener hijos. Pero bueno, ahí están los hijos de tu hermano, que suplen sus ansias de maternidad. Yo que tú... En fin... No quiero preocuparte, Thomas, y menos sabiendo que tu corazón ya ha sufrido la embestida de un infarto, pero si fueras listo le darías un vuelco a la situación. Reconcíliate con tu hermano, haz el papel del tío complaciente con sus hijos; en definitiva, súmate a esas tardes familiares donde Esther hace de madre suplente. Si tú estás, no podrá hacer otro papel que el de tía.

—¡No soporto al hipócrita de mi hermano! Siempre ha querido quitarme a Esther.

—Hasta ahora no lo ha conseguido, pero no te olvides de que a las mujeres les gusta el papel de heroínas, y la situación de Jaime es perfecta para que Esther se sienta imprescindible. Viudo y con dos hijos adolescentes que necesitan la mano dulce de una madre.

Tenía razón. Paul siempre ha sabido ver lo que otros no veíamos. Era capaz de entrever el alma más miserable aun escondida en un rostro angelical. Pero no le hice caso. ¿Por soberbia? ¿Por no dar mi brazo a torcer? No lo sé, pero no me sentía capaz de interpretar el papel de la oveja negra que vuelve al redil y se reconcilia con su hermano y hace de tío de unos sobrinos por los que no tiene ningún interés.

Las tardes que Esther se reunía con Jaime y sus hijos yo acudía a casa de Olivia. Era la única persona con la que podía hablar y descargar mi furia, aunque cada vez me irritaba más su falta de interés por lo que me sucedía. Olivia estaba absorbida por su relación con Jerry y me instaba a poner punto final a la nuestra. Intercambiábamos unas cuantas amenazas, conscientes de que si cualquiera de los dos daba un paso en contra del otro, se destruiría con él.

Menos que nunca podía darle excusas a Esther para que me abandonara y si Olivia hacía público que llevábamos unos cuantos años acostándonos, mi esposa no lo dudaría, no porque le importara, en realidad lo sabía, pero lo que no podría tolerar sería la afrenta pública.

De la misma manera que Olivia sabía que Jerry no soportaría saber que yo la mantenía y que sus papeles en el teatro o sus intervenciones en los anuncios no daban para pagar ni la mitad del apartamento en que vivía. A Jerry tampoco le gustaría enterarse de que Olivia se había ganado la vida como acompañante de maduros caballeros que visitaban Nueva York por placer o por negocios. Los dos teníamos munición suficiente para acabar con el otro.

Una de aquellas tardes en que Esther fue a casa de Jaime a interpretar su papel de tía comprensiva puesto que mi hermano se había enfadado otra vez con Charles, su hijo mayor, a cuenta de sus malos resultados escolares, llamé a Olivia para ir a verla. Sabía que era el día de descanso en el teatro.

—No contaba con verte hoy, Thomas. Jerry me ha llamado. Vendrá a buscarme para ir a cenar. Quiere que conozca a un matrimonio. Son sus mejores amigos. Para Jerry es importante que les guste; eran también muy amigos de su difunta esposa.

—Dile que no puedes, Olivia. Invéntate algo.

—No, Thomas, no puedo hacerlo. Quiero casarme con Jerry y sé que necesito la aprobación de la gente que para él es importante, y esos amigos lo son.

La insulté durante un buen rato. Olivia me escuchó paciente. Supongo que mientras tanto se estaría limando las uñas o depilándose. Ella era así. Pero no cedió. Hacía tiempo que nos tratábamos de poder a poder. Si había un final, sería como el del cuento del escorpión y la rana. Pereceríamos ambos y ella sabía que yo no quería perecer.

Telefoneé a Doris, la pequeña y encantadora Doris, que nunca me replicaba y que procuraba complacerme siempre y cuando le pagara generosamente.

Pasé la tarde con Doris, en realidad llevo dos o tres años pasando muchas tardes con ella. Cree que me engaña y a mí me divierte dejarla que se lo crea.

Escucha extasiada cualquier cosa que yo pueda decir. Me mira como si fuera el hombre más atractivo de la Tierra. Pero yo sé que lo que ve en mí es poder. En una ocasión Olivia me había explicado por qué las mujeres jóvenes y hermosas a veces incluso se enamoran de tipos como yo. «Por el poder», me dijo. En el caso de Doris era el poder de convertirla en alguien en la Gran Manzana; el poder de abrir la cartera y regalarle un bolso de Gucci de tres mil dólares; el poder que emana de un hombre que conduce un Ferrari Testarossa. Por eso ante sus ojos se difuminan los michelines de mi cintura, y no presta atención a las manchas que inundan mi torso, mis brazos y mis piernas, ni tampoco se fija en que mi cabello hace tiempo que escasea.

En realidad, cuando me abraza no me está abrazando a mí, está abrazando mi dinero, mi coche, quién soy en Manhattan.

Doris tiene veintitrés años, la piel suave, los ojos azules y un cuerpo espectacular. Yo no me engaño, no soy como esos hombres maduros que creen que realmente han enamorado a una jovencita. Asumo que ella se acuesta con lo que tengo, no con mi cuerpo envejecido.

No hay nada más ridículo que esos hombres entrados en años que creen que han conquistado a una mujer más joven. No, al menos no quiero hacer el ridículo ante mí mismo. Por eso prefiero a una joven que se prostituye pensando en la recompensa que obtendrá, y no el juego infantil de hacer como que me creo que una chica de veintitrés años prefiere mi cuerpo blando al de cualquiera de esos jóvenes en la flor de la vida como ella. Es una de las lecciones que he aprendido de Olivia.

Mi relación con Esther empezó a deteriorarse. Le sobraba. Estaba dejando de tener cabida en su vida. Los fines de semana se le antojaban tan largos como a mí. En mi caso, porque me aburría con ella; en el suyo, porque ansiaba estar en casa de Jaime con él y con sus hijos jugando a ser la esposa y la madre que no era.

No se molestaba en ocultar que hablaba con ellos varias veces a lo largo del fin de semana. Se llevaba el móvil hasta el cuarto de baño por si la llamaban. Y lo hacían.

Empecé a alarmarme un domingo por la mañana. Esther se levantó pronto y preparó el desayuno. Los domingos la señora Morrison libraba y se iba a cantar a una iglesia de Harlem.

—Vendré a comer, procuraré no llegar tarde —me anunció despidiéndose ante mi estupor.

—¿Dónde vas?

—Geoffrey, el hijo pequeño de tu hermano, juega un partido importante de baloncesto y me ha pedido que vaya. Le hace ilusión que vea lo bueno que es.

—Podías habérmelo dicho antes…

—Tienes razón. La verdad es que he estado dudando, pero he pensado que no te importará que me vaya un par de horas. Estaré aquí para comer. Comprende que no podía decirle que no a Geoffrey. Su hermano Charles juega mucho mejor que él al baloncesto y, bueno, necesita que le den ánimos y le apoyen.

—Tú no eres su madre, Esther —dije con dureza.

Se mordió el labio. Era su manera de expresar que lamentaba no ser la madre de esos dos chicos, pero que a veces pensaba que lo era.

—Lo sé, Thomas, lo sé. Yo no puedo ocupar el lugar de Eleanor. Esos chicos adoraban a su madre. Sólo intento echar una mano.

—No puedes seguir dedicándote a ellos como si tuvieras una responsabilidad que cumplir; están abusando de tu bondad.

—No, no es así… Yo… En realidad me hace feliz estar con ellos.

Se arrepintió de haberlo dicho así. Lo sé porque bajó la mirada y si hubiese podido, habría borrado sus últimas palabras.

—Así que tengo que envidiarlos. Ojalá te hiciera feliz estar conmigo.

Se acercó y me pasó los brazos alrededor del cuello mientras me acariciaba el cabello.

—¡Por favor, Thomas, no lo estropees!

¿Estropear? ¿Qué estaba estropeando? No se lo pregunté y ella se marchó sin darme tiempo a responder.

Llegó poco antes de la hora del almuerzo. Pasamos el resto de la tarde juntos, pero en realidad ella estaba ausente, seguía con Jaime y con sus hijos. Incluso los llamó un par de veces.

Empecé a acumular una ira soterrada tanto hacia Esther como hacia Olivia. Con Olivia la podía manifestar, pero con Esther tenía que fingir. No podía darle ninguna excusa para que me dejara.

Pero mientras Esther parecía no impacientarse por la situación, incluso había dejado de insistirme en que la acompañara, Olivia me presionaba para dar por terminada nuestra relación. Le aterraba la posibilidad de perder a Jerry.

El destino se puso de mi parte y permitió que me vengara de las dos.

Una mañana en que estaba en el despacho dictando unas cuantas cartas a mi secretaria nos interrumpió Esther. Su mirada intensa era la evidencia de su preocupación.

—Thomas, ha sucedido algo terrible…

Primero me alarmé. Pensé que Paul había muerto o que alguno de nuestros mejores clientes se había largado con la competencia. Pero afortunadamente no se trataba de ninguna de las dos cosas.

—Me ha telefoneado Jaime. El pobre no podía más… Tenía que contárselo a alguien.

—¿Contar el qué? —pregunté irritado.

—Bueno, parece que el banco está a punto de embargarle. No es que el despacho no vaya bien, pero lo que ha ido ganando lo invirtió en su día en Lehman Brothers y lo perdió todo. No me había dicho nada hasta ahora. El padre de Eleanor los ayudó en los primeros momentos, hizo que su banco le diera un crédito para hacer frente a la situación… Pero las cosas no le han ido como esperaba y… bueno, me ha dicho que hipotecó su casa, e incluso la casa que heredó de tu tía en Newport. Hace un par de días se la embargaron. La ha perdido. Sí, esa hermosísima casa… ¡Cuánto lo siento, me gustaba tanto! Pero lo peor es que aún debe una cantidad importante de dinero al banco y no lo tiene, y el padre de Eleanor no quiere ayudarle. Dice que se compromete a pagar los gastos de sus nietos pero nada más. Creo que… Bueno, debemos ayudarle.

—¿Ayudarle? ¿Quieres que le regalemos nuestro dinero? —pregunté alzando la voz.

—No, no se trata de eso, pero podrías hablar con su banquero, darle alguna garantía para que deje de apretar a Jaime y le permita recuperarse. Sí, eso es lo que quiero. También podrías hablar con su suegro, decirle que le ayude, que tú avalas a tu hermano. El padre de Eleanor sabe que la nuestra es una empresa solvente. Lo haremos, ¿verdad?

No podía creer que Esther me estuviera pidiendo que salvara a Jaime, a ese hermano en cuyo espejo me había mirado cuando era un niño sintiéndome feo y torpe. Ese hermano alabado por todos como un buen chico, buen estudiante y encima guapo. Ese hermano al que se lo rifaban las mejores universidades y que cursó Derecho con sobresaliente *cum laude* en Harvard. Ese hermano al que los periódicos aludían como un abogado brillante. Ese hermano que se casó con la mujer adecuada, Eleanor Hudson, una aristócrata de la costa Este, altiva y bella a partes iguales. Y ahora Esther me revelaba que el hombre modélico era un fracasado. Tuve que contener una carcajada. Nada podía hacerme más feliz que lo que acababa de escuchar. James «Jaime» Spencer estaba arruinado. No sólo había perdido a su esposa, sino que también había perdido su fortuna.

Imaginé su sufrimiento cuando el banco se hizo cargo de la casa de Newport. La casa de tía Emma, aquella casa en la que los Spencer habían sido felices, donde yo mismo había pasado alguno de los mejores momentos de mi infancia, era el único lugar donde no sentía la mirada impaciente y quejosa de mi madre porque la tía Emma quería que su casa fuera un espacio de libertad incluso para los más pequeños.

No, no pensaba ayudarle. Ni movería un dedo para librarle del sufrimiento que padecía ni para devolverle la tranquilidad.

Esther me miraba expectante. Sabía que yo no le negaba nada, que nunca lo había hecho, pero también sabía que pedirme que salvara a Jaime podía ser más de lo que yo estaba dispuesto a conceder.

Pude hacerlo. Sí, pude decirle a Esther que no se preocupara, jurarle que sacaría a Jaime del atolladero:

—No te preocupes, querida, claro que haremos lo posible por echar una mano a mi hermano y a mis sobrinos. Hablaré con el banco, el presidente nos tiene en gran estima puesto que somos solventes. En cuanto al señor Hudson, bueno, no conozco demasiado al padre de Eleanor, pero iré a verle. Puede que entre los dos resolvamos el problema. ¿Estás contenta?

Ella me habría abrazado agradecida sintiéndose culpable por no quererme como debía, dispuesta a continuar sacrificando su vida junto a la mía, pagando ese precio con tal de salvar a Jaime.

Sí, podría haberle dicho que lo haría. Pero no lo hice. En realidad no me comprometí a nada aunque tampoco me negué de manera rotunda. Iba a jugar mis cartas para destruir a Jaime y de paso hacer sufrir a Esther aunque fuera levemente por hacerme padecer a causa de Jaime. Desde que él se había instalado en nuestras vidas sentía que cada día que pasaba Esther estaba más ausente de la mía. Era cuestión de tiempo que me abandonara para hacer el papel de heroína, el que según Paul les gusta a las mujeres: darlo todo a cambio de nada. Y no había nada más romántico que intentar salvar del naufragio a un pobre viudo con dos hijos.

—¿Lo harás, Thomas? Dime que lo harás… —Su voz reflejó un deje de súplica.

Tardé unos segundos en responder mientras buscaba las palabras precisas que no me comprometieran a hacer lo que no iba a hacer.

—Me interesaré por su situación.

—No es suficiente —me reprochó Esther.

—Primero quiero saber exactamente en qué situación se encuentra antes de ofrecernos a ayudar en algo que no sabemos si podríamos hacer. No me pidas imposibles, Esther.

—Tienes razón… Sí, es lo más sensato. Habla con el banco, allí te aconsejarán qué se puede hacer y lo haremos. Gracias, Thomas. Sabía que podía contar contigo.

Me abrazó. Durante unos minutos permaneció abrazada a mí respirando sobre mi cuello. Sentía su calor y su agitación.

Siempre he perdonado a Esther que no me amara. Me ha bastado con tenerla cerca, con creer que podía compartir con ella mi vida. Nunca me he engañado respecto a sus sentimientos hacia mí y hacia Jaime. Me amó, sí, pero aquel amor que sintió por mí era un reflejo pálido del que después a lo largo de su vida ha sentido por Jaime. Volví a recordar que Paul decía que las mujeres subliman lo imposible y Jaime siempre fue un imposible, al menos hasta que se quedó viudo. A partir de ese momento

Esther empezó a soñar con la posibilidad de tener una vida en común con Jaime. Sólo era un sueño, pero un sueño que le ocupaba, un sueño que alimentaba y al que dedicaba todas sus energías. De alguna manera lo estaba haciendo realidad al institucionalizar la relación de cuñada preocupada y generosa con mi hermano y sus hijos. Aún no se atrevía a dar el gran salto, pero si yo me descuidaba, lo haría.

Esther hablaba pero yo no la escuchaba, pensaba en mi venganza, aunque me sobresalté al oírla referirse a Olivia.

—La llamaré. ¿Te parece bien? —me preguntó.

—Perdona… No me he enterado muy bien de lo que decías.

—¡Pobrecito! Estás pensando en lo de Jaime, ¡gracias, querido! Bueno, te decía que para el anuncio de los diamantes he pensado en Olivia.

—Está muy vista —repliqué.

—Sí… La hemos utilizado en muchos anuncios, pero en este caso servirá, tiene unas manos preciosas, ¿no crees? El anuncio se tiene que centrar en los diamantes y he pensado que la cámara siga a unas manos de mujer a lo largo de un día… Al levantarse, mientras se maquilla, acariciando a su hijo antes de que éste se vaya a la escuela, presidiendo una reunión, en una cena romántica… La figura de la mujer estará difuminada, en realidad no se verán sus rasgos, lo importante serán sus manos, la sortija con un diamante que lucirá en uno de sus dedos. Será un anuncio sutil y elegante.

Comprendí que Esther quería compensarme por el esfuerzo que me pedía para ayudar a Jaime. Paul tenía razón. Mi esposa sabía lo que había entre Olivia y yo. Lo más doloroso era que parecía no importarle y estaba dispuesta a congraciarse conmigo contratando una vez más a mi amante.

—Haz lo que quieras, me da lo mismo —respondí con sequedad.

—Sí, la contrataremos… —insistió.

Aquella misma tarde telefoneé al señor Hudson. Su secretaria, cuando le dije quién era, dudó en pasarme la llamada.

—¿Qué quiere, Spencer? —me dijo a modo de saludo. Su tono de voz resultó gélido a través del teléfono.

—Hablar con usted. No le robaré mucho tiempo.

—¿A propósito de qué?

—De la situación financiera de mi hermano.

—Hable con él. Yo no tengo nada que ver con las estupideces de su hermano.

—Es con usted con quien quiero hablar. Necesito información y no se preocupe, no voy a pedirle nada.

—Para usted puede que no, sé que tiene una situación financiera solvente, pero para el estúpido de su hermano... Ni se le ocurra pedirme un dólar.

—No pienso hacerlo, señor Hudson, créame.

Me citó a las ocho de la mañana del día siguiente en su despacho advirtiéndome que no perdería conmigo «más de diez minutos».

Hudson había envejecido desde la última vez que le había visto. La muerte de Eleanor, su única hija, le había convertido en un anciano, aunque derrochaba el mismo pésimo humor del que había hecho gala a lo largo de su vida.

Fui al grano. Quería saber la situación financiera real de mi hermano: créditos, hipotecas, valores, bonos... Todo.

Me lo dijo. Y para mi sorpresa, me dio una información exhaustiva sobre la precariedad económica de Jaime:

—Su hermano quería deslumbrar a Eleanor, demostrarle que podía darle la misma vida que había tenido hasta que se casaron. ¡El muy estúpido! No se le ocurrió otra cosa que hipotecar todas las propiedades que tenía e invertir el dinero en operaciones que resultaron ser un desastre. Lo perdió todo. Lo peor es que me consultó previamente y le advertí que no comprara bonos basura. Cuando se arruinaron, mi hija me pidió que le ayudara y fue lo que hice mientras ella vivió. Les garanticé que pudieran continuar viviendo con el mismo nivel de vida. No iba a permitir que mi Eleanor no pudiera pagarse ni la peluquería. De manera que sufragué todos los gastos domésticos. También le pedí a su banquero, un viejo amigo mío, que le diera un crédito. Eleanor estaba convencida de que su marido se recuperaría. Pero su hermano cometió otro error; pensó que si especulaba con ese dinero recuperaría de golpe todo lo perdido. No me consultó e hizo caso omiso a las recomendaciones de su banquero. Invirtió y perdió. Todo. Mi Eleanor murió angustiada por lo que les estaba pasando. Su hermano no me hizo caso cuando le pedí que no añadiera preocupaciones económicas a su enfermedad. Pero es un hombre débil y le contaba lo mal que iban las cosas. Necesitaba de la fortaleza de mi hija, a pesar de que sabía que ella debía gastar sus pocas fuerzas luchando contra el cáncer.

»Pocos días antes de morir me hizo prometer que nunca abandonaría a sus dos hijos. Se lo juré y cumpliré mi juramento. Son mis únicos nietos, en ambos hay un pedazo de mi Eleanor. Pero no salvaré a su hermano. Hizo desgraciada a mi hija. Ella murió angustiada.

»Le he propuesto a su hermano que permita que mis nietos vivan conmigo. No les faltará de nada. Si no acepta, entonces haré lo que he hecho en los últimos meses: hacerme cargo de pagar sus colegios, comprarles ropa, invitarlos en vacaciones… Y no me venga usted con tonterías diciendo que los niños necesitan a su padre.

—No pensaba decírselo, señor Hudson —admití con sinceridad.

—Entonces ¿qué quiere?

—Nada más que conocer los pormenores de la situación económica de mi hermano. El alcance de la deuda, con qué bancos tiene problemas… Esas cosas.

—¿Para qué? —me preguntó con desconfianza.

Dudé si debía mentirle. Concluí que no era del todo necesario mentir, de manera que decidí decirle casi toda la verdad:

—Señor Hudson, yo he trabajado duro estos años. Mis empresas han aguantado la crisis. No hemos tenido pérdidas. No estoy dispuesto a perder mi dinero ni siquiera por mi hermano. Por eso quiero saberlo todo, porque me ha pedido ayuda.

—Ya sé que su hermano está muy apegado a su esposa —me dijo con malicia.

—Si usted lo dice…

—A mi Eleanor no le gustaba su esposa.

—No tenía por qué gustarle. A mí tampoco me gustaba su hija. Pero no estoy aquí para tratar de afinidades personales.

—¿Va a prestarle dinero? No creo que se lo pueda devolver, incluso está endeudado con los socios del despacho.

—Si lo que usted dice es verdad, evidentemente no me jugaré mi dinero. ¿Me garantiza que usted no le salvará ni siquiera por sus nietos?

—A mis nietos no les faltará de nada, pero me importa un bledo lo que le suceda a James Spencer. ¿Lo tiene claro?

Una hora más tarde me dirigí al despacho de la sociedad inversora de los bienes de mi hermano. Una sociedad que había llevado los asuntos de los Spencer desde hacía casi un siglo. Incluso cuando yo rompí con la familia, siguieron ocupándose de gestionar mi patrimonio.

Me recibió el vicepresidente, al que le expuse sin tapujos lo que quería saber. Le hice creer que estaba dispuesto a ayudar a mi hermano.

—Su hermano se dejó llevar por ese ambiente en el que la gente creía que el dinero estaba al alcance de cualquiera que lo quisiera coger. Le desaconsejamos algunas inversiones. Ya sabe que nuestras propuestas de inversión siempre son conservadoras, por eso son seguras. Pero él no escuchaba. Confidencialmente le diré que en mi opinión deseaba deslumbrar a su hermosísima esposa, la querida Eleanor. Invirtió todo lo que tenía en bonos basura y desgraciadamente se cumplieron nuestras previsiones. Lo perdió todo.

—¿Cuánto dinero debe?

—No sé si debo decírselo. Usted es su hermano, pero ése es un dato confidencial.

—Necesito saber si puedo ayudarle, por eso me es imprescindible conocer el alcance de la deuda.

—Usted ha confiado en nosotros… En todo este tiempo hemos invertido su dinero, creo que con satisfacción, porque incluso ha obtenido ganancias cuando otros tenían pérdidas. Su capital es importante, pero… En fin, por doloroso que le resulte, mi obligación como su asesor financiero es recomendarle que no malgaste su dinero para salvar lo que ya no tiene remedio.

»Su hermano tenía un importante patrimonio inmobiliario, ya sabe: la casa que heredó de sus padres aquí en Nueva York, además de las otras dos que tenían sus abuelos, la de Manhattan y la de Florida, más la de su tía Emma en Newport. Y el despacho, sí, el despacho en Madison Avenue… Creyó que si hipotecaba todos estos bienes e invertía el dinero podría triplicar el capital. Ya sabe que hubo un momento en que los bancos sobrevaloraron los bienes inmobiliarios, de manera que le dieron más dinero de lo que realmente valían las propiedades. Se negó a escucharnos y desgraciadamente lo perdió todo. Dentro de un mes el banco se hará con la propiedad del despacho, como ya se ha hecho con las casas, a excepción de la que aún conserva en la calle Setenta y dos, la casa de sus padres, usted vivió allí de niño; aunque tampoco la podrá conservar por mucho tiempo. En dos meses pasará también a ser del banco. Su hermano está arruinado, ni siquiera puede pagar nuestros honorarios.

—Cuánto necesita —insistí.

—Los problemas de su hermano superan los veinte millones de dólares.

—Le agradezco su confianza. Veré lo que puedo hacer.

—Nada, no debe hacer usted nada, salvo que quiera regalar veinte millones de dólares.

Podría haberle dicho que no pensaba dejar a mi hermano al albur de sus acreedores. Ordenarle que dispusiera de esa cantidad para solventar las deudas de Jaime. O pedirle que reestructurara la deuda para ir asumiéndola poco a poco. Sí, podía haber ayudado a Jaime. Al menos aliviar su situación. Es lo que le había prometido a Esther:

—Avalaré sus deudas. Haga lo imposible para que mi hermano al menos conserve el despacho y la casa donde vive; lo demás puede salir a subasta. Pero no permitiré que él y sus hijos se queden en la calle y mucho menos que el despacho que fue de mi abuelo y luego de mi padre pase a otras manos que no sean las de un Spencer.

—Su gesto le honra, pero ¿está seguro? Es mucho dinero y no creo que su hermano esté en disposición de poder devolvérselo. Es un buen abogado, pero un pésimo hombre de negocios. Y todo esto… En fin, ha repercutido en su reputación. Debe saber que muchos clientes le han abandonado.

—No permitiré que el apellido Spencer sea pisoteado. Prepararé los papeles, los firmaré en cuanto estén listos.

—Su esposa también tiene que firmar.

—Lo hará. Por ella no se preocupe.

Pero no dije ninguna de estas palabras. Me sentía inmensamente feliz al constatar la desgracia de Jaime. Mi hermano estaba a punto de tener que depender de las ayudas sociales, de la limosna que quisiera darle su suegro, el señor Hudson.

Cuando llegué a la calle sentí que el aire inundaba mis pulmones. Por fin podía sentirme superior a Jaime. El niño rubio adorado por todos, el estudiante modelo preferido de los profesores, el hijo cariñoso y leal siempre dispuesto a regalar una sonrisa, el amigo generoso… Sí, de repente se había convertido en un fracasado, en alguien que dejaba de contar, que ya no podría pasearse ufano por el club de tenis de Newport, ni recoger la admiración secreta de todas las mujeres que le miraban cuando jalaba las drizas del barco de tía Emma.

¿Qué pensaría mi madre si le viera convertido en un fracasado? ¿Se sorprendería John al ver a su hijo naufragar mientras que su hijastro triunfaba en la Gran Manzana?

No vi a Esther durante el resto del día. Llamé a Olivia pero no respondió a mi llamada, de manera que probé con Doris y la invité a almorzar; tanto me daba que alguien pudiera vernos. La chica me miraba agradecida, nunca nos habíamos visto fuera de las cuatro paredes de algún hotel o del apartamento que le acababa de alquilar en TriBeCa.

Cuando llegué a casa, a eso de las siete, Esther me esperaba impaciente.

—Bueno, cuéntame. Llevo todo el día pendiente de que me llamaras. Debes de tener seis o siete llamadas mías en el móvil.

—Perdona, no ha sido un día fácil.

—¿Qué te ha dicho el señor Hudson? ¿Ayudará a Jaime?

No escatimé los comentarios despectivos del señor Hudson para con mi hermano. A Esther se le ensombreció la mirada. No le gustaba que nadie pudiera cuestionar a Jaime. Yo incluso exageré. Disfrutaba de su indignación, de su sufrimiento.

—Entonces no piensa hacer nada…

—No exactamente. Me dijo que estaba dispuesto a dar a sus nietos la vida que merecen. Quiere que Jaime les permita ir a vivir con él.

—¡Pero eso no puede ser! Los niños deben estar con su padre, bastante han sufrido con la pérdida de su madre. A Jaime le partiría el corazón separarse de sus hijos.

—No se trata del corazón de Jaime sino del porvenir de esos niños —dije con malicia.

—A ningún padre se le puede pedir que renuncie a sus hijos —respondió airada.

—Hay padres que son unos inconscientes, es lo que Jaime ha sido. Si está en esta situación es por su culpa.

—Pero ¡cómo dices esto! Tu hermano ha tenido mala suerte, como tantos otros que se han arruinado durante la crisis. No es culpa suya sino de esos buitres de Wall Street, de esos sinvergüenzas sin escrúpulos que han arruinado a tanta gente. —Esther empezó a alterarse y me miró enfadada.

—Hizo las cosas mal para deslumbrar a Eleanor. Quiso demostrarle que él era más listo que el señor Hudson, que podía ganar una fortuna. Y perdió. Eso es lo que ha sucedido.

—Pero… no es así… no es así… Jaime quería lo mejor para su familia, hizo lo que tantos otros, invertir.

—Y se equivocó. En realidad a Jaime le acomplejaba la inmensa fortuna de los Hudson. Supongo que no era fácil vivir con una mujer cuyo padre tiene una de las grandes fortunas de la costa Este. Él quería demostrar a Eleanor lo que valía… y se lo demostró.

—¡Estás diciendo que Jaime no vale nada! ¡No puedo creer que pienses así de él! Habéis tenido diferencias en el pasado, pero tendrás que reconocerme que tu hermano es un hombre íntegro. En realidad es un gran hombre.

Sus palabras eran todo un desafío. Vi en su mirada lo mucho que recelaba de mí. Pero sobre todo leí que esta vez no renunciaría a Jaime. Sólo si yo le ayudaba se sacrificaría, pero si no era así, me abandonaría dispuesta a correr la misma suerte que mi hermano. En aquel instante la odié. La odié con todas mis fuerzas. La odié por necesitarla, la odié por haber tenido tanto miedo de perderla durante tantos años, lo que me había obligado a ocultar mi yo más profundo para no asustarla.

Esther me miraba espantada, como si estuviera frente a un monstruo. Tuve ganas de reírme; de decirle que estaba harto de fingir, de caminar sobre la cuerda floja para no hacer nada que pudiera alejarla de mí.

—Si no haces algo tú, lo haré yo. Venderé mi parte de la empresa, venderé todo lo que tengo. Sí, es lo que haré. Pero no permitiré que los buitres de los bancos ganen esta partida.

—Ya la han ganado, Esther. En cuanto a vender… Te recuerdo que no puedes vender nada sin mi consentimiento. La empresa, las ganancias, los bonos, la casa, todo absolutamente es de los dos y no puedes disponer de nada sin mi firma. Tú lo quisiste así, ¿recuerdas? Yo quise darte cuanto tenía, pero dijiste que todo lo compartiríamos. Es lo que hemos hecho. No puedes vender tu parte de la empresa a nadie sin mi autorización y no te la daré porque no estoy dispuesto a que Jaime nos arrastre en su ruina.

Su rostro se había contraído en una mueca de incredulidad. Si en aquel momento yo la odiaba, ella me odiaba a mí mucho más.

—He trabajado duro todos estos años, Thomas. No te pido ni un solo dólar que no me haya ganado. Todo lo que tenías antes de que nos asociáramos es tuyo, no lo quiero, pero te exijo el fruto de mi trabajo.

—No.

—¡No puedes negarte!

—Sí, me niego. No voy a permitir que Jaime se aproveche de tu debilidad y que le regales las ganancias que tan duramente has conseguido, que destruyas nuestro negocio por ayudarle. Lo siento, Esther, voy a protegerte de ti misma. Voy a protegernos a los dos. Jaime no nos arrastrará.

—Pediré el divorcio —dijo desafiante, sabiendo que era lo único que podía dañarme.

—No puedo impedirlo. Me harás daño, lo sabes, pero no haré nada para impedirlo. Esta vez, no. Aun así, no podrás disponer del dinero a tu antojo. Firmaste unos papeles, Esther, y ambos nos comprometimos a que, pasara lo que pasase entre nosotros, no dividiríamos la empresa ni nada de lo que tenemos. El dinero está bien invertido.

El saldo de la discusión fue que yo me fumé tres paquetes de cigarrillos y me bebí una botella de whisky.

Aquel mismo día se instaló en el cuarto de invitados. Yo no llamé a su puerta, ni le hice ningún reproche. Estaba dispuesto a hacerla sufrir. Aun así, temblaba al pensar que pudiera dejarme.

Durante varios días no me habló. Ni siquiera cuando coincidíamos en la agencia. Los empleados nos observaban preocupados, preguntándose si lo que estaba pasando entre nosotros tendría repercusión en su trabajo.

Me acomodé a la nueva situación. Nos convertimos en dos extraños que compartían una casa que habíamos dejado de sentir como un hogar. Lo único que no había cambiado era que todas las mañanas me encontraba las pastillas que tenía que tomar para el corazón colocadas en un platito junto al desayuno. Por la noche, si llegaba tarde a casa, telefoneaba previamente a la señora Morrison para que me diera las pastillas que me correspondían.

Pasaban los días sin que fuéramos capaces de encontrar la manera ni el momento de perdonarnos.

Olivia me telefoneó una mañana invitándome a almorzar al apartamento. Imaginé que quería que habláramos en la intimidad, puesto que ella prefería ir a restaurantes.

Cuando llegué a su casa estaba colocando los cubiertos en la mesa. Estaba nerviosa, se lo noté porque no dejaba de hablar.

—¿Con qué me vas a sorprender? —pregunté mientras encendía un cigarrillo.

Ella creyó que me refería a la comida y, sonriendo, me anunció que había preparado una *bisque* de langosta y asado acompañado de una ensalada de las que ella adornaba con hierbas aromáticas y flores.

La *bisque* estaba abrasando, así que me serví una copa de vino y le pregunté qué era lo que tenía que decirme tan urgente.

—Ya sabrás que Esther me ha contratado para el anuncio de los diamantes. Me hace mucha ilusión… Dice que tengo unas manos preciosas. Empezamos a rodar mañana. Es una buena noticia, os lo agradezco.

—¿Por eso me has invitado?

—En realidad quería anunciarte que me caso con Jerry. No voy a aplazar la boda por más tiempo. Jerry ha comprado una casa. Dice que quiere que estrenemos una nueva vida juntos, de manera que ha vendido la casa donde vivió con su mujer. Es muy considerado. Me ha pedido que la decore a mi gusto. Estamos haciendo una pequeña obra, quiero tener mi propio espacio. Ya sabes, llevo muchos años viviendo sola y no soportaría tener que compartir el cuarto de baño o el vestidor. Creo que en tres meses a lo sumo la casa estará lista y entonces nos casaremos. Tienes que asumirlo, Thomas. Se acabó. No me importa dejar este apartamento, me iré a cualquier sitio mientras llega el día de la boda. Pero se acabó.

Me miró satisfecha. Ufana de haberse mostrado tajante.

No se lo esperaba, ni siquiera yo sabía que iba a hacer lo que hice. Cogí la sopera y se la arrojé a las manos. Olivia gritó. La *bisque* cubrió sus hermosas manos y yo no evité soltar una carcajada al ver el estupor reflejado en su cara, satisfecho al observar su dolor.

No dejaba de gritar dolorida, parecía no saber qué hacer. Se levantó y corrió al cuarto de baño colocando sus manos bajo el agua fría. Las lágrimas le inundaban el rostro. Me acerqué colocándome detrás de ella.

—Nunca, ¿me oyes?, nunca me digas que vas a hacer nada que yo no quiera. Te advertí que si te atrevías a dar un paso sin mi autorización le diría a Jerry lo que eres. No te atrevas, Olivia, no te atrevas a volver a decirme que me vas a dejar. Cuídate.

Salí de la casa con cierta sensación de mareo. Le había abrasado las manos. Las bellísimas manos que iban a protagonizar el anuncio de diamantes para el que Esther la había contratado. Ya no podría hacer el anuncio. Tampoco asistir a la función del teatro.

A la mañana siguiente me enteré de que había tenido que ir al hospital. Le habían inyectado un calmante. Tenía las dos manos vendadas. No podía hacer nada. Los médicos le explicaron que las quemaduras eran profundas y dejarían cicatrices.

Me lo dijo Esther. Fue mi mujer quien rompió su silencio anunciándome que Olivia había sufrido un accidente, lo que le obligaba a suspender el rodaje y a buscar otra modelo.

—Mala suerte —señalé.

—Sí, muy mala suerte… —Se quedó en silencio dudando—. Me ha dicho que ha sido un accidente provocado, un tipo desaprensivo que le quiere hacer daño. Le he aconsejado que le denuncie.

—Que lo haga —contesté sin alterarme.

—Me gustaría saber quién ha sido el malvado que le ha hecho algo así. Hay hombres que son una desgracia para las mujeres —me dijo mirándome fijamente.

No respondí. Di por hecho que sospechaba que había sido yo quien había provocado las quemaduras a Olivia.

A partir de ese momento volvimos a hablar, al menos lo imprescindible. Incluso compartimos alguna cena en casa cuando llegábamos de trabajar. Lo que no cambió es que Esther continuara durmiendo en el cuarto de invitados.

Una mañana me encontré a nuestra asistenta, la señora Morrison, trasladando algunas de las cosas de Esther a su nueva habitación. Sentí un pinchazo en el estómago. No podía engañarme, no habría vuelta atrás en nuestra relación. Aun así, hemos continuado viviendo juntos, aunque cada día que pasa Esther me resulta más ajena y yo a ella también.

Visité a Olivia al cabo de dos semanas. Una noche, a la hora de cenar, me presenté sin avisar en el apartamento. Abrí la puerta con mi llave y entré. Estaba recostada en el sofá viendo la televisión. Tenía las manos y parte de los brazos vendados. Se levantó al verme y se plantó ante mí mirándome con odio.

—¿Qué quieres? —me preguntó con sequedad.

—He venido a verte —respondí mientras me sentaba en un sillón frente al sofá.

Se sentó delante de mí. Unas ojeras profundas rodeaban sus ojos verdes. Ojeras de sufrimiento, de dolor, de noches sin dormir.

—No tenemos nada más que decirnos, Thomas. Lo único que te queda es matarme. ¿Lo vas a hacer? —Su voz fue desafiante.

—No es mi intención. ¿Y Jerry? —quise saber.

—Cree que tropecé y yo misma me tiré la sopera.

—Estupendo.

—¿Estupendo? ¿Qué hay de estupendo en que Jerry crea que soy una inútil y yo sola me he quemado las manos? —Olivia casi gritó.

—Si no te saltas las reglas no tiene por qué pasar nada. Depende de ti. Ya te dije que seré yo quien te diga cuándo termino contigo. Hasta entonces, sonríe. Me cuestas mucho dinero y es lo menos que puedes hacer.

Se sentó en el sofá y cerró los ojos. La contemplé durante unos segundos y lo que vi no fue a una mujer rendida sino a una mujer dispuesta a pelear por conseguir su libertad.

La obligué a acostarse conmigo. No podía negarse porque sus manos estaban vendadas y no podía siquiera intentar defenderse. Se dejó hacer. Fue como si tuviera un cuerpo muerto entre mis brazos. Pero no me importó. Quería humillárla.

Cuando terminamos me serví un whisky y encendí el televisor. A ella ni siquiera le ofrecí un vaso de agua.

—¿Cómo te las arreglas sin poder utilizar las manos? —pregunté con curiosidad.

—La asistenta viene por la mañana y me ayuda a asearme y me prepara la comida. Mi vecina pasa tres o cuatro veces al día, para darme las medicinas. Ella se encarga de servirme la cena. También viene Jerry. Insiste en ayudarme, aunque le he dicho que prefiero que no venga hasta que me recupere. Pero él no es de los que se quedan de brazos cruzados. Quiere ayudarme.

—Te dije que no quiero que pise esta casa —le advertí enfadado.

—No te preocupes. Jamás me acostaría con él en la cama en la que he tenido que sufrirte a ti. Sólo son visitas de cortesía.

No respondí y fijé mi atención en la televisión. ¿Qué canal era? ¿Discovery? No lo recuerdo bien. Pero algo llamó nuestra atención porque nos quedamos en silencio contemplando la pantalla. Emitían un reportaje sobre venenos. Se remontaron a la Antigüedad diciendo que desde la prehistoria los hombres conocían el poder mortífero de las plantas. Un botánico enumeró el sinfín de plantas aparentemente inofensivas que pueden provocar la muerte. Un profesor de Farmacia de la Universidad de Nueva York explicó que la mezcla de determinados componentes podía resultar fatal y que incluso los medicamentos que tomamos a diario, dependiendo de la dosis, pueden provocar la muerte. Un antropólogo mostró cómo en las selvas amazónicas era fácil encontrar raíces y plantas capaces de fulminar a hombres y animales. Incluso entrevistaron a un criminólogo que detalló los muchos casos de homicidios en los que se habían utilizado venenos; algunos se habían descubierto, otros no, porque, como explicó, hay venenos que van matando lentamente y otros tienen un efecto inmediato. Un ex agente relató que durante la Guerra Fría los espías búlgaros mataban a sus oponentes pinchándoles con un paraguas en cuya punta había veneno.

El reportaje duró una hora y media y Olivia y yo no intercambiamos palabra. Mirábamos fascinados la pantalla.

Olivia dijo sentirse cansada. Yo también tenía sueño y aunque iban a emitir otro capítulo de la serie, decidí marcharme.

Cuando llegué a casa encontré a Esther en el salón. Me extrañó que estuviera viendo la televisión porque era tarde.

—¿No te has acostado? —pregunté mientras me servía un whisky.

—He llegado tarde. Tenía que terminar de definir la campaña de esa cadena de supermercados. La señora Morrison nos había preparado las bandejas con algo de cena y me he sentado a ver un rato la televisión.

No sé por qué, pero me sobresalté al mirar la pantalla y comprobar que Esther estaba viendo la segunda parte del mismo programa que habíamos visto Olivia y yo. Me senté a su lado y terminé de verlo junto a ella. Ambos en silencio, ensimismados en la pantalla, cada uno perdido en sus pensamientos.

Cuando apagamos el televisor me sorprendió que Esther me diera las buenas noches con un beso en la mejilla.

—Descansa, Thomas. Hasta mañana.

Ha pasado bastante tiempo desde que Esther, Olivia y yo vimos ese programa. Yo no lo he olvidado, ellas nunca se han referido a él. Pero desde entonces no me fío de ninguna de las dos. Fue quince días después de la emisión del documental sobre los venenos cuando empecé a sentirme mal.

Náuseas, dolor de cabeza, sobreexcitación nerviosa, arritmias, dolor precordial que se irradia al cuello y la garganta… Empecé a tener pequeñas hemorragias nasales y, en alguna ocasión, me sangraban las encías al lavarme los dientes.

El doctor Douglas dice que son episodios que tienen que ver con mi dolencia cardíaca, provocados porque no sigo sus recomendaciones. Además, me ha vuelto a ajustar la dosis del anticoagulante. Bebo, fumo y como a mi antojo. Pero yo sospecho que lo que me pasa no es consecuencia de mis excesos. Puede que Esther no me esté dando la dosis adecuada de anticoagulante o puede que sea Olivia la que haya decidido vengarse de mí, y nada mejor que envenenarme poco a poco a través de la comida, de esos espléndidos guisos a los que no soy capaz de resistirme.

Sí, creo que una de ellas ha decidido aligerar el tiempo que me queda de vida. ¿O tal vez las dos? No lo sé, pero un día Esther me dijo que había quedado para almorzar con Olivia.

—La pobrecita —comentó— está sufriendo mucho por las quemaduras de sus manos. Nunca volverán a ser como antes.

Lo que sí sé es que desde aquel programa de televisión ellas han cambiado y a mí me aquejan males que ni siquiera el doctor Douglas termina de entender. Insiste en que cada enfermo es distinto y que debo seguir sus recomendaciones. La maldita dieta. Pero yo sé que es mi mujer o quizá mi amante quien está dándome algo que repercute en mi enfermedad.

Entretanto, Jaime ha perdido cuanto le quedaba. Ni siquiera ha podido salvar la casa de su padre. Sé que Esther ha vendido todas sus joyas, las que le he ido regalando durante los años que hemos estado casados. Un par de relojes de oro de Cartier, otro de brillantes de Van Cleef, un conjunto de collar con brillantes y esmeraldas, un solitario que compré en Tiffany y me costó cien mil dólares, unos pendientes de zafiros… Sí, he sido generoso con Esther. Ella ha convertido las piedras en dinero para dárselo a Jaime. Dinero que ahora está sirviendo para pagar el alquiler de un apartamento en el SoHo. Mi esposa me lo dijo sin importarle lo que yo pudiera pensar al respecto.

—Me alegro de que no puedas disponer de la empresa a tu antojo o si no estaríamos arruinados —le dije cuando me contó la venta de las joyas.

—Podrías haberle ayudado, Thomas. No me has dejado otra opción.

—Claro que tenías otra opción: ser leal conmigo.

Se quedó en silencio mientras encajaba mi reproche. Creo que le hizo efecto, que por un instante se sintió miserable por no haberme querido, por sacrificarme por Jaime.

—Nunca te he engañado —dijo finalmente.

—No, nunca lo has hecho, pero ¿de qué sirve?

—La lealtad consiste en eso, en no engañar —dijo con un hilo de voz.

—La lealtad consiste en no fallar a quien te quiere, en no humillarle, en devolver lo mismo que recibes. Eso es lealtad —afirmé con dureza.

—Lo siento, Thomas. Siento de veras no haber estado a la altura de lo que esperabas de mí. Quizá esperabas demasiado... He procurado hacer las cosas bien, que nuestro matrimonio valiera la pena...

Era sincera. Lo que decía le salía del alma. Sus ojos reflejaban el pesar que la invadía.

—Y ha merecido la pena. No habría cambiado por nada los años que hemos vivido juntos. Son los mejores de mi vida. Pero una vez más, Jaime ha venido a arrebatarme lo mío. —También yo hablé con sinceridad.

—¡No, por favor! No es culpa suya. Yo... Aunque te cueste creerlo, entre él y yo no hay nada. Se resiste a... Sabes que es un caballero y le prometió a vuestro padre que nunca se entrometería en tu vida y que renunciaría a mí por mucho que me quisiera. Siempre estarás entre los dos.

—Sí, se lo prometió a John, pero se le ha debido olvidar o de lo contrario no estaría destruyendo mi vida.

—¿Aún te resistes a llamar padre a John? Es el único que has tenido, el que te ha querido como a un hijo. Y no busques culpa alguna en Jaime. Si hay un culpable, soy yo. Él... ¡Por Dios, Thomas, es mi culpa! Soy yo quien ha querido ayudarle, soy yo la que me he entrometido en su vida, soy yo la que insiste en estar con él y con sus hijos. Jaime nunca me ha pedido nada.

—Pero todo lo que le das lo recibe con naturalidad. Está acostumbrado a que le quieran, a que todos se rindan a su paso, a sonreír para recibir. A él no le hace falta pedir.

—Thomas... —Esther se acercó a mí y me puso la mano en el hombro.

Me aparté. Quería que se sintiera culpable. Noté su angustia, pero no me moví.

—¿Sabes, Esther? Mi hermano me ha destrozado la vida. Me amargó la infancia, y ahora quiere quitarme lo único que he tenido.

—¡Soy yo...! ¡Soy yo la culpable...!

Esther me confesó que puesto que Jaime había perdido también el despacho, además del apartamento le había alquilado un par de piezas en un edificio de oficinas cerca de Harlem. De manera que los clientes de Jaime han pasado de ser los brokers de Manhattan a los comerciantes del barrio. No sentí ninguna pena por él ni tampoco por ella. Estaba atrapada en una tela de araña que no sabía cómo despejar.

No le pregunté qué pensaba hacer. Temía que me pidiera el divorcio. No quería oírle decir que amaba a Jaime. Yo ya lo sabía, pero no soportaría oírselo decir.

—Tus sobrinos pasarán el verano con su abuelo. Los va a llevar a Europa. París, Londres, Madrid, Roma... Y cuando regresen, irán a la casa que los Hudson tienen cerca de Newport.

—¿Y después? —quise saber.

—No lo sé... El señor Hudson insiste en que sus nietos vivan con él. Dependerá de si Jaime logra recuperarse. Él solo no puede ocuparse de los chicos.

No, mi hermano no podía ocuparse de sus hijos, pero mi

esposa sí. Me di cuenta de que sin la presencia de los chicos no pasaría mucho tiempo antes de que Esther se metiera en la cama de Jaime. Llevaban muchos años esperando para hacerlo. Una vez que eso sucediera y por más que Jaime tuviera remordimientos por la promesa incumplida a su padre, terminaría aceptando que Esther se fuera a vivir con él.

—Te propongo un pacto —le dije sin pensarlo demasiado.

—¿Un pacto?

—Sí. Yo ayudo a Jaime, pero tú renuncias a él.

—¿Cómo…? No sé a qué te refieres.

—Sí que lo sabes. Le ayudaré económicamente, pero, pase lo que pase, tú continuarás a mi lado. Le alquilaremos una casa decente para que pueda vivir con sus hijos, contrataremos una mujer que los cuide, le mandaré clientes…

—Y el precio soy yo. —La voz de Esther no dejó lugar a dudas de que iba a aceptar.

—Sí. El precio eres tú.

—Ya no soy una niña y si…

—Sí, lo sé; o te vas ahora, o más tarde ya no tendrá sentido. Tienes que decidirte.

Se le nublaron los ojos. A duras penas contuvo las lágrimas. Supe entonces que ya había decidido dejarme. Mantuve el pulso dispuesto a ganar.

Durante unos segundos permaneció en silencio con la mirada perdida, luchando contra sí misma. Cuando me respondió, lo hizo en un murmullo:

—De acuerdo, Thomas. Tú ganas. Ayuda a Jaime.

—Lo haré. Pero, eso sí, siempre tendré las riendas. No soy tan estúpido como para que nos arruinemos por él.

He cumplido mi palabra. Sí, durante todo este tiempo he cumplido mi palabra y la cumpliré hasta el final. Soy yo quien paga las facturas de Jaime aliviando su situación. Pero no le he salvado del todo. Los bancos se quedaron con la casa de mis padres, lo mismo que con las de mis abuelos y la de tía Emma. Pero al menos tiene dinero para mantener a sus hijos con desahogo.

¿Cuándo fue? Sí, puedo recordar el día en que me di cuenta de que empezaba a morirme, de que el malestar que había sentido hasta ese momento se estaba convirtiendo en algo más.

Aquel día, como siempre, desayuné con Esther. Café descafeinado con leche y tostadas de pan integral. Ella las preparaba todas las mañanas y a continuación me hacía tomar las pastillas para mi deteriorado corazón. Después, y pese a sus continuas protestas, yo encendía un cigarrillo. En realidad no era el primero de la mañana, porque para cuando me sentaba a desayunar ya me había fumado otros dos. A media mañana empecé a sentirme raro. No me dolía nada, pero no estaba bien. Fui al cuarto de baño y me asusté al ver mi orina teñida con sangre. No dije nada. Apenas almorcé. No me entraba nada en el estómago.

—¿Te pasa algo? No tienes buen aspecto —me dijo Esther cuando pasó por mi despacho a media tarde para decirme que tardaría en llegar a casa porque tenía una reunión con los creativos de la empresa.

—No sé… Creo que esta mañana no me sentó bien el café.

—Haz un poco de dieta; te vendrá bien. Esta mañana he visto en el salón una botella de whisky casi vacía y los restos de un par de pizzas. Sabes que eso no lo puedes tomar. El doctor Douglas te ha explicado que no puedes meter más grasa en tus arterias.

Cualquiera que la hubiera escuchado pensaría que se manifestaba como una esposa preocupada, pero yo la conocía bien y noté la frialdad de su mirada y el tono de voz crispado.

Ni respondí. No pensaba renunciar a beber, ni mucho menos a comer.

Salí de la agencia y decidí ir al apartamento de Olivia. Esther tardaría en llegar a casa, de manera que podía entretenerme un buen rato. Además, me gustaba aparecer de improviso por el apartamento. Sabía que a Olivia le fastidiaba, aunque parecía haberse resignado a continuar conmigo. Me preguntaba por qué. De repente se había vuelto tan mansa como fría en su trato conmigo. Eso sí, cuando le hablaba, notaba que no disimulaba el tedio. Le resultaba indiferente lo que pudiera contarle. Se había convertido en un trozo de carne que yo podía maltratar sin que ella protestara, pero nada más. En sus palabras ya no había rastro de ingenio. Se quedaba en silencio cuando le pedía opinión sobre cualquier cosa. Estaba ausente. Eso sí, no dejaba de prepararme platos ante los que yo no podía resistirme. Debería haberse dedicado a ser cocinera en vez de gastar tanta energía en convertirse en actriz. Incluso las ensaladas más simples las presentaba con tantos aderezos que me era imposible rechazarlas por más que pensara que seguramente alguna de aquellas hierbas podía servir para agudizar mi problema cardíaco.

—¿Y tu Jerry? —le pregunté aquella noche.

—Mi Jerry me esperará. Pronto estaremos juntos —aseguró con rotundidad.

Me asustó. Sí, su seguridad me asustó. Me miró con altanería aun sabiendo cuál sería mi respuesta. Ni siquiera apartó el rostro al verme levantar la mano para abofetearla. Tanto le daba. Apenas se molestó en hablarme, sólo se preocupaba en servirme whisky.

Aquella noche, cuando salí de su apartamento volví a sentirme mareado. Demasiado whisky, pensé, porque había bebido cuatro o cinco copas, además de fumar un paquete entero de tabaco.

Al llegar a casa vomité. Tenía taquicardia y un malestar general. Me metí en la cama. Al día siguiente me desperté un poco mareado, pero no tanto como para impedirme ir a la agencia. Pensé en llamar al doctor Douglas, pero no lo hice. Lo primero que me preguntaría era si había comido y bebido en vez de preocuparse realmente por mi malestar. Mi cardiólogo parece achacar todo lo que me sucede a mis malos hábitos. Pero al día siguiente fui a verle. Le conté lo de la sangre en la orina y me volvió a ajustar la dosis del aldocumar, el anticoagulante que tomaba a diario. Me insistió en que no podía dejar de acudir a medir sus valores todas las semanas, algo que yo no hacía.

Esther ha cumplido su palabra aunque sin renunciar a ver a Jaime y a hacerse cargo cuanto puede de sus hijos. Tanto que ha preferido prescindir de la señora Morrison, que ahora vive con ellos. Nosotros tenemos que conformarnos con una asistenta que viene por la mañana y se marcha por la noche y que, en caso de que Esther llegue tarde, se encarga de que yo cene y tome las pastillas que mi mujer deja preparadas. Lo malo es que esta mujer apenas sabe cocinar.

Doris, la pequeña y adorable Doris, dice que a pesar de lo mucho que como, no tengo buen aspecto y que debo cuidarme. Cada vez paso más tiempo con ella. Algunas veces observo en su mirada un brillo de repugnancia. Mi cuerpo ha envejecido, los michelines rodean mi cintura, mi carne se ha ablandado como la mantequilla, y desde hace tiempo hasta yo siento asco de mi propio aliento. Pero ella me soporta sin quejarse. Le pago bien para que finja que le gusto, incluso un día me dijo que me quería, pero le pegué con fuerza advirtiéndole de que no me tomara por tonto.

—Te lo he dicho por complacerte, Thomas. Evidentemente, no te quiero. Si estoy contigo es por tu dinero, pero a veces hay que echarle un poco de romanticismo a las relaciones. Otros hombres lo prefieren, pero si a ti te disgusta, no te preocupes.

Sé que cuando acaricia mi piel en realidad está acariciando la carrocería de mi Ferrari Testarossa. Sé que cuando me mira a los ojos está viendo los billetes que rebosan en mi cartera. Sé que cuando me sonríe no me ve. Sé que cuando se funde con mi cuerpo piensa en otros cuerpos. Sé que cuando gime está fingiendo. Pero ése es el trato y lo cumple bien.

Desprecio a los hombres que presumen de haber seducido a mujeres jóvenes y hermosas y se creen que ellas los admiran e incluso los aman. ¡Pobres estúpidos!

Pero volvamos a aquel día. He pensado más de una vez que mi malestar de aquel día, el mismo que he seguido sintiendo, no es como el de otras ocasiones.

Desde entonces he visitado unas cuantas veces al médico, y me han hecho un par de chequeos exhaustivos, insistiéndome en que las pastillas no son suficientes para mantener la buena salud. Me regaña como si fuera un niño porque no renuncio a fumar, ni a los huevos con beicon, ni a beber como poco media botella de whisky al día. ¿Qué sería mi vida sin esos pequeños placeres?

El doctor Douglas asegura que además trabajo demasiado.

—Padece estrés, como todos los ejecutivos de Manhattan. Puedo repetirle el chequeo cuantas veces quiera, pero la conclusión siempre es la misma: su principal enemigo es usted, Thomas. Se lo repito: deje de beber, deje de fumar y confórmese con comer verduras y carne y pescado a la plancha. Y nada de dulces. ¡Ah! Y váyase de vacaciones, lo que necesita es descansar. Volvió a ajustarme la dosis del anticoagulante porque seguía teniendo pequeñas hemorragias a través de la nariz, las encías y la orina indistintamente.

El bueno del doctor es un optimista o quizá un inútil. No me atrevo a decirle que busque veneno en mi sangre. Se reiría de mí, pensaría que soy un paranoico. Por ahora guardo silencio y no comparto con nadie mis sospechas, pero si continúo así… Yo sé que me estoy muriendo lentamente y que no es por causas naturales.

Hay días en que me siento mejor, otros en los que el estómago se me revuelve, pero no vomito.

Esther se muestra solícita. Me pregunta todos los días cómo me siento, como si esperara que le anunciara que creo que voy a morirme. Y al igual que Esther, Olivia también me pregunta a diario por mi salud porque, según dice, mi piel se está volviendo amarilla. Aun así, continúo aceptando de las manos de Esther las pastillas para el corazón y sigo sin rechazar los platos que cocina Olivia. Desde que la señora Morrison no está con nosotros apenas hay nada en el frigorífico, de manera que a la hora del almuerzo me presento en casa de Olivia para que me compense con sus creaciones culinarias, cada día más sofisticadas.

Las manos de Olivia están surcadas de cicatrices y han perdido su belleza sin recuperar la suavidad de antaño. No puedo evitar dirigir la mirada a sus manos y ella no las oculta, sino que se complace en mostrármelas para que no me olvide de que soy la causa de su desgracia.

Lleva meses sin trabajar, pero no parece preocupada. Yo continúo pagando sus facturas y ella se entretiene dirigiendo las obras de la casa que está levantando Jerry, con el que no ha renunciado a casarse aunque no ha vuelto a repetirme que lo hará.

En realidad, ya sólo me siento bien al lado de Doris. La pequeña Doris, a la que no hace tanto conseguí un papel en una película de bajo presupuesto pero que ella me supo agradecer.

Olivia sabe de la existencia de Doris y creo que Esther también. Ambas se dieron cuenta durante la Gala de los Effie en el Waldorf Astoria. Doris quería asistir y le conseguí una invitación para que fuera con un amigo. El chico no me preocupa, es homosexual y hace sus pinitos como modelo.

Doris lucía uno de esos trajes de Versace tan exagerados. Era imposible no verla. De todas maneras se acercó a donde yo estaba con Esther. Doris compuso su mejor sonrisa y le dijo a Esther cuánto admiraba su trabajo como publicista y cómo le agradecía que hubiera contado con ella para aquel anuncio de comida para gatos. Esther le aseguró que volvería a contar con ella en el futuro.

Olivia nos interrumpió. Esther y ella se saludaron con afecto, como si fueran viejas amigas y compartieran unos cuantos secretos. Se apartaron de nosotros y cuchichearon entre ellas. Excluyeron a Doris. Las escuché reír. Su risa fue suficiente para que me sintiera mal. Entonces lo vi claro. Me estaban envenenando. A veces pensaba que el veneno me lo suministraba Esther, otras que Olivia, pero acaso fueran las dos las que habían decidido deshacerse de mí.

Doris las miraba con admiración; su joven amigo, un tal Ronald, también. Esther era una estrella de la publicidad, y Olivia había hecho unos cuantos anuncios, los suficientes para que algunos de los asistentes a la gala la reconocieran.

—¡Qué guapa es! —afirmó el tal Ronald mirando a Olivia.

—Lo fue; lo que ves son restos de su belleza. Es bastante mayor —repliqué malhumorado.

—Por lo menos tiene cuarenta años —comentó Doris, muy resuelta.

—No creo, pero aunque los tuviera, es guapa y elegante. Sí, tiene clase. Deberías aprender de ella —le dijo Ronald a Doris, provocando su enfado.

Me aparté. No tenía ganas de asistir a una pelea entre dos muertos de hambre que estaban allí como perros callejeros dispuestos a abrirse de piernas si alguien les tiraba un hueso.

Olivia se sentó a una mesa próxima a la nuestra y yo notaba su mirada en mi nuca. Como Esther tenía el talento de concitar la simpatía de cuantos la conocían, nuestra mesa fue visitada por todos los gerifaltes de la publicidad que no escatimaban elogios a su talento.

Un año más, Esther obtuvo un premio en la gala, en esta ocasión al mejor anuncio de televisión, por un anuncio de leche materna.

Que ganara premios ya no era una novedad. Cuando salió a recogerlo la observé con detenimiento. Pensé que me costaba reconocer en la mujer segura y sonriente a la jovencita desgarbada y poco agraciada que estudiaba en el centro de estudios de Paul.

No tenía el don de la belleza pero sí el de la inteligencia y, como todas las mujeres inteligentes, sabía sacar lo mejor de ella misma. Doris era preciosa, pero vulgar. Esther era elegante. No lo había sido siempre, pero ahora lo era. Sabía cómo vestirse, llevar las joyas adecuadas, moverse con parsimonia. Todo en ella emanaba serenidad.

Olivia también la miraba y sonreía complacida. Era evidente que ambas simpatizaban e incluso se apreciaban.

Volví a sentirme mal. Un sudor frío me recorrió la espalda empapándome la camisa del esmoquin. Otra vez las náuseas. Fui al baño y de nuevo mi orina estaba tintada con sangre.

Hice un esfuerzo por mantenerme erguido; incluso saqué fuerzas para aplaudir el discurso de Esther. Sentí la mirada de

Olivia y me sobresaltó su sonrisa. El día anterior había estado en su casa y no me había sonreído con esa suficiencia con que lo hacía en esos momentos. ¿Sería ella la asesina?

Tomé una decisión. Iría a Miami a ver a Paul. Le contaría mis sospechas. Él sabría aconsejarme, guiarme en el laberinto que formaban Esther y Olivia y en el que por primera vez me encontraba perdido. Me llevaría a Doris conmigo. No quería viajar solo. Si me sentía mal, al menos tendría a alguien al lado para atenderme.

Le mandé un mensaje por el móvil. Doris levantó la cabeza y me hizo un gesto de asentimiento.

Mandé otro mensaje a Paul anunciándole que en unos días iría a visitarle. Incluso le pedí que me concertara una cita en algún hospital para un chequeo, pero sin que se enterara Esther. Paul me respondió de inmediato. Lo haría. Cuando Esther regresó de nuevo a la mesa, me miró expectante. Creo que desde el estrado había observado que yo estaba ensimismado con el móvil.

No sé cómo aguanté el resto de la noche. Pero lo hice. De regreso a casa, Esther no dejaba de hacer comentarios sobre la gala. Yo no la escuchaba. Estaba tan mareado que la vista se me nublaba. Sentía una opresión que me subía del corazón hasta la garganta. Ni siquiera le di las buenas noches cuando entramos en casa. Me fui a mi habitación y me tiré sobre la cama. No sé cuánto tiempo estuve así, pero de repente me sobresalté. Miré hacia la puerta y allí estaba ella, muy seria, observándome.

—¿Te encuentras mal, Thomas? —me preguntó con voz fría, indiferente.

—He bebido demasiado para celebrar tu éxito. Mañana estaré bien.

—No sé… Te veo raro. ¿Quieres que te ayude a ponerte el pijama?

—Vete a dormir. No necesito nada.

—Buenas noches, Thomas. Si me necesitas no dudes en llamarme —dijo esbozando una sonrisa que me sobresaltó.

Me quedé encima de la cama el resto de la noche. Apenas sentía las piernas y los brazos y las náuseas no me permitían moverme. Creo que me quedé dormido porque la voz de la asistenta me devolvió a la realidad.

—Vaya, creía que se había ido ya. Haré su habitación más tarde.

Me incorporé. La cabeza ya no me daba vueltas. La ducha me despejó del todo. Por más que la asistenta insistió, no quise tomar nada.

—La señora le ha dejado el café preparado y las pastillas. Me ha encargado que me asegure de que usted se las toma —repuso.

Precisamente lo que no quería era tomar nada que hubiera pasado por las manos de Esther.

Fui a ver al doctor Douglas. Después de hacerme varias pruebas de nuevo, concluyó que no estaba tomando la dosis adecuada de las pastillas anticoagulantes, e incluso me cambió la medicación.

—A veces hay medicamentos que no nos sientan bien —me dijo—. Además, no estamos siendo capaces de ajustar la dosis del anticoagulante. Pero hoy en día disponemos de muchos fármacos, de manera que probaremos con uno nuevo, dabigatran, espero que le siente mejor. Naturalmente, es imprescindible que haga la dieta que le he recomendado. Un enfermo del corazón no puede comer lo que quiera y mucho menos fumar y beber.

Apenas me recuperé, tomé una decisión. Ya que el doctor Douglas no parecía capaz de diagnosticar lo que me estaba pasando e insistía en que el culpable era yo por no seguir sus recomendaciones, antes de viajar a Miami buscaría a quien me pudiera dar una explicación.

No me costó mucho encontrar el nombre y el lugar de trabajo del experto que había participado en el programa sobre venenos de Discovery. Era un reputado profesor de la Universidad de Nueva York, doctor en Farmacia y Botánica. El profesor Johnson era toda una autoridad en ambas materias.

Me puse en contacto con la universidad y tuve unas cuantas reuniones; en ellas les dejé claro que tenía una vocación filantrópica y que había decidido donar una cantidad de dinero para becas, pero que no sabía por qué especialidad decidirme. Me dieron unas cuantas opciones, muy interesados en que les soltara unos cuantos cientos de miles de dólares. Pero yo ya sabía que mi dinero quería destinarlo al departamento del profesor Johnson. Si les extrañó no lo dijeron. El dinero siempre es dinero. Al final dispusieron que me entrevistara con Johnson y él aceptó recibirme, consciente de la importancia de mi donación.

Durante media hora escuché pacientemente sus explicaciones sobre los trabajos de su departamento y cómo utilizaría mi dinero. Luego, cuando esperaba que yo me levantara y me despidiera, le sorprendí con mi petición:

—Verá, profesor, tengo un interés especial en conocer su opinión sobre el poder mortífero de las plantas.

El hombre no ocultó su asombro y pareció retroceder detrás de la mesa. Le sonreí para tranquilizarle.

—Ya sé que puede parecerle una tontería, pero si me he decidido a hacer esta donación es porque hace unos meses le vi a usted en un programa de televisión, creo que fue en Discovery. ¿Lo recuerda? Un programa sorprendente sobre los venenos.

—¡Ah, sí! Ya recuerdo; me pidieron mi opinión… Supongo que no querrá usted envenenar a nadie… —dijo riendo pero con cierto nerviosismo.

—En absoluto… ¡Qué ocurrencia! Sólo que me impresionó usted. Por eso he querido que mi dinero se dedique a su departamento, que ya sé que anda escaso de fondos.

—Y mi departamento se lo agradece —comentó desconfiado.

—Profesor, querría saber si, como usted explicó en el programa de televisión, hay medicamentos que pueden poner en riesgo la vida de las personas.

—Bueno, imposible no es, pero tampoco es fácil. Pero si me dijera exactamente lo que quiere saber… Creo que… en fin… que usted tiene un interés especial.

—Es confidencial, profesor. No puedo darle muchos detalles. Le pondré un ejemplo: un hombre de unos cincuenta años, enfermo del corazón al que empiezan a sentarle rematadamente mal los anticoagulantes que toma.

—Los anticoagulantes pueden matar, señor Spencer. Los médicos pierden algunos pacientes si la dosis de anticoagulantes no es la precisa. Pasa todos los días aunque, naturalmente, nadie lo dice.

—Entonces...

—Los medicamentos curan pero también matan. Todo depende de la dosis, del receptor, de tantas variables... Los anticoagulantes son necesarios, imprescindibles para tratar algunas dolencias. El médico es quien debe decir qué dosis necesita cada paciente.

—Si una persona pongamos que tiene que tomar media pastilla y le dan una entera...

—Pues si no necesita la pastilla entera puede tener una hemorragia interna, pero si lo que necesita es pastilla y media y no la toma, entonces puede sufrir una trombosis.

—Y si muere...

—Mala suerte.

—¿Sólo eso?

—Bueno, no sé qué otra cosa podría decirle. A veces si la dosis de los anticoagulantes no está bien ajustada se producen microhemorragias intestinales sin que nadie las detecte.

—¿Y eso pasa?

—Claro que pasa, pero no es culpa de nadie. Además, hoy en día con un buen control se ajusta bien la dosis de anticoagulante que los enfermos deben tomar, de manera que no hay que tener miedo. Si ése es su caso, debería hablar con sinceridad con su médico.

—¿Se puede matar a alguien con plantas?

El profesor Johnson me miró desconcertado, pero debió de pensar en mis generosos donativos y, aunque molesto por el cariz de la conversación, decidió continuar dando respuesta a mis preguntas.

—Verá, señor Spencer, hay plantas que según se tomen pueden hacer mucho daño. ¿Ha tomado usted alguna vez ginkgo biloba? Seguro que lo ha visto anunciado. Es una planta china, también se la conoce como «el árbol de los cuarenta escudos». Tiene un efecto anticoagulante y la emplean para ayudar a la circulación; también se utiliza para el sistema nervioso, para el párkinson incluso, para la caída del cabello, pero puede tener contraindicaciones. Si no se toma la dosis adecuada produce nerviosismo, vómitos, diarrea... Y si se mezcla con medicamentos anticoagulantes como el aldocumar u otros, puede generar hemorragias. Lo mismo sucede con el jengibre y el ajo.

»Así que ya ve que una planta que puede tener efectos beneficiosos también puede ser perniciosa. Combinada con algún medicamento puede alterar nuestra salud. Pero eso no significa que el ajo, el jengibre o el ginkgo biloba sean perjudiciales. Todo lo contrario.

—Pero el ginkgo biloba ¿se vende libremente? —pregunté asustado.

—Claro, hay muchas personas que lo toman y les sienta estupendamente.

Le planteé qué sucedería si se mezclaba un anticoagulante farmacéutico con hierbas que tuvieran también un efecto anticoagulante.

—Ya se lo he dicho, depende de la dosis, pero puede provocar una hemorragia interna y...

Me habló de la hierba de San Juan. Al parecer, la gente se la toma para la depresión.

—Es una planta silvestre, aunque su consumo se ha prohibido en algunos países precisamente por sus efectos secundarios.

—Vaya, pues sí que pueden ser peligrosas las plantas...

—Mire, con unas simples moras se puede causar mucho daño.

—¿Moras?

—Si usted coge moras entre verdes y blancas y las come, puede sufrir alucinaciones por una sobreestimulación del sistema nervioso. Las moras cuando están entre verdes y blancas contienen una toxina, la saponina, parecida al látex… O las adelfas; sus hojas, sus flores, sus semillas son venenosas. Si usted las ingiere, al cabo de unas horas puede tener vómitos, diarreas, vértigo… Pero a nadie se le ocurre comerse una adelfa. Le estoy hablando de plantas que de ninguna manera están en la cadena alimentaria. Habrá visto usted muchos filodendros.

—Pues no, no sé qué es…

—Seguro que sí; es una planta de interior que puede que incluso tenga usted en su propia casa. Es ornamental. Mire, yo tengo una junto a la ventana.

La miré. Tenía razón, las había visto en ocasiones como plantas interiores; es más, Olivia tenía una en su apartamento.

—Hombre, a nadie se le ocurre comerse una hoja de filodendro, pero si lo hiciera sufriría un fuerte dolor de estómago, incluso produce insuficiencia hepática y convulsiones. Y todo ello a causa del oxalato de calcio.

Me pregunté si Olivia me habría puesto filodendro en alguna de sus floridas ensaladas.

Volví a centrar la atención en lo que me decía el profesor Johnson, que hablaba de la nuez moscada.

—La ralladura de nuez moscada contiene miristicina, un insecticida de efecto neurotóxico que produce náuseas, vómitos, dolor de cabeza, paranoia… La solanina es un glucoalcaloide tóxico que se encuentra en los tomates y en las berenjenas que no han madurado; también provoca vómitos y diarrea. ¡Ah! Y el ricino; sí, el *Ricinus communis*, que proviene de un arbusto. Sus hojas son oscuras y sus semillas son tóxicas por una albúmina llamada ricina, que en pequeñas cantidades puede provocar la muerte. Las bellísimas hortensias tienen un compuesto llamado hidragina, que es un glucósido cianogénico que puede resultar peligroso. O la trompeta de ángel… Incluso el laurel de jardín… Sus flores huelen a vainilla pero son tóxicas; tienen oleandrina, que es un glucósido digital cuyos efectos son las taquicardias, arritmias y puede provocar un paro cardíaco.

Las explicaciones del profesor Johnson me estaban poniendo

los pelos de punta. Muchos de los síntomas que yo venía sufriendo eran parecidos a los que provocaban esas plantas de las que me hablaba. Síntomas que aparecían en ocasiones después de una sustanciosa comida preparada por Olivia. En cuanto a mis «episodios cardíacos», como los llamaba el doctor Douglas, podían estar provocados por la dosis de anticoagulantes que Esther me daba y que yo nunca me había preocupado de comprobar si correspondían a la dosis correcta. Simplemente me metía las pastillas en la boca y las tragaba con un poco de agua. De manera que tras la lección del profesor Johnson me reafirmé en mi intuición: los anticoagulantes que me daba todas las mañanas Esther junto con los platos cocinados por Olivia, siempre con especias y plantas, podían estar provocando ese deterioro en mi salud. Pero ¿realmente eran capaces de hacerlo? Sospechaba de ellas, pero al mismo tiempo me decía a mí mismo que no tenían valor para matarme, porque ambas tenían conciencia. O quizá yo no las conocía tan bien como creía. Además, era posible que se hubieran puesto de acuerdo para hacerlo sin levantar sospechas. Unas semillas de hortensia, una dosis mayor de anticoagulante...

¿Mi mujer y mi amante habían encontrado la manera de matarme sin dejar rastro? O eso creían ellas...

El profesor Johnson parecía entusiasmado hablándome de plantas desconocidas para mí: la *Melia azedarach*, la *Datura stramonium*, el *Ficus carica*, el *Ilex aquifolium*, la *Conium maculatum*... Nombres imposibles que apenas lograba retener en el cerebro.

No sé cuánto tiempo estuvo hablando, pero sí recuerdo que hubo un momento en que me sentí mareado.

—¿Se encuentra bien? —me preguntó preocupado.

—Un poco cansado. Pero le agradezco sinceramente sus explicaciones. Ha sido muy interesante e instructivo escucharle.

—Bueno, usted se ha convertido en un benefactor para mi departamento, y si todo lo que pide es que sacie su curiosidad... Nunca imaginé que mi intervención en aquel programa de televisión hubiera tenido ningún impacto.

—Pues ya ve, ese programa es el que me ha traído hasta usted.

Cuando salí de la universidad reservé dos billetes de avión para el vuelo a Miami de primera hora de la tarde. Luego envié un correo a Doris avisándole de a qué hora debía estar en el aeropuerto.

Me sentía mejor. Preparé la maleta y pedí un taxi para ir a la agencia.

Entré en el despacho de Esther, a pesar de que estaba reunida con un par de creativas y sabía que no soportaba que la interrumpieran cuando estaba trabajando.

—¿Puedes dedicarme un momento?

Frunció el ceño pero se levantó y salió del despacho.

—¿Qué pasa?

—Me voy a Miami. Tenemos un posible cliente allí; de paso, me vendrá bien descansar y además aprovecharé para ver a Paul. Estaré unos cuantos días fuera.

—¿Quién es ese cliente? —preguntó con desinterés.

—Un tipo que tiene una cadena de hoteles. Me ha llamado de parte de Paul… Ya veremos si merece la pena.

—Bien, cuídate y dale un beso a Paul. La próxima vez te acompañaré, tengo ganas de verle.

Doris me esperaba impaciente en el aeropuerto. Con la cara lavada y los vaqueros estaba más guapa que cuando se arreglaba. Se entusiasmó al comprobar que viajábamos en clase preferente.

Paul nos había reservado un hotel en Miami Beach, convencido de que le gustaría a una chica como Doris. Acertó. Además, nos invitó a cenar en el mejor restaurante de pescado que estaba a orillas del mar. Era amigo del dueño, de manera que nos sentó a una mesa algo apartada donde yo podía fumar sin que me llovieran miradas de reproche. Las olas batían la playa, donde aún algunos surfistas las desafiaban con las primeras sombras del atardecer. Hablamos de todo y de nada. Lo que necesitaba contarle tenía que quedar entre él y yo.

—Thomas, me preocupa ver que no te cuidas... Deberías dejar de fumar, en las dos horas que llevamos aquí te has fumado medio paquete. Y no bebas tanto, te has tomado ya cuatro whiskies —me reprochó mi viejo amigo.

Al día siguiente, por la mañana, mandé a Doris a la playa y le di unos cuantos cientos de dólares para que se fuera de compras si se aburría de estar al sol. Le dije que tenía varias citas de trabajo y que posiblemente no regresaría hasta la tarde. A ella le daba lo mismo. Era joven, estaba en Miami Beach y, además, durante unas horas podía hacerse la ilusión de que era libre para hacer lo que quisiera.

Paul me esperaba en su apartamento, donde una preciosa joven se encargaba de cuidar de él. No hacía falta ser un lince para ver que entre esos dos había algo más.

Nos sentamos en la terraza y la chica nos sirvió dos copas de vino blanco y un plato de marisco.

—¿Desde cuándo bebes vino por la mañana? —pregunté curioso.

—Es mejor que la ginebra y que el whisky. Anda, bebe, pero sólo un vaso, te sentará bien, y cuéntame qué es eso tan urgente que te preocupa tanto como para venir a verme.

—Me están envenenando.

Paul comenzó a reírse con tal estrépito que su mulata vino a ver qué pasaba. Él la despidió con un gesto, sin dejar de reír.

—¡Estás loco, Thomas, rematadamente loco! ¿Quién te está envenenando? —preguntó cuando por fin consiguió controlar las carcajadas.

—No lo sé, puede que Esther o quizá Olivia, o puede que las dos... Pero sé que me están envenenando.

—Ya. ¿Y cómo lo sabes?

Le conté lo del programa de televisión sobre venenos y cómo la casualidad quiso que lo vieran las dos y que yo fuera testigo de que lo habían visto.

—Si hubieses visto el interés que sentían cuando lo estaban viendo. La primera parte del programa la vi con Olivia, pero cuando llegué a casa me encontré que Esther estaba ensimismada ante la pantalla de la televisión viendo precisamente la segunda parte del programa. Y desde entonces...

—Ya, me hago cargo. Esther y Olivia se han ido al Amazonas a hacerse con unas cuantas raíces venenosas con las que preparan pócimas que luego te suministran en la comida o en la bebida. ¿Me estás diciendo esto, Thomas? —Paul pareció a punto de volver a reírse de mí.

—No he dicho que se hayan ido al Amazonas... Supongo que hoy en día cualquiera puede comprar sustancias venenosas incluso por internet. No sé si es Esther o es Olivia o si son las dos; sólo sé que únicamente pueden ser ellas a quienes les gustaría que yo desapareciera.

—¿Me estás hablando en serio? Mira, Thomas, te he reservado hora con el doctor Taylor para que te hagan un chequeo, pero creo que el doctor te enviará al psiquiatra en cuanto le digas que crees que tu mujer y tu amante te están envenenando.

—Paul, hablo en serio. Yo... sólo puedo recurrir a ti. —Mi voz tembló y creo que mi mirada se cubrió con una niebla; eso hizo que Paul me tomara en serio.

—Vamos... vamos... Seguro que hay una explicación para lo que sea que te esté pasando. ¿Te ha visto el doctor Douglas?

—Llevo meses sintiéndome morir y el doctor Douglas me ha sometido a dos chequeos y lo único que me dice es que me siento mal por desajustes en la medicación. Al parecer no terminan de dar con la cantidad adecuada del anticoagulante que necesito, pero salvo por eso, según él, tengo buena salud a pesar de haber sufrido un infarto y dos o tres episodios cardíacos, como estúpidamente los califica él. Achaca mi malestar al estrés y a que no hago dieta. Una dieta que consiste en morir de hambre.

—Y tiene razón, estoy seguro de que tiene razón. Tú eres un hombre racional, de manera que no puedes creer que porque Esther y Olivia hayan visto un programa sobre venenos en Discovery han decidido envenenarte.

—Creo que el programa les dio la idea de cómo deshacerse de mí.

—Pero, Thomas, ¿de verdad crees capaz a Esther de asesinarte? ¿Y a Olivia? ¡Por favor! Ni Esther ni Olivia son psicópatas. Puede que tengan unos cuantos agravios contra ti, a Olivia no le has hecho precisamente la vida fácil.

—Esther quiere a Jaime, lo sabes. Hace meses que dormimos en habitaciones diferentes. Vendió sus joyas para ayudarle, y al final he tenido que ceder y dar también yo dinero al estúpido de mi hermano.

—¿A cambio de qué? —preguntó sabiendo que yo no daba nada gratis.

—A cambio de que no me abandone. No me importa que no me quiera, ya lo sabes, pero no quiero perderla.

—¿Sabes? Creo que en vez de a un cardiólogo deberías ir a un buen psiquiatra, hace años que vengo diciéndotelo. Tus traumas infantiles te han perseguido hasta hoy. No te fastidia que Esther no te quiera, lo que no soportas es que se vaya con tu hermano. Hace años que debisteis divorciaros.

—No quiero divorciarme.

—Todo el mundo se divorcia, no tienes por qué ser una excepción. Yo me divorcié tres veces.

—No voy a permitir que Jaime se la quede.

—Eso es precisamente lo que te está enfermando. En cuanto a Olivia, ¿por qué no la dejas en paz? La chica tiene derecho a una vida y tú no se la puedes dar. Deja que se case con ese ferretero.

—No pienso hacerlo. Soy yo quien la ha mantenido todos estos años y seré yo el que diga en qué momento se termina nuestra relación.

—Haces muy desgraciadas a las chicas, Thomas… pero eso no significa que hayan decidido envenenarte. Creo que tu malestar tiene que ver con el veneno que tú mismo destilas. Estás obsesionándote y acabarás enfermo de verdad.

—Los vómitos no son una obsesión, son reales. Los mareos tampoco son fruto de mi imaginación, ni las taquicardias. Me están envenenando, Paul. No sé con qué, pero sé que lo están haciendo.

—Lo siento, Thomas, pero no me convencerás de que Esther se ha convertido en una asesina para poder largarse con Jaime o de que lo es Olivia. Mañana te acompañaré a ver al doctor Taylor. Espero que él pueda diagnosticar lo que te sucede.

—¿Por qué no me crees, Paul?

—Porque las conozco a las dos y sé de lo que son y de lo que no son capaces. Nadie se convierte en un asesino de un día para otro por haber visto un programa de televisión.

—Entonces ¿quién me está envenenando, Paul?

—Nadie, eso es lo que no quieres aceptar, que nadie está intentando matarte. Aun así, te aconsejo que seas sincero con el doctor Taylor. Dile lo que piensas, él sabrá qué hay que hacer. Y ahora permíteme que te dé un buen consejo: no las martirices más. ¿Qué clase de hombre eres reteniendo a una mujer que sabes que no te quiere? En este caso, a dos mujeres. Les estás destrozando la vida y tú estás perdiendo la tuya. Hay muchas chicas ahí fuera.

—Lo sé, Paul, pero esa clase de chicas no me interesan.

—Olivia no es precisamente santa María Goretti.

—Olivia no es una puta cualquiera. Es inteligente, ha estudiado, ha sido una belleza, aún lo es. Y, sobre todo, me escuchaba; sí, sabía escucharme, sin prejuicios, sin reproches, incluso me aconsejaba bien.

—Y además se lleva bien con tu esposa. Sí, has tenido suerte. Y ahora te acompaña esa preciosidad con la que has venido a verme.

—Doris no es como Olivia. Sólo sirve para la cama. Es bastante estúpida.

—Creo que es más lista de lo que parece aunque aún es muy joven, dale tiempo.

—Lo único que le importa es el dinero —dije con desprecio.

—No esperarás que te quiera… ¿Por qué habría de hacerlo? Tú no eres un tipo al que se pueda querer. Eres…

De repente se quedó callado. ¿Qué es lo que pensaba Paul de mí para no atreverse a decírmelo a la cara?

—¿Qué soy, Paul?

—Un tipo muy complicado, lleno de complejos, inseguro, malvado, y además no eres precisamente un adonis. En realidad eres un canalla.

Nos quedamos en silencio sosteniéndonos la mirada.

—¿Y tú eres amigo mío?

—Porque siempre he estado fuera de tu jurisdicción. A mí no has podido hacerme daño, Thomas, porque en realidad nunca me has tenido en consideración.

Su lucidez me sorprendió. Tenía razón, nunca había considerado que tuviera ningún valor. Estaba ahí, me servía, y nada más.

—Entonces... Todos estos años ¿por qué me has ayudado?

—Bueno, no es que te haya ayudado, es que estaba cerca para decirte la verdad. Nada más.

Una hora después, encontré a Doris en la piscina del hotel hablando con un chico de su edad de cuerpo musculoso y sonrisa bobalicona. Ella parecía entusiasmada, pero se le ensombreció la mirada cuando me vio. Me acerqué donde estaban.

—¿Es tu padre? —preguntó el chico—. Encantado, señor.

—No soy su padre, soy el tipo que le paga este hotel y hasta el biquini que lleva puesto. Lárgate. Ya eres mayorcito para distinguir a las putas.

El chico primero me miró desafiante; luego miró a Doris, que había enrojecido y permanecía callada, lo que le confirmó que yo había dicho la verdad: era una puta.

Cuando nos quedamos solos Doris me miró con rabia, o puede que fuera odio.

—¿Por qué me has hecho esto? Sólo estábamos hablando.

—Te pago para que me sonrías a mí, no para que te diviertas con cualquier musculitos. Si quieres un chico como ése, renuncia a lo que te doy. Puedes marcharte ahora mismo, yo no te necesito, sólo tengo que hacer una llamada para tener otra como tú.

Hizo un puchero. Parecía a punto de llorar pero se contuvo. Supongo que sabía que si me montaba una escena, en cuanto subiéramos a la habitación le pegaría.

—Está bien, Thomas, siento haberte molestado. Ese chico no es nadie, sólo hablábamos.

Al día siguiente Paul me acompañó a la consulta del doctor Taylor y luego se fue guiñándome un ojo. Ya había hecho por mí más de lo que me merecía.

El doctor Taylor examinó todas las pruebas que me habían hecho.

—En realidad no sé por qué quiere hacerse un chequeo, usted está en las mejores manos, señor Spencer. El doctor Douglas es una autoridad en enfermedades del corazón. Pero si insiste…

Me dejó al cuidado de una enfermera que durante toda la mañana me acompañó por el hospital de un lado a otro. No terminé de someterme al escrutinio de médicos y aparatos hasta siete horas después. Estaba exhausto.

El doctor Taylor me dijo que necesitaría un par de días para estudiar el resultado de las pruebas, así que dediqué ese tiempo a emborracharme con Paul y disfrutar del espléndido cuerpo de Doris. La chica tenía verdadera paciencia.

—Debería tranquilizarse, señor Spencer —me dijo el doctor Taylor cuando entré en su despacho tres días después.

—¿Me va a decir que estoy bien?

—Para haber sufrido un infarto agudo y varios episodios cardíacos… podría estar peor. Tiene el hígado inflamado, los riñones con alguna disfuncionalidad, el azúcar demasiado alto… No puedo decirle nada diferente a lo que le viene recomendando el doctor Douglas. Debe cambiar inmediatamente de hábitos. Debe dejar de fumar, de beber y de comer grasas; todo esto le está perjudicando. Además de que no tenga bien ajustada la dosis de los anticoagulantes que debe seguir tomando. Pero eso suele pasar; una vez que demos con la dosis se sentirá mejor.

—No puede ser —dije angustiado.

—¿Cómo dice?

Le confesé mis temores. Me vencí a mí mismo y le dije que creía que alguien me estaba envenenando. Me escuchó muy serio, parecía preocupado. Insistió en que le dijera de quién sospechaba y por qué. Pero el escepticismo se dibujó en su rostro cuando le hablé del programa sobre venenos que habían emitido en Discovery, de las razones que mi esposa y mi amante podían tener para desear mi muerte.

—Señor Spencer, lo que usted me cuenta es muy grave... Quizá debería ir a la policía... —aseveró incómodo por mi revelación.

—Quiero que encuentre restos del veneno en mi cuerpo, tiene que haberlo.

El doctor Taylor pareció dudar antes de hablar:

—Quizá debería hablar usted con el doctor Austen, es un buen psiquiatra. Le llamaré personalmente para que le reciba mañana mismo.

—No estoy loco, doctor Taylor.

—Yo no he dicho que lo esté, pero lo que usted me ha contado... en fin... sus relaciones con su esposa y su amante... Creo que debería contárselo al doctor Austen, él le ayudará.

—¿A qué?

—A ordenar su mente, señor Spencer, a determinar si lo que usted cree es sólo fruto de una paranoia. Siento decirlo así, a veces las palabras nos alarman más de lo que debieran.

—Le repito que no estoy loco. Hágame otra analítica, busque el veneno que me está matando.

—Mareos, malestar general, vómitos, subidas de tensión... Ninguno de esos síntomas supone que a uno le estén envenenando. Usted mismo me ha dicho que bebe demasiado y es evidente que su cuerpo ya no es capaz de procesar tanto alcohol. Tampoco sigue la dieta que le han prescrito y que es necesaria cuando uno padece del corazón. Y un enfermo del corazón no puede fumar dos paquetes de tabaco al día. Es una locura. Puede que su situación personal le provoque tal angustia que le haga sentirse físicamente mal, esas cosas suceden. Las enfermedades de la mente pueden tener un efecto demoledor sobre el cuerpo.

—¡Sé que me están envenenando!

—¿Se da cuenta de lo que dice? Está acusando a su esposa de querer asesinarle. Es una acusación muy grave, que yo no quiero escuchar.

—O es ella o es mi amante o son las dos.

—Ya… Verá, señor Spencer; lo único que puedo hacer por usted es enviarle al doctor Austen. Hable con él. Si el doctor considera que usted puede tener razón, entonces volveré a verle y le repetiré todas las pruebas, aunque no creo que encontremos nada. Le han visto en el Mount Sinai de Nueva York. En el informe de su cardiólogo, el doctor Douglas, se dice que no sigue sus recomendaciones, además de que está usted estresado, que necesita con urgencia descanso. Yo coincido con él.

Consentí en ver al doctor Austen. Me recibió al día siguiente. No me gustó. Tenía cara de loco. Me ordenó tumbarme en un sofá y me hizo preguntas absurdas. Así durante una semana.

Esther me llamaba todos los días. No parecía preocupada por que estuviera retrasando mi vuelta. Me animaba a divertirme y a disfrutar del buen tiempo de Miami, siempre mejor que el de Nueva York.

—¿Te encuentras bien, Thomas?

—Sí, claro. ¿Por qué?

—Bueno, como antes de irte parecías sentirte mal…

—Desde que estoy en Miami me encuentro en forma.

—Pues eso sí que es raro…

—¿Ah, sí? ¿Es que debería seguir sintiéndome mal? —pregunté suspicaz.

—No, no he dicho eso… Bueno, cambiemos de conversación.

—De acuerdo, cambiemos de conversación. —Sus palabras me resultaron inquietantes.

—¿Sabes?, parece que a Jaime las cosas empiezan a irle mejor. Tiene un par de clientes bastante interesantes. Los chicos pasan mucho tiempo con su abuelo, pero Jaime no está dispuesto a renunciar a sus hijos. Dice que saldrá adelante y los recuperará.

—¿Y a mí qué me importa? —le respondí de mala gana.

—Pensaba que te alegrarías… Al fin y al cabo, si está saliendo adelante es gracias a tu ayuda.

—No he cambiado respecto a Jaime, sólo he aceptado tu chantaje, Esther. Pago un precio para que no me abandones.

Me colgó el teléfono y me maldije por no haber sido capaz de callarme. Paul tenía razón, sólo hacía que darle excusas para que se alejara de mí.

Telefoneé a Olivia. No estaba en casa. Cuando respondió al móvil me dijo que estaba comprando cortinas para la nueva casa.

—No te entusiasmes con esa casa, falta mucho para que puedas vivir en ella —le advertí.

—Yo creo que no, Thomas. Verás cómo la suerte se pone de mi parte. Por cierto, ¿cómo te encuentras?

—Estupendamente, querida; disfrutando de Miami y de una chiquilla complaciente.

—Disfruta, disfruta, Thomas. Disfruta mientras puedas.

Lo mismo que Esther, Olivia había logrado inquietarme. Parecía que ambas esperaban que continuara sintiéndome mal. Los médicos podían decir lo que quisieran, eran todos unos inútiles. Era evidente que Esther y Olivia esperaban que me sucediera algo.

El doctor Austen concluyó que yo sufría de paranoia persecutoria debido al estrés y me recetó unos cuantos medicamentos que, aunque no se lo dije, no pensaba tomar. Mientras me explicaba el porqué de su diagnóstico le pedí que tanto él como el doctor Taylor me dieran una oportunidad.

—¿Una oportunidad? Explíquese. ¿Qué oportunidad podemos darle nosotros? —preguntó interesado.

—Doctor, yo puedo aceptar que como consecuencia de que alguien me está envenenando puedo sufrir cierta paranoia, pero no comprendo por qué el doctor Taylor y usted mismo rechazan la posibilidad de que lo que yo digo sea verdad. Si muero dentro de unos días o de pocos meses, ¿se preguntarán si no tenía yo razón? ¿Les remorderá la conciencia por no haber prestado atención a lo que ahora les estoy diciendo?

»No dudo de que el chequeo al que me ha sometido el doctor Taylor no haya sido exhaustivo, tanto como a los que me somete el doctor Douglas en Nueva York. Pero ninguno de ustedes ha buscado en mi sangre restos de veneno. Sé que tengo algo que es lo que me está matando. Búsquenlo, por favor.

Le convencí. No totalmente, pero sí lo suficiente para que me acompañara a la consulta de su amigo el doctor Taylor pidiéndole que me hiciera análisis precisos que descartaran que en mi sangre había cualquier producto venenoso.

El doctor Taylor primero se negó. Luego terminó aceptando, aunque me avisó de que perderíamos el tiempo.

Me sometí a los nuevos análisis. Tardaron cuatro días en enviar los resultados al doctor Taylor.

—Señor Spencer, mi conclusión es la misma que la del doctor Douglas: usted no tolera bien los anticoagulantes, pero éstos le son imprescindibles por sus problemas cardiovasculares. Lo que debemos es encontrar el adecuado para usted. El doctor Douglas señala en su informe que le acaba de cambiar de anticoagulante. Habrá que esperar a ver si el que ahora está tomando le sienta mejor. Tampoco hay que descartar que sufra usted algún tipo de alergia. Eso explicaría que padezca ese malestar continuo.

—¿Alérgico? ¿A qué?

—Eso es lo que ahora tenemos que averiguar —respondió el doctor Taylor—. Puede ser alergia a determinados alimentos o incluso a alguno de los componentes de las medicinas que toma para su corazón, o para la hipertensión, el colesterol y el azúcar... Quizá estén interactuando entre sí provocándole ese malestar. Creo que ésa va a ser la causa y no una planta venenosa traída del Amazonas, como se empeña usted en creer —añadió con ironía contenida.

Mis médicos habían llegado a una conclusión, pero yo había llegado a la mía propia. Mis sospechas se habían convertido en certezas, aunque no podía demostrarlo. Esther, que era la que se encargaba de darme la dosis de anticoagulantes, seguramente no me daba la que disponía el doctor sino la que podía matarme poco a poco. La inercia de confiar en ella me había llevado a no comprobar personalmente si me estaba suministrando la dosis adecuada. Simplemente me metía las pastillas en la boca y yo me las tragaba con agua. Y los médicos me lo habían dejado bien claro: los anticoagulantes pueden matar.

Además, yo sospechaba que Esther no actuaba sola sino compinchada con Olivia. Sí, me daba cuenta de que los guisos de Olivia, siempre sazonados con especias, podían ser también la causa de mi malestar por los síntomas que solían aparecer después de alguna de las sustanciosas comidas preparadas por ella. Estaba seguro de que mis «episodios cardíacos», como le gustaba llamarlos al doctor Douglas, estaban provocados por la combinación de los anticoagulantes y los guisos de Olivia.

Había una prueba empírica de que era así: desde que había llegado a Miami no había tenido ningún problema de salud. Cada día que pasaba me sentía mejor, con más fuerzas.

Llamé a Esther para decirle que me estaba sometiendo a un chequeo en Miami.

—Pero ¿por qué? No hace ni tres meses que el doctor Douglas te chequeó de arriba abajo, y antes de irte volvió a hacerte otra revisión… —Pareció inquieta.

—Bueno, pero no está de más repetir las pruebas. Ya que estoy aquí he pensado que voy a dedicarme un poco de tiempo. El doctor Douglas dijo que estoy estresado y necesito relajarme. ¿Me necesitáis por ahí?

—No, para nada. Quédate el tiempo que sea necesario. Podemos arreglárnoslas sin ti —respondió con rapidez y yo diría que con alegría contenida.

—Cuando termine de hacerme las pruebas, te llamaré.

—Sí, hazlo. Me tranquiliza saber que Paul está cerca.

—No te preocupes por mí.

Doris empezaba a cansarse de estar en Miami. Ya se había comprado más de lo que podía haber soñado, lucía un perfecto bronceado, incluso había engordado un par de kilos de tanta tranquilidad. Pero no se atrevía a reclamarme que la devolviera a Nueva York. En realidad estaba harta de mí, no de la buena vida que se estaba dando en Miami. Paul se mostraba paternal y atento con ella.

—¿Por qué no te olvidas de Esther y de Olivia y te casas con Doris? Es perfecta para ti. La chica quiere vivir bien y a cambio te soporta. Es un buen trato —me sugirió Paul.

—No me interesa. Es rematadamente tonta. Me aburre. Sólo sirve para pasar un buen rato.

—Suficiente, amigo mío. A cierta edad no deberías querer otra cosa. Las mujeres que piensan son agotadoras. Mejor Doris, que admira cuanto tienes, que Esther, que no te necesita para comer.

—Creía que adorabas a Esther.

—Y la adoro, no he conocido a una mujer mejor que ella, pero reconozco que es de las que dan dolores de cabeza.

Los resultados de las pruebas de alergia fueron concluyentes: no toleraba bien el dabigatran que tomaba para el corazón y eso me producía efectos secundarios. Además, el médico me entregó una lista con unos cuantos alimentos a los que era alérgico: leche, trigo, fresas, piña... La lista era extensa.

El doctor Taylor me lo comunicó muy satisfecho:

—Me alegro de que insistiera usted tanto, señor Spencer. Tenía usted razón respecto a que algo le estaba sentando rematadamente mal. En el informe que he preparado para el doctor Douglas recomiendo que pruebe con un anticoagulante de última generación, se llama apixaban. Los resultados son buenos. No es que pueda garantizarle que a usted le vaya a sentar bien, pero al menos debería probarlo. ¡Ah! Y de ahora en adelante deberá tener cuidado con lo que come. Las pruebas sobre la alergia alimentaria son concluyentes. Pero además es imprescindible que deje usted de comer grasas, de beber y de fumar. Si no lo hace… En fin, es usted el que se está matando. Está todo en el informe. Ya verá, con un poco de cuidado pronto se sentirá mejor. Afortunadamente puede desechar esa absurda idea de que su esposa y su amante le quieren matar.

—Así que son las pastillas para el corazón… Bueno, puede ser, pero no sólo esas pastillas son las que me están matando —insistí.

—Usted no se está muriendo, no insista en eso. Con las nuevas pastillas se sentirá mejor. Ya me lo dirá dentro de unos meses. Ahora descanse un tiempo, siga la dieta que le hemos recomendado, deje de fumar y de beber y regrese a Nueva York con su esposa y con su amante. Continúe con su vida donde la dejó.

El doctor Taylor me entregó un sobre de tamaño folio con un extenso informe sobre las pruebas realizadas y sus consejos.

—Me he permitido enviar el informe por correo electrónico al doctor Douglas, del Mount Sinai —me advirtió.

Paul se rió de mí cuando le expliqué que el informe del doctor Taylor achacaba mi malestar a la alergia a determinados alimentos, además de a una de las pastillas del corazón.

—Es una pena que sea una pastilla la que casi acaba contigo, hubiera sido más interesante tu teoría. Es mejor morir a manos de una mujer —me dijo riendo.

Le pedí que me hiciera un favor, pero se negó a hacérmelo.

Quería que llamara a Esther y le dijera que había sufrido un infarto agudo y que no saldría vivo de ese envite, y que le dijera lo mismo a Olivia.

—No pienso hacer esa estupidez. ¿Qué es lo que quieres conseguir? —me preguntó enfadado.

—Saber cómo reaccionan.

—Dando palmas de alegría. ¡Serás cretino!

Aun sin Paul, decidí llevar adelante mi plan. Reservé billetes para un vuelo de la mañana siguiente y un par de horas antes de que cogiéramos el avión obligué a Doris a que llamara a Esther y a Olivia. La aleccioné sobre lo que tenía que decir. Debía hacerse pasar por una enfermera del hospital y anunciar que había sufrido un infarto y estaba clínicamente muerto.

—Les vas a dar un buen susto —afirmó Doris, sin entender lo que yo pretendía.

O al menos eso creí yo, que no lo entendía. Pero lo hizo bien. A lo mejor es que tiene más dotes de artista de lo que yo soy capaz de ver. Yo escuchaba la conversación y esperaba un sollozo, una exclamación, algo que denotara la preocupación de Esther. Pero no sucedió nada.

—De manera que mi esposo está clínicamente muerto. ¿Y hay posibilidad de que… en fin, de que salga adelante?

—No, señora, imposible. El doctor se pondrá en contacto con usted para darle los detalles. Lo siento. ¿Quiere darme alguna indicación?

—No, esperaré la llamada del doctor y llamaré al seguro.

—No debe preocuparse por los trámites. El hospital se pondrá en contacto con el seguro. Sólo debe decirnos si quiere que le enviemos el cadáver a Nueva York o vendrá usted a Miami para recogerlo y acompañarle…

—Bueno, ya está muerto, así que poco puedo hacer. Aunque puede que vaya. No estaría bien que no lo hiciera, ¿no cree? En fin, en cuanto me telefonee el doctor Taylor me pondré en camino.

Ni un sollozo, ni una sombra de dolor en ninguna de sus palabras. Mi muerte era su liberación.

La conversación de Doris con Olivia transcurrió de la misma manera.

—El señor Spencer nos dijo que en caso de que le sucediera algo avisáramos a su esposa y a usted. Siento haberle dado esta mala noticia. —Doris resultó realmente convincente.

—No se preocupe, estas cosas pasan. El señor Spencer lleva años padeciendo del corazón, no es una sorpresa lo que le ha pasado.

—¿Vendrá usted a Miami?

—Oh, no, yo no soy su esposa, sólo soy… Bueno, soy una amiga de la familia. No sería de ninguna utilidad. Naturalmente, iré a su funeral. En fin, gracias por llamarme, aunque no era necesario que lo hiciera.

La voz de Olivia era gélida. Su indiferencia ante mi muerte era total. Mis dos mujeres, como decía Paul, no se habían inmutado ante mi repentina muerte. Las odié por eso y me reafirmé en mi propósito de seguir haciéndolas desgraciadas.

—¿Cuándo les dirás que no te has muerto? —quiso saber Doris.

—No se lo diré. Ya lo descubrirán.

Al cabo de media hora volví a pedir a Doris que telefoneara a Esther para decirle que el hospital había hablado con el seguro y me iban a enviar a Nueva York.

—No es necesario que venga usted, señora Spencer. Mañana lo tendrá en casa. Bueno, en la empresa funeraria.

—Sí… casi es mejor que me quede y organice el funeral. Buena idea, muchas gracias.

Paul me llamó enfurecido para decirme que Esther le había llamado un par de veces para que le confirmara que realmente yo había muerto.

—¿Y qué le has dicho?

—Nada, no he hablado con ella. Mi chica se ha encargado de coger el teléfono. La primera vez yo estaba nadando, pero Esther le explicó para qué llamaba. La segunda vez no he querido responder. Déjame fuera de tus mierdas, Thomas. ¿Cómo se te ocurre decirle a Esther que estás muerto?

Cogimos el avión a Nueva York. Doris iba cargada con un par de maletas repletas de ropa nueva. Le di dinero para un taxi y yo me fui directamente a mi casa.

Esther no estaba. La casa se hallaba vacía y sentí una punzada de nostalgia.

Me estaba cambiando de ropa cuando la asistenta entró en la

habitación. Yo no la había oído llegar. La mujer soltó un grito que me asustó.

—¡Pero está loca! ¿Por qué grita?

—¡Está muerto! Dios mío…

—No soy ningún fantasma. ¿Qué tonterías está diciendo?

—Usted está muerto… —alcanzó a decir con apenas un hilo de voz.

Me reí con ganas. La mujer estaba aterrada. Le pregunté por Esther.

—La señora no ha dormido aquí. Me llamó a primera hora para decirme que usted había fallecido…

No quise saber más. Imaginaba dónde había dormido mi mujer. Decidí probar con Olivia, aunque no era difícil de prever que no se iba a llevar una alegría al verme.

Fui a su apartamento. Introduje la llave en la cerradura intentando no hacer ruido; quería sorprenderla.

Oí que estaba en la cocina y me acerqué sigilosamente porque la oí hablar con alguien. Tenía el móvil en una mano y con la otra estaba poniendo una cafetera al fuego. Me paré en seco al oírla hablar por teléfono.

—Desde luego, querido, me parece bien que tu hermana sea testigo de nuestra boda. Es un detalle por su parte regalarnos los anillos. Estoy deseando que llegue el momento. Sí, te prometo que ya no habrá nada que nos obligue a retrasar más la ceremonia. —Y a continuación añadió—: Nos veremos esta tarde. A primera hora llevan los muebles que faltan, creo que te gustará el resultado. Adiós, amor.

—Hola —dije.

Olivia se volvió y ahogó un grito. Su rostro reflejaba el terror que sentía al verme vivo.

—¡No puede ser! ¡Estás muerto!

—Para tu desgracia, estoy vivo.

Su rostro se contrajo en una mueca de angustia. Sabía lo que podía esperar de mí.

—Sí… para mi desgracia, estás vivo —admitió.

Parecía a punto de desmayarse. Se sentó. Primero se llevó las manos a la cara, después dejó caer los brazos en un gesto de resignación.

—Vaya, me parece que eres tú la que no tiene buen aspecto.

—¿Cuándo va a terminar esto, Thomas? ¿Cuándo? —me preguntó reteniendo las lágrimas.

La miré sin responder. Era una mujer derrotada. Exhausta por la batalla que venía librando conmigo.

Pude decirle que estaba allí para liberarla, que no me importaba que se casara con Jerry y desapareciera para siempre de mi vida. Sí, las cosas podrían haber sucedido de la siguiente manera:

—Se acabó, Olivia, vete con tu ferretero. No me importa. Estoy cansado de ti. Tendrás que dejar mañana mismo el apartamento, no pienso pagarlo ni un día más. Sólo he venido a decírtelo.

Ella me habría mirado con alivio y, conociéndola, incluso me habría abrazado agradecida.

—¡Oh, Thomas, sabía que no podías ser tan malvado como te gusta parecer!

—No te doy ni un día, Olivia. Mañana te echarán del apartamento —le habría vuelto a advertir.

—Desde luego... No creas que quiero permanecer ni un día más aquí... Haré las maletas, me iré hoy mismo... Gracias, Thomas... Gracias...

Me habría dado media vuelta para salir del apartamento dejando sellada nuestra relación para siempre. Si lo hubiera hecho, Olivia me habría perdonado y quién sabe si así yo pudiera salvar mi vida.

Pero no lo hice. Esa escena no tuvo lugar. No dije ninguna de esas palabras que hubieran supuesto su liberación.

La traté con violencia para que viera lo vivo que estaba. La dejé encima de la cama sin aliento, maldiciéndome con rabia.

Al mediodía me presenté en la agencia. Los gritos se sucedían a mi paso. Nadie está preparado para ver a un muerto. Entré en el despacho de Esther, que me miró asustada.

—¡Dios mío! Tú… Creía que…

—¿No te alegras de verme? Al parecer una enfermera estúpida me confundió con otro enfermo. Ya ves, disfruto de una inmejorable salud.

—¡No puede ser! —balbuceó.

—Claro que sí, querida, aquí estoy.

Esther me miraba con espanto, como si estuviera comprobando que sus pesadillas se hacían realidad. Allí estaba yo, bronceado por el sol de Miami, aparentemente con un aspecto estupendo, regodeándome de su estupor.

—Pero si… ¡No entiendo nada!

—Ya te lo he dicho, una enfermera me confundió con otro.

—Pero ¿por qué estabas en ese hospital? —acertó a preguntar.

—Ya te dije que me estaba haciendo otro chequeo. No me quedé conforme con el que me hizo el doctor Douglas. ¿No te parece bien? A nuestra edad la salud es lo más importante.

Esther parecía incapaz de reaccionar. Noté que temblaba y que le costaba dominarse.

—El doctor Douglas es un buen médico, Thomas, y te ha dicho hasta la saciedad que si te cuidas, tomas la medicación y descansas, vivirás muchos años —dijo casi sin aliento.

La voz de su secretaria por el interfono vino a añadir más angustia a la que ya tenía:

—Señora Spencer, la llama el señor Spencer, ¿quiere que le pase la llamada? Desea saber si viene a recogerla o va usted directamente a su casa.

Esther me miró aterrada y yo le sonreí agriamente. Era obvio que el señor Spencer que estaba al otro lado de la línea telefónica era mi hermano Jaime.

—Dígale que no venga y que en cuanto pueda le llamaré.

—Qué considerado, mi hermano. ¿Acaso te está consolando por mi fallida muerte? —pregunté con sorna.

—¡Por favor, Thomas, no tiene ninguna gracia!

—No, no la tiene. Resulta que me dabas por muerto, pero aquí estabas, trabajando como si no pasara nada, y además esta noche pensabas ir a casa de mi hermano. ¿A qué? ¿Acaso tienes que dar de cenar a sus hijos? ¿Llevarlos a algún partido de béisbol? Además, claro, de meterte en la cama de Jaime, ¿es eso? Si yo desaparezco, desaparece el problema. Mi hermano no incumpliría la promesa que le hizo a su padre —afirmé sin poder disimular cuánto me afectaba su relación con Jaime.

—Tenemos que poner fin a todo esto… No podemos seguir así. Yo… lo siento, Thomas, pero no puedo mandar en mis sentimientos. Me alegro de que estés vivo, pero… no puedo seguir así, terminaré volviéndome loca. No sé cómo decírtelo, pero tenemos que resolver las cosas entre nosotros. Jaime y yo…

Se quedó en silencio sin atreverse a decir lo que ansiaba decirme desde hacía tanto tiempo. Pude ser generoso con ella, rindiéndome a la evidencia.

Sí, aquél pudo haber sido el momento para devolverle su libertad. La escena podría haberse desarrollado así:

—De acuerdo, Esther; arreglaremos las cosas de la mejor manera. Llamaré a nuestros abogados para que preparen un acuerdo de divorcio. Comprenderás que no voy a regalarte la agencia ni a poner en tus manos lo que hemos hecho juntos para que lo malgastes con Jaime. Nuestros bienes están sindicados, así que veremos con qué parte te quedas.

Conociéndola sé lo que hubiera dicho, estoy seguro de ello:

—Te agradezco tu generosidad. No es necesario que discutamos por el dinero, seré de lo más razonable. Siempre estaré en deuda contigo. Has sido muy generoso conmigo.

—Me alegro de que lo reconozcas.

—En cuanto a Jaime y yo… Siempre te querremos y te agra-
dezco que nos permitas estar juntos. Siempre podrás contar con
nosotros, seremos tu familia. Somos tu familia, Thomas…

Pero Esther no pudo decir nada de esto porque yo no di lugar a
esta conversación. No dije una palabra porque no estaba dispuesto a permitir que fuera feliz con Jaime, de manera que no iba
a facilitarle su libertad. Si quería el divorcio, tendría que pedirlo
y pleitearíamos. La dejaría en la calle y además hundiría definitivamente a mi hermano.

Puede que Dios me castigara o simplemente que mi corazón estuviera realmente averiado. O puede que Esther hubiera
vuelto a suministrarme una dosis elevada del nuevo anticoagulante, o quizá Olivia añadiera unas hojas de hortensia a la ensalada, pero el caso es que unos días después de mi regreso a
Nueva York me caí desmayado en la agencia y tuvieron que
llevarme al hospital.

El doctor Douglas parecía más preocupado que en ocasiones
anteriores. Estuve un par de días en la unidad de cuidados intensivos y cuando me pasaron a una habitación, allí estaba Esther
esperándome.

—¿Te encuentras mejor? —me dijo sin molestarse siquiera
en darme un beso.

—Sobreviviré; pese a ti, sobreviviré —respondí cargando mis
palabras de intención.

—Yo no te deseo ningún mal, Thomas, todo lo contrario.
Desearía que fueras capaz de ser feliz, pero te niegas a serlo tú y
a permitir que lo seamos los demás.

—Así que yo no te permito ser feliz. ¡Lo que tengo que oír!
Creía que haberte ayudado a convertirte en la mejor publicista
de Manhattan te había hecho feliz, y que tener una casa en Brooklyn y una agencia de publicidad en Nueva York y otra en Londres te había hecho feliz, incluso que mi amor perruno te había
hecho feliz…

—¡Por favor, Thomas, no discutamos! ¿No podemos llevarnos de manera civilizada? Hablaremos con calma cuando salgas del hospital. Ahora debes recuperarte, es lo más importante. El doctor Douglas insiste en que es fundamental que estés tranquilo. Cree que los nervios y tus obsesiones te están afectando al corazón.

Unas semanas después volví a casa. Esther seguía instalada en el cuarto de invitados y apenas nos veíamos. Llamé con calma a Olivia. No quería que dejara de sentir mi aliento en su vida.

—No quiero verte, Thomas —me dijo al escuchar mi voz a través del teléfono.

—Me da lo mismo lo que quieras, Olivia. Dentro de media hora estaré en tu casa. Procura que no encuentre rastro de tu ferretero.

Me colgó el teléfono, pero no desistí de ir a verla. Cuando entré en el apartamento me estaba esperando.

—No sé qué quieres, Thomas, pero no se te ocurra ponerme la mano encima. Eso se ha terminado.

Se puso en pie y se fue a la cocina, de donde volvió con un plato con un trozo de tarta.

—La he hecho hoy, es de chocolate amargo, tu favorita. Anda, come un buen trozo y no discutamos.

No me resistí aun sabiendo que el chocolate amargo podía estar aderezado con algunas de esas plantas de las que me había hablado el profesor Johnson.

—El chocolate está más amargo que otras veces —dije para ver su reacción.

—¿Ah, sí? Pues he utilizado el chocolate de siempre, no sé… A lo mejor es tu paladar. Como has estado tanto tiempo en el hospital…

Estuve un rato más sólo por fastidiarla, porque no me sentía con fuerzas para nada.

Y hasta hoy he convertido en rutina lo de aparecer por el apartamento sin avisar. Sigo aceptando sus comidas y sus pasteles de la misma manera que acepto que Esther me siga dando las pastillas cada mañana. Me pregunto por qué lo hago. Ni yo comprendo mi actitud. Mi mujer parece ansiosa por aclarar nuestra situación, pero yo me niego a hablar de nada que no sea mi enfermedad y la marcha de la agencia.

Hace unos días me abordó.

—Thomas, esto no puede seguir así, se acabó.

Ella jugaba fuerte, pero yo mucho más aun sabiendo que estando con ella volvía a poner mi vida en riesgo y que cualquier noche la muerte me visitaría. Y sí, creo que esta noche es el día.

Pero vuelvo atrás. Me instalé de nuevo en la rutina.

Paul me telefoneó en varias ocasiones. La primera vez para saber cómo había terminado mi macabra comedia y si mi mujer y mi amante me habían perdonado. Ha estado molesto conmigo porque Esther le ha recriminado por no haberle advertido de que yo estaba vivo.

—¿Sabes, Thomas? Me parece que te estás volviendo loco. El doctor Taylor y el doctor Austen creen que debes seguir un tratamiento.

—No estoy loco, Paul. Por más que te cueste creerlo, ellas me quieren envenenar.

—No digas disparates. No es que no te merezcas que tanto Esther como Olivia quieran que desaparezcas, les has dado muy mala vida; pero no son asesinas.

—Me parece que no conoces a las mujeres tanto como crees —me defendí, airado.

—Estás mal de la cabeza, Thomas, eso es todo. El doctor Taylor me ha dicho que tu corazón funciona aceptablemente bien y que seguirá funcionando si te cuidas.

—Los médicos no saben una mierda.

—Thomas, divórciate. Acepta que Esther quiere a Jaime y que Olivia tiene derecho a pensar en su futuro; ha sido una suerte para ella encontrar a ese Jerry. A veces se gana y otras se pierde, pero tampoco creo que sea una pérdida irreparable el hecho de perderlas. El mundo está lleno de mujeres, aún tienes edad de conocer a alguna que valga la pena. ¡Ah! Y convéncete: tu mujer y tu amante son buenas chicas.

Sé que Paul es un buen amigo y me quiere bien, pero se niega a aceptar la evidencia. Aprecia mucho a Esther y simpatiza con Olivia, de manera que no es capaz de ver su verdadera naturaleza.

Son dos mujeres desesperadas cuya única posibilidad de recuperar su vida es que yo desaparezca. Si yo me apartara voluntariamente, estoy seguro de que me permitirían vivir. Pero las cosas han llegado a un punto en que es su vida o la mía. Mi propia lucidez me espanta.

Han pasado seis meses desde que llegué de Miami y en este tiempo he sufrido otro «episodio grave», como lo califica mi cardiólogo. Malestar general, dolor de cabeza, náuseas; incluso mis manos y piernas están amoratadas, además de sangrar por las encías, o haber vuelto a encontrar sangre en la orina. El doctor Douglas insiste en que no sigo sus consejos y que sin un régimen riguroso la medicación no será suficiente para aliviar mi corazón.

—Tiene que aceptar de una vez por todas que no puede beberse cuatro o cinco whiskies al día, si es que no se toma más. En cuanto a las comidas… Thomas, es usted un glotón; siento decírselo así, pero se empeña en no seguir la dieta. Tampoco hace ejercicio. Le he dicho que tiene que andar, por lo menos una hora al día, no es mucho. Le repito que es usted quien se está matando.

Se equivoca. No es la comida ni la bebida lo que me provocan estos episodios. Era de esperar que me volviera a suceder algo, habida cuenta de que Esther ha continuado mostrándose solícita encargándose de darme los anticoagulantes por la mañana junto con las pastillas para la tensión y el colesterol. ¡Ah, y la del azúcar! Además, Olivia, que sabe que no puedo resistirme ante la comida, se ha esmerado en presentarme platos tan apetitosos que, aun creyendo que podrían contener veneno, he degustado con fruición. ¿Por qué se lo he permitido? ¿Por qué no soy capaz de tomarme los medicamentos sin que pasen por las manos de mi mujer? ¿Por qué consiento que las visitas a Olivia se estén circunscribiendo a aceptar su comida?

Las dos continúan reclamándome su libertad, pero yo me niego a concedérsela.

Sí, me pregunto por qué estoy llevando el enfrentamiento hasta el punto de estar dispuesto a morir. ¿Por qué lo hago? ¿Acaso quiero morir? ¿Me estoy castigando a mí mismo? Paul no deja de repetirme que soy un canalla. Sé que Esther y Olivia le llaman para desahogarse con él, y a su edad las lágrimas de ambas le han ablandado el corazón.

—Déjalas vivir, Thomas —insistía una y otra vez—. No te interpongas más en sus vidas. Si tuvieras dignidad no querrías estar con mujeres que no te quieren.

Tengo a la pequeña Doris. Puedo comprar la compañía de cientos de Doris mientras mantenga mi cuenta corriente con suficientes dólares. Entonces ¿por qué? ¿Por qué? ¿Por qué?

No tengo respuesta. Sólo sé que no quiero permitirles que sean felices, que tengan lo que yo nunca tendré. ¿Por qué habría de hacerles ese regalo? Sabían quién era y cómo era cuando unieron sus vidas a la mía. Ninguna de las dos hizo ascos a mi dinero, disfrutaron de lo que tenía. Les di una posición. Me lo deben, sí, todo lo que tienen me lo deben a mí. No pueden ser tan estúpidas para creer que lo que les he dado ha sido gratis o que lo han pagado con unos cuantos revolcones en la cama. Hay cosas que no se pagan ni así.

He vuelto a visitar al profesor Johnson. Previamente envié un cheque con veinte mil dólares extras para su departamento. Sabía que era una tarjeta de visita que me abriría de inmediato su puerta.

Johnson me recibió con resignación. Sé que piensa que, o bien soy un excéntrico, o un loco o un paranoico.

—Le agradezco el apoyo que está prestando al departamento. Su ayuda es inestimable —me dijo mientras nos saludábamos con un apretón de manos.

—Creo que usted hace una labor imprescindible —contesté por decir algo.

—Bien, señor Spencer, ¿qué puedo hacer por usted?

—Verá, quería hacerle algunas preguntas que espero no le molesten.

—Si son preguntas que yo puedo responder… —comentó cauteloso.

—Quiero saber si hay algún análisis, alguna prueba que determine si a un hombre le están matando ya sea con medicamentos o con algunas de esas plantas de las que usted me habló.

Suspiró. El profesor Johnson suspiró mientras me miraba de reojo dándose tiempo para ordenar la respuesta. Si yo no fuera un donante generoso me habría invitado a salir de su despacho. Pero su departamento ya había recibido unos cuantos miles de dólares que yo había donado.

—Ya le expliqué que los medicamentos en ocasiones pueden agravar la situación de los pacientes por las famosas reacciones adversas. Todos los medicamentos las tienen, aunque hay personas más sensibles que otras y lo que los médicos ponderan es el coste-beneficio. Por ejemplo, las estatinas para el colesterol le sientan mal a mucha gente. Pero perdone que sea yo quien le haga una pregunta. ¿Qué medicamentos toma usted?

Se le notaba incómodo con la conversación y mucho más con la pregunta que se había atrevido a hacerme.

—He tenido dos infartos, y he sufrido algún que otro episodio cardíaco. Tomo anticoagulantes. Y al parecer no los tolero bien. Me han cambiado de anticoagulantes en un par de ocasiones.

Le dije el nombre de lo que estaba tomando, así como el de las estatinas con las que se supone rebajo mi colesterol, y el de las pastillas del azúcar y la tensión. Él me escuchaba con atención, sin mover un músculo, concentrado en lo que le estaba diciendo.

—Le seré sincero, señor Spencer. Creo que ya se lo insinué en nuestra anterior conversación. Las medicinas son imprescindibles, han significado un gran progreso en la historia de la humanidad, combaten enfermedades y salvan vidas, pero a veces pueden provocar reacciones que… en fin, son accidentes en el recorrido. A usted le están dando el tratamiento correcto. En Estados Unidos el anticoagulante más utilizado es el que usted toma, la warfarina, que es el principio activo del aldocumar. En Europa el anticoagulante más común es el acenocumarol o sintrom. En ambos casos, los efectos son los mismos y han demostrado su eficacia. Ciertamente tienen efectos secundarios y pueden interaccionar con otros medicamentos e incluso con algunos alimentos. Pero no dudo que su cardiólogo le habrá dado las pautas a seguir para que esto no suceda. Con un control riguroso no tiene por qué haber ningún problema. En cuanto a las pastillas para el azúcar, por lo que me dice primero le recetaron repaglinida que posteriormente le han cambiado por metformina. Ambas interaccionan con el alcohol y suelen tener un efecto nocivo en el paciente.

Me miró como intentando leer en mi rostro si me habían cambiado de fármaco por esa razón. Yo no se lo confirmé. Permanecí en silencio mientras él continuaba con su explicación:

—Las pastillas que toma para la tensión son bloqueadores de la angiotensina. Son medicamentos comunes. A la sitagliptina le han añadido ramipril.

»En cuanto a las estatinas, ya se lo he dicho: hay muchas personas que no las toleran aunque los cardiólogos se resisten a dejar de recetarlas porque es evidente que son lo mejor que tienen para rebajar las cifras del colesterol. Coste-beneficio, de eso se trata.

—¿Y las plantas? —le pregunté.

—¿Las plantas? No sé a qué se refiere…

—Imagínese que alguien adereza una comida con alguna de esas plantas que son perjudiciales para la salud y que incluso pueden provocar la muerte…

—Esta conversación ya la hemos tenido y es absurdo lo que usted plantea —se quejó con otro suspiro.

—¿Sería factible saberlo a través de un análisis…?

—Verá, señor Spencer, hay evidencias que sólo se tienen después…

—No le comprendo.

—En ocasiones la verdad sólo se sabe con la autopsia, pero para eso hay que morirse previamente —respondió intentando que sus palabras no sonaran demasiado sombrías.

—O sea, que a alguien le pueden estar envenenando y no saberse hasta que se muera. ¿Es lo que me está diciendo?

—Sí, podría suceder eso. Usted puede tomar su anticoagulante y sentarle rematadamente mal, le puede provocar una hemorragia. Usted padece del corazón... Nadie pensará que si muere es porque le están... le están... En fin, sucede todos los días, señor Spencer. Los medicamentos son imprescindibles, pero también tienen efectos no deseados. En cuanto a las plantas... ya se lo expliqué, algunas pueden tener efectos mortales. Pero las personas no comemos esas plantas. Insisto, no están en la cadena alimentaria.

—Pero la autopsia...

—Sin duda es la única prueba concluyente.

Salí anonadado del despacho del profesor Johnson. De manera que podían estar matándome, pero si no se les iba mucho la mano no se podría comprobar hasta el día de mi muerte, y eso si alguien decidía recomendar hacer una autopsia.

Hace un par de días seguí a Esther. No fue algo premeditado, sólo que me alertó al escuchar un retazo de conversación. Fue por la mañana, durante el desayuno.

Su móvil sonó y ella miró distraída la pantalla, pero al ver reflejado un número respondió de inmediato, aunque lo que me sorprendió fue que se levantara de la mesa y saliera al pasillo para mantener una breve conversación con quien la llamaba.

—Sí, sí... claro. Lo mejor es que nos veamos. Yo tampoco puedo más... Sí, debemos hacer algo definitivo... Es inútil intentar razonar, ya lo sabes... De acuerdo, nos vemos en quince minutos.

Esto fue lo que alcancé a escuchar. Mi mujer entró en la cocina para decirme que tenía una cita inesperada con un cliente y que se marchaba ya.

—Claro, querida, el trabajo es el trabajo. Ve a tu cita.

Salí detrás de ella. Iba tan ensimismada que no se dio cuenta. Caminó en dirección a un café cercano a nuestra casa. A primera hora de la mañana apenas solía haber gente. Y la vi a ella. Sí, Olivia caminaba con paso rápido también hacia el café. Me escondí temiendo que pudiera verme. Tuve suerte. De manera que era Olivia quien había telefoneado a Esther, y la llamada y la cita no eran inocentes porque, de lo contrario, mi esposa me lo habría dicho.

Busqué un lugar desde donde poder vigilar la entrada del café sin que me vieran. Tardaron un buen rato en salir. Desde donde estaba pude alcanzar a ver cómo se abrazaban para despedirse y cómo parecían consolarse la una a la otra. Me sorprendió ver que Olivia lloraba. Luego cada una tomó una dirección y yo me refugié en una librería para que no me vieran.

Tardé un buen rato en ir a la agencia. Cuando llegué, fui al despacho de Esther.

—¿Qué tal tu cita? —pregunté intentando parecer despreocupado.

Los ojos de Esther reflejaron inquietud y durante unos segundos me pareció que dudaba.

—Bien, nada importante. Hoy tengo un almuerzo con un cliente. Y después tengo cosas que hacer. Llegaré tarde a casa.

—Eso no es una novedad, querida —comenté saliendo de su despacho.

Me fui al mío y cerré la puerta mientras marcaba el número de móvil de Olivia. Su voz sonó desanimada.

—¿Por qué no me preparas unas buenas chuletas a la barbacoa para almorzar? —dije sin saludarla siquiera.

Oí su suspiro, largo, desesperado, a través del teléfono.

—Estoy muy cansada, Thomas, no he dormido bien.

—¡Ah! Y acompaña las chuletas con un buen tinto.

—Thomas, ¿no podríamos vernos mañana? Hoy…

—A las doce, Olivia, y ya sabes que no me gusta esperar.

Colgó el teléfono resignada. Sabía que nada iba a hacerme cambiar de opinión.

Le dije a mi secretaria que no me pasara llamadas y que no permitiera que nadie me molestara. Necesitaba pensar. ¿De qué habrían hablado Esther y Olivia? Si algo estaba claro es que no se habían comportado como simples conocidas sino como dos personas que tienen mucho en común. Pero sobre todo no podía quitarme de la cabeza el gesto de desamparo de Olivia y la determinación reflejada en los ojos de Esther.

Pero ésa no ha sido la única sorpresa. Un par de días después Esther me dijo que iba a contar con la pequeña Doris para un anuncio de colonia juvenil.

—Esa chica no tiene ningún talento —le dije con sinceridad.

—Sale bien en pantalla y, como es amiga tuya, quiero ayudarla —me aseguró sin un deje de ironía.

—¡Qué considerada! —repliqué de malhumor.

Me pareció que mi esposa se estaba burlando de mí. ¿Desde cuándo sabía que me acostaba con Doris?

—También contaré con Olivia.

—¿Con Olivia? ¿Para un anuncio de una colonia juvenil? ¿Es que quieres que el anuncio sea un fracaso? Esas dos no valen nada.

Se encogió de hombros y me miró desafiante conteniendo una sonrisa.

—Déjame a mí… Soy la creativa. Ya verás. Entre las tres podemos hacer algo grande.

—A ti nunca te han gustado los anuncios de colonia por más que tengas imaginación. Además, Olivia se está poniendo fondona y Doris… Doris es sólo ambiciosa. El cóctel no funcionará. —Me fastidió que Esther estuviera riéndose de mí.

—No te preocupes, Thomas. Estoy segura de que las tres haremos algo grande —insistió.

No sé por qué, pero me sentí sentenciado, aunque los siguientes días no pasó nada especial. Esther ha continuado mostrándose solícita suministrándome las pastillas del corazón; Olivia parece resignada a hacer de cocinera y ya no protesta cuando me presento en su casa, y la pequeña Doris me ha agradecido con creces que mi mujer la haya contratado.

Lo que más me ha irritado ha sido verlas a las tres juntas. Esther citó a Olivia y a Doris en la agencia para firmar el contrato y explicarles cómo iba a rodar el anuncio de la colonia.

Se encerraron durante un buen rato y después se despidieron de mí con un saludo glacial diciéndome que iban a almorzar juntas.

Durante una semana Esther ha tenido ocupadas a mis dos amantes con el rodaje. Y al decir de otros creativos de la agencia, el resultado no puede ser mejor.

Olivia aparece en pantalla con un frasco de la colonia en la mano, la colonia de su juventud, que coloca en el cuarto de su hija, en este caso, Doris. La idea de Esther es que los telespectadores entiendan que hay cosas que son pequeñas herencias cotidianas que pasan de madres a hijas.

Una simpleza, pero no dije nada porque Esther nunca se ha equivocado. Es muy buena haciendo anuncios.

No ha sido inocente la decisión de Esther de elegir a Olivia y a Doris. Detrás de su elección no estaba sólo molestarme sino poder estar con ellas sin levantar sospechas.

Noté un cambio en la muy estúpida Doris. Fue un cambio sutil pero suficiente para darme cuenta de que, además del anuncio, había algo más.

Doris no ha dejado de elogiar a Esther.

—No me extraña que te casaras con ella, tu mujer es genial. Tan inteligente, tan cariñosa, tan convincente… —me dijo la pequeña zorra, y no para halagarme sino porque siente una admiración sincera por Esther.

Pero más allá de los elogios no conseguí sacarle otra información extra. Durante aquellos días además me pareció que progresaba su estupidez.

Intenté presionarla para que me contara si después del trabajo hablaba de algo especial con Esther y con Olivia, y ella ponía ojos de asombro, una sonrisa y me echaba los brazos al cuello.

—Sí, claro… Esther me está dando buenos consejos para abrirme paso en la publicidad. Dice que tengo porvenir y que una buena modelo puede llegar a ganar mucho dinero. ¡Y Olivia es tan simpática! Siempre está bromeando. Sí, con ella también hablo mucho. Me ha dicho dónde se puede comprar ropa vintage a buen precio, y ha prometido presentarme a su peluquero. Dice que un buen corte de pelo es fundamental.

—Pero ¿no habláis de nada más? ¿No te dicen nada de mí?

—¿De ti? No. En realidad Esther no te nombra, y Olivia… Bueno, ella tampoco se refiere nunca a ti. ¿Tendrían que hacerlo? —preguntó con la voz más inocente que pudo encontrar.

—Bueno, si Esther te ha elegido es porque yo le he hablado de ti —dije por decir algo.

—Claro, claro, querido… Si no fuera por ti… —repuso, pero sus palabras tenían un tinte de ironía que me sobresaltó.

A Olivia no logré sacarle ni una palabra. Bueno, en realidad me dijo algo que me inquietó.

—Rodar con Esther siempre es una experiencia grata, saca lo mejor de una —afirmó con sinceridad.

—¿Y Doris? Es un desastre, ¿no?

—Esa chica tiene un gran futuro.

—¿Doris? Pero ¡qué dices!

—Sabe lo que quiere y cómo conseguirlo.

—¿Y qué es lo que quiere? Ya, ya, triunfar en Manhattan y dar el salto a Hollywood, lo mismo que querías tú. Nueva York está repleto de chicas como vosotras, sin talento y condenadas al fracaso. Hace falta algo más que un buen físico para triunfar.

—No creo que a Doris le importe tanto triunfar como…

De repente se quedó en silencio. La miré y ella supo que si no me decía algo intentaría obligarla a que lo hiciera. Respiró con resignación.

—La vocación de Doris es ser rica. Vivir bien. Dejó Búfalo para conseguirlo y sabe que su mejor arma es la belleza de la que ahora disfruta, pero también sabe que tiene que darse prisa porque los años pasan y lo que no consiga ahora luego será difícil...

—O sea, que tú eres el ejemplo que no le gustaría emular.

—Efectivamente, Thomas, yo soy el ejemplo de lo que Doris no quiere. En realidad ya ha demostrado ser más lista que yo. Le has regalado unas cuantas joyas valiosas y le das dinero suficiente todos los meses, incluso para malgastar, y le has alquilado un apartamento en TriBeCa. Ya ves, mi apartamento en el SoHo es agradable pero más modesto...

—¿Te estás quejando, Olivia?

—¡Oh, no! ¿Para qué iba a hacerlo? Admiro a esa chiquilla porque sabe lo que quiere y porque tiene suficiente ambición para conseguirlo. Seguro que será rica antes de los treinta —dijo con total convicción.

Sus palabras me inquietaron. ¿Cómo podía Doris hacerse rica habida cuenta de que carecía de talento artístico? Sólo tenía una vía: que un estúpido se enamorara de ella. O... ¿acaso Esther le había prometido dinero si la ayudaba a...? No, mi esposa es demasiado inteligente para confiar en alguien como Doris.

Esther las invitó a cenar cuando el anuncio estuvo editado. Primero organizó una pequeña reunión con su equipo en la agencia, a la que invitó a Olivia y a Doris. Luego las tres se fueron a cenar a Cipriani.

—¿No te parece excesivo invitarlas a Cipriani? —le reproché, enfadado por sentirme excluido.

—¿Desde cuándo te importa el dinero que gastamos en agasajar a quienes trabajan con nosotros? Olivia y Doris han hecho un buen trabajo, ya has visto el anuncio. Estoy segura de que será un éxito.

—Es la primera vez que te llevas a dos modelos a cenar a Cipriani —insistí en el reproche.

—Bueno, ellas son algo más que dos modelos. ¿O no? —Mi mujer me miró desafiante.

—Si tú lo dices…

—Vamos, Thomas, no me hagas hablar más de lo debido. Dejémoslo en que han hecho un buen trabajo y creo conveniente invitarlas a cenar en un lugar que sé que les va a gustar. Las chicas son modelos, de manera que ir a Cipriani es una manera de dejarse ver entre la gente que cuenta en Manhattan.

Así que mi mujer y mis dos amantes se llevan estupendamente y yo sé que entre ellas hay un vínculo: lo mucho que me odian. Aunque me resisto a pensar que la pequeña Doris me odie. Puedo resultarle indiferente, pero aún no le he dado motivos para odiarme, salvo alguna bofetada por lo mucho que me irrita su estupidez.

Pero no permitiré que Esther y Olivia me ganen la partida. He decidido jugar hasta el final aunque me vaya la vida en ello. Si logran matarme no podrán disfrutar de mi ausencia, al menos tardarán en hacerlo. Después de la última conversación con el profesor Johnson tomé unas cuantas decisiones.

He entregado un sobre lacrado a mi abogado para que, en caso de que me muera, solicite que me hagan la autopsia de inmediato. Mi abogado tendrá que entregar una copia al fiscal con una carta donde hago responsable a Esther y a Olivia de lo que pueda pasarme. Si muero las investigarán. Puede que no encuentren pruebas para acusarlas, pero al menos no disfrutarán inmediatamente de su libertad. Vivirán la zozobra de una acusación por asesinato. Esther no podrá utilizar nuestro dinero para pagar a los abogados, y Olivia… No creo que el estúpido de Jerry se haga cargo de la factura para librarla de la acusación de asesinato. Jerry es un hombre simple, hecho a sí mismo, que no cargará con la sospechosa de haber cometido un crimen.

En cuanto a Jaime, le conozco bien: es un pusilánime y sentirá horror al pensar que yo puedo haber muerto a manos de Esther. Por más que lo sienta, la dejará. Lo sé. Mi hermano tiene demasiados principios. No podría mirar a Esther sin pensar que ella pudo haber provocado mi muerte. Mi tonto y bondadoso hermano, que se parece tanto al bueno de John, su padre, mi padrastro. Además, dejo todo mi dinero al profesor Johnson. En realidad, al Departamento de Farmacia de la Universidad de Nueva York. Por mucho que Esther se resista, sé que los abogados de la universidad pelearán para que no se les escape ni un dólar, aunque sé que Esther también peleará y recurrirá al doctor Douglas y al doctor Taylor de Miami. Y ellos dirán que yo padecía complejo de persecución y llamarán a declarar al doctor Austen para que lo atestigüe, e incluso al bueno de Paul Hard. Pero la sombra de la sospecha la llevarán siempre consigo.

Ésa es mi venganza. Yo puedo morir, pero ellas tampoco ganarán la partida.

Me odiarán, sí, me odiarán, pero ¿acaso pueden odiarme más de lo que ya lo hacen? Paul dice que acaso Olivia tiene motivos para odiarme, pero que Esther simplemente no me quiere. ¡Qué sabrá él! Yo leo en los ojos de mi esposa. La conozco bien. He subordinado mi yo a tenerla a mi lado.

¿Cuánto tiempo ha pasado hasta que he vuelto a sentir que me estaba muriendo? Apenas un par de semanas. Esther desayuna conmigo todas las mañanas, incluso algunas noches viene a cenar y me vigila expectante para ver si ve dibujarse en mi rostro los síntomas de la muerte. A Olivia la visito todos los días y soy yo quien espía sus movimientos cuando me sirve el whisky o se empeña en que coma un trozo de pastel que luego ella no prueba.

Sí, me están envenenando. Acaso me echan algo en la comida, o quizá en el café o el whisky al que soy tan aficionado. Ellas saben que yo lo sé.

En los últimos días el doctor Douglas me ha insistido en que debo acudir a un psiquiatra, incluso me ha dado el nombre de un par de ellos, pero yo me enfado y le pido que busque en mi sangre los restos del veneno con el que me matan. Es un diálogo inútil que mantenemos desde hace meses. Él se encoge de hombros. Cree que estoy loco, a pesar de que unos días antes sufrí otro episodio que me afectó más que en las ocasiones anteriores y que me tuvo una semana en el hospital. Mientras estaba inconsciente, de nuevo volví a sentir la presencia de Yoko y de Constanza junto a mí. Me decían que pronto estaría con ellas, que la próxima vez me vendrían a buscar para siempre. Lisa también se hizo presente. Me tendía la mano riéndose de mí.

Esther y Olivia fueron a verme. Entraron juntas en la habitación aunque me dijeron que se habían encontrado en el ascensor. En sus ojos nadie hubiera podido atisbar ni una pizca de sentimiento que se pareciera al amor, al afecto, siquiera a la compasión. Sólo impaciencia. En cuanto a la pequeña Doris, le pagué bien para que estuviera conmigo en el hospital. A Esther no pareció importarle la presencia de la chica, incluso pareció agradecer que fuera ella quien pasara la mayor parte del día en el hospital. Mi mujer excusa el poco tiempo que está conmigo diciendo que hay mucho trabajo en la agencia; incluso alabó a Doris por hacerme compañía:

—Qué suerte que Doris sea tan buena amiga. Es un tesoro esta chiquilla. —Y añadió en un alarde de cinismo—: Sabiendo que está contigo yo me voy a trabajar más tranquila.

El doctor Douglas no quiso creerme cuando le insistí con apenas un hilo de voz que el colapso no fue espontáneo.

—Thomas, si insiste en decir esas cosas horribles le pediré que se busque otro médico. Sepa que su esposa me llama todos los días para interesarse por su evolución y que está muy preocupada por la repetición de estos episodios cardíacos.

—El anticoagulante, doctor…

—Usted toma la dosis que necesita, está perfectamente controlado. El problema es que usted no sigue mis recomendaciones. Come y bebe lo que le viene en gana y continúa fumando. Ya no sé cómo explicarle que eso es lo que le está perjudicando. Y deje de imaginar cosas horribles. Su esposa le quiere.

El día en que me dio el alta me trató como a un niño caprichoso dándome unas palmaditas en la espalda y volvió a repetirme el mismo discurso:

—No le pasará nada, Thomas. Le aseguro que si se cuidara su salud sería más que aceptable. Nadie en su sano juicio con problemas en el corazón cena espaguetis con beicon y un chuletón de res. Y mucho menos fuma dos paquetes diarios. En fin, creo que su problema también está en la cabeza, y si continúa con estas obsesiones le terminará pasando algo —sentenció el estúpido doctor.

Esther ha insistido en que no haga nada y me dedique a descansar. Es su manera de dejar claro que mi presencia en la agencia no es imprescindible y que si sigue entrando dinero es gracias a ella. Tanto me da. La dejo hacer. Al fin y al cabo, sigo revisando todas las cuentas y no hay un solo dólar que se escape a mi escrutinio.

Desde que salí del hospital ha dormido todas las noches en casa. Llega tarde, eso sí. Sé que cuando sale de la agencia acude a casa de mi hermano y pasa un buen rato con él y con sus hijos. Luego, cuando vuelve a nuestra casa, se muestra ausente. Me pregunta de manera mecánica cómo me encuentro y si necesito algo. Después de darme las pastillas que debo tomar por la noche, se va a la cama. Sigue durmiendo en el cuarto de invitados.

Hace cuatro días que he vuelto a sentirme mal. Ocurrió después de almorzar en casa de Olivia. Fue ella quien me llamó invitándome a que me pasara a probar su última creación culinaria, una carne cocinada con piña y otras frutas tropicales y una salsa cuyo sabor me desconcertó. Aun así, me lo comí todo y al día siguiente me presenté en su casa sin avisar y, en vez de enfadarse, se ofreció a prepararme algo para picar porque, según dijo, «no tienes buen aspecto. Seguro que comiendo algo te encontrarás mejor». Sucedió todo lo contrario. Apenas terminé de comer tuve que irme a casa. El sudor me corría por todo el cuerpo y las náuseas y el vértigo me hacían temblar.

Esta mañana, cuando mi mujer me dio los anticoagulantes la sorprendí mirándome, y en sus ojos había un brillo especial. Esther me ha dicho que esta noche llegará tarde porque se quedará trabajando en la agencia. Yo sé que ella sabe que no la creo.

Estará en casa de Jaime, porque seguramente alguno de sus hijos está enfermo o simplemente porque han organizado una cena familiar.

He llamado a la pequeña Doris, a la que pago generosamente. Y aquí estoy, en el apartamento que desde hace meses le pago en el corazón de la ciudad. Me gusta el lugar. Me cuesta una fortuna, pero es más cómodo que ir de habitación en habitación de hotel. No voy a vivir mucho y es mejor que gaste mi dinero en estos caprichos. Pero esta noche se me está haciendo eterna. Le he dicho a Doris que vea la televisión. Mientras, yo intento poner por escrito alguno de mis recuerdos y no dejo de preguntarme si habría sido mejor esa vida que no he querido vivir porque he preferido ser un canalla. Sí, tenía elección, pero nunca me planteé hacer nada diferente a lo que hice. ¿Habría sabido? ¿Cómo habría sido esa vida que no he querido vivir? ¿Habría sido feliz?

Doris parlotea a mi lado, pero ni siquiera la escucho. Hace un buen rato que estoy intentando dominar el malestar, el sudor frío que me empapa la piel, el vómito que se empeña en trepar desde el estómago a la garganta, pero quiero seguir escribiendo. Me aterroriza mi propio pensamiento. Me digo que esta noche puedo morir. Sí, creo que será esta noche.

La chiquilla estúpida no se da cuenta de nada.

—Estás un poco pálido. ¡Uf! Es que te empeñas en hacer cosas que a tu edad y con tu salud…

La he mandado callar. Está acostumbrada. Durante un rato ha seguido en silencio viendo la televisión; luego ha vuelto a hablar como si no pasara nada y se ha ofrecido a prepararme un whisky. «Para que te animes», me ha dicho. No le he prestado atención, pero me ha alarmado su mirada mientras elegía dos cubitos de hielo para echarme en el vaso. Luego lo ha agitado. De repente he recordado que es lo mismo que hacen Olivia y Esther. Buscan entre los cubitos de hielo, seleccionan un par de ellos y luego agitan el whisky. ¿Por qué agitan el whisky? ¿Cómo no me había dado cuenta antes? ¿Pueden envenenarme a través del hielo? Es fácil, tomo varios whiskies al día. De repente me he acordado de que en aquel reportaje de los venenos que emitieron en televisión alguien explicó que se puede causar la muerte con cristales tritura-dos, eso sí, de cristal de Bohemia. Puede que sea con cristales congelados en los cubitos de hielo con lo que me están matando. Ahora me doy cuenta de que Doris también selecciona en la cubitera los cubitos. ¿Acaso Esther y Olivia la han convertido en su cómplice? Pero ¿por qué Doris querría matarme? Dinero. Olivia me había dicho que Doris sería rica antes de los treinta. Seguramente Esther le ha prometido una buena cantidad si la ayuda a deshacerse de mí. Sí, puede que mi mujer y mi amante hayan comprado a la pequeña furcia. Ella me mira sonriendo mientras me ofrece el vaso y aguarda expectante a que dé los primeros sorbos.

Me río. Doris me mira sin comprender el porqué de mi risa. Me bebo el whisky de un solo trago y le pido que me sirva otro. Mientras, me recreo en una escena que sé que se producirá. En cuanto muera, mi abogado abrirá el sobre lacrado con instrucciones precisas para solicitar la autopsia y dar publicidad a mis sospechas de que mi mujer y mi amante me han asesinado. El fiscal intervendrá de inmediato. Además, en mis últimas voluntades consta que se hagan públicas mis sospechas. Una vez que el fiscal tenga los documentos en la mano, mi abogado deberá informar a la prensa. Imagino los titulares: «Importante ejecutivo de la publicidad muere en extrañas circunstancias. Dejó una carta acusando a su esposa y a su amante». Sí, será un gran escándalo que arrastrará a Esther y a Olivia, y aunque resultaran inocentes, la sospecha las acompañará el resto de su vida. Saber que puedo destruirlas es lo que hace que no me resulte tan terrible la idea de la muerte. Gozo de antemano con su sufrimiento. Aún tengo tiempo de añadir el nombre de la pequeña Doris. No, ella tampoco se librará, no permitiré que disfrute de mi dinero.

Me están matando, aunque nadie me cree. O ¿acaso me he vuelto loco? Quizá ambas verdades a la vez. No habrá respuesta hasta el día después de mi muerte.

Un año después

—**B**ien, señora Spencer; una vez formalizados estos últimos trámites, podrá acceder al dinero y a los valores de las cuentas que hasta ahora han estado embargadas. El informe de la autopsia y el de la policía la exoneran de... de las sospechas infundadas de su difunto esposo.

El abogado miró fijamente a Esther sin encontrar ni un solo rastro de emoción en su rostro. Su impavidez le ponía nervioso.

—Siento por lo que ha tenido que pasar, pero comprenderá que nuestra obligación era hacer efectivas las disposiciones del señor Spencer. Si es tan amable de firmar estos papeles...

Esther cogió los documentos que le entregaba el abogado y comenzó a leerlos sin prisa, como si dispusiera de todo el tiempo del mundo.

—Sí, han sido unos meses difíciles —murmuró el abogado, esta vez dirigiéndose a Paul Hard, que permanecía en silencio sentado junto a Esther.

—Desde luego que lo han sido, señor Hill —convino Paul.

—Lo importante es que todo ha terminado —insistió el abogado con voz meliflua.

Paul Hard le miró indignado. Aquel hombre pretendía restar importancia a lo sucedido.

—Después de una investigación exhaustiva a la señora Spencer y a la señorita Olivia White por una infundada acusación de envenenamiento... además de que varios ilustres médicos hayan tenido que declarar en la investigación y yo mismo me haya visto obligado a hacerlo, y el consiguiente escándalo en los periódicos... Y todo porque el señor Spencer no siguió las instrucciones de sus médicos y no se preocupaba de tomar adecuadamente los medicamentos prescritos para el corazón, lo que empeoró su enfermedad. —La voz de Paul denotó su indignación.

—Nosotros no podíamos hacer más que cumplir con las instrucciones de nuestro cliente —insistió el abogado.

Esther levantó la mirada de los documentos y pareció dudar unos segundos antes de firmarlos. Una vez que lo hizo, se los entregó al abogado.

—Bien, esto es todo... Naturalmente, señora Spencer, estamos a su disposición para lo que necesite. Nos gustaría seguir ocupándonos de sus intereses de la misma manera que lo hemos hecho hasta ahora.

Esther no dijo nada. Se puso en pie y, del brazo de Paul, salió del despacho del abogado de Thomas. Cuando llegaron a la calle miró a Paul y le dio un beso.

—Gracias por acompañarme, gracias por haber estado a mi lado durante estos meses, gracias por haberme ayudado a afrontar esta pesadilla —le dijo abrazándole.

—No sé tú, pero yo no podré perdonar a Thomas lo que ha hecho... ¡Acusaros a ti y a Olivia de intentar envenenarle! Y todo porque comía lo que no debía, bebía como un animal y no cumplía con ninguna de las recomendaciones de los médicos.

—Los anticoagulantes le sentaban mal, tuvieron que cambiárselos varias veces —comentó Esther.

—¿No irás a buscar una excusa para justificar su ruindad?

Ella no respondió. Caminaron despacio hasta el Rockefeller Center. Paul había perdido el vigor de antaño y caminaba apoyándose en un bastón.

En una mesa, Olivia y Doris los esperaban impacientes.

—Punto final —dijo Esther a modo de saludo.

Paul pidió un par de gin-tonics para Esther y para él. Olivia y Doris ya tenían los suyos.

Las tres mujeres se miraron y levantaron sus copas en un brindis sin palabras. Estaban brindando por su libertad y, ante el desconcierto de Paul, rompieron a reír.

TAMBIÉN DE

Julia Navarro

DIME QUIÉN SOY

Una apasionante aventura protagonizada por unos personajes inolvidables cuyas vidas construyen un magnífico retrato de la historia del siglo XX. Un periodista recibe la propuesta de investigar la vida de su bisabuela, Amelia Garayoa, una mujer de la que sólo se sabe que huyó abandonando a su marido y a su hijo poco antes de que estallara la guerra civil española. Para rescatarla del olvido deberá reconstruir su historia desde los cimientos, encajando, una a una, todas las piezas del inmenso y extraordinario puzle de su vida.

Ficción

DISPARA, YO YA ESTOY MUERTO

Hay momentos en la vida en los que la única manera de salvarse a uno mismo es muriendo o matando. A finales del siglo XIX, durante la última etapa zarista, los Zucker, perseguidos por ser judíos, tienen que abandonar Rusia huyendo del horror y la sinrazón. A su llegada a la Tierra Prometida, Samuel Zucker adquiere las tierras de los Ziad, una familia árabe encabezada por Ahmed. Entre él y Samuel nace un fuerte vínculo, una sólida amistad que, por encima de las diferencias religiosas y políticas, se mantiene generación tras generación. Intensa y conmovedora crónica de dos sagas familiares, *Dispara, yo ya estoy muerto* nos adentra en las vidas de personas con nombres y apellidos, que luchan por alcanzar sus sueños, y que son responsables de su propio destino.

Ficción

VINTAGE ESPAÑOL
Disponibles en su librería favorita
www.vintageespanol.com